D1867722

Bibliothek
Oblatenkloster
Mainz

Nikolai Wassiljewitsch Gogol, geboren am 1. April 1809 in Bolschije Sorotschinzy/Gouvernement Poltáwa, ist am 4. März 1852 in Moskau gestorben.

Gogols Erzählung entstand in zwei Arbeitsphasen zwischen 1835 und 1852. Der zweite, Fragment gebliebene Teil wurde 1855 veröffentlicht. Im ersten Teil des ursprünglich dreiteilig konzipierten Werkes konzentriert sich Gogol auf die Darstellung des zaristischen Rußlands. Im zweiten Teil soll die Läuterung des Tschitschikow dargestellt werden, jener Figur, die durch das Land reist und sich durch den Ankauf von toten Seelen bereichert, also durch den Ankauf von Leibeigenen, die verstorben sind, aber noch in den staatlichen Steuerlisten geführt werden und die sich somit auch als zu verpfändende Sicherheit für Kredite verwenden lassen. Menschenverachtung, Korruption, Gewinnsucht sind die Themen der Handlung.

Gogols Erzählung *Die toten Seelen* steht in der Reihe der großen Werke von Cervantes, Fielding, Sterne und Lesage.

insel taschenbuch 987

Nikolai Gogol

Die toten Seelen

GOGOL
DIE TOTEN SEELEN

Erzählung
Aus dem Russischen
von Hermann Röhl
Insel Verlag

Umschlagabbildung:
Nikolaus Wassiljewitsch Gogol
Stich von Jordan nach einem Gemälde von Moller.
Bildarchiv Preußischer Kulturbesitz, Berlin

insel taschenbuch 987
Erste Auflage 1987
© dieser Ausgabe Insel Verlag Frankfurt am Main 1987
Alle Rechte vorbehalten
Vertrieb durch den Suhrkamp Taschenbuch Verlag
Umschlag nach Entwürfen von Willy Fleckhaus
Satz: LibroSatz, Kriftel
Druck: Nomos Verlagsgesellschaft, Baden-Baden
Printed in Germany

1 2 3 4 5 6 – 92 91 90 89 88 87

ERSTER TEIL

ERSTES KAPITEL

In den Torweg des Gasthauses der Gouvernementsstadt N. fuhr eine ziemlich hübsche, mit Federn versehene kleine Britschke hinein, ein Wagen von der Art, wie ihn Junggesellen zu benutzen pflegen: Oberstleutnants a. D., Stabskapitäne, Gutsbesitzer, deren Besitz an Bauern nur etwa hundert Seelen beträgt, kurz, lauter Leute, die man Herren zweiten Ranges nennt. In der Britschke saß ein Herr, der nicht gerade schön war, aber auch kein häßliches Äußeres hatte; er war nicht zu dick und nicht zu dünn; man konnte ihn nicht eigentlich alt nennen, indes war er auch nicht allzu jung. Seine Ankunft erregte in der Stadt gar kein Aufsehen und war von keinen besonderen Ereignissen begleitet; nur zwei russische Bauern, die an der Tür der dem Gasthofe gegenüberliegenden Schenke standen, machten ein paar Bemerkungen, die sich übrigens mehr auf den Wagen als auf den Darinsitzenden bezogen. »Sieh mal«, sagte der eine zum andern, »was das für ein Rad ist! Was meinst du, kommt das heil hin, wenn die Reise bis nach Moskau geht, oder nicht?« – »Es wird schon hinkommen«, antwortete der andere. – »Aber nach Kasan, glaube ich, wird es nicht hinkommen?« – »Nein, nach Kasan wohl nicht«, antwortete der andere. Damit schloß das Gespräch. Und außerdem war noch, als die Britschke sich dem Gasthofe näherte, ein junger Mann vorbeigekommen, in weißen, sehr engen, kurzen Leinwandhosen, in einem modernen Frack, der das Chemisett sehen ließ, in welchem eine Tulaer Nadel mit einer kleinen bronzenen Pistole als Kopf steckte. Der junge Mann hatte sich zurückgewandt, die Equipage gemustert, mit der Hand seine Mütze festgehalten, die ihm beinah im Winde wegflog, und dann seinen Weg fortgesetzt.

Als der Wagen auf den Hof fuhr, wurde der Herr von dem

Kellner empfangen, einem so lebendigen, beweglichen Menschen, daß man nicht einmal ordentlich erkennen konnte, was er für ein Gesicht hatte. Er kam hurtig mit der Serviette in der Hand herausgelaufen, eine lange Gestalt in einem langen, baumwollenen Oberrocke, dessen Taille fast im Genick saß, schüttelte sich die Haare zurück und führte den Herrn flink nach oben und dort den ganzen hölzernen Korridor entlang, um ihm das Zimmer zu zeigen, das ihm Gott beschieden hatte. Das Zimmer war von der bekannten Art; denn das Gasthaus war ebenfalls von der bekannten Art, d. h. genau so, wie die Gasthäuser in Gouvernementsstädten beschaffen zu sein pflegen, wo die Reisenden für zwei Rubel pro Tag ein ruhiges Zimmer bekommen, ein Zimmer mit Schaben, die wie getrocknete Pflaumen aus allen Winkeln hervorgucken, und mit einer immer durch eine Kommode zugestellten Tür nach dem anstoßenden Zimmer, wo der Nachbar haust, ein schweigsamer, ruhiger, aber außerordentlich neugieriger Mensch, der sich dafür interessiert, die Angelegenheiten eines anderen Reisenden bis auf die geringsten Kleinigkeiten kennenzulernen. Die äußere Fassade des Gasthauses entsprach seinem Innern: sie war sehr lang und hatte zwei Stockwerke; das untere ermangelte des Kalkbewurfes; man hatte an den dunkelroten Ziegelsteinen nichts weiter gemacht, und diese, an sich schon von schmutziger Farbe, waren durch die argen Unbilden der Witterung noch dunkler geworden. Das obere Stockwerk war mit der ewigen gelben Farbe angestrichen; unten befanden sich Läden mit Kumten, Stricken und Lammfellen. In einem dieser Läden, und zwar in einem an der Ecke gelegenen oder, richtiger gesagt, im Fenster hatte sich ein Sbitenverkäufer* etabliert, mit einem Samowar aus rotem Kupfer und einem Gesichte, das ebenso rot war wie der Samowar, so daß man aus der Entfernung glauben konnte, es ständen auf dem Fensterbrette zwei Samoware, wenn nicht der eine Samowar einen pechschwarzen Bart gehabt hätte.

* Sbiten ist ein Getränk aus Wasser, Honig und Gewürz.

Während der angekommene Herr sein Zimmer besah, wurden seine Sachen hereingetragen: vor allem ein weißer Lederkoffer, der schon etwas abgescheuert war, so daß man sah, er war nicht zum erstenmal auf Reisen. Das Hereintragen des Koffers besorgten der Kutscher Selifan, ein Mensch von kleiner Statur in einem kleinen Schafpelze, und der Diener Petruschka, ein Bursche von etwa dreißig Jahren, in einem weiten, abgetragenen Oberrock, den vorher offenbar sein Herr getragen hatte, ein Bursche mit etwas mürrischer Miene und sehr dicken Lippen und sehr dicker Nase. Nach dem Koffer wurde ein kleines Mahagonikästchen hereingetragen, mit einer eingelegten Einfassung von karelischem Birkenholz, ferner Stiefelhölzer und ein in blaues Papier eingeschlagenes gebratenes Huhn. Als all dies hereingetragen war, begab sich der Kutscher Selifan in den Stall, um für die Pferde zu sorgen; der Diener Petruschka aber richtete sich in einem kleinen Vorzimmer ein, einem sehr dunklen Hundeställchen, wohin er bereits seinen Mantel und zugleich einen ihm eigenen Geruch gebracht hatte; dieser Geruch haftete auch an einem Sacke mit allerlei für einen Diener unentbehrlichen Toilettegegenständen, den er demnächst hereintrug. In diesem Hundeställchen stellte er an der Wand ein schmales, dreibeiniges Bett auf, in das er ein kleines Ding hineinlegte, das einige Ähnlichkeit mit einer Matratze hatte; es war plattgedrückt und flach wie ein Fladen und vielleicht ebenso fettig wie der Fladen, den er schon von dem Gastwirte glücklich ergattert hatte.

Während die beiden Diener sich einrichteten und alles Nötige besorgten, begab sich der Herr in die Gaststube. Wie diese Gaststuben aussehen, das weiß jeder Reisende sehr genau: hier waren dieselben mit Ölfarbe gestrichenen Wände, die oben von dem Pfeifenqualm dunkel geworden und unten von den Rücken der verschiedenen Reisenden glänzend poliert waren, noch mehr aber von den Rücken der einheimischen Kaufleute; denn die Kaufleute kamen an Geschäftstagen in Gruppen von sechs und sieben Personen hierher, um ihre bestimmte Portion Tee zu trinken; derselbe verräucherte Plafond; derselbe verräucherte Kronleuchter mit einer Menge daranhängender Glaststückchen, die jedesmal hüpften und klingelten, wenn der Kellner über die abgetretenen Wachstuchläufer lief und kühn das Präsentierbrett schwenkte, auf dem eine solche Unmenge von Teetassen Platz gefunden hatte wie Vögel am Ufer des Meeres; dieselben in Öl gemalten Bilder an allen Wänden: kurz, es war hier genau so wie überall; allerdings fanden sich auch unterscheidende Eigentümlichkeiten: so war auf einem Bilde eine Nymphe mit so gewaltigen Brüsten dargestellt, wie sie der Leser gewiß noch nie gesehen hat. Ähnliche Spiele der Natur kommen übrigens auch auf allerlei historischen Bildern vor, von denen man nicht weiß, wann und woher und von wem sie zu uns nach Rußland eingeführt sind; manche sind allerdings sogar von unseren kunstliebenden hohen Herren eingeführt worden, die sie in Italien auf den Rat der sie begleitenden Kuriere gekauft haben. Unser Held nahm die Mütze ab und wickelte sich den wollenen, regenbogenfarbigen Schal vom Halse; solche Schals pflegen den Ehemännern die Gattinnen eigenhändig anzufertigen und geben denselben dann auch passende Verhaltungsmaßregeln, wie sie sich darin einwickeln müssen; wer sie aber für die Hagestolze macht, das kann ich nicht mit Sicherheit sagen; Gott mag's wissen; ich habe solche Schals nie getragen. Nachdem der Herr sich den Schal abgewickelt hatte, ließ er sich ein Mittagessen geben. Während ihm die verschiedenen in Gasthäusern üblichen Gerichte serviert wurden, nämlich: Kohlsuppe mit Blätterpastete, welche letztere expreß für die Reisenden mehrere Wochen lang aufgehoben wird, Gehirn mit kleinen Erbsen, Bratwurst mit Kohl, gebratene Poularde mit Salzgurken und den ewigen Blätterpasteten, die immer aushelfen müssen, – während ihm also all dies teils aufgewärmt, teils geradezu kalt serviert wurde, veranlaßte er den Kellner, alles mögliche Zeug zu erzählen: wer das Gasthaus früher besessen habe, und wer es jetzt besitze, und ob es viel einbringe, und ob ihr Herr eine arge Kanaille sei, auf welche letztere Frage der Kellner wie gewöhnlich antwortete: »Oh, er ist ein furchtbarer Gauner, mein Herr!« Wie in dem aufgeklärten Westeuropa, so gibt es auch in dem aufgeklärten Rußland jetzt sehr viele achtbare Leute, die in einem Gasthause nicht speisen können, ohne mit dem Kellner zu reden und manchmal sogar ein paar vergnügliche Späßchen über ihn zu machen. Übrigens stellte dieser Reisende nicht lauter leere Fragen, sondern erkundigte sich mit großer Genauigkeit, wer in der Stadt der Gouverneur sei, wer der Gerichtspräsident, wer der Staatsanwalt, kurz, er ließ keinen einzigen bedeutenden Beamten aus; mit noch größerer Genauigkeit, ja mit besonders lebhaftem Interesse fragte er nach allen bedeutenden Gutsbesitzern: wieviel Seelen ein jeder habe, wie weit er von der Stadt entfernt wohne, sogar was er für einen Charakter habe, und wie oft er in die Stadt komme; er erkundigte sich aufmerksam nach dem Zustande der Gegend: ob es in ihrem Gouvernement keine schlimmen Krankheiten gegeben habe, Epidemien, tödlich verlaufende Fieber, Pocken und dergleichen; und nach allem fragte er mit einer Genauigkeit, die auf mehr als bloße Neugierde schließen ließ. In seinen Manieren hatte der Herr etwas Gesetztes und schneuzte sich außerordentlich laut. Es war nicht zu erkennen, wie er das eigentlich anstellte; aber seine Nase tönte wie eine Trompete. Diese anscheinend ganz unschuldige Eigenschaft erwarb ihm indes in hohem Grade die Achtung des Kellners, so daß dieser jedesmal, wenn er den betreffenden Ton hörte, seine Haare zurückwarf, sich respektvoll geraderichtete und, von seiner Höhe den Kopf herabbiegend, fragte, ob etwas gefällig sei.

Nach dem Mittagessen trank der Herr eine Tasse Kaffee und setzte sich auf das Sofa, wobei er sich ein Kissen hinter den Rücken schob, das, wie in russischen Gasthäusern üblich, statt mit elastischer Wolle mit etwas gestopft war, was mit Ziegeln und Kieselsteinen die größte Ähnlichkeit hatte. Hier begann er zu gähnen und ließ sich daher auf sein Zimmer führen, wo er sich hinlegte und zwei Stunden schlief. Nachdem er sich auf diese Weise erholt hatte, schrieb er, der Bitte des Kellners nachkommend, auf ein Stück Papier seinen Rang, Vornamen und Familiennamen, damit dies gebührendermaßen der Polizei mitgeteilt werde. Während der Kellner die Treppe hinunterstieg, las er auf dem Zettel buchstabierend folgendes: »Kollegienrat Pawel Iwanowitsch Tschitschikow, Gutsbesitzer, in eigenen Angelegenheiten.«

Während der Kellner immer noch an dem Zettel herumbuchstabierte, ging Pawel Iwanowitsch Tschitschikow selbst aus, um sich die Stadt anzusehen. Er schien mit ihr zufrieden zu sein; denn er fand, daß die Stadt anderen Gouvernementsstädten nichts nachgab: die gelbe Farbe der Steinhäuser fiel stark ins Auge, während das Dunkelgrau der Holzhäuser bescheiden wirkte. Die Häuser waren teils ein-, teils zwei-, teils anderthalbstöckig; im letzteren Falle hatten sie jenes ewige Halbgeschoß, das nach der Ansicht der Baumeister der Gouvernementsstädte so hübsch ist. An manchen Stellen sahen diese Häuser wie verloren aus in Straßen von gewaltiger Breite und zwischen endlosen Holzzäunen; an anderen Stellen drängten sie sich auf einen Haufen zusammen, und hier war mehr Leben und Bewegung der Bevölkerung zu spüren. Es fanden sich auch vom Regen fast verwaschene Schilder mit Brezeln und Stiefeln, hier und da auch mit einem gemalten blauen Paar Hosen und dem Namen irgendeines »Schneiders aus Warschau«; dann wieder war da ein Mützengeschäft mit der Aufschrift: »Wasili Fjodorow, Ausländer«; an einer anderen Stelle war ein Billard gemalt mit zwei Spielern in Fracks, wie sie bei uns auf dem Theater die Gäste zu tragen pflegen, die im letzten Akte auf die Bühne kommen. Die Spieler waren dargestellt, wie sie mit den Queues zielten, die Arme etwas nach hinten hinausdrehten und die Beine krumm bogen, als ob sie soeben ein Entrechat in der Luft gemacht hätten. Unter dem Ganzen stand geschrieben: »Hier ist ein Restaurant.«

Hier und da standen Tische mit Nüssen, mit Seife und mit Pfefferkuchen, die wie Seife aussahen, einfach auf der Straße. Auch fand sich eine Garküche mit einem gemalten, dicken Fische und einer darinsteckenden Gabel. Am häufigsten begegnete der schon schwärzlich gewordene zweiköpfige kaiserliche Adler, der jetzt bereits durch die lakonische Inschrift »Trinkstube« ersetzt ist. Das Pflaster war überall ziemlich schlecht. Er warf auch einen Blick in den Stadtgarten, der aus dünnen, nur schlecht fortkommenden Bäumchen bestand, unten mit Stützen in Gestalt von Dreiecken, die sehr hübsch mit grüner Ölfarbe angestrichen waren. Obgleich übrigens die Bäumchen nicht höher als Schilf waren, so wurde doch in den Zeitungen bei Schilderung einer Illumination von ihnen gesagt: »Unsere Stadt ist dank der Fürsorge des Stadthauptmannes mit einem Garten geschmückt, der aus schattigen, breitästigen Bäumen besteht, die an schwülen Tagen eine angenehme Kühle spenden«, und »es war sehr rührend zu sehen, wie die Herzen der Bürger vor überwältigender Dankbarkeit zitterten, und wie sie Ströme von Tränen vergossen zum Zeichen der Erkenntlichkeit gegen den Herrn Stadthauptmann.« Nachdem er sich bei einem Polizisten eingehend erkundigt hatte, wie er am nächsten gehen könne, wenn er nach dem Dom, nach dem Gericht und zum Gouverneur wolle, ging er hin, um sich den Fluß anzusehen, der mitten durch die Stadt floß; unterwegs riß er einen an einen Pfeiler angehefteten Theaterzettel ab, um ihn, wenn er nach Hause gekommen sein würde, in Ruhe durchzulesen, blickte einer auf dem Holztrottoir vorübergehenden Dame starr ins Gesicht, der ein Bursche in einer militärischen Livree mit einem Bündel in der Hand folgte, und nachdem er noch einmal seine Augen über alles hatte hinschweifen lassen, wie wenn er sich die Lage des Ortes gut einprägen wollte, begab er sich nach Hause und, auf der Treppe von dem Kellner ein wenig unterstützt, geradeswegs in sein Zimmer. Nachdem er Tee getrunken hatte, setzte er sich an den Tisch, ließ sich eine Kerze geben, zog den Theaterzettel aus der Tasche, hielt ihn nahe an das Licht und las ihn durch, wobei er das rechte Auge ein wenig zusammenkniff. Übrigens enthielt der Zettel nicht viel Bemerkenswertes: es wurde Kotzebues »Sonnenjungfrau« gegeben, in welchem Stücke den Rolla Herr Poplowin und die Kora Fräulein Sjablowa spielte; die übrigen Personen waren noch weniger bemerkenswert; indes las er auch sie alle durch, gelangte sogar bis zu dem Preise der Parterreplätze und ersah, daß der Zettel in der Druckerei der Gouvernementsverwaltung gedruckt war; dann drehte er ihn nach der anderen Seite herum und sah zu, ob sich vielleicht auch dort noch etwas befinde; aber da er nichts fand, so rieb er sich die Augen, rollte den Zettel sauber zusammen und legte ihn in sein Kästchen, wohin er alles zu legen pflegte, was ihm in die Hände kam. Er schloß den Tag mit einer Portion kalten Kalbsbratens, einer Flasche kislyja Schtschi* und einem festen Schlafe, wobei er das ganze Pumpwerk in Bewegung setzte, wie man sich in manchen Gegenden des weiten russischen Reiches ausdrückt.

Der ganze folgende Tag war den Besuchen gewidmet. Der Ankömmling stattete allen Würdenträgern der Stadt Besuche ab. Er machte eine Respektsvisite bei dem Gouverneur, der, wie sich herausstellte, ebenso wie Tschitschikow, weder dick noch dünn war, den Annaorden am Halse trug und sogar, wie man sagte, bereits zu einem Ordensstern eingegeben war, übrigens ein sehr gutmütiger Mensch war und sogar selbst manchmal auf Tüll stickte. Dann begab er sich zum Vizegouverneur, dann zum Staatsanwalt, zum Gerichtspräsidenten, zum Polizeimeister, zum Branntweinpächter, zum Inspektor der fiskalischen Fabriken –, schade, daß es einigermaßen schwer ist, all die Gewaltigen dieser Welt aufzuzählen; aber es genügt zu sagen, daß der Ankömmling, was Besuche anlangt, eine ganz außerordentliche Rührigkeit bekundete; er begab sich sogar zu dem Inspektor des Medizinalwesens und zu dem städtischen Baumeister, um ihnen seinen Respekt zu bezeigen.

* Ein moussierendes säuerliches Getränk aus Schwarzbrot mit Malz.

Und dann saß er noch lange in seiner Britschke und überlegte, wem er wohl noch einen Besuch abstatten könnte; aber es waren weiter keine Beamten mehr in der Stadt vorhanden. In den Gesprächen mit diesen Herren verstand er es sehr kunstvoll, einem jeden zu schmeicheln. Bei dem Gouverneur ließ er so beiläufig die Bemerkung einfließen, wenn man in sein Gouvernement komme, fühle man sich wie im Paradiese; die Wege seien überall wie von Samt; eine Regierung, welche die hohen Verwaltungsposten mit weisen Männern besetze, verdiene dafür das höchste Lob. Dem Polizeimeister sagte er etwas sehr Schmeichelhaftes über die städtischen Polizisten; und in den Gesprächen mit dem Vizegouverneur und dem Gerichtspräsidenten, welche noch bloß Staatsräte waren, bediente er sich sogar versehentlich zweimal der Anrede »Exzellenz«, was ihnen sehr gefiel. Die Folge davon war, daß der Gouverneur ihn gleich für denselben Tag zu einer kleinen Abendgesellschaft in seinem Hause einlud; und ebenso machten es auch die übrigen Beamten: der eine lud ihn zum Mittagessen ein, ein anderer zu einer Partie Boston, der dritte zu einer Tasse Tee.

Von sich selbst viel zu reden, das schien der Reisende zu vermeiden; wenn er aber von sich sprach, so tat er es in allgemeinen Ausdrücken, mit bemerkenswerter Bescheidenheit und bediente sich in solchen Fällen etwas buchmäßiger Redewendungen: er sei ein unbedeutender Wurm auf dieser Welt und verdiene nicht, daß man sich viel um ihn kümmere; er habe viel in seinem Leben durchgemacht und in seiner dienstlichen Tätigkeit viel für Wahrheit und Recht zu leiden gehabt; er besitze viele Feinde, die ihm sogar nach dem Leben getrachtet hätten; jetzt suche er, in dem Wunsche endlich zur Ruhe zu kommen, sich einen Ort, wo er dauernd wohnen könne, und da er nun nach dieser Stadt gekommen sei, so habe er es für seine unabweisliche Pflicht gehalten, den ersten Würdenträgern derselben seinen Respekt zu bezeigen.

Das war alles, was man in der Stadt über diese neue Persönlichkeit erfuhr, die nicht ermangelte, sich unverzüglich auf der kleinen Abendgesellschaft beim Gouverneur zu zeigen. Tschitschikows Vorbereitung zu dieser kleinen Abendgesellschaft nahm mehr als zwei Stunden in Anspruch, und hierbei bewies er eine solche Sorgfalt für die Toilette, wie man sie keineswegs überall findet. Nach einem kleinen Mittagsschläfchen ließ er sich alles zum Waschen Nötige bringen und rieb sich sehr lange beide Backen mit Seife, indem er sie von innen mit der Zunge stützte; darauf nahm er dem Kellner das Handtuch von der Schulter und trocknete damit sein volles Gesicht von allen Seiten ab, wobei er mit den Ohren anfing und vorher dem Kellner ein paarmal gerade ins Gesicht prustete; dann legte er vor dem Spiegel das Chemisett an, zupfte sich zwei Härchen aus, die aus der Nase hervorstanden, und stand unmittelbar darauf in einem preiselbeerfarbenen, mit glänzenden Tüpfelchen versehenen Fracke da. Nachdem er sich so angekleidet hatte, fuhr er in seinem eigenen Wagen zum Gouverneur, durch außerordentlich breite Straßen, die nur von einigen erleuchteten Fenstern aus schwach erhellt waren. Das Haus des Gouverneurs aber war so erleuchtet, als ob dort ein Ball stattfände; Equipagen mit Laternen kamen herangerollt, vor dem Portal standen zwei Gendarme, von weitem schrien die Vorreiter, kurz, alles war, wie es sich gehört. Als Tschitschikow in den Saal trat, mußte er für einen Augenblick die Augen zusammenkneifen, weil der Glanz der Lichter, der Lampen und der Damentoiletten gar zu groß war. Alles war mit Licht übergossen. Schwarze Fracks huschten einzeln und in Gruppen hier und dort umher, wie Fliegen an einem heißen Julitage über den weißen glänzenden Zucker kriechen, wenn die alte Wirtschafterin ihn am offenen Fenster in kleine, glitzernde Stücke zerschlägt: alle Kinder haben sich um sie versammelt, sehen zu und verfolgen neugierig die Bewegungen ihrer schwieligen Hände, die den Hammer schwingen; die luftigen Schwadronen der Fliegen aber fliegen, von der leichten Luft getragen, kühn herein, wie wenn sie da die Herren wären; sie benutzen die Schwachsichtigkeit der alten Frau und die Sonne, die ihr die Augen blendet, und setzen sich auf die appetitlichen Stücke, teils einzeln, teils in dichten Schwärmen. Gesättigt von dem reichen Sommer, der ihnen auch ohnedies auf Schritt und Tritt leckere Gerichte darbietet, sind sie überhaupt nicht in der Absicht zu essen hereingeflogen, sondern nur um sich zu zeigen, auf dem Zuckerhaufen hin und her zu spazieren, die Hinter- oder Vorderbeinchen aneinander zu reiben oder sich mit ihnen unter den Flügeln zu kratzen oder mit den beiden ausgestreckten Vorderfüßchen sich auf dem Kopfe zu reiben, sich umzudrehen und wieder wegzufliegen und mit neuen zudringlichen Schwadronen wieder herbeizufliegen.

Tschitschikow hatte noch nicht Zeit gehabt sich umzusehen, als ihn schon der Gouverneur unter den Arm faßte, um ihn sogleich seiner Gemahlin vorzustellen. Der fremde Gast gab sich auch hierbei keine Blöße: er brachte ein Kompliment vor, das für einen Mann in mittleren Jahren, der keinen allzu hohen und keinen allzu niedrigen Rang hatte, sehr passend war. Als die Paare der Tanzenden sich aufstellten und alle übrigen Gäste an die Wand drängten, betrachtete er sie, die Hände auf den Rücken legend, ein paar Minuten lang sehr aufmerksam. Viele Damen waren schön und nach der Mode gekleidet; andere aber hatten angezogen, was eben in der Gouvernementsstadt zu haben war. Die Männer bildeten hier wie überall zwei Kategorien. Die einen waren dünn und scherwenzelten immer um die Damen herum; manche von ihnen waren so qualifiziert, daß man sie nur mit Mühe von Petersburgern unterscheiden konnte: sie hatten ebenso sorgsam und geschmackvoll frisierte Backenbärte oder einfach gut aussehende, ganz glatt rasierte, ovale Gesichter, setzten sich in ebenso lässiger Manier zu den Damen, redeten ebenso Französisch und brachten die Damen ebenso zum Lachen, wie es in Petersburg geschieht. Die zweite Kategorie von Männern bildeten die Dicken und solche wie Tschitschikow, d. h. solche, die nicht allzu dick, aber auch nicht gerade dünn waren. Diese hielten sich im Gegensatz zu den ersteren von den Damen fern und blickten nur seitwärts, ob die Diener des Gouverneurs noch nicht die grünen Whisttische aufgestellt hätten. Sie hatten volle, runde Gesichter, manche sogar mit Warzen; ein oder der andere war auch pockennarbig. Sie trugen das Haar weder in Tollen noch in Locken, noch in der Art, die die Franzosen »Hol mich der Teufel!« nennen; das Haar war bei ihnen entweder ganz kurz geschoren, oder es lag glatt an; die Gesichtszüge aber waren meist rundlich und kräftig. Dies waren die achtbaren Beamten der Stadt. Leider verstehen es auf dieser Welt die Dicken besser als die Dünnen, ihre Interessen wahrzunehmen. Die Dünnen dienen meistens als Hilfsarbeiter oder werden nur in der Liste geführt und versuchen bald hier bald dort ihr Heil; ihr ganzes Wesen hat etwas gar zu Luftiges, Windiges und erweckt keine Hoffnungen für die Zukunft. Die Dicken dagegen bekleiden niemals Nebenstellen, sondern immer Hauptämter, und wenn sie irgendwo sitzen, so sitzen sie da fest und voll Selbstvertrauen, so daß eher die Stelle unter ihrem Gewichte zittert und zusammenbricht, als daß sie davongingen. Äußeren Glanz lieben sie nicht; ihre Fracks haben keine so gute Fasson wie die der Dünnen; aber dafür sammelt sich in ihren Kassetten der Segen Gottes. So ein Dünner hat nach drei Jahren auch nicht eine Seele übrig, die nicht verpfändet wäre; aber bei einem Dicken kann man ganz beruhigt sein: irgendwo am Ende der Stadt taucht auf einmal ein Haus auf, das er auf den Namen seiner Frau gekauft hat, dann am anderen Ende noch ein Haus, dann in der Nähe der Stadt ein kleines Dörfchen, dann ein ordentliches Kirchdorf mit allen Appertinenzien. Schließlich nimmt der Dicke, nachdem er Gott und dem Kaiser treu gedient und sich die allgemeine Achtung erworben hat, seinen Abschied, zieht um und wird Gutsbesitzer, ein prächtiger, echt russischer, gastfreier Herr, und führt ein gutes Leben. Nach seinem Tode aber verlieren seine dünnen Erben wieder, wie das russische Brauch ist, im Handumdrehen das gesamte väterliche Vermögen.

Wir können nicht verhehlen, daß Überlegungen ziemlich derselben Art auch Herrn Tschitschikow beschäftigten, während er die Gesellschaft musterte, und die Folge davon war, daß er sich schließlich zu den Dicken gesellte, wo er fast lauter bekannte Gesichter vorfand: den Staatsanwalt mit sehr dichten, schwarzen Augenbrauen und einem etwas zwinkernden linken Auge, wie wenn er sagen wollte: »Komm mit in das andere Zimmer, Bruder, ich will dir da etwas sagen«, übrigens einen ernsthaften, schweigsamen Menschen; den Postmeister, einen Mann von kleinem Wuchse, aber einen Witzbold und Philosophen; den Gerichtspräsidenten, einen sehr vernünftigen, liebenswürdigen Menschen. Alle diese Herren begrüßten ihn wie einen alten Bekannten, worauf sich Tschitschikow verbeugte, etwas schräg nach der Seite zu, jedoch nicht ohne Anmut. Dabei machte er auch sogleich die Bekanntschaft des sehr umgänglichen, höflichen Gutsbesitzers Manilow, sowie des dem Ansehen nach etwas plumpen Sobakewitsch, der ihm gleich von vornherein stark auf den Fuß trat und dazu nur sagte: »Bitte um Entschuldigung!« Alsbald forderte man ihn auch auf, an einer Whistpartie teilzunehmen, was er mit einer ebensolchen höflichen Verbeugung annahm. Sie setzen sich an einen grünen Tisch und standen erst zum Abendessen wieder auf. Alle Gespräche hörten vollständig auf, wie das immer der Fall ist, sobald die Leute sich einer ernsten Beschäftigung widmen. Der Postmeister war ja zwar für gewöhnlich sehr redselig; aber auch er machte, sobald er die Karten in die Hand genommen hatte, sofort ein sehr nachdenkliches Gesicht, bedeckte die Oberlippe mit der Unterlippe und behielt diese Haltung während des ganzen Spieles bei. Wenn er ein Bild ausspielte, schlug er kräftig mit der Hand auf den Tisch und sagte dabei, wenn es eine Dame war: »Mach, daß du wegkommst, du alte Popenfrau!« und wenn es ein König war: »Mach, daß du wegkommst, du Tambowscher Bauer!« Und der Gerichtspräsident erwiderte: »Den werde ich beim Schnurrbart kriegen! Die werde ich beim Schnurrbart kriegen!« Manchmal, wenn einer eine Karte auf den Tisch warf, entfuhr ihm ein Ausdruck von dieser Art: »Ach was, auf gut Glück! 'n Herz hat ein jeder!« oder auch einfach ein Ausruf: »Trefflich, Treffer!« »Pike, Picknick, Pickel, Pikanterie!« In dieser Weise hatten sie in ihrer Gesellschaft die Farben umgetauft. Nach Beendigung eines Spieles wurde, wie das üblich ist, ziemlich laut gestritten. Unser fremder Gast stritt ebenfalls, aber in sehr kunstvoller Weise, so daß alle sahen, daß er stritt, es aber in einer sehr angenehmen Weise tat. Niemals sagte er: »Sie spielten aus«, sondern immer: »Sie beliebten auszuspielen«, »ich hatte die Ehre, Ihre Zwei zu stechen«, und anderes in dieser Art. Um seine Gegner noch mehr zu besänftigen, präsentierte er ihnen allen jedesmal seine silberene, emaillierte Schnupftabaksdose, auf deren Boden man zwei Veilchen bemerken konnte, die er um des Geruches willen hineingelegt hatte. Die Aufmerksamkeit des Reisenden fesselten namentlich die Gutsbesitzer Manilow und Sobakewitsch, deren wir oben Erwähnung getan haben. Er erkundigte sich sofort nach ihnen, indem er gleich dort den Gerichtspräsidenten und den Postmeister ein wenig beiseite rief. Einige Fragen, die der Neuangekommene stellte, zeugten nicht nur von seiner Wißbegierde, sondern auch von seiner Gründlichkeit; denn er erkundigte sich vor allen Dingen danach, wieviel Seelen ein jeder von ihnen besitze, und in welchem Zustande sich ihre Güter befänden, und dann erst fragte er nach ihren Vornamen und Vatersnamen. Darauf gelang es ihm in kurzer Zeit, die beiden Herren völlig zu bezaubern. Der Gutsbesitzer Manilow, ein noch keineswegs bejahrter Mann, der zuckersüße Augen hatte und sie jedesmal zusammenkniff, wenn er lachte, war von ihm ganz hin. Er drückte ihm sehr lange die Hand und bat ihn inständig, er möchte ihm die Ehre erweisen, zu ihm auf sein Gut zu kommen, das nach seiner Versicherung nur fünfzehn Werst von der Stadt entfernt lag, worauf Tschitschikow mit einer sehr höflichen Verneigung des Kopfes und einem herzlichen Händedrucke erwiderte, er sei nicht nur mit dem größten Vergnügen bereit, dies zu tun, sondern halte es auch für seine heiligste Pflicht. Sobakewitsch sagte ebenfalls etwas lakonisch: »Bitte, kommen Sie auch zu mir!« und scharrte dabei mit einem Fuße, der in einem Stiefel von so riesiger Größe steckte, daß man, von Herrn Sobakewitsch abgesehen, schwerlich irgendwo einen hineinpassenden Fuß hätte finden können, insonderheit in jetziger Zeit, wo auch in Rußland die Riesen auszusterben beginnen.

Am anderen Tage war Tschitschikow zum Mittag- und Abendessen beim Polizeimeister, wo sie sich um drei Uhr nach dem Mittagessen zum Whist hinsetzten und bis zwei Uhr nachts spielten. Dort lernte er unter anderen den Gutsbesitzer Nosdrew kennen, einen flotten jungen Mann von etwa dreißig Jahren, der ihn gleich nach den ersten drei, vier Worten zu duzen anfing. Mit dem Polizeimeister und dem Staatsanwalt stand Nosdrew ebenfalls auf du und du und verkehrte mit ihnen freundschaftlich; aber als sie sich hinsetzten, um hoch zu spielen, musterten der Polizeimeister und der Staatsanwalt außerordentlich aufmerksam seine Stiche und prüften fast jede Karte, mit der er herauskam. Am anderen Tage verbrachte Tschitschikow den Abend beim Gerichtspräsidenten, der seine Gäste, unter denen sich auch zwei Damen befanden, in einem etwas fettigen Schlafrock empfing. Dann war er auf einer Abendgesellschaft beim Vizegouverneur, auf einem großen Diner beim Branntweinpächter, auf einem kleinen Mittagessen beim Staatsanwalt, das übrigens viel gekostet haben mußte; dann auf einem Imbiß nach der Messe, den der Bürgermeister gab, und der ebenfalls soviel wert war wie ein Diner. Kurz, er konnte auch nicht eine Stunde zu Hause bleiben und kam in den Gasthof nur, um dort zu schlafen. Der Reisende verstand es, sich in all diese Verhältnisse hineinzufinden, und zeigte sich als einen erfahrenen Weltmann. Um was sich auch das Gespräch drehen mochte, er wußte sich immer daran zu beteiligen: war von einem Gestüte die Rede, so sprach er auch über Gestüte; redete man über gute Hunde, so machte er auch hierüber sehr sachverständige Bemerkungen; disputierte man über eine vom Gerichtshofe vorgenommene Untersuchung, so zeigte er, daß ihm auch das Gerichtsverfahren nicht unbekannt sei; fand eine Erörterung über das Billardspiel statt, so gab er sich auch in betreff der Kenntnis des Billardspieles keine Blöße; redete man über die Tugend, so sprach er auch über die Tugend sehr gut, sogar mit Tränen in den Augen; oder über die Fabrikation des Branntweins, so wußte er auch über die Fabrikation des Branntweins Bescheid; oder über Steuerinspektoren und Steuerbeamte, so urteilte er auch über diese so, als ob er selbst Steuerbeamter und Steuerinspektor gewesen wäre. Bemerkenswert aber war, daß er dies alles mit einer gewissen Gesetztheit auszustatten verstand, daß er es verstand, sich gut zu benehmen. Er redete weder zu laut noch zu leise, sondern gerade so, wie es sich gehörte. Kurz, von welcher Seite man ihn auch ansehen mochte, er war ein ordentlicher Mensch. Alle Beamten waren über die Ankunft dieser neuen Persönlichkeit erfreut. Der Gouverneur sagte über ihn, er sei ein wohlgesinnter Mensch, der Staatsanwalt, er sei ein vernünftiger Mensch; der Gendarmerieoberst äußerte sich dahin, er sei ein gelehrter Mensch, der Gerichtspräsident, er sei ein kenntnisreicher und achtungswerter Mensch, der Polizeimeister, er sei ein achtungswerter und liebenswürdiger Mensch, die Frau des Polizeimeisters, er sei der liebenswürdigste und umgänglichste Mensch. Selbst Sobakewitsch, der nur selten von jemandem etwas Gutes sprach, sagte, als er ziemlich spät aus der Stadt nach Hause gekommen war, sich schon vollständig ausgezogen hatte und sich zu seiner mageren Frau ins Bett legte: »Ich bin beim Gouverneur zum Abendessen gewesen, mein Herzchen, und beim Polizeimeister zum Diner und habe da einen Kollegienrat Pawel Iwanowitsch Tschitschikow kennengelernt, einen sehr angenehmen Menschen!« Worauf seine Frau »Hm!« antwortete und ihn mit dem Fuße stieß.

Eine derartige, sehr schmeichelhafte Meinung hatte sich über den Fremden in der Stadt gebildet, und sie hatte Bestand, bis eine ganz eigentümliche, seltsame Handlung desselben, von der der Leser alsbald erfahren soll, fast die ganze Stadt in die größte Verwunderung versetzte.

ZWEITES KAPITEL

Schon über eine Woche wohnte der fremde Herr in der Stadt, fuhr zu Abendgesellschaften und Diners und verbrachte auf diese Weise die Zeit, wie man zu sagen pflegt, sehr fidel. Endlich entschloß er sich, seine Visiten über das Weichbild der Stadt hinaus auszudehnen und die Gutsbesitzer Manilow und Sobakewitsch zu besuchen, denen er das versprochen hatte. Vielleicht veranlaßte ihn dazu noch ein anderer, mehr materieller Grund, eine ernstere, ihm mehr am Herzen liegende Angelegenheit. Aber von alledem wird der Leser allmählich und rechtzeitig Kenntnis erhalten, wenn er nur die Geduld hat, die vorliegende Erzählung durchzulesen, die allerdings sehr lang ist und sich immer mehr in die Breite ausdehnen wird, je mehr sie sich dem Ende nähert, das dann das Ganze krönt.

Dem Kutscher Selifan war der Auftrag gegeben worden, frühmorgens die Pferde an die bekannte Britschke zu spannen; Petruschka hatte Befehl erhalten, zu Hause zu bleiben und das Zimmer und den Koffer zu behüten. Für den Leser wird es nicht überflüssig sein, diese beiden Leibeigenen unseres Helden näher kennenzulernen. Allerdings sind sie nicht besonders merkwürdige Personen, sondern solche, die man als zweiten oder gar dritten Ranges bezeichnet, und sie bilden in unserer Erzählung nicht die Haupttriebräder, sondern werden von diesen nur hier und da berührt und leicht gestreift;

aber der Verfasser liebt es außerordentlich, in allem gründlich zu sein, und will von diesem Gesichtspunkte aus, obwohl er selbst Russe ist, mit solcher Akkuratesse verfahren wie ein Deutscher. Das wird übrigens nicht viel Zeit und Raum in Anspruch nehmen, weil nicht viel zu dem hinzuzufügen ist, was der Leser schon weiß, daß nämlich Petruschka einen etwas weiten, braunen, von seinem Herrn abgelegten Oberrock trug und, wie Leute seines Standes gewöhnlich, eine dicke Nase und dicke Lippen hatte. Von Charakter war er eher schweigsam als gesprächig; er hatte sogar einen edlen Bildungsdrang, d. h. einen Drang, Bücher zu lesen; hinsichtlich des Inhaltes derselben war er nicht wählerisch: es war ihm völlig gleichgültig, ob er ein Abenteuer eines verliebten Helden oder einfach eine Fibel oder ein Gebetbuch vor sich hatte, – er las alles mit gleicher Aufmerksamkeit; hätte man ihm ein Lehrbuch der Chemie in die Hand gegeben, so würde er auch das nicht zurückgewiesen haben. Ihm gefiel nicht sowohl das, worüber er etwas las, sondern am meisten das Lesen selbst oder, besser gesagt, der Prozeß des Lesens selbst, daß da aus den Buchstaben immer ein Wort herauskam, ein Wort, das manchmal sogar etwas bedeutete. Diese Lektüre betrieb er meist in liegender Haltung, im Vorzimmer, auf seinem Bette und der Matratze, die infolgedessen platt und dünn wie ein Fladen geworden war. Außer der Leidenschaft für die Lektüre hatte er noch zwei Gewohnheiten, aus denen sich zwei andere charakteristische Züge seiner Persönlichkeit ergaben: erstens, in den Kleidern zu schlafen, so wie er war, in demselben Rock, und zweitens, immer eine ihm eigene Luft, einen ihm eigenen Geruch mit sich zu führen, der einigermaßen an den Geruch eines stark bewohnten Zimmers erinnerte. Er brauchte nur irgendwo sein Bett aufzuschlagen, mochte auch das Zimmer bis dahin unbewohnt gewesen sein, er brauchte nur seinen Mantel und seine Habseligkeiten dorthin zu bringen, und sofort schien es, als hätten in dem betreffenden Zimmer schon zehn Jahre lang wer weiß wie viele Leute gewohnt. Wenn Tschitschikow, ein sehr empfindlicher und in manchen Fällen sogar kapriziöser Mensch, frühmorgens diese Luft in seine frische Nase einzog, so runzelte er nur die Stirn, schüttelte den Kopf und sagte: »Weiß der Teufel, Bruder, du schwitzt wohl? Du solltest wirklich einmal ins Bad gehen!« Petruschka gab darauf nie eine Antwort, sondern suchte sich schnell mit irgend etwas zu beschäftigen: entweder trat er mit der Bürste an den dahängenden Frack seines Herrn heran, oder er räumte einfach irgend etwas weg. Was mochte er denken, während er so schwieg? Vielleicht sagte er im stillen zu sich: »Du bist auch der Richtige! Daß dir das noch nicht langweilig geworden ist, vierzigmal ein und dasselbe zu wiederholen!« Was ein Leibeigener denkt, während ihm sein Herr eine Belehrung erteilt, das weiß nur Gott allein. Also das wäre es, was wir fürs erste über Petruschka zu sagen haben. Ein ganz anderer Mensch war der Kutscher Selifan. Aber der Verfasser schämt sich stark, seine Leser so lange von Leuten niederen Standes zu unterhalten; denn er weiß aus Erfahrung, wie ungern sie mit den unteren Schichten Bekanntschaft machen. Der Russe ist nun einmal so: er empfindet ein leidenschaftliches Verlangen, mit jemand bekannt zu werden, der auch nur eine Rangstufe über ihm steht, und eine rein äußerliche Bekanntschaft mit einem Grafen oder Fürsten ist ihm wertvoller als alle sonstigen noch so engen, freundschaftlichen Beziehungen. Der Verfasser fürchtet sogar für seinen Helden, der nur Kollegienrat ist. Hofräte mögen vielleicht mit ihm bekannt zu werden wünschen; aber diejenigen, die es schon bis zum Generalsrange gebracht haben, die werfen auf ihn am Ende nur einen jener verächtlichen Blicke, die der Mensch auf alles wirft, was zu seinen Füßen herumkriecht, oder, was noch schlimmer ist, sie gehen mit einer für den Verfasser niederschmetternden Nichtbeachtung an ihm vorüber. Aber wie kränkend auch das eine wie das andere sein mag, wir müssen doch zu unserem Helden zurückkehren. Nachdem er also noch am vorhergehenden Abende die nötigen Befehle gegeben hatte, stand er am andern Morgen sehr früh auf, wusch sich und rieb sich vom Kopf bis zu den Füßen mit einem nassen Schwamme ab, was er nur sonntags tat, und es war gerade Sonntag. Daraufrasierte er sich so sorgfältig, daß seine Backen an Glätte und Glanz der reine Atlas wurden, zog den preiselbeerfarbenen Frack mit den leuchtenden Tüpfelchen und darüber den großen Bärenpelz an, stieg die Treppe hinab, wobei der Kellner ihn bald auf der einen bald auf der anderen Seite stützend unter den Arm faßte, und setzte sich in die Britschke. Mit Gepolter fuhr die Britschke aus dem Torwege des Gasthofes auf die Straße hinaus. Ein vorbeigehender Pope nahm die Mütze ab; einige Gassenjungen mit unsauberen Hemden streckten die Hände hin und riefen: »Gnädiger Herr, geben Sie uns armen Waisen etwas!« Da der Kutscher bemerkte, daß der eine von ihnen die größte Lust hatte, auf das hintere Trittbrett zu klettern, so versetzte er ihm einen Schlag mit der Peitsche. Die Britschke begann nun auf den Steinen ihre Sprünge zu machen. Nicht ohne lebhafte Freude erblickte der Insasse von weitem den gestreiften Schlagbaum, der zu erkennen gab, daß das Pflaster, wie alle anderen Erdenqualen, bald ein Ende nehmen werde, und nachdem Tschitschikow sich noch einige Male ziemlich heftig den Kopf an der Wagendecke gestoßen hatte, fuhr er endlich auf weichem Boden dahin. Kaum hatten sie die Stadt hinter sich, als sie auch schon auf beiden Seiten des Weges in die übliche Wildnis hineingerieten: mit Gras bewachsene Erdhöcker, Tannenwald, niedriges, dünnes, junges Fichtengestrüpp, angebrannte alte Baumstämme, Heidekraut und ähnliches nutzloses Zeug. Es kamen Dörfer, die in langer Linie an der Landstraße entlang lagen; die Häuser hatten, was ihre Bauart anlangt, mit alten aufgeschichteten Holzhaufen Ähnlichkeit, waren mit grauen Dächern versehen und unter denselben mit geschnitzten hölzernen Verzierungen ausgestattet, in Form von herabhängenden gemusterten Handtüchern. Wie gewöhnlich saßen auf den Bänken vor den Torwegen einige

Bauern in ihren Schafpelzen und gähnten; Frauen mit dicken Gesichtern und zusammengeschnürten Brüsten sahen aus den oberen Fenstern; aus den unteren schaute ein Kalb heraus, oder ein Schwein steckte seinen kleinäugigen Kopf ins Freie. Kurz, ganz das bekannte Bild. Nachdem sie am fünfzehnten Werstpfahl vorübergefahren waren, erinnerte sich Tschitschikow, daß hier, nach Manilows Angabe, dessen Dorf liegen mußte; aber auch der sechzehnte Werstpfahl flog an ihnen vorbei, und das Dorf war immer noch nicht zu sehen, und wenn ihnen nicht zwei Bauern entgegengekommen wären, so wäre es ihnen kaum gelungen, hinzufinden. Auf die Frage, ob das Dorf Samanilowka noch weit sei, nahmen die Bauern die Mützen ab, und der eine von ihnen, der der klügere war und einen keilförmigen Bart trug, antwortete: »Meinst du vielleicht Manilowka und nicht Samanilowka?«

»Nun ja, Manilowka.«

»Manilowka! Wenn du noch eine Werst weiterfährst, dann hast du es, das heißt dann geradezu nach rechts.«

»Nach rechts?« fragte der Kutscher.

»Ja, nach rechts«, antwortete der Bauer. »Das ist dann der Weg nach Manilowka; aber ein Dorf Samanilowka gibt es gar nicht. So heißt das Dorf, nämlich sein Name ist Manilowka; aber Samanilowka gibt es überhaupt nicht. Da geradezu auf dem Berge wirst du ein steinernes, zweistöckiges Haus sehen, das Herrschaftshaus; in dem wohnt nämlich der Herr selbst. Das ist Manilowka; aber ein Dorf Samanilowka gibt es hier ganz und gar nicht und hat es nie gegeben.«

Sie fuhren weiter, um Manilowka zu suchen. Als sie noch zwei Werst gefahren waren, kamen sie an eine Stelle, wo ein Landweg abzweigte; aber sie legten auf diesem wohl noch zwei, drei, vier Werst zurück, und das steinerne, zweistöckige Haus war immer noch nicht zu sehen. Da erinnerte sich Tschitschikow, daß, wenn einen ein Freund auf sein fünfzehn Werst weit entferntes Gut einladet, dies bedeutet, daß nach dem Gute gut dreißig Werst sind. Das Dorf Manilowka konnte durch seine Lage nicht viele Menschen reizen. Das herrschaftliche Haus stand für sich allein auf einem freien Platze, nämlich auf einer Anhöhe, die für alle Winde, denen es beliebte zu blasen, offen dalag. Der Abhang der Anhöhe, auf der es stand, war mit kurzgeschorenem Rasen bekleidet. Auf ihm waren nach englischer Manier zwei, drei Beete mit Fliedersträuchen und gelbblühenden Akazienbüschen verstreut; fünf bis sechs Birken streckten hier und da in kleinen Gruppen ihre kleinblättrigen, dünnbelaubten Wipfel in die Höhe. Unter zweien derselben befand sich eine Laube mit einer flachen, grünen Kuppel, blauen Holzsäulen und der Aufschrift: »Tempel des einsamen Nachdenkens«; unten lag ein mit Entengrütze bedeckter Teich, was übrigens in den englischen Parks russischer Gutsbesitzer keine Seltenheit ist. Am Fuße dieser Anhöhe und zum Teil noch auf dem Abhange selbst lagen kreuz und quer dunkelgraue, aus Balken gebaute Bauernhäuser, die unser Held aus unbekannten Gründen sofort zu zählen begann; er zählte ihrer mehr als zweihundert. Nirgends wuchs zwischen ihnen ein Baum oder sonst etwas Grünes; überall sah man nur Holzbalken. Das Bild belebten zwei Weiber, welche ihre Kleider malerisch aufgehoben und auf allen Seiten untergestopft hatten, bis an die Knie im Teiche herumwateten und an zwei Querhölzern ein zerrissenes Schleppnetz hinter sich herzogen; in diesem sah man zwei Krebse, die sich darin verwickelt hatten; auch glitzerte darin ein Plötz. Die Frauen schienen untereinander in Streit begriffen zu sein und sich über irgend etwas zu zanken. Seitwärts in der Ferne sah man einen dunklen Fichtenwald mit einem langweiligen, bläulichen Schimmer. Selbst das Wetter schien sich in seinem Charakter der Örtlichkeit anzupassen: es war ein nicht gerade heller und nicht gerade düsterer Tag; ein Tag von hellgrauer Farbe; eine solche Farbe findet man nur noch bei den alten Uniformen der Garnisonsoldaten, dieses friedlichen, aber sonntags zum Teil betrunkenen Militärs. Um das Bild vollständig zu machen, fehlte es auch nicht an einem

Hahne, diesem Vorherverkündiger der Witterungsveränderungen, der, trotzdem sein Kopf bei gewissen Courmachereien von den Schnäbeln anderer Hähne bis aufs Gehirn zerhackt war, dennoch sehr laut krähte und sogar mit den arg zerzupften Flügeln schlug. Als Tschitschikow sich dem Gehöfte näherte, bemerkte er auf der Freitreppe vor der Haustür den Hausherrn selbst in einem grünen Rocke aus Kammgarn; er hatte die Hand als Schirm über den Augen an die Stirn gelegt, um den herankommenden Wagen besser erkennen zu können. In dem Maße, wie die Britschke sich der Haustür näherte, wurden seine Augen fröhlicher und sein Lächeln breiter.

»Pawel Iwanowitsch!« rief er endlich, als Tschitschikow aus der Britschke stieg. »Also haben Sie doch endlich auch einmal an uns gedacht!«

Die beiden Freunde küßten sich herzlich, und Manilow führte seinen Gast ins Zimmer. Obgleich die Zeit, die sie zum Durchschreiten des Flures, des Vorzimmers und des Eßzimmers brauchten, ziemlich kurz ist, so wollen wir doch versuchen, ob wir sie nicht dazu benutzen können, etwas über den Hausherrn zu sagen. Aber hier muß der Verfasser bekennen, daß ein solches Unternehmen sehr schwierig ist. Weit leichter ist es, Charaktere von größerem Kaliber zu schildern: da braucht man nur die Farben mit der ganzen Hand auf die Leinwand zu werfen: schwarze, sengende Augen, überhängende Augenbrauen, eine von Runzeln durchfurchte Stirn, ein über die Schulter geworfener schwarzer oder feuerroter Mantel, – und das Porträt ist fertig. Aber all diese Herren, deren es auf der Welt so viele gibt, die auf den ersten Blick einander sehr ähnlich sind, an denen man aber bei näherem Hinsehen eine Menge kaum erfaßbarer Besonderheiten entdeckt, diese Herren sind furchtbar schwer zu porträtieren. Hier muß man die Aufmerksamkeit auf das äußerste anspannen, um all die feinen, beinah unsichtbaren Züge wahrzunehmen, und überhaupt ist dazu ein tiefer, in der Wissenschaft der Menschenkenntnis geschärfter Blick erforderlich.

Vielleicht konnte nur Gott allein sagen, was für ein Charakter Manilow eigentlich war. Es gibt eine Art von Menschen, von denen man zu sagen pflegt: sie sind ganz eigenartige Leute, nicht Fisch, nicht Fleisch. Vielleicht muß man auch Manilow zu diesen rechnen. Dem Aussehen nach war er ein stattlicher Mensch; seine Gesichtszüge entbehrten nicht einer gewissen Anmut; aber dieser Anmut war, wie es schien, allzuviel Zucker zugesetzt; sein Benehmen und seine Umgangsformen zeigten das Bestreben, sich die Neigung anderer zu erwerben und Bekanntschaften anzuknüpfen. Er hatte ein verlockendes Lächeln, war blond und blauäugig. Im ersten Augenblicke des Gespräches mit ihm sagte man unwillkürlich: »Was ist das für ein angenehmer, gutherziger Mensch!« In dem darauffolgenden Augenblicke sagte man nichts, und im dritten sagte man: »Weiß der Teufel, was das für ein Kunde ist!« und ging weg, so weit als möglich; konnte man aber nicht weggehen, so empfand man die tödlichste Langeweile. Es war von ihm kein hitziges oder auch nur eifriges Wort herauszubekommen, wie man es doch fast von jedem hört, wenn man sein Lieblingsthema berührt. Jeder Mensch hat doch sein Lieblingsgebiet: der eine interessiert sich für Jagdhunde; ein anderer glaubt ein großer Kenner der Musik zu sein und ein wunderbares Verständnis für all ihre tiefen Stellen zu haben; ein dritter besitzt eine Meisterschaft darin, gut zu dinieren; ein vierter möchte im Leben eine Rolle spielen und wenigstens einen Zoll höher stehen, als es ihm vom Schicksal beschieden ist; ein fünfter, der sich mit seinen Wünschen mehr einschränkt, schwärmt und träumt davon, wie er wohl mit einem Flügeladjutanten auf der Promenade spazieren gehen könne, damit es seine Feinde und seine Bekannten und sogar unbekannte Leute sähen; ein sechster ist von der Natur mit einer Hand begabt, die den unnatürlichen Wunsch verspürt, an einem Karo-Aß oder an einer Zwei eine Ecke umzubiegen, während einem siebenten nur so die Hand juckt, irgendwo Ordnung zu stiften und sich mit einem Postmeister oder den

Postknechten einzulassen, – kurz, jeder hat sein Lieblingsgebiet, aber Manilow hatte keines. Zu Hause redete er sehr wenig; größtenteils überlegte er und dachte nach; aber worüber er nachdachte, das war vielleicht auch wieder nur Gott dem Herrn bekannt. Daß er sich mit der Wirtschaft beschäftigt hätte, konnte man nicht sagen; er fuhr sogar nie auf die Felder; die Wirtschaft ging von selbst so leidlich. Wenn der Verwalter sagte: »Es wäre gut, gnädiger Herr, das und das zu tun«, so antwortete er gewöhnlich: »Ja, es wäre nicht schlecht«, und rauchte seine Pfeife weiter; denn dieses Pfeiferauchen hatte er sich angewöhnt, als er noch beim Militär stand, wo er für einen sehr bescheidenen, sehr zartfühlenden und sehr gebildeten Offizier galt. »Ja, das wäre wirklich nicht schlecht«, wiederholte er noch einmal. Wenn ein Bauer zu ihm kam und, sich mit der Hand das Genick kratzend, sagte: »Gnädiger Herr, erlaube mir, auf Arbeit wegzugehen und die Abgabe zu erarbeiten«, so sagte er, seine Pfeife rauchend: »Nun, so geh!« und es kam ihm gar nicht in den Sinn, daß der Bauer einfach ging, um sich zu betrinken. Manchmal, wenn er von der Freitreppe auf den Hof und auf den Teich hinblicke, redete er davon, daß es gut wäre, wenn man von dem Hause aus einen unterirdischen Gang anlegte oder über den Teich eine steinerne Brücke baute, auf der sich zu beiden Seiten Läden befänden; und in den Läden sollten Kaufleute sitzen und allerlei geringe Waren verkaufen, die die Bauern nötig hätten. Dabei bekamen seine Augen ein außerordentlich süßes Aussehen, und sein Gesicht nahm einen sehr zufriedenen Ausdruck an. Übrigens endeten alle diese Projekte nur mit bloßen Worten. In seinem Arbeitszimmer lag immer ein Buch, mit einem Lesezeichen bei Seite vierzehn; dieses Buch las er beständig, schon seit zwei Jahren. In seinem Hause fehlte ewig etwas: im Salon standen schöne Möbel, mit einem prächtigen Seidenstoffe bezogen, der gewiß sehr viel Geld gekostet hatte; aber auf zwei Sesseln fehlte er, und diese Sessel standen einfach mit Matten bedeckt da; übrigens warnte der

Hausherr mehrere Jahre lang jedesmal seine Gäste mit den Worten: »Setzen Sie sich nicht auf diese Sessel; sie sind noch nicht fertig.« In einem anderen Zimmer waren überhaupt keine Möbel, obgleich er in den ersten Tagen nach der Hochzeit gesagt hatte: »Mein Herzchen, wir werden morgen dafür sorgen müssen, daß in dieses Zimmer wenigstens provisorisch Möbel hineingestellt werden.« Am Abend wurde ein sehr prächtiger Leuchter von dunkler Bronze mit den drei Grazien des Altertums und mit einem prächtigen Lichtschirm aus Perlmutter auf den Tisch gestellt und daneben ein einfacher, invalider, lahmer, sich seitwärts neigender Messingleuchter, der ganz voll Talg war, was weder der Hausherr noch die Hausfrau, noch die Dienerschaft beachtete. Seine Frau ... übrigens waren sie miteinander vollständig zufrieden. Trotzdem sie schon mehr als acht Jahre verheiratet waren, brachte immer noch jeder von ihnen dem anderen entweder ein Stückchen Apfel oder ein Stück Konfekt oder einen Nußkern und sagte mit einer rührend zärtlichen Stimme, die die größte Liebe ausdrückte: »Mach dein Mündchen auf, mein Herzchen; ich werde dir etwas Schönes hineinstecken.« Es versteht sich von selbst, daß sich dann das Mündchen mit viel Anmut öffnete. Zum Geburtstage überraschten sie einander mit Geschenken, etwa mit einem Futteral für die Zahnbürste in Perlenstickerei. Und wenn sie zusammen auf dem Sofa saßen, so legte sehr oft, ohne jeden erkennbaren Grund, der eine seine Pfeife, die andere ihre Handarbeit, falls sie eine solche gerade in den Händen hatte, hin, und sie drückten einander einen so schmachtenden, langen Kuß auf die Lippen, daß man während desselben mit Leichtigkeit eine kleine Strohzigarre hätte aufrauchen können. Kurz, sie waren, was man nennt: glückliche Menschen. Allerdings hätte man finden können, daß im Hause noch vieles andere zu tun war, als sich lange Küsse zu geben und Geburtstagsgeschenke herzustellen, und man hätte allerlei Fragen aufwerfen können: z. B. warum in der Küche die Speisen in so dummer, sinnloser

Weise bereitet wurden; warum die Speisekammer recht leer war; warum die Wirtschafterin stahl; warum die Diener unsauber und trunksüchtig waren; warum das ganze Gesinde maßlos lange schlief und in der ganzen übrigen Zeit Dummheiten trieb. Aber all dies waren unwürdige Gegenstände, und Frau Manilowa hatte eine gute Erziehung genossen. Eine gute Erziehung empfängt man bekanntlich in den Pensionaten; in den Pensionaten aber bilden bekanntlich drei Hauptgegenstände die Grundlage der menschlichen Tugenden: die französische Sprache, die für ein glückliches Familienleben unentbehrlich ist, das Fortepiano, um dem Gatten angenehme Stunden zu bereiten, und endlich das speziell wirtschaftliche Gebiet: das Stricken von Börsen und anderen Geschenken. Übrigens werden auch mancherlei Umänderungen und Vervollkommnungen der Methoden vorgenommen, besonders in der heutigen Zeit: all dies hängt wesentlich von der Einsicht und den Fähigkeiten der Pensionsvorsteherinnen selbst ab. In manchen Pensionaten wird so verfahren, daß zuerst das Fortepiano, dann die französische Sprache und dann erst das wirtschaftliche Gebiet herankommt. Aber manchmal macht man es auch so, daß man zuerst das wirtschaftliche Gebiet nimmt, d. h. das Stricken von Geschenken, dann die französische Sprache und danach erst das Fortepiano. Die Methoden sind eben mannigfaltig. Es schadet nichts, wenn wir anmerken, daß Frau Manilowa ... aber ich muß bekennen, es ist mir sehr peinlich, über Damen zu reden, und überdies wird es Zeit, daß ich zu unseren beiden Helden zurückkehre, die schon mehrere Minuten lang vor der Tür des Salons gestanden und sich wechselseitig gebeten haben, zuerst hineinzugehen.

»Haben Sie die Güte und beunruhigen Sie sich nicht meinetwegen; ich werde nach Ihnen hineingehen«, sagte Tschitschikow.

»Nein, Pawel Iwanowitsch, nein; Sie sind der Gast«, erwiderte Manilow, indem er mit einer Handbewegung auf die Tür hindeutete.

»Machen Sie keine Umstände, bitte, machen Sie keine Umstände; bitte, gehen Sie voran!« sagte Tschitschikow.

»Nein, verzeihen Sie, ich werde es nicht zulassen, daß ein so angenehmer, gebildeter Gast nach mir hineingeht.«

»Wieso denn gebildet? ... Bitte, gehen Sie voran!«

»Nicht doch; belieben Sie voranzugehen!«

»Aber warum denn?«

»Nun, eben deshalb!« sagte Manilow mit einem angenehmen Lächeln.

Endlich gingen die beiden Freunde gleichzeitig seitwärts in die Tür und drängten einander dabei ein bißchen.

»Gestatten Sie mir, Ihnen meine Frau vorzustellen!« sagte Manilow. »Mein Herzchen! Pawel Iwanowitsch!«

Wirklich erblickte Tschitschikow eine Dame, die er vorher, als er in der Tür mit Manilow Verbeugungen gemacht hatte, noch gar nicht bemerkt hatte. Sie war nicht häßlich, und ihr Anzug stand ihr gut. Sie trug ein gutsitzendes seidenes Kleid von blasser Farbe; ihre feine, kleine Hand warf eilig etwas auf den Tisch und preßte das Batisttaschentuch mit den gestickten Ecken zusammen. Sie erhob sich von dem Sofa, auf dem sie saß. Tschitschikow trat zu ihr hin und küßte ihr nicht ohne Vergnügen die Hand. Frau Manilowa sagte mit etwas schnarrender Aussprache, er mache ihnen durch seinen Besuch eine große Freude, und es sei kein Tag vergangen, an dem ihr Mann nicht von ihm gesprochen habe.

»Ja«, bestätigte Manilow, »sie fragte mich immer: ›Warum kommt denn dein Freund nicht?‹ – ›Warte nur, mein Herzchen‹, antwortete ich, ›er wird schon kommen.‹ Und da haben Sie uns nun endlich Ihres Besuches gewürdigt. Sie haben uns damit wirklich einen Genuß bereitet, einen Maitag, einen Festtag des Herzens ...«

Als Tschitschikow hörte, daß es schon bis zu Festtagen des Herzens gekommen war, wurde er etwas verlegen und antwortete bescheiden, er habe keinen bekannten Namen und keinen bemerkenswerten Rang.

»Sie haben alles«, unterbrach ihn Manilow mit demselben angenehmen Lächeln; »Sie haben alles und sogar noch mehr.«

»Welchen Eindruck hat Ihnen unsere Stadt gemacht?« fragte Frau Manilowa. »Haben Sie die Zeit dort angenehm verlebt?«

»Es ist eine sehr hübsche Stadt, eine schöne Stadt«, versetzte Tschitschikow, »und ich habe meine Zeit sehr angenehm zugebracht; die Gesellschaft ist sehr entgegenkommend.«

»Und wie haben Sie unseren Gouverneur gefunden?« sagte Frau Manilowa.

»Nicht wahr, ein höchst achtenswerter, höchst liebenswürdiger Mensch?« fügte Manilow hinzu.

»Durchaus richtig«, versetzte Tschitschikow; »ein höchst achtenswerter Mensch. Und wie er sich in sein Amt eingelebt hat, welch ein Verständnis er für dasselbe besitzt! Man kann nur wünschen, daß wir recht viele solche Männer hätten.«

»Wie er es versteht, einen jeden in der richtigen Art zu behandeln, wissen Sie, und in seinem ganzen Benehmen Taktgefühl zu zeigen«, fügte Manilow lächelnd hinzu und kniff vor Vergnügen beinah ganz die Augen zusammen, wie eine Katze, die man leise mit dem Finger hinter den Ohren krabbelt.

»Ein sehr umgänglicher, angenehmer Mann«, fuhr Tschitschikow fort. »Und welch ein Künstler! Ich hatte das gar nicht für möglich gehalten: wie schön er allerlei Sachen für den häuslichen Gebrauch stickt! Er hat mir eine von ihm selbst gearbeitete Börse gezeigt: es gibt wenige Damen, die so kunstvoll sticken können!«

»Und der Vizegouverneur, nicht wahr, was für ein lieber Mensch?« sagte Manilow und kniff dabei wieder die Augen etwas zusammen.

»Ein sehr, sehr würdiger Mann«, antwortete Tschitschikow.

»Nun, erlauben Sie, aber wie urteilen Sie über unseren Polizeimeister? Nicht wahr, ein sehr angenehmer Mensch?«

»Außerordentlich angenehm, und welch ein kluger, belesener Mensch! Ich habe bei ihm mit dem Staatsanwalt und dem Gerichtspräsidenten zusammen bis zum frühen Morgen Whist gespielt. Ein sehr, sehr würdiger Mann!«

»Nun, und was für eine Meinung haben Sie über die Frau des Polizeimeisters?« fügte Manilow hinzu. »Nicht wahr, eine sehr liebenswürdige Dame?«

»Oh, sie ist eine der würdigsten Damen, die ich überhaupt kenne«, antwortete Tschitschikow.

Hierauf ließen sie den Gerichtspräsidenten und den Postmeister Revue passieren und nahmen auf diese Weise fast alle Beamten der Stadt durch, die sich sämtlich als höchst würdige Personen herausstellten.

»Sie verbringen Ihre Zeit immer auf dem Lande?« fragte Tschitschikow endlich auch seinerseits.

»Meistens leben wir auf dem Lande«, erwiderte Manilow. »Manchmal jedoch fahren wir nach der Stadt, nur um mit gebildeten Menschen zusammenzukommen. Wissen Sie, man verwildert ganz, wenn man fortwährend so zurückgezogen lebt.«

»Sehr richtig, sehr richtig«, versetzte Tschitschikow.

»Etwas anderes wäre es allerdings«, fuhr Manilow fort, »wenn wir eine gute Nachbarschaft hätten, wenn zum Beispiel ein Mann da wäre, mit dem man etwa über guten Ton und liebenswürdiges Benehmen reden oder irgendein wissenschaftliches Gespräch führen könnte, um so den Geist anzuregen; das würde, um mich so auszudrücken, dieses Brachfeld . . .« Hier wollte er eigentlich noch weitersprechen; aber er merkte, daß er etwas aus dem Geleise kam, schwenkte nur ein paarmal die Hand in der Luft umher und fuhr dann fort: »Dann natürlich würden das Landleben und die Zurückgezogenheit sehr viele Annehmlichkeiten haben. Aber wir haben hier absolut niemanden . . . Wir lesen nur manchmal den ›Sohn des Vaterlandes‹.«

Tschitschikow erklärte sein völliges Einverständnis damit

und fügte hinzu, daß nichts angenehmer sein könne, als zurückgezogen zu leben, den Anblick der Natur zu genießen und manchmal ein Buch zu lesen ...

»Aber wissen Sie«, bemerkte Manilow, »wenn man keinen Freund hat, mit dem man sich aussprechen kann ...«

»Oh, das ist richtig, das ist vollkommen richtig!« unterbrach ihn Tschitschikow. »Was helfen einem dann alle Schätze der Welt? ›Habe nicht Geld, sondern habe gute Menschen, mit denen du verkehrst‹, hat ein weiser Mann gesagt.«

»Und wissen Sie, Pawel Iwanowitsch«, sagte Manilow, und auf seinem Gesichte zeigte sich ein geradezu widerlich süßer Ausdruck, ähnlich einer Mixtur, die ein gewandter, in der vornehmen Welt praktizierender Arzt unmäßig versüßt, um damit den Patienten zu erfreuen; »dann empfindet man sozusagen eine Art von seelischem Genuß ... So zum Beispiel jetzt, wo der Zufall mir das, ich kann sagen, seltene, ideale Glück verschafft hat, mit ihnen reden und Ihr angenehmes Gespräch genießen zu können ...«

»Aber ich bitte Sie, was ist das für ein angenehmes Gespräch? ... Ich bin ein unbedeutender Mensch und weiter nichts«, antwortete Tschitschikow.

»Oh, Pawel Iwanowitsch! Gestatten Sie mir offenherzig zu sein: ich würde mit Freuden die Hälfte meines Vermögens hingeben, wenn ich dafür einen Teil der guten Eigenschaften erlangen könnte, die Sie besitzen! ...«

»Im Gegenteil, ich würde es meinerseits für das größte ...«

Es läßt sich nicht sagen, wie weit dieser beiderseitige Ausbruch der Gefühle der beiden Freunde noch gegangen wäre, wenn nicht ein Diener hereingekommen wäre mit der Meldung, daß das Essen fertig sei.

»Ich bitte gehorsamst«, sagte Manilow. »Sie werden entschuldigen, wenn es bei uns kein solches Mittagessen gibt wie in vornehmen Häusern und in den Residenzen; bei uns gibt es einfach nach russischem Brauche Kohlsuppe, aber aus gutem Herzen. Ich bitte gehorsamst.«

Nun stritten sie wieder noch eine Weile darum, wer zuerst hineingehen sollte, und endlich schob sich Tschitschikow seitwärts in das Eßzimmer hinein.

In dem Eßzimmer standen schon zwei Knaben, Manilows Söhne, die sich in den Jahren befanden, wo man die Kinder schon mit am Tische sitzen läßt, aber noch auf hohen Stühlen. Neben ihnen stand ihr Lehrer, der sich höflich und lächelnd verbeugte. Die Hausfrau setzte sich hinter ihre Suppenterrine; der Gast erhielt seinen Platz zwischen dem Hausherrn und der Hausfrau; der Diener band den Kindern die Servietten um den Hals.

»Was für liebe Kinder!« sagte Tschitschikow, indem er sie anblickte. »Wie alt sind sie denn?«

»Der ältere ist sieben und der jüngere ist gestern gerade sechs geworden!« sagte Frau Manilowa.

»Themistoklus!« sagte Manilow, sich zu dem älteren wendend, der sich bemühte, sein Kinn frei zu machen, das der Diener mit in die Serviette hineingebunden hatte. Tschitschikow zog die Augenbrauen ein wenig in die Höhe, als er diesen in der Hauptsache griechischen Namen hörte, welchem Manilow aus einem unerfindlichen Grunde die Endung us gegeben hatte; aber er bemühte sich sofort, seinem Gesichte wieder den gewöhnlichen Ausdruck zu verleihen.

»Themistoklus, sage mir: welches ist die beste Stadt in Frankreich?«

Hier richtete der Lehrer seine ganze Aufmerksamkeit auf Themistoklus, und es machte den Eindruck, als ob er ihm in die Augen springen wolle; aber schließlich beruhigte er sich vollständig und nickte mit dem Kopfe, als Themistoklus sagte: »Paris.«

»Und welches ist bei uns die beste Stadt?« fragte Manilow wieder.

Der Lehrer blickte den Knaben wieder mit gespannter Aufmerksamkeit an.

»Petersburg«, antwortete Themistoklus.

»Und welche noch?«

»Moskau«, antwortete Themistoklus.

»Ein kluger Knabe, ein prächtiges Kind!« sagte darauf Tschitschikow. »Nun sagen Sie nur«, fuhr er fort, indem er sich mit dem Ausdrucke staunender Verwunderung zu Manilow wendete, »in so jungen Jahren schon solche Kenntnisse! Ich muß Ihnen sagen, daß in diesem Kinde große Fähigkeiten stecken!«

»Oh, Sie kennen ihn noch nicht!« antwortete Manilow. »Er besitzt einen außerordentlichen Scharfsinn. Der jüngere da, Alkid, der ist nicht so rasch; aber dieser hier, wenn dem etwas vorkommt, ein Käfer, ein Schmetterling, ist gleich mit den Augen dahinter her, läuft ihm nach und richtet seine Aufmerksamkeit darauf. Ich habe ihn für das diplomatische Fach bestimmt. Themistoklus!« fuhr er fort, sich von neuem zu ihm wendend, »willst du Gesandter werden?«

»Ja«, antwortete Themistoklus, an einem Bissen Brot kauend und mit dem Kopfe nach rechts und links umherschlagend.

In diesem Augenblicke wischte der dahinterstehende Diener dem Gesandten die Nase, und daran tat er sehr gut, sonst wäre ein ganz gehöriger fremder Tropfen in die Suppe gefallen. Das Gespräch bei Tische handelte zunächst von der Annehmlichkeit eines ruhigen Lebens, wobei die Hausfrau Bemerkungen über das städtische Theater und die Schauspieler einstreute. Der Lehrer blickte die Redenden sehr aufmerksam an, und sobald er bemerkte, daß sie sich anschickten zu lächeln, machte er in demselben Augenblicke den Mund auf und lachte herzlich. Wahrscheinlich war er ein dankbarer Mensch und wollte sich dadurch dem Hausherrn für die gute Behandlung, die ihm zuteil wurde, erkenntlich zeigen. Einmal jedoch nahm sein Gesicht einen finsteren Ausdruck an; er klopfte streng auf den Tisch und richtete die Augen scharf auf die ihm gegenübersitzenden Kinder. Dies war auch ganz am Platze, denn Themistoklus hatte Alkid ins Ohr gebissen; Alkid kniff die Augen zusammen, öffnete den Mund und wollte eben schon in kläglichster Art losheulen; aber da er sich noch rechtzeitig überlegte, daß er dadurch leicht eines Gerichtes verlustig gehen könne, so brachte er seinen Mund wieder in die frühere Haltung und begann mit Tränen in den Augen an einem Hammelknochen zu nagen, infolge wovon ihm beide Backen von Fett glänzten.

Die Hausfrau wandte sich sehr oft an Tschitschikow mit den Worten: »Sie essen ja nichts; Sie haben so sehr wenig genommen.« Worauf Tschitschikow jedesmal antwortete: »Ich danke gehorsamst; ich bin satt. Eine angenehme Unterhaltung ist besser als jede Speise.«

Nunmehr standen sie vom Tische auf. Manilow war außerordentlich zufrieden; er legte seinem Gaste die Hand auf den Rücken und wollte ihn auf diese Weise in den Salon befördern, als auf einmal der Gast mit sehr bedeutsamer Miene erklärte, er beabsichtige mit ihm über eine sehr wichtige Angelegenheit zu reden.

»Dann erlauben Sie mir, Sie in mein Arbeitszimmer zu bitten«, sagte Manilow und führte ihn in ein kleines Zimmer, dessen Fenster nach einem bläulich schimmernden Walde hinausgingen. »Das ist hier mein privates Eckchen«, bemerkte er.

»Ein hübsches Zimmerchen!« sagte Tschitschikow, indem er seine Augen darin umherschweifen ließ. Das Zimmer war wirklich nicht übel: die Wände waren bläulich, mit einer Art von Fliederfarbe, gestrichen. Im Zimmer befanden sich vier Stühle, ein Lehnsessel, ein Tisch, auf dem ein Buch mit einem darinliegenden Lesezeichen lag, das wir bereits zu erwähnen Anlaß hatten; ferner lagen auf dem Tische einige vollgeschriebene Blätter Papier. Besonders aber war viel Tabak da, und zwar in mannigfacher Form: in Päckchen und in einem Tabakskasten und schließlich einfach als ein auf den Tisch geschütteter Haufen. Auf beiden Fensterbrettern lagen ebenfalls Häufchen von Asche, die aus der Pfeife ausgeklopft war;

diese Häufchen waren nicht ohne Sorgfalt in sehr hübsche Reihen geordnet. Es war zu merken, daß dies manchmal für den Hausherrn einen vergnüglichen Zeitvertreib bildete.

»Gestatten Sie, daß ich Sie bitte, auf diesem Lehnsessel Platz zu nehmen«, sagte Manilow. »Da werden Sie bequem sitzen.«

»Gestatten Sie, ich werde mich auf einen Stuhl setzen.«

»Gestatten Sie, daß ich Ihnen dies nicht gestatte«, sagte Manilow lächelnd. »Dieser Lehnsessel ist nun einmal für den Gast bestimmt; wohl oder übel müssen Sie sich daraufsetzen.«

Tschitschikow setzte sich.

»Gestatten Sie mir, Ihnen ein Pfeifchen anzubieten.«

»Ich danke, ich rauche nicht«, antwortete Tschitschikow freundlich und gewissermaßen bedauernd.

»Warum denn nicht?« fragte Manilow ebenfalls freundlich und im Tone des Bedauerns.

»Ich habe es mir nicht angewöhnt; ich bin gesundheitlich besorgt; man sagt, das Pfeiferauchen mache die Lunge trocken.«

»Gestatten Sie mir die Bemerkung, daß das ein Vorurteil ist. Ich glaube sogar, daß das Pfeiferauchen weit gesunder ist als das Tabakschnupfen. In unserem Regimente war ein Leutnant, ein sehr schöner, gebildeter Mensch; der ließ die Pfeife auch bei Tische nicht aus dem Munde, ja, mit Verlaub zu sagen, nicht einmal an allen übrigen Orten. Und jetzt ist er schon über vierzig Jahre alt, aber Gott sei Dank bis jetzt so gesund, wie man es sich nur denken kann.«

Tschitschikow bemerkte, dergleichen komme in der Tat vor, und es gebe in der Natur viele Dinge, die sogar für den klügsten Verstand unerklärlich seien.

»Aber gestatten Sie mir nun eine Bitte«, fuhr er mit einer Stimme fort, die einen seltsamen oder wenigstens beinah seltsamen Klang hatte, und blickte unmittelbar darauf aus nicht recht verständlichem Grunde hinter sich. Manilow blickte ebenfalls aus nicht recht verständlichem Grunde hinter sich.

»Wie lange ist es her, daß Sie zum letztenmal die Revisionsliste eingereicht haben?«

»Das ist schon recht lange her; aber, die Wahrheit zu sagen, ich erinnere mich nicht, wann es war.«

»Sind seit jener Zeit viele Bauern bei Ihnen gestorben?«

»Das weiß ich nicht; danach müßten wir, meine ich, den Verwalter fragen. He, Diener! Ruf doch mal den Verwalter; er muß heute hier sein.«

Der Verwalter erschien. Er war ein Mann von etwa vierzig Jahren, glatt rasiert, trug einen Oberrock und führte anscheinend ein sehr ruhiges Leben, da sein Gesicht eine rundliche Fülle zeigte, und seine gelbliche Hautfarbe und seine kleinen Augen bewiesen, daß er recht gut wußte, was Feder- und Daunenbetten sind. Man konnte gleich von vornherein sehen, daß er dieselbe Laufbahn zurückgelegt hatte wie alle herrschaftlichen Verwalter; er war ursprünglich im Hause ein einfacher Schreiberlehrling gewesen, hatte dann irgendeine Agaschka geheiratet, eine Wirtschafterin, die die Gunst der gnädigen Frau genoß, war selbst Wirtschafter geworden und dann zum Verwalter aufgerückt. Nachdem er aber Verwalter geworden war, hatte er sich selbstverständlich benommen wie alle Verwalter: mit den reichsten Leuten im Dorfe hatte er verkehrt und war ihr Gevatter geworden; den Armen aber hatte er immer mehr aufgepackt. Wenn er zwischen acht und neun Uhr morgens aufwachte, wartete er, bis der Samowar fertig war, und trank seinen Tee.

»Hör mal, mein Lieber! Wie viele Bauern mögen bei uns gestorben sein, seit wir zum letztenmal die Revisionsliste eingereicht haben?«

»Ja, wie meinen Sie das: wie viele? Es sind viele seitdem gestorben«, erwiderte der Verwalter; da er den Schlucken bekommen hatte, so hielt er sich so obenhin die Hand wie einen Schild vor den Mund.

»Ja, ich muß gestehen, das hatte ich selbst gedacht«, fiel Manilow ein. »Es sind wirklich sehr viele gestorben!« Er wendete sich dabei an Tschitschikow und fügte noch hinzu: »Wirklich, sehr viele.«

»Aber wie hoch mag sich die Zahl derselben ungefähr belaufen?« fragte Tschitschikow.

»Ja, wie hoch ungefähr?« wiederholte Manilow.

»Ja, wie soll ich da eine Zahl angeben? Es ist ja nicht bekannt, wie viele gestorben sind: es hat sie niemand gezählt.«

»Ja freilich«, sagte Manilow, sich zu Tschitschikow wendend; »ich habe mir auch gedacht, daß die Sterblichkeit groß gewesen ist; es ist gar nicht bekannt, wie viele gestorben sind.«

»Bitte, zähle sie doch zusammen«, sagte Tschitschikow zu dem Verwalter, »und stelle ein genaues Namensverzeichnis von allen auf!«

»Ja, ein Namensverzeichnis von allen«, fügte Manilow hinzu.

Der Verwalter erwiderte: »Zu Befehl!« und ging hinaus.

»Aber wozu wollen Sie denn das wissen?« fragte Manilow, sobald der Verwalter gegangen war.

Diese Frage schien den Gast in Verlegenheit zu setzen; auf seinem Gesichte prägte sich eine gewissen Anstrengung aus, von der er sogar rot wurde, die Anstrengung, etwas auszudrücken, wofür er nicht sogleich die passenden Worte finden konnte. Und in der Tat bekam Manilow schließlich ganz seltsame und ungewöhnliche Dinge zu hören, wie Menschenohren sie noch niemals gehört hatten.

»Sie fragen, wozu ich das wissen möchte? Der Grund ist der: ich möchte Bauern kaufen ...« erwiderte Tschitschikow, stockte aber und sprach den Satz nicht zu Ende.

»Aber gestatten Sir mir die Frage«, sagte Manilow: »Wie wollen Sie Bauern kaufen: mit Land, oder einfach zur Übersiedelung, also ohne Land?«

»Nein, ich möchte eigentlich nicht richtige Bauern kaufen«, erwiderte Tschitschikow; »ich möchte tote Bauern haben ...«

»Wie? Verzeihen Sie ... ich bin da auf dem Ohr etwas

schwerhörig; ich glaubte, ein sehr sonderbares Wort zu hören . . .«

»Ich beabsichtige, tote Bauern zu erwerben, die aber in der Revisionsliste noch als lebend aufgeführt sind«, versetzte Tschitschikow.

Hier riß Manilow verwundert den Mund auf, so daß die Pfeife auf den Boden fiel, und verharrte so mit offenem Munde mehrere Minuten lang. Keiner der beiden Freunde rührte sich; sie dachten wohl über die Annehmlichkeiten des freundschaftlichen Lebens nach und starrten einander an wie jene Porträts, die man in älterer Zeit einander gegenüber zu beiden Seiten des Spiegels aufzuhängen pflegte. Endlich hob Manilow die Pfeife auf, blickte dem anderen von untenher ins Gesicht und versuchte zu erkennen, ob nicht ein Lächeln um seine Lippen spiele und er nur einen Scherz gemacht habe; aber es war nichts Derartiges sichtbar; im Gegenteil erschien sein Gesicht sogar ungewöhnlich ernst. Dann kam ihm der Gedanke, ob der Gast auch nicht etwa unversehens den Verstand verloren habe, und er sah ihn voller Angst unverwandt an; aber die Augen des Gastes waren ganz klar; es war in ihnen nichts von jenem wilden, unruhigen Feuer zu bemerken, das in den Augen eines Irrsinnigen zu flackern pflegt; alles an ihm war, wie es sich gehört und in guter Ordnung. Mochte Manilow auch noch soviel darüber nachdenken, wie er sich nun verhalten und was er tun solle, er konnte nichts anderes ersinnen als nur aus dem Munde den darin befindlichen Rauch in einem ganz dünnen Strahle ausströmen zu lassen.

»Ich möchte also gern wissen, ob Sie geneigt sind, mir solche nicht in Wirklichkeit, wohl aber in bezug auf die gesetzliche Form lebendigen Bauern zu überlassen, abzutreten, oder wie es Ihnen sonst am besten scheint.«

Aber Manilow war so betäubt und verwirrt, daß er ihn nur anblickte.

»Es scheint, daß Sie das befremdet?« fragte Tschitschikow.

»Nein . . . nein, das nicht«, erwiderte Manilow; »ich kann

nur nicht begreifen ... verzeihen Sie ... ich habe allerdings keine so glänzende Bildung genossen, wie sie bei Ihnen sozusagen in jedem Worte sichtbar ist; ich verstehe mich nicht auf die hohe Kunst des geschickten Ausdrucks ... Vielleicht daß hier ... in diesem Wunsche, den Sie soeben aussprachen, ... etwas anderes verborgen liegt ... Vielleicht haben Sie nur um des schönen Stils willen sich so auszudrücken beliebt?«

»Nicht doch«, erwiderte Tschitschikow, »nicht doch; ich meine genau das Kaufobjekt, das ich bezeichnet habe, also solche Seelen, die wirklich bereits gestorben sind.«

Manilow hatte vollständig die Fassung verloren; er fühlte, daß er etwas tun, eine Frage stellen mußte, aber was für eine Frage, das mochte der Teufel wissen. Es endete schließlich damit, daß er wieder den Rauch ausströmen ließ, diesmal aber nicht aus dem Munde, sondern durch die Nasenlöcher.

»Also, wenn dem nichts entgegensteht, so könnten wir in Gottes Namen zur Ausfertigung des Kaufkontraktes schreiten«, sagte Tschitschikow.

»Wie? Eines Kaufkontraktes über tote Seelen?«

»O nein!« versetzte Tschitschikow. »Wir wollen schreiben, daß sie leben, so wie es tatsächlich in der Revisionsliste steht. Es ist mein Grundsatz, in keinem Punkte von den bürgerlichen Gesetzen abzuweichen, wiewohl ich dafür während meiner Dienstzeit viel zu dulden gehabt habe; aber verzeihen Sie: die Pflicht ist für mich etwas Heiliges, und das Gesetz – vor dem Gesetze verstumme ich.«

Die letzten Worte gefielen Manilow; aber aus dem Geschäfte selbst konnte er trotzdem noch nicht klug werden, und statt zu antworten begann er so stark an seiner Pfeife zu ziehen, daß diese schließlich wie ein Fagott zu schnarchen anfing. Es schien, als wollte er aus ihr eine Meinung über eine so unerhörte Sache herausziehen; aber die Pfeife schnarchte nur, weiter nichts.

»Vielleicht haben Sie irgendwelches Bedenken?«

»Oh, ich bitte Sie, durchaus nicht! Es kommt mir nicht in

den Sinn, Ihren Vorschlag irgendwie zu kritisieren oder zu tadeln. Aber gestatten Sie mir die Bemerkung: wird dieses Unternehmen oder, um mich sozusagen besser auszudrücken, diese Transaktion ... wird diese Transaktion auch nicht den staatlichen Bestimmungen und den weiteren Zielen Rußlands zuwiderlaufen?«

Hier machte Manilow eine gewisse Bewegung mit dem Kopfe, sah seinem Gaste sehr bedeutsam ins Gesicht und zeigte in allen seinen Gesichtszügen, namentlich auch in den zusammengepreßten Lippen einen so tiefsinnigen Ausdruck, wie er vielleicht noch nie auf einem Menschengesichte zu sehen gewesen war, ausgenommen etwa nur bei einem besonders klugen Minister, und zwar im Augenblick des Nachdenkens über eine äußerst diffizile Angelegenheit.

Aber Tschitschikow erwiderte einfach, ein solches Unternehmen oder eine solche Transaktion werde in keiner Weise den staatlichen Bestimmungen und den weiteren Zielen Rußlands zuwiderlaufen, und fügte einen Augenblick darauf noch hinzu, daß der Fiskus dabei sogar Vorteil habe, da er die gesetzlichen Gebühren erhalte.

»Also Sie meinen? ...«

»Ich meine, daß die Sache korrekt sein wird.«

»Nun, wenn sie korrekt ist, dann ist es etwas anderes; dann habe ich nichts dagegen«, sagte Manilow und fühlte sich nun völlig beruhigt.

»Jetzt bleibt noch übrig, daß wir uns über den Preis einigen ...«

»Wieso über den Preis?« fragte Manilow wieder befremdet. »Meinen Sie wirklich, daß ich Geld für Seelen nehmen werden, die gewissermaßen ihr Dasein beendet haben? Wenn nun einmal ein solcher sozusagen phantastischer Wunsch bei Ihnen rege geworden ist, so werde ich meinerseits sie Ihnen unentgeltlich geben und auch die Gebühren für den Kaufvertrag auf mich nehmen.«

Der Erzähler der vorliegenden Begebenheiten würde den

größten Vorwurf verdienen, wenn er es unterließe zu sagen, daß nach diesen von Manilow gesprochenen Worten die Freude den Gast geradezu überwältigte. Wie gesetzt und vernünftig er auch sonst war, so machte er in diesem Augenblicke doch beinahe einen Bocksprung, was man bekanntlich nur beim stärksten Freudenausbruche tut. Er drehte sich so heftig auf dem Lehnsessel hin und her, daß der Wollstoff, mit dem der Sitz bezogen war, einen Riß bekam; selbst Manilow sah ihn ganz erstaunt an. Von Erkenntlichkeit durchdrungen, überschüttete Tschitschikow seinen Wirt mit so vielen Äußerungen der Dankbarkeit, daß dieser verlegen wurde, errötete, ablehnend den Kopf schüttelte und schließlich sich dahin äußerte, dies sei ja ein reines Nichts; er würde ihm wirklich gern durch irgendetwas seine herzliche Zuneigung, seinen Seelenmagnetismus beweisen; aber tote Seelen seien gewissermaßen eine reine Lappalie.

»Durchaus keine Lappalie«, versetzte Tschitschikow und drückte ihm die Hand.

Hier stieß er einen sehr tiefen Seufzer aus. Er schien in der richtigen Stimmung für Herzensergüsse zu sein; nicht ohne tiefe, warme Empfindung sprach er schließlich die folgenden Worte: »Wenn Sie wüßten, welchen Dienst Sie mit dieser scheinbaren Lappalie einem Menschen von geringer Herkunft erwiesen haben! Und in der Tat, was habe ich nicht alles zu dulden gehabt? Wie ein Kahn mitten in den wütenden Wogen ... Was für Verfolgungen, was für Bedrückungen habe ich nicht durchgemacht, wieviel Leid habe ich nicht gekostet! Und wofür? Weil ich die Wahrheit hochhielt, weil ich mir ein reines Gewissen bewahrte, weil ich der hilflosen Witwe, der bekümmerten Waise die rettende Hand reichte! ...« Hier wischte er sich sogar mit dem Taschentuche eine herunterrollende Träne weg.

Manilow war ganz gerührt. Die beiden Freunde drückten einander lange die Hand und sahen einander lange schweigend in die Augen, in denen hervorquellende Tränen sichtbar waren. Manilow wollte die Hand unseres Helden gar nicht loslassen und fuhr fort, sie so warm zu drücken, daß dieser nicht mehr wußte, wie er sie losbekommen könnte. Endlich zog er sie sachte heraus und sagte, es wäre gut, den Kaufvertrag möglichst bald fertigzustellen, und es wäre zweckmäßig, wenn er, Manilow, selbst dazu nach der Stadt käme. Dann nahm er seinen Hut und begann sich zu empfehlen.

»Wie? Sie wollen schon fort?« sagte Manilow, der auf einmal zu sich kam und beinah erschrak. In diesem Augenblicke trat Frau Manilowa in das Arbeitszimmer.

»Lisanka«, sagte Manilow mit etwas kläglicher Miene, »Pawel Iwanowitsch verläßt uns!«

»Wir sind ihm gewiß langweilig geworden«, antwortete Frau Manilowa.

»Gnädige Frau! Hier«, sagte Tschitschikow, »sehen Sie, hier« – er legte die Hand aufs Herz – »ja hier wird allezeit die Erinnerung an die angenehme Zeit leben, die ich mit Ihnen verlebt habe! Und glauben Sie mir: es würde für mich keine größere Seligkeit geben, als mit Ihnen zusammen zu leben, wenn nicht in demselben Hause, so doch wenigstens in nächster Nähe!«

»Und wissen Sie, Pawel Iwanowitsch«, sagte Manilow, dem dieser Gedanke sehr gefiel, »wie schön würde es in der Tat sein, wenn wir so zusammen lebten und unter einem Dache oder im Schatten einer Ulme über irgend etwas philosophierten und uns in unsere Gedanken vertieften! . . .«

»Oh, das wäre ein paradiesisches Leben!« rief Tschitschikow mit einem Seufzer. »Leben Sie wohl, gnädige Frau!« fuhr er fort und trat zu ihr, um ihr die Hand zu küssen. »Leben Sie wohl, hochverehrter Freund! Vergessen Sie meine Bitte nicht!«

»Oh, seien Sie ganz sicher!« antwortete Manilow. »Ich trenne mich von Ihnen nicht länger als auf zwei Tage.«

Alle gingen in das Eßzimmer.

»Lebt wohl, ihr lieben Kleinen!« sagte Tschitschikow, als er

Alkid und Themistoklus erblickte, die mit einem hölzernen Husaren spielten, der keine Arme und keine Nase mehr hatte. »Lebt wohl, meine Jüngelchen! Ihr seid mir doch nicht böse, daß ich euch nichts mitgebracht habe, da ich, offen gestanden, nicht einmal wußte, daß ihr auf der Welt wart; aber wenn ich jetzt einmal wiederkomme, werde ich euch ganz bestimmt etwas mitbringen. Dir werde ich einen Säbel mitbringen. Möchtest du einen Säbel haben?«

»Ja«, antwortete Themistoklus.

»Und dir eine Trommel; nicht wahr, dir eine Trommel«, fuhr Tschitschikow fort, sich zu Alkid hinabbeugend.

»Eine Dommel«, antwortete Alkid flüsternd und gesenktem Kopfe.

»Schön, ich werde dir eine Trommel mitbringen, eine prächtige Trommel! Die wird immer Bumburumburumbumbum machen. Lebewohl, mein Herzchen! Lebewohl!« Er küßte ihn auf den Kopf und wandte sich zu Manilow und seiner Gattin mit jenem kurzen Lachen, mit dem man sich gewöhnlich an die Eltern wendet, um ihnen zu verstehen zu geben, wie harmlos die Wünsche ihrer Kinder sind.

»Wirklich, Sie sollten noch hierbleiben, Pawel Iwanowitsch!« sagte Manilow, als sie alle schon auf die Freitreppe hinausgegangen waren. »Sehen Sie nur, was da für Gewitterwolken aufsteigen!«

»Es sind nur unbedeutende Wölkchen«, erwiderte Tschitschikow.

»Kennen Sie denn auch den Weg zu Sobakewitsch?«

»Danach wollte ich Sie eben fragen.«

»Erlauben Sie, ich werde es gleich Ihrem Kutscher auseinandersetzen.« Und nun setzte Manilow mit der gleichen Liebenswürdigkeit dem Kutscher die Sache auseinander und sagte dabei sogar einmal »Sie« zu ihm.

Der Kutscher hörte an, daß er zwei abzweigende Wege unbeachtet lassen und in den dritten einbiegen müsse, sagte: »Nun werden wir schon hinfinden, Euer Wohlgeboren«, und

Tschitschikow fuhr ab, noch lange begleitet von den Verbeugungen seiner Wirte, die sich schließlich auf die Fußspitzen stellten und mit den Taschentüchern wehten.

Manilow stand noch lange auf der Freitreppe, mit den Augen die sich entfernende Britschke begleitend, und als sie schon gar nicht mehr zu sehen war, stand er immer noch da und rauchte seine Pfeife. Endlich ging er in sein Zimmer, setzte sich auf einen Stuhl und überließ sich seinen Gedanken, im Herzen froh darüber, daß er seinem Gaste hatte eine kleine Freude machen können. Dann gingen seine Gedanken unmerklich auf andere Gegenstände über und gerieten schließlich Gott weiß wohin. Er dachte an die Wonne des freundschaftlichen Lebens, und wie schön es sein müßte, mit einem Freunde am Ufer eines Flusses zu wohnen; dann begann er über diesen Fluß eine Brücke zu bauen, dann ein gewaltiges Haus mit einem so hohen Belvedere, daß man von da selbst Moskau sehen konnte; er träumte davon, daß er da abends in der freien Luft seinen Tee trinken und sich mit dem Freunde über irgendwelche angenehmen Gegenstände unterhalten wolle. Dann stellte er sich vor, daß er mit Tschitschikow zusammen in einem schönen Wagen zu einer Gesellschaft führe, und daß sie da alle Anwesenden durch ihr angenehmes Betragen in Entzücken versetzten, und daß der Kaiser, der von ihrer großen Freundschaft erfahren habe, ihnen den Generalsrang verliehe; und so dachte er immer weiter noch gar manches, was ihm selbst schließlich nicht mehr deutlich wurde. Die Erinnerung an Tschitschikows sonderbare Bitte unterbrach auf einmal all seine Träumereien. Mit dem Gedanken an sie konnte er in seinem Kopfe gar nicht zurechtkommen; wie er auch die Sache hin und her drehte, er vermochte schlechterdings nicht darüber zur Klarheit zu gelangen und saß lange Zeit so da und rauchte seine Pfeife; das zog sich bis zum Abendessen hin.

DRITTES KAPITEL

Tschitschikow saß in sehr zufriedener Gemütsstimmung in seiner Britschke, die schon lange wieder auf der großen Landstraße dahinrollte. Aus dem vorhergehenden Kapitel war bereits ersichtlich, worauf sein Geschmack und seine Neigungen besonders gerichtet waren, und man kann sich deshalb nicht darüber wundern, daß er sich bald ganz mit Leib und Seele in diesen Gegenstand vertiefte. Die Pläne, Berechnungen und Vorstellungen, die ihn beschäftigten, waren offenbar sehr vergnüglicher Art, da sie alle Augenblicke auf seinem Gesichte ein zufriedenes Lächeln hervorriefen. Von diesen Gedanken in Anspruch genommen, achtete er nicht darauf, daß sein Kutscher, sehr zufrieden mit der Aufnahme, die er bei Manilows Hofgesinde gefunden hatte, dem scheckigen Beipferde, das zur rechten Hand angespannt war, einige sehr vernünftige Bemerkungen zukommen ließ. Dieser Schecke war überaus listig und stellte sich nur so, als ob er ziehe, während das braune Deichselpferd und der Fuchs, der als linkes Beipferd ging (er wurde »der Assessor« genannt, weil er irgendwelchem Assessor abgekauft worden war), sich von ganzem Herzen anstrengten, so daß man es ihnen sogar an den Augen ansehen konnte, wieviel Vergnügen es ihnen machte. »Wenn du es auch schlau anfängst, ich werde doch noch schlauer sein!« sagte Selifan, indem er sich ein wenig erhob und dem Faulpelz einen Schlag mit der Peitsche versetzte. »Du mußt lernen, was deine Pflicht ist, du deutscher Zierbengel! Der Braune ist ein achtbares Pferd; er tut seine Schuldigkeit; ich gebe ihm gern ein Maß Hafer mehr, weil er ein achtbares Pferd ist; und der Assessor, der ist auch ein gutes Pferd . . . Na, na, was schüttelst du mit den Ohren? Hör zu, du Dummkopf, wenn man zu dir redet! Ich werde dich nichts Schlechtes lehren, du Racker. Nun sehe einmal einer, wie er wieder kriecht!« Hier schlug er ihn wieder mit der Peitsche und sagte dabei: »Du Kanaille! Du verfluchter Bonaparte! . . .« Dann rief er allen zu: »He, ihr, meine lieben Tierchen!« und führte einen Peitschenhieb, der sie alle drei traf, nicht zur Bestrafung, sondern um ihnen zu zeigen, daß er mit ihnen zufrieden sei. Nachdem er ihnen dieses Vergnügen gemacht hatte, richtete er seine Ansprache wieder an den Schecken: »Du denkst wohl, daß man es nicht merkt, wie du dich benimmst. Nein, lebe ehrlich, wenn du willst, daß man dir Achtung erweist. Da bei dem Gutsbesitzer, wo wir waren, das sind gute Menschen. Wenn einer ein guter Mensch ist, rede ich mit Vergnügen ein bißchen mit ihm; mit einem guten Menschen bin ich immer bald gut Freund; ob es Tee zu trinken gibt oder etwas zu essen, das tue ich gern, wenn einer ein guter Mensch ist. Einem guten Menschen erweist jeder Achtung. Da sieh mal unsern Herrn an, den achtet jeder, weil er dem Kaiser gedient hat, hörst du wohl, und Skollegenrat ist . . .«

Bei derartigen Überlegungen gelangte Selifan schließlich zu den entlegensten Abstraktionen. Hätte Tschitschikow danach hingehört, so würde er viele auf ihn persönlich bezügliche Einzelheiten erfahren haben; aber seine Gedanken waren dermaßen mit seiner eigenen Angelegenheit beschäftigt, daß erst ein starker Donnerschlag ihn wieder in die Wirklichkeit zurückrief und ihn veranlaßte, um sich zu blicken: der ganze Himmel war vollständig mit dunklen Wolken bedeckt und die staubige Poststraße mit Regentropfen besprengt. Endlich ertönte lauter und näher ein zweiter Donnerschlag, und der Regen strömte auf einmal wie aus Eimern herab. Zuerst schlug er in schräger Richtung gegen die eine Seite des Verdecks, dann gegen die andere; darauf änderte er die Art seines Fallens, kam völlig senkrecht herunter und trommelte gerade auf das Wagendach. Schließlich fingen ihm Spritzer ins Gesicht zu fliegen an. Dies veranlaßte ihn, die ledernen Vorhänge vorzuziehen, die mit zwei runden Fensterchen versehen waren, welche dazu bestimmt waren, einen Ausblick auf den Weg zu ermöglichen; auch befahl er dem Kutscher Selifan, schneller zu fahren. Selifan, der durch den Donner ebenfalls mitten in seiner Rede unterbrochen worden war, merkte, daß es wirklich nicht angebracht war zu zaudern, zog hinter dem Bocke einen schlechten grauen Tuchmantel hervor, fuhr mit den Armen hinein, nahm die Zügel wieder in die Hände und schrie sein Dreigespann an, das kaum die Beine bewegte, da es von der belehrenden Ansprache eine angenehme Ermattung verspürte. Aber Selifan konnte sich absolut nicht erinnern, ob er an zwei oder drei Seitenwegen vorbeigefahren sei. Indem er den zurückgelegten Weg überdachte und ihn sich einigermaßen ins Gedächtnis zurückrief, kam er zu der Vermutung, daß schon viele Abzweigungen dagewesen seien, die er sämtlich habe zur Seite liegen lassen. Da der Russe in entscheidenden Augenblicken, ohne sich auf weitere Reflexionen einzulassen, zu finden pflegt, was er tun muß, so bog Selifan beim ersten Kreuzwege rechts ab, schrie den Pferden zu: »He, ihr meine verehrten Freunde!« und jagte darauflos, ohne sich viel Gedanken darum zu machen, wohin der eingeschlagene Weg führen möge.

Indes drohte der Regen noch lange zu dauern. Der auf der Landstraße liegende Staub verwandelte sich bald in zähen Schmutz, und es wurde den Pferden mit jedem Augenblicke schwerer, die Britschke zu ziehen. Tschitschikow begann bereits sich stark zu beunruhigen, da er nach so langer Zeit Sobakewitschs Dorf immer noch nicht erblicken konnte. Nach seiner Berechnung hätten sie schon längst angekommen sein müssen. Er schaute nach rechts und links hinaus; aber es war stockdunkel.

»Selifan!« sagte er schließlich, indem er den Kopf aus der Britschke hinausstreckte.

»Was, Herr?« antwortete Selifan.

»Sieh doch einmal, ob kein Dorf zu sehen ist!«

»Nein, Herr, es ist nirgend eins zu sehen!« Hierauf stimmte Selifan, die Peitsche schwingend, ein Mittelding zwischen Poesie und Prosa an, das aber so lang war, daß es gar kein

Ende nahm. Darin fand alles mögliche Platz: allerlei lobende und antreibende Zurufe, mit denen die Pferde in ganz Rußland von einem Ende bis zum andern traktiert werden, Attribute aller Art, ohne weitere Auswahl, vielmehr so wie ihm eines gerade auf die Zunge kam. Auf diese Weise verstieg er sich zuletzt sogar dazu, seine Pferde Sekretäre zu nennen.

Unterdessen merkte Tschitschikow, daß die Britschke hin und her schwankte und ihm heftige Stöße versetzte; dies brachte ihn zu der Erkenntnis, daß sie vom Wege abgekommen waren und über geeggtes Feld fuhren. Selifan schien dies selbst gemerkt zu haben, sagte aber kein Wort darüber.

»Hör mal, Schurke, auf was für einem Wege fährst du denn?« sagte Tschitschikow.

»Ja, was ist da zu tun, Herr, bei solchem Wetter? Ich sehe doch nicht einmal die Peitsche, so dunkel ist es!« Kaum hatte er das gesagt, als sich die Britschke so schräg legte, daß Tschitschikow genötigt war, sich mit beiden Händen festzuhalten. Erst jetzt bemerkte er, daß Selifan angetrunken war.

»Halt an, halt an, du wirfst um!« schrie er ihm zu.

»Nein, Herr, wie wäre das möglich, daß ich umwürfe!« entgegnete Selifan. »Umwerfen, das ist nicht schön; das weiß ich selbst; darum werde ich unter keinen Umständen umwerfen.« Darauf begann er sachte mit der Britschke umzuwenden; er wendete und wendete, aber das Resultat war, daß er sie ganz und gar auf die Seite legte. Tschitschikow fiel mit Händen und Füßen in den Schmutz. Selifan brachte jedoch die Pferde zum Stehen; übrigens wären sie auch wohl allein stehen geblieben, da sie sehr erschöpft waren. Ein so unvorhergesehenes Ereignis versetzte den Kutscher in das höchste Erstaunen. Er stieg vom Bocke herunter, stellte sich, beide Arme in die Seiten stemmend, vor die Britschke hin, während gleichzeitig sein Herr im Schmutze herumstrampelte, um sich hinauszuarbeiten, und sagte nach einigem Nachdenken: »Nun seh mal einer an: sie ist umgekippt!«

»Du bist betrunken wie ein Schuster!« sagte Tschitschikow.

»Nein, Herr, wie sollte das möglich sein, daß ich betrunken wäre? Ich weiß, daß das keine schöne Sache ist, betrunken zu sein. Ich habe mit einem Freunde ein paar Worte geredet, weil man mit einem guten Menschen ein paar Worte reden darf (darin liegt nichts Schlimmes), und wir haben zusammen einen Bissen gegessen. Ein Imbiß, das ist keine Sünde; mit einem guten Menschen darf man einen Imbiß zu sich nehmen.«

»Aber was habe ich dir das letzte Mal gesagt, als du dich betrunken hattest? Wie? Hast du das vergessen?« sagte Tschitschikow.

»Nein, Euer Wohlgeboren, wie wäre es möglich, daß ich das vergäße? Ich kenne meine Berufspflichten recht wohl. Ich weiß, daß es nicht schön ist, betrunken zu sein. Ich habe mit einem guten Menschen ein paar Worte geredet, weil . . .«

»Wenn ich dich durchprügeln werde, dann wirst du lernen, wie man mit einem guten Menschen reden muß.«

»Ganz wie es Euer Gnaden gefällig sein wird«, antwortete Selifan, der mit allem einverstanden war. »Wenn Sie mich durchprügeln wollen, dann tun Sie es; ich habe nichts dagegen. Warum soll man einen nicht durchprügeln, wenn er das verdient? Das steht ganz im Belieben des Herrn. Einen Knecht muß man durchprügeln, sonst wird er übermütig; Ordnung muß sein. Wenn einer es verdient hat, dann prügle man ihn durch; warum soll man ihn nicht durchprügeln?«

Auf ein solches Räsonnement wußte der Herr schlechterdings nichts zu erwidern. Aber unterdessen schien das Schicksal selbst beschlossen zu haben, sich ihrer zu erbarmen. Von ferne erscholl Hundegebell. Erfreut gab Tschitschikow Befehl, die Pferde anzutreiben. Ein russischer Wagenlenker besitzt statt der Augen eine gute Witterung; daher kommt es, daß er manchmal mit zugekniffenen Augen im Galopp dahinjagt und immer ans Ziel gelangt. Selifan lenkte, obwohl er nicht die Hand vor den Augen sehen konnte, die Pferde so gerade auf das Dorf zu, daß er erst anhielt, als die Britschke mit der

Deichsel an einen Zaun stieß und es entschieden unmöglich war, weiterzufahren. Tschitschikow konnte durch den dichten Schleier des niederströmenden Regens nur etwas, was mit einem Hausdache Ähnlichkeit hatte, wahrnehmen. Er schickte Selifan hin, um das Tor zu suchen, was ohne Zweifel lange gedauert hätte, wenn es nicht in Rußland statt der Portiers tüchtige Hunde gäbe, die ihn so geräuschvoll anmeldeten, daß er die Finger an die Ohren brachte. Ein Licht schimmerte in einem Fensterchen auf und reichte mit einem nebligen Streifen bis an den Zaun, wo es unseren Reisenden das Tor zeigte. Selifan fing an zu klopfen, und bald wurde das Pförtchen geöffnet; eine mit einem Bauernrock bekleidete Gestalt bog sich mit dem Oberkörper heraus, und der Herr und der Diener hörten eine heisere Frauenstimme sagen: »Wer klopft da? Warum macht ihr solchen Lärm?«

»Wir sind Reisende, Mütterchen; laß uns hier übernachten!« sagte Tschitschikow.

»Nun sieh mal an, du bist ja ein forscher Kerl«, sagte die Alte. »In was für einem Wetter kommst du an! Aber hier ist keine Herberge; hier wohnt eine Gutsbesitzerin.«

»Aber was sollen wir machen, Mütterchen? Wir sind vom Wege abgekommen. Wir können doch bei solchem Wetter nicht auf dem Felde übernachten.«

»Ja, es ist dunkel und schlechtes Wetter«, fügte Selifan hinzu.

»Schweig still, Dummkopf!« sagte Tschitschikow.

»Aber was sind Sie denn für einer?« fragte die Alte.

»Ein Adliger, Mütterchen.«

Das Wort »ein Adliger« veranlaßte, wie es schien, die Alte, ein wenig zu überlegen. »Warten Sie einen Augenblick«, sagte sie; »ich werde es der gnädigen Frau melden«, und ein paar Minuten darauf kehrte sie mit einer Laterne in der Hand zurück. Das Tor wurde geöffnet. Ein Licht flimmerte auch in einem anderen Fenster auf. Die Britschke fuhr auf den Hof und hielt vor einem kleinen Häuschen, das in der Dunkelheit schwer zu erkennen war. Nur die eine Hälfte desselben wurde durch das aus den Fenstern dringende Licht erhellt; ferner war vor dem Hause eine Pfütze sichtbar, auf die jener selbe Lichtschein fiel. Der Regen trommelte laut auf dem hölzernen Dache und strömte als ein rauschender Bach in ein untergestelltes Faß. Unterdessen bellten die Hunde in allen möglichen Tonarten: der eine warf den Kopf nach oben und heulte so langgezogen und mit solcher Anstrengung, als ob er dafür ein wer weiß wie großes Gehalt bekäme; ein anderer bellte so eilig, wie ein Kirchenglöckner läutet; dazwischen ertönte, wie die Glöckchen von Postpferden, der nicht zu beschwichtigende Diskant eines wahrscheinlich noch jungen Hundes; und über all dies dominierte schließlich ein Baß, vielleicht ein alter, mit einer besonders kräftigen Natur begabter Hund; denn seine Stimme dröhnte wie die eines Baßsängers, wenn das Konzert in vollem Gange ist: die Tenoristen heben sich in dem heißen Wunsche, einen hohen Ton herauszubringen, auf die Zehenspitzen, und alle werfen die Köpfe zurück und streben nach oben; aber er allein schiebt sein unrasiertes Kinn in die Krawatte, kauert sich zusammen, so daß er sich fast bis zur Erde herabläßt, und entsendet nun von da seinen Ton, von dem die Fenster zittern und klirren. Schon aus dem Hundegebell, das von so vielen derartigen Musikern gemeinsam ausgeführt wurde, konnte man schließen, daß das Dorf ziemlich groß war; aber unser Held dachte, durchnäßt und durchfroren wie er war, an nichts anderes als an das Bett. Die Britschke hielt noch nicht einmal ordentlich, als er schon hinaus und auf die Freitreppe sprang; aber er stolperte dabei und wäre beinah hingefallen. Auf die Freitreppe kam wieder eine Frau heraus, etwas jünger als die erste, aber ihr sehr ähnlich. Sie führte ihn ins Zimmer. Tschitschikow warf ein paar flüchtige Blicke um sich: das Zimmer war mit alten, gestreiften Tapeten beklebt; Bilder stellten irgendwelche Vögel dar; zwischen den Fenstern hingen kleine altmodische Spiegel mit dunklen Rahmen in Form von Laubgewinden;

hinter jedem Spiegel steckte entweder ein Brief oder ein altes Spiel Karten oder ein Strumpf; auch war eine Wanduhr da, auf deren Zifferblatt Blumen gemalt waren . . . weiter konnte er nichts wahrnehmen. Einen Augenblick darauf trat die Hausherrin ein, eine schon ältere Frau, in einer Art von Nachthaube, die sie sich eilig aufgesetzt hatte, mit einer Flanellbinde um den Hals, eine von den kleinen Gutsbesitzerinnen, die immer über Mißernten und Verluste jammern und den Kopf etwas schief halten, dabei aber allmählich Geld in hanfleinenen Beuteln ansammeln, die sie in den Kommodenkasten unterbringen. In einen Beutel tun sie lauter Rubel, in einen anderen halbe Rubel, in einen dritten Viertelrubel, wiewohl es auf den ersten Blick scheint, als wäre in der Kommode nichts weiter als Wäsche und Nachtjacken und Garnfitzen und eine zertrennte Pelerine, die später in ein Kleid verwandelt werden soll, falls das alte beim Backen der Festkuchen verbrennen oder auch von selbst zu Lumpen werden sollte. Aber das Kleid brennt nicht an und wird auch nicht von selbst zu Lumpen; denn die Alte nimmt ihre Sachen sehr in acht, und es ist der Pelerine beschieden, lange in aufgetrenntem Zustande dazuliegen und dann auf Grund einer testamentarischen Verfügung mit allerlei anderem Kram einer sehr entfernten Nichte zuzufallen.

Tschitschikow bat um Entschuldigung, daß er sie durch seine unerwartete Ankunft beunruhigt habe. »Das tut nichts, das tut nichts!« sagte die Hausherrin. »Aber in was für einem Wetter hat Sie Gott hergesandt! Was für ein Regen und Sturm! . . . Nach der Fahrt müßten Sie eigentlich etwas essen; aber jetzt in der Nacht ist es nicht möglich, etwas zuzubereiten.«

Die Worte der Hausherrin wurden durch ein seltsames Zischen unterbrochen, so daß der Gast einen Schreck bekam: der Ton klang so, als ob das ganze Zimmer voller Schlangen wäre; aber als er nach oben blickte, beruhigte er sich, da er bemerkte, daß es die Wanduhr war, die sich zum Schlagen anschickte. Auf das Zischen folgte sogleich ein Röcheln, und endlich nahm sie alle Kraft zusammen und schlug zwei, mit einem solchen Tone, als ob jemand mit einem Stocke an einen zerbrochenen Topf schlüge, worauf dann das Pendel wieder ruhig hin und her zu ticken begann.

Tschitschikow dankte der Hausherrin und sagte, daß er nichts bedürfe und sie sich keinerlei Umstände machen möge; außer einem Bett verlange er nichts. Er war nur neugierig, zu erfahren, in welche Gegend er geraten sei, und ob es von hier noch weit sei zu dem Gutsbesitzer Sobakewitsch; die Alte erwiderte darauf, sie habe einen solchen Namen nie gehört, und es gebe einen solchen Gutsbesitzer überhaupt nicht.

»Aber wenigstens kennen Sie doch Herrn Manilow?« fragte Tschitschikow.

»Was ist dieser Manilow?«

»Ein Gutsbesitzer, Mütterchen.«

»Nein, ich habe nicht von ihm gehört; so einen Gutsbesitzer gibt es nicht.«

»Was gibt es denn hier für welche?«

»Bobrow, Swinjin, Kanapatjew, Charpakin, Trepakin, Pleschakow.«

»Sind das reiche Leute oder nicht?«

»Nein, Väterchen, besonders reich sind sie nicht. Der eine hat zwanzig Seelen, der andere dreißig; aber solche, die hundert Seelen hätten, gibt es hier nicht.«

Tschitschikow merkte, daß er in eine gottverlassene Gegend gekommen war.

»Wenigstens werden Sie mir sagen können, ob es weit nach der Stadt ist?«

»Es werden etwa sechzig Werst sein. Wie leid tut es mir, daß ich Ihnen nichts zu essen geben kann! Wollen Sie nicht Tee trinken, Väterchen?«

»Ich danke, Mütterchen. Ich habe nichts nötig als ein Bett.«

»Allerdings, nach einer solchen Fahrt hat man Erholung

nötig. Hier können Sie sich lagern, Väterchen, hier auf diesem Sofa. He, Fetinja, bring ein Federbett, ein paar Kissen und ein Laken! Was für ein Wetter hat uns Gott da gesandt: so ein Gewitter – ich habe die ganze Nacht ein Licht vor dem Heiligenbilde brennen lassen. Ach, Väterchen, Ihr ganzer Rücken und Ihre ganze eine Seite sind ja so schmutzig wie bei einem Schweine; wo haben Sie sich denn so vollgeschmiert?«

»Ich kann noch Gott danken, daß ich mich nur vollgeschmiert und mir nicht alle Rippen zerbrochen habe.«

»All ihr Heiligen, was für ein Unglück! Aber wollen Sie sich nicht den Rücken mit etwas einreiben?«

»Danke, danke! Machen Sie keine Umstände, sondern befehlen Sie nur Ihrem Mädchen, meine Kleider zu trocknen und zu reinigen!«

»Hörst du, Fetinja«, sagte die Hausherrin, sich zu derjenigen Frauensperson wendend, die mit dem Lichte auf die Freitreppe hinausgekommen war, jetzt schon ein Federbett angeschleppt brachte und dadurch, daß sie es mit den Armen von beiden Seiten zusammendrückte, eine wahre Überschwemmung des Zimmers mit Federn hervorrief. »Nimm den Rock des Herrn nebst den Beinkleidern und trockne sie zuerst am Feuer, wie du es bei dem seligen Herrn zu machen pflegtest, und dann reibe den Schmutz heraus und klopfe sie ordentlich!«

»Sehr wohl, gnädige Frau!« sagte Fetinja, die gerade ein Laken über das Federbett deckte und die Kissen zurechtlegte.

»Na, sehen Sie, nun ist das Bett für Sie fertig«, sagte die Hausherrin. »Gute Nacht, Väterchen; schlafen Sie wohl! Wünschen Sie noch irgend etwas? Vielleicht sind Sie gewöhnt, Väterchen, daß Ihnen jemand zur Nacht die Fersen kratzt? Mein Seliger konnte ohne das nie einschlafen.«

Aber der Gast lehnte auch das Kratzen der Fersen ab. Die Hausherrin ging hinaus, und er beeilte sich sogleich, sich zu entkleiden, wobei er Fetinja die gesamten ausgezogenen Kleider, sowohl das Oberzeug wie das Unterzeug, hingab; diese wünschte ihm ebenfalls gute Nacht und nahm die nassen Sachen mit sich hinaus. Als er allein geblieben war, betrachtete er nicht ohne Vergnügen sein Bett, das fast bis an die Zimmerdecke reichte. Fetinja verstand sich offenbar meisterhaft auf die Herrichtung eines Bettes. Als er mittels eines herangestellten Stuhles auf das Bett hinaufgestiegen war, sank dieses unter der Last seines Körpers tief zusammen, und die aus ihrer Umhüllung herausgedrängten Federn flogen nach allen Ecken des Zimmers auseinander. Er löschte die Kerze aus, zog die baumwollene Bettdecke über sich, rollte sich unter ihr wie ein Kringel zusammen und schlief sofort ein. Er erwachte am anderen Morgen erst ziemlich spät. Die Sonne strahlte ihm durch das Fenster gerade in die Augen, und die Fliegen, die gestern ruhig an den Wänden und an der Decke geschlafen hatten, wendeten sich nun alle zu ihm: eine setzte sich ihm auf die Lippe, eine andere an das Ohr, eine dritte schien sich ihm geradezu auf das eine Auge setzen zu wollen; diejenige, die die Unvorsichtigkeit hatte, sich in der Nähe des einen Nasenloches hinzusetzen, zog er im Halbschlaf in die Nase hinein, was ihn veranlaßte, kräftig zu niesen, ein Vorgang, der die Ursache seines Aufwachens bildete. Als er seinen Blick durch das Zimmer schweifen ließ, bemerkte er jetzt, daß nicht auf allen Bildern Vögel dargestellt waren; es hing darunter auch ein Porträt Kutusows und das Ölgemälde eines alten Herrn in Uniform mit roten Aufschlägen, wie man sie unter der Regierung des Kaisers Pawel Petrowitsch getragen hatte. Die Uhr ließ wieder ihr Zischen hören und schlug dann zehn; durch die Tür blickte ein Frauengesicht herein, verschwand aber sofort wieder, weil Tschitschikow in dem Wunsche, möglichst gut zu schlafen, sich ganz nackt ausgezogen hatte. Das Gesicht, das hereingeblickt hatte, kam ihm einigermaßen bekannt vor. Er suchte in seinem Gedächtnisse nach, wer es wohl gewesen sein mochte, und erinnerte sich endlich, daß es die Hausfrau war. Er zog sich das Hemd an; die Kleider lagen, bereits getrocknet und gereinigt, neben dem Bette.

Nachdem er sich angekleidet hatte, trat er an den Spiegel und nieste wieder so laut, daß ein Truthahn, der sich gerade in diesem Augenblick dem Fenster näherte (das Fenster war nur sehr wenig vom Boden entfernt), ihm plötzlich etwas in seiner sonderbaren Sprache zurief, was wahrscheinlich »Prosit!« bedeutete, worauf Tschitschikow zu ihm »Schafskopf!« sagte. Zum Fenster tretend, betrachtete er das vor ihm liegende Bild; das Fenster blickte beinah in einen Hühnerstall hinein; wenigstens war der vor demselben liegende kleine Hof ganz mit Hühnern und allerlei anderen Haustieren angefüllt. Die Puten und Hühner waren gar nicht zu zählen; unter ihnen schritt ein Hahn gemessenen Schrittes hin und her, schüttelte seinen Kamm und drehte den Kopf nach der Seite, wie wenn er nach etwas hinhorchte. Auch eine Sau mit ihrer Familie war da; in einem Misthaufen wühlend, verschlang sie so beiläufig ein Küchelchen und fuhr dann, ohne davon Aufheben zu machen, fort, ordnungsmäßig Melonenschalen zu fressen. Diesen kleinen Hof oder Hühnerstall umschloß ein Bretterzaun, jenseits dessen sich ein ausgedehnter Gemüsegarten hinzog mit Kohl, Zwiebeln, Kartoffeln, roten Rüben und anderen Küchengewächsen. In dem Gemüsegarten standen zerstreut Apfel- und andere Obstbäume, mit Netzen bedeckt, zum Schutze gegen die Elstern und Sperlinge, welche letzteren in ganzen schrägen Wolken von einem Platze zum andern flogen. Aus demselben Grunde waren auf langen Stangen einige Vogelscheuchen mit ausgebreiteten Armen aufgestellt; eine von diesen trug auf dem Kopfe eine Haube der Hausfrau selbst. Hinter dem Gemüsegarten folgten die Bauernhäuser, die zwar zerstreut lagen und keine regelmäßigen Straßen bildeten, aber, wie Tschitschikow bemerkte, den Wohlstand der Bewohner bekundeten, da sie so unterhalten waren, wie es sich gehört: schlecht gewordene Bretter auf den Dächern waren überall durch neue ersetzt; die Tore lagen nirgends schief, und in den ihm zugewendeten gedeckten Schuppen sah er einen, an manchen Stellen sogar zwei fast neue Reservewagen stehen. »Aber die hat ja ein ganz ansehnliches Dörfchen!« sagte er bei sich und nahm sich sofort vor, mit der Gutsherrin freundschaftliche Gespräche zu führen und möglichst gut bekannt zu werden. Er blickte durch die Spalte der Tür, durch die sich vorher der Kopf hindurchgeschoben hatte, sah sie am Teetisch sitzen und ging mit heiterer, freundlicher Miene zu ihr hinein.

»Guten Morgen, Väterchen! Wie haben Sie geschlafen?« sagte die Wirtin, sich von ihrem Platze erhebend. Sie war besser gekleidet als am vorhergehenden Tage: sie trug ein dunkles Kleid und hatte nicht mehr die Nachthaube auf dem Kopfe; aber den Hals hatte sie doch noch ebenso umwickelt.

»Sehr gut, sehr gut!« antwortete Tschitschikow und setzte sich auf einen Lehnstuhl. »Und Sie, Mütterchen?«

»Schlecht, Väterchen.«

»Wieso denn?«

»Ich leide an Schlaflosigkeit. Das Kreuz tut mir immer weh, und in den Beinen habe ich Reißen.«

»Das wird schon wieder vergehen, das wird schon wieder vergehen, Mütterchen! Darum muß man sich gar nicht kümmern.«

»Gebe Gott, daß es wieder vergeht! Ich habe mir die schmerzhaften Stellen mit Schweinefett eingerieben und mit Terpentin angefeuchtet. Aber womit trinken Sie den Tee? In der Flasche ist Fruchtsaft.«

»Sehr schön, Mütterchen; trinken wir ihn mit Fruchtsaft!«

Ich glaube, der Leser hat bereits bemerkt, daß Tschitschikow trotz seiner höflichen Miene doch ungenierter redete als mit Manilow und gar keine Zeremonien machte. Man muß sagen, daß wir in Rußland zwar in manchen Dingen hinter den Ausländern noch zurück sind, sie aber im Verständnis der Umgangsformen weit übertreffen. Es ist unmöglich, alle Nuancen und Feinheiten unseres Benehmens im Verkehr aufzuzählen. Ein Franzose oder ein Deutscher wird sein lebelang all diese Besonderheiten und Unterschiede nicht verstehen und begreifen; er redet fast in demselben Tone und in denselben Ausdrücken mit einem Millionär und mit einem kleinen Tabakshändler, wiewohl er natürlich in seinem Herzen vor dem ersteren eine so kriecherische Gesinnung hat, wie man es nur wünschen kann. Bei uns ist das anders: bei uns gibt es geschickte Leute, die mit einem Gutsbesitzer, der zweihundert Seelen hat, ganz anders reden als mit einem, der dreihundert hat, und mit einem, der dreihundert hat, wieder nicht so wie mit einem, der fünfhundert hat, und mit einem, der fünfhundert hat, wieder nicht so wie mit einem, der achthundert hat; kurz, wenn man selbst bis zu einer Million hinaufgeht, überall finden sich Nuancen der Redeweise. Nehmen wir z. B. an, es gebe eine Kanzlei, und nehmen wir an, in der Kanzlei sei ein Kanzleivorsteher vorhanden. Man sehe ihn sich, bitte, an, wenn er inmitten seiner Untergebenen dasitzt: man wird vor Angst geradezu kein Wort herausbringen können. Stolz, Vornehmheit – was drückt dieses Gesicht nicht alles aus! Man nehme einfach einen Pinsel und male ihn: er ist ein Prometheus, ein richtiger Prometheus! Er sieht aus wie ein Adler; sein Gang ist ruhig und gemessen. Aber dieser selbe Adler, sobald er nur das Zimmer verlassen hat und sich mit den Akten unter dem Arm dem Arbeitszimmer seines Chefs nähert, trippelt eilig dahin, so schnell er kann, wie ein Rebhuhn. Wenn bei einer Abendgesellschaft die Anwesenden von geringem Range sind, so bleibt Prometheus Prometheus; stehen sie aber im Range etwas über ihm, so geht mit Prometheus eine solche Verwandlung vor, wie selbst Ovid sie nicht ausgedacht hat: er wird eine Fliege, ja weniger als eine Fliege, ein winziges Sandkörnchen! »Aber das ist doch nicht Iwan Petrowitsch?« sagst du bei seinem Anblick. »Iwan Petrowitsch ist von hohem Wuchse, und dieser hier ist klein und schmächtig; jener redet laut und mit tiefer Baßstimme und lacht niemals; dieser aber, weiß der Teufel, piept wie ein Vögelchen und lacht immer.« Du trittst näher und siehst ihn genauer an: wahrhaftig, es ist doch Iwan Petrowitsch! »Hahaha!« denkst du bei dir . . .

Aber kehren wir zu den handelnden Personen zurück. Tschitschikow hatte, wie wir schon gesehen haben, sich dafür entschieden, keine Zeremonien zu machen; nachdem er also die Tasse Tee in die Hand genommen und sich Fruchtsaft hineingegossen hatte, begann er das Gespräch folgendermaßen:

»Sie haben da ein schönes Dörfchen, Mütterchen. Wie viele Seelen sind denn darin?«

»Seelen sind nahezu achtzig darin, Väterchen«, erwiderte die Wirtin; »aber es ist ein Jammer mit den schlechten Zeiten: im vorigen Jahre haben wir eine Mißernte gehabt, Gott erbarme sich!«

»Aber die Bauern machen doch den Eindruck kräftiger Leute, und die Häuser sind in gutem Stande. Aber gestatten Sie mir die Frage nach Ihrem Familiennamen. Ich bin so zerstreut gewesen . . . ich kam in der Nacht an . . .«

»Korobotschka, Kollegiensekretärin.«

»Ich danke gehorsamst. Und wie ist Ihr Vor- und Vatersname?«

»Nastasja Petrowna.«

»Nastasja Petrowna? Das ist ein schöner Name – Nastasja Petrowna. Ich habe eine Tante, eine Schwester meiner Mutter, die auch Nastasja Petrowna heißt.«

»Und wie ist Ihr Name?« fragte die Gutsbesitzerin. »Ich denke mir, Sie sind ja doch wohl Kreisassessor?«

»Nein, Mütterchen«, erwiderte Tschitschikow lächelnd, »ich bin nicht Kreisassessor, sondern reise nur so in meinen eigenen Angelegenheiten.«

»Ah, also Sie sind Aufkäufer! Wie schade, wahrhaftig, daß ich den Honig so billig an die Kaufleute verkauft habe; Sie hätten ihn mir gewiß abgekauft, Väterchen.«

»Nein, Honig hätte ich nicht gekauft.«

»Was denn sonst? Vielleicht Hanf? Ich habe jetzt nur ganz wenig Hanf; bloß ein halbes Pud.«

»Nein, Mütterchen, ich handle mit anderen Dingen: sagen Sie mal, sind von Ihren Bauern welche gestorben?«

»Ach, Väterchen, achtzehn Stück!« antwortete die Alte seufzend. »Und es sind gerade so prächtige Leute gestorben, lauter gute Arbeiter. Es sind ja dann natürlich auch welche herangewachsen; aber was habe ich von denen? Das ist alles eine geringe Sorte. Und der Kreisassessor kam her und verlangte, ich sollte die Kopfsteuer auch für die Gestorbenen bezahlen. Die Leute sind tot; aber bezahlen muß ich für sie, wie wenn sie lebten. In der vorigen Woche ist bei mir der Schmied verbrannt, ein so geschickter Schmied, und auch auf die Schlosserei verstand er sich.«

»Hat es denn bei Ihnen gebrannt, Mütterchen?«

»Gott wolle uns vor solchem Unglück bewahren; eine Feuersbrunst wäre ja noch schrecklicher: er ist von selbst verbrannt, Väterchen. In seinem Innern hat es angefangen zu brennen, er war ein übermäßiger Trinker; nur ein blaues Flämmchen ging von ihm aus; er verkohlte ganz und wurde schwarz wie Kohle. Und dabei war er ein so geschickter Schmied! Jetzt kann ich nun gar nicht ausfahren, weil ich niemand habe, der die Pferde beschlagen könnte.«

»Alles hängt vom Willen Gottes ab, Mütterchen!« versetzte Tschitschikow seufzend. »Gegen Gottes weisen Ratschluß darf man nichts sagen . . . Treten Sie sie mir doch ab, Nastasja Petrowna!«

»Wen, Väterchen?«

»Nun, diese alle, die da gestorben sind.«

»Aber wie soll ich Ihnen denn die abtreten?«

»Nun, ganz einfach. Oder meinetwegen verkaufen Sie sie mir! Ich will Ihnen Geld dafür geben.«

»Aber wie denn das? Ich werde wirklich nicht daraus klug. Wollen Sie sie denn etwa aus der Erde ausgraben?«

Tschitschikow sah, daß die Alte absurde Vorstellungen hatte, und daß er ihr klarmachen mußte, um was es sich handelte. In wenigen Worten setzte er ihr auseinander, daß die Übertragung oder der Verkauf nur auf dem Papier vor sich gehen solle und die Seelen da verzeichnet werden sollten, als ob sie noch lebten.

»Aber was wollen Sie denn damit anfangen?« fragte die Alte, ihn mit weitgeöffneten Augen anblickend.

»Das ist ja dann meine Sache.«

»Aber sie sind ja tot.«

»Wer sagt denn auch, daß sie lebendig wären? Darin besteht ja eben Ihr Schade, daß sie tot sind: Sie bezahlen für sie, und jetzt will ich Sie von aller Mühe und allen Zahlungen befreien. Verstehen Sie wohl? Und ich will Sie nicht nur davon befreien, sondern Ihnen noch obendrein fünfzehn Rubel geben. Nun, ist es Ihnen jetzt klar?«

»Ich weiß wirklich nicht«, sagte die Wirtin stockend. »Ich habe noch niemals Tote verkauft.«

»Wie sollten Sie auch! Das wäre ja auch geradezu wunderbar, wenn Sie solche an jemand verkauft hätten. Oder glauben Sie, daß die wirklich irgendwelchen Nutzen bringen?«

»Nein, das glaube ich nicht. Was könnten die für Nutzen bringen? Nutzen bringen die keinen. Eben das macht mich stutzig, daß sie schon tot sind.«

»Na, das scheint ein stumpfsinniges Frauenzimmer zu sein!« dachte Tschitschikow bei sich. »Hören Sie, Mütterchen! Überlegen Sie sich das doch nur ordentlich: Sie richten sich ja zugrunde; Sie bezahlen für die Leute die Abgabe wie für Lebende ...«

»Ach, Väterchen, reden Sie nur gar nicht davon!« fiel ihm die Gutsbesitzerin ins Wort. »Erst vor vierzehn Tagen habe ich über hundertfünfzig Rubel bezahlt, und den Kreisassessor habe ich auch noch schmieren müssen.«

»Na also, sehen Sie, Mütterchen! Und jetzt wollen Sie, bitte, auch nur das eine erwägen, daß Sie den Kreisassessor nicht mehr werden zu schmieren brauchen, da ich jetzt für Sie bezahlen werde, ich und nicht Sie; ich nehme alle Lasten auf mich; ich werde sogar den Kaufkontrakt für mein Geld aufstellen lassen; ist Ihnen das auch klar?«

Die Alte dachte nach. Sie sah, daß das Ding wirklich vorteilhaft zu sein schien; aber es war doch gar zu neu und unerhört, und darum begann sie stark zu fürchten, dieser Aufkäufer könne sie irgendwie übers Ohr hauen; er war ja Gott weiß woher gekommen, und noch dazu zur Nachtzeit.

»Also wie steht's, Mütterchen? Wollen Sie einschlagen, wie?« fragte Tschitschikow.

»Wirklich, Väterchen, es ist mir noch nie vorgekommen, Verstorbene zu verkaufen. Lebende habe ich ja schon abgetreten, so erst vor zwei Jahren dem Oberpopen zwei Mädchen, jede für hundert Rubel; er war mir sehr dankbar: sie haben sich als sehr tüchtige Arbeiterinnen erwiesen und weben selbst Servietten.«

»Na, um Lebende handelt es sich jetzt nicht; lassen wir die beiseite! Ich frage nach Toten.«

»Wirklich, ich fürchte, weil es das erstemal ist, daß ich dabei irgendwie zu Schaden komme. Vielleicht wollen Sie mich betrügen, Väterchen, und sie . . . hm . . . sie sind mehr wert.«

»Hören Sie, Mütterchen . . . ach, was Sie aber auch für eine sind! Was können die denn wert sein? Sehen Sie doch nur: es ist ja Staub. Verstehen Sie? Es ist einfach Staub. Wenn Sie irgendein unbrauchbares, ganz geringes Ding nehmen, zum Beispiel einen einfachen Lappen, so hat der Lappen einen gewissen Wert: er wird wenigstens gekauft, um in die Papierfabrik zu wandern; aber die Toten sind ja zu nichts nütze. Na, sagen Sie selbst, wozu sind sie nütze?«

»Das ist ja gewiß wahr. Sie sind zu gar nichts nütze; aber eben das macht mich bedenklich, daß sie schon tot sind.«

»Nein, die hat wirklich ein Brett vor dem Kopf!« sagte Tschitschikow bei sich, der schon anfing, die Geduld zu verlieren. »Mit der soll mal einer zurechtkommen! Ganz in Schweiß hat sie mich gebracht, die verdammte Alte!« Er zog das Taschentuch heraus und wischte sich den Schweiß ab, der ihm tatsächlich auf die Stirn getreten war. Übrigens ärgerte sich

Tschitschikow mit Unrecht: gar mancher geachtete Mann, ja mancher Staatsmann benimmt sich in der Tat genau wie Frau Korobotschka. Wenn so einer sich etwas in den Kopf gesetzt hat, so ist er auf keine Weise herumzubekommen; man mag ihm noch so viele sonnenklare Gründe anführen, alles prallt von ihm ab, wie ein Gummiball von der Wand zurückspringt. Nachdem Tschitschikow sich den Schweiß abgewischt hatte, beschloß er zu versuchen, ob er sie von einer anderen Seite her auf den richtigen Weg bringen könne.

»Mütterchen«, sagte er, »entweder wollen Sie meine Worte nicht verstehen, oder Sie reden absichtlich so, um überhaupt etwas zu sagen ... Ich gebe Ihnen fünfzehn Rubel in Banknoten, – verstehen Sie? Das ist Geld. Das finden Sie nicht auf der Straße. Nun, sagen Sie einmal offen: wie teuer haben Sie den Honig verkauft?«

»Für zwölf Rubel das Pud.«

»Da haben Sie eine kleine Sünde auf Ihr Gewissen geladen, Mütterchen. Für zwölf Rubel werden Sie ihn nicht verkauft haben.«

»Bei Gott, so habe ich ihn verkauft.«

»Na, sehen Sie wohl? Also für den Preis haben Sie den Honig verkauft. Sie haben ihn vielleicht in einem ganzen Jahre mit Sorge, Mühe und Arbeit zusammengebracht; Sie sind hin und her gefahren, haben den Bienen das Leben schwer gemacht, haben sie im Keller den ganzen Winter über gefüttert; aber tote Seelen, das sind nicht Dinge von dieser Welt. Da haben Sie Ihrerseits keine Arbeit hineingesteckt: es war Gottes Wille, daß sie diese Welt verließen und Ihrer Wirtschaft dadurch Schaden zufügten. Dort erhielten Sie für Ihre Mühe und Anstrengung zwölf Rubel; hier bekommen Sie für nichts, ohne jede Bemühung, nicht zwölf, sondern fünfzehn Rubel, und nicht in Silber, sondern in lauter blauen Scheinen.« Nach so kräftigem Zureden zweifelte Tschitschikow kaum noch daran, daß die Alte endlich nachgeben werde.

»Wirklich«, antwortete die Gutsbesitzerin, »ich bin als unerfahrene Witwe in einer üblen Lage! Das beste ist wohl, ich warte noch ein bißchen; vielleicht kommen Kaufleute her, dann will ich mich nach den Preisen erkundigen.«

»Es ist eine Schande, Mütterchen, eine Schande! geradezu eine Schande! Na, was reden Sie da, sagen Sie selbst! Wer wird sie Ihnen abkaufen? Na, was kann jemand von ihnen für Gebrauch machen?«

»Vielleicht lassen sie sich in der Wirtschaft gelegentlich irgendwie verwenden . . .« erwiderte die Alte, beendete aber ihre Antwort nicht, sondern blickte ihn mit offenem Munde, beinahe ängstlich an, als wenn sie gern wissen möchte, was er nun darauf sagen werde.

»Tote in der Wirtschaft! Was für ein Gedanke! Vielleicht um nachts die Sperlinge in Ihrem Gemüsegarten zu erschrecken, wie?«

»Gott steh mir bei! Was reden Sie da für schreckliche Dinge!« rief die Alte und bekreuzte sich.

»Was wollten Sie denn sonst noch mit ihnen anfangen? Übrigens, die Knochen und die Gräber, das wird ja alles bei Ihnen bleiben; die Übertragung findet nur auf dem Papier statt. Na, also wie ist's? Wie steht's? Antworten Sie wenigstens!«

Die Alte überlegte von neuem.

»Woran denken Sie, Nastasja Petrowna?«

»Wirklich, ich weiß gar nicht, wie ich mich dazu stellen soll; lieber werde ich Ihnen den Hanf verkaufen.«

»Aber was soll hier der Hanf? Ich bitte Sie; ich ersuche Sie um etwas ganz anderes, und Sie bieten mir Hanf an! Der Hanf ist eine Sache für sich; wenn ich wieder einmal herkomme, werde ich auch Hanf nehmen. Also wie denn nun, Nastasja Petrowna?«

»Weiß Gott, es ist eine so seltsame, ganz unerhörte Ware!«

Hier verlor nun Tschitschikow wirklich alle Geduld, stieß ärgerlich mit dem Stuhl auf den Fußboden und wünschte sie zum Teufel.

Über das Wort »Teufel« erschrak die Gutsbesitzerin gewaltig. »Ach, nennen Sie den nicht! Lassen Sie den aus dem Spiel!« rief sie; sie war ganz blaß geworden. »Erst vorgestern habe ich die ganze Nacht von dem Bösen geträumt. Ich hatte mir beikommen lassen, zur Nacht noch nach dem Gebet mir Karten zu legen, und da hat ihn Gott offenbar zur Strafe zu mir gesandt. In so garstiger Gestalt ist er mir im Traume erschienen, und Hörner hatte er, länger als Stierhörner.«

»Ich wundere mich, daß sie Ihnen nicht zu Dutzenden im Traum erscheinen. Ich wollte aus reiner christlicher Menschenliebe hilfreich sein: ich sah, da ist eine arme Witwe, die sich abquält und Not leidet ... Aber mögen Sie mitsamt Ihrem ganzen Dorfe umkommen und zugrunde gehen!«

»Ach, was für gräßliche Flüche stoßen Sie da aus!« sagte die Alte, ihn erschrocken anblickend.

»Aber mit Ihnen ist ja auch gar nicht zu reden! Wirklich, Sie sind wie ein (ich will damit nichts Böses sagen), wie ein Hofhund, der auf Heu liegt: er selbst frißt das Heu nicht, aber anderen gibt er nichts davon. Ich hätte gern bei Ihnen allerlei Wirtschaftsprodukte gekauft, weil ich auch Lieferungen für den Fiskus habe ...« Hier log er, zwar nur so beiläufig und ohne viel Überlegung, aber mit überraschendem Erfolge. Die Lieferungen für den Fiskus machten auf Nastasja Petrowna einen starken Eindruck; wenigstens sagte sie nunmehr in beinahe bittendem Tone: »Aber warum sind Sie denn so hitzig geworden? Hätte ich das vorher gewußt, daß Sie so jährzornig sind, so hätte ich Ihnen gar nicht widersprochen.«

»Ich habe auch eigentlich keinen Grund, mich zu ärgern! Die Sache ist nicht einen Pfifferling wert, und ich gerate darüber in Zorn!«

»Na, meinetwegen, ich bin bereit, sie für fünfzehn Rubel in Banknoten hinzugeben! Nur denken Sie an das, was Sie von den Lieferungen gesagt haben, Väterchen: wenn Sie Roggenmehl brauchen oder Buchweizengrütze oder Graupen oder geschlachtetes Vieh, dann, bitte, vergessen Sie mich nicht!«

»Nein, Mütterchen, ich werde Sie nicht vergessen«, sagte er und wischte sich dabei mit der Hand den Schweiß ab, der ihm in mehreren Bächen über die Stirn lief. Er fragte sie, ob sie in der Stadt einen Anwalt oder einen Bekannten habe, den sie für die Vollziehung des Kaufkontraktes und für die ordnungsmäßige Erledigung alles Sonstigen bevollmächtigen könne. »Gewiß«, sagte Frau Korobotschka, »den Oberpopen Vater Kirill; sein Sohn ist beim Gericht angestellt.« Tschitschikow bat sie, eine Vollmacht für diesen zu schreiben, und um weiteren Schwierigkeiten vorzubeugen, übernahm er es sogar selbst, eine aufzusetzen.

»Es wäre gut«, dachte unterdes Frau Korobotschka im stillen, »wenn er für den Fiskus von mir Mehl und Vieh nähme. Ich muß ihn freundlich stimmen: es ist von gestern abend noch Teig übriggeblieben; da will ich hingehen und Fetinja sagen, sie möchte Pfannkuchen backen. Es wäre auch gut, eine süße Eierpastete zu machen; darauf versteht sie sich vorzüglich, und es nimmt nicht viel Zeit in Anspruch.« Die Hausfrau ging hinaus in der Absicht, den Gedanken in betreff der Pfannkuchen und der Pastete zur Ausführung zu bringen und ihn wahrscheinlich noch durch andere Produkte der häuslichen Back- und Kochkunst zu vervollständigen; Tschitschikow aber begab sich in den Salon, wo er die Nacht zugebracht hatte, um aus seiner Schatulle das nötige Papier herauszunehmen. Im Salon war schon längst alles aufgeräumt; die prächtigen Federbetten waren hinausgetragen; vor dem Sofa stand ein Tisch, über dem eine Decke lag. Nachdem er die Schatulle auf diesen gestellt hatte, erholte er sich ein wenig; denn er fühlte, daß er am ganzen Leibe von Schweiß wie gebadet war: alles, was er an sich hatte, vom Hemde bis zu den Strümpfen, war feucht. »Ach, halbtot hat sie mich gemacht, die verdammte Alte!« sagte er, nachdem er sich ein bißchen erholt hatte, und öffnete die Schatulle. Der Verfasser ist überzeugt, daß manche Leser so neugierig sind, daß sie sogar den Wunsch haben, die innere Einrichtung der Schatulle kennenzulernen. Nun meinetwegen, warum sollte ich ihnen nicht den Gefallen tun? Also die innere Einrichtung war diese: in der Mitte eine Seifenbüchse; hinter der Seifenbüchse sechs bis sieben schmale Fächer für Rasiermesser; dann viereckige Löcher für das Sandfaß und das Tintenfaß, mit einer dazwischen befindlichen Mulde für Federn, Siegellack und andere längliche Gegenstände; dann allerlei Abteilungen teils mit, teils ohne Deckel für kürzere Dinge, angefüllt mit Visitenkarten, Einladungen zu Begräbnissen, Theaterbillets, die sämtlich zur Erinnerung aufbewahrt wurden. Der ganze obere Kasten mit allen Fächern ließ sich herausnehmen, und unter ihm befand sich ein Raum, der mit Päckchen reinen Schreibpapieres angefüllt war; dann folgte ein kleines, geheimes Schubfach für Geld, das sich unmerklich an der Seite der Schatulle herausziehen ließ. Es wurde von dem Besitzer immer so eilig herausgezogen und wieder hineingeschoben, daß es nicht möglich ist, mit Sicherheit zu sagen, wieviel Geld darin war.

Tschitschikow machte sich sofort ans Werk, schnitt sich eine Feder zurecht und begann zu schreiben. In diesem Augenblick trat die Wirtin herein.

»Sie haben da einen schönen Kasten, Väterchen«, sagte sie und setzte sich zu ihm. »Sie haben ihn wohl in Moskau gekauft?«

»Allerdings«, antwortete Tschitschikow, ohne sich im Schreiben stören zu lassen.

»Das wußte ich doch; da gibt es lauter gute Arbeit. Vor mehr als zwei Jahren hat meine Schwester von dort warme Kinderstiefel mitgebracht; das ist so dauerhafte Ware, daß sie sie noch immer tragen. Ach, was haben Sie da für vieles Stempelpapier!« fuhr sie fort, indem sie in die neben ihm stehende Schatulle hineinsah. Und wirklich befand sich dort nicht wenig Stempelpapier. »Da könnten Sie mir wenigstens einen Bogen schenken! Ich habe Mangel daran: wenn es sich so trifft, daß ich ein Bittgesuch an das Gericht einreichen muß, dann habe ich kein Papier, um darauf zu schreiben.«

Tschitschikow setzte ihr auseinander, daß dieses Papier nicht von der Art sei, sondern zu Kaufkontrakten diene, nicht zu Bittgesuchen. Um sie übrigens zur Ruhe zu bringen, gab er ihr einen Bogen im Werte von einem Rubel. Nachdem er den Brief geschrieben hatte, reichte er ihn ihr zur Unterschrift und bat sie um ein kleines Verzeichnis der Bauern. Es stellte sich heraus, daß die Gutsbesitzerin zwar keinerlei Notizen oder Verzeichnisse besaß, aber fast alle Namen auswendig wußte. Er veranlaßte sie, sie ihm sogleich zu diktieren. Manche Bauern setzten ihn durch ihre Familiennamen einigermaßen in Verwunderung und noch mehr durch ihre Spitznamen, so daß er jedesmal, wenn er sie hörte, zuerst stutzte und dann erst zu schreiben anfing. Besonders fiel ihm ein gewisser Peter Saweljew Friß-aus-jedem-Trog auf, so daß er sich nicht enthalten konnte, zu sagen: »So ein langer Kerl!« Ein anderer hatte zu seinem Namen den Zusatz »Kuhfladen«; ein anderer hieß einfach »Rad-Iwan«. Als er mit dem Schreiben fertig war, zog er die Luft etwas in die Nase ein und verspürte den verlockenden Geruch von etwas mit heißer Butter Zubereitetem.

»Ich bitte Sie gehorsamst, einen kleinen Imbiß einzunehmen«, sagte die Wirtin. Tschitschikow blickte sich um und sah, daß schon viele schöne Dinge auf dem Tische standen: Pilze, Pasteten, Setzeier, Pfannkuchen, Fladen mit allerlei Zutaten, mit Zwiebel, mit Mohn, mit Quark, mit Stinten und sonst noch allem möglichen.

»Nehmen Sie doch von der süßen Eierpastete!« sagte die Wirtin.

Tschitschikow rückte an die süße Eierpastete heran, und nachdem er sogleich etwas über die Hälfte gegessen hatte, lobte er sie sehr. Und in der Tat war die Pastete schon an und für sich sehr schmackhaft, und nach all der Mühe und Quälerei, die er mit der Alten gehabt hatte, erschien sie ihm noch schmackhafter.

»Und ein paar Fladen, bitte!« sagte die Wirtin.

Als Antwort darauf rollte Tschitschikow drei Fladen gleichzeitig zusammen, tauchte sie in die zerlassene Butter, schob sie in den Mund und wischte sich die Lippen und die Hände mit der Serviette ab. Nachdem er dies etwa dreimal wiederholt hatte, bat er die Wirtin, Befehl zu geben, daß seine Britschke angespannt werde. Nastasja Petrowna schickte sogleich Fetinja hin und befahl ihr dabei zugleich, noch mehr heiße Fladen zu bringen.

»Bei Ihnen sind die Fladen außerordentlich schmackhaft, Mütterchen!« sagte Tschitschikow und machte sich an die Verzehrung des gebrachten heißen Gebäckes.

»Ja, sie werden bei mir gut gebacken«, sagte die Wirtin. »Das Unglück ist nur: die Ernte ist schlecht gewesen und daher das Mehl nicht besonders gut ausgefallen . . . Aber warum eilen Sie denn so, Väterchen?« fügte sie hinzu, da sie sah, daß Tschitschikow die Mütze in die Hand nahm. »Die Britschke ist ja noch nicht angespannt.«

»Sie wird schon angespannt, Mütterchen, sie wird schon angespannt. Bei mir geht das Anspannen immer schnell.«

»Also vergessen Sie nur nicht das mit den Lieferungen!«

»Ich werde es nicht vergessen, ich werde es nicht vergessen«, versetzte Tschitschikow, indem er auf den Flur hinausging.

»Kaufen Sie nicht auch Schweinespeck?« fragte die Wirtin, die ihm folgte.

»Warum sollte ich den nicht kaufen? Gewiß werde ich welchen kaufen, aber erst später.«

»Um die Christwoche herum werde ich Schweinespeck haben.«

»Ich werde ihn kaufen, ich werde ihn kaufen; alles werde ich kaufen; auch den Schweinespeck werde ich kaufen.«

»Vielleicht brauchen Sie auch Hühnerfedern? Zu den Filippsfasten* werde ich auch Hühnerfedern haben.«

»Gut, gut«, sagte Tschitschikow.

* Sie beginnen am 15. November.

»Sehen Sie wohl, Väterchen, Ihre Britschke ist noch nicht bereit«, sagte die Wirtin, als sie auf die Freitreppe hinaustraten.

»Sie wird gleich bereit sein, gleich bereit sein. Sagen Sie mir nur, wie ich auf die große Landstraße gelange!«

»Ja, wie soll ich Ihnen das auseinandersetzen?« erwiderte die Wirtin. »Das läßt sich schwer einem klarmachen; es sind gar zu viele Wegscheiden da; ich werde Ihnen lieber ein kleines Mädchen als Führerin mitgeben. Es ist ja wohl bei Ihnen Platz auf dem Bocke, wo sie sitzen kann?«

»Gewiß, gewiß.«

»Nun gut, ich werde Ihnen ein kleines Mädchen mitgeben, das den Weg kennt; nur, bitte, entführen Sie sie mir nicht; eine haben mir schon einmal Kaufleute entführt.«

Tschitschikow gab ihr die Versicherung, daß er das Mädchen nicht entführen werde, und darüber beruhigt, begann nunmehr Frau Korobotschka auf alles zu achten, was auf dem Hofe vorging: sie richtete ihre Augen auf die Wirtschafterin, die eine hölzerne Kanne mit Honig aus der Vorratskammer heraustrug, auf einen Bauer, der sich am Tore zeigte, und geriet allmählich ganz in das Fahrwasser der Wirtschaft hinein. Aber warum beschäftigen wir uns so lange mit Frau Korobotschka? Mag es sich nun um Frau Korobotschka oder um Frau Manilowa handeln, um wirtschaftliches Leben oder um unwirtschaftliches: vorbei, vorbei! Ist das nicht auf der Welt wunderlich eingerichtet: das Heitere verwandelt sich im Nu in Trübes, wenn man nur lange davor stehen bleibt, und dann kommen einem Gott weiß was für Gedanken in den Kopf. Vielleicht denkst du sogar: »Ach was, steht denn Frau Korobotschka wirklich so niedrig auf der endlosen Leiter menschlicher Vollkommenheit? Trennt denn wirklich eine so große Kluft sie von ihrer Schwester, welche sich durch die Wände ihres aristokratischen Hauses mit den duftenden gußeisernen Treppen, dem glänzenden Messing, den schönen Mahagonimöbeln und den herrlichen Teppichen unerreichbar absperrt und bei einem nicht zu Ende gelesenen Buche gähnt und einer eleganten, geistreichen Visite entgegensieht, bei der sie Gelegenheit haben wird, mit ihrem Verstande zu glänzen und auswendig gelernte Gedanken vorzubringen, Gedanken, die nach den Gesetzen der Mode die Stadt eine ganze Woche lang beschäftigen, Gedanken nicht über das, was in ihrem Hause und auf ihren Gütern geschieht, die infolge ihrer Unkenntnis des Wirtschaftswesens in Unordnung kommen und zugrunde gehen, sondern darüber, welcher politische Umschwung sich in Frankreich vorbereitet, und welche Richtung der moderne Katholizismus genommen hat. Aber vorbei, vorbei! Wozu davon reden? Aber warum drängt sich denn mitten in die heiteren, sorglosen, gedankenlosen Augenblicke ganz von selbst auf einmal eine andere, seltsame Stimmung ein? Noch hat das Lachen nicht Zeit gehabt, ganz von deinem Gesichte zu verschwinden, und schon bist du mitten unter denselben Menschen ein anderer geworden, und dein Gesicht ist schon von einem anderen Licht erleuchtet . . .

»Na, da ist die Britschke, da ist die Britschke!« rief Tschitschikow, als er endlich seine Britschke vorfahren sah. »Warum hast du denn so lange getrödelt, du Tölpel? Gewiß ist der gestrige Rausch bei dir noch nicht ganz verflogen?«

Selifan gab darauf keine Antwort.

»Leben Sie wohl, Mütterchen! Aber wie ist denn das? Wo ist denn Ihr kleines Mädchen?«

»He, Pelageja!« sagte die Gutsbesitzerin zu einem neben der Freitreppe stehenden etwa elfjährigen Mädchen in einem Kleide von blauer Hausleinwand und mit bloßen Füßen, die man von weitem für Stiefel halten konnte, so arg waren sie mit frischem Schmutz überzogen; »zeige dem Herrn den Weg!«

Selifan half der Kleinen auf den Bock steigen; sie trat zuerst mit dem einen Fuße auf den herrschaftlichen Wagentritt, den sie dabei beschmutzte; dann aber kletterte sie nach oben hinauf und setzte sich neben ihn. Nach ihr setzte auch Tschitschikow selbst den Fuß auf den Tritt, wobei infolge seines bedeutenden Gewichtes die Britschke sich ganz nach der rechten Seite herüberbog; endlich hatte er ordentlich Platz genommen und sagte: »Na, nun ist alles in Ordnung! Leben Sie wohl, Mütterchen!« Die Pferde zogen an.

Selifan war den ganzen Weg über mürrisch und damit zugleich sehr achtsam auf seine Obliegenheiten, was bei ihm immer der Fall war, wenn er sich vorher etwas hatte zuschulden kommen lassen oder betrunken gewesen war. Die Pferde waren erstaunlich sauber geputzt. Das Kumt an einem von ihnen, das sich bisher immer in zerrissenem Zustande befunden hatte, so daß das Werg aus dem Leder herausschaute, war kunstvoll ausgebessert. Auf der ganzen Fahrt war er schweigsam, schlug nur mit der Peitsche und richtete keine belehrenden Ansprachen an die Pferde, obwohl der Schecke gern etwas Erbauliches gehört hätte, da unterdessen die Zügel immer nur lässig in den Händen des redseligen Rosselenkers ruhten und die Peitsche nur der Form wegen über die Rücken hinspazierte. Aber von den verdrossenen Lippen desselben waren diesmal nur eintönige, unfreundliche Ausrufe zu vernehmen: »Na aber, na, du Maulaffe! Immer gähnst du und gähnst!« und weiter nichts. Selbst der Braune und der Assessor waren nicht zufrieden, da sie kein einziges Mal Anreden wie »meine lieben Pferdchen«, »meine Verehrten« zu hören bekamen. Der Schecke fühlte sehr unangenehme Schläge auf seinen vollen, breiten Körperteilen. »Nun sehe mal einer, wie schlau er ist!« dachte er bei sich, während er ein bißchen mit den Ohren spielte. »Er weiß recht gut, wo er hinschlagen muß! Er schlägt nicht gerade auf den Rücken, sondern sucht sich die Stellen aus, wo man es am meisten fühlt: an den Ohren und unter dem Bauche.«

»Rechts, nicht wahr?« mit dieser trockenen Frage wandte sich Selifan an das neben ihm sitzende Mädchen und wies mit der Peitsche auf den vom Regen schwarz gewordenen Weg zwischen den leuchtend grünen, erfrischten Feldern.

»Nein, nein, ich werde es Ihnen schon zeigen«, antwortete das Mädchen.

»Wohin denn also?« fragte Selifan, als sie näher herangekommen waren.

»Dahin!« erwiderte das Mädchen, indem sie mit der Hand zeigte.

»Ach du!« sagte Selifan. »Das ist ja rechts! Weiß die nicht, was rechts und links ist!«

Das Wetter war zwar sehr schön, aber die Erde dermaßen schmutzig, daß die darin wühlenden Räder der Britschke bald von ihr wie mit einer Filzdecke umhüllt waren, wodurch das Gefährt stark behindert wurde; überdies war der Boden an sich außerordentlich lehmig und klebrig. Das eine wie das andere war der Grund, weshalb sie sich aus den Seitenwegen erst um Mittag hinausarbeiteten. Ohne das Mädchen würde ihnen auch das schwer geworden sein, da die Wege nach allen Richtungen auseinandergingen wie gefangene Krebse, wenn man sie aus dem Sack ausschüttet; und wenn Selifan dabei Umwege gemacht hätte, so würde er daran unschuldig gewesen sein. Bald darauf zeigte das Mädchen mit der Hand nach einem dunklen Gebäude in der Ferne und sagte: »Da ist die große Landstraße.«

»Und das Gebäude?« fragte Selifan.

»Das ist ein Wirtshaus«, antwortete das Mädchen.

»Na, jetzt werden wir auch allein hinfinden«, sagte Selifan; »geh nach Hause!«

Er hielt an, war ihr beim Absteigen behilflich und murmelte zwischen den Zähnen: »Pfui, du mit deinen schwarzen Füßen!«

Tschitschikow gab ihr einen Kupfergroschen, und sie trabte nach Hause, ganz zufrieden schon allein damit, daß sie auf dem Bocke gesessen hatte.

VIERTES KAPITEL

Als sie zu dem Wirtshause gekommen waren, ließ Tschitschikow aus zwei Gründen halten: erstens um den Pferden eine Erholung zu vergönnen, und zweitens um auch selbst etwas zu genießen und sich zu stärken. Der Verfasser muß bekennen, daß er Leute dieser Art immer um ihren Appetit und um ihren Magen beneidet. Ganz gleichgültig sind ihm all die vornehmen Herren in Petersburg und Moskau, welche die Zeit damit hinbringen, zu überlegen, was sie morgen essen wollen, und was für ein Diner sie sich für übermorgen zusammenstellen können, und an dieses Diner nur herangehen, nachdem sie vorher ein paar Pillen in den Mund gesteckt haben, und welche Austern, Seespinnen und andere solche wunderlichen Dinge hinterschlingen und dann nach Karlsbad oder nach dem Kaukasus reisen. Nein, diese Herren haben nie seinen Neid erregt. Aber die Herren des Mittelstandes, die sich auf einer Station Schinken geben lassen und auf der nächsten ein Ferkel und auf der dritten ein Stück Stör oder eine in Teig gebackene Wurst mit Zwiebeln und dann, als wäre nichts geschehen, sich zu jeder beliebigen Zeit wieder an den Tisch setzen, wo sie dann eine Sterletsuppe mit Quappenleber und Quappenmilch schmatzend einschlürfen und eine Pastete mit Welsschwanz dazu essen, so daß man vom Zusehen Appetit bekommt, – ja, diese Herren erfreuen sich wirklich einer beneidenswerten Himmelsgabe! Gar mancher vornehme Herr würde augenblicklich die Hälfte seiner Seelen und die Hälfte seiner verpfändeten und unverpfändeten Güter mit allen möglichen Meliorationen auf ausländische und auf russische Art hingeben, wenn er dafür einen solchen Magen bekommen könnte, wie ihn so ein Herr aus dem Mittelstande besitzt; aber das Malheur ist eben dies, daß man für kein Geld und für keine Güter mit und ohne Meliorationen einen solchen Magen erwerben kann.

Das aus bereits dunkel gewordenen Holzbalken gebaute

Wirtshaus empfing unseren Tschitschikow unter seinem schmalen gastlichen Wetterdach, das auf gedrechselten Holzsäulen ruhte, welche mit altertümlichen Kirchenleuchtern Ähnlichkeit hatten. Das Wirtshaus war eigentlich nur ein russisches Bauernhaus in größerem Maßstabe. Gemusterte Schnitzereien aus frischem Holze um die Fenster und unter dem Dache bildeten einen lebhaft abstechenden Schmuck der dunklen Wände; auf den Fensterläden waren Krüge mit Blumen gemalt.

Nachdem er eine schmale Holztreppe hinaufgestiegen war, trat ihm auf dem geräumigen Flur eine dicke alte Frau in einem bunten baumwollenen Kleide entgegen, öffnete eine knarrende Tür und sagte: »Bitte hier einzutreten!« Im Zimmer erblickte er die alten Freunde, die ein jeder in den kleinen hölzernen Wirtshäusern erblickt, deren nicht wenige an den Landstraßen erbaut sind, nämlich: einen angelaufenen Samowar, glattgehobelte Wände aus Fichtenholz, einen dreieckigen Schrank mit Teekannen und Tassen in der Ecke des Zimmers, vergoldete, an blauen und roten Bändern hängende Eier von Porzellan vor den Heiligenbildern, eine Katze, die soeben gejungt hatte, einen Spiegel, der statt zweier Augen ihrer vier zeigte und statt eines Gesichtes eine Art von Fladen, und endlich an die Heiligenbilder gesteckte Sträuße von duftenden Kräutern und von Nelken, die dermaßen vertrocknet waren, daß jeder, der an ihnen roch, ohne weiteres niesen mußte.

»Ist ein Ferkel zu haben?« Mit dieser Frage wandte sich Tschitschikow an die vor ihm stehende Alte.

»Jawohl.«

»Mit Meerrettich und Sahne?«

»Jawohl, mit Meerrettich und Sahne.«

»Dann gib mir!«

Die Alte ging weg, um alles zusammenzusuchen, und brachte einen Teller, eine Serviette, die so gestärkt war, daß sie steif dastand wie eine getrocknete Baumrinde, dann ein

Messer mit vergilbtem knöchernen Griff, so dünn, als ob es zum Federschneiden dienen sollte, eine zweizinkige Gabel und ein Salzfaß, das sich schlechterdings nicht gerade auf den Tisch stellen ließ.

Unser Held ließ sich nach seiner Gewohnheit sogleich mit ihr in ein Gespräch ein und fragte sie, ob sie das Wirtshaus allein halte oder noch ein Wirt da sei, und wieviel es einbringe, und ob ihre Söhne bei ihnen wohnten, und ob der älteste Sohn ledig oder verheiratet sei, und was er für eine Frau genommen habe, mit großer Mitgift oder nicht, und ob der Schwiegervater zufrieden gewesen sei und sich nicht darüber geärgert habe, daß er bei der Hochzeit nur wenig Geschenke bekommen habe; kurz, er überging nichts. Selbstverständlich interessierte er sich dafür, zu erfahren, was für Gutsbesitzer in der Umgegend zu finden seien, und erfuhr, daß es allerlei Gutsbesitzer gebe: Blochin, Potschitajew, Mylnoi, Oberst Tscheprakow, Sobakewitsch. »Ah, du kennst Sobakewitsch?« fragte er und erfuhr sogleich, daß die Alte nicht nur Sobakewitsch, sondern auch Manilow kannte, und daß Manilow vornehmer als Sobakewitsch sei: er lasse sich sofort ein Huhn kochen und verlange auch Kalbsbraten; wenn Hammelleber da sei, so verlange er auch diese, und von allem koste er nur; Sobakewitsch dagegen bestelle nur ein Gericht, und das esse er ganz auf und verlange sogar, daß ihm ohne Nachzahlung noch etwas nachgebracht werde.

Während er sich auf diese Weise unterhielt und das Ferkel verzehrte, von dem nur noch der letzte Bissen übrig war, hörte man das Rädergerassel eines herankommenden Wagens. Durch das Fenster blickend, sah er, daß vor dem Wirtshause eine leichte, mit drei guten Pferden bespannte Britschke hielt. Aus der Britschke stiegen zwei Männer: der eine blond und hochgewachsen, der andere etwas kleiner und schwarzhaarig. Der Blonde trug einen dunkelblauen Schnurrock, der Schwarzhaarige einfach einen gestreiften Hausrock. In einiger Entfernung schleppte sich noch ein leeres Wägelchen heran, gezogen von vier langwolligen Pferden mit zerrissenen Kumten und mit Stricken als Anspann. Der Blonde begab sich sogleich auf der Treppe nach oben, während der Schwarzhaarige noch unten blieb, in der Britschke herumtastete, mit dem Diener sprach und gleichzeitig dem nachkommenden Wägelchen zuwinkte. Seine Stimme kam Tschitschikow einigermaßen bekannt vor. Während er ihn betrachtete, hatte der Blonde schon an der Tür herumgefühlt und sie geöffnet. Dies war ein Mann von hohem Wuchse, mit magerem oder, wie man das nennt, ausgemergeltem Gesichte und mit einem rötlichen Schnurrbarte. Aus der braunen Farbe seines Gesichtes konnte man schließen, daß er viel mit Rauch zu tun hatte, wenn nicht mit Pulverrauch, so doch mit Tabaksrauch. Er verbeugte sich höflich vor Tschitschikow, was der letztere in gleicher Weise erwiderte. Im Laufe einiger Minuten wären sie wahrscheinlich in ein Gespräch gekommen und gut miteinander bekannt geworden, da der Anfang dazu schon gemacht war und beide fast gleichzeitig ihre Freude darüber ausgesprochen hatten, daß der Staub auf der Landstraße durch den gestrigen Regen völlig gelöscht und es jetzt kühl und angenehm zu fahren sei, als sein schwarzhaariger Gefährte hereinkam, die Mütze vom Kopfe nahm, sie auf den Tisch warf und in forscher Manier sich mit der Hand in den dichten schwarzen Haaren zauste. Er war von mittlerer Statur, sehr gut gebaut, mit vollen, roten Backen, schneeweißen Zähnen und pechschwarzem Backenbarte. Sein Teint war wie Milch und Blut; sein Gesicht strotzte förmlich von Gesundheit.

»Ha-ha-ha!« rief er plötzlich, als er Tschitschikow erblickte, und breitete beide Arme aus. »Wie kommst du hierher?«

Tschitschikow erkannte eben jenen Nosdrew, mit dem er beim Polizeimeister diniert hatte, und der mit ihm in wenigen Minuten so intim geworden war, daß er angefangen hatte, ihn zu duzen, obwohl Tschitschikow seinerseits ihm dazu keinen Anlaß gegeben hatte.

»Wohin fährst du denn?« fragte Nosdrew, fuhr aber, ohne die Antwort abzuwarten, fort: »Und ich, Bruder, komme vom Jahrmarkt. Gratuliere mir: ich habe alles verspielt, alles! Kannst du es glauben, daß ich noch nie in meinem Leben so viel verspielt habe? Mit Bauernpferden bin ich hierhergefahren! Da, sieh mal aus dem Fenster!« Hier bog er selbst Tschitschikows Kopf hin, so daß dieser sich beinah am Fensterrahmen stieß. »Siehst du wohl, was es für ein elendes Gefährt ist? Mit Not und Mühe haben sich die Kracken hierhergeschleppt; ich bin dann in dem seine Britschke umgestiegen.« Bei diesen Worten zeigte Nosdrew mit dem Finger auf seinen Gefährten. »Seid ihr noch nicht miteinander bekannt? Mein Schwager Mischujew! Ich habe mit ihm den ganzen Vormittag von dir geredet. ›Paß mal auf‹, sagte ich, ›ob wir nicht Tschitschikow treffen!‹ Na, Bruder, wenn du wüßtest, wie ich ausgebeutelt bin! Glaubst du wohl, daß ich nicht nur vier Traber verloren habe – alles habe ich verspielt! Ich habe ja weder eine Uhr noch eine Uhrkette an mir . . .« Tschitschikow blickte ihn an und sah wirklich, daß er weder Uhr noch Kette hatte. Es kam ihm sogar so vor, als ob die eine Hälfte seines Backenbartes kleiner und nicht so dicht sei wie die andere. »Und hätte ich nur noch zwanzig Rubel in der Tasche gehabt«, fuhr Nosdrew fort, »nicht mehr als zwanzig Rubel, dann hätte ich alles wiedergewonnen, das heißt außer dem, was ich wiedergewonnen hätte, hätte ich noch dreißigtausend Rubel eingeheimst.«

»Das hast du auch damals gesagt«, bemerkte der Blonde; »aber als ich dir fünfzig Rubel gab, hast du sie gleich verloren.«

»Ich hätte sie nicht verloren, ich hätte sie bei Gott nicht verloren, wenn ich nicht selbst eine Dummheit gemacht hätte; sonst hätte ich sie wahrhaftig nicht verloren. Hätte ich nicht ein Paroli auf die verfluchte Sieben gebogen, so hätte ich die ganze Bank sprengen können.«

»Du hast sie aber nicht gesprengt«, sagte der Blonde.

»Ich habe sie nicht gesprengt, weil ich zur Unzeit ein Paroli bog. Glaubst du etwa, dein Major spiele gut?«

»Mag er nun gut spielen oder nicht, jedenfalls hat er dir alles abgenommen.«

»Große Sache!« erwiderte Nosdrew. »Ich werde es ihm wieder abnehmen. Nein, laß ihn einmal probieren, Doublet zu spielen, dann will ich sehen, was er für ein Spieler ist; dann will ich es sehen! Aber, Bruder Tschitschikow, wie haben wir in den ersten Tagen gekneipt! Wirklich, es war ein ganz ausgezeichneter Jahrmarkt. Selbst die Kaufleute sagten, daß er noch nie so gut besucht gewesen sei. Alles, was meine Leute aus dem Dorfe hingebracht hatten, haben sie zu den vorteilhaftesten Preisen verkauft. Ach, Bruder, wie haben wir gekneipt! Selbst jetzt, wenn ich nur daran denke ... hol's der Teufel! Schade nur, daß du nicht dabei warst! Stelle dir vor, daß drei Werst von der Stadt ein Dragonerregiment lag. Kannst du es glauben: die Offiziere, so viele ihrer waren, schon allein vierzig Offiziere, waren in der Stadt ... Als wir zu trinken anfingen, Bruder ... Der Stabsrittmeister Pozjelujew ... das ist ein prächtiger Mensch! So einen Schnurrbart hat er, Bruder! Den Bordeaux nennt er einfach Schlampe. ›Bring uns Schlampe, Bruder!‹ sagt er zum Wirt. Der Leutnant Kuwschinnikow ... Ach, Bruder, was für ein allerliebster Mensch! Man kann sagen, ein idealer Kneipbruder. Ich war mit ihm immer zusammen. Und was hat uns Ponamarew für Wein verabfolgt! Du mußt wissen, daß er ein Schurke ist und man in seinem Laden nichts kaufen darf: den Wein versetzt er mit allerlei Zeug: mit Sandelholz, verbranntem Kork, und sogar Holunder tut der Schuft hinein; aber dafür, wenn er aus einem abgelegenen Zimmerchen, das bei ihm das besondere Zimmerchen heißt, ein Fläschchen holt, na, Bruder, dann befindest du dich einfach im Elysium. Der Champagner bei ihm war von einer Güte ... was ist dagegen der des Gouverneuers? Einfach Kwas. Stelle dir vor, wir tranken nicht Cliquot, sondern einen Cliquot-matradour; das bedeutet einen doppelten Cliquot. Und dann gab er uns noch ein Fläschchen französischen Wein mit der Benennung Bonbon. Der Geruch? Nach Rosen und allem möglichen! Nein, haben wir gekneipt! ... Nach uns kam irgendein Fürst an und schickte nach dem Laden, um Champagner holen zu lassen, – aber auch nicht eine Flasche war in der ganzen Stadt aufzutreiben: allen hatten die Offiziere ausgetrunken. Kannst du es glauben: ich allein habe während eines Diners siebzehn Flaschen Champagner ausgetrunken!«

»Na, siebzehn Flaschen trinkst du nicht aus«, bemerkte der Blonde.

»So wahr ich ein ehrlicher Mensch bin, ich habe sie ausgetrunken«, antwortete Nosdrew.

»Da kannst du sagen, was du willst, aber ich sage dir, du trinkst auch nicht zehn aus.«

»Na, willst du wetten, daß ich sie austrinke?«

»Wozu sollen wir wetten?«

»Na, setze dein Gewehr, das du in der Stadt gekauft hast.«

»Ich mag nicht.«

»Na, setze es doch, probiere es!«

»Ich mag es nicht probieren.«

»Du würdest deine Flinte loswerden, wie wenn dir der Wind die Mütze vom Kopfe wehte. Ach, Bruder Tschitschikow, wie leid hat es mir getan, daß du nicht da warst! Ich weiß, du hättest dich von dem Leutnant Kuwschinnikow gar nicht trennen können. Wie schön hättet ihr zusammengestimmt! Das ist ein anderer Kerl als der Staatsanwalt und all die anderen Geizkragen in unserer Gouvernementsstadt, die um jede Kopeke zittern. Der spielt dir Landsknecht und Pharao und alles, was du nur willst, Bruder. Ach, Tschitschikow, was hätte es dir denn für Mühe gemacht, hinzukommen? Wirklich, ein Schweinhund bist du gewesen, ein Esel, daß du nicht gekommen bist! Küsse mich, mein Teuerster; ich liebe dich herzlich! Sieh mal, Mischujew: uns beide hat das Schicksal zusammengeführt! Na, was wußte er von mir oder ich von ihm? Aber da ist er Gott weiß von wo hergekommen, gerade hierher, wo ich wohne . . . Und wieviel Equipagen da waren, Bruder, und alles en gros. In einer Würfelbude habe ich auch gespielt und zwei Töpfe Pomade, eine Porzellantasse und eine Gitarre gewonnen; dann habe ich es wieder alles mit einemmal gesetzt und verloren, so eine Gemeinheit, und noch sechs Rubel obendrein. Und wenn du wüßtest, was dieser Kuwschinnikow für ein Courmacher ist! Ich und er, wir waren fast auf allen Bällen. Da war eine so fein geputzte Dame, mit Rüschen und Spitzen, weiß der Teufel, was sie alles anhatte! Ich dachte bei mir nur: ›Hol's der Teufel!‹ Aber Kuwschinnikow, dieser Racker, setzte sich zu ihr und machte ihr auf französisch die wundervollsten Komplimente. Kannst du es glauben: selbst einfache Bauerfrauen attackierte er. Er nennt das: ›Erdbeeren pflücken‹. Und Fische waren auf den Markt gebracht, gedörrte Störe, wundervoll! Ich habe mir einen mitgenommen; nur gut, daß ich auf den Gedanken, einen zu kaufen, kam, als ich noch Geld hatte. Wohin fährst du jetzt?«

»Ich fahre zu einem Bekannten«, erwiderte Tschitschikow.

»Ach was, was hast du von dem Bekannten, laß ihn laufen! Komm zu mir!«

»Es geht nicht, es geht nicht; ich habe ein Geschäft vor.«

»Am Ende gar ein Geschäft! Das ist nur eine Ausrede! O du Schwindler!«

»Wirklich, ich habe ein Geschäft, und noch dazu ein notwendiges.«

»Ich wette darauf: du lügst! Na, dann sage mal, zu wem fährst du?«

»Na, zu Sobakewitsch.«

Hier brach Nosdrew in jenes schallende Gelächter aus, wie es nur ein frischer, gesunder Mensch zustande bringt, ein Gelächter, bei dem all seine zuckerweißen Zähne sichtbar werden, die Backen zittern und hüpfen und der durch zwei Türen getrennte Nachbar im dritten Zimmer aus dem Schlafe auffährt, die Augen aufreißt und brummt: »Der Kerl ist wohl besoffen!«

»Was ist dabei lächerlich?« fragte Tschitschikow, der sich durch dieses Lachen etwas gekränkt fühlte.

Aber Nosdrew lachte aus vollem Halse weiter und sagte dabei: »O weh, schone mich; ich platze vor Lachen!«

»Dabei ist nichts lächerlich; ich habe es ihm versprochen«, sagte Tschitschikow.

»Aber du wirst deines Lebens nicht froh werden, wenn du zu dem hinkommst: der ist geradezu ein Filz! Ich kenne ja doch deinen Charakter: du wirst dich grausam getäuscht sehen, wenn du da ein Hasardspiel und eine gute Flasche Wein zu finden hoffst. Hör mal, Bruder: laß diesen Sobakewitsch zum Teufel gehen, und komm du zu mir! Ich werde dich mit vorzüglichem Stör regalieren. Ponamarew, die Bestie, sagte zu mir mit vielen Bücklingen: ›Nur Ihnen lasse ich ihn ab; und wenn Sie den ganzen Jahrmarkt absuchen, Sie finden solchen Stör nicht!‹ Aber er ist ein schauderhafter Gauner. Das habe ich ihm ins Gesicht gesagt. ›Du und unser Branntweinpächter‹, habe ich ihm gesagt, ›ihr beiden seid die ärgsten Schurken, die es gibt!‹ Er lachte, die Kanaille, und strich sich den Bart. Ich und Kuwschinnikow frühstückten alle Tage in seinem Laden. Ach, Bruder, das habe ich ganz vergessen, dir zu sagen: ich weiß, daß du jetzt nicht wirst davon abstehen wollen; aber ich werde es dir nicht für zehntausend Rubel verkaufen, das sage ich dir im voraus. He, Porfiri!« schrie er, ans Fenster tretend, seinem Diener zu, der in der einen Hand ein Messer hielt und in der andern ein Stück Brot und ein Stück Stör; es war ihm glücklich gelungen, als er etwas aus der Britschke herausnahm, sich dieses letztere so beiläufig abzuschneiden. »He, Porfiri!« schrie Nosdrew. »Bring doch mal das Hündchen her! – Ein prächtiges Hündchen!« fuhr er, sich zu Tschitschikow wendend, fort. »Es ist gestohlen; hergeben wollte es der Besitzer um keinen Preis. Ich bot ihm die Fuchsstute, die ich, wie du dich erinnerst, von Chwostyrew eingetauscht habe . . .« Tschitschikow hatte übrigens zeit seines Lebens weder die Fuchsstute noch Chwostyrew gesehen.

»Gnädiger Herr! Wünschen Sie nichts zu essen?« fragte ihn in diesem Augenblicke die Alte, die zu ihm herantrat.

»Nein. Ach, Bruder, was haben wir flott gelebt! Übrigens, du kannst mir ein Glas Schnaps geben. Was hast du für welchen?«

»Anis«, antwortete die Alte.

»Na, dann gib Anis!« sagte Nosdrew.

»Gib mir auch ein Glas!« sagte der Blonde.

»Im Theater war eine Sängerin, die sang wie ein Kanarienvogel, die Kanaille! Kuwschinnikow, der neben mir saß, sagte: ›Da müßte man Erdbeeren pflücken, Bruder!‹ Schon allein Schaubuden waren fünfzehn Stück da, glaube ich. Dieser Fenardi drehte sich vier Stunden lang herum wie eine Windmühle!« Hier nahm er das Glas aus den Händen der Alten entgegen, die ihm dafür eine tiefe Verbeugung machte. »Aha, gib ihn her!« rief er, als er Porfiri mit dem Hunde hereinkommen sah. Porfiri war ebenso gekleidet wie sein Herr; er trug ebenfalls einen gesteppten, wattierten Hausrock, der aber etwas schmieriger war.

»Gib ihn her, setze ihn hier auf den Boden!«

Porfiri setzte das Hündchen auf den Boden, das alle vier Pfoten ausspreizte und den Boden beschnüffelte.

»Das ist einmal ein Hund!« sagte Nosdrew, faßte das Tier mit der Hand beim Rücken und hob es in die Höhe. Der Hund stieß ein recht klägliches Geheul aus.

»Du hast aber nicht getan, was ich dir befohlen habe«, sagte Nosdrew, sich zu Porfiri wendend, nachdem er den Bauch des Hundes sorgsam betrachtet hatte. »Du hast ihn ja nicht gekämmt!«

»Doch, ich habe ihn gekämmt.«

»Wovon hat er denn die Flöhe?«

»Das weiß ich nicht. Wahrscheinlich sind ihm aus der Britschke welche angekrochen.«

»Du lügst, du lügst; es ist dir gar nicht eingefallen, ihn zu kämmen; ich glaube, du Dummkopf, du hast ihm noch deine eigenen Flöhe anhüpfen lassen. Da, sieh mal, Tschitschikow, sieh mal, was er für Ohren hat; da, fühl mal mit der Hand!«

»Wozu? Ich sehe es auch so schon: es ist eine gute Rasse!« antwortete Tschitschikow.

»Nein, fühle nur mal expreß die Ohren an!«

Ihm zu Gefallen fühlte Tschitschikow die Ohren an und sagte dabei: »Ja, es wird ein guter Hund werden.«

»UNd die Nase, spürst du wohl, wie kalt sie ist? Fühle mal mit der Hand!« Um ihn nicht zu kränken, faßte Tschitschikow auch die Nase an und sagte: »Eine gute Witterung!«

»Ein echter Bullenbeißer«, fuhr Nosdrew fort; »ich muß gestehen, nach einem Bullenbeißer hat mir immer schon der Mund gewässert. Da, Porfiri! Trag ihn wieder weg!«

Porfiri faßte den Hund unter den Bauch und trug ihn in die Britschke.

»Hör mal, Tschitschikow, du mußt jetzt unbedingt zu mir fahren; es sind nur fünf Werst; wir fahren im Galopp hin, und nachher kannst du meinetwegen auch zu Sobakewitsch.«

»In Gottes Namen«, dachte Tschitschikow bei sich; »dann will ich nur wirklich zu Nosdrew heranfahren. Worin ist er denn auch schlechter als andere? Er ist ganz ebenso ein Mensch, und dann hat er auch noch im Spiel verloren. Er ist, wie man sieht, zu allem zu gebrauchen; da kann ich vielleicht von ihm etwas für umsonst erlangen.« – »Nun gut, fahren wir!« sagte er; »aber suche mich nur ja nicht zu lange festzuhalten. Meine Zeit ist kostbar.«

»Na, mein Herzchen, das ist recht! Das ist ja schön! Warte mal, dafür werde ich dir einen Kuß geben.« Hier küßten sich Nosdrew und Tschitschikow. »Das ist ja prächtig: nun fahren wir zu dreien!«

»Nein, erlaube, daß ich mich nun von dir trenne«, sagte der Blonde. »Ich muß nach Hause.«

»Unsinn, Schwager, Unsinn! Ich lasse dich nicht weg.«

»Wirklich, meine Frau wird böse werden; jetzt kannst du ja in die Britschke dieses Herrn umsteigen.«

»Nein, nein, nein, daraus wird nichts.«

Der Blonde war einer jener Menschen, in deren Charakter auf den ersten Blick eine gewisse Hartnäckigkeit zu liegen scheint. Kaum hat man den Mund aufgetan, da sind sie auch schon bereit zu streiten, und es scheint, daß sie nie in etwas willigen werden, was mit ihren Grundsätzen im Widerspruch steht, nämlich niemals etwas Dummes klug zu nennen und niemals nach einer fremden Pfeife zu tanzen; aber die Sache endet immer damit, daß ihr Charakter sich als sanft und weich erweist und sie gerade in das willigen, dessen sie sich geweigert haben: sie nennen nun doch das Dumme klug und tanzen nach einer fremden Pfeife, wie man es nur wünschen kann; kurz, auf den kräftigen Anfang folgt ein schwächliches Ende.

»Dummes Zeug!« versetzte Nosdrew auf eine weitere Einwendung des Blonden, setzte ihm die Mütze auf den Kopf, – und der Blonde folgte ihnen nach.

»Sie haben das Schnäpschen noch nicht bezahlt, gnädiger Herr . . .« sagte die Alte.

»Ah, schön, schön, Mütterchen. Hör mal, lieber Schwager, bitte, bezahle du! Ich habe keine Kopeke in der Tasche.«

»Wieviel bekommst du?« fragte der Schwager.

»Eine Kleinigkeit, Väterchen. Nur zwanzig Kopeken Silber«, erwiderte die Alte.

»Du lügst, du lügst. Gib ihr zehn; da hat sie völlig genug.«

»Es ist ein bißchen wenig, gnädiger Herr«, sagte die Alte; sie nahm indes das Geld mit Dank hin und lief noch geschäftig voran, um ihnen die Tür zu öffnen. Sie hatte keinen Schaden gemacht; denn sie hatte das vierfache von dem gefordert, was der Schnaps wert war.

Die Reisenden hatten in den Wagen Platz genommen. Tschitschikows Britschke fuhr neben der Britschke, in welcher Nosdrew und sein Schwager saßen, und daher konnten sie sich alle drei unterwegs ungehindert unterhalten. Hinter ihnen her fuhr, alle Augenblicke anhaltend, Nosdrews kleines Wägelchen mit den abgemagerten Bauerpferden. In diesem saß Porfiri mit dem Hündchen.

Da das Gespräch, das die Reisenden miteinander führten, für den Leser kein besonderes Interesse hat, so tun wir besser, wenn wir etwas über Nosdrew selbst sagen, der in unserer Geschichte vielleicht eine nicht unbedeutende Rolle spielen wird.

Der Typus Nosdrews ist dem Leser gewiß schon einigermaßen bekannt. Jedermann begegnet solchen Leuten in nicht geringer Zahl. Sie werden forsche Kerle genannt, gelten schon in der Kindheit und auf der Schule für gute Kameraden, bekommen aber trotzdem nicht selten gehörige Prügel. In ihrem Gesichtsausdruck liegt immer etwas Offenes, Gerades, Mutiges. Sie machen schnell Bekanntschaft, und ehe man es sich versieht, duzen sie einen. Sie schließen anscheinend Freundschaft fürs ganze Leben; aber fast stets begibt es sich, daß sie sich mit dem neuen Freunde noch an demselben Abend bei einem freundschaftlichen Schmause prügeln. Sie sind immer redselige, lebenslustige, stattliche, ansehnliche Menschen. Nosdrew war mit fünfunddreißig Jahren noch ganz derselbe, der er mit achtzehn und zwanzig gewesen war: ein Liebhaber des Bummellebens. Seine Ehe hatte bei ihm keine Veränderung herbeigeführt, um so weniger, da seine Frau bald in jene Welt hinüberging, unter Hinterlassung zweier Kinder, an denen ihm absolut nichts gelegen war. Sie wurden übrigens von einer hübschen Wärterin beaufsichtigt. Er konnte schlechterdings nicht länger als einen Tag zu Hause sitzen. Seine feine Nase spürte es auf eine Entfernung von ein paar Dutzend Werst, wenn irgendwo ein Jahrmarkt mit allerlei geselligen Vergnügungen und Bällen war, und im Augenblick war er auch da und richtete Streit und Zank am grünen Tische an; denn für die Karten hatte er, wie all solche Leute, eine Leidenschaft. Beim Kartenspiel verfuhr er, wie wir schon im ersten Kapitel gesehen haben, nicht ganz reinlich und sündlos, da er mancherlei interessante Manipulationen und andere Feinheiten kannte, und daher endete das Spiel sehr häufig mit einem anderen Spiele: entweder prügelte man ihn mit den Stiefeln durch, oder man nahm mit seinem dichten und sehr schönen Backenbarte eine Manipulation vor, infolge deren er bei seiner Rückkehr nach Hause nur noch die eine Hälfte des Backenbartes im Gesicht hatte und auch diese nur in stark gelichtetem Zustande. Aber seine gesunden, vollen Backen hatten eine so gute Natur und besaßen eine so starke Vegetationskraft, daß der Backenbart bald von neuem wuchs, und zwar sogar noch besser als vorher. Und was das sonderbarste ist und nur bei uns in Rußland vorkommen kann, nach einiger Zeit fand er sich mit jenen Freunden, die ihm so übel mitgespielt hatten, wieder zusammen, als ob nichts geschehen wäre: er wußte von nichts, und sie wußten von nichts, wie man zu sagen pflegt.

Nosdrew war in gewissem Sinne eine »geschichtliche« Persönlichkeit. Bei keinem Zusammensein, an dem er beteiligt war, ging es ohne eine »Geschichte« ab; irgendeine »Geschichte« passierte mit Sicherheit: entweder faßten ihn die Gendarme unter die Arme und führten ihn aus dem Saale, oder seine eigenen Freunde sahen sich genötigt, ihn hinauszuexpedieren. Und wenn das nicht geschah, so trug sich doch jedenfalls sonst irgend etwas mit ihm zu, was bei einem anderen Menschen nicht vorkommt: entweder betrank er sich im Büfettzimmer dermaßen, daß er immer nur lachte, oder er log so schauderhaft, daß er sich zuletzt selbst darüber schämte. Und dabei log er ganz ohne jede Nötigung: auf einmal erzählte er, er besitze ein Pferd von himmelblauer oder rosa Haarfarbe, und ähnlichen Unsinn, so daß die Zuhörer schließlich alle davongingen und sagten: »Na, Bruder, du machst es mit dem Aufschneiden doch gar zu arg!« Es gibt Leute, die eine wahre Leidenschaft haben, ihrem Nächsten einen Streich zu spielen, manchmal ganz ohne jeden Grund.

Manch einer, sogar mancher Mann in Amt und Würden, von vornehmem Äußern und mit einem Ordensstern auf der Brust, drückt dir z. B. die Hand und unterhält sich mit dir von tiefsinnigen, zum Nachdenken anregenden Gegenständen, und dann spielt er dir gleich darauf vor deinen eigenen Augen einen bösen Streich, und zwar tut er das so, wie es ein einfacher Kollegienregistrator tun könnte, und gar nicht wie ein Mann mit einem Stern auf der Brust, der sich über tiefsinnige Gegenstände unterhalten hat, so daß du nur dastehst und dich wunderst und die Achseln zuckst. Diese sonderbare Leidenschaft besaß auch Nosdrew. Je näher er jemandem stand, um so mehr Freude machte es ihm, dem Betreffenden zu schaden: er verbreitete Lügen von so dummer Art, daß es schwer war, dümmere zu ersinnen, hintertrieb eine Heirat oder den Abschluß eines Geschäftes und hielt sich dabei ganz und gar nicht für einen Feind des Geschädigten; im Gegenteil, wenn ihn der Zufall wieder mit ihm zusammenführte, verkehrte er mit ihm wieder aufs freundschaftlichste und sagte sogar: »Du bist ein rechter Schuft; besuchst mich ja niemals!« Nosdrew war ein sehr vielseitiger Mensch, d. h. er besaß auf vielen Gebieten eine große Gewandtheit. In ein und demselben Augenblicke erbot er sich jemandem gegenüber, mit ihm mitzureisen, wohin dieser Lust habe, selbst bis ans Ende der Welt, sich an einem beliebigen großen Geschäfte zu beteiligen, alles mögliche gegen alles, was dieser wolle, zu vertauschen. Eine Flinte, ein Hund, ein Pferd, alles war für ihn ein Tauschgegenstand; aber er hatte dabei durchaus nicht die Absicht zu gewinnen, sondern das ging bei ihm einfach aus einer rastlosen Beweglichkeit und Lebhaftigkeit des Charakters hervor. Wenn es ihm auf dem Jahrmarkte gelang, einen Neuling in die Finger zu bekommen und gehörig auszuplündern, so kaufte er einen Haufen von allen möglichen Dingen, die ihm in den Läden vor Augen kamen: Kumte, Räucherkerzchen, einen Hengst, Rosinen, ein silbernes Waschbecken, holländische Leinwand, feines Mehl, Tabak, Pistolen, Heringe,

Bilder, Schleifinstrumente, Töpfe, Stiefel, Fayencegeschirr – soweit das Geld reichte. Übrigens kam es nur selten vor, daß diese Dinge zu ihm nach Hause gelangten; oft ging alles noch an demselben Tage in die Hände eines anderen, glücklicheren Spielers über, manchmal dazu auch noch seine eigene Pfeife, nebst dem Tabaksbeutel und dem wertvollen Mundstück, und ein andermal sogar sein ganzes Viergespann nebst allem, was dazu gehörte, dem Wagen und dem Kutscher, so daß der bisherige Eigentümer selbst sich in kurzem Rock oder Jackett aufmachen und sich einen Freund suchen mußte, dessen Wagen er mitbenutzen könne. So ein Mensch war Nosdrew! Vielleicht sagt jemand, solche Charaktere seien ausgestorben, und es gebe jetzt keine Nosdrews mehr. O weh; diejenigen, die so reden, sind in einem Irrtum befangen. Die Nosdrews sind noch lange nicht aus der Welt verschwunden. Sie leben überall zwischen uns und gehen vielleicht nur in anderen Röcken umher; das Publikum aber ist gedankenlos und wenig scharfsichtig, und ein Mensch in einem anderen Rocke erscheint ihm leicht als ein anderer Mensch.

Unterdes fuhren die drei Wagen schon bei der Freitreppe des Nosdrewschen Hauses vor. Im Hause war für ihren Empfang nichts vorbereitet. Mitten im Eßzimmer standen hölzerne Böcke, und zwei daraufstehende Bauern weißten die Wände, wobei sie ein endloses Lied sangen; der ganze Fußboden war mit Tünche bespritzt. Nosdrew befahl sofort, die Bauern und die Böcke hinauszuschaffen, und ging in das anstoßende Zimmer, um Anordnungen zu treffen. Die Gäste hörten, wie er dem Koche auftrug, ein Mittagessen herzurichten; Tschitschikow, der schon einigen Appetit zu spüren anfing, stellte eine Berechnung an und kam zu dem Resultate, daß sie sich nicht vor fünf Uhr würden zu Tische setzen können. Als Nosdrew zurückgekehrt war, führte er die Gäste im Dorfe umher, damit sie alles besähen, was darin war, und zeigte ihnen mehr als zwei Stunden lang schlechthin alles, so daß nichts mehr zu zeigen übrigblieb. Vor allen Dingen gingen sie den Pferdestall besichtigen, wo sie zwei Stuten sahen, von denen die eine ein Apfelschimmel, die andere ein Fuchs war, ferner einen braunen Hengst, der nach nichts Besonderem aussah; trotzdem schwur Nosdrew, daß er zehntausend Rubel dafür bezahlt habe.

»Du hast keine zehntausend Rubel für ihn gegeben«, bemerkte der Schwager. »Er ist nicht eintausend wert.«

»Bei Gott, ich habe zehntausend gegeben«, sagte Nosdrew.

»Da kannst du schwören, soviel du willst«, antwortete der Schwager.

»Na, wenn du willst, wollen wir wetten!« sagte Nosdrew.

Aber zum Wetten hatte der Schwager keine Lust.

Dann zeigte Nosdrew ihnen einige leere Stände, in denen sich seiner Angabe nach vorher ebenfalls gute Pferde befunden hätten. In diesem selben Stalle sahen sie einen Ziegenbock (nach einem alten Aberglauben muß ein solcher notwendig bei den Pferden gehalten werden); dieses Tier schien mit den Pferden in Eintracht zu leben und spazierte unter ihren Bäuchen umher, als ob es bei sich zu Hause wäre. Darauf führte Nosdrew sie zu einem jungen Wolfe, der mit einem Riemen angebunden war. »Das ist einmal ein Wölfchen!« sagte er; »ich füttere ihn absichtlich mit rohem Fleische. Ich will, daß er ganz wild wird.« Sie gingen hin, um den Teich zu besehen, in welchem nach Nosdrews Angabe Fische von solcher Größe lebten, daß zwei Menschen nur mit Mühe ein solches Exemplar herausziehen könnten; indes unterließ der Schwager nicht, einen Zweifel daran zum Ausdruck zu bringen. »Jetzt, Tschitschikow«, sagte Nosdrew, »werde ich dir ein vorzügliches Paar Hunde zeigen: die Festigkeit ihrer Lenden ist einfach staunenerregend.« Damit führte er sie zu einem kleinen, sehr hübsch gebauten Häuschen, das von einem großen, ringsum eingeschlossenen Hofe umgeben war. Als sie auf den Hof traten, erblickten sie dort eine Menge Hunde, langhaarige und kurzhaarige, und von allen möglichen Farben und Schattierungen: gewellt, schwarz mit helleren Flecken, gewellt-scheckig, rotscheckig, schwarzohrig, grauohrig usw. Da waren alle möglichen Namen vertreten, zum Teil in der Befehlsform: Renne, Schimpfe, Flieg, Feuerbrand, Frechling, Kratze, Drauf, Bedränger, Ungeduld, Schwalbe, Prämie, Amme. Nosdrew nahm unter ihnen ganz die Stellung eines Vaters inmitten seiner Familie ein: alle stürmten sie mit aufgehobenen Schwänzen sogleich den Besuchern entgegen und begannen sie zu begrüßen. Etwa zehn von ihnen legten ihre Pfoten auf Nosdrews Schultern. »Schimpfe« ließ unserm Tschitschikow dieselbe Freundlichkeit zuteil werden; sich auf die Hinterpfoten hebend, leckte das Tier ihn mit der Zunge gerade auf die Lippen, so daß Tschitschikow sofort ausspuckte. Sie besahen nun die Hunde mit der staunenerregenden Festigkeit der Lenden; es waren gute Hunde. Dann besahen sie eine Hündin von krimischer Rasse; sie war schon blind; wie Nosdrew sagte, mußte sie bald krepieren, war aber vor ein paar Jahren noch sehr gut gewesen. Darauf gingen sie hin, um die Wassermühle zu besehen, bei der die Haue fehlte, auf der der obere, sich schnell um die Achse drehende Stein ruht. »Und nun wird gleich die Schmiede kommen«, sagte Nosdrew. Nachdem sie etwas weitergegangen waren, erblickten sie wirklich die Schmiede und besahen auch diese.

»Auf diesem Felde da«, sagte Nosdrew und wies mit einem Finger auf ein Feld hin, »gibt es manchmal eine solche Menge Hasen, daß die Erde nicht zu sehen ist; ich selbst habe mit meinen eigenen Händen einen an den Hinterläufen ergriffen.«

»Na, einen Hasen greift man nicht mit der Hand«, bemerkte der Schwager.

»Aber ich habe ihn doch gegriffen; mit besonderer Absicht habe ich das getan!« antwortete Nosdrew. »Jetzt«, fuhr er, zu Tschitschikow gewendet, fort, »werde ich dich hinführen und dir die Grenze zeigen, wo mein Land anfängt.«

Nosdrew führte seine Gäste über ein Feld, das an vielen Stellen mit kleinen Erdhöckern übersät war. Dann wieder mußten sich die Gäste durch Brachfeld und geeggtes Land hindurcharbeiten. Tschitschikow begann Müdigkeit zu verspüren. An vielen Stellen preßten ihre Füße unter sich Wasser heraus; so tief lag die Örtlichkeit. Anfangs hatten sie versucht, sich in acht zu nehmen und vorsichtig zu gehen; aber als sie dann sahen, daß dies zu nichts nützte, waren sie geradezu gegangen, ohne erst zu untersuchen, wo der Morast mehr oder weniger tief war. Nachdem sie eine tüchtige Strecke gegangen waren, sahen sie wirklich die Grenze, die aus einem hölzernen Pfahle und einem schmalen Graben bestand.

»Da ist die Grenze!« sagte Nosdrew. »Alles, was du auf dieser Seite siehst, ist mein, und sogar auf jener Seite der ganze Wald, der da so bläulich schimmert, und alles, was hinter dem Walde liegt; das ist alles mein.«

»Wann ist denn der Wald der deinige geworden?« fragte der Schwager. »Hast du ihn vielleicht unlängst gekauft? Früher gehörte er dir ja doch nicht.«

»Ja, ich habe ihn unlängst gekauft«, antwortete Nosdrew.

»Wann hast du es denn fertiggebracht, ihn so schnell zu kaufen?«

»Ich habe ihn erst vorgestern gekauft und einen hohen Preis dafür bezahlt, hol's der Teufel!«

»Aber zu der Zeit warst du ja auf dem Jahrmarkt?«

»Ach du Schlauer! Kann man etwa nicht gleichzeitig auf dem Jahrmarkte sein und Land kaufen? Na, ich war auf dem Jahrmarkte, und mein Verwalter hat hier in meiner Abwesenheit den Kauf abgeschlossen.«

»Ja, na also der Verwalter«, sagte der Schwager, zweifelte aber auch hier und schüttelte mit dem Kopfe.

Die Gäste kehrten auf demselben gräßlichen Wege nach Hause zurück. Nosdrew führte sie in sein Arbeitszimmer, in welchem übrigens nicht die Spur von den Dingen zu bemerken war, die man sonst gewöhnlich in Arbeitszimmern findet, nämlich von Büchern und Papieren; es hingen nur ein paar Säbel da, sowie zwei Flinten, von denen die eine dreihundert, die andere achthundert Rubel gekostet haben sollte. Der Schwager schüttelte, nachdem er sie gesehen hatte, nur mit dem Kopfe. Dann wurden türkische Dolche gezeigt, auf deren einem irrtümlicherweise eingraviert war: »Meister Saweli Sibirjakow.« Hierauf zeigte er den Gästen einen Leierkasten und begann ihn sogleich in ihrer Gegenwart zu drehen. Der Leierkasten spielte ganz hübsch; aber in seinem Innern schien etwas passiert zu sein; denn die Masurka ging in das Lied »Marlborough zieht jetzt zu Felde« über, und »Marlborough zieht jetzt zu Felde« endete unerwartet in einem altbekannten Walzer. Nosdrew hatte schon lange aufgehört zu drehen; aber in dem Leierkasten war eine sehr muntere Pfeife, die sich absolut nicht beruhigen wollte, sondern noch lange nachher allein tönte. Dann wurden hölzerne und tönerne Pfeifen gezeigt, sowie Meerschaumpfeifen, teils angeraucht, teils unangeraucht, teils mit Lederüberzug, teils ohne solchen, ein unlängst im Spiel gewonnener Tschibuk mit einem Mundstück aus Bernstein, ein Tabaksbeutel, von irgendeiner Gräfin gestickt, die sich auf irgendeiner Poststation in ihn bis über die Ohren verliebt hatte, und deren schöne Hände nach seinem Ausdrucke das feinste superflu gewesen waren, ein Wort, das wahrscheinlich bei ihm den höchsten Grad der Vollkommenheit bezeichnete. Nachdem sie als Vorspeise etwas gedörrten Stör zu sich genommen hatten, setzten sie sich kurz vor fünf Uhr zu Tische. Das Mittagessen bildete bei Nosdrew offenbar keinen Hauptpunkt im Leben; die Speisen spielten nur eine untergeordnete Rolle: manches war angebrannt, manches überhaupt nicht gar gekocht. Augenscheinlich hatte sich der Koch vorwiegend durch eine Art von Eingebung leiten lassen und das erste beste, was ihm in die Hände gekommen war, hinzugetan: wenn Pfeffer neben ihm gestanden hatte, so hatte er Pfeffer hineingeschüttet; hatte Kohl dagelegen, so hatte er Kohl hineingegeben, und ebenso Milch, Schinken, Erbsen; kurz, er hatte gedacht: nur immer drauflos, wenn's nur heiß ist; irgendein Geschmack wird doch sicherlich herauskommen. Dafür nahm Nosdrew es sehr ernst mit dem Weine. Die Suppe war noch nicht gereicht worden, als er schon jedem der Gäste ein großes Glas Portwein eingoß und dann jedem ein Glas Haut-Sauternes; denn einfachen Sauternes gibt es in den Gouvernements- und Kreisstädten nicht. Darauf ließ Nosdrew eine Flasche Madera bringen; einen besseren Madera hatte nach seiner Versicherung selbst der Feldmarschall nicht getrunken. Der Madera brannte wirklich im Munde; denn die Kaufleute kannten schon den Geschmack der Gutsbesitzer, die einen guten Madera liebten, und versetzten ihn schonungslos mit Rum; ja sie gossen manchmal sogar Scheidewasser hinein, in der Hoffnung, daß ein russischer Magen alles vertragen werde. Darauf ließ Nosdrew noch eine besondere Flasche bringen, die nach seiner Angabe Burgunder und Champagner zugleich war. Er goß sehr eifrig die beiden Gläser rechts und links voll, sowohl das seines Schwagers als das Tschitschikows; der letztere bemerkte jedoch mit einem flüchtigen Blicke, daß er sich selbst nicht viel einschenkte. Dies veranlaßte ihn vorsichtig zu sein, und sobald Nosdrew im Gespräche lebhaft wurde oder seinem Schwager einschenkte, goß er sofort den Inhalt seines Glases auf den Teller. Nach kurzer Zeit wurde ein Ebereschenschnaps auf den Tisch gebracht, der nach Nosdrews Ausdruck ganz den Geschmack von Sahne hatte, in welchem aber zum Erstaunen der Gäste der dazu verwendete Fusel in seiner vollen Kraft zu schmecken war. Hierauf tranken sie einen Likör, der einen Namen führte, den man nur schwer im Gedächtnis behalten konnte; sogar der Wirt selbst nannte ihn das zweite Mal mit einem anderen Namen als vorher. Das Mittagessen war schon längst beendet und die Weine sämtlich durchprobiert; aber die Gäste saßen immer noch am Tische. Tschitschikow konnte sich schlechterdings nicht dazu entschließen, mit Nosdrew in Gegenwart des Schwagers über den ihm wichtigsten Gegenstand zu reden; der Schwager war doch ein Fremder, und der Gegenstand verlangte ein freundschaftliches Gespräch unter vier Augen. Übrigens konnte der Schwager kaum gefährlich sein, da er schon gehörig betrunken zu sein schien und, auf seinem Stuhle sitzend, alle Augenblicke mit der Nase eine pickende Bewegung machte. Und da er selbst bemerkte, daß er sich in hoffnungslosem Zustande befand, so bat er schließlich, ihn nach Hause zu entlassen, aber mit sehr matter, müder Stimme.

»Nein, nein, nein, ich lasse dich nicht fort«, sagte Nosdrew.

»Quäle mich nicht, lieber Freund; wirklich, ich muß fahren«, sagte der Schwager. »Du bringst mich in eine sehr peinliche Lage.«

»Unsinn, Unsinn! Wir werden gleich einen kleinen Pharao entrieren!«

»Nein, entriere du ihn allein, Schwager; ich kann nicht: meine Frau wird es mir sehr übelnehmen, wirklich; ich muß ihr doch vom Jahrmarkt erzählen. Ich muß ihr dieses Vergnügen machen, Schwager; wirklich, das muß ich. Nein, halte mich nicht auf!«

»Ach, hol deine Frau der Teufel! Ihr habt wohl etwas Wunder wie Wichtiges zusammen zu tun!«

»Nein, Schwager, sie ist eine so gute Frau. Wirklich, eine musterhafte Frau, so achtungswert und treu! Sie ist gegen mich so dienstfertig ... solltest du es glauben: mir stehen oft die Tränen in den Augen. Nein, halte mich nicht zurück; so wahr ich ein ehrlicher Mann bin, ich muß fahren. Das versichere ich dir auf mein Gewissen.«

»Laß ihn doch fahren; was haben wir von ihm für Nutzen?« sagte Tschitschikow leise zu Nosdrew.

»Das ist auch wahr!« erwiderte Nosdrew ebenfalls leise. »Ich kann solche schlappen Kerle für den Tod nicht leiden!« Und laut fügte er hinzu: »Na, hol dich der Teufel, dann fahre und häng dich deiner Frau an die Schürze, du Pantoffelheld!«

»Nein, Schwager, schimpfe mich nicht ›Pantoffelheld‹!« antwortete Mischujew. »Ich verdanke ihr geradezu mein Leben. Wirklich, sie ist so gut, so lieb; sie ist so zärtlich gegen mich . . . es rührt mich bis zu Tränen. Sie wird fragen, was ich auf dem Jahrmarkte gesehen habe . . . ich muß ich alles erzählen . . . sie ist wirklich so lieb . . .«

»Na, dann fahre hin und lüge ihr irgendwelchen Unsinn vor! Da ist deine Mütze!«

»Nein, Schwager, in dieser Weise sollst du nicht von ihr reden; damit kränkst du, kann man sagen, mich selbst; sie ist so lieb . . .«

»Na, dann scher dich so schnell wie möglich zu ihr hin!«

»Ja, Schwager, ich werde fahren; entschuldige, daß ich nicht bleiben kann. Ich würde von Herzen froh sein, aber ich kann nicht.« Er wiederholte noch lange seine Entschuldigungen, ohne zu bemerken, daß er selbst schon längst in der Britschke saß, schon längst aus dem Tore hinausgefahren war und schon längst nur leere Felder vor sich hatte. Man konnte voraussehen, daß seine Frau nicht viele Einzelheiten über den Jahrmarkt zu hören bekommen würde.

»So ein Jammerkerl!« sagte Nosdrew, der am Fenster stand und nach dem abfahrenden Wagen hinblickte. »Wie er da abzieht! Das Beipferd ist nicht übel; das habe ich ihm schon längst abknöpfen wollen. Aber man kann sich ja mit ihm nicht einigen. Ein Pantoffelheld, einfach ein Pantoffelheld!«

Darauf gingen sie in ein anderes Zimmer. Porfiri brachte Kerzen, und Tschitschikow bemerkte in den Händen des Wirtes ein Päckchen Karten, das irgendwoher auf einmal zum Vorschein gekommen war.

»Nun, wie ist's, Bruder?« sagte Nosdrew, indem er die Seiten des Päckchens mit den Fingern zusammendrückte und es ein wenig bog, so daß der Papierstreifen zerriß und absprang; »nun werde ich zum Zeitvertreib eine Bank von dreihundert Rubeln auflegen!«

Aber Tschitschikow tat, als hörte er gar nicht, wovon der andere redete, und sagte, wie wenn ihm das plötzlich einfiele: »Ach, um es nicht zu vergessen: ich habe eine Bitte an dich.«

»Was für eine Bitte?«

»Gib mir vorher dein Wort darauf, daß du sie erfüllen wirst!«

»Aber was ist es denn für eine Bitte?«

»Na, gib mir erst dein Wort!«

»Meinetwegen.«

»Ehrenwort?«

»Ja, Ehrenwort.«

»Meine Bitte ist nämlich die: es sind bei dir vermutlich viele Bauern gestorben, die noch nicht aus der Revisionsliste gestrichen sind?«

»Na ja; und nun?«

»Übertrage sie auf mich, auf meinen Namen!«

»Aber was hast du davon?«

»Na, ich brauche sie.«

»Aber wozu?«

»Na, ich brauche sie . . . das ist ja meine Sache . . . kurz, ich brauche sie.«

»Na, da hast du gewiß einen geheimen Plan dabei. Gestehe: was ist es?«

»Was könnte ich für einen Plan dabei haben? Auf eine solche Bagatelle kann man keinen Plan bauen.«

»Was willst du denn mit ihnen anfangen?«

»Ach, was bist du neugierig! Jeden Dreck möchte er mit der Hand befühlen und womöglich auch noch daran riechen!«

»Aber warum willst du es denn nicht sagen?«

»Was hast du denn für Nutzen davon, wenn du es weißt? Na, es ist einfach so ein wunderlicher Einfall von mir.«

»Also höre: ehe du es nicht sagst, tue ich es nicht.«

»Na, sieh mal, das ist doch nicht ehrenhaft von dir: erst gibst du mir dein Wort, und nun nimmst du es wieder zurück!«

»Na, wie du willst; aber ehe du nicht sagst, wozu, tue ich es nicht.«

»Was soll ich ihm nur sagen?« dachte Tschitschikow, und nach kurzer Überlegung erklärte er ihm, er brauche die toten

Seelen, um sich ein Ansehen in der Gesellschaft zu verschaffen; große Besitzungen habe er nicht; da möchte er vorläufig wenigstens so ein paar Seelen haben.

»Schwindel, Schwindel!« rief Nosdrew, ohne ihn ausreden zu lassen. »Schwindel, Bruder!«

Tschitschikow merkte selbst, daß seine Lüge nicht sehr geschickt und der angegebene Grund nur sehr schwach war. »Na, dann will ich es dir ganz aufrichtig sagen«, sagte er, sich verbessernd; »nur, bitte, sag es niemandem weiter. Ich beabsichtige, mich zu verheiraten; aber du mußt wissen, daß der Vater und die Mutter meiner Braut sehr ehrgeizige Leute sind. Es ist wirklich eine recht unerfreuliche Geschichte! Es tut mir leid, daß ich mich auf die ganze Sache eingelassen habe: sie wollen durchaus, daß der künftige Mann ihrer Tochter nicht weniger als dreihundert Seelen besitze, und da mir daran beinah ganze hundertfünfzig Bauern fehlen . . .«

»Schwindel, Schwindel!« rief Nosdrew wieder.

»Aber jetzt«, erwiderte Tschitschikow, »habe ich auch nicht soviel gelogen«; er zeigte mit dem Daumen am kleinen Finger ein ganz kleines Stückchen.

»Ich lasse mir den Kopf darauf abschlagen, daß du schwindelst!«

»Aber das ist ja beleidigend! Wofür hältst du mich denn eigentlich? Warum soll ich denn durchaus lügen?«

»Na, ich kenne dich ja: du bist ein großer Gauner – erlaube, daß ich dir das in aller Freundschaft sage! Wenn ich dein Vorgesetzter wäre, so ließe ich dich am ersten besten Baume aufhängen.«

Tschitschikow fühlte sich durch diese Bemerkung gekränkt. Jeder grobe Ausdruck, der den Anstand verletzte, war ihm widerwärtig. Nicht einmal familiäres Wesen ließ er sich gern gefallen, außer wenn die betreffenden Personen von sehr hohem Range waren. Und darum fühlte er sich jetzt arg beleidigt.

»Bei Gott, ich würde dich aufhängen lassen«, sagte Nosdrew noch einmal. »Ich sage dir das ganz offenherzig, nicht um dich zu kränken, sondern einfach in aller Freundschaft.«

»Alles hat seine Grenzen«, versetzte Tschitschikow mit einem Gefühl der Würde. »Wenn du mit solchen Redensarten prunken willst, dann geh in die Kasernen!« und dann fügte er hinzu: »Wenn du sie mir nicht schenken willst, so verkaufe sie mir!«

»Verkaufen! Aber ich kenne dich ja! du bist ein Schurke; du wirst wohl nicht viel dafür geben?«

»Na, du bist aber auch der Richtige! Nun sieh mal; deine toten Seelen sind wohl von Brillanten, wie?«

»Na, da haben wir's! Habe ich dich doch gekannt!«

»Ich bitte dich, Bruder, was besitzt du für eine jüdische Geldgier! Du solltest sie mir eigentlich einfach so geben.«

»Nun, höre: um dir zu zeigen, daß ich ganz und gar kein Knicker bin, werde ich kein Geld dafür nehmen. Kaufe mir den Hengst ab; dann gebe ich sie dir zu.«

»Aber ich bitte dich, was soll ich mit einem Hengst?« versetzte Tschitschikow, der über einen solchen Vorschlag tatsächlich erstaunt war.

»Was du damit sollst? Aber ich habe ja für ihn zehntausend bezahlt, und dir lasse ich ihn für viertausend.«

»Aber was soll ich mit einem Hengst? Ich habe kein Gestüt.«

»Höre nur, du verstehst mich nicht: ich will ja von dir jetzt nur dreitausend haben und die übrigen tausend kannst du mir später bezahlen.«

»Aber ich kann ja einen Hengst nicht brauchen. Lassen wir ihn beiseite!«

»Na, dann kaufe mir die Fuchsstute ab!«

»Auch eine Stute kann ich nicht brauchen.«

»Für die Stute und für den Grauen, den du bei mir gesehen hast, nehme ich von dir nur zweitausend Rubel.«

»Aber ich kann überhaupt keine Pferde brauchen.«

»Du kannst sie weiterverkaufen: auf dem ersten besten Jahrmarkt bekommst du für sie das Dreifache.«

»Dann verkaufe du sie doch lieber selbst, wenn du davon überzeugt bist, daß du das Dreifache bekommst.«

»Ich weiß, daß ich dabei gewinnen würde; aber ich möchte, daß auch du einen Profit machst.«

Tschitschikow dankte ihm für die freundliche Absicht, lehnte aber endgültig sowohl den Grauen als auch die Fuchsstute ab.

»Na, dann kaufe mir Hunde ab! Ich werde dir ein solches Paar verkaufen – ich sage dir, es läuft dir ein Wonneschauer über die Haut bei dem bloßen Anblick! Langhaarig mit Schnurrbart; die Haare stehen wie eine Bürste nach oben; der Brustkasten mit den Rippen ganz wie ein Faß; die Pfoten klumpförmig – sie berühren die Erde gar nicht.«

»Aber was soll ich mit Hunden? Ich bin kein Jäger.«

»Aber ich möchte, daß du Hunde besäßest. Hör mal, wenn du nun einmal keine Hunde willst, dann kaufe mir den Leierkasten ab. Es ist ein wundervoller Leierkasten! Er hat mich selbst, so wahr ich ein ehrlicher Mensch bin, tausendfünfhundert gekostet; ich lasse ihn dir für neunhundert.«

»Aber was soll ich denn mit einem Leierkasten? Ich bin ja kein Deutscher, daß ich mit ihm auf den Landstraßen umherziehen und betteln sollte.«

»Das ist ja kein solcher Leierkasten, wie ihn die Deutschen tragen. Es ist ein Orchestrion; sieh es dir nur genauer an: ganz aus Mahagoni! Ich werde es dir noch einmal zeigen!« Mit diesen Worten ergriff Nosdrew seinen Gast bei der Hand und bemühte sich, ihn nach dem anderen Zimmer hinzuschleppen, und wie sehr sich dieser auch mit den Füßen gegen den Boden stemmte und versicherte, er kenne die Eigenschaften des Leierkastens bereits zur Genüge, so mußte er doch noch einmal hören, wie Marlborough zu Felde zog. »Wenn du ihn nicht für Geld willst«, sagte Nosdrew, »so höre, was ich dir sagen will: ich will dir den Leierkasten und alle meine toten Seelen geben, und du gib mir deine Britschke und dreihundert Rubel dazu.«

»Na, so etwas! Und worin soll ich denn fahren?«

»Ich werde dir eine andere Britschke geben. Wir wollen gleich mal in die Remise gehen, da werde ich sie dir zeigen! Du brauchst sie bloß anstreichen zu lassen, dann hast du eine wundervolle Britschke.«

»Von was für einem Unruhteufel der Mensch besessen ist!« dachte Tschitschikow bei sich und nahm sich vor, unter allen Umständen alle Britschken, Leierkasten und alle möglichen Hunde abzulehnen, trotz der erstaunlichen Ähnlichkeit des Brustkastens mit einem Fasse und trotz der Klumpförmigkeit der Pfoten.

»Also die Britschke, den Leierkasten und die toten Seelen – alles zusammen!«

»Ich will nicht«, sagte Tschitschikow noch einmal.

»Warum willst du denn nicht?«

»Einfach, weil ich nicht will; das genügt.«

»Nein, wirklich, was bist du für ein Mensch! Ich sehe, mit dir kann man gar nicht verkehren, wie es unter guten Freunden und Kameraden Sitte ist . . . Wirklich, so ein Mensch! Da sieht man gleich, daß du ein doppelzüngiger Mensch bist!«

»Aber bin ich denn ein Narr, wie? Sag doch selbst: wozu soll ich denn einen Gegenstand erwerben, den ich absolut nicht gebrauchen kann?«

»Na, nun rede schon gar nicht weiter! Jetzt kenne ich dich hinlänglich. Wahrhaftig, so ein Schurke! Höre mal: willst du mit mir ein bißchen Pharao spielen? Ich setze alle toten Seelen auf eine Karte und den Leierkasten auch.«

»Sich auf ein Hasardspiel einlassen, das bedeutet, sich dem ungewissen Zufall preisgeben«, sagte Tschitschikow und warf dabei einen schrägen Blick nach den Karten, die Nosdrew in der Hand hielt. Die beiden Taillen machten ihm sehr den Eindruck, als ob an ihnen etwas vorgenommen sei, und sogar die Marmorierung sah ihm sehr verdächtig aus.

»Wieso denn dem ungewissen Zufall?« entgegnete Nosdrew. »Keineswegs dem ungewissen Zufall! Wenn nur das

Glück auf deiner Seite ist, dann kannst du eine horrende Menge gewinnen. Da, sieh einmal! So ein Glück!« sagte er, indem er, um Appetit zu erregen, die Karten nach rechts und links aufzudecken begann. »So ein Glück! so ein Glück! Da: es poltert nur so! Da ist die verfluchte Sieben, auf die ich alles verloren habe! Ich ahnte das, daß sie mich im Stich lassen würde; aber ich kniff die Augen zusammen und dachte bei mir: Hol dich der Teufel, meinetwegen laß mich im Stich, du verfluchtes Ding!«

Als Nosdrew das sagte, brachte Porfiri eine Flasche. Aber Tschitschikow lehnte es entschieden ab, sowohl zu spielen als zu trinken.

»Warum willst du denn nicht spielen?« fragte Nosdrew.

»Na, weil ich nicht dazu aufgelegt bin. Und offengestanden, ich bin überhaupt kein Liebhaber des Spieles.«

»Warum denn nicht?«

Tschitschikow zuckte mit den Achseln und erwiderte: »Weil ich eben kein Liebhaber davon bin.«

»Ein Jammerkerl bist du!«

»Was ist zu tun? Gott hat mich so geschaffen.«

»Einfach ein Waschlappen! Ich dachte früher, du wärest wenigstens ein einigermaßen ordentlicher Mensch; aber du verstehst nichts von anständigem Benehmen. Man kann mit dir gar nicht wie mit einem Freunde reden . . . Keine Offenherzigkeit, keine Aufrichtigkeit! Der reine Sobakewitsch bist du, ebenso ein Schuft wie der!«

»Aber warum schimpfst du mich denn so? Kann ich denn etwas dafür, daß ich kein Spieler bin? Verkaufe mir die Seelen allein, wenn du nun schon ein solcher Mensch bist, daß es dir das Herz abdrückt, einen solchen Quark so hinzugeben.«

»Nichts sollst du bekommen, rein gar nichts! Ich wollte sie dir schon umsonst geben; aber jetzt sollst du sie gar nicht bekommen! Und wenn du mir drei Königreiche gäbest, ich lasse sie dir nicht ab. So ein Beutelschneider, so ein garstiger Töpfer! Von nun an will ich mit dir überhaupt nichts mehr zu tun haben. Porfiri, geh hin und sage dem Stallknecht, er soll den Pferden dieses Herrn keinen Hafer geben; mögen sie bloß Heu fressen!«

Den letzten Schluß hatte Tschitschikow in keiner Weise erwartet.

»Du hättest am besten getan, mir gar nicht vor Augen zu kommen!« sagte Nosdrew.

Trotz dieses Zwistes jedoch speisten Gast und Wirt zusammen zu Abend, obwohl diesmal keine Weine mit phantastischen Namen auf dem Tische standen. Nur eine Flasche mit einer Art von Zyperwein stand darauf, der in jeder Hinsicht das war, was man einen Surius nennt. Nach dem Abendessen führte Nosdrew seinen Gast in ein Seitenzimmer, wo ein Bett für ihn aufgeschlagen war, und sagte: »Da ist dein Bett! Ich mag dir nicht einmal Gute Nacht sagen.«

Tschitschikow blieb, nachdem Nosdrew weggegangen war, in der übelsten Stimmung zurück. Er ärgerte sich innerlich über sich selbst und schalt sich dafür, daß er zu ihm herangefahren war und unnütz seine Zeit verlor; noch mehr aber schalt er sich dafür, daß er mit ihm von seiner geschäftlichen Angelegenheit zu sprechen angefangen hatte; er hatte unvorsichtig gehandelt, wie ein Kind, wie ein Dummkopf; denn das Geschäft war ganz und gar nicht von der Art, daß man es einem Nosdrew anvertrauen konnte. Nosdrew war ein Lump; er konnte alles mögliche hinzulügen und in Umlauf setzen, so daß am Ende eine große Klatschgeschichte daraus wurde ... »Das war nicht gut, nicht gut. Ich bin geradezu ein Dummkopf gewesen!« sagte er zu sich selbst. In der Nacht schlief er sehr schlecht. Gewisse kleine, freche Insekten bissen ihn ganz unausstehlich, so daß er sich mit der ganzen Hand an den verletzten Stellen kratzte und dabei sagte: »Hol euch der Teufel mitsamt diesem Nosdrew!« Er erwachte sehr früh am Morgen. Das erste, was er tat, war, sich den Schlafrock und die Stiefel anzuziehen und sich über den Hof nach dem Pferdestall zu begeben, um Selifan zu befehlen, er solle sofort die Britschke anspannen.

Als er über den Hof zurückging, begegnete er Nosdrew, der ebenso im Schlafrock war und die Pfeife im Munde hatte.

Nosdrew begrüßte ihn freundschaftlich und fragte ihn, wie er geschlafen habe.

»Nun, es geht«, antwortete Tschitschikow sehr trocken.

»Na, aber ich, Bruder!« erwiderte Nosdrew; »mir ist die ganze Nacht so abscheulich zumute gewesen, daß ich es gar nicht erzählen mag; und im Munde hatte ich von gestern einen Geschmack, als ob eine ganze Schwadron darin übernachtete. Stelle dir nur vor: mir träumte, ich würde durchgepeitscht, o weh, o weh! Und rate einmal, von wem? Das wirst du unter keinen Umständen raten können: von dem Stabsrittmeister Pozjelujew und dem Leutnant Kuwschinnikow.«

»Ja«, dachte Tschitschikow bei sich, »es wäre schön, wenn sie dich im Wachen verprügelten.«

»Bei Gott, und es tat höllisch weh! Ich wachte auf: hol's der Teufel, da juckte mich wirklich etwas; natürlich waren es diese nichtswürdigen Biester, die Flöhe. Na, nun geh jetzt und zieh dich an; ich werde gleich zu dir kommen. Ich muß nur erst den Schuft, den Verwalter, ausschimpfen.«

Tschitschikow ging in sein Zimmer, um sich anzukleiden und zu waschen. Als er darauf in das Eßzimmer kam, stand dort schon das Teegeschirr und eine Flasche Rum auf dem Tische. Im Zimmer waren die Spuren des gestrigen Mittagessens und Abendessens noch sichtbar; einen Besen schien noch niemand in Tätigkeit gesetzt zu haben. Auf dem Fußboden lagen Brotkrumen und auf dem Tischtuche Tabaksasche. Der Hausherr selbst, der sehr bald eintrat, hatte unter dem Schlafrock nichts auf dem Leibe, und es war seine nackte Brust sichtbar, auf der ordentlich eine Art von Bart wuchs. Wie er da so den Tschibuk in der Hand hatte und aus der Tasse schlürfte, war er ein schöner Vorwurf für einen Maler, der weder die geleckten, gekräuselten Herren, die mit den Aushängeschildern der Friseure Ähnlichkeit haben, noch auch die ganz kurzgeschorenen sonderlich leiden kann.

»Na also, wie denkst du darüber?« sagte Nosdrew nach einem kurzen Stillschweigen; »willst du nicht um die Seelen spielen?«

»Ich habe dir schon gesagt, Bruder, daß ich nicht spiele; aber meinetwegen will ich sie kaufen.«

»Verkaufen will ich sie nicht; das wäre nicht freundschaftlich. Ich mag doch nicht von einer so unklaren Sache Vorteil ziehen. Aber im Pharao ist das eine andere Sache. Wollen wenigstens eine Taille spielen!«

»Ich habe dir schon gesagt, daß ich es nicht tue.«

»Und tauschen willst du auch nicht?«

»Nein.«

»Na, höre: dann wollen wir Dame spielen; wenn du gewinnst, sollen sie alle dir gehören. Ich habe ja viele solche, die aus der Revisionsliste ausgestrichen werden müssen. He, Porfiri! Bring doch mal das Damebrett her!«

»Es ist eine unnütze Mühe; ich werde nicht spielen.«

»Aber das ist ja kein Hasardspiel; dabei ist kein Glück und kein Betrug möglich; alles hängt nur vom guten Spiele ab. Ich sage dir sogar vorher, daß ich gar nicht zu spielen verstehe; du mußt mir etwas vorgeben.«

»Na, sei es!« dachte Tschitschikow bei sich; »ich will mit ihm Dame spielen. Ich bin kein schlechter Damespieler, und Betrügereiern kann er dabei schwer zur Anwendung bringen.«

»Meinetwegen, ich will mit dir Dame spielen.«

»Du setzt hundert Rubel gegen die Seelen.«

»Wozu? Fünfzig Rubel genügen auch.«

»Nein, was ist das für ein Einsatz, fünfzig Rubel? Lieber setze ich gegen die hundert Rubel zu den Seelen noch einen Hund mittlerer Güte oder ein goldenes Uhrpetschaft.«

»Na, meinetwegen!« sagte Tschitschikow.

»Wieviel gibst du mir vor?« fragte Nosdrew.

»Wie soll ich dazu kommen? Natürlich nichts.«

»Wenigstens laß mich die beiden ersten Züge tun!«

»Nein, das will ich nicht; ich spiele selbst nur schlecht.«

»Das kennt man schon, wie schlecht ihr spielt!« sagte Nosdrew und schob einen Stein vor.

»Ich habe seit langer Zeit keinen Damestein in die Hand genommen!« sagte Tschitschikow und bewegte ebenfalls einen Stein.

»Das kennt man schon, wie schlecht ihr spielt!« sagte Nosdrew und schob einen Stein vor.

»Ich habe seit langer Zeit keinen Damestein in die Hand genommen!« sagte Tschitschikow und zog einen Stein.

»Das kennt man schon, wie schlecht ihr spielt!« sagte Nosdrew, indem er einen Stein zog; gleichzeitig aber rückte er mit dem Aufschlage des Rockärmels einen anderen Stein weiter.

»Ich habe seit langer Zeit keinen Damestein . . . Halt, halt! Was stellt das vor, Bruder? Stell ihn wieder zurück!« sagte Tschitschikow.

»Wen?«

»Den Stein da!« antwortete Tschitschikow und erblickte gleichzeitig beinah dicht vor seiner Nase noch einen anderen Stein, der, wie es schien, zur Dame durchging. Woher er auf einmal gekommen war, das mochten die Götter wissen. »Nein«, sagte Tschitschikow und stand vom Tische auf, »mit dir kann man nicht spielen. Drei Steine auf einmal, das geht doch nicht!«

»Wieso denn drei? Es hat sich zufällig einer verschoben; das ist versehentlich geschehen; ich werde ihn zurücknehmen, meinetwegen.«

»Aber wo ist denn der andere hergekommen?«

»Welcher andere?«

»Na, der hier, der zur Dame durchgeht?«

»Na, nun sieh mal an! Du tust ja, als ob du dich nicht erinnertest!«

»Nein, Bruder, ich habe alle Züge gezählt und erinnere mich an alles; du hast ihn jetzt eben erst an diesen Platz gebracht. Der gehört dorthin!«

»Wie? Dorthin?« erwiderte Nosdrew errötend; »du schwindelst ja, Bruder, wie ich sehe!«

»Nein, Bruder, du bist, wie es scheint, derjenige, der da schwindelt, aber allerdings ohne Glück.«

»Wofür hältst du mich denn?« fragte Nosdrew. »Werde ich denn etwa betrügen?«

»Ich halte dich für gar nichts, werde aber von jetzt an nie mehr mit dir spielen.«

»Nein, du kannst nicht zurücktreten«, sagte Nosdrew, der hitzig wurde; »das Spiel ist angefangen!«

»Ich bin berechtigt zurückzutreten, weil du nicht so spielst, wie es sich für einen ehrenhaften Menschen schickt.«

»Du lügst; so etwas darfst du nicht sagen!«

»Nicht doch, Bruder; du selbst lügst!«

»Ich habe nicht betrogen; aber du darfst nicht zurücktreten; du mußt die Partie zu Ende spielen!«

»Dazu kannst du mich nicht zwingen«, sagte Tschitschikow kaltblütig, trat an das Brett heran und warf die Steine durcheinander.

Nosdrew wurde dunkelrot vor Wut und trat so nahe an Tschitschikow heran, daß dieser ein paar Schritte zurückwich.

»Ich werde dich dazu zwingen, zu spielen. Damit, daß du die Steine durcheinandergeworfen hast, hast du nichts erreicht! Ich habe alle Züge im Gedächtnis. Wir werden die Steine wieder so aufstellen, wie sie gestanden haben.«

»Nein, Bruder, die Sache ist zu Ende; ich werde mit dir nicht mehr spielen.«

»Also du willst nicht mehr spielen?«

»Du siehst selbst, daß man nicht mit dir spielen kann.«

»Nein, sage ohne Ausflüchte: du willst nicht spielen?« sagte Nosdrew, indem er noch näher an ihn herantrat.

»Nein, ich will nicht«, erwiderte Tschitschikow, hob aber für jeden Fall beide Hände näher zu seinem Gesichte hinauf; denn die Situation war tatsächlich eine sehr gespannte geworden. Diese Vorsicht war sehr angebracht, da Nosdrew mit der Hand ausholte ... und es hätte sich sehr leicht ereignen können, daß eine der hübschen, vollen Backen unseres Helden mit unauslöschlicher Schande bedeckt worden wäre; aber er parierte den Schlag glücklich, ergriff Nosdrew an seinen beiden streitsüchtigen Händen und hielt sie fest.

»Porfiri, Pawluschka!« schrie Nosdrew wütend und versuchte, sich loszureißen.

Als Tschitschikow diese Worte hörte, ließ er Nosdrews Hände los, um nicht die Gutsleute zu Zeugen dieser reizvollen Szene zu machen, und zugleich, weil er sich sagte, daß es nutzlos sei, Nosdrew länger festzuhalten. In demselben Augenblick trat Porfiri ein, und mit ihm Pawluschka, ein stämmiger Bursche, mit welchem zu schaffen zu haben nicht gerade vorteilhaft sein konnte.

»Also du willst die Partie nicht beenden?« fragte Nosdrew. »Antworte mir klar und bestimmt!«

»Es ist unmöglich, die Partie zu beenden«, sagte Tschitschikow und sah durch das Fenster. Er erblickte seine Britschke, die vollständig bereit dastand, und Selifan wartete, wie es schien, nur auf einen Wink, um bei der Freitreppe vorzufahren; aber es war keine Möglichkeit, aus dem Zimmer hinauszukommen: in der Tür standen diese dummen Kerle, die beiden stämmigen Leibeigenen.

»Also du willst die Partie nicht zu Ende spielen?« fragte Nosdrew noch einmal mit einem Gesicht, das wie Feuer brannte.

»Wenn du so spieltest, wie es sich für einen ehrenhaften Menschen schickt ... aber unter diesen Umständen kann ich es nicht.«

»Ah, also du kannst es nicht, Schurke! Weil du gesehen hast, daß du nicht gewinnst, nun kannst du nicht! Haut ihn!« schrie er wütend, sich zu Porfiri und Pawluschka wendend; er selbst aber nahm seinen Tschibuk von Weichselrohr in die Hand. Tschitschikow stand da, blaß wie Leinwand. Er wollte etwas sagen; aber er fühlte, daß sich seine Lippen bewegten, ohne einen Laut hervorzubringen.

»Haut ihn!« schrie Nosdrew und stürmte mit dem Weichselrohr vorwärts, von Wut gepackt und mit Schweiß bedeckt, wie wenn er auf eine unzugängliche Festung einen Angriff machte. »Haut ihn!« schrie er mit ähnlicher Stimme, wie bei einem großen Angriff ein tollkühner Leutnant seinem Zuge »Vorwärts, Kinder!« zuruft, ein Offizier, dessen unsinnige Tapferkeit schon einen solchen Ruf erlangt hat, daß ausdrücklich Befehl erteilt worden ist, ihm zur Zeit eines hitzigen Kampfes die Hände festzuhalten. Aber der Leutnant spürt bereits den kriegerischen Eifer in sich; in seinem Kopfe dreht sich alles herum; die Gestalt Suworows schwebt ihm vor Augen; er schreitet zu großen Taten. »Kinder, vorwärts!« schreit er und stürzt drauflos, ohne zu überlegen, daß er dadurch dem wohlüberlegten Plane des allgemeinen Angriffs schadet, daß Tausende von Gewehrläufen aus den Schießscharten der unzugänglichen, in eine Rauchwolke gehüllten Festungsmauern hervorragen, daß sein schwacher Zug wie eine Feder in die Luft fliegen wird, und daß schon die verhängnisvolle Kugel herangepfiffen kommt, die dazu bestimmt ist, ihm den schreienden Mund zu schließen. Aber wenn auch Nosdrew mit dem tollkühnen, von Sinnen gekommenen Leutnant, der gegen die Festung anrückt, Ähnlichkeit hatte, so machte die Festung, gegen die er vorging, keineswegs den Eindruck der Unnahbarkeit. Im Gegenteil, die Festung empfand eine solche Furcht, daß ihr das Herz in die Hosen fiel. Schon war der Stuhl, mit dem er sich hatte schützen wollen, ihm von den Leibeigenen aus den Händen gerissen worden; schon machte er sich, mit zugekniffenen Augen und mehr tot als lebendig, darauf gefaßt, mit dem Weichelsrohr-Tschibuk seines Wirtes Bekanntschaft zu machen, und Gott weiß, was ihm noch widerfahren wäre; aber es beliebte dem Schicksal, die Seiten, die Schultern und alle die wohlgenährten Körperteile unseres Helden zu retten. Unerwarteterweise ertönten plötzlich, wie wenn sie aus den Wolken herniederkämen, die hellen Klänge eines Glöckchens; deutlich erscholl das Rädergerassel eines bei der Freitreppe vorfahrenden Wagens, und man hörte sogar bis ins Zimmer herein das schwere Atmen und Schnauben der erhitzten Pferde eines anhaltenden Dreigespanns. Alle blickten unwillkürlich durch das Fenster: ein schnurrbärtiger Herr in einem halbmilitärischen Rocke stieg aus dem Wagen. Nachdem er sich im Vorzimmer erkundigt hatte, trat er gerade in dem Augenblicke ein, als Tschitschikow von seiner Angst noch nicht wieder zur Besinnung gekommen war und sich noch in dem kläglichsten Zustande befand, in welchem ein Sterblicher jemals gewesen ist.

»Gestatten Sie die Frage, wer hier Herr Nosdrew ist«, sagte der Unbekannte und musterte einigermaßen erstaunt sowohl Nosdrew, der mit dem Tschibuk in der Hand dastand, als auch Tschitschikow, der nur soeben anfing, sich von seiner üblen Lage zu erholen.

»Gestatten Sie vorher die Frage, mit wem ich die Ehre habe zu reden«, sagte Nosdrew und trat dabei näher an ihn heran.

»Ich bin der Bezirkshauptmann.«

»Und was steht zu Ihren Diensten?«

»Ich bin gekommen, um Ihnen eine mir zugegangene Benachrichtigung mitzuteilen, daß Sie sich bis zur Entscheidung Ihres Prozesses unter gerichtlicher Aufsicht befinden.«

»Was ist das für Unsinn? Von welchem Prozesse reden Sie?« sagte Nosdrew.

»Sie sind an einem Skandal beteiligt gewesen, bei welchem Betrunkene den Gutsbesitzer Maximow durch Auspeitschen persönlich beleidigt haben.«

»Sie lügen! Ich habe den Gutsbesitzer Maximow nie mit Augen gesehen.«

»Mein Herr, gestatten Sie mir, Sie darauf aufmerksam zu machen, daß ich Offizier bin. Sie können so zu Ihrem Diener reden, aber nicht zu mir.«

Hier griff Tschitschikow, ohne abzuwarten, was Nosdrew

darauf antworten werde, schnell nach seiner Mütze, schlüpfte hinter dem Rücken des Bezirkshauptmanns auf die Freitreppe hinaus, setzte sich in seine Britschke und gab dem Kutscher Selifan Bescheid, so schnell zu fahren, wie die Pferde nur laufen könnten.

FÜNFTES KAPITEL

Unser Held befand sich indessen immer noch in großer Angst. Obwohl die Britschke im schnellsten Tempo dahinjagte und Nosdrews Dorf schon längst aus dem Gesichtskreise verschwunden war und sich hinter Feldern, Abhängen und Hügeln versteckt hatte, so sah er sich doch immer noch furchtsam um, als erwarte er, daß die Verfolger jeden Augenblick hinter ihm hergeflogen kämen. Er konnte nur mühsam atmen, und als er versuchsweise die Hand auf sein Herz legte, fühlte er, daß es auf und nieder ging wie eine Wachtel im Käfig. »Ach, der hat mir schön warm gemacht! Nein, so ein Mensch!« Hier stieß er gegen Nosdrew allerlei kräftige Verwünschungen aus, wobei auch unschöne Worte vorkamen. Aber dafür war er eben ein Russe und noch dazu ärgerlich! Zudem war die Sache wirklich ganz und gar kein Spaß gewesen. »Man mag sagen, was man will«, sprach er zu sich selbst; »aber wäre nicht noch zur rechten Zeit der Bezirkshauptmann gekommen, so wäre es mir vielleicht nicht mehr vergönnt, Gottes schöne Welt zu sehen! Ich wäre vergangen wie eine Blase auf dem Wasser, ohne jede Spur, ohne Nachkommen zu haben und ohne meinen künftigen Kindern ein Vermögen oder einen ehrlichen Namen zu hinterlassen!« Unser Held war um seine Nachkommen sehr besorgt.

»So ein schändlicher Herr!« dachte Selifan bei sich; »so einen Herrn habe ich noch nie zu sehen bekommen. Anspucken müßte man ihn für so ein Benehmen! Eher könnte einer einem Menschen nichts zu essen geben; aber ein Pferd muß man füttern, weil ein Pferd gern Hafer frißt. Das ist seine Nahrung, was zum Beispiel für uns die Speisen sind, das ist für ein Pferd der Hafer; der ist seine Nahrung.«

Auch die Pferde schienen über Nosdrew eine ungünstige Meinung zu hegen; nicht nur der Braune und der Assessor, sondern auch sogar der Schecke war übler Laune. Obgleich Selifan ihm auf sein Teil immer etwas weniger Hafer gab und ihn ihm nie in die Krippe schüttete, ohne dabei zu sagen: »Ach, du Schuft, du!« so war das doch immer Hafer gewesen, und nicht bloß Heu, und der Schecke pflegte ihn mit Vergnügen zu kauen und seine lange Schnauze häufig nebenan in die Krippe zu seinen Kameraden hineinzustecken, um zu probieren, was sie für eine Nahrung hätten, namentlich wenn Selifan nicht im Stalle war; aber jetzt nur Heu – das war nicht schön! Alle waren unzufrieden.

Aber bald wurden all diese Unzufriedenen mitten in ihren Reflexionen auf ganz plötzliche, unerwartete Weise unterbrochen. Alle, den Kutscher selbst eingeschlossen, kamen erst dann zu sich und zur Besinnung, als eine sechsspännige Kutsche in schneller Fahrt gegen sie anrannte und sie beinah über ihren Köpfen den Aufschrei der in der Kutsche sitzenden Damen und das Geschrei und die Drohungen des fremden Kutschers hörten: »Ach, du Kanaille du! Ich habe dir ja aus vollem Halse zugeschrien: ›Bieg rechts aus, Maulaffe!‹ Du bist wohl betrunken, was?« Selifan war sich seiner Nachlässigkeit bewußt; aber da ein Russe nicht gern vor anderer Leute Ohren zugibt, sich schuldig gemacht zu haben, so nahm er sofort eine würdevolle Haltung an und erwiderte: »Aber warum hast du auch so gejagt? Du hast wohl deine Augen in der Schenke als Pfand gelassen, wie?« Darauf begann er zurückzuzupfen, um auf diese Weise seine Britschke von dem fremden Gespann freizubekommen; aber das wollte nicht gelingen; es hatte sich alles zu sehr verheddert. Der Schecke beroch neugierig seine neuen Freunde, die auf beiden Seiten von ihm standen. Unterdessen blickten die in der Kutsche sitzenden Damen auf alles dies mit einem Ausdrucke von Angst in den Gesichtern hin. Die eine war eine alte Dame, die andere jung, sechzehnjährig, mit goldblondem Haar, das sehr hübsch und nett auf dem kleinen Köpfchen glattgestrichen war. Das allerliebste Oval ihres Gesichtes wölbte sich wie ein frisches Ei und zeigte eine Art von durchschimmernder Weiße, ähnlich einem Ei, wenn dasselbe, soeben gelegt, von der braunen Hand der prüfenden Wirtschafterin gegen das Licht gehalten wird und die Strahlen der glänzenden Sonne hindurchläßt. Auch ihre feinen Ohrmuscheln waren wie durchsichtig und schimmerten rötlich von dem hindurchdringenden warmen Lichte. Dabei waren der Ausdruck des Schrecks auf den offengebliebenen Lippen und die Tränen in den Augen so lieblich, daß unser Held die junge Dame mehrere Minuten lang anblickte, ohne dem wirren Renkontre zwischen den Pferden und Kutschern irgendwelche Aufmerksamkeit zuzuwenden. »Zupf doch zurück, du Dummrian!« schrie der fremde Kutscher. Selifan zog die Zügel zurück, der fremde Kutscher tat dasselbe; die Pferde machten ein paar Schritte nach rückwärts, prallten dann aber wieder zusammen, wobei sie über die Zugstränge traten. Bei dieser Gelegenheit fand der Schecke an dem einen seiner neuen Bekannten solches Gefallen, daß er absolut nicht aus der Klemme hinausgehen wollte, in die er durch ein unvorhergesehenes Schicksal hineingeraten war, sondern seine Schnauze auf den Hals seines neuen Freundes legte und ihm, wie es schien, etwas aus nächster Nähe ins Ohr flüsterte, wahrscheinlich einen schrecklichen Unsinn, da der andere fortwährend mit den Ohren schüttelte.

Indessen hatte sich um diesen wirren Knäuel allmählich schon eine Menge Bauern aus einem zum Glück nicht weit davon gelegenen Dorfe versammelt. Da ein solches Schauspiel für einen Bauer ein reiner Genuß ist, gerade wie für einen Deutschen seine Zeitungen oder sein Klub, so wuchs ihr Haufe um die Kutsche bald gewaltig an, und im Dorfe blieben nur die alten Frauen und die kleinen Kinder zurück. Die Zugstränge wurden abgeknüpft; ein paar Püffe, die der Schecke gegen die Schnauze erhielt, zwangen ihn zurückzugehen; kurz, die Pferde wurden getrennt und auseinandergeführt. Aber ob nun aus Ärger darüber, daß man sie von ihren Freunden getrennt hatte, oder einfach aus Eigensinn, kurz, die fremden Pferde wollten, soviel sie der Kutscher auch mit der Peitsche schlug, sich nicht bewegen, sondern standen wie angeschmiedet. Das Interesse der Bauern steigerte sich bis zu einem unglaublichen Grade. Wetteifernd drängten sie sich mit Ratschlägen vor: »Geh, Andruschka, führe mal das Beipferd vorwärts, das da rechts, und Onkel Mitjai muß sich auf das Mittelpferd setzen! Setz dich drauf, Onkel Mitjai!« Der hagere, lange, rotbärtige Onkel Mitjai setzte sich auf das Mittelpferd und nahm sich dort ähnlich aus wie der Glockenturm einer Dorfkirche oder, besser gesagt, wie der Haken, mit dem man aus dem Ziehbrunnen das Wasser heraufholt. Der Kutscher schlug auf die Pferde los, aber ohne Erfolg: Onkel Mitjai hatte nichts geholfen. »Halt, halt!« riefen die Bauern; »Onkel Mitjai, setze du dich auf das Beipferd, und Onkel Minjai muß sich auf das Mittelpferd setzen!« Onkel Minjai, ein breitschultriger Bauer mit einem kohlschwarzen Barte und einem Bauche, der mit jenem riesigen Samowar Ähnlichkeit hatte, in welchem für die gesamten durchfrorenen Besucher des Jahrmarktes Sbiten gekocht wird, setzte sich mit Vergnügen auf das Mittelpferd, das sich unter seiner Last beinahe bis zur Erde bog. »Jetzt wird es gehen!« schrien die Bauern. »Nun hau ihn, hau ihn! Bearbeite den da mit der Peitsche, den Hellgelben; was spreizt er sich wie eine Koramora?«* Aber als man sah, daß es doch nicht ging und alles Peitschen nichts half, setzten sich Onkel Mitjai und Onkel Minjai beide auf das Mittelpferd, und auf das Beipferd setzte

* Eine große, lange, matte Mücke; sie fliegt manchmal ins Zimmer und setzt sich irgendwo allein an die Wand. Man kann ruhig an sie herantreten und sie an einem Bein fassen; sie reagiert darauf nur dadurch, daß sie sich spreizt.

sich Andruschka. Schließlich jagte der Kutscher, der die Geduld verlor, sowohl Onkel Mitjai als auch Onkel Minjai weg, und daran tat er gut, da von den Pferden schon ein solcher Dampf ausging, wie wenn sie, ohne einmal Atem zu schöpfen, eine ganze Poststrecke im Galopp zurückgelegt hätten. Er ließ sie sich eine Minute lang erholen, worauf sie ganz von selbst losgingen. Während dieses ganzen Vorganges betrachtete Tschitschikow sehr aufmerksam die junge Unbekannte. Mehrmals beabsichtigte er, ein Gespräch mit ihr anzuknüpfen; aber es wollte sich nie so recht machen. Inzwischen waren nun die Damen weggefahren; das hübsche Köpfchen mit den feinen Gesichtszügen und der schlanken Gestalt war verschwunden wie eine Vision, und es war wieder weiter nichts übriggeblieben als die Britschke, das Dreigespann der dem Leser bereits bekannten Pferde, Selifan, Tschitschikow und die leere Fläche der angrenzenden Felder. Überall im Leben, sowohl in den armen, unsauberen, modrigen unteren Regionen desselben als auch in den einförmig kalten, langweilig sauberen oberen Schichten, überall begegnet dem Menschen wenigstens einmal auf seinem Wege eine Erscheinung, die allem unähnlich ist, was er bis dahin gesehen hat, und die wenigstens einmal in ihm ein Gefühl erweckt, unähnlich denen, welche zu empfinden ihm in seinem ganzen übrigen Leben beschieden ist. Überall huscht durch all die Trübsal, aus der unser Leben zusammengeflochten ist, eine leuchtende Freude heiter hindurch, wie manchmal eine glänzende Equipage mit vergoldetem Geschirr, herrlichen Rossen und blitzenden Fensterscheiben, plötzlich unerwartet durch ein kümmerliches, armes Dörfchen hindurchjagt, das noch nie etwas anderes als Bauernwagen gesehen hat; und da stehen dann die Bauern noch lange, ohne die geöffneten Münder wieder zuzumachen und ohne die Mützen wieder aufzusetzen, obgleich die wundervolle Equipage schon längst davongefahren und den Augen entschwunden ist. So ist auch diese Blondine plötzlich und ganz unerwartet in unserer Erzählung aufgetaucht und ebenso wieder verschwunden. Wäre damals an Tschitschikows Stelle ein zwanzigjähriger Jüngling gewesen, ein Husar, ein Student oder überhaupt einer, der seine Lebenslaufbahn eben erst begann, o Gott, welche Empfindungen wären da in ihm erwacht, hätten sich geregt, wären laut geworden! Er hätte gewiß lange fast besinnungslos auf einem Flecke dagestanden, hätte die Augen starr in die Ferne gerichtet und alles vergessen: die Fahrt und alle ihn wegen seiner Saumseligkeit erwartenden Vorwürfe und Scheltreden und sich selbst und den Dienst und die Welt und alles, was auf der Welt ist.

Aber unser Held stand schon in mittleren Jahren und hatte eine umsichtige, kühle Denkungsart. Auch er wurde nachdenklich und fing an zu überlegen, aber in positiverer Weise: seine Gedanken waren nicht so phantastisch, sondern zum Teil sogar von sehr solidem Charakter. »Ein prächtiges Mädchen«, sagte er, indem er die Tabaksdose öffnete und eine kleine Prise nahm. »Aber was ist denn an ihr besonders hübsch? Besonders hübsch ist, daß sie offenbar eben erst aus einem Pensionat oder Institut entlassen ist, daß an ihr noch nichts ›Weibliches‹ ist, wie man sich ausdrückt, das heißt nichts von dem, was an den Weibern besonders unangenehm wirkt. Sie ist jetzt noch wie ein Kind; alles an ihr ist einfach: sie spricht, was ihr in den Sinn kommt; sie lacht, sobald sie Lust bekommt zu lachen. Aus ihr kann man noch alles machen; sie kann ein wundervolles und sie kann ein verkrüppeltes Wesen werden, – und aller Wahrscheinlichkeit nach wird sie das letztere werden. Mögen sie nur erst die Mama und die Tanten vornehmen! In einem Jahre werden sie sie mit so viel Weiberkram vollstopfen, daß ihr eigener Vater sie nicht wiedererkennen wird. Von denen wird sie den Dünkel und die Affektiertheit annehmen; sie wird anfangen, sich nach auswendig gelernten Regeln zu drehen und zu wenden, wird sich den Kopf zerbrechen und überlegen, mit wem und wie und wieviel sie sprechen und wie sie den und jenen ansehen muß; jeden

Augenblick wird sie fürchten, mehr gesagt zu haben, als sie dürfe; schließlich wird sie ganz konfus werden, und das Ende vom Liede wird sein, daß sie ihr ganzes Leben lang lügt und sich zu einem ganz greulichen Wesen herausbildet.« Hier schwieg er eine Zeitlang und fuhr dann fort: »Aber es wäre doch interessant zu wissen, aus was für einer Familie sie ist; was mag ihr Vater sein? Ein reicher, ehrenwerter Gutsbesitzer oder einfach ein wohldenkender Mensch, der sich im Dienst ein Kapital erworben hat? Angenommen, dieses Mädchen erhielte eine Mitgift von zweihunderttausend Rubeln, dann könnte sie ein sehr, sehr appetitlicher Bissen werden. Sie könnte, wie man sich ausdrückt, einen braven Menschen glücklich machen.« Die zweihunderttausend Rubel standen ihm als ein so lockendes Bild vor Augen, daß er anfing, sich innerlich über sich selbst zu ärgern, weil er während der Quälerei mit den Wagen nicht den Vorreiter oder den Kutscher gefragt hatte, wer die Herrschaften wären. Bald indes wurde Sobakewitschs Dorf sichtbar, verscheuchte diese Gedanken und zwang ihn, wieder an das zu denken, was der dauernde Zweck seiner Fahrt war.

Das Dorf kam ihm ziemlich groß vor; zwei Wälder, ein Birkenwald und ein Fichtenwald, der eine dunkler, der andere heller, lagen wie zwei Flügel rechts und links von ihm; in der Mitte erblickte er ein hölzernes Haus mit einem Halbgeschoß, einem roten Dache und dunkelgrauen oder, richtiger gesagt, naturfarbenen Wänden, ein Haus von der Art, wie sie für Militärniederlassungen und für deutsche Kolonisten gebaut werden. Man konnte erkennen, daß bei seiner Erbauung der Baumeister unaufhörlich mit dem Geschmacke des Besitzers zu kämpfen gehabt hatte. Der Baumeister war ein Pedant gewesen und hatte nach Symmetrie gestrebt, der Besitzer nur nach Bequemlichkeit, und infolgedessen hatte dieser auf der einen Seite alle korrespondierenden Fenster zumauern und an ihrer Stelle nur ein einziges kleines Fensterchen anbringen lassen, das wahrscheinlich für eine sonst dunkle Kammer erforderlich war. Das Fronton war ebenfalls nicht in die Mitte des Hauses zu stehen gekommen, wie sehr sich auch der Baumeister gesträubt hatte; denn der Besitzer hatte befohlen, eine Säule auf der einen Seite wegzulassen, so daß sich nun dort nicht, wie beabsichtigt, vier, sondern nur drei Säulen befanden. Der Hof war von einem festen und unverhältnismäßig dicken hölzernen Staketenzaun umgeben. Der Gutsbesitzer schien sehr auf Dauerhaftigkeit bedacht zu sein. Zu dem Pferdestall, der Remise und der Küche waren schwere, dicke Balken verwendet, die für die Ewigkeit berechnet zu sein schienen. Die Häuser der Bauern waren ebenfalls erstaunlich solide gebaut, die Wände waren nicht mit musterartiger Holzschnitzerei und ähnlichem Zierat versehen; aber alles war fest, und wie es sich gehört, zusammengefügt. Sogar der Brunnen war aus so starkem Eichenholz gebaut, wie man es sonst nur zu Mühlen und Schiffen benutzt. Kurz, alles, was unser Reisender sah, stand solide und unerschütterlich da, in einer Art von fester, plumper Ordnung. Als er sich der Freitreppe näherte, bemerkte er zwei Gesichter, die fast gleichzeitig aus dem Fenster sahen: ein weibliches mit einer Haube, das lang und schmal wie eine Gurke war, und ein männliches, rund und breit wie einer jener Moldauer Flaschenkürbisse, aus denen in Rußland zweisaitige Balalaiken fabriziert werden, leichte Balalaiken, die Zierde und der Zeitvertreib des behenden zwanzigjährigen Burschen, des ländlichen Elegants, der den weißbusigen, weißhalsigen Dorfschönen zublinzelt, die sich versammelt haben, um sein leises, von geschicktem Pfeifen begleitetes Geklimper anzuhören. Beide Gesichter verschwanden, nachdem sie hinausgeschaut hatten, im gleichen Augenblick wieder. Auf die Freitreppe trat ein Diener hinaus, in einer grauen Joppe mit blauem Stehkragen, und führte Tschitschikow in den Flur, auf den bereits der Hausherr selbst hinausgekommen war. Als er den Gast erblickte, sagte er nur kurz: »Ich bitte!« und führte ihn in die inneren Räume.

Als Tschitschikow von der Seite her einen Blick auf Sobakewitsch warf, schien er ihm diesmal eine frappante Ähnlichkeit mit einem Bären von mittlerer Größe zu haben. Um diese Ähnlichkeit vollständig zu machen, trug er einen langärmeligen Frack, der genau die Farbe eines Bärenpelzes hatte, und lange Beinkleider; er ging in plumpen Bastschuhen, machte schiefe und schräge Schritte und trat fortwährend anderen Leuten auf die Füße. Seine Gesichtsfarbe war glühendrot wie eine neugeprägte Kupfermünze. Bekanntlich gibt es auf der Welt viele solche Gesichter, bei deren Herstellung die Natur nicht lange geklügelt und keine feineren Instrumente, wie Grabstichel, Feilen, kleine Bohrer und dergleichen, benutzt hat, sondern sich eines recht groben Verfahrens bedient hat: sie schlug einmal mit dem Beil zu, da war die Nase fertig; sie schlug ein zweites Mal zu, da waren die Lippen da; mit einem großen Bohrer machte sie die Löcher für die Augen; und ohne das Ganze erst noch abzuschaben, schickte sie dieses Produkt auf die Welt und sagte: »Er lebe!« Einen solchen kräftigen, grob zugehauenen Kopf hatte auch Sobakewitsch, und zwar hielt er ihn häufiger gesenkt als aufgerichtet; den Hals drehte er überhaupt nicht und sah infolge dieser Unbeweglichkeit denjenigen, mit dem er redete, nur selten an; meist blickte er nach einer Ecke des Ofens oder nach der Tür. Tschitschikow schaute ihn noch einmal von der Seite an, als sie durch das Eßzimmer gingen; »ein Bär, ein richtiger Bär!« sagte er bei sich. Ein sonderbares Zusammentreffen aber war, daß er sogar Michail* Semjonowitsch hieß. Da Tschitschikow die Gewohnheit seines Wirtes, anderen auf die Füße zu treten, kannte, so bewegte er sich mit den seinigen sehr vorsichtig und ließ ihn vorangehen. Der Wirt schien sich dieser seiner Sünde selbst bewußt zu sein und fragte sogleich: »Bin ich Ihnen auch nicht zu nahe gekommen?« Aber Tschitschikow erwiderte dankend, daß noch nichts Derartiges geschehen sei.

* Der Bär wird mit der von diesem Vornamen abgeleiteten Koseform Mischa bezeichnet.

Als sie in den Salon gekommen waren, zeigte Sobakewitsch auf einen Lehnstuhl und sagte wieder: »Ich bitte.« Nachdem Tschitschikow sich gesetzt hatte, blickte er nach den Wänden und den daran hängenden Bildern. Auf den Bildern waren lauter kräftige Männer, lauter griechische Anführer, in Lebensgröße dargestellt: Mawrokordatos in Uniform mit roten Beinkleidern und mit einer Brille, Miaulis, Kanaris. Alle diese Helden hatten so dicke Lenden und so unerhörte Schnurrbärte, daß einem bei dem bloßen Anblick ein Zittern über den Leib lief. Unter den starken Griechen hatte, ohne daß man sagen konnte wie und warum, auch der dünne, magere Bagration einen Platz gefunden, mit kleinen Fahnen und Kanonen unten und in einem sehr engen Rahmen. Dann folgte wieder die griechische Heldin Bobelina, bei der schon allein die Beine länger erschienen als der ganze Körper jener Stutzer, die unsere heutigen Salons anfüllen. Der Hausherr, der selbst ein gesunder, kräftiger Mann war, schien zu wünschen, daß auch die Bilder kräftiger, gesunder Menschen seinem Zimmer zum Schmucke gereichten. Neben der Heldin Bobelina hing dicht am Fenster ein Käfig, aus welchem eine dunkelfarbige, weißgetüpfelte Drossel heraussah, die ebenfalls eine große Ähnlichkeit mit Sobakewitsch hatte. Der Gast und der Wirt hatten noch nicht zwei Minuten lang geschwiegen, als sich die Tür öffnete und die Hausfrau eintrat, eine sehr hochgewachsene Dame mit einer Haube, deren Bänder im Hause gefärbt waren. Sie trat gemessenen Ganges herein, gerade aufgerichtet wie eine Palme, mit erhobenem Kopfe.

»Das ist meine Feodulija Iwanowna«, sagte Sobakewitsch.

Tschitschikow küßte ihr die Hand, die sie ihm beinahe zwischen die Lippen hineinschob, wobei er Gelegenheit hatte zu bemerken, daß sie sich die Hände mit Gurkenlake gewaschen hatte.

»Mein Herzchen, ich stelle dir Pawel Iwanowitsch Tschitschikow vor«, fuhr Sobakewitsch fort; »ich habe beim Gouverneur und beim Polizeimeister die Ehre gehabt, seine Bekanntschaft zu machen.«

Feodulija Iwanowna bat, Platz zu nehmen, indem sie ebenfalls »Ich bitte« sagte und eine Kopfbewegung machte, wie man sie bei Schauspielerinnen sieht, welche Königinnen darstellen. Darauf setzte sie sich auf das Sofa, hüllte sich in ihr Merinotuch ein und bewegte weder die Augen noch die Augenbrauen mehr.

Tschitschikow hob die Augen wieder in die Höhe und erblickte wieder Kanaris mit den dicken Lenden und dem endlosen Schnurrbart, die Heldin Bobelina und die Drossel im Käfig.

Fast ganze fünf Minuten lang beobachteten alle Stillschweigen; man hörte nur das Pochen, das durch den Schnabel der Drossel an dem Holze des Käfigs hervorgebracht wurde, auf dessen Boden sie Getreidekörner aufpickte. Tschitschikow musterte noch einmal das Zimmer und alles, was darin war; alles war im höchsten Grade derb und plump und hatte eine sonderbare Ähnlichkeit mit dem Herrn des Hauses selbst. In einer Ecke des Salons stand ein dickbauchiger Schreibtisch von Nußbaumholz auf vier unschönen Füßen, der reine Bär. Der Tisch, die Lehnsessel, die Stühle, alles trug den Charakter des Schwerfälligen und Unbehaglichen; kurz, jeder Gegenstand, jeder Stuhl schien zu sagen: »Auch ich bin ein Sobakewitsch!« oder: »Auch ich bin dem Hausherrn sehr ähnlich!«

»Wir haben von Ihnen beim Gerichtspräsidenten Iwan Grigorjewitsch gesprochen«, sagte Tschitschikow endlich, als er sah, daß niemand das Gespräch zu beginnen beabsichtigte, »am vorigen Donnerstag. Wir haben da ein paar sehr angenehme Stunden verlebt.«

»Ja, ich war damals nicht beim Präsidenten«, antwortete Sobakewitsch.

»Ein prächtiger Mann!«

»Wen meinen Sie?« fragte Sobakewitsch und blickte nach der Ofenecke.

»Den Präsidenten.«

»Nun, vielleicht ist Ihnen das so vorgekommen; er ist Freimaurer, aber ein solcher Dummkopf, wie die Welt keinen zweiten hervorgebracht hat.«

Tschitschikow war durch diese etwas scharfe Beurteilung ein wenig verblüfft, fuhr aber dann, seine Fassung wiedergewinnend, fort: »Gewiß hat jeder Mensch seine Schwächen; aber sehen Sie dafür den Gouverneur – welch ein ausgezeichneter Mensch!«

»Der Gouverneur ein ausgezeichneter Mensch?«

»Ja, nicht wahr!«

»Der schlimmste Räuber der Welt!«

»Wie, der Gouverneur ein Räuber!« sagte Tschitschikow und konnte absolut nicht begreifen, wie man den Gouverneur für einen Räuber erklären konnte. »Ich muß gestehen, das hätte ich schlechterdings nicht gedacht«, fuhr er fort. »Aber gestatten Sie mir die Bemerkung: seine Handlungsweise ist durchaus nicht von der Art; sie bekundet im Gegenteil eine große Sanftmut.« Und nun führte er zum Beweise sogar die Geldbörsen an, die jener eigenhändig gestickt hatte, und sprach lobend von seinem freundlichen Gesichtsausdruck.

»Auch sein Gesicht ist das reine Räubergesicht!« erwiderte Sobakewitsch. »Geben Sie ihm nur ein Messer, und lassen Sie ihn auf die große Landstraße: er wird einen Mord begehen; um einer Kopeke willen wird er einen Mord begehen! Er und dazu der Vizegouverneur, das ist Gog und Magog.«

»Nein, mit denen steht er sich offenbar nicht gut«, dachte Tschitschikow bei sich. »Ich will mit ihm vom Polizeimeister zu reden anfangen; der scheint ja ein Freund von ihm zu sein. – Übrigens, was mich anlangt«, sagte er, »so muß ich gestehen, am besten von allen gefällt mir der Polizeimeister. Was ist das für ein gerader, offener Charakter; schon im Gesicht hat er so etwas Treuherziges.«

»Ein Schurke!« sagte Sobakewitsch ganz kaltblütig. »Der verrät und betrügt Sie und speist dabei noch mit Ihnen zu

Mittag. Ich kenne sie alle: es sind lauter Schurken; in der ganzen Stadt ist einer immer ein ärgerer Schurke als der andere. Alle sind sie Judasse. Der einzige anständige Mensch dort ist der Staatsanwalt, und auch der ist, die Wahrheit zu sagen, ein Schweinehund.«

Nach so lobenden, wiewohl etwas kurzen Zensuren sah Tschitschikow ein, daß es keinen Zweck hatte, die übrigen Beamten zu erwähnen, und erinnerte sich, daß Sobakewitsch es nicht liebte, von jemandem Gutes zu reden.

»Nun, mein Herzchen, dann wollen wir zu Tische gehen!« sagte die Hausfrau zu ihrem Manne.

»Ich bitte« sagte Sobakewitsch. Darauf traten der Gast und der Wirt an einen Tisch heran, auf dem ein kalter Imbiß aufgestellt war, und tranken, wie es sich gehört, jeder ein Glas Schnaps; dazu aßen sie etwas, wie man ja in allen Städten und Dörfern des weiten russischen Reiches vor dem Mittagessen allerlei salzige und andere appetiterweckende Speisen zu sich zu nehmen pflegt, und wanderten darauf alle in das Eßzimmer; voran ging, wie eine ruhig watschelnde Gans, die Hausfrau. Auf einem kleinen Tische lagen vier Gedecke. Für den vierten Platz erschien sehr bald eine weibliche Person, über die sich schwer etwas mit Bestimmtheit sagen ließ: ob sie eine Frau oder ein Fräulein, ob sie eine Verwandte oder eine Haushälterin war oder nur einfach so mit im Hause wohnte; sie hatte keine Haube auf, trug ein buntes Tuch und mochte etwa dreißig Jahre alt sein. Es gibt Personen, die in der Welt nicht als selbständige Wesen existieren, sondern nur als fremde Tüpfelchen oder Flecken auf einem anderen Gegenstande. Sie sitzen immer auf demselben Platz und haben immer dieselbe Kopfhaltung; man könnte sie beinah für ein Möbelstück halten und glauben, daß seit ihrer Geburt noch nie ein Wort über ihre Lippen gekommen ist; aber in der Mädchenstube und in der Vorratskammer sind sie nicht wiederzuerkennen.

»Die Kohlsuppe ist heute sehr gut, mein Herzchen«, sagte

Sobakewitsch, nachdem er ein paar Löffel voll gegessen und sich von der Schüssel ein gewaltiges Stück Njanja hineingelegt hatte, jener bekannten Speise, die zur Kohlsuppe gegeben wird und aus Hammelmagen, gefüllt mit Buchweizengrütze, Gehirn und knorpligem Fleische, besteht. »Eine solche Njanja«, fuhr er, sich zu Tschitschikow wendend, fort, »werden Sie in der Stadt nicht zu essen bekommen; da setzt man Ihnen weiß der Teufel was vor!«

»Beim Gouverneur war aber doch der Tisch nicht übel bestellt«, sagte Tschitschikow.

»Aber wissen Sie wohl, woraus das alles zubereitet wird? Sie werden es nicht mehr essen, wenn Sie es erfahren.«

»Wie es zubereitet wird, weiß ich nicht; darüber kann ich nicht urteilen; aber die Schweinekoteletts und die gekochten Fische waren doch vorzüglich!«

»Das ist Ihnen nur so vorgekommen. Ich weiß ja, was die auf dem Markte einkaufen. Da kauft diese Kanaille von Koch, der bei einem Franzosen gelernt hat, eine Katze, zieht ihr das Fell ab und gibt sie als Hasen auf den Tisch.«

»Pfui, was redest du da für häßliche Dinge!« sagte Sobakewitschs Frau.

»Aber was willst du, mein Herzchen! So geht es bei denen zu; ich kann nichts dafür; so geht es bei denen allen zu. Allen Abfall, den unsere Akulja, mit Verlaub zu sagen, in den Schmutzkübel wirft, den tun sie in die Suppe; jawohl in die Suppe! Immer hinein damit!«

»Daß du doch immer bei Tisch so etwas erzählst!« bemerkte seine Frau wieder abwehrend.

»Was willst du, mein Herzchen«, versetzte Sobakewitsch; »ja, wenn ich es selbst so machte; aber ich sage dir geradezu, daß ich nichts Ekelhaftes esse. Du kannst mir einen Frosch mit Zucker kandieren, ich nehme ihn nicht in den Mund; und Austern nehme ich auch nicht in den Mund: ich weiß nur zu gut, womit so eine Auster Ähnlichkeit hat. Nehmen Sie doch von dem Hammel!« fuhr er, sich zu Tschitschikow wendend, fort; »da ist ein Hammelviertel mit Grütze. Das ist nicht so ein Frikassee, wie sie es in den herrschaftlichen Küchen aus Hammelfleisch herstellen, das sich schon vier Tage lang auf dem Markte herumgetrieben hat. Das haben alles die deutschen und französischen Ärzte ausgedacht; ich möchte sie am liebsten dafür aufhängen. Die haben die Diät erfunden, das heißt die Hungerkur! Weil sie selbst so eine deutsche dünnflüssige Körperbeschaffenheit haben, so bilden sie sich ein, sie könnten auch mit einem russischen Magen zurechtkommen! Nein, das ist nicht das Richtige; das sind alles wertlose Einfälle; das ist alles . . .« Hier schüttelte Sobakewitsch zornig mit dem Kopfe. »Da schwatzen sie immer von Aufklärung und Aufklärung; aber diese Aufklärung ist . . . Dreck! Ich hätte einen stärkeren Ausdruck gebraucht; aber der hätte sich bei Tische nicht geschickt. Bei mir geht das anders zu. Wenn es bei mir Schwein gibt, dann wird das ganze Schwein auf den Tisch gebracht, und ebenso bei Hammel der ganze Hammel und bei Gans die ganze Gans. Ich will lieber nur zwei Gerichte essen, aber so viel wie mein Herz verlangt.« Sobakewitsch bekräftigte das durch die Tat: er legte sich das halbe Hammelviertel auf den Teller, aß es ganz auf und benagte und beleckte auch noch den letzten Knochen.

»Ja«, dachte Tschitschikow, »der versteht sich darauf, gut und reichlich zu essen.«

»Bei mir geht es anders zu«, sagte Sobakewitsch, indem er sich die Hände an der Serviette abwischte, »bei mir geht es anders zu als bei einem gewissen Pluschkin: der hat achthundert Seelen, lebt und ißt aber schlechter als mein Viehhirt.«

»Was ist dieser Pluschkin für ein Mensch?« fragte Tschitschikow.

»Ein Schurke«, antwortete Sobakewitsch. »Ein solcher Geizhals, wie man es sich kaum vorstellen kann. Die Häftlinge im Gefängnisse leben besser als er; alle seine Leute läßt er Hungers sterben.«

»Wirklich?« fiel Tschitschikow mit lebhafter Teilnahme

ein. »Und Sie meinen, daß seine Leute tatsächlich in großer Anzahl sterben?«

»Wie die Fliegen sterben sie.«

»Wirklich wie die Fliegen? Aber gestatten Sie mir die Frage: wie weit wohnt er von Ihnen entfernt?«

»Fünf Werst.«

»Fünf Werst!« rief Tschitschikow und verspürte sogar ein wenig Herzklopfen. »Aber wenn man bei Ihnen aus dem Tore herauskommt, muß man dann rechts oder links fahren?«

»Ich finde es für Sie gar nicht ratsam, den Weg zu diesem Hunde zu wissen«, versetzte Sobakewitsch. »Es ist verzeihlicher, in irgendein unanständiges Lokal zu gehen als zu ihm.«

»Nein, ich fragte nicht in irgendwelcher besonderen Absicht, sondern nur weil es mich interessiert, von Orten jeder Art Kenntnis zu erlangen«, erwiderte Tschitschikow.

Auf das Hammelviertel folgten Quarkkuchen, von denen ein jeder bedeutend größer war als ein Teller, dann ein Truthahn von der Größe eines Kalbes, vollgestopft mit allerlei guten Dingen: Eiern, Reis, Leber und wer weiß mit was für Sachen sonst noch, die einem alle wie ein Klumpen im Magen liegen. Damit schloß das Mittagessen; aber als sie vom Tische aufstanden, hatte Tschitschikow ein Gefühl der Schwere, als ob er einen halben Zentner gegessen hätte. Sie gingen in den Salon, wo schon auf einem Schüsselchen Eingemachtes stand, eine Mischung von Birnen, Pflaumen und allerlei Beerenobst; indessen langte weder der Gast noch der Wirt zu. Die Wirtin ging hinaus, um noch andere Sorten von Eingemachtem zu holen. Ihre Abwesenheit benutzend, wandte sich Tschitschikow an Sobakewitsch, der nach einer so starken Mahlzeit auf einem Lehnstuhl lag, sich räusperte, mit dem Munde einige unverständliche Laute von sich gab, sich bekreuzte und sich alle Augenblicke den Mund mit der Hand zuhielt. Tschitschikow wandte sich an ihn mit den Worten: »Ich möchte gern in einer geschäftlichen Angelegenheit mit Ihnen sprechen.«

»Da ist noch Eingemachtes«, sagte die Hausfrau, als sie mit

einem Schüsselchen zurückkehrte. »Es ist Rettich, in Honig eingekocht.«

»Später, später!« sagte Sobakewitsch. »Geh du jetzt auf dein Zimmer! Pawel Iwanowitsch und ich, wir wollen uns die Fracks ausziehen und uns ein bißchen erholen!«

Die Hausfrau erbot sich sogleich, ihnen Betten und Kissen bringen zu lassen; aber der Hausherr sagte: »Nicht nötig; wir ruhen uns auf den Lehnstühlen aus«, und die Hausfrau entfernte sich.

Sobakewitsch neigte den Kopf ein wenig und schickte sich an zu hören, um was es sich handle.

Tschitschikow begann etwas weit ausholend, sprach vom russischen Reiche im allgemeinen, erging sich in Lobsprüchen über seine weite Ausdehnung, sagte, daß nicht einmal das alte römische Kaiserreich so groß gewesen sei und die Ausländer es mit Recht bewunderten ... (Sobakewitsch hörte immer mit gebeugtem Kopfe aufmerksam zu), und daß nach den bestehenden Gesetzen dieses Reiches, dem an Ruhm kein anderes gleichkomme, diejenigen in die Revisionsliste eingetragenen Seelen, die ihre Lebenslaufbahn beendet hätten, dennoch bis zur Aufstellung einer neuen Revisionsliste ebenso wie die lebenden mitgezählt würden, um nicht die Verwaltungsbehörden durch eine Menge kleinlicher, nutzloser Untersuchungen zu belasten und nicht die Kompliziertheit des ohnehin schon komplizierten Staatsmechanismus noch zu steigern ... (Sobakewitsch hörte immer noch mit gebeugtem Kopfe aufmerksam zu), daß aber diese Maßregel, bei all ihrer Gerechtigkeit, doch für viele Landbesitzer recht drückend sei, da sie sie zwinge, die Steuern für jene wie für lebende Wesen zu bezahlen, und daß er, aus persönlicher Hochachtung für ihn, bereit sei, diese in der Tat drückende Verpflichtung zum Teil auf sich zu nehmen. Über den Hauptpunkt drückte sich Tschitschikow sehr vorsichtig aus: er sagte nicht »verstorbene Seelen«, sondern nur »nicht existierende Seelen«.

Sobakewitsch hielt immer noch wie vorher den Kopf aufmerksam zuhörend geneigt; auf seinem Gesichte war auch nicht das geringste wahrnehmbar, was mit der Äußerung eines Affektes Ähnlichkeit gehabt hätte. Es schien, als ob in diesem Körper überhaupt keine Seele stecke, oder als ob, wenn ja eine Seele zu ihm gehörte, sie nicht dort sei, wo sie hingehörte, sondern wie bei dem niemals sterbenden Koschtschei* irgendwo jenseits der Berge und von einer so dicken Schale bedeckt, daß alles, was sich auf ihrem Grunde regte, keinerlei Erschütterung an der Oberfläche hervorbrachte.

»Nun, also? . . .« sagte Tschitschikow und wartete nicht ohne eine gewisse Erregung auf die Antwort.

»Sie möchten tote Seelen haben?« fragte Sobakewitsch ganz einfach, ohne die geringste Verwunderung, wie wenn von Getreide die Rede wäre.

»Ja«, antwortete Tschitschikow und suchte wieder den Ausdruck zu mildern, indem er hinzufügte: »nicht mehr existierende.«

»Die sind vorhanden; wie sollten keine vorhanden sein . . .« sagte Sobakewitsch.

»Wenn also welche vorhanden sind, dann wird es Ihnen ohne Zweifel angenehm sein, von ihnen befreit zu werden?«

»Meinetwegen, ich bin bereit, sie zu verkaufen«, erwiderte Sobakewitsch, der jetzt den Kopf etwas in die Höhe hob und augenscheinlich merkte, daß der Käufer dabei irgendwelchen Profit machen wollte.

»Hol's der Teufel!« dachte Tschitschikow im stillen; »der verkauft sie mir schon, ehe ich noch ein Wort darüber habe fallen lassen!« Und laut sagte er: »Nun, und welches wäre dann wohl der Preis? Wiewohl das eigentlich ein Gegenstand ist . . . bei dem es sich sogar sonderbar ausnimmt, über den Preis . . .«

»Um Ihnen nicht zuviel abzufordern, will ich sagen: hundert Rubel pro Stück«, erwiderte Sobakewitsch.

»Hundert Rubel!« rief Tschitschikow, den Mund öffnend

* Eine Gestalt der Sage.

und ihm starr in die Augen sehend; er wußte nicht, ob er selbst sich verhört, oder Sobakewitschs Zunge infolge ihrer Schwerfälligkeit sich falsch gedreht und für ein Wort ein anderes hervorgestoßen hatte.

»Nun, ist Ihnen das etwa zu teuer?« fragte Sobakewitsch und fügte dann hinzu: »Was wollten Sie denn bieten?«

»Was ich bieten wollte? Wir befinden uns offenbar in irgendwelchem Irrtum oder verstehen einander nicht und haben vergessen, worin der Kaufgegenstand besteht. Ich meinerseits meine, Hand aufs Herz: achtzig Kopeken pro Seele, das ist ein sehr schöner Preis!«

»Ist das eine Idee – achtzig Kopeken pro Seele!«

»Nun ja, meiner Ansicht nach, wie ich meine, kann man nicht mehr geben!«

»Ich verkaufe ja doch keine Bastschuhe.«

»Aber Sie müssen doch selbst sagen: es sind ja doch keine Menschen.«

»Glauben Sie wirklich, Sie werden einen Dummkopf finden, der Ihnen eine in der Revisionsliste stehende Seele für achtzig Kopeken verkauft?«

»Aber erlauben Sie: warum sagen Sie: ›in der Revisionsliste stehend‹? Die Seelen selbst sind ja doch schon längst gestorben, und es ist nur ein mit den Sinnen nicht erfaßbarer Schall übriggeblieben. Übrigens, um über diesen Punkt nicht in längere Erörterungen einzutreten, will ich meinetwegen anderthalb Rubel geben; aber mehr zu geben bin ich außerstande.«

»Sie sollten sich schämen, von einer solchen Summe überhaupt nur zu reden! Sie wollen handeln; sagen Sie doch den wahren Preis!«

»Ich kann nicht mehr geben, Michail Semjonowitsch; glauben Sie mir, ich sage Ihnen auf mein Gewissen: ich kann es nicht. Was einmal unmöglich ist, das ist unmöglich«, sagte Tschitschikow, legte aber doch noch einen halben Rubel zu.

»Warum geizen Sie denn so?« sagte Sobakewitch, »es ist

doch wirklich nicht teuer! Wenn Sie sich an einen anderen wenden, dann wird der Gauner Sie betrügen und Ihnen statt ordentlicher Seelen einen Dreck verkaufen; aber bei mir bekommen Sie nur Gutes, lauter auserlesene Leute, teils tüchtige Handwerker, teils gesunde Bauern. Sehen Sie selbst: da ist zum Beispiel der Wagenbauer Michejew, der hat immer nur Equipagen mit Federn gebaut. Und nicht solche Moskauer Arbeit, die nur eine Stunde lang hält; nein, alles so dauerhaft . . . Auch polstern tat er die Wagen selbst und lackieren!«

Tschitschikow öffnete den Mund, um zu bemerken, daß Michejew aber doch schon längst nicht mehr auf der Welt sei; aber Sobakewitsch war nun einmal in Zug gekommen und wurde dabei ordentlich beredt.

»Und Probka Stepan, der Zimmermann? Ich lasse mir den Kopf abschlagen, wenn Sie irgendwo einen zweiten Bauer der Art finden. Was besaß der Mensch für eine Kraft! Hätte er bei der Garde gedient, sie hätten ihm wer weiß was gegeben; denn er war ein Riese von Gestalt!«

Tschitschikow wollte wieder bemerken, daß auch Probka nicht mehr auf der Welt sei; aber Sobakewitsch ließ sich offenbar von seinem Gegenstande völlig hinreißen: die Worte strömten ihm so unaufhaltsam aus dem Munde, daß dem andern nichts weiter übrigblieb als zuzuhören.

»Und der Töpfer Miluschkin! Der konnte in jedes beliebige Haus einen Ofen hineinbauen. Und der Schuster Maxim Teljatnikow: kaum hatte er ein paarmal mit der Ahle ins Leder hineingestoßen, so war auch ein Paar Stiefel fertig, und gute Stiefel waren es; und Schnaps nahm er überhaupt nie in den Mund. Und Jeremjei Sorokoplochin! Dieser Bauer war allein schon so viel wert wie alle übrigen: er trieb in Moskau Handel und entrichtete mir an Abgabe jährlich fünfhundert Rubel. Sehen Sie, so prächtige Leute! Das ist eine andere Sorte als die, die Ihnen ein Pluschkin verkaufen wird!«

»Aber erlauben Sie«, sagte Tschitschikow endlich, erstaunt

über diesen gewaltigen Redeschwall, der gar kein Ende nehmen zu wollen schien; »warum zählen Sie all die guten Eigenschaften dieser Leute auf? Jetzt bringen sie ja doch keinen Nutzen mehr; diese ganze Gesellschaft ist ja tot, und mit einem Leichnam kann man höchstens einen Zaun stützen, wie eine geläufige Redensart besagt.«

»Ja, tot sind sie allerdings«, erwiderte Sobakewitsch, wie wenn er zur Besinnung käme und sich erinnerte, daß sie wirklich schon tot seien; aber dann fügte er hinzu: »Übrigens, um auch das zu sagen: wie steht's mit den Bauern, die jetzt am Leben sind? Was sind das für Leute? Fliegen sind sie und keine Menschen.«

»Aber sie existieren doch wenigstens, während jene nur so ein Traumbild sind.«

»Nicht doch, kein Traumbild! Ich kann Ihnen sagen, solche Kerle, wie Michejew einer war, werden Sie nirgends finden: das war ein solcher Hüne, daß er in dieses Zimmer nicht hineinging; nein, der war kein Traumbild! Und in den Schultern hatte er eine solche Kraft, wie sie kein Pferd aufweisen kann. Ich möchte wohl wissen, wo Sie anderwärts ein solches Traumbild finden wollten!« Bei den letzten Worten wandte er sich bereits zu den an der Wand hängenden Porträts von Bagration und Kolokotronis, wie es ja bei lebhaftem Gespräch nicht selten vorkommt, daß einer der Beteiligten auf einmal wunderlicherweise sich nicht an diejenige Person wendet, mit der er das Gespräch führt, sondern an irgendeinen zufällig hinzukommenden, ihm sogar ganz unbekannten Dritten, von dem er, wie er weiß, weder eine Antwort noch eine Meinungsäußerung, noch eine Zustimmung zu hören bekommen wird, auf den er aber doch seine Blicke richtet, wie wenn er ihn als Schiedsrichter anriefe; der Unbekannte aber ist im ersten Augenblicke etwas verlegen und weiß nicht, ob er ihm über einen Gegenstand, von dem er nichts gehört hat, eine Antwort geben oder anstandshalber noch ein Weilchen dastehen und dann fortgehen soll.

»Nein, mehr als zwei Rubel kann ich nicht geben«, sagte Tschitschikow.

»Nun, meinetwegen, damit Sie mich nicht beschuldigen können, ich hätte Ihnen zu viel abverlangt und wolle Ihnen gar nicht entgegenkommen, so will ich sie Ihnen meinetwegen zu fünfundsiebzig Rubeln pro Seele lassen, aber nur in Banknoten. Wirklich, nur aus Freundschaft!«

»Was denkt er sich denn eigentlich?« fragte sich Tschitschikow im stillen. »Hält er mich für einen Dummkopf?« und laut fügte er hinzu: »Es kommt mir wirklich seltsam vor: es scheint, als ob wir beide unter uns ein Theaterstück, eine Komödie aufführen; anders kann ich mir unser Gespräch nicht erklären ... Sie sind ja doch, wie es scheint, ein kluger Mensch und im Besitz aller Errungenschaften der Bildung; Sie müssen doch einsehen, daß der Gegenstand, um den es sich handelt, einfach eine Null, ein Nichts ist. Was hat er denn für einen Wert? Wer kann ihn gebrauchen?«

»Ja, sehen Sie, Sie wollen ihn doch kaufen; also müssen Sie ihn doch gebrauchen können.«

Hier biß sich Tschitschikow auf die Lippe und wußte nicht, was er antworten sollte. Er begann etwas von gewissen Familienverhältnissen zu sagen; aber Sobakewitsch antwortete einfach:

»Ich brauche Ihre Familienverhältnisse nicht zu kennen und mische mich in dieselben nicht hinein; das ist Ihre Sache. Sie brauchen Seelen; ich biete Ihnen welche an, und Sie werden es noch bereuen, sie nicht gekauft zu haben.«

»Zwei Rubel«, sagte Tschitschikow.

»Wahrhaftig, immer die alte Leier! Nun haben Sie sich einmal auf zwei Rubel versteift und wollen nicht davon abgehen. Bieten Sie doch den richtigen Preis!«

»Hol ihn der Teufel!« dachte Tschitschikow. »Ich will ihm noch einen halben Rubel zulegen, dem Hunde!« – »Meinetwegen, ich lege noch einen halben Rubel zu.«

»Na, dann will auch ich Ihnen meinetwegen mein letztes

Wort sagen: fünfzig Rubel! Wirklich, ich mache Schaden dabei; billiger werden Sie so gute Leute nirgends kaufen!«

»So ein Schinder!« sagte Tschitschikow im stillen und fuhr dann laut etwas ärgerlich fort: »Was denken Sie sich denn eigentlich! Als ob das wirklich eine ernsthafte Sache wäre! An anderen Stellen bekomme ich die Seelen gratis. Jeder gibt sie mir gern hin, um sie nur möglichst schnell loszuwerden. Nur ein Dummkopf wird sie behalten und Abgaben für sie bezahlen!«

»Aber wissen Sie auch wohl, daß derartige Verkäufe (ich sage das unter uns, ganz freundschaftlich) nicht überall gestattet sind, und daß, wenn ich oder ein anderer es weitererzählte, man einem solchen Menschen beim Abschluß von Kontrakten kein Vertrauen mehr schenken würde und es ihm unmöglich sein würde, irgendwelche vorteilhaften Abmachungen zu treffen?«

»Nun sieh mal an, wohin er zielt, der Schurke!« dachte Tschitschikow und sagte sofort mit ganz kaltblütiger Miene: »Wie Sie wollen; aber ich kaufe sie nicht, weil ich sie irgendwie nötig hätte, wie Sie meinen, sondern nur so aus besonderer Laune. Zwei und einen halben Rubel wollen Sie nicht nehmen; also leben Sie wohl!«

»Den kriegt man nicht unter; der gibt nicht nach!« dachte Sobakewitsch. »Na, in Gottes Namen, geben Sie dreißig, und nehmen Sie sie hin!«

»Nein, ich sehe, Sie wollen sie nicht verkaufen; leben Sie wohl! . . .«

»Erlauben Sie, erlauben Sie!« sagte Sobakewitsch, ohne seine Hand loszulassen; aber er trat ihm dabei auf den Fuß; denn unser Held hatte vergessen, sich in acht zu nehmen, wofür zur Strafe er nun aufschreien und auf einem Beine herumhüpfen mußte.

»Bitte um Verzeihung! Ich bin Ihnen zu nahe gekommen, wie es scheint. Haben Sie die Güte und setzen Sie sich dahin! Bitte!« Er veranlaßte ihn, sich auf einen Lehnstuhl zu setzen, und tat das sogar mit einer gewissen Geschicklichkeit, wie ein Bär, der schon abgerichtet ist und es versteht, sich hin und her zu drehen und allerlei Kunststücke zu machen auf die Befehle: »Nun zeige mal, Mischa, wie es die Frauen im Dampfbad mache!« oder: »Wie stehlen die kleinen Kinder Erbsen, Mischa?«

»Wirklich, ich verliere unnütz meine Zeit; ich muß mich beeilen.«

»Setzen Sie sich nur noch einen Augenblick; ich werde Ihnen gleich etwas sagen, worüber Sie sich freuen werden.« Mit diesen Worten setzte sich Sobakewitsch möglichst nahe neben ihn und sagte ihm leise ins Ohr, wie wenn er ihm ein Geheimnis mitteilte: »Wollen Sie fünfundzwanzig Rubel geben?«

»Nein, nein, nein! Keine Kopeke lege ich weiter zu.«

Sobakewitsch schwieg; auch Tschitschikow sagte nichts mehr. Das Stillschweigen dauerte etwa zwei Minuten lang. Bagration mit der Adlernase verfolgte von der Wand her diesen Handel sehr aufmerksam.

»Was ist denn nun eigentlich Ihr äußerster Preis?« fragte Sobakewitsch endlich.

»Zweieinhalb.«

»Wahrhaftig, Ihnen gilt eine Menschenseele nicht mehr als eine abgebrühte Futterrübe. Geben Sie doch wenigstens drei Rubel!«

»Ich kann nicht.«

»Na, mit Ihnen ist nichts anzufangen; also meinetwegen! Ich mache dabei Schaden; aber ich habe nun einmal eine solche Hundenatur: ich muß immer meinem Nächsten eine Freude machen. Wir müssen wohl auch einen Kaufkontrakt machen, damit alles seine Ordnung hat?«

»Selbstverständlich.«

»Na ja, hm, hm; da werden wir nach der Stadt fahren müssen.«

So war das Geschäft zum Abschluß gebracht. Beide kamen

überein, sich gleich am nächsten Tage in der Stadt zusammenzufinden und die Kaufurkunde fertigzustellen. Tschitschikow erbat sich ein Verzeichnis der Bauern. Sobakewitsch war gern bereit, ihm ein solches zu geben, ging sogleich an seinen Schreibtisch und begann, alle eigenhändig aufzuschreiben, nicht nur mit ihren Namen, sondern sogar mit Angabe ihrer rühmlichen Eigenschaften.

Tschitschikow aber, der nun nichts zu tun hatte, beschäftigte sich, hinter ihm stehend, damit, seine gewaltige Figur zu betrachten. Als er seinen Rücken ansah, der so breit war wie der eines stämmigen Wjatkaer Pferdes, und seine Beine, die den gußeisernen Prellpfosten ähnelten, die an den Trottoirs stehen, da konnte er nicht umhin innerlich auszurufen: »Na, dich hat Gott begnadet! Ganz wie man sagt: nicht gut zugeschnitten, aber fest genäht! Ob du wohl schon als ein solcher Bär geboren bist, oder ob dich das Leben an einem abgelegenen Orte, die landwirtschaftliche Tätigkeit und die Plackerei mit den Bauern zum Bären gemacht haben und du dadurch das geworden bist, was man einen Halsabschneider nennt? Aber nein, ich glaube, du würdest ganz derselbe sein, wenn du auch eine andere Erziehung erhalten, die amtliche Laufbahn eingeschlagen und in Petersburg statt an einem abgelegenen Orte gelebt hättest. Der ganz Unterschied ist nur der, daß du jetzt ein halbes Hammelviertel mit Grütze und einen tellergroßen Quarkkuchen verspeist, im anderen Falle aber Koteletts mit Trüffeln essen würdest. Und jetzt hast du deine Bauern unter deiner Herrschaft: mit denen stehst du dich gut und tust ihnen natürlich nichts zuleide, weil sie dein Eigentum sind und du selbst davon den Schaden hättest; im anderen Falle aber hättest du Beamte unter dir und würdest diese tüchtig schikanieren, weil du wüßtest, daß sie nicht deine Leibeigenen sind, oder du würdest den Staat bestehlen! Nein, wer einmal eine Faust hat, der kann die Hand nicht geradebiegen! Und wenn man ihm von der Faust einen oder zwei Finger geradebiegt, dann wird die Sache nur noch schlimmer.

Wenn so einer eine einigermaßen hohe Stellung einnimmt und ein bißchen in irgendeine Wissenschaft hineingerochen hat, dann will er es alle diejenigen merken lassen, die wirklich etwas von der betreffenden Wissenschaft verstehen! Und dann sagt er am Ende noch: ›Wartet, ich will einmal zeigen, was ich bin!‹ und erläßt eine weise Verfügung, daß vielen Leuten davon grün und blau vor den Augen wird . . . Ach, wenn doch alle Halsabschneider . . .«

»Die Liste ist fertig!« sagte Sobakewitsch, sich umdrehend.

»Ist sie fertig? Bitte, geben Sie sie her!« Er überflog sie mit den Augen und war erstaunt über die Genauigkeit und Ausführlichkeit: es waren zu jedem Namen nicht nur sorgfältig das Handwerk, der Beruf, das Lebensalter und die Familienverhältnisse hinzugeschrieben, sondern es fanden sich sogar am Rande besondere Bemerkungen über Betragen, Nüchternheit usw.; kurz, es war eine Freude, die Liste anzusehen.

»Und nun machen Sie, bitte, eine kleine Anzahlung!« sagte Sobakewitsch.

»Wozu brauchen Sie denn eine Anzahlung? Sie erhalten in der Stadt das ganze Geld auf einmal.«

»Wissen Sie, es ist nun einmal so Brauch«, erwiderte Sobakewitsch.

»Ich weiß nicht, wie ich es ermöglichen soll, Ihnen eine Anzahlung zu machen; ich habe kein Geld mitgenommen. Aber hier sind zehn Rubel.«

»Ich bitte Sie, zehn Rubel! Geben Sie wenigstens fünfzig!«

Tschitschikow wollte Einwendungen machen, er habe nichts bei sich; aber Sobakewitsch behauptete mit solcher Bestimmtheit, er habe Geld mit, daß er noch eine Banknote hervorholte und sagte: »Meinetwegen; da haben Sie noch fünfzehn, in Summa fünfundzwanzig. Geben Sie mir nur eine Quittung!«

»Wozu brauchen Sie denn eine Quittung?«

»Wissen Sie, eine Quittung möchte ich doch haben. Wer weiß, was morgen ist; es kann alles mögliche passieren.«

»Gut, dann geben Sie das Geld her!«

»Wozu soll ich denn das Geld hingeben? Ich habe es ja hier in der Hand! Sobald Sie die Quittung geschrieben haben, in demselben Augenblicke bekommen Sie das Geld.«

»Aber erlauben Sie, wie kann ich denn die Quittung schreiben? Zuerst muß ich das Geld sehen.«

Tschitschikow ließ die Banknoten aus der Hand, indem er sie auf den Tisch legte; Sobakewitsch ging an den Tisch heran, bedeckte sie mit den Fingern der linken Hand und schrieb mit der anderen Hand auf einen Fetzen Papier, daß er eine Anzahlung im Betrage von fünfundzwanzig Rubeln in Banknoten für verkaufte Seelen richtig erhalten habe. Nachdem er diese Quittung geschrieben hatte, besah er noch einmal die Banknoten.

»Dieser Schein ist schon etwas alt«, bemerkte er, indem er den einen von ihnen gegen das Licht hielt; »er ist schon ein bißchen zerrissen. Na, aber unter Freunden darf man darauf nicht sehen.«

»Du Halsabschneider, du Halsabschneider!« dachte Tschitschikow bei sich. »Und eine Kanaille bist du noch außerdem!«

»Frauen wollen Sie nicht haben?«

»Nein, ich danke.«

»Ich würde sie Ihnen billig abgeben. Aus Freundschaft, das Stück für einen Rubel.«

»Nein, Frauen kann ich nicht gebrauchen.«

»Na, wenn Sie sie nicht gebrauchen können, dann ist nicht weiter darüber zu reden. Über den Geschmack kann man nicht streiten: der eine liebt den Popen und der andere die Popenfrau, sagt das Sprichwort.«

»Ich wollte Sie noch darum bitten, diese Angelegenheit unter uns bleiben zu lassen«, sagte Tschitschikow beim Abschiednehmen.

»Das versteht sich von selbst. Einen Dritten hineinzuziehen, dazu ist gar kein Anlaß. Was zwischen nahen Freunden vertraulich vorgeht, das darf nicht weiter verlautbart werden. Leben Sie wohl! Ich danke Ihnen, daß Sie mich besucht haben, und bitte Sie, mich auch künftig nicht zu vergessen; wenn Sie einmal ein freies Stündchen haben, so kommen Sie zu mir zum Mittagessen und um sich die Zeit zu vertreiben. Vielleicht macht es sich wieder so, daß wir einander irgendeinen Dienst erweisen können.«

»Ja, das fehlte auch noch!« dachte Tschitschikow, als er sich in seine Britschke setzte. »Zwei und einen halben Rubel hat er mir für eine tote Seele abgezwackt, der verdammte Halsabschneider!«

Er war mit Sobakewitschs Benehmen unzufrieden. Sie waren doch immerhin Bekannte und waren beim Gouverneur und beim Polizeimeister zusammengewesen; und trotzdem betrug sich der, als wenn sie einander ganz fremd wären: für etwas ganz Wertloses hatte er ihm so viel Geld abgenommen! Als die Britschke vom Hofe fuhr, blickte er noch einmal zurück und sah, daß Sobakewitsch immer noch auf der Freitreppe stand und ihm anscheinend nachsah, um zu erfahren, wohin der Gast fahre.

»Der Schuft, immer noch steht er da!« murmelte er vor sich hin und befahl seinem Kutscher Selifan, zu den Bauernhäusern hinzulenken und aus dem Dorfe in der Weise wegzufahren, daß der Wagen vom Gutshofe aus nicht zu sehen sei. Er wollte zu Pluschkin fahren, bei dem, nach Sobakewitschs Angabe, die Leute gestorben waren wie die Fliegen; aber er wollte nicht, daß Sobakewitsch es wisse. Als die Britschke schon am Ende des Dorfes war, rief er einen Bauer heran, der irgendwo auf dem Wege einen sehr dicken Balken aufgehoben hatte und, einer unermüdlichen Ameise vergleichbar, ihn auf der Schulter nach seinem Häuschen schleppte.

»Heda, Alterchen! Wie fährt man von hier zu Pluschkin, so daß man nicht beim Gutshause vorbeikommt?«

Der Bauer schien über diese Frage in Verlegenheit zu kommen.

»Wie ist's? Weißt du es nicht?«

»Nein, Herr, ich weiß es nicht.«

»Ach, du! Und bekommst schon graue Haare! Kennst du den geizigen Pluschkin nicht, der seine Leute so schlecht nährt?«

»Ah, den zerlumpten, den zerlumpten!« rief der Bauer. Er fügte zu dem Worte »der zerlumpte« noch ein Substantiv hinzu, das sehr bezeichnend war, aber in der feineren Umgangssprache nicht gebräuchlich ist, und das wir deshalb weglassen. Daß es ein sehr treffender Ausdruck war, kann man übrigens schon daraus abnehmen, daß Tschitschikow, obwohl er den Bauer schon längst aus den Augen verloren hatte und eine ganze Strecke weitergefahren war, doch immer noch lächelte, während er so in seiner Britschke saß. Das gewöhnliche Volk in Rußland liebt es, sich kräftig auszudrücken! Und wenn es jemanden mit einem Spitznamen beschenkt, so haftet dieser ihm und seiner Nachkommenschaft an, und er schleppt ihn mit sich, auch wenn er in den Staatsdienst tritt und sich pensionieren läßt, und wenn er nach Petersburg oder ans Ende der Welt geht. Und mag er nachher auch noch so schlaue Manöver anstellen und seinen Spitznamen zu veredeln suchen, indem er durch Geldzahlung ein paar Skribenten dazu veranlaßt, ihn von einem alten Fürstengeschlechte abzuleiten, es hilft alles nichts: der Spitzname krächzt wie ein Rabe selbständig aus voller Kehle und sagt klar und deutlich, woher der Vogel gekommen ist. Eine mündliche treffende Äußerung läßt sich gerade wie eine geschriebene mit keiner Axt umhauen. Und wie treffend ist alles, was aus dem innersten Rußland herauswächst, wo es weder deutsche, noch finnische, noch andere fremde Volksstämme gibt, sondern nur den lauteren, lebendigen, frischen russischen Geist, der nicht einen Ausdruck erklügelt oder ihn mühsam ausbrütet wie die Henne die Küchlein, sondern ihn jemandem mit einem Male anheftet wie einen lebenslänglichen Reisepaß, und es braucht dann nicht erst noch hinzugefügt zu werden, was der Betreffende für eine Nase oder für Lippen hat: mit einem einzigen Striche ist er vom Kopfe bis zu den Füßen gezeichnet!

Wie eine unzählbare Menge von Kirchen und Klöstern mit Kuppeln und Kreuzen über das heilige, fromme Rußland ausgestreut ist, so drängt sich eine unzählbare Menge von Stämmen und Völkern in buntem Gewimmel auf dem Antlitze der Mutter Erde. Und jedes Volk, das in sich die Bürgschaft seiner Kraft trägt und mit schöpferischen geistigen Fähigkeiten, einer deutlich ausgesprochenen Eigenart und anderen Gaben Gottes ausgestattet ist, zeichnet sich durch seine besondere Sprechweise aus, mit der es die einzelnen Gegenstände bezeichnet und in dieser Bezeichnung zugleich einen Teil seines eigenen Charakters widerspiegelt. Die Sprache des Engländers bekundet Kenntnis des Menschenherzens und kluges Verständnis für das Leben; wie ein leichtsinniger Stutzer glänzt und flattert die flüchtige Sprache des Franzosen; grübelnd ersinnt der Deutsche seine nicht für jeden faßliche, kluge, magere Sprache; aber es gibt keine Sprache, die so schwunghaft und kühn wäre, so aus dem innersten Herzen hervorquölle, so brodelte und sprudelte wie die gesprochene russische Sprache, die immer den Nagel auf den Kopf trifft.

SECHSTES KAPITEL

Einstmals vor langer Zeit, in den Jahren meiner Jugend, in den unwiederbringlich dahingeschwundenen Jahren meiner Kindheit, machte es mir Vergnügen, zum erstenmal nach einem unbekannten Orte zu kommen, ganz gleich, ob es ein Dörfchen oder ein ärmliches Kreisstädtchen oder ein Kirchdorf oder ein Fleckchen war, – der neugierige Blick eines Kindes entdeckte in jedem Falle darin viel Interessantes. Jedes Gebäude, alles, was das Gepräge irgendwelcher auffälligen Besonderheit an sich trug, alles fesselte meine Aufmerksamkeit und machte mir einen starken Eindruck. Ein steinernes Staatsgebäude von der bekannten Bauart mit seinen zur Hälfte falschen Fenstern, das als das einzige seiner Art mitten in dem Haufen der einstöckigen Holzhäuser der Kleinbürger aufragte, eine runde, regelmäßige, ganz mit Weißblech beschlagene Kuppel, die sich über einer schneeweiß angestrichenen neuen Kirche erhob, ein Marktplatz, ein Elegant der Kreisstadt, der mir in der Stadt zu Gesicht kam, nichts entging meiner frischen, scharfen Aufmerksamkeit, und die Nase aus meinem Reisewagen hinaussteckend, blickte ich nach dem bis dahin noch nie gesehenen Schnitte eines Oberrockes und nach den Holzkisten mit Nägeln, weithin leuchtendem gelbem Schwefel, Rosinen und Seife, die durch die Tür einer Gemischtwarenhandlung zusammen mit Gläsern voll vertrockneten Moskauer Konfekts flüchtig sichtbar wurden; ich blickte auch nach einem an der Seite gehenden Infanterieoffizier, der Gott weiß aus welchem Gouvernement in die langweilige Kreisstadt verschlagen war, und nach dem Kaufmann, der in seinem Kaftan auf seinem flinken Wägelchen vorüberflog, – und versetzte mich in Gedanken in ihr armseliges Leben hinein. Wenn ein Beamter der Kreisstadt an mir vorüberging, dann dachte ich sogleich: wohin mag er gehen, auf eine Abendgesellschaft zu einem seiner Kollegen oder geradewegs zu sich nach Hause, um noch eine halbe Stunde auf der Freitreppe zu sitzen, bis es ganz dunkel geworden ist, und sich dann zu einem frühen Abendesssen mit seiner Mutter, seiner Frau, seiner Schwägerin und der ganzen Familie hinzusetzen? und worüber werden sie sich unterhalten, während das Dienstmädchen mit den Glasperlen um den Hals oder der Junge mit der dicken Joppe gleich nach der Suppe das Talglicht auf dem langjährigen Familienleuchter hereinbringt? Wenn ich durch das Dorf eines Gutsbesitzers fuhr, so blickte ich neugierig nach dem hohen, schmalen, hölzernen Glockenturm oder der umfänglichen, dunkelfarbigen, hölzernen alten Kirche. Verlockend schimmerten von weitem durch das grüne Laub der Bäume das rote Dach und die weißen Schornsteine des Gutshauses zu mir herüber, und ich wartete ungeduldig darauf, daß die es verdeckenden Gärten nach beiden Seiten auseinandertreten möchten und es mir ganz sichtbar werden möchte mit seiner Fassade, die mir damals (o weh!) gar nicht häßlich vorkam. Und dann bemühte ich mich, aus seinem Äußeren zu erraten: was für eine Art von Mensch der Gutsbesitzer selbst sei, ob er dick sei, ob er Söhne habe oder ganze sechs Töchter, die den ganzen Tag über ihr helles Mädchenlachen erschallen ließen und fröhliche Spiele trieben, und von denen herkömmlicherweise die jüngste die schönste sei, und ob sie schwarzäugig seien, und ob er selbst ein lustiger Kumpan sei oder mürrisch wie ein Tag zu Ende des Septembers, ob er viel in den Kalender sehe und von Weizen und Roggen, diesen für die Jugend so langweiligen Dingen, rede.

Jetzt fahre ich gleichgültig durch jedes unbekannte Dorf und blicke gleichgültig auf sein unschönes Äußeres; mein kalter Blick findet nichts Reizvolles; mir ist nicht zum Lachen zumute, und das, was in früheren Jahren eine lebhafte Bewegung auf meinem Gesichte hervorgerufen, mich zum Lachen gebracht und zu endlosem Reden veranlaßt hätte, das gleitet jetzt an mir vorüber, und meine unbeweglichen Lippen bewahren ein teilnahmsloses Stillschweigen. O meine Jugend, o meine Frische!

Während Tschitschikow sich seinen Gedanken überließ und innerlich über den Spitznamen lachte, den die Bauern dem Gutsbesitzer Pluschkin verliehen hatten, bemerkte er gar nicht, daß er mitten in ein ausgedehntes Dorf mit einer Menge von Bauernhäusern und Straßen hineingefahren war. Bald indes machte ihm dies ein ganz gehöriger Stoß bemerklich, der von dem Knüppeldamm herrührte, gegen den das städtische Steinpflaster gar nichts war. Diese Knüppel hoben und senkten sich wie die Tasten eines Klaviers, und ein unvorsichtiger Reisender trug dann entweder eine Beule am Hinterkopf oder einen blauen Fleck an der Stirn davon, oder es begegnete ihm, daß er sich schmerzhafterweise mit seinen eigenen Zähnen ein Stück von seiner eigenen Zunge abbiß. Tschitschikow nahm an allen Gebäuden des Dorfes eine bemerkenswerte Baufälligkeit wahr; das Balkenwerk an den Bauernhäusern war dunkel und alt; viele Dächer waren durchlöchert wie Siebe; an manchen waren nur oben der Firstbalken und an den Seiten die rippenförmigen Schrägbalken übrig. Wie es schien, hatten die Besitzer selbst die Schindeln und Bretter von ihnen heruntergenommen, weil sie sich (und gewiß mit Recht) sagten, daß dieselben bei Regen das Haus doch nicht schützten und der Regen nicht von selbst in den Eimer laufe; im Hause aber zu hocken sei kein Grund, wenn es in der Schenke und auf der großen Landstraße, kurz, wo man nur wolle, Raum genug gebe. Die Fenster in den Bauernhäusern waren ohne Scheiben; manche waren mit einem Lappen oder mit einem Kittel zugestopft; die kleinen, unter den Dächern befindlichen, mit Geländern versehenen Balkone, wie sie aus nicht recht verständlichen Ursachen an manchen russischen Bauernhäusern angebracht werden, hatten sich schief gezogen und waren schwarz geworden, ohne jedoch dadurch malerisch zu werden. Hinter den Bauernhäusern zogen sich an vielen Stellen in Reihen gewaltige Getreideschober hin, die offenbar schon lange dastanden: in der Farbe glichen sie alten, schlecht gebrannten Ziegeln; auf dem obersten Teile wuchs allerlei Unkraut, und an den Seiten hatte sich sogar Gebüsch angewurzelt. Das Getreide gehörte offenbar der Gutsherrschaft. Hinter den Getreideschobern und den zerfallenen Dächern erhoben sich, in der reinen Luft schimmernd, bald rechts, bald links, je nach den Wendungen, die die Britschke machte, zwei Dorfkirchen, eine neben der anderen, eine nicht mehr benutzte hölzerne und eine steinerne; die letztere hatte gelbliche Mauern, wies aber schon viele Flecke und Risse auf. Das Gutsgebäude begann teilweise sichtbar zu werden und lag schließlich in seiner ganzen Ausdehnung frei vor Augen an der Stelle, wo die Reihe der Bauernhäuser unterbrochen und an ihrer Stelle ein als Gemüsegarten oder Kohlfeld benutzter leerer Platz gelassen war, den ein niedriger, stellenweise zerbrochener Zaun umgab. Dieses sonderbare, unverhältnismäßig lange Schloß glich einem gebrechlichen Invaliden. An einzelnen Stellen war es einstöckig, an anderen zweistöckig; auf dem dunklen Dache, das nicht überall einen zuverlässigen Schutz des alten Gebäudes bildete, ragten einander gegenüber zwei Belvedere auf, beide schon schiefstehend und der Farbe beraubt, die sie einstmals bedeckt hatte. Die Wände des Hauses zeigten stellenweise das nackte Fachwerk und hatten offenbar von allerlei Unbilden der Witterung, Regen, Sturm und herbstlichem Wetterumschlag, schon viel zu leiden gehabt. Von den Fenstern waren nur zwei offen; an den übrigen waren die Läden geschlossen, oder sie waren sogar mit Brettern verschlagen. Diese beiden Fenster selbst hatten blinde Scheiben; an einem von ihnen war ein dunkles Dreieck von blauem Zuckerpapier aufgeklebt.

Der alte, weite Garten, der sich hinter dem Hause ausdehnte, sich bis über das Dorf hinauszog und dann in die Felder überging, erschien, vernachlässigt und verunkrautet, wie er war, als die einzige frische Oase in diesem großen Dorfe und war das einzige, was in seiner malerischen Verwilderung einen reizvollen Anblick gewährte. Wie grüne Wolken und unregelmäßige Kuppeln von zitterndem Laubwerk zeichneten sich gegen den Himmel die zusammenfließenden Wipfel der in völliger Freiheit verwilderten Bäume ab. Der weiße, kolossale, des Wipfels beraubte Stamm einer Birke, die der Sturm oder der Blitz gebrochen hatte, erhob sich aus diesem grünen Dickicht und ragte rundlich in die Luft wie eine regelmäßige Säule von glänzendem Marmor; die schräge, scharfe Bruchstelle, mit der er oben an Stelle eines Kapitäls endete, stach gegen seine schneeweiße Farbe dunkel ab wie ein Hut oder ein schwarzer Vogel. Wilder Hopfen, der die Holunder-, Ebereschen- und Haselnußsträucher unter sich zu ersticken suchte und dann am ganzen Zaun oben entlang lief, kletterte schließlich an der gebrochenen Birke in die Höhe und umschlang sie bis zu halber Höhe. Nachdem er ihre Mitte erreicht hatte, ließ er sich von dort wieder herabhängen und begann nunmehr die Wipfel anderer Bäume zu umspinnen oder hing auch in der Luft, indem er seine feinen, sich gern anklammernden, leise in der Luft schwankenden Haken zu Ringen zusammenschloß. An einzelnen Stellen trat das grüne, hell von der Sonne beschienene Dickicht auseinander, und es zeigte sich in den Lücken eine unerleuchtete Tiefe, die wie ein dunkler Rachen gähnte; sie lag ganz im Schatten, und in ihrem schwarzen Grunde waren nur wenige Dinge mit Mühe zu erkennen: ein schmaler Fußweg, der sich dahinzog, ein zerbrochenes Geländer, eine wackelige Laube, der hohle, morsche Stamm einer Weide, ein grauer Erbsenstrauch, der seine infolge des schrecklichen Dickichts vertrockneten und kreuz und quer durcheinanderstehenden Blätter und Zweige wie eine dichte Bürste hinter der Weide hervorstreckte, und endlich ein junger Ahorntrieb, der seine grünen, handförmigen Blätter sperrig ausbreitete, unter deren eines ein Sonnenstrahl Gott weiß wie gelangt war, der es nun plötzlich durchscheinend und glühend machte und in dieser dichten Finsternis wundervoll aufleuchten ließ. An der Seite, ganz am Rande des Gartens, trugen einige hochgewachsene, die anderen Bäume überragende Espen gewaltige Krähennester in ihren zitternden Wipfeln. Bei manchen von ihnen hingen gebrochene, aber noch nicht ganz losgelöste Äste mit vertrockneten Blättern herunter. Kurz, alles war schön, so schön, wie es weder die Natur noch die Kunst aussinnen kann, sondern wie es nur dann zustande kommt, wenn sie sich beide vereinigen, wenn die Natur über das, was der Mensch oft ohne Vernunft geschaffen hat, zum Abschluß mit ihrem Meißel dahingeht, die schweren Massen leicht erscheinen läßt, die grobwirkende Regelmäßigkeit aufhebt, die bettlermäßigen Löcher schließt, durch die die unverhohlene, nackte Absichtlichkeit hindurchsieht, und allem, was in der Kälte erklügelter Reinlichkeit und Sauberkeit entstanden war, eine wundervolle Wärme verleiht.

Nachdem unser Held noch ein oder zwei Biegungen gemacht hatte, befand er sich endlich vor dem Hause selbst, das nun einen noch trübseligeren Eindruck machte. Grüner Schimmel bedeckte schon das alte Holz am Zaun und am Tor. Auf dem Hofe standen eine Menge offenbar schon baufällige Gebäude: Leutewohnungen, Speicher, Vorratshäuser; daneben waren rechts und links Tore sichtbar, die nach anderen Höfen führten. Alles ließ erkennen, daß hier einmal eine Wirtschaft in großem Stil geführt worden war, und alles sah jetzt kläglich aus. Es war nichts zu bemerken, was etwas Leben in das Bild gebracht hätte: keine Tür öffnete sich, nirgends kamen Leute heraus, nirgends reges Treiben und Schaffen! Nur das Haupttor war geöffnet, und zwar deswegen, weil ein Bauer mit einem beladenen Wagen hereinfuhr, der mit einer Bastmatte zugedeckt war; dieser Bauer schien absichtlich dazu da zu sein, um die ausgestorbene Örtlichkeit zu beleben; zu anderer Zeit war auch dieses Tor offenbar fest verschlossen, da an der eisernen Öse ein großes Schloß hing. Bei einem der Gebäude bemerkte Tschitschikow bald eine Gestalt, die mit dem Bauer, welcher mit dem Wagen gekommen war, zu zanken anfing. Lange konnte er nicht darüber ins klare kommen, welchem Geschlechte diese Gestalt angehörte, ob sie ein Mann oder ein Weib war. Ihre Kleidung war von ganz unbestimmtem Charakter und hatte große Ähnlichkeit mit einem Frauenrock; der Kopf war mit einer Mütze bedeckt, wie sie auf dem Lande die Frauen des Hofgesindes tragen; nur die Stimme schien ihm etwas rauh für eine Frau. »Ach, es ist eine Frau!« dachte er bei sich und fügte sofort hinzu: »Ach nein!« – »Gewiß, es ist eine Frau!« sagte er schließlich nach möglichst genauer Betrachtung. Die Gestalt blickte ihn ihrerseits ebenfalls unverwandt an. Der Besucher schien für sie eine Art Wundertier zu sein; denn sie musterte nicht nur ihn, sondern auch Selifan und die Pferde vom Schwanz bis zur Schnauze. Aus dem Schlüsselbund, das sie am Gürtel hängen hatte, und daraus, daß sie den Bauer mit recht kräftigen Schimpfworten ausschalt, schloß Tschitschikow, daß es gewiß die Wirtschafterin sei.

»Hör mal, Mütterchen«, sagte er, aus der Britschke steigend, »ist der Herr . . .«

»Er ist nicht zu Hause«, unterbrach ihn die Wirtschafterin, ohne den Schluß seiner Frage abzuwarten, und fügte dann nach einer kleinen Pause hinzu: »Was wollen Sie denn?«

»Ich habe eine geschäftliche Angelegenheit.«

»Kommen Sie in die Wohnung!« sagte die Wirtschafterin, drehte sich um und zeigte ihm den Rücken, der mit Mehl bestäubt war und unten ein großes Loch aufwies.

Er trat in den dunklen, geräumigen Flur, aus dem ihm eine kalte Luft wie aus einem Keller entgegenschlug. Aus dem Flur kam er in ein Zimmer, das ebenfalls dunkel war und nur matt durch das Licht erhellt wurde, welches durch eine breite Spalte unter einer Tür eindrang. Er öffnete diese Tür, befand sich nun endlich im Hellen und war überrascht durch die Unordnung, die sich seinem Blicke darbot. Es schien, als würden im Hause die Fußböden gescheuert, und als wären für diese Zeit alle Möbel hierher zusammengebracht. Auf einem Tische stand sogar ein zerbrochener Stuhl und daneben eine Stutzuhr mit stillstehendem Pendel, an das bereits eine Spinne ihr Netz geknüpft hatte. Ebendort stand, mit der Seite sich an die Wand lehnend, ein Schrank mit altem Silber, Karaffen und chinesischem Porzellan. Auf einem Schreibtische, der mit Perlmuttermosaik ausgelegt war, welche aber stellenweise bereits herausgefallen war und nur gelbliche, mit Leim angefüllte Vertiefungen hinterlassen hatte, lag eine bunte Menge von Dingen: ein Päckchen Papierblätter, die mit kleiner Schrift bedeckt waren, unter einem marmornen, grünlich gewordenen Briefbeschwerer mit einem Ei darauf; ein altertümliches Buch in Ledereinband mit rotem Schnitt; eine ganz vertrocknete Zitrone, die nicht mehr größer war als eine Haselnuß; die abgebrochene Lehne eines Lehnstuhles; ein Glas mit einer Flüssigkeit und drei Fliegen darin, mit einem Briefe zugedeckt; ein Stückchen Siegellack; ein zerlumpter, irgendwo aufgelesener Lappen; zwei Gänsefedern, mit Tinte befleckt, aber so zusammengetrocknet, wie wenn sie die Schwindsucht hätten; ein ganz vergilbter Zahnstocher, mit dem der Hausherr sich vielleicht die Zähne gestochert hatte, noch ehe die Franzosen in Moskau einrückten.

An den Wänden hingen eng aneinander und in geschmacklosem Durcheinander mehrere Bilder: ein langer, gelb gewordener Kupferstich, der eine Schlacht darstellte, mit riesigen Trommeln, mit schreienden Soldaten, welche Dreimaster auf den Köpfen hatten, und mit ertrinkenden Pferden; der Stich war in einen Rahmen von Mahagoniholz mit feinen Bronzeleisten und Bronzerosetten an den Ecken eingefügt, jedoch fehlte das Glas. Daneben hing ein gewaltig großes, dunkel gewordenes Ölgemälde, das die halbe Wand einnahm; es stellte Blumen, Früchte, eine zerschnittene Melone, einen Wildschweinskopf und eine mit dem Kopfe nach unten hängende Ente dar. Von der Mitte der Decke hing ein Kronleuchter in einem Leinwandsack herab, der vor Staub dem Kokon einer Seidenraupe ähnlich geworden war. In einer Ecke des Zimmers war auf dem Fußboden eine Menge solcher Sachen zu einem Haufen zusammengeworfen, die von gröberer Art waren und es nicht verdienten, auf einem Tische zu liegen. Was eigentlich alles in dem Haufen steckte, das war schwer zu erkennen, denn es lag eine solche Unmasse Staub darauf, daß die Hände eines jeden, der etwas davon anfaßte, mit Handschuhen Ähnlichkeit bekamen; kenntlicher als die übrigen Gegenstände ragten von dort ein Bruchstück einer hölzernen Schaufel und eine alte Stiefelsohle heraus. Man hätte nicht geglaubt, daß in diesem Zimmer ein menschliches Wesen hause, wenn dessen Anwesenheit nicht durch eine alte, abgetragene Mütze, die auf dem Tische lag, bezeugt worden wäre.

Während Tschitschikow die ganze sonderbare Ausstattung des Zimmers betrachtete, öffnete sich eine Seitentür, und es trat jene selbe Wirtschafterin herein, der er auf dem Hofe begegnet war. Aber nun erkannte er, daß es doch eher ein Wirtschafter als eine Wirtschafterin war; wenigstens rasiert sich eine Wirtschafterin nicht; dieser dagegen rasierte sich, und zwar anscheinend recht selten, da sein ganzes Kinn nebst dem unteren Teile der Backen einer Striegel aus Eisendraht glich, wie man sie zum Reinigen der Pferde im Stalle benutzt. Tschitschikow verlieh seinem Gesichte einen fragenden Ausdruck und wartete ungeduldig ab, was ihm der Wirtschafter sagen wolle. Der Wirtschafter seinerseits wartete ebenfalls ab, was ihm Tschitschikow sagen wolle. Endlich entschloß sich der letztere, erstaunt über ein so seltsames Zaudern, dazu, zu fragen:

»Nun, und der Herr? Er ist wohl in seinem Zimmer?«

»Der Hausherr ist hier«, antwortete der Wirtschafter.

»Wo denn?« fragte Tschitschikow wieder.

»Aber, Väterchen, sind Sie denn blind?« versetzte der Wirtschafter. »Nein, so etwas! Ich bin ja selbst der Hausherr!«

Unser Held trat unwillkürlich einen Schritt zurück und blickte sein Gegenüber starr an. Er hatte schon viele Leute von allerlei Art gesehen, sogar solche, wie sie der Leser und ich vielleicht niemals zu sehen bekommen werden; aber einen solchen Menschen hatte er doch noch nie erblickt. Sein Gesicht bot allerdings nichts Besonderes dar: es war ziemlich von derselben Art, wie man es bei vielen mageren alten Männern findet; nur ragte das Kinn sehr weit vor, so daß er es jedesmal mit dem Taschentuch bedecken mußte, um es nicht zu bespucken; die kleinen Äuglein waren noch nicht erloschen und liefen unter den buschigen Augenbrauen umher wie Mäuse, wenn sie aus ihren dunklen Löchern die feinen Schnäuzchen herausstecken, die Ohren spitzen, mit den Barthaaren zucken, Ausschau halten, ob auch nicht eine Katze oder ein unnützer Junge da sei, und argwöhnisch sogar in der Luft umherschnüffeln. Weit merkwürdiger war sein Kostüm. Mit keinen Mitteln und keiner Mühe wäre es möglich gewesen, festzustellen, woraus sein Schlafrock zusammengeflickt war: die Ärmel und die oberen Partien der Schöße waren so vollgefettet und so glänzend geworden, daß sie dem Juchtenleder glichen, das man zu Stiefeln nimmt; hinten baumelten statt zweier Schöße ihrer vier, aus denen die Watte in Flocken herausquoll. Um den Hals hatte er sich etwas herumgebunden, was sich nicht bestimmen ließ: war's ein Strumpf oder ein Band oder eine Leibbinde; jedenfalls war es kein Halstuch. Kurz, hätte ihn Tschitschikow in diesem Aufzuge irgendwo an der Tür einer Kirche getroffen, so hätte er ihm wahrscheinlich ein Kupferstück gegeben; denn zur Ehre unseres Helden muß gesagt werden, daß er ein mitleidiges Herz hatte und sich nie enthalten konnte, einem Armen eine kleine Münze zu reichen. Jetzt aber stand nicht ein Bettler vor ihm; vor ihm stand ein Gutsbesitzer. Und dieser Gutsbesitzer hatte mehr als tausend Seelen, und es hätte einmal jemand versuchen sollen, einen anderen zu finden, der so viel Getreide und Mehl besaß, und dessen Vorratsräume, Speicher und Trockenkammern mit einer solchen Menge von Leinwand, Tuch, zubereiteten und gegerbten Schaffellen, getrockneten Fischen und allerlei Gemüsearten, Pilzen und Beeren angefüllt waren. Es brauchte jemand bei ihm nur einen Blick auf den Arbeitshof zu werfen, wo ein gewaltiger Vorrat von allen möglichen Holzsachen und hölzernen Geschirren lag, die nie benutzt wurden, und er hätte geglaubt, auf den Holzmarkt in Moskau versetzt zu sein, wohin sich täglich die behenden Mütter der Ehemänner und Ehefrauen, von den Köchinnen gefolgt, begeben, um ihre wirtschaftlichen Einkäufe zu machen, und wo man in Gestalt großer, weißer Berge alle möglichen geschnitzten, gedrechselten, zusammengefugten und zusammengeflochtenen Holzsachen sehen kann: Fässer, Bottiche, Kübel, Teerbüchsen, Kannen mit und ohne Tüllen, Trinkbecher, Körbchen, Flachsbehälter für Spinnerinnen, Schächtelchen aus dünnem, gebogenem Espenholz, Marktkörbe aus geflochtenem Birkenbast und sonst noch vieles, vieles, was in Rußland reich und arm gebraucht. Man hätte fragen können: wozu hatte Pluschkin eine solche Unmenge derartiger Fabrikate nötig? Selbst wenn seine Besitzungen noch einmal so groß gewesen wären, als sie in Wirklichkeit waren, hätte er dies alles in seinem ganzen Leben nicht aufgebraucht; aber trotzdem schien es ihm immer noch zu wenig. Nicht zufrieden mit dem Vorhandenen ging er täglich durch die Straßen seines Dorfes, blickte unter die Brückchen und Stege, und alles, was ihm unter die Augen kam, eine alte Schuhsohle, einen Fetzen von einem Frauenkleide, einen eisernen Nagel, eine Topfscherbe, alles schleppte er zu sich nach Hause und legte es auf den Haufen, welchen Tschitschikow in der Ecke des Zimmers bemerkt hatte. »Da geht der Fischer wieder auf den Fang!« sagten die Bauern, wenn sie ihn auf Beute ausgehen sahen. Und in der Tat: hinter ihm brauchte man die Straße nicht zu fegen: hatte zufällig ein durchreitender Offizier einen Sporn verloren, so fand dieser Sporn im Nu seinen Weg auf den bekannten Haufen; hatte eine Bauerfrau am Ziehbrunnen Maulaffen feilgehalten und einen Eimer vergessen, so schleppte er auch den Eimer fort. Wenn es übrigens ein Bauer wahrnahm und ihn auf frischer Tat ertappte, so stritt er nicht und gab den entwendeten Gegenstand zurück; war dieser aber erst einmal auf den Haufen gekommen, dann war alles zu Ende: er schwur, der Gegenstand gehöre ihm; er habe ihn dann und dann von dem und dem gekauft oder ihn von seinem Großvater geerbt. In seinem Zimmer hob es alles, was er nur sah, vom Fußboden auf; ein Stückchen Siegellack, einen Fetzen Papier, ein Federchen, und legte das alles auf den Schreibtisch oder aufs Fensterbrett.

Und doch hatte es eine Zeit gegeben, wo er nur ein haushälterischer Wirt war! Er war damals verheiratet und Familienvater, und ein oder der andere Nachbar besuchte ihn, um bei ihm zu Mittag zu speisen, ihm zuzuhören und von ihm die

Wirtschaftsführung und eine weise Sparsamkeit zu lernen. Alles ging flott und munter und hatte seinen geregelten Verlauf: die Mühlen und die Walzwerke waren in Tätigkeit, die Tuchfabriken, die Tischlereien und Spinnereien arbeiteten; überallhin drang der scharfe Blick des Besitzers, und wie eine arbeitsame Spinne lief er geschäftig und behende an allen Ecken und Enden des Netzes seiner Wirtschaft umher. Besonders starke Affekte prägten sich in seinen Gesichtszügen nicht aus; aber seinen Augen sah man den ihm innewohnenden Verstand an; was er sagte, zeugte von Erfahrung und von Kenntnis des Lebens, und es machte einem Gaste Vergnügen, ihm zuzuhören; die freundliche, gesprächige Hausfrau war berühmt durch ihre Gastfreiheit; zur Begrüßung des Gastes erschienen zwei liebenswürdige Töchter, beide blond und beide frisch wie Rosen; auch ein Sohn kam hereingelaufen, ein munterer Junge, und küßte alle, ohne sich darum zu kümmern, ob das dem Gaste angenehm oder unangenehm war. Im Hause waren alle Fenster geöffnet; im Halbgeschoß wohnte ein französischer Lehrer, der sich vorzüglich rasierte und ein vortrefflicher Schütze war: er brachte immer ein paar Birkhühner oder Enten zum Mittagessen nach Hause, manchmal auch nur Sperlingseier, aus denen er sich einen Eierkuchen machen ließ, weil außer ihm im ganzen Hause ihn niemand aß. Im Halbgeschoß wohnte auch eine Landsmännin von ihm, die Gouvernante der beiden Töchter. Der Hausherr selbst erschien bei Tische in einem Oberrock, der zwar etwas abgetragen, aber sauber war; die Ellbogen waren in Ordnung; nirgends waren Flicken aufgesetzt. Aber die gute Hausfrau starb; ein Teil der Schlüssel und mit ihnen ein Teil der Sorgen ging auf ihn über. Pluschkin wurde unruhiger und, wie alle Witwer, argwöhnischer und geiziger. Auf die älteste Tochter, Alexandra Stepanowna, mochte er sich nicht in allen Stücken verlassen, und er hatte recht, da Alexandra Stepanowna bald mit einem Stabsrittmeister von Gott weiß was für einem Kavallerieregimente durchging und sich mit ihm schleunigst in irgendeiner Dorfkirche trauen ließ, da sie wußte, daß ihr Vater die Offiziere nicht leiden konnte, in dem seltsamen Vorurteile, daß sie sämtlich Kartenspieler und Verschwender seien. Der Vater sandte ihr seinen Fluch auf die Reise nach, gab sich aber nicht die Mühe, sie zu verfolgen. Im Hause wurde es noch öder. Bei dem Besitzer begann der Geiz sich deutlicher zu äußern; die ersten grauen Haare, die auf seinem struppigen Kopfe aufschimmerten, die treuen Freunde des Geizes, verhalfen diesem Laster noch zu weiterer Entwicklung. Der französische Lehrer wurde entlassen, weil für den Sohn die Zeit zum Eintritt in den Staatsdienst gekommen war; die Madame wurde weggejagt, weil es sich herausstellte, daß sie an Alexandra Stepanownas Entführung nicht unbeteiligt gewesen war. Der Sohn, der nach der Gouvernementsstadt geschickt worden war, um nach der Absicht des Vaters beim Gerichte den wahren Dienst kennenzulernen, trat statt dessen bei einem Regimente ein, schrieb dies seinem Vater erst, nachdem der Eintritt bereits erfolgt war, und bat um Geld zu seiner Equipierung; selbstverständlich »hustete ihm der Vater was«, wie das gewöhnliche Volk zu reden pflegt. Schließlich starb auch die letzte Tochter, die bei ihm im Hause geblieben war, und der Alte war nun der einzige Besitzer, Hüter und Wächter seiner Reichtümer. Das einsame Leben gab seinem Geize reiche Nahrung, der bekanntlich einen Wolfshunger hat und um so unersättlicher wird, je mehr er verschlingt; die menschlichen Empfindungen, die ohnehin bei ihm nicht so tief waren, wurden fortwährend seichter, und jeden Tag fiel an dieser bröckeligen Ruine ein neues Stück ab. Wie zur ausdrücklichen Bestätigung der Meinung, die er von den Offizieren hatte, begab es sich zu dieser Zeit, daß sein Sohn beim Kartenspiel sein ganzes Geld verlor; er sandte ihm von Herzen seinen väterlichen Fluch und interessierte sich von da an gar nicht mehr dafür, zu erfahren, ob er noch auf der Welt sei oder nicht. Mit jedem Jahre wurde eine neue Anzahl von Fenstern in seinem Hause geschlossen; zuletzt blieben nur noch zwei übrig, von denen das eine, wie der Leser schon gesehen hat, mit Papier verklebt war; mit jedem Jahre schwanden ihm wichtige Teile der Wirtschaft mehr und mehr aus den Augen, und sein kleinlicher Blick wandte sich den Papierblättchen und Federchen zu, die er in seinem Zimmer vom Boden aufhob und sammelte; er wurde gegen die Aufkäufer unzugänglicher, welche zu ihm kamen, um ihm seine landwirtschaftlichen Produkte abzukaufen: die Aufkäufer handelten und handelten mit ihm und gaben ihn zuletzt ganz auf; »er ist nicht ein Mensch, sondern geradezu ein Teufel«, sagten sie von ihm. Sein Heu und sein Getreide verfaulten; die Getreide- und Heuschober verwandelten sich in reinen Mist; man hätte Kohl auf ihnen bauen können; das Mehl in den Kellern wurde zu Stein, und man mußte es mit dem Beile zerschlagen; die in Hausarbeit hergestellten Tuch- und Leinwandballen mußte man sich fürchten auch nur zu berühren: sie zerfielen in Staub. Er hatte schon selbst vergessen, wieviel er an solchen Dingen besaß, und erinnerte sich nur, an welcher Stelle in seinem Schranke eine Karaffe mit einem Reste Likör stand, an der er selbst ein Zeichen gemacht hatte, damit niemand diebischerweise davon tränke, und wo ein Federchen oder ein Stückchen Siegellack lag. Dabei aber gingen in der Wirtschaft die Einnahmen ein wie früher. Der Bauer mußte ebensoviel Abgabe bezahlen; jede Bauerfrau war immer noch verpflichtet, dasselbe Quantum Nüsse zu liefern; die Weberin mußte ebenso viele Stücke Leinwand entrichten. All das wurde in den Vorratskammern aufgespeichert und verdarb und verfaulte, und auch er selbst wurde schließlich zu einem kläglichen Überbleibsel von einem Menschen. Alexandra Stepanowna kam ein paarmal mit ihrem kleinen Sohne angereist, um zu versuchen, ob sie nicht etwas erreichen könne; offenbar war das Wanderleben mit dem Stabsrittmeister doch nicht so reizvoll, wie es ihr vor der Hochzeit erschienen war. Pluschkin verzieh ihr und gab sogar dem kleinen Enkel einen Knopf zum Spielen, der auf dem Tische lag; aber

Geld gab er ihr keines. Ein andermal kam Alexandra Stepanowna mit zwei Kindern und brachte ihm ein Osterbrot zum Tee und einen neuen Schlafrock mit, weil Väterchens Schlafrock sich in einem solchen Zustande befinde, daß man sich genieren, ja sich geradezu schämen müsse, ihn anzusehen. Pluschkin liebkoste die beiden Enkel, setzte den einen auf sein rechtes, den anderen auf sein linkes Knie und schaukelte sie darauf ganz so, wie wenn sie auf Pferden ritten; das Osterbrot und den Schlafrock nahm er an, gab aber seinerseits der Tochter nicht das geringste; Alexandra Stepanowna mußte unverrichteter Sache wieder abreisen.

Von dieser Art also war der Gutsbesitzer, der jetzt vor Tschitschikow stand! Man muß sagen, daß eine solche Erscheinung einem in Rußland nur selten begegnet, wo man es im ganzen mehr liebt, großartig aufzutreten als sich zusammenzukrümmen; und ein solcher Geiz wirkt um so überraschender, wenn einem gleich in der nächsten Nähe desselben ein anderer Gutsbesitzer vorkommt, der ganz in der typischen flotten Manier eines russischen Edelmannes lebt und sein Geld mit vollen Händen aus dem Fenster wirft. Ein unerfahrener Reisender macht beim Anblick seiner Behausung verwundert halt und ist erstaunt, was für ein mächtiger Fürst da auf einmal unter die kleinen, unbekannten Grundbesitzer geraten ist: wie Paläste sehen seine weißen, steinernen Häuser aus mit der zahllosen Menge von Schornsteinen, Belvederes und Wetterfahnen, umgeben von vielen Nebengebäuden und allerlei Baulichkeiten zur Unterbringung von Gästen. Was ist da nicht alles zu finden? Theatervorstellungen und Bälle; der Garten strahlt die ganze Nacht hindurch von Lichtern und Illuminationslämpchen und wird von rauschender Musik durchtönt. Die halbe vornehme Welt der Gouvernementsstadt promeniert schön geputzt und in fröhlicher Stimmung unter den Bäumen, und niemandem kommt die wilde Drohung in dieser übertriebenen Beleuchtung zum Bewußtsein, wenn aus dem Baumdickicht in theatralischer Weise ein von dem künstlichen Licht erhellter, seines hellen Grüns beraubter Ast vorspringt und oben über dem allen noch dunkler, strenger und drohender der Nachthimmel erscheint und die finsteren Wipfel der Bäume, mit den Blättern zitternd, tiefer in die schlummernde Dunkelheit hineinragen und über diesen Flitterglanz grollen, der unten ihre Stämme erleuchtet.

Pluschkin stand schon mehrere Minuten lang da, ohne ein Wort zu sagen; Tschitschikow aber brachte es immer noch nicht fertig, ein Gespräch zu beginnen, da er durch den Anblick sowohl des Hausherrn selbst als auch alles dessen, was sich in seinem Zimmer befand, gar zu sehr befremdet war. Lange Zeit dachte er vergebens darüber nach, mit welchen Redewendungen er seinen Besuch wohl begründen könne. Schon wollte er sich ungefähr folgendermaßen ausdrücken: da er von seiner Tugend und seinen seltenen Charaktereigenschaften gehört habe, so habe er es für seine Pflicht gehalten, ihm persönlich den Tribut seiner Hochachtung darzubringen; aber er hielt sich zurück, da er fühlte, daß diese Ausdrücke denn doch zu stark seien. Nachdem er noch einen Seitenblick auf den Inhalt des Zimmers geworfen hatte, sagte er sich, daß der Ausdruck »Tugend und seltene Charaktereigenschaften« sich zweckmäßig durch die Worte »Wirtschaftlichkeit und Ordnungsliebe« ersetzen lasse; indem er daher seine Phrase in dieser Weise umgestaltete, sagte er, er habe von seiner Wirtschaftlichkeit und der vortrefflichen Verwaltung seiner Güter gehört und es daher für seine Pflicht gehalten, seine Bekanntschaft zu machen und ihm persönlich den Ausdruck seiner Hochachtung darzubringen. Freilich hätte sich eine andere, bessere Begründung vorbringen lassen; aber es fiel ihm im Augenblick nichts anderes ein.

Hierauf murmelte Pluschkin etwas zwischen den Lippen (nicht zwischen den Zähnen; denn Zähne hatte er nicht mehr); was er in Wirklichkeit sagte, war nicht zu verstehen, aber der Sinn war wahrscheinlich dieser: »Hol dich der Teufel mit deiner Hochachtung!« Aber da die Gastfreiheit bei uns etwas so Übliches ist, daß auch ein Geizhals ihre Gebote nicht übertreten kann, so fügte er sofort etwas deutlicher hinzu: »Bitte ergebenst, Platz zu nehmen!«

»Ich habe seit langer Zeit keine Gäste bei mir gesehen, und offen gestanden, ich sehe davon auch wenig Nutzen. Da ist nun der törichte Brauch aufgekommen, daß einer zum anderen auf Besuch fährt; aber die Wirtschaft wird darüber vernachlässigt ... und dann muß man auch noch die Pferde mit Heu füttern! Ich habe mein Mittagessen schon längst hinter mir, und meine Küche ist sehr niedrig und unbequem, und der Schornstein ist ganz eingefallen; wenn man Feuer anzündet, riskiert man, das Haus in Brand zu stecken.«

»Aha, so steht das!« dachte Tschitschikow bei sich. »Da ist es nur gut, daß ich bei Sobakewitsch einen Quarkkuchen und ein ordentliches Stück Hammelbraten zu mir genommen habe.«

»Und es ist eine dumme Geschichte, daß ich auch nicht eine Handvoll Heu in meiner ganzen Wirtschaft habe«,fuhr Pluschkin fort. »Und in der Tat, wo soll ich welches herbekommen? Ich habe nur wenig Land, und die Bauern sind faul; arbeiten mögen sie nicht; sie denken nur daran, wie sie in die Schenke laufen können ... Man muß sich in acht nehmen, daß man nicht auf seine alten Tage noch an den Bettelstab kommt!«

»Man hat mir aber doch gesagt«, bemerkte Tschitschikow bescheiden, »Sie hätten mehr als tausend Seelen?«

»Wer hat Ihnen das gesagt? Sie hätten dem, der Ihnen das gesagt hat, ins Gesicht spucken sollen, Väterchen! Das ist ein Spottvogel gewesen, der Sie offenbar zum besten haben wollte. Da sagen die Leute nun: ›Tausend Seelen‹; aber wenn man anfängt, sie zusammenzuzählen, dann kommt so gut wie nichts heraus! In den letzten drei Jahren hat das verdammte Fieber mir eine gehörige Menge Bauern dahingerafft.«

»Was Sie sagen! Sind viele gestorben?« rief Tschitschikow teilnahmsvoll.

»Ja, sehr viele.«

»Gestatten Sie die Frage: wie viele denn wohl?«

»Gegen achtzig Seelen.«

»Nein, wirklich?«

»Ich lüge nicht, Väterchen.«

»Erlauben Sie, daß ich nach etwas frage: Das ist wohl die Zahl der Seelen, die seit dem Tage der Einreichung der letzten Revisionsliste gestorben sind?«

»Dann könnte man zufrieden sein«, erwiderte Pluschkin. »Nein, die Zahl derjenigen, die seitdem gestorben sind, beläuft sich auf hundertzwanzig.«

»Wirklich? Ganze hundertzwanzig?« rief Tschitschikow und öffnete sogar den Mund ein wenig vor Verwunderung.

»Ich bin zu alt, Väterchen, um noch zu lügen; ich bin schon in den Sechzigern!« versetzte Pluschkin. Er schien sich durch einen derartigen, beinah freudig klingenden Ausruf gekränkt zu fühlen. Tschitschikow kam zu der Erkenntnis, daß eine solche Teilnahmslosigkeit fremdem Leid gegenüber in der Tat unpassend sei; daher seufzte er sofort und sagte, daß er es bedaure.

»Ein solches Bedauern kann man nicht wie Geld in die Tasche stecken«, versetzte Pluschkin. »Da wohnt neben mir ein Hauptmann; weiß der Teufel, von wo er gekommen ist; er behauptet mit mir verwandt zu sein, sagt immer ›Onkelchen, Onkelchen!‹ zu mir und küßt mir die Hand; wenn der anfängt, mich zu bedauern, dann erhebt er ein solches Geheul, daß einem die Ohren weh tun. Im Gesicht ist er ganz rot; er liebt wohl den Branntwein zu leidenschaftlich. Gewiß hat er, als er noch Offizier war, sein Geld verspielt, oder eine Schauspielerin hat es ihm abgelockt; darum bedauert er mich jetzt so!«

Tschitschikow suchte ihm klarzumachen, daß sein Bedauern von ganz anderer Art sei als das des Hauptmanns, und daß er bereit sei, es nicht mit bloßen Worten, sondern mit der Tat zu beweisen. Er hielt es für zweckmäßig, die Sache nicht weiter aufzuschieben, und erklärte ohne Umschweife seine Bereitwilligkeit, die Abgaben für alle Bauern zu bezahlen, die durch solche unglücklichen Zufälle gestorben seien. Dieses Anerbieten versetzte, wie es schien, Pluschkin in das größte Erstaunen. Lange blickte er seinen Gast mit weit aufgerissenen Augen an und fragte endlich: »Haben Sie beim Militär gedient, Väterchen?«

»Nein«, antwortete Tschitschikow schlau, »ich bin Zivilbeamter gewesen.«

»Zivilbeamter?« wiederholte Pluschkin und begann mit den Lippen Kaubewegungen zu machen, wie wenn er etwas äße. »Aber wie meinen Sie denn das? Das müßte ja Ihr eigener Schade sein?«

»Um Ihnen eine Freude zu machen, bin ich bereit, auch Schaden zu erleiden.«

»Ach, Väterchen, ach, Sie mein Wohltäter!« rief Pluschkin, der vor Freuden gar nicht gewahr wurde, daß ihm in sehr wenig malerischer Weise der Schnupftabak wie dicker Kaffeesatz aus der Nase herauskam und die auseinandergehenden Schöße seines Schlafrocks die Unterkleidung sichtbar werden ließen, die nicht sehr anständig aussah. »Da haben Sie einmal einem alten Manne eine Freude gemacht! Ach du mein Herrgott! Ach ihr lieben Heiligen! . . .« Die Stimme versagte ihm. Aber es war noch keine Minute vergangen, als diese Freude, die so plötzlich auf seinem hölzernen Gesichte erschienen war, ebenso plötzlich wieder verschwand, als ob sie nie dagewesen wäre, und sein Gesicht aufs neue einen sorgenvollen Ausdruck annahm. Er wischte sich sogar das Kinn mit dem Taschentuche ab, ballte dieses dann zu einem Klümpchen zusammen und rieb sich damit die Oberlippe.

»Aber wie ist denn das, wenn es erlaubt ist zu fragen und Sie es nicht übelnehmen wollen: beabsichtigen Sie denn, alljährlich die Abgabe für sie zu entrichten, und werden Sie das Geld mir bezahlen oder der Staatskasse?«

»Sehen Sie, das könnten wir so machen: wir fassen über

diese Seelen einen Kaufvertrag ab, als ob sie noch lebten und Sie sie mir verkauften.«

»Ja, einen Kaufvertrag«, erwiderte Pluschkin, wurde aber nachdenklich und begann wieder mit den Lippen Kaubewegungen zu machen. »Ja, so ein Kaufvertrag, der macht auch wieder Kosten. Die Kanzleibeamten sind gar zu unverschämt! Früher fand man sich mit ihnen ab, indem man ihnen einen halben Rubel in Kupfer und einen Sack Mehl gab; aber jetzt muß man ihnen eine ganze Fuhre Grütze schicken und noch einen Zehnrubelschein dazutun, solche geldgierige Bande! Ich wundere mich, daß niemand die allgemeine Aufmerksamkeit darauf hinlenkt. Es sollte ihnen doch jemand ein freundliches Wort der Ermahnung sagen! Mit so einem Worte wirkt man ja schließlich bei jedem. Das läßt sich nicht bestreiten: einem freundlichen Worte der Ermahnung kann niemand widerstehen!«

»Na, ich glaube, du würdest ihm doch widerstehen!« dachte Tschitschikow im stillen und sagte sofort, aus Hochachtung für ihn sei er bereit, auch die Kosten des Kaufvertrags auf seine Rechnung zu übernehmen.

Als Pluschkin hörte, daß sein Gast sogar die Kosten des Kaufvertrags auf sich nehmen wolle, folgerte er daraus, daß dieser ein kompletter Dummkopf sei und nur so tue, als sei er Beamter gewesen, in Wirklichkeit aber Offizier gewesen sei und den Schauspielerinnen die Cour geschnitten habe. Trotzdem aber konnte er seine Freude nicht verbergen und wünschte nicht nur ihm, sondern auch seinen Kindern des Himmels Segen, ohne zu fragen, ob er denn auch Kinder habe. Er trat ans Fenster, klopfte mit den Fingern an die Scheibe und rief: »He, Proschka!« Eine Minute darauf hörte man, daß jemand eilig auf den Flur gelaufen kam und sich dort lange auftrampsend mit Stiefeln zu schaffen machte; endlich öffnete sich die Tür, und Proschka, ein Junge von ungefähr dreizehn Jahren, kam herein, in so großen Stiefeln, daß er beim Gehen die Füße fast aus ihnen herauszog. Warum

Proschka so große Stiefel trug, das soll sogleich gesagt werden: Pluschkin hatte für das ganze Gesinde, das im Hause wohnte, nur ein einziges Paar Stiefel, das immer auf dem Flur stehen mußte. Jeder, der zum Herrn ins Zimmer gerufen wurde, mußte gewöhnlich barfuß über den ganzen Hof springen; wenn er dann aber in den Flur gekommen war, zog er die Stiefel an und erschien in dieser Gestalt im Zimmer. Hatte er das Zimmer verlassen, so ließ er die Stiefel wieder auf dem Flur und ging wieder auf seinen natürlichen Sohlen davon. Hätte jemand zur Herbstzeit, und besonders wenn es morgens schon ein bißchen friert, durchs Fenster geblickt, so hätte er sehen können, daß das ganze Gesinde solche Sprünge ausführte, wie sie kaum auf der Bühne dem geschicktesten Tänzer gelingen.

»Nun sehen Sie nur, Väterchen, was der Bengel für eine Visage hat!« sagte Pluschkin zu Tschitschikow und wies mit dem Finger auf Proschkas Gesicht. »Er ist dumm wie ein Stück Holz; aber da soll man einmal irgend etwas herumliegen lassen, im Umsehen maust er's! Na, warum bist du hergekommen, du Dummkopf? Sage, warum?« Hier schwieg er ein Weilchen, worauf Proschka ebenfalls durch Stillschweigen antwortete. »Stell den Samowar auf, hörst du wohl? Und da, nimm diesen Schlüssel und gib ihn Mawra; sie soll in die Speisekammer gehen: da liegt auf dem Regal ein Stück von dem Osterbrot, das mir Alexandra Stepanowna gebracht hat; das soll sie zum Tee hereinbringen! . . . Warte, wo willst du hin? Dummrian! Ach, du Dummkopf! Der Teufel ist dir wohl in die Beine gefahren, wie? . . . Höre erst zu Ende! Das Stück Osterbrot wird obenauf wohl etwas verdorben sein; da soll sie es mit dem Messer abkratzen, aber die Krümel nicht wegwerfen, sondern in den Hühnerstall tragen. Und nimm dich in acht, daß du mir nicht in die Speisekammer gehst, Freundchen; sonst werde ich dir (du weißt wohl) die Birkenrute zu kosten geben und auch dafür sorgen, daß dein Appetit, der jetzt schon ein so prächtiger ist, noch besser werde! Also versuche nicht in die Speisekammer hineinzugehen; ich werde solange aus dem Fenster sehen. – Man kann diesen Menschen in nichts trauen«, fuhr er, sich zu Tschitschikow wendend, fort, als Proschka mitsamt seinen Stiefeln sich entfernt hatte. Unmittelbar darauf begann er auch Tschitschikow argwöhnisch anzusehen. Eine so ungewöhnlich großmütige Handlung kam ihm nun doch unwahrscheinlich vor, und er dachte bei sich: »Weiß der Teufel, was das für ein Mensch ist; vielleicht ist er einfach ein Prahler, wie alle diese Verschwender: er lügt und lügt, um ins Gespräch zu kommen und Tee zu trinken, und dann fährt er weg!« Aus Vorsicht und zugleich in dem Wunsche, den Fremden ein bißchen auf die Probe zu stellen, sagte er daher, es würde gut sein, den Kaufkontrakt möglichst bald abzuschließen; denn auf einen Menschen sei kein Verlaß: heute sei einer lebendig und morgen könne ihm wer weiß was passiert sein.

Tschitschikow erklärte seine Bereitwilligkeit zu sofortigem Abschluß des Kontraktes und erbat sich nur ein Verzeichnis aller Bauern.

Dies beruhigte Pluschkin. Es war ihm anzumerken, daß er etwas zu tun beabsichtigte, und wirklich nahm er seine Schlüssel, ging zu dem Schranke, schloß die Tür auf und kramte lange zwischen den Gläsern und Tassen umher; schließlich sagte er: »Ich kann ihn nicht finden; ich hatte einen vorzüglichen Likör; wenn sie ihn mir nur nicht ausgetrunken haben; dieses Volk, das sind die reinen Spitzbuben! Aber nein, ist er das nicht?« Tschitschikow erblickte in seiner Hand eine kleine Karaffe, die ganz verstaubt war, so daß es aussah, als hätte sie eine Jacke an. »Den hat noch meine selige Frau fabriziert«, fuhr Pluschkin fort; »die Wirtschafterin, dieses nichtswürdige Weib, hatte sich gar nicht um ihn gekümmert und ihn nicht einmal zugekorkt, die Kanaille! Käfer und alles mögliche Zeug war hineingekrochen; aber ich habe allen Jux herausgenommen, und jetzt ist er rein; ich will Ihnen ein Gläschen eingießen.«

Aber Tschitschikow lehnte diesen schönen Likör eifrig ab, indem er sagte, er habe schon getrunken und gegessen.

»Schon getrunken und gegessen!« sagte Pluschkin. »Ja freilich, daran kann man einen Mann aus der guten Gesellschaft doch gleich erkennen: er ißt nicht, sondern ist satt; aber so ein Spitzbube, der ist nicht satt zu bekommen, und wenn man ihm noch so viel gibt. Da kommt zum Beispiel dieser Hauptmann zu mir: ›Onkelchen‹, sagt er, ›geben Sie mir etwas zu essen!‹ Dabei bin ich ebensowenig sein Onkel wie er mein Großvater ist. Gewiß hat er bei sich zu Hause nichts zu essen und treibt sich daher überall herum! Ach ja, Sie wollten ja ein Verzeichnis all dieser Taugenichtse haben? Gewiß, gewiß! Ich habe sie alle, so gut ich konnte, auf ein besonderes Blatt geschrieben, um sie bei der nächsten Einreichung der Revisionsliste alle auszustreichen.«

Pluschkin setzte sich die Brille auf und begann in seinen Papieren umherzuwühlen. Er band eine Menge Bündelchen auf und traktierte dabei seinen Gast mit so viel Staub, daß dieser niesen mußte. Schließlich zog er ein Blatt Papier hervor, das auf beiden Seiten dicht vollgeschrieben war. Die Namen der Bauern bedeckten es so eng wie ein Mückenschwarm. Es waren da allerlei Namen vertreten: Paramonow und Pimenow und Panteleimonow; ja sogar ein Grigori Eile-mit-Weile hob sich aus der Masse heraus; im ganzen waren es mehr als hundertzwanzig. Tschitschikow lächelte beim Anblick einer solchen Menge. Er steckte das Blatt in die Tasche und machte Pluschkin darauf aufmerksam, daß er zur Vollziehung des Kaufkontraktes werde nach der Stadt fahren müssen.

»Nach der Stadt? Wie kann ich denn das? Wie kann ich mein Haus allein lassen? Das ist ja hier das ärgste Diebsgesindel: die würden mich an einem einzigen Tage so ausplündern, daß ich keinen Nagel mehr fände, um meinen Rock daran zu hängen.«

»Dann also: haben Sie nicht irgendeinen Bekannten in der Stadt?«

»Was soll ich da für Bekannte haben? Alle meine Bekannten sind weggestorben oder haben die Bekanntschaft mit mir aufgegeben ... Ach, Väterchen! Gewiß, ich habe einen, gewiß!« rief er. »Der Gerichtspräsident selbst ist ja ein Bekannter von mir; in früheren Jahren hat er mich hier sogar manchmal besucht. Wie sollten wir uns nicht kennen! Wir sind Jugendfreunde gewesen und oft zusammen über die Zäune geklettert. Wie sollte der nicht ein Bekannter von mir sein! Sogar ein sehr guter Bekannter! ... Könnte ich also nicht an den schreiben?«

»Gewiß, schreiben Sie an ihn!«

»Und ein so guter Bekannter von mir ist er! Wir waren in der Schule sehr befreundet.«

Und über dieses harte, trockene Gesicht glitt plötzlich eine Art von warmem Strahl; es malte sich auf ihm zwar nicht ein Gefühl, aber doch der schwache Abglanz eines Gefühles, eine Erscheinung, ähnlich dem unerwarteten Auftauchen eines Ertrinkenden auf der Oberfläche des Wassers; dieses Auftauchen ruft ein Freudengeschrei bei der Menge hervor, die am Ufer steht; aber vergebens werfen die erfreuten Brüder und Schwestern vom Ufer aus einen Strick hin und warten, ob nicht von neuem der Rücken oder die durch das Ringen ermüdeten Arme werden sichtbar werden, – jenes Auftauchen war das letzte gewesen. Alles bleibt stumm, und die stillgewordene Oberfläche des schweigsamen Elementes erscheint nun noch furchtbarer und öder. So wurde auch Pluschkins Gesicht, nachdem momentan jener Abglanz eines Gefühles darüber hingeglitten war, noch gefühlloser und widerwärtiger.

»Auf dem Tische hat ein Quartblatt reines Papier gelegen«, sagte er; »ich weiß nicht, wo das geblieben ist; meine Leute sind eine so nichtswürdige Sorte!« Er blickte unter den Tisch und auf den Tisch, kramte überall umher und schrie endlich: »Mawra, he, Mawra!« Auf seinen Ruf erschien eine Frauensperson mit einem Teller in der Hand, auf welchem das dem

Leser bereits bekannte Stück Osterbrot lag. Und nun fand zwischen ihnen folgendes Gespräch statt:

»Wo hast du das Papier gelassen, du Diebin?«

»Bei Gott, Herr, ich habe kein Papier gesehen außer einem kleinen Stückchen, mit dem Sie das Glas zugedeckt haben.«

»Ich sehe es dir ja an den Augen an, daß du es gemaust hast.«

»Wozu sollte ich es denn mausen? Ich hätte ja keinen Nutzen davon, da ich nicht schreiben kann.«

»Du lügst; du hast es dem Küster gebracht; der kann ein bißchen schreiben; darum hast du es ihm gebracht.«

»Wenn der Küster will, so kann er sich selbst Papier beschaffen. Er hat Ihr Blatt nicht zu sehen bekommen.«

»Na, warte nur: am Jüngsten Tage werden dich die Teufel dafür mit einem glühenden Halseisen quälen! Du wirst schon sehen, wie sie dich damit quälen werden!«

»Wofür sollen sie mich denn quälen, wenn ich das Blatt doch gar nicht in die Hand genommen habe? Eher kann man mir diese und jene weibliche Schwäche zum Vorwurf machen; aber Diebstahl hat mir noch niemand vorgeworfen.«

»Warte nur, die Teufel werden dich schon quälen! Sie werden sagen: ›Das ist dein Lohn dafür, du Diebin, daß du deinen Herrn betrogen hast!‹ und dann werden sie dich mit dem glühenden Eisen quälen.«

»Und ich werde sagen: ›Das habe ich nicht verdient! Bei Gott, ich habe es nicht verdient; ich habe es nicht genommen . . .‹ Aber da liegt es ja auf dem Tische! Immer machen Sie unsereinem unbegründete Vorwürfe!«

Pluschkin erblickte nun in der Tat das Quartblatt, hielt einen Augenblick inne, kaute mit den Lippen und sagte: »Na, warum bist du denn gleich so ärgerlich geworden? So ein Hitzkopf! Wenn man ihr bloß ein Wort sagt, hat sie gleich ein Dutzend zur Antwort! Geh und bring mir ein Licht, damit ich den Brief zusiegeln kann! Warte! Du nimmst am Ende ein Talglicht; der Talg schmilzt so leicht; so ein Licht brennt im

Umsehen herunter; man hat nur Schaden davon; bring mir lieber einen Holzspan!«

Mawra ging hinaus; Pluschkin aber setzte sich auf einen Lehnstuhl und nahm die Feder zur Hand. Lange drehte er noch das Quartblatt nach allen Seiten herum und überlegte, ob er davon nicht noch ein Oktavblatt abschneiden könne; aber schließlich überzeugte er sich, daß das schlechterdings unmöglich war; er tauchte die Feder in das Tintenfaß, in welchem sich eine schimmelige Flüssigkeit mit einer Menge Fliegen am Boden befand, und begann zu schreiben, wobei er die Buchstaben so eng und senkrecht wie Musiknoten hinstellte, alle Augenblicke den Lauf seiner Hand hemmte, die über das ganze Papier dahin springen wollte, geizig eine Zeile dicht an die andere klebte und nicht ohne Bedauern bemerkte, daß noch so viel freier Raum blieb.

Und bis zu einem so kleinlichen, jämmerlichen, häßlichen Benehmen hatte ein Mensch hinabsinken können? Hatte er sich so ändern können? Und ist so etwas wahrscheinlich? Alles ist wahrscheinlich; alles kann mit einem Menschen geschehen. Ein Jüngling, der jetzt frisch und feurig ist, würde erschrocken zurückprallen, wenn man ihm sein Bild zeigte, wie er einstmals als Greis aussehen wird. Nehmt, wenn ihr aus den weichen Jahren der Jugend in das ernste, hart machende Mannesalter tretet, nehmt alle menschlichen Regungen mit auf die Wanderung und laßt sie nicht unterwegs fallen; ihr würdet sie später nie wiedererlangen können! Drohend und furchtbar ist das bevorstehende Greisenalter und gibt uns nichts zurück, was wir verloren haben! Das Grab ist barmherziger als das Greisenalter; auf dem Grabe steht geschrieben: »Hier liegt ein Mensch begraben«; aber auf den kalten, gefühllosen Gesichtszügen eines unmenschlichen Greises ist nichts zu lesen.

»Haben Sie nicht irgendeinen Freund«, sagte Pluschkin, während er den Brief zusammenfaltete, »der entlaufene Seelen gebrauchen kann?«

»Haben Sie denn entlaufene?« fragte Tschitschikow, rasch seine Gedanken sammelnd.

»Das ist es ja eben, daß ich welche habe. Mein Schwiegersohn hat Nachforschungen angestellt; aber er sagt, es sei keine Spur zu finden. Indes, er ist Offizier und versteht weiter nichts als mit den Sporen zu klirren; aber wenn man die Gerichte in Bewegung setzte . . .«

»Wieviele werden es denn wohl sein?«

»So gegen siebzig mögen herauskomen.«

»Wirklich?«

»Bei Gott, so ist es! Jedes Jahr laufen mir welche davon. Dieses Volk ist schrecklich gefräßig; aus Müßiggang haben sie sich angewöhnt immer zu essen, und ich habe doch selbst nichts zu beißen und zu brechen . . . Ich würde mit jedem Preise zufrieden sein, den mir jemand für sie gibt. Also reden Sie doch Ihrem Freunde zu: wenn er auch nur ein Dutzend auffindet, so hat er ja ein schönes Stück Geld dabei gewonnen. Eine Seele, die in der Revisionsliste steht hat ja einen Wert von fünfhundert Rubeln.«

»Nein, davon soll kein Freund etwas zu riechen bekommen!« dachte Tschitschikow bei sich und erklärte dann, einen solchen Freund habe er nicht; die Unkosten bei diesem Verfahren würden gar zu groß sein; denn wenn man mit den Gerichten zu schaffen habe, so tue man schon am besten, sich selbst die Rockschöße abzuschneiden und so weit wie möglich wegzulaufen; aber wenn Pluschkin wirklich in solcher Bedrängnis sei, so sei er, Tschitschikow, selbst aus Teilnahme bereit, dafür eine Kleinigkeit zu geben, allerdings nur eine solche Kleinigkeit, daß es nicht der Rede wert sei.

»Wieviel würden Sie denn geben?« fragte Pluschkin gierig; die Hände zitterten ihm wie Gallert.

»Ich würde fünfundzwanzig Kopeken pro Seele geben.«

»Und wie werden Sie sie kaufen: mit Barzahlung?«

»Ja, Zahlung sofort.«

»Aber, Väterchen, mit Rücksicht auf meine Armut sollten Sie doch vierzig Kopeken geben.«

»Mein Verehrtester!« erwiderte Tschitschikow; »gern würde ich Ihnen nicht nur vierzig Kopeken, sondern fünfhundert Rubel für das Stück bezahlen! Mit Vergnügen würde ich Ihnen einen solchen Preis bezahlen, weil ich sehe, daß ein achtungswerter, braver alter Mann infolge seiner eigenen Gutherzigkeit Not leidet.«

»Ja, weiß Gott, so ist es! Weiß Gott, das ist die Wahrheit!« versetzte Pluschkin, indem er den Kopf herunterhängen ließ und stark hin und her bewegte; »nur infolge meiner Gutherzigkeit!«

»Nun, sehen Sie wohl, ich habe Ihren Charakter sofort richtig beurteilt. Warum sollte ich Ihnen also nicht fünfhundert Rubel pro Seele geben? Nur . . . ich habe kein Vermögen; aber fünf Kopeken will ich meinetwegen zulegen, so daß jede Seele auf dreißig Kopeken kommt.«

»Nun, Väterchen, wenn's Ihnen recht ist: legen Sie wenigstens noch zwei Kopeken zu!«

»Nun, meinetwegen auch noch zwei Kopeken. Wie viele solcher Seelen haben Sie denn? Sie sagten ja wohl: siebzig?«

»Nein, es werden im ganzen achtundsiebzig herauskommen.«

»Achtundsiebzig, achtundsiebzig, die Seele zu zweiunddreißig Kopeken, das macht . . .« Hier dachte unser Held eine Sekunde lang, nicht länger, nach und sagte dann sofort: »Das macht vierundzwanzig Rubel sechsundneunzig Kopeken!« Er war im Rechnen stark. Er veranlaßte nun Pluschkin sogleich, eine Quittung zu schreiben, und händigte ihm das Geld ein, das dieser in beide Hände nahm und mit solcher Vorsicht zum Schreibtisch hintrug, als ob er eine Flüssigkeit trüge und sie jeden Augenblick zu verschütten fürchtete. Als er zum Schreibtisch gekommen war, sah er das Geld noch einmal genau an und legte es, wieder mit außerordentlicher Behutsamkeit, in ein Schubfach, wo demselben sicherlich so lange begraben zu sein beschieden war, bis Vater Karp und Vater Polikarp, die beiden Geistlichen seines Dorfes, ihn selbst begraben würden, zur unbeschreiblichen Freude seines Schwiegersohnes und seiner Tochter und vielleicht auch des Hauptmanns, der mit ihm verwandt zu sein behauptete. Pluschkin setzte sich auf den Lehnstuhl und schien nun keinen Gesprächsstoff mehr finden zu können.

»Wie, Sie wollen schon wegfahren?« fragte er, als er eine kleine Bewegung bemerkte, welche Tschitschikow nur gemacht hatte, um sein Taschentuch herauszuholen.

Diese Frage erinnerte den Besucher daran, daß er tatsächlich keine Veranlassung habe, den Aufbruch länger zu verschieben. »Ja, es ist Zeit für mich«, sagte er und griff nach seinem Hute.

»Aber wie ist's mit dem Tee?«

»Ich danke; ich trinke ihn bei Ihnen lieber ein andermal.«

»Aber ich habe doch schon den Samowar bestellt. Ich für meine Person bin, offen gestanden, kein Freund von Tee: es ist ein teueres Getränk, und auch der Zucker ist schrecklich im Preise gestiegen. Proschka! Der Samowar ist nicht nötig! Das Osterbrot bringe Mawra, hörst du wohl? Sie soll es wieder an denselben Platz legen; oder nein, gib es her, ich will es selbst hintragen. Leben Sie wohl, Väterchen! Gott segne Sie! Und den Brief geben Sie dem Präsidenten! Ja! Der mag ihn lesen; er ist ja ein alter Bekannter von mir. Gewiß! Wir waren Jugendfreunde!«

Hierauf begleitete dieses seltsame Wesen, dieser zusammengeschrumpfte alte Mann seinen Gast bis ans Hoftor, das er sogleich wieder zuschließen ließ. Dann ging er bei den Vorratsräumen umher, um zu inspizieren, ob die Wächter auch auf ihren Posten seien; diese standen an allen Ecken und schlugen mit Holzschaufeln auf ein leeres Faß statt auf eine Eisenplatte. Hierauf blickte er in die Küche hinein, wo er, unter dem Vorwande probieren zu wollen, ob die Leute auch gutes Essen bekämen, sich an Kohlsuppe und Grütze ordentlich satt aß, und nachdem er alle ohne Ausnahme wegen Dieberei und sonstigen schlechten Benehmens ausgeschimpft hatte, kehrte er in sein Zimmer zurück. Allein geblieben, überlegte er sogar, wie er sich dem Gaste für eine solche wirklich beispiellose Generosität dankbar bezeigen könne. »Ich will ihm die Taschenuhr da zum Geschenk machen; es ist ja eine schöne, silberne Uhr und nicht so eine von Tombak oder von Messing. Ein bißchen verdorben ist sie ja freilich; aber er kann sie sich ja reparieren lassen; er ist noch ein junger Mann; da braucht er eine Taschenuhr, um der Braut zu gefallen. Oder nein«, fügte er nach einigem Nachdenken hinzu, »ich will sie ihm lieber testamentarisch nach meinem Tode hinterlassen, damit er mich nicht vergißt.«

Aber unser Held befand sich auch ohne die Uhr in heiterster Stimmung. Eine solche unerwartete Erwerbung war geradezu ein Geschenk. Wirklich, dagegen war nichts zu sagen: nicht nur tote Seelen, sondern auch weggelaufene hatte er bekommen, im ganzen mehr als zweihundert Menschen! Allerdings hatte er schon vorhin, als er sich Pluschkins Dorf näherte, eine Art Ahnung gehabt, daß er da ein gutes Geschäft machen werde; aber ein so gewinnbringendes hatte er denn doch nicht erwartet. Auf dem ganzen Heimwege war er ungewöhnlich lustig; er pfiff, hielt die Faust an den Mund und blies darauf Trompete und stimmte schließlich ein so sonderbares Lied an, daß sogar Selifan hinhorchte und mit leisem Kopfschütteln sagte: »Nun hör' mal einer an, wie der Herr singt!« Es war schon stark dämmerig, als sie sich der Stadt näherten. Schatten und Licht hatten sich vollständig miteinander gemischt, und wie es schien, hatten auch die Gegenstände selbst sich in eigentümlicher Weise verändert. Der bunte Schlagbaum hatte eine unbestimmte Farbe angenommen; der Schnurrbart des postenstehenden Soldaten schien auf der Stirn, hoch über den Augen, zu sitzen und die Nase überhaupt zu fehlen. Das Gerassel und die Sprünge der Britschke ließen erkennen, daß sie auf Pflaster gelangt war.

Die Laternen waren noch nicht angezündet; nur hier und da wurde hinter den Fenstern der Häuser Licht angesteckt, und in den Seiten- und Sackgassen spielten sich jene Szenen und Gespräche ab, die um diese Tageszeit von allen Städten unzertrennlich sind, wo es viele Soldaten, Droschkenkutscher, Arbeiter und namentlich Wesen von einer besonderen Art gibt, Damen mit roten Schaltüchern und in Schuhen ohne Strümpfe, die wie Fledermäuse an den Straßenkreuzungen umherhuschen. Tschitschikow bemerkte sie nicht und beachtete nicht einmal die vielen schlanken Beamten mit Spazierstöckchen, die wahrscheinlich einen Spaziergang vor der Stadt gemacht hatten und nun nach Hause zurückkehrten. Ab und zu drangen an sein Ohr Ausrufe, die von Frauen herzurühren schienen: »Du lügst, du Trunkenbold; ich habe ihm niemals eine solche Dreistigkeit gestattet!« oder: »Hau hier nicht, du Grobian; komm mit auf die Polizei; da werde ich es dir schon zeigen!« Kurz, Reden, die auf einmal einen schwärmerischen zwanzigjährigen Jüngling wie mit kaltem Wasser begießen, wenn er bei der Heimkehr aus dem Theater eine Straße in Spanien, eine zauberhafte Nacht, eine wundervolle Frauengestalt mit einer Laute und Locken im Kopfe hat. Was hat er nicht alles für Träumereien in seinem Kopfe! Er ist bei Schiller zu Gaste gewesen, schwebt im siebenten Himmel, und nun auf einmal erschallen dicht neben ihm solche rohen Worte, und er sieht, daß er sich wieder auf der Erde befindet, und sogar auf dem Heumarkte, und sogar neben einer Schenke, und das Alltagsleben macht sich von neuem vor ihm breit.

Endlich machte die Britschke noch einen gehörigen Sprung und fuhr wie in eine Grube in das Tor des Gasthauses hinein, und Tschitschikow wurde von Petruschka empfangen, der mir der einen Hand einen seiner Rockschöße festhielt (denn er liebte es nicht, daß die Schöße auseinandergingen) und mit der anderen seinem Herrn beim Aussteigen aus der Britschke behilflich war. Auch der Kellner kam mit einem Lichte in der

Hand und mit der Serviette über der Schulter herausgelaufen. Ob sich Petruschka über die Rückkehr seines Herrn freute, blieb unklar; jedenfalls wechselte er mit Selifan einen verstohlenen Blick, und sein sonst gewöhnlich mürrisches Gesicht schien sich einigermaßen aufzuhellen.

»Sie haben ja eine lange Spazierfahrt gemacht«, sagte der Kellner, als er ihm die Treppe hinaufleuchtete.

»Ja«, erwiderte Tschitschikow, die Treppe hinaufsteigend. »Nun, und wie geht es dir?«

»Gott sei Dank, gut«, versetzte der Kellner mit einer Verbeugung. »Gestern ist ein Leutnant angekommen; er ist nach Nummer sechzehn gezogen.«

»Ein Leutnant?«

»Näheres weiß ich nicht; er kommt aus Rjasan und hat braune Pferde.«

»Gut, gut, tu nur auch künftig deine Schuldigkeit!« sagte Tschitschikow und ging in sein Zimmer. Als er durch das Vorzimmer kam, zog er die Nase kraus und sagte zu Petruschka: »Du hättest wenigstens die Fenster aufmachen sollen!«

»Aber ich habe sie ja aufgemacht«, erwiderte Petruschka, was eine Lüge war. Übrigens wußte der Herr selbst, daß er log; aber er hatte keine Lust, etwas darauf zu erwidern. Nach seiner anstrengenden Reise empfand er eine große Müdigkeit. Er ließ sich ein ganz leichtes Abendessen geben, das nur aus einem Ferkel bestand, entkleidete sich dann sofort, kroch unter die Bettdecke und versank in jenen festen, gesunden, wundervollen Schlaf, wie er nur den Glücklichen zuteil wird, die nichts von Hämorrhoiden, Flöhen und übermäßiger geistiger Anstrengung wissen.

SIEBENTES KAPITEL

Glücklich der Reisende, der nach einer langen und langweiligen Fahrt mit ihrer Kälte, ihrem Schlackerwetter, ihrem Schmutze, den verschlafenen Posthaltern, dem Schellengeklingel, den Reparaturen, dem Gezänke, den Postknechten, den Schmieden und den mannigfachen Schurken der Landstraße endlich das wohlbekannte Dach mit den ihm entgegenschimmernden Lichtern erblickt, – und nun tritt er in die wohlbekannten Zimmer hinein; mit freudigem Aufschrei laufen ihm die Seinen entgegen; die Kinder rennen und lärmen; durch freundliche Worte sucht die Mutter sie zu beruhigen; dazwischen heiße Küsse, die alles Leid aus dem Gedächtnisse zu tilgen vermögen. Glücklich der Familienvater, der ein solches Heim besitzt; aber wehe dem Hagestolz!

Glücklich der Schriftsteller, der sich um die langweiligen, widerwärtigen, durch ihre traurige Realität abstoßenden Charaktere nicht kümmert, sondern sich nur mit denjenigen Charakteren beschäftigt, die die hohe Würde des Menschen repräsentieren, der Schriftsteller, der aus der gewaltigen Fülle der Alltagsgestalten sich die wenigen Ausnahmen auswählt, der der erhabenen Harmonie seiner Leier nie untreu geworden, nie von seiner Höhe zu seinen armen, geringen Mitmenschen hinabgestiegen ist, der die Erde nicht berührt, sondern sich in Andacht vor seinen der Erde fremden, erhabenen Idealen niederwirft. Doppelt beneidenswert ist sein schönes Los: er befindet sich unter ihnen wie im Schoße seiner eigenen Familie; und dabei erschallt sein Ruhm laut weithin. Mit berauschenden Weihrauchwolken hat er die Augen der Menschen umhüllt; wunderlieblich hat er ihnen geschmeichelt, indem er ihnen das Traurige im Leben verbarg und ihnen nur den schönen Menschen zeigte. Alles strömt beifallklatschend hinter ihm her und folgt seinem Triumphwagen. Einen großen Weltpoeten nennt man ihn, der hoch über allen anderen Genies der Welt schwebe wie der Adler über den anderen

Hochfliegern. Schon bei der bloßen Nennung seines Namens beginnen die heißen Herzen der Jugend zu beben; Tränen innigen Verständnisses glänzen ihm aus allen Augen entgegen ... Nichts kommt ihm an Macht gleich – er ist ein Gott! Aber von ganz anderer Art ist das Schicksal des Schriftstellers, der es wagt, all das zur Darstellung zu bringen, was uns zwar fortwährend umgibt, was aber doch der gleichgültige Blick der Menge nicht sieht, den ganzen furchtbaren, ekelhaften Schlamm des Kleinlichen, in dem unser Leben tief steckt, das wahre, innerste Wesen der kalten, unharmonischen Alltagscharaktere, von denen unsere irdische, mitunter so bittere, öde Lebensbahn wimmelt, des Schriftstellers, der sich erkühnt, durch die starke Kraft seines Meißels diese Charaktere mit plastischer Deutlichkeit aller Welt vor Augen zu stellen! Er erntet nicht den Applaus der Menge; er erblickt keine dankbaren Tränen und kein einmütiges Entzücken von Seelen, die er gerührt hat; ihm fliegt nicht das sechzehnjährige Mädchen, von süßem Schwindel und heroischem Wonnegefühl erfaßt, entgegen; er kann nicht in angenehme Selbstvergessenheit versinken, bei dem lieblichen Zauberklange der Töne, die er selbst seiner Leier entlockt hat; er kann endlich nicht der zeitgenössischen Kritik entgehen, dieser heuchlerischen, gefühllosen Kritik, welche die Geschöpfe, die er liebevoll gehegt und gepflegt hat, niedrig und gemein nennt, ihn in einen verächtlichen Winkel zu den Schriftstellern verweist, die die Menschheit beleidigt haben, ihm die Eigenschaften der von ihm selbst dargestellten Helden beilegt und ihm Herz und Gefühl und die göttliche Flamme des Talentes abspricht; denn die zeitgenössische Kritik erkennt es nicht an, daß gleich wunderbar diejenigen gläsernen Instrumente sind, durch die wir die Sonnen betrachten, und diejenigen, durch die wir die Bewegungen der allerkleinsten Lebewesen wahrnehmen; die zeitgenössische Kritik erkennt es nicht an, daß viel Gemütstiefe dazu erforderlich ist, ein aus dem niedrigen Leben entnommenes Bild zu illustrieren und zu einem kleinen Kabinettstück zu machen; die zeitgenössische Kritik erkennt es nicht an, daß ein sittlich hochstehendes herzliches Lachen gleichwertig ist mit einem sittlich hochstehenden lyrischen Pathos, und daß zwischen jenem und den Grimassen eines Jahrmarktshanswurstes ein himmelweiter Unterschied besteht! Das erkennt die zeitgenössische Kritik nicht an; sie hat für den nicht anerkannten Schriftsteller nur Vorwürfe und Schmähungen: er findet keinen Widerhall und keine Sympathie und gleicht einem Reisenden ohne Familie, der seinen Lebensweg allein dahinwandert. Traurig ist seine Laufbahn, und bitter empfindet er seine Vereinsamung.

Mir aber ist es durch die wunderbare Macht des Schicksals beschieden, noch lange Arm in Arm mit meinem seltsamen Helden einherzugehen und das ganze gewaltig dahinflutende Leben zu beschauen, es zu beschauen mit einem Lachen, das der ganzen Welt sichtbar ist, und mit Tränen, die niemand sieht! Und fern ist noch die Zeit, wo in einer anderen Tonart ein heftiger Wirbelsturm aus einem mit heiligem Schrecken und hellem Glanze angetanen Kapitel sich erheben und die Leser in zitternder Bestürzung den majestätischen Donner anderer Reden vernehmen werden.

Auf den Weg! Auf den Weg! Weg mit der Runzel, die sich über die Stirn zieht, und dem düsteren Ernst des Antlitzes! Tauchen wir mit einem Satze wieder in das Leben unter mit all seinem unharmonischen Gelärm und Schellengeklingel, und sehen wir, was Tschitschikow macht!

Tschitschikow erwachte, reckte Arme und Beine und fühlte, daß er gut geschlafen hatte. Nachdem er noch ein paar Minuten auf dem Rücken gelegen hatte, schnippte er mit den Fingern und erinnerte sich mit strahlendem Gesichte, daß er jetzt nahezu vierhundert Seelen besaß. Sogleich sprang er vom Bette auf; er besah nicht einmal sein Gesicht, das er innig liebte, und in dem er, wie es scheint, für den alleranziehendsten Teil das Kinn hielt; denn er rühmte sich desselben sehr häufig diesem und jenem seiner Freunde gegenüber, besonders wenn er gerade beim Rasieren war. »Sieh nur mal«, sagte er gewöhnlich, indem er es mit der Hand streichelte, »was ich für ein Kinn habe; ganz rundlich ist es!« Aber jetzt sah er weder sein Kinn noch sein Gesicht an, sondern zog ohne weiteres seine Saffianstiefel mit den eingekerbten buntfarbigen Einfassungen an, ein Schuhwerk, mit welchem die Stadt Torschok, dank dem Bequemlichkeitstriebe, der im Charakter des Russen liegt, einen flotten Handel treibt; dann vollführte er, ohne an seine Gesetztheit und seine wohlanständigen mittleren Jahre zu denken, nur im kurzen Hemde, das in schottischer Manier die Beine bloß ließ, im Zimmer zwei Luftsprünge, wobei er sich sehr geschickt mit der Ferse hinten einen Schlag versetzte. Schon im nächsten Augenblicke machte er sich ans Werk: er rieb sich vor seiner Schatulle die Hände mit dem gleichen Vergnügen, mit dem dies ein unbestechlicher Amtsrichter tut, wenn er eine Dienstreise zum Zwecke einer Untersuchung unternommen hat und nun an den Tisch mit dem kalten Imbiß herantritt; dann nahm er sofort die betreffenden Papiere heraus. Er wollte die Sache nicht auf die lange Bank schieben, sondern alles so schnell wie möglich erledigen. Er entschied sich dafür, die Kaufkontrakte selbst zu konzipieren und abzuschreiben, damit er den Gerichtsschreibern nichts zu bezahlen brauchte. Die vorgeschriebene Form war ihm völlig bekannt; mit kühnen, großen Buchstaben schrieb er oben darüber: »Im Jahre achtzehnhundertsoundsoviel«, dann darunter mit kleineren Buchstaben: »Der Gutsbesitzer soundso« und weiter alles, wie es sich gehört. In zwei Stunden war alles fertig. Als er dann diese Verzeichnisse ansah, die Namen der Bauern, die gewiß einmal Bauern gewesen waren, gearbeitet, gepflügt, sich betrunken, Fuhren gefahren und ihre Herren betrogen hatten, vielleicht aber auch einfach brave Bauern gewesen waren, da bemächtigte sich seiner ein seltsames, ihm selbst unverständliches Gefühl. Jedes Verzeichnis hatte seinen besonderen Charakter, und dadurch schienen auch die Bauern selbst ihren besonderen Charakter zu erhalten. Die Bauern, die der Frau Korobotschka gehört hatten, waren fast sämtlich mit Zunamen und Spitznamen versehen. Pluschkins Verzeichnis zeichnete sich durch Kürze in der Fassung aus: oft waren von den Vor- und Vatersnamen nur die Anfänge hingeschrieben und dahinter zwei Punkte gemacht. Sobakewitschs Liste erregte Erstaunen durch die außerordentliche Vollständigkeit und Ausführlichkeit; keine Eigenschaft eines Bauern war weggelassen: von dem einen war gesagt: »ein guter Tischler«; zu einem anderen war hinzugeschrieben: »er versteht seine Sache und ist ein Feind des Alkohols.« Auch war ausführlich angegeben, wer der Vater und wer die Mutter des Betreffenden gewesen war, und wie sich beide geführt hatten; nur bei einem, einem gewissen Fedotow, war geschrieben: »es ist unbekannt, wer sein Vater gewesen ist; er ist ein Sohn der Hofmagd Kapitolina, aber ein wohlgesitteter, ehrlicher Mensch.« Alle diese Einzelheiten verliehen der Liste eine gewisse Frische; es machte den Eindruck, als ob die Bauern noch gestern gelebt hätten. Lange blickte er auf ihre Namen, wurde dabei ordentlich gerührt und sagte seufzend: »Herrgott, in welcher Unmenge steht ihr hier zusammengedrängt! Was habt ihr euer Lebelang getan, ihr lieben Leute? Wie habt ihr euch durchgeschlagen?« Und seine Augen blieben unwillkürlich auf einem Familiennamen haften. Dies war der bekannte Peter Saweljew Friß-aus-jedem-Trog, der einmal der Gutsbesitzerin Korobotschka gehört hatte. Er konnte sich wieder nicht enthalten, zu sagen: »Ach was für ein Langer; die ganze Zeile füllt er aus! Bist du ein Handwerker gewesen oder einfach ein Bauer, und welches Todes bist du gestorben? In der Schenke? Oder bist du auf der Landstraße schlaftrunken vom Wagen gefallen und von seinen plumpen Rädern überfahren worden? ›Probka Stepan, Zimmermann, von musterhafter Nüchternheit.‹ Ah, dieser Stepan Probka, das ist der Riese, der zur Garde getaugt hätte! Du hast wohl viele Gouvernements durchwandert, mit dem Beil im Gürtel und den Stiefeln über den Schultern, hast für einen Groschen Brot und für zwei Groschen getrockneten Fisch gegessen und in deinem Geldbeutel wohl jedesmal hundert Rubel nach Hause gebracht, und vielleicht hattest du auch einen Staatsschuldschein in deine Leinwandhosen eingenäht oder in den Stiefel gesteckt. Wo hat dich dein Schicksal erreicht? Vielleicht bist du um des größeren Gewinns willen unter eine Kirchenkuppel hinaufgestiegen oder gar bis zum Kreuz hinaufgekrochen, dort vom Gerüst heruntergefallen und zu Boden gestürzt, und es hat dann ein neben dir stehender Onkel Michei sich mit der Hand am Nacken gekratzt und gesagt: ›Ach, Lieber, da hat dich der Böse betört!‹ Dann aber hat er sich selbst einen Strick umgebunden und ist an deiner Stelle hinaufgestiegen. ›Maxim Teljatnikow, Schuhmacher.‹ Ha-ha, Schuhmacher! ›Betrunken wie ein Schuster‹ ist eine Redensart. Ich kenne dich, ich kenne dich, mein Bester; wenn du willst, werde ich deine ganze Lebensgeschichte erzählen. Du warst bei einem Deutschen in der Lehre, der euch alle zusammen beköstigte, euch für Nachlässigkeit mit dem Riemen über den Rücken schlug und euch nicht zu unnützen Streichen auf die Straße hinausließ; und du warst ein wahres Wunder von Schuster, und der Deutsche konnte dich im Gespräche mit seiner Frau oder mit einem Berufsgenossen gar nicht genug loben. Als nun deine Lehrzeit um war, da sagtest du: ›Jetzt werde ich mir ein eigenes Häuschen einrichten; aber ich werde es nicht so machen wie der Deutsche, der eine Kopeke nach der anderen erwirbt; nein, ich will mit einem Male ein reicher Mann werden.‹ Du zahltest deinem Herrn eine bedeutende Abgabe, richtetest dir einen kleinen Laden ein, verschafftest dir eine Menge von Bestellungen und begannst zu arbeiten. Du erwarbst von irgendwoher ganz billiges, morsches Leder und machtest allerdings an jedem Stiefel doppelten Profit; aber nach ein paar Wochen fingen deine Stiefel überall an zu reißen, und die Kunden schimpften dich auf das schmählichste aus. Und da wurde nun dein Laden leer, und du fingst an zu trinken und dich auf den Straßen herumzuwälzen, wobei du sagtest: ›Nein, es ist doch zu schlecht bestellt auf der Welt! Ein Russe findet nicht sein Auskommen; überall sind ihm die Deutschen im Wege!‹ – Was ist das für ein Bauer: ›Jelisaweta Worobei?‹ Hol's der Henker, das ist ein Weib! Wie hat die sich hier eingedrängt? Der Schurke, der Sobakewitsch, hat mich auch hier betrogen!« Tschitschikow hatte recht; es war wirklich ein Weib. Wie sie hier hereingeraten war, ließ sich nicht mit Sicherheit sagen; aber der Name war so kunstvoll geschrieben, daß man sie von weitem für einen Bauer halten konnte: der Schlußbuchstabe a des Vornamens war durch die männliche Endung ersetzt. Indessen respektierte er diesen Täuschungsversuch nicht, sondern strich den Namen sofort durch. – »›Grigori Eile-mit-Weile!‹ Was bist du für einer gewesen? Warst du Fuhrmann, hattest du dir ein Dreigespann und einen verdeckten Reisewagen angeschafft, verzichtetest du fürs ganze Leben auf ein eigenes Heim, auf ein behagliches Nestchen und brachtest Kaufleute auf die Jahrmärkte? Hast du unterwegs den Tod gefunden, oder haben dich deine eigenen Freunde wegen eines dicken, rotbackigen Soldatenweibes umgebracht, oder gefielen einem Räuber im Walde deine ledernen Fausthandschuhe und deine drei kleinen, aber kräftigen Pferdchen, oder bist du selbst, als du so auf deiner Pritsche lagst, auf allerlei wunderliche Gedanken gekommen, ohne weiteres in die Schenke gelaufen und von da betrunken geradeswegs in eine Wuhne und so von der Welt spurlos verschwunden? Ja, ja, das liebe russische Volk! Es stirbt nicht gern eines natürlichen Todes! – Und wie ist's mit euch, meine Täubchen?« fuhr er fort, indem er seine Augen über das Papier hingleiten ließ, auf welchem Pluschkins flüchtige Seelen verzeichnet standen; »ihr seid ja zwar noch am Leben; aber was habt ihr davon? Ihr seid so gut wie tot. Wo mögen euch jetzt eure schnellen Beine umhertragen? Ging es euch gar zu schlecht bei Pluschkin, oder treibt ihr euch aus eigener Neigung in den Wäldern umher und plündert Reisende aus? Sitzt ihr im Gefängnis, oder seid ihr bei anderen Herren kleben geblieben und pflügt da das Feld? – ›Jeremei Karjakin, Nikita Wolokita, sein Sohn Anton Wolokita.‹ Bei denen sieht man schon an den Spitznamen, daß sie gute Läufer sind. – ›Popow, Gutsdiener.‹ Du wirst wohl lesen und schreiben können; ich denke mir, du hast kein Messer zur Hand genommen, sondern stiehlst auf eine anständige Manier. Aber da wirst du einmal, weil du keinen Paß hast, festgenommen und vor den Bezirkshauptmann geführt. In dreister Haltung stehst du beim Verhör da. ›Welchem Herrn gehörst du?‹ fragt der Bezirkshauptmann und traktiert dich bei dieser guten Gelegenheit mit einem kräftigen Schimpfwort. – ›Dem und dem Gutsbesitzer‹, antwortest du keck. – ›Warum bist du hier?‹ fragt der Bezirkshauptmann. – ›Ich bin auf jährliche Abgabe vom Gute entlassen‹, antwortest du, ohne zu zaudern. – ›Wo ist dein Paß?‹ – ›Bei meinem Quartierwirte, dem Kleinbürger Pimenow.‹ – ›Man rufe Pimenow! Bist du Pimenow?‹ – ›Jawohl.‹ – ›Hat er dir seinen Paß gegeben?‹ – ›Nein, er hat mir keinen Paß gegeben.‹ – ›Warum lügst du denn?‹ sagt der Bezirkshauptmann unter Hinzufügung eines kräftigen Schimpfwortes. – ›Ganz richtig‹, antwortest du dreist; ›ich habe ihn ihm nicht gegeben, weil ich erst sehr spät nach Hause kam; ich habe ihn dem Glöckner Antip Prochorow zum Aufheben gegeben.‹ – ›Man rufe den Glöckner! Hat er dir seinen Paß gegeben?‹ – ›Nein, ich habe von ihm keinen Paß bekommen.‹ – ›Warum lügst du denn schon wieder?‹ sagt der Bezirkshauptmann und gibt seinen Worten durch ein kräftiges Schimpfwort Nachdruck. ›Wo ist denn nun dein Paß?‹ – ›Ich habe einen gehabt‹, sagst du gewandt; ›ich muß ihn wohl irgendwie unterwegs verloren haben.‹ – ›Und den Soldatenmantel‹, sagt der Bezirkshauptmann und spendiert dir wieder als Zugabe ein kräftiges Schimpfwort, ›wozu hast du den weggenommen? Und ebenso dem Geistlichen einen Kasten mit Kupfermünzen?‹ – ›Das habe ich nicht getan‹, erwiderst du, ohne eine Miene zu verziehen; ›bei Diebstahl bin ich noch nie betroffen worden.‹

– ›Aber wie ist es denn zugegangen, daß der Mantel bei dir gefunden ist?‹ – ›Das weiß ich nicht; gewiß hat ihn ein anderer hingebracht.‹ – ›Ach, du Kanaille, du Kanaille!‹ sagt der Bezirkshauptmann, wiegt den Kopf hin und her und stemmt die Arme in die Seiten. ›Bindet ihm Klötze an die Beine und bringt ihn ins Gefängnis!‹ – ›Wie Sie belieben! Mit Vergnügen!‹ antwortest du. Und dann ziehst du die Tabaksdose aus der Tasche, regalierst die beiden Invaliden, die dir die Klötze anbinden, in liebenswürdiger Weise mit einer Prise und erkundigst dich bei ihnen, ob sie schon lange außer Dienst sind, und welchen Krieg sie mitgemacht haben. Und so sitzt du dann im Gefängnis, bis dein Prozeß im Gericht zu Ende geführt ist. Und das Gericht verfügt, du sollest aus Zarewo-Kokschaisk in das Gefängnis der und der Stadt überführt werden; und dort verfügt das Gericht wieder, man solle dich nach Wesjegonsk bringen; und so wanderst du aus einem Gefängnis ins andere und sagst, wenn du deine neue Behausung musterst: ›Nein, das Gefängnis in Wesjegonsk war doch angenehmer: da konnte man wenigstens Knöchel spielen, und es ist auch mehr Raum da und mehr Gesellschaft.‹ – ›Abakum Fyrow!‹ Nun, Bruder, was ist mit dir? Wo, in welchen Gegenden treibst du dich umher? Hat es dich nach der Wolga hingezogen, und bist du aus Liebe zu einem freien Leben Schiffsknecht geworden?« Hier hielt Tschitschikow inne und wurde ein wenig nachdenklich. Worüber dachte er nach? Dachte er an Abakum Fyrows Schicksal, oder wurde er nur so von selbst nachdenklich, wie jeder Russe, welches auch immer sein Lebensalter, sein Stand und seine Vermögensverhältnisse sein mögen, wenn er sich die Freuden eines freien, ungebundenen Lebens vergegenwärtigt? Und in der Tat, wo mochte jetzt Fyrow sein? Er spazierte wohl lärmend und fröhlich an einem Verladeplatz für Getreide umher und verdingte sich an die Kaufleute. Mit Blumen und Bändern an den Hüten drängt sich dort fröhlich der ganze Troß der Schiffsknechte und nimmt von den Liebsten und Frauen Abschied, hohen, schlanken Gestalten mit Perlenketten und Bändern; da werden Reigentänze veranstaltet und Lieder gesungen; der ganze Platz wimmelt von Menschen; unter Geschrei, Scheltworten und ermunternden Zurufen laden sich die Lastträger einen neun Pud schweren Sack auf den Rücken, schütten geräuschvoll die Erbsen und den Weizen in die tiefen Schiffe, werfen Säcke mit Hafer und Grütze auf einen Haufen, und weithin sind über den ganzen Platz weg die wie Kanonenkugeln aufgeschichteten Sackpyramiden sichtbar, und dieses ganze Getreidearsenal bietet einen gewaltigen Anblick, bis es vollständig in die tiefen Fahrzeuge verladen ist und nun die endlose Flotte, ein Schiff hinter dem anderen, zugleich mit dem Frühlingseise dahinschwimmt. Und nun beginnt eure Arbeit, ihr Schiffsknechte! Und gemeinsam, wie ihr euch vorher vergnügt und getollt habt, macht ihr euch nun ans Werk und zieht, von Schweiß überströmt, am Seil und singt dazu ein Lied, das ebenso endlos ist wie Rußland selbst!«

»Oh, oh, schon zwölf Uhr!« sagte Tschitschikow endlich, nachdem er einen Blick auf die Uhr geworfen hatte. »Was treibe ich denn alles? Wenn ich noch etwas Verständiges getan hätte; aber zuerst führe ich ohne jeden Anlaß leere Reden, und dann versinke ich noch in Gedanken! Ich bin wirklich ein rechter Dummkopf!« Nach diesen Worten vertauschte er sein schottisches Kostüm mit dem im übrigen Europa üblichen, zog die Schnalle an seinem behäbigen Bauche möglichst fest, besprengte sich mit Eau de Cologne, setzte eine warme Mütze auf den Kopf, nahm seine Papiere unter den Arm und machte sich auf nach dem Gerichtsgebäude, um die Kontrakte legalisieren zu lassen. Er beeilte sich nicht deswegen, weil er gefürchtet hätte sich zu verspäten; sich zu verspäten fürchtete er nicht; denn der Präsident war ja ein guter Bekannter von ihm und konnte die Amtszeit verlängern und verkürzen, ganz wie er wollte, ähnlich dem homerischen Zeus, der schnell die Nacht herabsandte oder die Tage verlängerte, je nachdem er den Streit seiner Lieblingshelden verkürzen oder ihnen die

Möglichkeit zum Weiterkämpfen geben wollte; aber er verspürte selbst den Wunsch, die Sache möglichst bald zu Ende zu bringen; er befand sich immer noch in unruhiger, unbehaglicher Stimmung; es drängte sich ihm doch immer wieder der Gedanke auf, daß die Seelen eigentlich doch nicht ganz wirkliche Seelen seien, und er sagte sich, daß man in derartigen Fällen immer suchen müsse, eine solche Last möglichst bald loszuwerden. In seinen mit braunem Tuch überzogenen Bärenpelz gehüllt, war er unter solchen Gedanken eben erst auf die Straße gelangt, als er gerade beim Einbiegen in eine Seitengasse mit einem Herrn zusammenstieß, der ebenfalls einen mit braunem Tuch überzogenen Bärenpelz und eine warme Mütze mit Ohrenklappen trug. Der Herr schrie auf, – es war Manilow. Sie schlossen einander sofort in die Arme und blieben etwa fünf Minuten lang auf der Straße in dieser Stellung stehen. Die Küsse waren von beiden Seiten so kräftig, daß ihnen beiden fast den ganzen Tag über die Vorderzähne weh taten. Von Manilows Gesicht blieb vor Freude nur die Nase und die Lippen übrig; die Augen verschwanden vollständig. Eine Viertelstunde lang hielt er mit seinen beiden Händen Tschitschikows Hand gefaßt und wärmte sie in dieser Weise gewaltig. In den elegantesten und liebenswürdigsten Redewendungen erzählte er ihm, daß er hergeflogen sei, um Pawel Iwanowitsch zu umarmen, und schloß seine Rede mit einem solchen Komplimente, wie es vielleicht nur einer jungen Dame gegenüber am Platze ist, mit der man zum Tanze geht. Tschitschikow öffnete den Mund, ohne noch selbst zu wissen, wie er seinen Dank ausdrücken sollte, als Manilow auf einmal aus seinem Pelze ein zusammengerolltes und mit einem rosa Bändchen zusammengebundenes Papier herauszog.

»Was ist denn das?«

»Die Bauern.«

»Ah!« Tschitschikow rollte das Blatt sogleich auseinander, überflog den Inhalt mit den Augen und war erstaunt über die Sauberkeit und Schönheit der Handschrift. »Das ist ja wundervoll geschrieben«, sagte er; »da braucht es gar nicht erst abgeschrieben zu werden. Und dann noch die Einfassung ringsherum! Wer hat denn diese kunstvolle Einfassung hergestellt?«

»Na, fragen Sie nur nicht erst!« erwiderte Manilow.

»Sie selbst?«

»Nein, meine Frau.«

»O mein Gott! Ich schäme mich wirklich, Ihnen so viel Mühe gemacht zu haben.«

»Was wir für Pawel Iwanowitsch tun, ist uns keine Mühe.«

Tschitschikow verbeugte sich zum Zeichen der Dankbarkeit. Als Manilow erfuhr, daß er nach dem Gericht gehe, um die Kaufkontrakte perfekt zu machen, erklärte er sich bereit, ihn zu begleiten. Die Freunde faßten einander unter und gingen zusammen. Bei jeder kleinen Erhöhung oder Unebenheit oder Stufe stützte Manilow seinen lieben Tschitschikow und hob ihn beinahe mit dem Arme in die Höhe, wobei er mit einem freundlichen Lächeln bemerkte, er werde es nicht zulassen, daß Pawel Iwanowitsch sich die Beine verletze. Tschitschikow kam in Verlegenheit, da er gar nicht wußte, wie er dafür danken sollte; denn er war sich bewußt, daß er ein bißchen schwer war. Unter wechselseitigen Dienstleistungen kamen sie endlich zu dem freien Platze, an dem das Gerichtsgebäude stand, ein großes, dreistöckiges, steinernes Haus, ganz weiß wie Kreide, wahrscheinlich um die Seelenreinheit der darin untergebrachten Behörden zu versinnbildlichen. Das übrige, was man an diesem Platze sehen konnte, entsprach dem mächtigen steinernen Hause ganz und gar nicht. Dies war: ein Schilderhäuschen, bei dem ein Soldat mit einem Gewehr stand, zwei oder drei Droschkenstände und endlich lange Zäune mit gewissen Inschriften und Zeichnungen, die mit Kohle oder Kreide hergestellt waren. Weiter befand sich nichts auf diesem öden oder, wie man sich bei uns ausdrückt, schönen Platze. Aus den Fenstern des zweiten oder dritten Stockwerks schauten die Köpfe einiger unbestechlicher Priester der Themis heraus, verschwanden aber gerade in diesem Augenblicke wieder: wahrscheinlich war gerade ihr Chef ins Zimmer getreten. Die beiden Freunde gingen nicht, sondern liefen die Treppe hinauf, da Tschitschikow seine Schritte beschleunigte, um zu vermeiden, daß Manilow ihn unterfasse und stütze, Manilow aber seinerseits vorankommen wollte, um Tschitschikow nicht müde werden zu lassen; infolgedessen waren beide ganz außer Atem, als sie auf dem dunklen Korridor anlangten. Weder auf den Korridoren noch in den Zimmern wurden sie durch den Anblick besonderer Reinlichkeit überrascht. Damals kümmerte man sich um Reinlichkeit noch nicht, und was schmutzig war, blieb schmutzig, ohne daß es wieder ein reizvolles Äußeres annahm. Themis empfing ihre Gäste einfach, wie sie war, im Negligee und im Schlafrock. Der Verfasser sollte nun eigentlich die Kanzleizimmer beschreiben, durch die unsere Helden hindurchgingen; aber er hegt eine starke Scheu vor allen amtlichen Lokalitäten. Selbst wenn es sich einmal traf, daß er durch solche Räume hindurchging, zu einer Zeit, wo sie sich in glänzendem, verschönertem Zustande befanden, die Fußböden und Tische frisch lackiert waren, selbst dann bemühte er sich immer, so schnell wie möglich hindurchzulaufen, die Augen demütig auf den Boden geheftet, und weiß daher absolut nichts von dem dort herrschenden idealen Zustande. Unsere Helden sahen viel Papier, teils weißes, teils mit Konzepten beschriebenes, gebeugte Köpfe, breite Nacken, Fracks und Oberröcke von der in der Gouvernementsstadt üblichen Fasson und sogar vereinzelt eine einfache hellgraue Joppe, die sehr stark von den übrigen Kostümen abstach. Der darin steckende Beamte schrieb, den Kopf zur Seite biegend und beinah auf das Papier herauflegend, flott und schwungvoll ein Protokoll über die Einziehung von Land oder über die Beschlagnahme eines Gutes, das sich irgendein friedlicher Gutsbesitzer widerrechtlich angeeignet hatte, der dann, während der Prozeß lief, unter dessen Schutz und Schirm seelenruhig sein Leben dort verbracht und Kinder und Enkel bekommen hatte. Ab und zu hörte man kurze, mit heiserer Stimme gesprochene Sätze: »Fedosjei Fedosjejewitsch, reichen Sie mir doch das Aktenstück Nr. 368!« oder: »Sie lassen doch immer den Pfropfen von dem fiskalischen Tintenfaß fortkommen!« Manchmal erscholl gebieterisch eine würdevollere Stimme, ohne Zweifel die eines Chefs: »Da, schreib das mal schnell ab! Sonst lasse ich dir die Stiefel ausziehen, und du sollst mir hier sechs Tage lang sitzen, ohne etwas zu essen zu bekommen!« Das Geräusch von den Federn war recht stark und ähnelte dem, das von ein paar mit Reisig beladenen Bauernwagen hervorgebracht wird, wenn sie durch einen Wald fahren, der einen halben Fuß hoch mit trockenen Blättern bedeckt ist.

Tschitschikow und Manilow traten an den ersten Tisch heran, an welchem zwei noch junge Beamte saßen, und sagten: »Gestatten Sie die Frage: wo ist hier die Abteilung für Kaufverträge?«

»Was wünschen Sie denn?« fragten die beiden Beamten, sich umwendend.

»Ich möchte ein Gesuch einreichen.«

»Was haben Sie denn gekauft?«

»Ich möchte zunächst wissen, wo die Abteilung für Kontrakte ist, ob hier oder anderwärts.«

»So sagen Sie uns doch zuvörderst, was Sie gekauft haben und zu welchem Preise; dann werden wir Ihnen auch sagen, wohin Sie sich zu wenden haben; aber so können wir es nicht wissen.«

Tschitschikow merkte sofort, daß die Beamten einfach neugierig waren, wie alle jungen Beamten, und sich mit ihrer Tätigkeit wichtig tun wollten.

»Hören Sie mal, meine lieben Herren«, sagte er, »ich weiß recht gut, daß alle Kontraktangelegenheiten, mag der Preis sein, welcher er will, an ein und derselben Stelle erledigt werden, und daher bitte ich Sie, uns den betreffenden Tisch zu zeigen; wenn Sie aber hier nicht Bescheid wissen, so werden wir uns an einer anderen Stelle erkundigen.« Hierauf gaben die Beamten überhaupt keine Antwort mehr; der eine von ihnen zeigte nur mit dem Finger nach einer Ecke des Zimmers, wo an einem Tische ein alter Mann saß, welcher Aktenstücke mit Merkzeichen versah. Tschitschikow und Manilow gingen zwischen den Tischen hindurch geradewegs zu ihm hin. Der Alte widmete seiner Beschäftigung große Aufmerksamkeit.

»Gestatten Sie die Frage«, sagte Tschitschikow mit einer Verbeugung: »ist hier die Abteilung für Kontrakte?«

Der Alte blickte auf und erwiderte gedehnt: »Nein, hier ist nicht die Abteilung für Kontrakte.«

»Wo ist sie denn?«

»Das ist in der Kontraktexpedition.«

»Und wo ist die Kontraktexpedition?«

»Die ist bei Iwan Antonowitsch.«

»Und wo ist Iwan Antonowitsch?«

Der Alte wies mit dem Finger nach einer anderen Ecke des Zimmers. Tschitschikow und Manilow begaben sich zu Iwan Antonowitsch. Iwan Antonowitsch hatte schon ein Auge nach ihnen zurückgewandt und ihnen einen schrägen Blick zugeworfen; aber in demselben Augenblick vertiefte er sich noch aufmerksamer in seine Schreibarbeit.

»Gestatten Sie die Frage«, sagte Tschitschikow mit einer Verbeugung: »Ist hier die Abteilung für Kontrakte?«

Iwan Antonowitsch schien die Frage nicht gehört zu haben; er war ganz in seine Akten vertieft und antwortete nicht. Man sah auf den ersten Blick, daß er schon ein Mann in gesetzten Jahren und nicht so ein junger Schwätzer und Laffe war. Er war, wie es schien, schon weit über vierzig Jahre alt; er hatte dichtes, schwarzes Haar; die ganze mittlere Partie seines Gesichtes sprang stark vor und ging in die Nase über; kurz, es war diejenige Art von Gesicht, die man im gewöhnlichen Leben eine Kannenschnauze nennt.

»Gestatten Sie die Frage: ist hier die Kontraktexpedition?« sagte Tschitschikow.

»Ja«, antwortete Iwan Antonowitsch, drehte seine Kannenschnauze wieder um und fuhr fort zu schreiben.

»Meine Angelegenheit ist diese: ich habe von verschiedenen Gutsbesitzern des hiesigen Kreises Bauern zur Übersiedelung gekauft; die Kaufkontrakte sind fertig und brauchen nur noch legalisiert zu werden.«

»Sind die Verkäufer zur Stelle?«

»Einige sind hier, und von den anderen habe ich Vollmachten.«

»Haben Sie das Gesuch mitgebracht?«

»Auch das habe ich getan. Ich würde gern . . . ich habe es etwas eilig . . . Wäre es nicht möglich, die Sache heute zu erledigen?«

»Ja, heute . . . heute geht das nicht«, versetzte Iwan Antonowitsch. »Es müssen erst Erkundigungen eingezogen werden, ob sie auch nicht sequestriert sind.«

»Was übrigens die Beschleunigung der Sache anlangt, so ist der Präsident Iwan Grigorjewitsch ein guter Freund von mir...«

»Aber Iwan Grigorjewitsch ist nicht der einzige, der dabei in Betracht kommt; es haben auch noch andere dabei mitzuwirken«, versetzte Iwan Antonowitsch mürrisch.

Tschitschikow verstand, auf welches Hindernis Iwan Antonowitsch hindeutete, und sagte: »Auch die anderen sollen dabei nicht zu kurz kommen; ich bin selbst Beamter gewesen und kenne den dienstlichen Gang . . .«

»Gehen Sie zu Iwan Grigorjewitsch«, sagte Iwan Antonowitsch in etwas freundlicherem Tone. »Wenn er an die betreffenden Instanzen Befehl erteilt, so soll die Sache durch uns keine Verzögerung erleiden.«

Tschitschikow zog eine Banknote aus der Tasche und legte sie vor Iwan Antonowitsch hin, der sie gar nicht bemerkte und sofort ein Buch darüberlegte. Tschitschikow wollte ihn auf die Banknote aufmerksam machen; aber Iwan Antonowitsch gab durch eine Kopfbewegung zu verstehen, daß er sie ihm nicht zu zeigen brauche.

»Der Herr hier wird Sie nach dem Amtszimmer des Präsidenten führen«, sagte Iwan Antonowitsch, mit dem Kopfe hindeutend, und einer der anwesenden zelebrierenden Priester (er hatte der Themis mit solchem Eifer geopfert, daß seine beiden Rockärmel an den Ellbogen Löcher bekommen hatten und schon längst das Futter daraus hervorsah, wofür er auch seinerzeit den Rang als Kollegienregistrator erhalten hatte) erwies unseren Freunden denselben Dienst wie einst Virgil dem großen Dante und führte sie nach dem Zimmer des Präsidenten, wo an Sitzgelegenheiten, von den Stühlen abgesehen, nur ein einziger bequemer Lehnsessel vorhanden war und auf ihm an einem Tische mit einer Gesetzsammlung und zwei anderen dicken Büchern in einsamer Größe wie eine Sonne der Präsident saß. An dieser Stelle überkam den neuen Virgil eine solche Ehrfurcht, daß er nicht wagte, seinen Fuß hineinzusetzen und zurückkehrte, wobei er seinen Rücken zeigte, der wie eine alte Bastmatte abgerieben war, und an dem eine Hühnerfeder klebte. Als sie in das Amtszimmer traten, sahen sie, daß der Präsident doch nicht ganz allein war; neben ihm saß, völlig verdeckt durch die Gesetzsammlung, Sobakewitsch. Der Eintritt der Besucher rief frohe Ausrufe hervor; der hohe Chef schob seinen Lehnsessel geräuschvoll vom Tische zurück. Auch Sobakewitsch erhob sich von seinem Stuhle und stand nun mit seinen langen Ärmeln von allen Seiten sichtbar da. Der Präsident schloß Tschitschikow in seine Arme, und das Amtszimmer erscholl von Küssen; sie fragten einander nach dem Befinden; dabei stellte sich heraus, daß sie beide an Kreuzschmerzen litten, was sie sofort auf die sitzende Lebensweise zurückführten. Der Präsident schien bereits durch Sobakewitsch von dem Verkaufe in Kenntnis gesetzt zu sein; denn er begann unseren Helden zu beglückwünschen, was diesen zunächst einigermaßen in Verlegenheit setzte, besonders weil er sah, daß Sobakewitsch und Manilow, zwei Verkäufer, mit deren jedem er das Geschäft unter vier Augen abgeschlossen hatte, jetzt einander gegenüberstanden.

Indessen dankte er dem Präsidenten und wandte sich dann sofort an Sobakewitsch mit der Frage: »Und wie steht's mit Ihrer Gesundheit?«

»Gott sei Dank, ich kann nicht klagen«, erwiderte Sobakewitsch. Und in der Tat hatte er zum Klagen keinen Anlaß; eher hätte ein Stück Eisen sich erkälten und zu husten anfangen können als dieser Gutsbesitzer mit der wunderbaren Konstitution.

»Ja, Sie haben sich immer einer guten Gesundheit rühmen können«, bemerkte der Präsident; »und Ihr seliger Vater war ebenso kräftig.«

»Ja, der pflegte allein auf einen Bären loszugehen«, antworte Sobakewitsch.

»Meines Erachtens«, sagte der Präsident, »könnten Sie ebenfalls einen Bären niederwerfen, wenn Sie ihm entgegentreten wollten.«

»Nein, das leiste ich nicht«, erwiderte Sobakewitsch; »der Verstorbene war doch stärker als ich.« Und mit einem Seufzer fuhr er fort: »Nein, jetzt gibt es solche Leute nicht mehr: da sehen Sie zum Beispiel mein Leben an; was ist das für ein Leben? Ein kümmerliches Ding . . .«

»Was haben Sie denn an Ihrem Leben auszusetzen?« fragte der Präsident.

»Es ist eine schlimme, schlimme Sache!« versetzte Sobakewitsch, den Kopf hin und her wiegend. »Urteilen Sie selbst, Iwan Grigorjewitsch: da lebe ich nun schon bald fünfzig Jahre und bin nie krank gewesen; wollte Gott, daß mir auch nur der Hals weh getan oder sich irgendwo ein Geschwür gebildet hätte . . . Nein, das führt zu nichts Gutem! Dafür werde ich noch einmal büßen müssen!« Und Sobakewitsch versank in melancholische Gedanken.

»Nein, so ein Kerl!« dachten Tschitschikow und der Präsident gleichzeitig. »Ein wunderlicher Einfall, darüber zu klagen!«

»Ich habe einen Brief an Sie«, sagte Tschitschikow und zog Pluschkins Brief aus der Tasche.

»Von wem?« fragte der Präsident, und als er ihn erbrochen hatte, rief er: »Ah, von Pluschkin! Also der existiert immer noch auf der Welt! Ist das ein Schicksal! Und was war er früher für ein kluger, reicher Mann! Und jetzt . . .«

»Jetzt ist er ein Lump«, sagte Sobakewitsch, »ein Schuft; all seine Leute hat er Hungers sterben lassen.«

»Meinetwegen, meinetwegen«, sagte der Präsident, nachdem er den Brief durchgelesen hatte; »ich bin bereit, als sein Bevollmächtigter zu funktionieren. Wann wollen Sie den Kauf abschließen, jetzt gleich oder erst später?«

»Jetzt gleich«, antwortete Tschitschikow; »ich möchte Sie sogar bitten, wenn es möglich ist, es gleich heute geschehen zu lassen, da ich morgen gern aus der Stadt abreisen möchte; ich habe sowohl die Kaufkontrakte als auch das Gesuch mitgebracht.«

»Alles sehr schön; aber erlauben Sie mal, so schnell werden wir Sie nicht weglassen. Die Kaufkontrakte sollen gleich heute legalisiert werden; aber Sie müssen doch noch ein Weilchen bei uns bleiben. Ich werde sofort Befehl geben«, sagte er und öffnete die Tür nach der Kanzlei, die ganz voll von Beamten war, welche arbeitsamen Bienen glichen, die an den Honigwaben umherwimmeln, wenn anders man die Honigwaben mit den Akten in der Kanzlei vergleichen kann. »Ist Iwan Antonowitsch hier?«

»Ja, er ist hier«, antwortete jemand aus der Kanzlei.

»Rufen Sie ihn her!«

Der dem Leser bereits bekannte Iwan Antonowitsch, die Kannenschnauze, erschien im Amtszimmer und verbeugte sich respektvoll.

»Da, nehmen Sie alle diese Kaufkontrakte, Iwan Antonowitsch, und . . .«

»Vergessen Sie nicht, Iwan Grigorjewitsch«, unterbrach ihn Sobakewitsch: »wir werden auch Zeugen nötig haben, wenigstens zwei für jede Partei. Schicken Sie doch gleich zum Staatsanwalt: der ist ein Müßiggänger und sitzt gewiß zu

Hause; alle Arbeit macht für ihn der Rechtsanwalt Solotucha, der erste Blutsauger auf der Welt. Da ist ferner der Inspektor des Medizinalwesens; der tut auch nichts und ist sicherlich zu Hause, wenn er nicht irgendwohin gefahren ist, um Karten zu spielen; und so gibt es hier noch eine Menge in der Nähe: Truchatschewski, Bjeguschkin – lauter Menschen, die unnütz die Erde drücken.«

»Richtig, richtig!« erwiderte der Präsident und schickte sofort einen Kanzleidiener ab, um die Herren herbeizuholen.

»Ich habe noch eine Bitte an Sie«, sagte Tschitschikow: »lassen Sie doch auch den Bevollmächtigten einer Gutsbesitzerin holen, mit der ich ebenfalls ein kleines Geschäft abgeschlossen habe, den Sohn des Oberpopen Vater Kirill; er ist hier bei Ihnen am Gericht angestellt.«

»Gewiß, wir wollen auch den holen lassen!« versetzte der Präsident. »Es wird alles gemacht werden; geben Sie aber keinem der Beamten etwas, darum bitte ich Sie. Meine Freunde sollen nicht bezahlen.« Nach diesen Worten erteilte er sogleich auch Iwan Antonowitsch einen Auftrag, der diesem augenscheinlich nicht gefiel. Die Kontrakte machten, wie es schien, auf den Präsidenten einen guten Eindruck, besonders da er sah, daß die Kaufgelder sich zusammen beinah auf hunderttausend Rubel beliefen. Er blickte Tschitschikow eine Weile mit dem Ausdrucke großer Freunde in die Augen und sagte endlich: »Nun sehen Sie mal an! Da haben Sie ja eine hübsche Erwerbung gemacht, Pawel Iwanowitsch!«

»Allerdings«, antwortete Tschitschikow.

»Ein schönes Unternehmen, wirklich, ein schönes Unternehmen!«

»Ja, ich glaube selbst, daß ich nichts Schöneres tun konnte. Was man auch sagen mag, der Mensch hat kein richtiges, bestimmtes Lebensziel, wenn er sich nicht endlich festen Fußes auf eine dauerhafte Grundlage stellt und den freidenkerischen Schimären der Jugend Valet sagt.« Bei dieser passenden Gelegenheit schalt er über den Liberalismus und (was durchaus berechtigt war) über alle jungen Leute. Aber merkwürdig: seine Worte hatten doch etwas Unsicheres, wie wenn er gleichzeitig zu sich selbst sagte: »Du lügst, Bruder, und zwar ganz gehörig!« Er blickte nicht einmal Sobakewitsch und Manilow an, aus Furcht, in ihren Gesichtern etwas für ihn Kompromittierendes zu lesen. Aber diese Furcht war unnötig: Sobakewitschs Gesicht rührte sich gar nicht; Manilow aber, der von der schönen Phrase ganz bezaubert war, nickte nur beifällig mit dem Kopfe und versank in dieselbe Stimmung, in der sich ein Musikliebhaber befindet, wenn eine Sängerin sogar die Geige überboten und einen so hohen Ton herausgeschmettert hat, wie ihn nicht einmal eine Vogelkehle zustande bringt.

»Aber warum sagen Sie denn Iwan Grigorjewitsch nicht, was Sie eigentlich für Leute erworben haben?« sagte Sobakewitsch. »Und warum fragen Sie ihn denn nicht danach, Iwan Grigorjewitsch? Es sind ganz prächtige Leute! Das reine Gold! Ich habe ihm ja sogar den Wagenbauer Michejew verkauft.«

»Nein, haben Sie wirklich auch Michejew verkauft?« erwiderte der Präsident. »Ich kenne den Wagenbauer Michejew; er ist ein vorzüglicher Handwerker; er hat mir einen Kaleschwagen umgeändert. Aber erlauben Sie, wie ist denn das . . . Sie haben mir ja gesagt, er sei gestorben . . .«

»Wer? Michejew sei gestorben?« versetzte Sobakewitsch, ohne im geringsten in Verwirrung zu geraten. »Das war sein Bruder, der da starb; aber er selbst ist ganz lebendig und noch gesünder als früher. Vor kurzem hat er mir eine solche Britschke gebaut, wie sie nicht einmal in Moskau hergestellt wird. Er sollte wahrhaftig nur für den Kaiser arbeiten.«

»Ja, Michejew ist ein Meister in seinem Fache«, sagte der Präsident, »und ich wundere mich sogar, daß Sie sich von ihm haben trennen mögen.«

»Und wenn es sich um Michejew allein handelte! Aber auch der Zimmermann Probka Stepan und der Töpfer Miluschkin und der Schuhmacher Teljatnikow Maxim, alle gehen sie fort, alle habe ich sie verkauft!« Und als der Präsident fragte, warum er sie denn alle verkauft habe, wenn es doch geschickte, für den Haushalt unentbehrliche Leute seien, antwortete Sobakewitsch mit einer resignierten Handbewegung: »Ich habe es ohne rechten Grund getan; es war eine Laune von mir: ›Ach was‹, sagte ich zu mir, ›ich will sie verkaufen!‹ Und da verkaufte ich sie aus Dummheit!« Dann ließ er den Kopf in einer Weise hängen, als empfände er selbst über dieses Geschäft Reue, und fügte hinzu: »Da bekommt man nun schon einen grauen Kopf und ist immer noch nicht klug geworden.«

»Aber gestatten Sie eine Frage, Pawel Iwanowitsch«, sagte der Präsident: »Wozu kaufen Sie denn Bauern ohne Land? Wohl zur Übersiedelung?«

»Ja freilich.«

»Nun, wenn Sie es zur Übersiedelung tun, dann ist es etwas anderes. Aber nach welchen Orten denn?«

»Nach Orten . . . im Gouvernement Cherson.«

»Oh, da ist ausgezeichneter Boden!« sagte der Präsident und konnte den dortigen Graswuchs gar nicht genug loben.

»Besitzen Sie da Land in hinreichender Quantität?«

»Jawohl, soviel wie ich für die gekauften Bauern nötig habe.«

»Ist auch ein Fluß oder ein Teich da?«

»Ein Fluß. Übrigens auch ein Teich.« Als Tschitschikow das sagte, blickte er zufällig nach Sobakewitsch hin, und wiewohl dessen Gesicht wie vorher unbeweglich war, so hatte Tschitschikow doch die Empfindung, als ob auf diesem Gesichte geschrieben stände: »Hui, du lügst. Da ist schwerlich ein Fluß oder ein Teich und überhaupt kein Land!«

Während die Gespräche fortgesetzt wurden, begannen allmählich die Zeugen zu erscheinen: der dem Leser bekannte stets blinzelnde Staatsanwalt, der Inspektor des Medizinalwesens, Truchatschewski, Bjeguschkin und andere, die nach Sobakewitschs Ausdruck die Erde unnütz drückten. Viele von ihnen kannte Tschitschikow noch gar nicht; die noch fehlenden Zeugen sowie einige über die Minimalzahl hinaus wurden sogleich aus den Gerichtsbeamten gewählt. Auch war nicht nur der Sohn des Oberpopen Vater Kirill herbeigeholt worden, sondern auch der Oberpope selbst. Jeder der Zeugen unterschrieb sich mit all seinen Titeln und Würden, der eine in zurückliegender, der andere in vornübergebeugter Schrift, ein dritter, wie wenn die Buchstaben auf dem Kopfe ständen, unter Beimischung solcher Buchstaben, die im russischen Alphabete gar nicht vorkommen. Der uns bekannte Iwan Antonowitsch erledigte diese Sache mit großer Geschicklichkeit: die Kontrakte wurden notiert, mit dem Präsentationsvermerk versehen und ordnungsgemäß in ein Buch eingetragen; dem Käufer wurden ein halbes Prozent sowie die Kosten für die Bekanntmachung in der Zeitung in Rechnung gestellt, und so sollte denn Tschitschikow nur eine verhältnismäßig kleine Summe bezahlen. Der Präsident aber gab sogar Befehl, nur die Hälfte der üblichen Kosten von ihm zu erheben und die andere (ich verstehe nicht, auf welche Weise) einem anderen Petenten auf die Rechnung zu setzen.

»Somit«, sagte der Präsident, als alles beendet war, »bleibt uns nur noch übrig, den Kauf zu begießen.«

»Ich bin bereit«, erwiderte Tschitschikow. »Es hängt von Ihnen ab, die Zeit zu bestimmen. Meinerseits wäre es eine Sünde, wenn ich für eine so angenehme Gesellschaft nicht ein, zwei, drei Flaschen Champagner entkorken wollte.«

»Nein, da haben Sie mich mißverstanden: den Champagner werden wir selbst liefern«, sagte der Präsident; »das ist unsere Pflicht und Schuldigkeit; Sie sind unser Gast; es ist an uns, Sie zu bewirten. Wissen Sie was, meine Herren? Zunächst wollen wir es so machen: wir begeben uns alle, so wie wir da sind, zum Polizeimeister; der ist ein reiner Hexenmeister; der braucht nur an einem Delikatessengeschäft oder einer Weinhandlung vorbeizugehen und mit einem Auge zu blinzeln, dann haben wir einen splendiden Imbiß! Und bei der Gelegenheit können wir auch einen kleinen Whist spielen.«

Gegen einen solchen Vorschlag konnte sich niemand ablehnend verhalten. Die Zeugen verspürten schon bei der Erwähnung des Delikatessengeschäftes Appetit; alle griffen sofort nach ihren Mützen und Hüten, und die Sitzung war aufgehoben. Als sie durch die Kanzlei gingen, sagte Iwan Antonowitsch, die Kannenschnauze, mit einer höflichen Verbeugung leise zu Tschitschikow: »Sie haben für hunderttausend Rubel Bauern gekauft und mir für meine Mühe nur fünfundzwanzig Rubel gegeben.«

»Aber was sind das auch für Bauern«, antwortete ihm Tschitschikow, gleichfalls flüsternd: »ein ganz unbrauchbares, nichtsnutziges Gesindel; die sind auch nicht die Hälfte wert.« Iwan Antonowitsch merkte, daß dieser Klient einen festen Charakter hatte und nicht mehr geben werde.

»Was haben Sie denn bei Pluschkin für die Seele bezahlen müssen?« flüsterte ihm Sobakewitsch in das andere Ohr.

»Warum haben Sie denn die Worobei dazugeschrieben?« antwortete ihm Tschitschikow darauf.

»Was für einen Worobei?«

»Nun, die Bauerfrau Jelisaweta Worobei, und Sie haben beim Vornamen noch den letzten Buchstaben verändert.«

»Nein, ich habe keinen Worobei hinzugeschrieben«, erwiderte Sobakewitsch und ging von ihm weg zu den anderen Gästen.

Die Gäste gelangten endlich in dichtem Schwarme zu dem Hause des Polizeimeisters. Der Polizeimeister war wirklich ein Hexenmeister: sobald er hörte, um was es sich handelte, rief er sofort einen Polizeikommissar, einen forschen jungen Mann in hohen Lackstiefeln; er flüsterte ihm, wie es schien, nur zwei Worte ins Ohr, fügte hinzu: »Verstehst du?« und während die Gäste im Nebenzimmer eifrig ihren Whist spielten, erschienen auf dem Tische: Hausen, Stör, Lachs, gepreßter Kaviar, frisch gesalzener Kaviar, Hering, verschiedene Sorten Käse, geräucherte Rinderzunge, alles aus dem Delikatessengeschäfte. Dann erschienen Beigaben von seiten des Wirtes, Produkte der Küche: eine Pastete, gefüllt mit den Knorpeln und den Backen vom Kopfe eines neun Pud schweren Störes, eine Pfifferlingspastete, Pfannkuchen, Butterkuchen, Obstkuchen. Der Polizeimeister war in gewissem Sinne der Vater und Wohltäter der Stadt. Er lebte unter der Bürgerschaft ganz wie in seiner eigenen Familie und schickte in die Läden und nach dem Bazar wie in seine eigenen Speisekammern. Überhaupt war er, wie man zu sagen pflegt, der richtige Mann auf dem richtigen Platze und kannte seine amtlichen Obliegenheiten auf das genaueste. Man hätte sogar schwer entscheiden können, ob er für sein Amt geschaffen war oder sein Amt für ihn. Er machte seine Sache so klug, daß er eine doppelt so große Einnahme erzielte wie alle seine Vorgänger, und trotzdem hatte er sich die Liebe der ganzen Stadt erworben. In erster Linie hatten ihn die Kaufleute gern, besonders weil er nicht stolz war; und in der Tat, er hob ihre Kinder aus der Taufe, stand mit ihnen zusammen Gevatter, und obgleich er sie mitunter gehörig schröpfte, so machte er das doch in einer äußerst gewandten Manier: er klopfte einem auf die Schulter, lachte ihn freundlich an, lud ihn zum Tee ein, meldete sich selbst zu einer Partie Dame an, erkundigte sich nach allem möglichen: wie das Geschäft gehe, und dies und das; wenn er erfuhr, daß ein Kindchen krank war, so empfahl er eine Arznei; kurz, er war ein prächtiger Mensch! Wenn er in seinem Wägelchen umherfuhr, um überall für Ordnung zu sorgen, so sagte er dabei zu diesem oder jenem ein freundliches Wort: »Nun, Micheitsch, wir beide müßten einmal wieder eine Partie Gorka* zusammen spielen!« – »Ja, Alexei Iwanowitsch«, antwortete der, die Mütze abnehmend, »das müssen wir tun.« – »Nun, Bruder Ilja Paramonytsch, komm doch einmal zu mir und sieh dir meinen Traber an; ich glaube, er überholt deinen; spann doch deinen einmal an ein leichtes Wägelchen, dann wollen wir es probieren.« Der Kaufmann, der eine Passion für Traber hatte, lächelte dazu besonders

* Ein Kartenspiel.

wohlgefällig, strich sich über den Bart und erwiderte: »Schön, wir wollen es probieren, Alexei Iwanowitsch!« Selbst die Ladendiener nahmen bei einem derartigen Gespräche die Mützen ab, blickten einander vergnügt an und schienen sagen zu wollen: »Alexei Iwanowitsch ist doch ein famoser Kerl!« Kurz, es war ihm gelungen, sich eine außerordentliche Popularität zu erwerben, und die Meinung der Kaufleute über ihn ging dahin, Alexei Iwanowitsch nehme einem zwar tüchtig etwas ab, aber dafür sei er auch verläßlich.

Als der Polizeimeister merkte, daß der Imbiß bereitstand, schlug er seinen Gästen vor, die Fortsetzung des Whists bis nach dem Frühstück zu verschieben, und alle gingen in das andere Zimmer, von wo schon lange ein Geruch hereingedrungen war, der ihre Nasen angenehm kitzelte; Sobakewitsch aber hatte schon lange durch die ein wenig offenstehende Tür gesehen und von weitem den Stör bemerkt, der etwas abseits auf einer großen Schüssel lag. Nachdem die Gäste jeder ein Gläschen dunkel-olivengrünen Schnaps getrunken hatten (von der Farbe, die sich sonst nur noch an einer gewissen durchscheinenden sibirischen Steinart findet, aus der in Rußland Petschafte geschnitten werden), traten sie von allen Seiten an den Tisch heran und zeigten, wie man zu sagen pflegt, jeder seinen wahren Charakter und seine intimen Neigungen, indem der eine zum Kaviar zulangte, der andere zum Lachs, der dritte zum Käse. Sobakewitsch aber ließ all diese Kleinigkeiten unbeachtet, machte sich an den Stör heran, und während die anderen tranken, redeten und aßen, verzehrte er ihn in Zeit von etwas über einer halben Stunde vollständig, so daß, als der Polizeimeister sich an dieses Gericht erinnerte und mit den Worten: »Nun, meine Herren, wie gefällt Ihnen dieses Naturprodukt?« von den anderen gefolgt, die Gabel in der Hand, zu ihm trat, er sehen mußte, daß von dem Naturprodukte nur der Schwanz übrig war. Sobakewitsch aber verhielt sich so ruhig, als wäre er es nicht gewesen, trat zu einem Teller, der von den übrigen etwas entfernt stand, und stieß mit der

Gabel in einen kleinen getrockneten Fisch. Nachdem er solchergestalt den Stör erledigt hatte, setzte er sich in einen Lehnstuhl, aß nicht mehr und trank nicht mehr, sondern blinzelte nur mit den halb zugekniffenen Augen. Der Polizeimeister neigte anscheinend nicht dazu, mit dem Weine zu knausern: es wurden zahllose Toaste ausgebracht. Zuerst trank man, wie die Leser vielleicht auch schon selbst erraten, auf die Gesundheit des neuen Chersoner Gutsbesitzers, dann auf das Wohlergehen seiner Bauern und auf ihre glückliche Übersiedelung, dann auf die Gesundheit seiner künftigen schönen Frau, was ein freundliches Lächeln auf den Lippen unseres Helden hervorrief. Von allen Seiten trat man an ihn heran und bat ihn inständig, wenigstens noch vierzehn Tage in der Stadt zu bleiben: »Nein, Pawel Iwanowitsch! Erlauben Sie, das heißt ja geradezu, uns nur die Stube kalt machen: auf die Schwelle und gleich wieder zurück! Nein, bleiben Sie noch eine Weile bei uns! Wir werden Ihnen eine Frau verschaffen. Nicht wahr, Iwan Grigorjewitsch, wir wollen ihm eine Frau verschaffen?«

»Jawohl, das wollen wir!« fiel der Präsident ein. »Und wenn Sie sich mit Händen und Füßen sträuben, wir werden Sie verheiraten! Nein, Väterchen, Sie sind einmal hierher gekommen, nun beklagen Sie sich nicht über Ihr Schicksal! Wir lieben es nicht, zu scherzen.«

»Nun, warum sollte ich mich mit Händen und Füßen sträuben?« erwiderte Tschitschikow lächelnd. »Die Ehe ist doch nicht so eine Sache, daß man . . . hm . . . Wenn nur eine Braut da wäre!«

»Eine Braut wird schon zu haben sein! Wie sollte sich keine finden lassen? Es wird alles da sein, alles, was Sie nur wollen! . . .«

»Nun, wenn's so ist . . .«

»Bravo, er bleibt hier!« schrien alle. »Vivat, hurra, Pawel Iwanowitsch! Hurra!« Und alle traten mit den Gläsern in der Hand zu ihm, um mit ihm anzustoßen. »Nein, nein, noch einmal!« riefen die Eifrigsten und stießen von neuem an; dann drangen sie darauf, es müsse noch ein drittes Mal angestoßen werden, und auch das geschah. In kurzer Zeit wurden alle außerordentlich vergnügt. Der Präsident, der in angeheitertem Zustande ein überaus liebenswürdiger Mensch war, umarmte Tschitschikow mehrmals und rief in überquellender Zärtlichkeit: »Du mein Seelchen, mein Mamachen!« Er fing sogar an, mit den Fingern schnippend, um ihn herumzutanzen und dazu ein bekanntes Reigenlied zu singen. Nach dem Champagner wurde Ungarwein getrunken, der die Stimmung noch mehr hob und die Lustigkeit der Gesellschaft steigerte. Die Whistpartie hatten sie vollständig vergessen; sie disputierten, schrien, redeten über alles mögliche, über Politik, sogar über Militärwesen, und sprachen freie Ansichten aus, für die sie zu anderer Zeit selbst ihre Kinder durchgehauen hätten. Eine Menge der schwierigsten Fragen lösten sie stante pede. Tschitschikow hatte sich noch nie in so vergnügter Stimmung befunden; er fühlte sich schon als richtiger Chersoner Gutsbesitzer, sprach von allerlei Meliorationen, von der Dreifelderwirtschaft, von der Glückseligkeit und Wonne zweier liebenden Seelen und deklamierte Sobakewitsch sogar eine Epistel Werthers an Lotte in Versen vor, wobei jener aber nur, im Lehnstuhl sitzend, mit den Augen blinzelte; denn nach dem Stör fühlte er ein starkes Bedürfnis zu schlafen. Tschitschikow merkte selbst, daß er anfing, sich zu sehr gehen zu lassen, bat, man möge ihn in einem Wagen nach Hause spedieren, und benutzte den des Staatsanwaltes. Der Kutscher des Staatsanwaltes war, wie sich unterwegs herausstellte, ein wohlerfahrener junger Mensch; denn er lenkte die Pferde nur mit einer Hand, während er mit der anderen nach hinten griff und den Insassen des Wagens festhielt. Auf diese Weise gelangte unser Held in dem Wagen des Staatsanwaltes nach seinem Gasthofe, wo er noch lange allerlei törichtes Zeug redete: von einer blonden Braut mit schönem Teint und mit einem Grübchen auf der rechten Wange, von Dörfern im Gouvernement Cherson und von großen Kapitalien. Er erteilte seinem Kutscher Selifan sogar wirtschaftliche Befehle: er solle die neu übergesiedelten Bauern alle versammeln und einen Appell mit Namensaufruf abhalten. Selifan hörte schweigend sehr lange zu, verließ das Zimmer und sagte zu Petruschka: »Geh hin und zieh den Herrn aus!« Petruschka machte sich daran, ihm die Stiefel auszuziehen, und zog beinahe mit den Stiefeln auch den Herrn selbst auf den Fußboden. Aber endlich waren die Stiefel ausgezogen; der Herr kleidete sich aus, wie es sich gehört, und nachdem er sich eine Zeitlang im Bette herumgewälzt hatte, welches dabei furchtbar knarrte, schlief er ein in der festen Überzeugung, daß er ein Chersoner Gutsbesitzer sei. Petruschka trug unterdessen die Beinkleider und den preiselbeerfarbenen Frack mit den hellen Tüpfelchen auf den Korridor hinaus, hängte sie dort über einen hölzernen Kleiderhalter und begann, sie auszuklopfen und auszubürsten, so daß der ganze Korridor von Staubwolken erfüllt wurde. Als er sich bereits anschickte, sie abzunehmen, blickte er von der Galerie nach unten und sah Selifan, der aus dem Pferdestalle zurückkehrte. Ihre Blicke begegneten sich, und instinktiv verstanden die beiden einander: der Herr hatte sich schlafen gelegt, da konnten sie irgendwohin gehen. Sofort trug Petruschka den Frack und die Beinkleider ins Zimmer, ging nach unten, und beide machten sich zusammen auf den Weg, wobei sie zueinander von dem Ziele ihrer Wanderung nichts sagten und unterwegs nur von ganz gleichgültigen Dingen redeten. Der Spaziergang, den sie machten, dehnte sich nicht weit aus; denn sie gingen nur nach der anderen Seite der Straße hinüber zu einem Hause, das dem Gasthofe gegenüberlag, und traten in eine niedrige, vom Rauche geschwärzte Glastür, die in einen beinahe als Keller zu bezeichnenden Raum führte, wo schon vielerlei Leute an hölzernen Tischen saßen: rasierte und bärtige, in unüberzogenen Schafpelzen und einfach im Hemde, ein oder der andere auch in einem Friesmantel. Was Petruschka und Selifan dort taten, mag Gott wissen; aber als sie eine Stunde darauf von dort wieder herauskamen, hatten sie sich untergefaßt, beobachteten vollständiges Stillschweigen, widmeten einer dem anderen große Aufmerksamkeit und bewahrten sich gegenseitig vor dem Anstoßen an eine Ecke. Arm in Arm, ohne einander loszulassen, stiegen sie eine ganze Viertelstunde lang mühsam die Treppe hinauf; endlich hatten sie es geschafft und traten ein. Petruschka blieb eine Minute lang vor seinem niedrigen Bette stehen und überlegte, wie er sich wohl in der anständigsten Weise hinlegen könne, und legte sich schließlich vollständig quer hinein, so daß seine Füße sich auf den Fußboden stützten. Selifan legte sich ebenfalls auf dasselbe Bett, mit dem Kopfe auf Petruschkas Bauch; er hatte ganz vergessen, daß es ihm gar nicht zustand, hier zu schlafen, sondern vielleicht in der Gesindestube, wenn nicht im Stall bei den Pferden. Beide schliefen gleich in demselben Augenblicke ein, indem sie mit einer unerhörten Kraft und Energie zu schnarchen anfingen; der Herr antwortete auf diese Töne mit einem feinen Pfeifen durch die Nase. Bald nach ihrem Einschlafen wurde alles ruhig, und der Gasthof versank in tiefen Schlaf; nur in einem Fenster war noch Licht sichtbar, wo ein aus Rjasan angekommener Leutnant wohnte, anscheinend ein großer Liebhaber von Stiefeln; denn er hatte sich bereits vier Paar machen lassen und probierte nun unermüdlich ein fünftes Paar an. Einige Male war er zum Bette hingegegangen in der Absicht, sie auszuziehen und sich schlafen zu legen; aber er konnte es nicht über sich gewinnen: die Stiefel waren wirklich gut gearbeitet, und noch lange hob der den Fuß in die Höhe und besah sich den forschen, elegant gedrechselten Absatz.

ACHTES KAPITEL

Tschitschikows Ankäufe wurden der Gegenstand von Gesprächen. Man unterhielt sich in der Stadt über die Frage, ob es vorteilhaft sei, Bauern zum Zwecke der Übersiedelung zu kaufen, äußerte seine Meinungen und debattierte darüber. Von den darüber geführten Reden zeichneten sich viele durch große Sachkenntnis aus. »Gewiß«, sagten manche, »das ist so, das läßt sich nicht bestreiten: das Land ist in den südlichen Gouvernements wirklich gut und fruchtbar; aber was werden Tschitschikows Bauern ohne Wasser anfangen? Es sind ja keine Flüsse da.« – »Das würde noch nichts ausmachen, daß kein Wasser da ist, Stepan Dmitrijewitsch; aber die Übersiedelung, das ist eine bedenkliche Geschichte. Man weiß ja, wie so ein Bauer ist: nun sitzt er da auf neuem Lande und soll den Acker bauen und hat nichts, weder Haus noch Hof; er läuft davon, so sicher wie zweimal zwei vier ist; er macht, daß er wegkommt, und ist spurlos verschwunden.« – »Nein, Alexei Iwanowitsch, erlauben Sie, erlauben Sie, darin stimme ich Ihnen nicht zu, daß Sie sagen, Tschitschikows Bauern würden davonlaufen. Der Russe ist zu allem tauglich und gewöhnt sich an jedes Klima. Und wenn man ihn nach Kamtschatka schickt, man braucht ihm nur ein Paar warme Handschuhe zu geben, so schlägt er ein bißchen die Arme zusammen, nimmt das Beil in die Hand und zimmert sich flugs ein neues Haus.« – »Aber, Iwan Grigorjewitsch, da hast du einen wichtigen Punkt außer acht gelassen: du hast noch nicht gefragt, von welcher Art Tschitschikows Bauern sind. Du hast vergessen, daß kein Gutsbesitzer einen tüchtigen Menschen verkaufen wird; ich lasse mir den Kopf abschlagen, wenn Tschitschikows Bauern nicht die ärgsten Diebe, Trunkenbolde, Faulpelze und Zänker sind.« – »Ja, ja, das gebe ich zu, das ist richtig; niemand wird tüchtige Leute verkaufen, und Tschitschikows Bauern mögen Säufer sein; aber man muß in Betracht ziehen, daß gerade hierdurch eine moralische Wirkung erzielt werden kann: sie sind jetzt Taugenichtse; aber nach der Übersiedelung in ein neues Land können sie auf einmal vortreffliche Untertanen werden. Dergleichen Beispiele hat es schon nicht wenige gegeben, sowohl im gewöhnlichen Leben als auch in der Geschichte.« – »Niemals, niemals«, sagte der Vorsteher der fiskalischen Fabriken; »glauben Sie mir, das ist ganz unmöglich; denn Tschitschikows Bauern werden jetzt zwei mächtige Feinde haben. Der erste Feind ist die Nähe der kleinrussischen Gouvernements, wo bekanntlich der Branntweinverkauf freigegeben ist. Ich versichere Sie: in zwei Wochen werden sie sämtlich Säufer und Tagediebe sein. Ein anderer Feind ist die Gewöhnung an ein vagabundierendes Leben, die die Bauern sich während der Übersiedelung mit Notwendigkeit zu eigen machen werden. Es würde erforderlich sein, daß Tschitschikow sie fortwährend unter Augen hätte, sie ganz kurz hielte, sie für die geringste Unregelmäßigkeit bestrafte und gerade diese Bestrafung nicht einem andern überließe, sondern selbst persönlich im geeigneten Falle Ohrfeigen und Genickstöße austeilte.« – »Wozu braucht Tschitschikow sich selbst mit ihnen herumzuplagen und Genickstöße auszuteilen? Er kann auch einen Verwalter finden.« – »Ja, finden Sie mal einen Verwalter; das sind alles Halunken!« – »Halunken sind sie nur darum, weil die Herren sich nicht mit der Sache befassen.« – »Das ist richtig!« stimmten viele bei; »wenn der Herr selbst auch nur ein bißchen von der Wirtschaft versteht und etwas Menschenkenntnis besitzt, dann wird er immer einen guten Verwalter haben.« Aber der Fabrikvorsteher erklärte, unter fünftausend Rubeln könne man keinen guten Verwalter auftreiben. Der Präsident jedoch meinte, man könne auch schon für dreitausend Rubel einen finden. Aber der Vorsteher erwiderte: »Wo werden Sie den denn finden? Etwa auf Ihrer eigenen Nase?« Der Präsident aber entgegnete: »Nein, auf meiner Nase nicht, aber gleich im hiesigen Kreise; ich meine Peter Petrowitsch Samoilow: das ist ein Verwalter, wie ihn Tschitschikow für seine Bauern braucht!« Viele versetzten sich lebhaft in Tschitschikows Lage, und die Schwierigkeit der Übersiedelung einer so bedeutenden Menge von Bauern erschreckte sie gewaltig; sie befürchteten sogar sehr, es könne unter einem so unruhigen Volke, wie Tschitschikows Bauern, eine Empörung ausbrechen. Hiergegen bemerkte der Polizeimeister, vor einer Empörung brauche man keine Bange zu haben; um eine solche zu verhindern, sei der mit hinreichender Amtsgewalt ausgestattete Bezirkshauptmann da; dieser brauche gar nicht einmal selbst hinzufahren, sondern statt seiner nur seine Mütze hinzuschicken; dann werde schon allein diese Mütze die Bauern auseinander und in ihre Behausungen treiben. Viele sprachen ihre Ansichten darüber aus, wie der aufrührerische Geist, von welchem Tschitschikows Bauern erfüllt sein würden, ausgerottet werden müsse. Die Ansichten gingen auseinander: manche zeichneten sich durch große militärische Härte und Strenge aus, die wohl zu weit ging; diesen standen andere gegenüber, die einen milderen Geist atmeten. Der Postmeister bemerkte, Herrn Tschitschikow erwachse jetzt eine heilige Pflicht; er könne unter seinen Bauern eine Art Vater werden und (so drückte er sich aus) sogar eine wohltätige Aufklärung verbreiten; und bei diesem Anlasse äußerte er sich sehr lobend über die Lancastersche Methode des wechselseitigen Unterrichts.

In dieser Weise redete und urteilte man in der Stadt, und viele teilten, von aufrichtiger Teilnahme getrieben, sogar Tschitschikow persönlich einige dieser Ratschläge mit und boten ihm sogar eine Eskorte an, um die Bauern sicher nach ihrem neuen Wohnsitze zu geleiten. Für die Ratschläge sprach ihnen Tschitschikow seinen Dank aus und sagte, er werde vorkommendenfalls nicht verabsäumen, davon Gebrauch zu machen; die Eskorte aber lehnte er entschieden ab, mit der Bemerkung, sie sei ganz unnötig; die Bauern, die er gekauft habe, besäßen einen außerordentlich friedlichen Charakter, seien aus freien Stücken selbst sehr für die Übersiedelung, und ein Aufstand unter ihnen sei jedenfalls ein Ding der Unmöglichkeit.

Alle diese Gespräche und Debatten hatten jedoch für Tschitschikow die angenehmste Folge, die er überhaupt nur erwarten konnte: es verbreitete sich nämlich das Gerücht, daß er nicht mehr und nicht weniger als ein Millionär sei. Die Einwohner der Stadt hatten, wie wir bereits im ersten Kapitel gesehen haben, Tschitschikow ohnehin schon von Herzen liebgewonnen, und jetzt nach diesen Gerüchten steigerte sich ihre Zuneigung noch beträchtlich. Übrigens, die Wahrheit zu sagen, sie waren ein gutmütiges Völkchen, lebten unter sich einträchtig, verkehrten miteinander ganz freundschaftlich, und ihre Gespräche trugen das Gepräge einer besonderen Treuherzigkeit und Herzensgüte: »Lieber Freund Ilja Iljitsch!« ... »Hör mal, Bruder Antipator Sacharjewitsch!« ... »Du flunkerst wohl ein bißchen, Mamachen Iwan Grigorjewitsch.« Bei der Anrede an den Postmeister Iwan Andrejewitsch fügte man immer in deutscher Sprache die Frage hinzu: »Sprechen Sie deutsch?« Kurz, es ging alles wie in einer Familie zu. Viele waren nicht ohne Bildung: der Gerichtspräsident konnte Schukowskis »Ludmila« auswendig, die damals den Reiz der Neuheit noch nicht verloren hatte*, und deklamierte viele Stellen daraus meisterhaft, namentlich: »Entschlummert ist der Wald, es schläft das Tal«, wobei er das darauf folgende Wort »Scht!« so sprach, daß man tatsächlich zu sehen glaubte, wie das Tal schlief; um die Ähnlichkeit noch zu vergrößern, kniff er dabei sogar die Augen zusammen. Der Postmeister widmete sich mehr der Philosophie und las sehr eifrig, sogar nachts, Youngs »Nachtgedanken« und Eckartshausens »Aufschlüsse zu den Geheimnissen der Natur«, aus denen er sich sehr lange Auszüge machte; von welcher Art allerdings diese Auszüge waren, das war niemandem bekannt. Übrigens war er ein Witzbold, ein Freund blumenreicher Redewendungen und liebte es, wie er sich selbst ausdrückte,

* Dieses Gedicht erschien im Jahre 1808.

seine Rede »aufzutakeln«. Das tat er denn mittels einer Menge von kleinen Einschiebseln wie: »mein verehrter Herr«, »verstehen Sie wohl«, »wie Sie sich vorstellen können«, »beziehungsweise«, »sozusagen«, »gewissermaßen«, und mehr dergleichen, die er massenhaft einstreute; auch takelte er seine Rede in recht gelungener Weise dadurch auf, daß er das eine Auge zusammenkniff, was seinen satirischen Bemerkungen immer einen sehr boshaften Ausdruck verlieh. Die übrigen waren ebenfalls mehr oder weniger gebildete Leute: der eine las Karamsin, ein anderer die Moskauer Nachrichten, ein dritter sogar überhaupt nichts. Der eine war, was man eine Suse nennt, d. h. ein Mensch, den man nur durch einen Fußtritt zu etwas anregen konnte; ein anderer war einfach ein Faulpelz und lag, wie man zu sagen pflegt, sein ganzes Lebelang auf der Bärenhaut; es wäre vergeblich gewesen, wenn man ihn in Bewegung zu bringen gesucht hätte, denn er rührte sich unter keinen Umständen. Was das Aussehen anlangt, so waren sie, wie bereits bekannt, sämtlich stattliche Leute, und einen Schwindsüchtigen gab es unter ihnen nicht. Alle gehörten sie zur Sorte derjenigen, denen die Frauen in zärtlichen Gesprächen unter vier Augen Namen von folgender Art zu geben pflegen: »Dickerchen, Pommelchen, Pausback, Strammerchen, Bacchus« usw. Aber im allgemeinen waren sie ein gutmütiges Völkchen und sehr gastfrei, und wer bei ihnen zu Mittag oder zu Abend gegessen oder an einer Whistpartie teilgenommen hatte, der war ihnen dadurch schon nahe gerückt, und wieviel mehr galt das für Tschitschikow mit seinen bezaubernden Eigenschaften und Manieren, für ihn, der tatsächlich das große Geheimnis kannte, wie man gefällt. Sie hatten ihn so liebgewonnen, daß er keine Möglichkeit sah, sich von der Stadt loszureißen; überall bekam er zu hören: »Ach, bleiben Sie doch noch eine Woche bei uns, Pawel Iwanowitsch, wenigstens noch eine Woche!« Kurz, er wurde, wie man zu sagen pflegt, auf den Händen getragen. Noch unvergleichlich viel größer aber und wahrhaft staunenswert war der Eindruck, den Tschitschikow auf die Damenwelt machte. Um dies einigermaßen zu verdeutlichen, müßte man vieles über die Damen selbst und über ihr gesellschaftliches Leben sagen; man müßte, wie der übliche Ausdruck lautet, mit lebendigen Farben ihre seelischen Eigenschaften schildern; aber für den Verfasser ist das eine schwere Aufgabe. Einerseits hält ihn sein grenzenloser Respekt vor den Gemahlinnen der hohen Beamten davon ab, und andererseits ... andererseits ist es einfach eine schwere Aufgabe. Die Damen der Stadt N. waren ... nein, ich bringe es wirklich nicht fertig: ich bin wirklich zu schüchtern. An den Damen der Stadt N. verdiente am meisten Beachtung der Umstand, daß ... Es ist ganz sonderbar: die Feder läßt sich gar nicht fortbewegen, gerade als ob ein Stück Blei in ihr darin steckte. So sei es denn: über ihre Charaktere zu sprechen muß ich offenbar jemandem überlassen, der mehr und lebhaftere Farben auf seiner Palette hat; mir steht es höchstens zu, ein paar Worte über ihr Äußeres zu sagen, über das, was mehr an der Oberfläche liegt. Die Damen der Stadt N. waren, was man präsentabel nennt, und in dieser Hinsicht konnte man sie kühn allen anderen als Muster hinstellen. Was passendes Benehmen, Wahrung des guten Tons, Beobachtung der Etikette und der vielen feinen Regeln des Anstandes, besonders aber Befolgung der Mode in ihren kleinsten Einzelheiten anlangt, so liefen sie hierin selbst den Petersburgerinnen und Moskauerinnen den Rang ab. Sie kleideten sich mit großem Geschmack und fuhren in der Stadt in Equipagen umher, auf denen nach der Vorschrift der neuesten Mode hinten ein Lakai in einer mit goldenen Tressen besetzten Livree hin und her schaukelte. Eine Visitenkarte, mochte es auch nur eine Treff-Zwei oder ein Karo-As mit dem daraufgeschriebenen Namen sein, galt als etwas Hochheiliges. Um einer solchen Karte willen hatten zwei Damen, obwohl sie die besten Freundinnen gewesen waren und sogar in verwandtschaftlichen Beziehungen standen, sich vollständig miteinander verfeindet, weil nämlich die eine von ihnen es verabsäumt hatte, einen Gegenbesuch zu machen. Und wie sehr sich auch nachher ihre Ehemänner und Verwandten bemühten, sie zu versöhnen, so gelang es ihnen doch nicht; es stellte sich heraus, daß man alles auf der Welt tun kann, nur eines nicht: zwei Damen versöhnen, die sich wegen eines verabsäumten Gegenbesuches verfeindet haben. So verharrten denn die beiden Damen »im Zustande wechselseitiger Antipathie«, wie man sich in den besseren Kreisen der Stadt ausdrückte. Über den Vorrang kam es ebenfalls oft zu sehr heftigen Szenen, infolge deren die Herren manchmal rechtlich ritterliche, hochherzige Ansichten über ihre Pflicht als Beschützer bekundeten. Duelle fanden zwischen ihnen natürlich nicht statt, da sie sämtlich Zivilbeamte waren; aber dafür suchte der eine den andern, wo es nur möglich war, mit Kot zu bewerfen, was bekanntlich für den davon Betroffenen manchmal peinlicher ist als ein Duell. Im Punkte der Moral waren die Damen der Stadt N. streng; von edler Entrüstung über Laster und Verführung erfüllt, verurteilten sie schonungslos jede Art von Schwäche. Wenn aber wirklich unter ihnen etwas von der Art vorkam, was man eine Eheirrung nennt, so kam das immer nur im geheimen vor, so daß nie recht klar wurde, was vorgekommen war; es wurde immer der gute Schein bewahrt, und sogar der Ehemann wurde so vorbereitet, daß er, wenn er von der Eheirrung etwas sah oder hörte, kurz und anständig mit dem Sprichworte antwortete: »Niemanden geht es etwas an, wenn Gevatter und Gevatterin beeinander sitzen.« Es muß noch angemerkt werden, daß sich die Damen der Stadt N. wie viele Petersburger Damen durch große Vorsicht und ein feines Gefühl für Anstand in ihren Worten und Ausdrücken auszeichneten. Niemals sagten sie: »Ich habe mir die Nase ausgeschnoben, ich schwitzte, ich spuckte aus«; sondern sie sagten: »Ich putzte mir die Nase, ich benutzte das Taschentuch.« Unter keinen Umständen war es erlaubt zu sagen: »Der Inhalt dieses Glases oder dieses Tellers stinkt«, oder auch nur eine Bemerkung zu machen, in der eine Hindeutung auf diese Tatsache gelegen hätte; sondern sie sagten statt dessen: »Dieses Glas benimmt sich nicht gut« oder sonst etwas in dieser Art. Um die russische Sprache noch mehr zu veredeln, wurde von den Damen fast die Hälfte der Wörter ganz ausgemerzt, woraus sich dann für sie sehr oft die Nötigung gab, ihre Zuflucht zum Französischen zu nehmen; und im Französischen war es dann eine ganz andere Sache: da waren Ausdrücke erlaubt, die weit schlimmer waren als die obenerwähnten. Das wäre es also, was sich über die Damen der Stadt N. sagen läßt, wenn man sich nur auf das Obenaufliegende beschränkt. Blickt man aber tiefer hinein, dann enthüllen sich einem allerdings noch viele andere Dinge; indes ist es sehr gefährlich, tiefer in die Frauenherzen hineinzublicken. Also wollen wir, uns auf die Oberfläche beschränkend, fortfahren. Bisher hatten alle Damen nur wenig über Tschitschikow geredet, obwohl sie seinen liebenswürdigen Umgangsformen volle Gerechtigkeit widerfahren ließen; aber seit sich das Gerücht verbreitet hatte, daß er eine Million Rubel besitze, suchten sie auch seine übrigen Eigenschaften zu erkunden. Übrigens waren die Damen durchaus nicht habgierig: schuld an allem war das Wort Millionär, nicht der Millionär selbst, sondern nur das Wort; denn in dem bloßen Klange dieses Wortes, ganz abgesehen von jedem Gedanken an den Geldsack, liegt etwas, was sowohl auf Schufte als auch auf anständige Menschen als auch auf Leute, die weder das eine noch das andere sind, kurz, auf alle wirkt. Der Millionär ist in der günstigen Lage, die Gemeinheit, die ganz uneigennützige, reine Gemeinheit, die auf keinerlei Spekulationen beruht, sehen zu können: viele Leute wissen recht gut, daß sie von ihm nie etwas bekommen werden und keinerlei Anspruch darauf haben; aber doch suchen sie mit ihm zusammenzutreffen und lächeln ihn an, nehmen den Hut vor ihm ab und drängen sich zu einem Diner, von dem sie wissen, daß der Millionär dazu eingeladen ist. Man kann nicht sagen, daß bei den Damen eine solche leise Hinneigung zur Gemeinheit sich hätte wahrnehmen lassen; aber in vielen Salons begann man sich dahin zu äußern, Tschitschikow sei ja allerdings kein schöner Mann ersten Ranges, aber doch ein Mann, wie er sein müsse, und wenn er noch ein wenig dicker oder voller wäre, so würde das nicht mehr hübsch sein. Bei solchen Gelegenheiten wurden sogar einige anzügliche Bemerkungen über dünne Männer gemacht: das seien ja nur sozusagen Zahnstocher und keine Männer. Man konnte mehrfach die Wahrnehmung machen, daß für die Damentoiletten noch mehr als sonst getan wurde. Im Bazar war ein lebhafter Verkehr, beinah ein Gedränge; es bildete sich ein ordentlicher Korso, so viele Equipagen kamen angefahren. Die Kaufleute waren erstaunt, als sie sahen, daß einige Kleiderstoffe, die sie von der Messe mitgebracht, aber wegen des hoch scheinenden Preises nicht hatten absetzen können, plötzlich in Aufnahme kamen und reißend abgingen. Beim Gottesdienst fiel es auf, daß eine Dame unter dem Kleide eine so starke Unterlage hatte, daß das ausgespreizte Kleid die halbe Kirche ausfüllte und der anwesende Polizeikommissar Befehl gab, das Volk weiter zurückzudrängen, mehr nach dem Ausgange zu, damit die Toilette Ihrer Hochwohlgeboren nicht zerknittert werde. Selbst Tschitschikow konnte nicht umhin, die außerordentliche Aufmerksamkeit, die er erregte, zu bemerken. Als er einmal nach Hause zurückkehrte, fand er auf seinem Tische einen Brief. Von wo er kam, und wer ihn gebracht hatte, konnte er nicht in Erfahrung bringen; der Kellner antwortete, der Überbringer habe ihm verboten zu sagen, von wem der Brief sei. Der Brief begann sehr energisch, nämlich folgendermaßen: »Nein, ich, eine Dame, muß an Dich schreiben!« Dann war davon die Rede, daß es eine geheime Sympathie der Seelen gebe; diese Wahrheit wurde durch mehrere Gedankenstriche bekräftigt, die beinahe eine halbe Zeile füllten. Dann folgten mehrere Gedanken, die durch ihre Richtigkeit so bemerkenswert waren, daß wir es fast für unumgänglich notwendig erachten, sie herzuschreiben: »Was ist unser Leben? Eine Schlucht, in der Leiden wohnen. Was ist die gute Gesellschaft? Eine Haufe von Menschen ohne Gefühl und Empfindung.« Dann erwähnte die Schreiberin, sie benetze mit ihren Tränen die Zeilen, die ihre zärtliche Mutter geschrieben habe; es seien schon fünfundzwanzig Jahre verflossen, seit diese nicht mehr auf der Erde weile; sie forderte Tschitschikow auf, in die Wüste zu ziehen und für immer die Stadt zu verlassen, wo die Menschen in der stickigen Einschließung keine freie Luft atmeten; der Schluß des Briefes klang sogar ganz verzweifelt, und am Ende standen folgende Verse:

»Zwei Turteltäubchen schwirren
Um meinen Leichenstein,
Und traurig sagt ihr Girren:
›Hier fand sie Ruhe von ihrer Pein.‹«

Die letzte Zeile hatte zwar kein richtiges Versmaß; aber das war weiter nicht schlimm: der Brief war ganz im Geiste der damaligen Zeit geschrieben. Eine Unterschrift fehlte: es stand weder ein Vorname noch ein Familienname da, nicht einmal Monat und Tag. In einem Postskriptum war nur noch hinzugefügt, sein eigenes Herz müsse die Schreiberin erraten, und auf dem am folgenden Tage beim Gouverneur stattfindenden Balle werde diese selbst anwesend sein.

Das interessierte ihn sehr. In der Anonymität lag so viel Lockendes, so vieles, was die Neugier reizte, daß er den Brief zum zweiten und zum dritten Male durchlas und endlich sagte: »Es wäre doch interessant zu wissen, wer die Schreiberin ist!« Kurz, die Sache wurde, wie man sieht, ernsthaft; länger als eine Stunde dachte er darüber nach; zuletzt breitete er die Arme auseinander, ließ den Kopf sinken und sagte: »Aber der Brief ist doch sehr, sehr manieriert geschrieben!« Dann wurde der Brief selbstverständlich zusammengefaltet und in die Schatulle gelegt, wo er neben einen Theaterzettel und eine Hochzeitseinladung zu liegen kam, welche letztere schon sieben Jahre lang an demselben Flecke aufbewahrt wurde. Bald darauf wurde ihm wirklich eine Einladung zu dem Balle beim Gouverneur gebracht. Solche Bälle sind in Gouvernementsstädten etwas ganz Gewöhnliches; wo ein Gouverneur ist, da sind auch Bälle; sonst würde es von seiten des Adels an der gebührenden Liebe und Hochachtung mangeln.

Tschitschikow ließ nun sofort alle andersartige Tätigkeit liegen und richtete alle seine Gedanken auf die Vorbereitungen zum Balle; denn es gab in der Tat viele Gründe, die ihn anregten und anspornten. Vielleicht hatte seit Erschaffung der Welt noch nie jemand soviel Zeit auf seine Toilette verwendet. Eine ganze Stunde widmete er allein der Betrachtung seines Gesichtes im Spiegel. Er versuchte ihm den verschiedenartigsten Ausdruck zu verleihen: bald einen würdigen und gesetzten, bald einen respektvollen, aber mit einem Lächeln verbundenen, bald einen einfach respektvollen ohne Lächeln; auch machte er vor dem Spiegel mehrere Verbeugungen in Begleitung undeutlicher Laute, die teilweise mit französischen Ähnlichkeit hatten, obwohl Tschitschikow überhaupt kein Französisch konnte. Er bereitete sogar sich selbst eine Menge angenehmer Überraschungen, indem er sich mit den Augenbrauen zuwinkte, sich mit den Lippen anlächelte, ja sogar mit der Zunge eigentümliche Bewegungen ausführte; kurz, was macht man nicht für wunderliches Zeug, wenn man allein im Zimmer ist und außerdem das Bewußtsein hat, ein hübscher Kerl zu sein, und überdies überzeugt ist, daß niemand durch eine Ritze sieht? Zuletzt klopfte er sich leicht auf das Kinn und sagte dabei: »Ach, du kleiner Bullenbeißer!« und begann dann sich anzuziehen. Diese höchst zufriedene Stimmung hielt bei ihm während der ganzen Zeit des Anziehens an: während er die Hosenträger anlegte oder das Halstuch umband, machte er Kratzfüße, verbeugte sich mit besonderer Gewandtheit und führte, obgleich er nie getanzt hatte, sogar einen Entrechat aus. Dieser Entrechat hatte eine kleine harmlose Folge: die Kommode wackelte, und die Bürste fiel vom Tische.

Sein Erscheinen auf dem Balle brachte eine ungewöhnliche Wirkung hervor. Alle Anwesenden wandten sich zu ihm, um ihn zu begrüßen, der eine mit den Karten in der Hand, ein anderer beim interessantesten Punkte des Gespräches, nachdem er soeben gesagt hatte: »Und das Unterkreisgericht antwortete darauf . . .« Aber was das Kreisgericht geantwortet hatte, das ließ er ungesagt und eilte auf unseren Helden zu, um ihn zu bewillkommnen. »Pawel Iwanowitsch! Ach, du mein Gott, Pawel Iwanowitsch! Liebster Pawel Iwanowitsch! Verehrtester Pawel Iwanowitsch! Mein Seelchen Pawel Iwanowitsch! Da bist du ja, Pawel Iwanowitsch! Da ist er, unser Pawel Iwanowitsch! Gestatten Sie mir, Sie an mein Herz zu drücken, Pawel Iwanowitsch! Gebt ihn doch mal hierher; ich will ihm einen herzlichen Kuß geben, meinem teuren Pawel Iwanowitsch!« Tschitschikow fühlte sich gleichzeitig in den Armen mehrerer. Er hatte sich noch nicht aus der Umarmung des Präsidenten losmachen können, da fand er sich in den Armen des Polizeimeisters; der Polizeimeister übergab ihn dem Inspektor des Medizinalwesens; der Inspektor des Medizinalwesens dem Branntweinpächter; der Branntweinpächter dem Baumeister . . . Der Gouverneur, der in diesem Augenblicke neben ein paar Damen stand und in der einen Hand ein Bonbonpapier, in der anderen ein Bologneser Hündchen hielt, warf das Bonbonpapier und das Bologneser Hündchen auf den Fußboden, so daß das Hündchen ein Gewinsel ausstieß, – kurz, Tschitschikow verbreitete ringsum außerordentliche Freude und Heiterkeit. Da war kein Gesicht, auf dem nicht das Vergnügen des Betreffenden zum Ausdruck gekommen wäre oder sich nicht wenigstens ein Abglanz des allgemeinen Vergnügens gezeigt hätte. So ist es der Fall mit den Gesichtern der Beamten, wenn ein hoher Chef angekommen ist, um die ihm unterstellten Behörden zu revidieren: nachdem der erste Schreck vorüber ist, sehen sie, daß ihm vieles gefällt und er selbst sich schließlich dazu herabläßt, ein Späßchen zu machen, d. h. ein paar Worte mit freundlichem Lächeln zu sagen; und nun lachen die ihn am nächsten umgebenden Beamten zur Erwiderung doppelt so laut, als die Sache es verdient; es lachen von Herzen auch diejenigen, die seine Worte nur mangelhaft gehört haben; ja selbst der weit davon an der Eingangstür stehende Polizist, der von seiner Geburt an in seinem ganzen Leben noch nicht gelacht und eben erst dem Volke die Faust gezeigt hat, auch der bringt nach den unwandelbaren Gesetzen des Reflexes auf seinem Gesichte ein Lächeln zum Ausdruck, obgleich dieses Lächeln mehr so aussieht, als habe jemand eine starke Prise genommen und schicke sich nun an zu niesen. Unser Held antwortete all und jedem und verspürte eine außerordentliche Gewandtheit: er verbeugte sich nach rechts und nach links, nach seiner Gewohnheit etwas schräg seitwärts, aber völlig frei, so daß er alle bezauberte. Die Damen umringten ihn sogleich in Gestalt einer glänzenden Girlande und brachten ganze Wolken aller erdenklichen Wohlgerüche mit sich: die eine roch nach Rosen, eine andere duftete nach Frühling und Veilchen, eine dritte war ganz mit Reseda parfümiert; Tschitschikow hob nur immer die Nase in die Höhe und zog den Geruch ein. Ihre Toiletten zeugten vom höchsten Geschmack: der Musselin, der Atlas, das Nesseltuch hatten ganz blasse moderne Farben, für die sich nicht einmal Benennungen angeben ließen; so weit ging die Feinheit des Geschmacks! Flatternde Bandschleifen und kleine Blumensträuße waren an den Kleidern hier und da in malerischer Unordnung angebracht, obgleich sich mit dieser Unordnung ein kluger Kopf tüchtig abgemüht hatte. Der leichte Kopfputz hielt sich nur an den Ohren und schien zu sagen: »Paßt auf, ich fliege davon! Schade nur, daß ich meine schöne Besitzerin nicht mitnehmen kann!« Die Taillen waren eng umspannt und wiesen recht kräftige, für das Auge sehr angenehme Formen auf (es muß angemerkt werden, daß überhaupt alle Damen der Stadt N. etwas voll waren, sich aber so kunstvoll schnürten und ein so angenehmes Benehmen hatten, daß ihre Korpulenz in keiner Weise auffiel). Alles war an ihnen mit größter Umsicht überlegt und überdacht: der Hals und die Schultern waren gerade so weit entblößt, als nötig war, nicht weiter; eine jede enthüllte die Reize, über die sie verfügte, so weit, daß dieselben nach ihrer eigenen Überzeugung imstande waren, einen Mann verrückt zu machen; alles übrige wurde mit großem Geschmack versteckt: ein ganz leichtes Halstüchelchen aus Bändern, leichter als das Gebäck, das unter dem Namen Baiser bekannt ist, schlang sich luftig um den Hals, oder es ragten an den Schultern unter dem Kleide jene kleinen gezackten Streifen aus dünnem Batist hervor, die unter dem Namen Anstandsbewahrer bekannt sind. Diese Anstandsbewahrer verbargen vorn und hinten dasjenige, was nicht mehr nötig war, um einen Mann verrückt zu machen, erweckten aber dabei die Vermutung, daß gerade da der Hauptreiz versteckt liege. Die langen Handschuhe reichten nicht ganz bis an die Ärmel hinauf, sondern ließen absichtlich die lockenden Teile der Arme oberhalb der Ellbogen unbedeckt, Teile, die sich bei vielen durch eine beneidenswerte Fülle auszeichneten; bei manchen waren die Glacéhandschuhe bei dem Versuche, sie weiter hinaufzuziehen, sogar geplatzt. Kurz, es machte den Eindruck, als ob auf jedem Gegenstande geschrieben stände: »Nein, dies ist nicht eine Gouvernementsstadt; dies ist eine Residenz; dies ist Paris selbst!« Nur hier und da tauchte plötzlich eine Haube auf, wie sie die Erde noch nie gesehen hatte, oder sogar so etwas wie eine Pfauenfeder, Dinge, bei denen die Trägerin allen Moden zum Trotz ihrem eigenen Geschmacke gefolgt war. Aber ohne dergleichen geht es nun einmal nicht ab; das ist eben eine Eigenheit jeder Gouvernementsstadt: irgendwo gibt sie sich unbedingt eine Blöße. Während Tschitschikow vor den Damen stand, dachte er: »Welche ist nun wohl die Verfasserin des Briefes?« Dabei streckte er seine Nase etwas vor; aber da streifte unmittelbar an seiner Nase eine ganze Reihe von

Ellbogen, Ärmelaufschlägen, Bandenden, parfümierten Chemisetts und Damenkleidern vorüber. Eine Galoppade flog Hals über Kopf an ihm vorbei: die Frau Postmeister, der Bezirkshauptmann, eine Dame mit einer blauen Feder, eine Dame mit einer weißen Feder, der georgische Fürst Tschipchaichilidsew, ein Beamter aus Petersburg, ein Beamter aus Moskau, der Franzose Coucou, die Herren Perchunowski und Berebendowski, – all dies jagte wild und toll dahin . . .

»Na, nun geht's los; da sieht man die Gouvernementsstadt!« sagte Tschitschikow vor sich hin, indem er zurückwich, und sobald die Damen wieder auseinandergetreten waren und sich auf ihre Plätze gesetzt hatten, begann er von neuem sich umzuschauen, ob er nicht an dem Ausdrucke des Gesichts und der Augen erkennen könne, welche der Damen die Verfasserin sei; aber dies wollte ihm nicht gelingen. Auf allen Gesichtern lag so etwas Halbverstecktes, so etwas unfaßbar Feines, – oh, so Feines! . . . »Nein«, sagte Tschitschikow zu sich selbst, »die Frauen, das sind Wesen . . .« (hier machte er eine resignierte Handbewegung); »da ist einfach nichts darüber zu sagen! Da soll mal einer versuchen, all das zu beschreiben, was über ihre Gesichter hinläuft, all diese leisen Schattierungen und verstohlenen Andeutungen . . . es ist einfach unmöglich, das mit Worten wiederzugeben. Schon allein ihre Augen bilden ein so unendliches Reich: wenn da ein Mensch hineingerät, so verschwindet er spurlos. Das ist ein Abgrund, aus dem man ihn mit keinem Haken wieder herauszieht. Da soll mal einer zum Beispiel versuchen, auch nur ihren Glanz zu schildern: feucht und samtig und zuckersüß ist er, und Gott weiß, was sonst noch alles! und hart und weich und sogar ganz schmachtend oder schmelzend, oder auch nicht schmelzend, was noch schlimmer ist als schmelzend, – diese Blicke greifen einem ans Herz und setzen in der Seele alle Saiten in Bewegung, als ob ein Fiedelbogen darüber hinführe. Nein, man findet einfach keine Worte, um die Frauen zu schildern; es ist eine verdeibelte Bande! Punktum!«

Pardon! Es scheint, daß den Lippen unseres Helden ein Wort entschlüpft ist, das er auf der Straße aufgelesen hat. Aber was ist zu machen? Ein russischer Schriftsteller befindet sich nun einmal in einer üblen Situation. Übrigens, wenn ein von der Straße stammendes Wort in ein Buch hineingerät, so ist nicht der Schriftsteller daran schuld, sondern die Leser und vor allem die Leser aus den höheren Gesellschaftskreisen: gerade von ihnen bekommt man kein einziges ordentliches russisches Wort zu hören; sondern sie regalieren einen mit französischen, deutschen und englischen Brocken in solcher Quantität, daß einem davon ganz übel wird; und dabei bewahren sie noch alle möglichen Feinheiten der Aussprache: sie näseln und schnarren im Französischen und sprechen das Englische so, daß es wie eine Vogelsprache klingt, und machen noch dazu ein Vogelgesicht und lachen sogar über denjenigen, der kein Vogelgesicht zu machen versteht. Nur mit dem Russischen mögen sie nichts zu tun haben, höchstens daß sie sich aus Patriotismus auf dem Lande zum Sommeraufenthalt ein Bauernhaus in russischem Geschmack bauen lassen. Dieses Geistes Kinder sind nun einmal die Leser aus den höheren Schichten und in ihrem Gefolge auch alle, die sich selbst zu den höheren Schichten rechnen möchten! Und was stellen sie trotzdem für übertriebene Ansprüche! Sie verlangen durchaus, es solle alles in strengster, reinster, edelster Ausdrucksweise geschrieben sein; kurz, sie verlangen, daß die russische Sprache sich auf einmal ganz von selbst, vollständig ausgebildet, aus den Wolken herabsenke und sich ihnen geradezu auf die Zunge setze, so daß sie weiter nichts zu tun hätten als den Mund zu öffnen und diese Sprache zur Schau zu stellen. Gewiß, die weibliche Hälfte des Menschengeschlechtes hat ja viel Wunderliches; aber offen gestanden, die verehrten Leser kommen mir manchmal noch wunderlicher vor.

Inzwischen fand Tschitschikow es immer noch völlig unmöglich, darüber ins klare zu kommen, wer die Verfasserin des Briefes sei. Bei dem Versuche, noch schärfer forschende

Blicke auf die Damen zu richten, sah er, daß auch in deren Blicken etwas lag, was frohe Hoffnungen und zugleich süße Qualen in das Herz eines armen Sterblichen senden konnte, und sagte sich schließlich: »Nein, ich kann es nicht erraten!« Dadurch wurde aber die heitere Stimmung, in der er sich befand, keineswegs vermindert. Er wechselte in ungezwungener, gewandter Manier mit einigen Damen ein paar freundliche Worte, indem er zu der einen oder anderen mit kleinen, flinken Schritten heranging oder vielmehr herantrippelte, in der Art, wie das gewöhnlich stutzerhafte alte Herren mit hohen Absätzen tun, die sogenannten Mäusehengste, die sehr behende um die Damen herumscherwenzeln. Während er so mit recht geschickten Wendungen bald nach rechts, bald nach links umhertrippelte, machte er jedesmal sofort einen Kratzfuß, der sich mit einem kleinen Schnörkel bei der Schrift oder mit einem Komma im Satzbau vergleichen ließ. Die Damen waren mit ihm sehr zufrieden und fanden an ihm nicht nur eine Menge angenehmer, liebenswürdiger Eigenschaften, sondern sie entdeckten in seinem Gesicht sogar einen majestätischen Ausdruck, ja etwas Martialisches und Heldenhaftes, was bekanntlich dem weiblichen Geschlechte in hohem Grade gefällt. Sie fingen sogar schon an, sich um seinetwillen ein bißchen zu streiten: da sie bemerkt hatten, daß er gewöhnlich neben einer Tür stand, so suchten mehrere Damen wetteifernd die Stühle in der Nähe dieser Tür einzunehmen, und als es einer Dame dabei geglückt war, anderen zuvorzukommen, so wäre es beinahe zu einer unerquicklichen Szene gekommen, und viele, welche gern dasselbe erreicht hätten, erklärten eine solche Dreistigkeit für empörend.

Tschitschikow hatte sich so in das Gespräch mit den Damen verwickelt oder, richtiger gesagt, die Damen hatten ihn so umringt und ins Gespräch verwickelt, wobei sie ihn mit einer Menge der geistreichsten und feinsten allegorischen Redewendungen überschütteten, die er sämtlich enträtseln mußte, wovon ihm sogar der Schweiß auf die Stirn trat, – daß er vergaß, die Pflicht des Anstandes zu erfüllen und vor allen Dingen zur Hausfrau heranzugehen. Er erinnerte sich daran erst in dem Augenblick, als er die Stimme der Frau Gouverneur selbst hörte, die schon einige Minuten lang vor ihm stand. Die Frau Gouverneur sagte in heiterem, schelmischen Tone unter freundlichem Kopfschütteln: »Ah, Pawel Iwanowitsch, also so sind Sie! . . .« Ich kann die Worte der Frau Gouverneur nicht genau wiedergeben; aber was sie sagte, war voll der größten Liebenswürdigkeit und atmete denselben Geist wie die Reden der Damen und Herren in den Novellen unserer eleganten Schriftsteller, welche gern Salons schildern und mit ihrer Kenntnis des guten Tones prahlen. Der Inhalt war ungefähr: »Haben denn andere schon dermaßen von Ihrem Herzen Besitz ergriffen, daß in ihm gar kein Plätzchen, auch nicht das engste Winkelchen mehr für die von Ihnen so grausam Vergessenen übrig ist?« Unser Held wandte sich sofort zu der Frau Gouverneur hin und schickte sich schon an, ihr eine Antwort zu geben, die wahrscheinlich nicht schlechter gewesen wäre als in den modernen Novellen die Reden so eines Swonski, Linski, Lidin, Gremin und all solcher gewandten Offiziere, da hob er zufällig die Augen in die Höhe und hielt auf einmal wie vom Schlage gerührt inne.

Vor ihm stand nicht nur die Frau Gouverneur: sie hielt ein junges, sechzehnjähriges Mädchen untergefaßt, eine frische Blondine mit feinen, regelmäßigen Zügen, etwas spitzem Kinn und entzückend gerundetem, ovalem Gesichte, das ein Künstler als Modell für eine Madonna hätte nehmen können, mit einem Gesichte, wie man es in Rußland so selten antrifft, wo alles mögliche gern in die Breite geht: die Berge, die Wälder, die Steppen, die Gesichter, die Lippen, die Füße, – eben jene Blondine, der er auf der Landstraße begegnet war, als er von Nosdrew wegfuhr und durch die Dummheit der Kutscher oder der Pferde ihre Wagen zusammenstießen und sich mit dem Geschirr verfingen und Onkel Mitjai und Onkel Minjai es unternahmen, die Sache zu entwirren. Tschitschikow wurde so verlegen, daß er außerstande war, auch nur ein einziges vernünftiges Wort herauszubringen, und irgend etwas Sinnloses murmelte, wie es weder Gremin noch Swonski noch Lidin jemals gesagt haben würden.

»Sie kennen meine Tochter noch nicht?« fragte die Frau Gouverneur. »Sie ist in einem Erziehungsinstitut gewesen und eben aus demselben entlassen.«

Er erwiderte, er habe bereits zufällig das Glück gehabt, mit ihr bekannt zu werden; er versuchte noch etwas hinzuzufügen, aber es wollte ihm durchaus nicht gelingen. Die Frau Gouverneur sagte noch zwei, drei Worte und ging schließlich mit ihrer Tochter nach dem anderen Ende des Saales zu anderen Gästen; Tschitschikow aber stand immer noch unbeweglich an demselben Flecke wie jemand, der fröhlich auf die Straße hinaustritt, um einen Spaziergang zu machen, und seine Augen nach allen Seiten umherschweifen läßt, aber plötzlich regungslos stehen bleibt, weil ihm der Gedanke kommt, daß er etwas vergessen habe; und nun kann nichts dümmer aussehen als ein solcher Mensch: im Nu ist die sorglose Miene von seinem Gesichte verschwunden; er strengt sich an, sich zu besinnen, was er denn eigentlich vergessen habe: das Taschentuch? nein, das hat er in der Tasche; das Geld? auch nicht, das Geld steckt ebenfalls in der Tasche; er hat, wie es scheint alles bei sich, und doch flüstert ihm ein unbekannter Geist ins Ohr, daß er etwas vergessen habe. Und nun blickt er zerstreut und verwirrt auf die vor ihm vorüberströmende Menge und auf die dahinfliegenden Equipagen und auf die Tschakos und Gewehre eines vorbeimarschierenden Regimentes und nach einem Aushängeschilde und sieht nichts ordentlich. So wurde auch Tschitschikows Aufmerksamkeit plötzlich von allem abgelenkt, was um ihn her vorging. Unterdessen wurden von den duftenden Lippen der Damen an ihn eine Menge von Bemerkungen und Fragen gerichtet, die von Witz und Liebenswürdigkeit durchtränkt waren: »Dürfen wir armen Erdenbewohnerinnen so kühn sein, Sie zu fragen, worüber Sie nachdenken?« – »Wo befinden sich die glücklichen Gefilde, in denen Ihre Gedanken umherwandeln?« – »Kann man den Namen derjenigen erfahren, die Sie in dieses süße Tal der Träumerei versenkt hat?« Aber er verhielt sich gegen all dies völlig achtlos, und die freundlichen Redewendungen blieben so wirkungslos, als ob sie ins Wasser gefallen wären. Er war sogar so unhöflich, bald von den Fragerinnen fort nach der anderen Seite zu gehen, da er gern sehen wollte, wo die Frau Gouverneur mit ihrer Tochter geblieben sei. Aber die Damen schienen ihn doch nicht so ohne weiteres aufgeben zu wollen: eine jede von ihnen nahm sich im stillen vor, alle möglichen für unsere Herzen so gefährlichen Waffen zu gebrauchen und die stärksten Mittel, über die sie verfügte, zur Anwendung zu bringen. Ich muß hier anmerken, daß einige Damen (ich sage: einige; das ist etwas anderes als: alle) eine kleine Schwäche besitzen: wenn sie an sich etwas besonders Hübsches bemerken, sei es die Stirn, der Mund oder die Hände, so denken sie gleich, dieser schönste Teil ihrer Persönlichkeit müsse allen gleich zuerst in die Augen fallen, und alle müßten einhellig ausrufen: »Seht nur, seht nur, was sie für eine schöne griechische Nase hat!« oder: »Welch eine regelmäßige, entzückende Stirn!« Wenn eine aber schöne Schultern hat, so ist sie im voraus davon überzeugt, daß alle jungen Männer ganz begeistert sein und, sobald sie vorbeigeht, fortwährend wiederholen werden: »Ach, was hat sie für wundervolle Schultern!« Auf ihr Gesicht, ihr Haar, ihre Nase, ihre Stirn achten diese mit schönen Schultern begabten Damen gar nicht, und wenn sie wirklich darauf achten, so betrachten sie diese Stücke als nebensächlich. So denken manche Damen. Jede Dame nahm sich damals heilig vor, beim Tanze möglichst bezaubernd zu sein und denjenigen Vorzug, der an ihr der schönste war, in seinem vollen Glanze zu zeigen. Die Frau Postmeister legte beim Walzer den Kopf so schmachtend auf die Seite, daß ihr dies wirklich eine Art von überirdischem Aussehen verlieh. Eine sehr liebenswürdige Dame, die gar nicht mit der Absicht zu tanzen hingekommen war, wegen einer kleinen incommodité, wie sie sich selbst ausdrückte, in Gestalt eines Hühnerauges am rechten Fuße, weswegen sie sogar Plüschschuhe hatte anziehen müssen, konnte sich doch nicht enthalten, einige Touren in ihren Plüschschuhen zu machen, namentlich damit die Frau Postmeister sich nicht allzuviel in den Kopf setzen möchte.

Aber all dies brachte bei Tschitschikow nicht die beabsichtigte Wirkung hervor. Er blickte gar nicht einmal nach den schönen Touren hin, die die Damen ausführten, sondern hob sich fortwährend auf die Fußspitzen, um über die Köpfe weg zu schauen, wo die interessante Blondine geblieben sein möchte; dann wieder hockte er sich ein wenig nieder und blickte zwischen den Schultern und Rücken hindurch. Endlich erspähte er sie: sie saß mit ihrer Mutter da, auf deren Kopf sich majestätisch ein orientalischer Turban mit einer Feder wiegte. Es hatte den Anschein, als wolle er auf die beiden Damen einen Sturmangriff unternehmen. Ob nun die Frühlingsstimmung auf ihn wirkte oder ihm gewissermaßen jemand von hinten einen Stoß gab: genug, er drängte sich, ohne auf irgend etwas Rücksicht zu nehmen, energisch vorwärts: der Branntweinpächter erhielt von ihm einen solchen Stoß, daß er schwankte und sich nur mit Mühe auf einem Beine hielt; sonst hätte er jedenfalls hinter sich eine ganze Reihe zu Fall gebracht; der Postmeister trat ebenfalls zurück und blickte ihn mit einem Erstaunen an, das mit feiner Ironie gemischt war. Aber Tschitschikow gönnte ihnen keinen Blick; er sah nur in der Ferne die Blondine, die sich einen langen Handschuh anzog und ohne Zweifel von dem brennenden Verlangen erfüllt war, über das Parkett dahinzufliegen. Da an der Seite aber tanzten vier Paare eifrig Masurka; die Absätze stampften auf den Fußboden; ein Stabskapitän von der Linie arbeitete mit Leib und Seele, mit Händen und Füßen und führte solche Pas aus, von denen ein anderer Mensch sich nicht einmal etwas hätte träumen lassen. Tschitschikow huschte an den Masurkatänzern vorbei, fast über ihre Absätze hinweg, und steuerte geradewegs nach dem Platz hin, wo die Frau Gouverneur mit ihrem Töchterchen saß. Indes nahte er sich ihnen sehr schüchtern und trippelte nicht so keck und stutzerhaft; er war sogar etwas verlegen, und in allen seinen Bewegungen lag eine gewisse Unbeholfenheit.

Es läßt sich nicht mit Gewißheit sagen, ob wirklich bei unserem Helden das Gefühl der Liebe erwacht war; es ist sogar zweifelhaft, ob Herren von solcher Statur, d. h. solche, die nicht eigentlich dick, aber auch nicht eigentlich dünn sind, überhaupt die Befähigung zur Liebe besitzen; aber jedenfalls ging mit ihm etwas Sonderbares vor, etwas, was er sich selbst nicht erklären konnte: es schien ihm, wie er selbst nachher bekannte, als ob der ganze Ball mit all seinem Stimmengewirr und Lärm für einige Minuten weit weggerückt sei; die Geigen und Trompeten erklangen irgendwo jenseits einer Bergkette, und alles war mit einem Nebel überzogen, der dem nachlässig hingemalten Untergrunde auf einem Bilde glich. Und aus diesem nebligen, flüchtig hingeworfenen Untergrunde traten klar und bestimmt einzig und allein die feinen Umrisse der reizenden Blondine hervor: ihr ovales Gesichtchen, ihre schlanke, schlanke Gestalt, wie sie eben Schülerinnen in den ersten Monaten nach ihrer Entlassung zu haben pflegen, ihr weißes, fast einfach zu nennendes Kleidchen, das die jungen, wohlgestalteten Glieder überall leicht und anmutig umschloß, die sich in reinen Linien abzeichneten. Das ganze Persönchen glich einem kunstvoll aus Elfenbein geschnitzten Figürchen; nur sie allein schimmerte hell und weiß aus der trüben, dunklen Menge hervor.

Offenbar pflegt es auf der Welt so zuzugehen; offenbar werden auch Menschen wie Tschitschikow für einige Minuten im Leben zu Dichtern; indes das Wort Dichter besagt wohl etwas zuviel. Wenigstens aber kam er sich ganz wie ein forscher junger Mann, ja beinahe wie ein Husar vor. Als er neben den beiden Damen einen leeren Stuhl bemerkte, nahm er sofort auf ihm Platz. Das Gespräch wollte zunächst nicht in Gang kommen; aber dann kam die Sache besser in Fluß; er bekam sogar etwas Courage, aber ... Hier muß ich zu meinem großen Leidwesen anmerken, daß Männer in gesetzten Jahren, Männer, welche hohe Ämter bekleiden, in den Gesprächen mit Damen sich oft etwas schwerfällig zeigen; die Meister auf diesem Gebiete sind die Herren Leutnants; aber die Fähigkeit dauert nicht über den Hauptmannsrang hinaus. Wie sie es machen, das mag Gott wissen; es scheint, daß sie nicht sehr erstaunliche Dinge reden; aber ein junges Mädchen schüttelt sich dabei auf seinem Stuhle fortwährend vor Lachen. Ein Staatsrat aber redet Gott weiß was: entweder bringt er die Rede darauf, daß Rußland ein weit ausgedehntes Reich ist, oder er macht der Dame ein Kompliment, das gewiß scharfsinnig erdacht ist, aber nach Buchweisheit riecht; und wenn er etwas Komisches sagt, so lacht er selbst weit mehr darüber als seine Zuhörerin. Ich merke dies hier deswegen an, damit die Leser verstehen, warum die Blondine, während unser Held redete, zu gähnen anfing. Unser Held jedoch bemerkte das gar nicht, sondern erzählte all die hübschen Dinge weiter, die er schon an verschiedenen Orten bei ähnlichen Gelegenheiten vorgetragen hatte, nämlich: im Gouvernement Simbirsk bei Sofron Iwanowitsch Bespetschny, wo damals dessen Tochter Adelaida Sofronowna mit drei Schwägerinnen, Marja Gawrilowna, Alexandra Gawrilowna und Adelgeida Gawrilowna, zugegen war; bei Fjodor Fjodorowitsch Perekrojew im Gouvernement Rjasan; bei Frol Wasiljewitsch Pobjedonosny im Gouvernement Pensa und bei seinem Bruder Peter Wasiljewitsch, wo anwesend waren: seine Schwägerin Katerina Michailowna und ihre entfernten Kusinen Rosa Fjodorowna und Emilija Fjodorowna; im Gouvernement Wjatka bei Peter Warsonofjewitsch in Gegenwart der Schwester seiner Schwiegertochter Pelageja Jegorowna, sowie seiner Nichte Sofja Rostislawna und seiner beiden Stiefschwestern Sofja Alexandrowna und Maklatura Alexandrowna.

Allen Damen mißfiel ein solches Benehmen Tschitschikows in hohem Grade. Eine von ihnen ging absichtlich an ihm vorbei, um ihm dies zu verstehen zu geben, und streifte sogar die Blondine in sehr nachlässiger Manier mit dem dicken Wulst ihres Kleides, und der Schärpe, die um ihre Schultern flatterte, gab sie eine solche Richtung, daß dieselbe mit dem einen Ende die Blondine gerade ins Gesicht traf; und gleichzeitig kam hinter ihm von den Lippen einer Dame zusammen mit dem Veilchenduft eine recht bissige, giftige Bemerkung. Aber entweder hatte er diese Bemerkung wirklich nicht gehört, oder er stellte sich so, als ob er sie nicht gehört hätte; jedenfalls war das nicht gut; denn auf die Meinung der Damen muß man hohen Wert legen. Er bereute das auch, aber erst nachher, also zu spät.

Auf vielen Gesichtern prägte sich ein in jeder Hinsicht berechtigter Unwille aus. Wie groß auch das Ansehen war, das Tschitschikow in der Gesellschaft genoß, und obgleich er Millionär war und in seinem Gesicht etwas Majestätisches und sogar etwas Martialisches und Heldenhaftes lag, so gibt es doch Dinge, die die Damen niemandem verzeihen, er sei, wer er wolle, und dann ist es um ihn geschehen! Es gibt Fälle, in denen die Frau, wie schwach und kraftlos auch ihr Charakter im Vergleich zu dem des Mannes sein mag, doch auf einmal fester nicht nur als der Mann, sondern als alles auf der Welt wird. Die Vernachlässigung, die Tschitschikow fast unabsichtlich den Damen hatte zuteil werden lassen, stellte zwischen ihnen sogar die Einigkeit wieder her, die anläßlich der Okkupation des Stuhles beinahe in die Brüche gegangen war. In einigen gewöhnlichen, inhaltlosen Bemerkungen, die er, ohne sich etwas dabei zu denken, gemacht hatte, fanden sie bissige Anspielungen. Um das Unglück voll zu machen, hatte einer der jungen Männer ein paar satirische Verse auf die tanzende Gesellschaft gedichtet; denn ohne solche poetischen

Ergüsse geht es nun einmal bekanntlich auf einem Ball in einer Gouvernementsstadt nicht leicht ab. Als den Verfasser dieser Verse betrachtete man nun sofort Tschitschikow. Der Unwille stieg, und die Damen begannen in verschiedenen Ecken über ihn in sehr unfreundlicher Weise zu reden; dabei wurde auch die arme Blondine aufs schärfste getadelt und ihr Todesurteil unterschrieben.

Inzwischen aber bereitete sich für unsern Helden eine höchst unangenehme Überraschung vor: während die Blondine gähnte und er ihr allerlei Anekdoten aus den verschiedensten Zeiten der Weltgeschichte erzählte und dabei sogar auf den griechischen Philosophen Diogenes zu sprechen kam, erschien aus dem anstoßenden Zimmer Nosdrew. Ob er sich aus dem Büfettraum losgerissen hatte, oder ob er aus dem kleinen grünen Salon kam, wo ein kräftigeres Spiel als das gewöhnliche Whist im Gange war, und ob er diesen freiwillig verlassen hatte oder hinausgeworfen war, das mag dahingestellt bleiben; genug, er erschien fröhlich und vergnügt, Arm in Arm mit dem Staatsanwalt, den er wahrscheinlich schon eine ziemliche Zeit so herumschleppte, da der arme Staatsanwalt seine Augen unter den dichten Brauen nach allen Seiten hinwendete, wie wenn er auf ein Mittel sänne, von dieser freundschaftlichen Wanderung Arm in Arm loszukommen. Und diese war allerdings unerträglich. Nosdrew, der sich durch zwei Tassen Tee, natürlich nicht ohne Rum, Courage angetrunken hatte, log in der unverschämtesten Weise. Tschitschikow, der ihn schon von weitem erblickte, entschloß sich sogar dazu, ein Opfer zu bringen, nämlich seinen beneidenswerten Platz zu verlassen und sich möglichst schnell zu entfernen; denn diese Begegnung verhieß ihm nichts Gutes. Aber unglücklicherweise trat in diesem Augenblicke der Gouverneur zu ihm heran, drückte seine außerordentliche Freude darüber aus, Pawel Iwanowitsch gefunden zu haben, und hielt ihn fest, indem er ihn bat, Schiedsrichter zu sein in einem Streite, den er mit zwei Damen über die Frage hatte, ob die

Liebe der Frauen von langer Dauer sei oder nicht; unterdessen aber hatte Nosdrew ihn bereits gesehen und kam gerade auf ihn zu.

»Ah, der Chersoner Gutsbesitzer, der Chersoner Gutsbesitzer!« rief er herantretend und in ein gewaltiges Gelächter ausbrechend, von dem seine frischen Backen, die so rot waren wie eine Frühlingsrose, nur so zitterten. »Nun? Hast du viele Tote eingehandelt? Sie wissen ja noch nicht, Exzellenz«, schrie er, sich zum Gouverneur wendend, aus vollem Halse, »er handelt mit toten Seelen! Bei Gott! Hör mal, Tschitschikow! Weißt du, ich sage es dir in aller Freundschaft, wir sind ja hier alle deine Freunde, und da ist ja auch Seine Exzellenz: ich würde dich aufhängen lassen, bei Gott, ich würde dich aufhängen lassen!«

Tschitschikow fühlte den Stuhl unter sich nicht mehr.

»Glauben Sie mir, Exzellenz«, fuhr Nosdrew fort, »als er zu mir sagte: ›Verkaufe mir tote Seelen!‹ da platzte ich beinahe vor Lachen. Und wie ich jetzt hierherkomme, so erzählt man mir, er habe für drei Millionen Rubel Bauern zur Übersiedelung gekauft. Ei, ei, zur Übersiedelung. Er hat ja bei mir um Tote gehandelt! Hör mal, Tschitschikow, du bist ein Rindvieh, bei Gott, ein Rindvieh! Da ist ja auch Seine Exzellenz ... nicht wahr, Staatsanwalt?«

Aber der Staatsanwalt und Tschitschikow und der Gouverneur selbst waren dermaßen bestürzt und verlegen, daß sie nicht wußten, was sie antworten sollten; unterdessen aber fuhr der halbbetrunkene Nosdrew, ohne sich um etwas zu kümmern, in seiner Rede fort: »Nein, Bruder, nein, du ... ich gehe nicht von dir weg, ehe ich nicht erfahren habe, wozu du die toten Seelen gekauft hast. Hör mal, Tschitschikow, du solltest dich wirklich schämen; du weißt doch selbst, daß du keinen besseren Freund hast als mich. Da ist ja auch Seine Exzellenz ... nicht wahr, Staatsanwalt? Sie glauben gar nicht, Exzellenz, was wir beide für intime Freunde sind; wirklich, wenn Sie sagten, – da, hier stehe ich, und wenn Sie sagten:

›Nosdrew, sage mir auf dein Gewissen: wen hast du lieber, deinen leiblichen Vater oder Tschitschikow?‹ Dann würde ich sagen: ›Tschitschikow‹, bei Gott . . . Erlaube, mein Seelchen, ich will dir einen herzlichen Kuß geben. Gestatten Sie, Exzellenz, daß ich ihn küsse! Ja, Tschitschikow, sträube dich nicht; erlaube mir, daß ich dir ein Küßchen auf deine schneeweiße Backe drücke!« Aber der kußlustige Nosdrew wurde so heftig zurückgestoßen, daß er beinah auf die Erde flog. Alle traten von ihm weg und hörten nicht mehr auf ihn. Aber doch hatte er das von dem Ankauf der toten Seelen so aus voller Kehle geschrien und mit einem so lauten Gelächter begleitet, daß es die Aufmerksamkeit sogar derjenigen erregt hatte, die sich in den fernsten Ecken des Saales befanden. Diese Neuigkeit erschien so sonderbar, daß alle mit erstarrter, dumm fragender Miene dastanden. Tschitschikow bemerkte, daß viele Damen einander mit einem boshaften, höhnischen Lächeln zublinzelten und der Ausdruck mancher Gesichter etwas Zweideutiges bekam, wodurch seine Verwirrung noch gesteigert wurde. Daß Nosdrew ein ausgemachter Lügner war, wußten sie alle, und es konnte sich niemand wundern, wenn man von ihm einen absoluten Unsinn zu hören bekam; aber der sterbliche Mensch – es ist wirklich schwer zu begreifen, was der sterbliche Mensch für eine Natur hat: mag eine Neuigkeit auch noch so abgeschmackt sein, wenn es nur eine Neuigkeit ist, so teilt er sie unfehlbar einem andern sterblichen Menschen mit, wenn auch nur, um dabei zu sagen: »Sehen Sie nur, was für eine Lüge da in Umlauf gesetzt worden ist!« Und der sterbliche Mensch hält mit Vergnügen sein Ohr hin, obgleich er nach dem Anhören selbst sagt: »Ja, es ist eine ganz abgeschmackte Lüge, die keinerlei Beachtung verdient!« Und danach macht er sich sofort auf, um einen dritten sterblichen Menschen zu suchen, diesem die Neuigkeit zu erzählen und dann mit ihm zusammen in edler Entrüstung auszurufen: »Welch eine abgeschmackte Lüge!« Und so wandert die Neuigkeit unfehlbar in der ganzen Stadt umher, und alle sterblichen Menschen, so viele ihrer da vorhanden sind, reden unfehlbar davon so lange, bis sie dessen überdrüssig werden, und bekennen dann, daß die Sache gar keine Beachtung verdiene und nicht wert sei, daß man von ihr rede.

Dieses anscheinend so alberne Begebnis verstimmte unsern Helden doch nicht wenig. Wie töricht auch die Reden eines Dummkopfes sind, so reichen sie doch manchmal aus, um einen verständigen Menschen zu beunruhigen. Ein unbehagliches, mißmutiges Gefühl hatte ihn ergriffen, gerade wie wenn er mit einem sauber geputzten Stiefel plötzlich in eine schmutzige, übelriechende Pfütze hineingetreten wäre; kurz, es war nicht schön, ganz und gar nicht schön! Er versuchte, nicht daran zu denken, gab sich Mühe, sich zu zerstreuen und zu erheitern, setzte sich zum Whist hin; aber alles ging wie ein schiefstehendes Rad: zweimal spielte er eine falsche Farbe aus, und einmal stach er, mit dem ganzen Arme ausholend, dummerweise die Karte seines eigenen Äden. Der Präsident vermochte gar nicht zu begreifen, wie Pawel Iwanowitsch, sonst ein so guter, ja, man kann sagen, ein feiner Spieler, so grobe Fehler machen konnte; hatte er doch sogar seinen, des Präsidenten, Pik-König, auf den er, der Präsident, nach seinem eigenen Ausdruck, alle seine Hoffnung gesetzt hatte wie auf den lieben Herrgott, verloren gehen lassen. Natürlich machten der Postmeister und der Präsident und sogar der Polizeimeister selbst, wie das üblich ist, ihre Späßchen über unsern Helden: er sei wohl verliebt, und sie wüßten schon, daß Pawel Iwanowitschs Herzchen verwundet sei, wüßten auch, wer den Pfeil abgeschnellt habe; aber all das konnte ihn nicht erheitern, wie sehr er sich auch bemühte, zu lachen und scherzhafte Antworten zu geben. Auch beim Abendessen war er nicht imstande, seine gesellschaftlichen Künste spielen zu lassen, obgleich die Tischgesellschaft eine sehr angenehme war und man Nosdrew schon längst hinausspediert hatte, weil schließlich selbst die Damen der Ansicht gewesen waren, daß sein Benehmen doch gar zu skandalös sei. Beim Kotillon hatte er sich auf den Fußboden gesetzt und angefangen, die Tanzenden an den Rockschößen zu fassen, was denn doch, wie die Damen sich ausdrückten, alles überstieg. Das Souper verlief sehr heiter: alle Gesichter, die da um die dreiarmigen Leuchter, die Blumen, Konfektschalen und Flaschen geschart waren, glänzten von aufrichtiger Befriedigung. Die Offiziere, die Damen, die Zivilisten, alle wetteiferten in Liebenswürdigkeit, sogar bis zu süßlichem Übermaß. Die Herren sprangen von den Stühlen auf und liefen den Dienern entgegen, um ihnen die Schüsseln abzunehmen und sie mit außerordentlicher Geschicklichkeit den Damen zu präsentieren. Ein Oberst reichte seiner Dame eine Sauciere auf der Spitze seines nackten Degens. Die älteren Herren, unter denen Tschitschikow saß, debattierten laut miteinander und verspeisten zu ihren sachverständigen Reden tüchtige Bissen Fisch oder Rindfleisch, die sie reichlich in Senf getaucht hatten; aber obwohl sie über Gegenstände debattierten, an denen er immer ein großes Interesse genommen hatte, glich er doch einem Menschen, der von einer weiten Reise müde und zerschlagen ist, keinen vernünftigen Gedanken mehr fassen und nichts mehr begreifen kann. Er wartete nicht einmal das Ende des Soupers ab, sondern fuhr sehr viel früher nach Hause, als es in seiner Gewohnheit lag.

Dort, in jenem Zimmerchen, das dem Leser so wohlbekannt ist, mit der durch die Kommode zugestellten Tür und den manchmal aus den Ecken herausblickenden Schaben, schwankten und wankten seine Gedanken ebenso unruhig hin und her wie der Lehnstuhl, auf dem er saß. Es war ihm trüb und verdrießlich zu Sinne; in seinem Herzen herrschte eine peinliche Leere und Öde. »Hol der Teufel all die Menschen, die diese Bälle erfunden haben!« sagte er ärgerlich. »Na, worüber freuen sie sich da in ihrer Dummheit? Im Gouvernement ist Mißernte und Teuerung, und da gehen sie auf den Ball! So ein Unsinn: putzen sich die Weiber da mit ihrem Lappenkram aus! Kann leicht sein, daß manche da tausend

Rubel auf dem Leibe trug! Und wer bezahlt's? Die Bauern mit ihren Abgaben oder, was noch schlimmer ist, unsereiner mit seinem Gewissen. Denn das ist ja bekannt: warum läßt man sich bestechen und handelt unehrenhaft? Um der Frau einen Schal kaufen zu können und allerlei robes rondes, weiß der Teufel, wie sie all die Dinger nennen! Und wozu? Damit nur ja nicht ein liederliches Frauenzimmer sagt, die Frau Postmeister habe ein besseres Kleid angehabt; um einer solchen Schwätzerin willen werden tausend Rubel weggeworfen. Da schreien sie nun: ›Ein Ball, ein Ball, das ist ein Vergnügen!‹ Ein Ball ist einfach ein Dreck, etwas, was dem russischen Wesen und dem russischen Geiste widerstreitet. Weiß der Teufel, was das vorstellen soll: ein erwachsener, volljähriger Mann kommt da auf einmal hereingesprungen, ganz schwarz gekleidet, geleckt und geschniegelt wie ein Affe, und nun geht das Strampeln mit den Beinen los! Und andere stehen paarweise zusammen und unterhalten sich über ernste Gegenstände; aber mit den Füßen führen sie gleichzeitig wie junge Böcke nach rechts und links allerhand Schnörkel aus . . . Alles aus Nachäfferei, alles aus Nachäfferei! Weil der Franzose mit vierzig Jahren noch ebenso ein Kind ist, wie er es mit fünfzehn Jahren war, darum müssen wir es ebenso machen! Nein, wirklich, nach jedem Ball ist mir geradeso zumute, als hätte ich eine Sünde begangen; ich mag an einen Ball nicht einmal zurückdenken. Im Kopfe fühlt man sich leer wie nach einem Gespräche mit einem Weltmann: von allem plaudert er, alles berührt er so obenhin, alles mögliche bringt er vor, was er aus Büchern zusammengestoppelt hat; alles ganz hübsch und bunt, aber wollte Gott, daß man auch nur das geringste davon im Kopfe mitnähme! Man sieht nachher ein, daß sogar das Gespräch mit einem einfachen Kaufmann, der nur sein Geschäft, dieses aber ordentlich und aus Erfahrung kennt, nutzbringender ist als all jenes hohle Gerede. Na, was hat man denn von einem solchen Balle? Nehmen wir an, ein Schriftsteller käme auf den Einfall, diese ganze Szene so, wie sie ist, zu schildern. Dann würde sie sich in dem Buche ebenso abgeschmackt ausnehmen wie in der Wirklichkeit. Würde sie einem moralisch oder unmoralisch vorkommen? Mag's der Teufel wissen; man würde ausspucken und das Buch zuklappen!« So unfreundlich urteilte Tschitschikow über die Bälle im allgemeinen; aber wie es scheint, hatte seine Entrüstung noch einen anderen Grund. In der Hauptsache ärgerte er sich nicht über den Ball, sondern darüber, daß er dabei Malheur gehabt hatte, daß er auf einmal vor allen Leuten in Gott weiß was für einem Lichte erschienen war und eine sonderbare, zweideutige Rolle gespielt hatte. Allerdings, wenn er die Sache mit dem Auge eines vernünftigen Menschen betrachtete, so sah er, daß das alles nur dummes Zeug war, daß ein törichtes Gerede nichts zu bedeuten hatte, namentlich jetzt nicht, wo die Hauptsache bereits in gehöriger Form erledigt war. Aber der Mensch ist ein sonderbares Wesen: es kränkte ihn gewaltig die Mißachtung von seiten eben jener Menschen, die er nicht achtete, und über die er so scharf urteilte, indem er ihre Eitelkeit und Putzsucht tadelte. Er ärgerte sich darüber um so mehr, da er bei genauer Überlegung einsah, daß er an dieser Mißachtung zum Teil selbst schuld war. Auf sich selbst indessen war er nicht zornig, und daran tat er natürlich recht. Wir alle haben die kleine Schwäche, uns selbst ein bißchen schonend zu behandeln und lieber einen anderen in unserer nächsten Umgebung zu suchen, auf den wir unseren Ärger abladen können, z. B. einen Diener, einen uns unterstellten Beamten, der uns gerade in den Wurf kommt, unsere Frau oder schließlich einen Stuhl, den wir beiseiteschleudern, vielleicht gerade gegen eine Tür, so daß eine Seitenlehne oder die Rücklehne abbricht: mögen sie lernen, was es bedeutet, wenn wir zornig sind! So fand auch Tschitschikow bald einen andern, dem er alles aufpacken konnte, was ihm sein Zorn eingab. Dieser andere war Nosdrew, und man muß sagen, derselbe wurde von ihm so gründlich und kräftig heruntergemacht wie sonst etwa nur noch ein gaunerischer Dorfschulze oder ein Postknecht von einem reisenden, erfahrungsreichen Hauptmann oder auch General, der zu den vielen, allgemein üblichen Schimpfwörtern noch eine Menge unbekannter hinzutut, die erfunden zu haben sein eigenes Verdienst ist. Er nahm sich Nosdrews ganzen Stammbaum vor, und vielen Mitgliedern von dessen Familie in aufsteigender Linie ging es dabei herzlich schlecht.

Aber während er schlaflos und von unruhigen Gedanken gepeinigt auf seinem harten Lehnstuhl saß und heftig gegen Nosdrew und dessen ganze Verwandtschaft loszog und vor ihm das Talglicht brannte, dessen Docht sich schon längst oben mit einem verkohlten schwarzen Hute bedeckt hatte und jeden Augenblick zu erlöschen drohte, und während ihm durch die Fenster die finstere, dunkle Nacht hereinblickte, die schon nahe daran war, infolge der herannahenden Dämmerung eine bläuliche Färbung anzunehmen, und während sich in der Ferne ein paar voneinander weit entfernte Hähne ankrähten und in der fest schlafenden Stadt sich irgendwo ein in einen Friesmantel gehüllter Mann, Gott weiß welchen Ranges und Standes, von der Schenke heimschleppte (leider ein von dem zügellosen russischen Volke nur zu sehr begangener Weg): unterdessen begab sich am andern Ende der Stadt etwas, wodurch die unangenehme Lage unseres Helden noch verschlimmert werden sollte. Nämlich durch die fernen Straßen und Gassen der Stadt klapperte ein sehr sonderbares Vehikel, über dessen Benennung man im Zweifel sein konnte. Es ähnelte weder einem Reisewagen noch einer Kalesche noch einer Britsche, sondern eher einer geschwollenen, dickbackigen Wassermelone, die auf Räder gesetzt ist. Die Backen dieser Melone, d. h. die Wagentüren, trugen noch Spuren gelber Farbe; sie schlossen sehr schlecht, infolge des üblen Zustandes der Klinken und Schlösser, und waren daher notdürftig mit Stricken zugebunden. Die Melone war mit baumwollenen Kissen angefüllt, die wie Tabaksbeutel oder wie Fensterwalzen oder einfach wie Kopfkissen aussahen, und war außerdem vollgepfropft mit Säcken voll Brot, Semmeln, Kringeln und Brezeln aus abgebrühtem Teige. Sogar eine Hühnerpastete und eine Gurkenpastete guckten oben heraus. Auf dem hinteren Trittbrett saß eine Art von Lakai in einer Jacke aus bunter Hausleinwand, mit einem schon leicht angegrauten Barte, ein Diener, welcher »Bursche« genannt zu werden pflegt. Das Rasseln der eisernen Radschienen und das Kreischen der verrosteten Schrauben weckten am andern Ende der Stadt den Nachtwächter, der seine Hellebarde aufhob und schlaftrunken, so laut er konnte, schrie: »Wer ist da?« Aber als er sich überzeugt hatte, daß niemand vorbeikam, sondern nur ein Gepolter aus der Ferne herübertönte, fing er auf seinem Rockkragen ein Tierchen, trat an eine Laterne und vollstreckte dort gleich an ihm auf seinem Fingernagel die Todesstrafe, worauf er die Hellebarde wieder hinlegte und den Satzungen seines Ritterordens gemäß wieder einschlief. Die Pferde fielen beständig auf die Knie der Vorderbeine, weil sie nicht beschlagen waren und außerdem ihnen das bequeme städtische Pflaster zu wenig bekannt war. Nachdem die altmodische Kutsche einige Wendungen von einer Straße in die andere gemacht hatte, bog sie endlich in eine dunkle Seitengasse neben der kleinen Pfarrkirche des heiligen Nikolaus ein und hielt vor dem Tore des Hauses des Oberpopen. Aus dem Wagen stieg ein Mädchen mit einem Tuche über dem Kopfe und in einem Seelenwärmer und begann mit beiden Fäusten so kräftig gegen das Tor zu schlagen, daß es ein Mann nicht besser gekonnt hätte. (Der Bursche in der Jacke aus bunter Hausleinwand wurde erst nachher an den Füßen von seinem Sitze heruntergezogen; denn er schlief wie ein Toter.) Die Hunde fingen an zu bellen; endlich wurde das Tor geöffnet und verschlang, wiewohl nur mit großer Mühe, das ungefüge Reisefuhrwerk. Dieses fuhr in einen engen Hof hinein, der ganz voll war von aufgeschichtetem Brennholz, Hühnerställen und allerlei Vorratsgebäuden; aus dem Wagen stieg eine Dame: diese Dame war die Gutsbesitzerin und Kollegiensekretärin Korobotschka. Die alte Dame war bald nach der Abreise unseres Helden durch die Befürchtung, daß sie vielleicht von ihm betrogen sei, in solche Unruhe geraten, daß sie, nachdem sie drei Nächte hintereinander nicht geschlafen hatte, sich entschloß, nach der Stadt zu fahren (obgleich die Pferde nicht beschlagen waren) und dort zuverlässige Erkundigungen einzuziehen, wie hoch tote Seelen im Preise ständen, und ob sie nicht mit dem Verkauf zu einem so billigen Preise einen argen Fehler begangen habe. Welche Folgen ihre Ankunft hatte, das kann der Leser aus einem Gespräch erkennen, welches zwischen zwei Damen stattfand. Dieses Gespräch . . . aber wir wollen über dieses Gespräch lieber im folgenden Kapitel berichten.

NEUNTES KAPITEL

Am Vormittage, noch vor der Stunde, die in N. für Visiten angesetzt war, kam aus der Tür eines orangefarbenen Holzhauses mit einem Halbgeschoß und himmelblauen Säulen eine Dame in einem karierten, modernen Umhange herausgeflattert, begleitet von einem Lakaien in einem Mantel mit mehreren Kragen und mit einer goldenen Tresse an dem blanken Zylinderhute. Die Dame stieg alsbald mit großer Eile mittels des niedergelassenen Wagentrittes in eine vor der Tür stehende Kutsche. Der Lakai machte sofort hinter der Dame den Schlag zu, schlug den Tritt in die Höhe, ergriff die Riemen hinten an der Kutsche und rief dem Kutscher zu: »Fahr zu!« Die Dame führte eine soeben gehörte Neuigkeit mit sich und fühlte den unwiderstehlichen Drang, sie so schnell wie möglich weiter zu verbreiten. Jeden Augenblick schaute sie aus dem Wagenfenster und sah zu ihrem unaussprechlichen Ärger, daß immer noch die Hälfte des Weges übrig war. Jedes Haus kam ihr länger als gewöhnlich vor; das dürftige steinerne Armenhaus mit den schmalen Fenstern zog sich unerträglich lang hin, so daß sie sich schließlich nicht enthalten konnte zu sagen: »So ein verdammtes Gebäude; gar kein Ende nimmt es!« Der Kutscher hatte schon zweimal die Weisung erhalten: »Schneller, schneller, Andruschka! Du fährst ja heute unerträglich langsam!« Endlich war das Ziel erreicht. Die Kutsche hielt vor einem einstöckigen hölzernen Hause von dunkelgrauer Farbe, mit weißen Basreliefs über den Fenstern, mit einem hohen Holzgitter unmittelbar vor den Fenstern und mit einem schmalen Vorgärtchen, hinter dessen Zaun ein paar dünne Bäumchen standen, die immer von dem sie bedeckenden Straßenstaube ganz weiß aussahen. An den Fenstern waren ein paar Blumentöpfe sichtbar, ferner ein Papagei, der sich in seinem Käfig schaukelte, indem er sich mit dem Schnabel an einen Ring klammerte, und zwei Hündchen, die in der Sonne schliefen. In diesem Hause wohnte eine Busenfreundin der soeben angekommenen Dame. Der Verfasser befindet sich in großer Verlegenheit, wie er die beiden Damen nennen soll, ohne daß man ihm deswegen zürnt, wie es ihm schon früher einmal passiert ist. Einen Familiennamen zu erfinden, ist gefährlich. Was für einen Namen man auch ersinnen mag, es findet sich mit Sicherheit in irgendeinem Winkel unseres, Gott sei Dank, so großen Vaterlandes jemand, der ihn trägt, unfehlbar in grimmige Wut gerät und behauptet, der Verfasser sei absichtlich im geheimen nach seinem Wohnorte hingereist gekommen, um sich nach allem zu erkundigen, was er für ein Mensch sei, und was für eine Art von Schafpelz er trage, und was für eine Agrafena Iwanowna er zu besuchen pflege, und was er gern esse. Und eine Figur nach dem Range zu bezeichnen, ist noch gefährlicher. Alle Rangklassen und Stände sind jetzt bei uns von einer solchen Empfindlichkeit, daß sie alles, was in einem gedruckten Buche steht, sofort persönlich auffassen: diese Stimmung liegt offenbar in der Luft. Man braucht nur zu sagen, in einer Stadt lebe ein dummer Mensch, gleich ist das eine persönliche Anspielung: auf einmal springt ein Herr von achtbarem Äußeren auf und schreit: »Ich bin ja auch ein Mensch; folglich bin auch ich dumm!« Kurz, er merkt sofort, wie es gemeint ist. Und darum wollen wir zur Vermeidung all solcher Folgen diejenige Dame, zu der die Besucherin gekommen war, so nennen, wie sie fast einhellig in N. genannt wurde, nämlich die in jeder Beziehung angenehme Dame. Diese Benennung hatte sie auf rechtmäßige Weise erworben; denn sie hatte es wirklich an nichts fehlen lassen, um im äußersten Grade liebenswürdig zu werden, obwohl allerdings aus der Liebenswürdigkeit nicht selten die ganze schlaue Gewandtheit des weiblichen Charakters hervorlugte (o weh!), und obwohl manchmal in ihren angenehmen Worten eine spitze Nadel verborgen war (o weh!). Und dann, o Gott, o Gott, was brodelte nicht in ihrem Herzen für ein Ingrimm gegen diejenige, die sich beifallen ließ, ihr in irgendeiner Hinsicht den Vorrang streitig zu machen! Aber all das war von den feinsten Manieren umhüllt, wie sie nur in einer Gouvernementsstadt zu finden sind. Sie führte jede Bewegung in geschmackvoller Weise aus; sie liebte sogar die Poesie und verstand es sogar, manchmal ihrem Kopfe eine träumerische Haltung zu geben, und alle waren darüber einig, daß sie wirklich eine in jeder Beziehung angenehme Dame sei. Die andere Dame dagegen, die angekommene, besaß nicht eine solche Vielseitigkeit des Charakters, und daher wollen wir sie einfach die angenehme Dame nennen. Die Ankunft der Besucherin weckte die Hündchen auf, die in der Sonne schliefen: die zottige Adele, die sich fortwährend in ihrem eigenen langen Haar verwickelte, und den dünnbeinigen männlichen Hund Potpourri. Beide stürzten bellend mit gekrümmten Schwänzen ins Vorzimmer, wo die Besucherin sich ihres Umhanges entledigte und nun in einem Kleide von modernster Fasson und Farbe und mit einer langen Boa um den Hals dastand, das ganze Zimmer mit Jasminduft erfüllend. Kaum hatte die in jeder Beziehung angenehme Dame von der Ankunft der einfach angenehmen Dame erfahren, als sie auch schon ins Vorzimmer hinausgelaufen kam.

Die Damen ergriffen einander bei den Händen, küßten sich und schrien auf, wie junge Mädchen aufschreien, die ein Erziehungsinstitut besucht haben und einander bald nach der Entlassung begegnen, wo die lieben Mütter ihnen noch nicht haben auseinandersetzen können, daß der Vater der einen ärmer ist und im Range niedriger steht als der der anderen. Der Kuß fand absichtlich geräuschvoll statt, weil die Hündchen von neuem angefangen hatten zu bellen, wofür sie einen Klaps mit dem Taschentuche erhielten; dann begaben sich beide Damen in den Salon, der selbstverständlich blau tapeziert und mit einem Sofa, einem ovalen Tische und sogar mit einigen Efeuwänden ausgestattet war; hinter ihnen her liefen knurrend die zottige Adele und Potpourri mit den hohen, dünnen Beinen. »Hierher, hierher, hier in dieses Eckchen!« sagte die Wirtin und veranlaßte die Besucherin, in einer Ecke des Sofas Platz zu nehmen. »Sehen Sie, so! Sehen Sie, so! Da haben Sie auch ein Kissen!« Bei diesen Worten stopfte sie ihr hinter den Rücken ein Kissen, auf dem mit Wolle ein Ritter gestickt war in der Art, wie sie immer auf Kanevas gestickt werden: die Nase treppenförmig und die Lippen viereckig. »Wie freue ich mich, daß Sie . . . Ich höre, daß da jemand vorfährt, und denke bei mir: wer kann das so früh sein? Parascha sagt: ›Die Frau Vizegouverneur‹, und ich sage: ›Na, kommt die Närrin schon wieder, um mich zu ennuyieren‹, und wollte schon sagen, daß ich nicht zu Hause wäre . . .«

Die Besucherin versuchte, sogleich zur Sache zu kommen und ihre Neuigkeit mitzuteilen; aber ein Ausruf, den in diesem Augenblicke die in jeder Beziehung angenehme Dame tat, gab dem Gespräch auf einmal eine andere Richtung.

»Was für ein reizender Zitz!« rief die in jeder Beziehung angenehme Dame, als sie das Kleid der einfach angenehmen Dame ins Auge faßte.

»Ja, es ist recht hübsch. Praskowja Fjodorowna findet allerdings, daß es besser sein würde, wenn die Karos kleiner und die Tüpfelchen nicht braun, sondern blau wären. Meiner

Schwester habe ich einen anderen Stoff geschickt: der ist so entzückend, daß man es einfach nicht mit Worten ausdrücken kann. Denken Sie sich nur: schmale, ganz schmale Streifchen, so schmal, wie sie sich die menschliche Phantasie nur vorstellen kann, ein himmelblauer Untergrund und zwischen den Streifen immer Stiefmütterchen und Gänseblümchen, Stiefmütterchen und Gänseblümchen, Stiefmütterchen und Gänseblümchen . . . Mit einem Worte: ein Nonplusultra! Man kann mit Sicherheit sagen, daß es etwas Ähnliches noch nie auf der Welt gegeben hat.«

»Das ist zu bunt, meine Liebe!«

»O nein, es ist nicht zu bunt!«

»Doch, es ist zu bunt.«

Es muß hier angemerkt werden, daß die in jeder Beziehung angenehme Dame bis zu einem gewissen Grade Materialistin war, zum Verneinen und Zweifeln neigte und sich gegen sehr vieles im Leben ablehnend verhielt.

Hier erklärte die einfach angenehme Dame, daß es durchaus nicht zu bunt sei, und rief dann: »Ja, ich gratuliere Ihnen: man trägt keine Falbeln mehr!«

»Wie geht das zu?«

»Statt dessen trägt man Festons.«

»Ach, das ist aber nicht hübsch – Festons!«

»Festons, überall Festons: die Pelerine aus Festons, an den Ärmeln Festons, Schulterstücke aus Festons, unten Festons, überall Festons.«

»Das ist unschön, Sofja Iwanowna, wenn überall Festons sind.«

»Wunderhübsch ist es, Anna Grigorjewna: man näht sie mit zwei feinen Säumen und weiten Öffnungen, und oben . . . Aber hören Sie nur, da werden Sie sich einmal wundern; da werden Sie sagen, daß . . . Nun, staunen Sie: stellen Sie sich vor, die Taillen sind noch länger geworden; vorn ist eine Schnebbe, und das vordere Blankscheit ragt sehr weit vor; der Rock wird ringsherum ganz aufgerafft, wie früher bei den

Reifröcken; es wird sogar hinten etwas Watte untergelegt, damit eine vollständige belle femme herauskommt.«

»Nein, da muß ich sagen, das ist einfach unerhört!« erwiderte die in jeder Beziehung angenehme Dame und machte im Gefühl ihrer Würde eine stolze Bewegung mit dem Kopfe.

»Ja, das sage ich auch: es ist wirklich unerhört!« antwortete die einfach angenehme Dame.

»Nein, da mögen Sie sagen, was Sie wollen, diese Mode werde ich um keinen Preis mitmachen.«

»Ich ebensowenig . . . Wahrhaftig, wenn man sich vorstellt, wie weit manchmal die Mode geht . . . es ist unglaublich! Ich habe mir von meiner Schwester expreß den Schnitt geben lassen, spaßeshalber; meine Melanja schneidert schon daran.«

»Also Sie haben schon den Schnitt?« rief die in jeder Beziehung angenehme Dame in merklicher, echter Erregung.

»Gewiß, meine Schwester hat ihn mitgebracht.«

»Geben Sie ihn mir, mein Herzchen; ich bitte Sie darum bei allem, was heilig ist.«

»Ach, ich habe ihn schon Praskowja Fjodorowna versprochen. Vielleicht nach ihr.«

»Aber wer wird denn etwas, was Mode wird, später tragen als Praskowja Fjodorowna? Das wäre doch sehr sonderbar von Ihnen, wenn Sie Fremde Ihren Freundinnen vorzögen.«

»Aber sie ist doch meine Tante.«

»Was ist denn das für eine Tante, nur von seiten Ihres Mannes . . . Nein, Sofja Iwanowna, da will ich von einer abschlägigen Antwort nichts hören; das wäre ja gar zu arg; was wollen Sie mir da für eine Kränkung antun! Offenbar sind Sie meiner überdrüssig geworden; offenbar wollen Sie allen Verkehr mit mir abbrechen.«

Die arme Sofja Iwanowna wußte gar nicht, was sie tun sollte. Sie fühlte selbst, daß sie sich da häßlich in die Nesseln gesetzt hatte. Das hatte sie nun von ihrer Prahlerei! Sie hätte sich ihre dumme Zunge zur Strafe mit Nadeln zerstechen mögen.

»Nun, und was macht unser reizender Kavalier?« fragte inzwischen die in jeder Beziehung angenehme Dame.

»Ach, mein Gott! Da sitze ich nun so vor Ihnen, ohne ein Wort davon zu sagen! Na, das ist schön! Wissen Sie wohl, Anna Grigorjewna, mit was für einer Nachricht ich zu Ihnen gekommen bin?« Hier versetzte es der Besucherin einen Augenblick lang den Atem; aber dann wollten die Worte wie Habichte hintereinander herjagen, und nur ein so unmenschliches Wesen wie diese Busenfreundin konnte es fertigbringen, den beabsichtigten Erguß zu hemmen.

»Mögen Sie ihn noch so sehr loben und verhimmeln«, sagte sie mit ungewöhnlicher Lebhaftigkeit; »aber ich sage geradeheraus und will es ihm ins Gesicht sagen, daß er ein nichtswürdiger Mensch ist, ein nichtswürdiger, nichtswürdiger, nichtswürdiger Mensch!«

»Aber hören Sie nur, was ich Ihnen enthüllen möchte . . .«

»Da ist nun ein Gerede gemacht worden, daß er ein schöner Mann sei; aber er ist ganz und gar nicht schön, ganz und gar nicht schön, und seine Nase . . . seine Nase ist sogar sehr häßlich.«

»Erlauben Sie doch, erlauben Sie doch nur, daß ich Ihnen das erzähle . . . Anna Grigorjewna, mein Herzchen, erlauben Sie, daß ich Ihnen das erzähle! Das ist ja eine Skandalgeschichte; verstehen Sie wohl: eine Skandalgeschichte, ce qu'on appelle une histoire«, sagte die Besucherin mit beinahe verzweifelter Miene und in geradezu flehendem Tone. Es dürfte die Bemerkung nicht unangebracht sein, daß die beiden Damen in ihr Gespräch sehr viele fremde Wörter und manchmal ganze lange französische Sätze hineinmischten. Aber wie großen Respekt auch der Verfasser vor den außerordentlichen Vorteilen hat, die die französische Sprache unserem russischen Vaterlande bringt, sowie auch vor der löblichen Gewohnheit unserer höheren Gesellschaftskreise, sich dieser Sprache zu allen Stunden des Tages zu bedienen, jedenfalls aus einem tiefen Gefühl der Liebe zur Heimat, so kann er sich trotzdem nicht dazu entschließen, einen Satz aus irgendeiner fremden Sprache in diese feine russische Erzählung hineinzunehmen. Wir wollen also auf russisch fortfahren.

»Was ist denn das für eine Skandalgeschichte?«

»Ach, meine teuerste Anna Grigorjewna! Wenn Sie sich bloß vorstellen könnten, wie mir zumute war! Denken Sie sich nur, da kommt heute die Frau Oberpopin zu mir, die Frau Oberpopin, die Frau des Vater Kirill, und was meinen Sie? Als was für ein Mensch stellt sich unser Fremder, dieses stille Wässerchen, heraus?«

»Wie? Hat er denn der Frau Oberpopin die Cour geschnitten?«

»Ach, Anna Grigorjewna, wenn es sich nur um Courschneiden handelte, das könnte man noch hingehen lassen; aber hören Sie nur, was mir die Frau Oberpopin erzählt hat! Sie sagt, es sei die Gutsbesitzerin Frau Korobotschka zu ihr gekommen, ganz verängstet und totenblaß, und habe ihr etwas Schreckliches erzählt, etwas ganz Schreckliches! Hören Sie nur, es ist ein vollständiger Roman: auf einmal in stiller Mitternacht, als alles im Hause schon schläft, ertönt am Tore ein Pochen, das furchtbarste Pochen, das man sich nur vorstellen kann, und eine Stimme ruft: ›Macht auf, macht auf, oder ich schlage das Tor ein! . . .‹ Was sagen Sie dazu? Was soll man nach einem solchen Betragen von unserm reizenden Kavalier denken?«

»Was ist denn diese Frau Korobotschka für eine? Ist sie etwa jung und hübsch?«

»Durchaus nicht; sie ist eine alte Frau!«

»Ach, das ist ja kostbar! Also an eine alte Frau hat er sich herangemacht? Nun, da kann man wirklich sagen: unsere Damen haben einen guten Geschmack! Da haben sie sich gerade den Richtigen herausgesucht, um sich in ihn zu verlieben!«

»Aber nein doch, Anna Grigorjewna, es ist gar nicht so, wie Sie sich das denken! Stellen Sie sich nur vor: er erscheint, vom

Kopf bis zu den Füßen bewaffnet wie ein Rinaldo Rinaldini, und richtet an sie die Forderung: ›Verkaufen Sie mir alle Seelen, die bei Ihnen gestorben sind!‹ Frau Korobotschka antwortet sehr verständig: ›Ich kann sie nicht verkaufen, weil sie tot sind.‹ – ›Nein‹, sagt er, ›sie sind nicht tot; das ist meine Sache, zu wissen, ob sie tot sind oder nicht; sie sind nicht tot, nicht tot!‹ schreit er, ›nicht tot!‹ Kurz, er machte einen furchtbaren Skandal; das ganze Dorf lief zusammen; die Kinder weinen, alles schreit, keiner versteht den andern; es ist einfach ein horreur, ein horreur, ein horreur! . . . Aber Sie können sich gar nicht vorstellen, Anna Grigorjewna, was ich für einen Schreck bekam, als ich das alles hörte! ›Liebste gnädige Frau‹, sagte meine Maschka zu mir, ›sehen Sie nur in den Spiegel; Sie sind ganz blaß!‹ – ›Mir ist nicht danach zumute‹, sagte ich, ›in den Spiegel zu sehen; ich muß zu Anna Grigorjewna fahren und es ihr erzählen.‹ Sofort gab ich auch Befehl, die Kutsche anzuspannen; mein Kutscher Andruschka fragte mich, wohin er fahren solle; aber ich konnte kein Wort herausbringen; ich sah ihm nur ganz verstört ins Gesicht; ich glaube, er hat gedacht, ich hätte den Verstand verloren. Ach, Anna Grigorjewna! Wenn Sie sich nur eine Vorstellung davon machen könnten, was ich für einen Schreck bekommen hatte!«

»Das ist doch sehr seltsam«, erwiderte die in jeder Beziehung angenehme Dame; »was mögen nur diese toten Seelen zu bedeuten haben? Ich muß gestehen: ich begreife nichts davon. Das ist nun schon das zweitemal, daß ich von diesen toten Seelen höre; und da sagt mein Mann noch, Nosdrew fasele. Irgend etwas muß doch sicher daran sein.«

»Aber stellen Sie sich nur vor, Anna Grigorjewna, wie mir zumute war, als ich das hörte! ›Und jetzt‹, sagt Frau Korobotschka, ›weiß ich nicht, was ich tun soll. Er hat mich gezwungen‹, sagt sie, ›einen falschen Kontrakt zu unterschreiben und hat mir fünfzehn Rubel in Banknoten hingeworfen; ich bin eine unerfahrene, hilflose Witwe‹, sagt sie, ›und verstehe nichts davon.‹ Was doch alles passiert! Aber wenn Sie sich bloß vorstellen könnten, wie mich das aufgeregt hat!«

»Aber nehmen Sie es mir nicht übel, dabei handelt es sich nicht um tote Seelen; da steckt etwas anderes dahinter.«

»Ich muß gestehen, ich bin derselben Ansicht«, erwiderte die einfach angenehme Dame einigermaßen erstaunt und verspürte sofort ein lebhaftes Verlangen, zu erfahren, was da wohl noch dahinterstecken könne. Sie sagte sogar in gedehntem Tone: »Und was steckt denn Ihrer Meinung nach dahinter?«

»Nun, wie denken Sie darüber?«

»Wie ich darüber denke? . . . Offen gestanden, ich bin ganz fassungslos.«

»Aber ich möchte doch gern wissen: was haben Sie für Gedanken darüber?«

Aber die angenehme Dame wußte darauf nichts zu sagen. Sie verstand nur sich aufzuregen; aber eine scharfsinnige Vermutung aufzustellen, dazu reichte ihr Verstand nicht aus, und daher hatte sie mehr als jede andere das Bedürfnis, Busenfreundinnen zu haben und sich von ihnen raten zu lassen.

»Nun, so hören Sie denn, was es mit diesen toten Seelen auf sich hat«, sagte die in jeder Beziehung angenehme Dame, und die Besucherin wurde bei diesen Worten ganz Ohr: ihre Öhrchen spitzten sich von selbst; sie erhob sich ein wenig, so daß sie kaum noch auf dem Sofa saß, und obwohl sie ein bißchen korpulent war, wurde sie auf einmal schlanker und bekam Ähnlichkeit mit einem leichten Federchen, das von einem leisen Windhauche in die Luft fliegt.

So verwandelt ein vornehmer Russe, ein Hunde- und Jagdliebhaber, wenn er sich dem Walde nähert, aus dem im nächsten Augenblick ein von den Pikeuren aufgescheuchter Hase herausspringen wird, sich ganz und gar mitsamt dem Pferde und der erhobenen Hetzpeitsche in eine starre Bildsäule, in Schießpulver, in das im nächsten Augenblick Feuer hineingeworfen werden soll. Er bohrt seine Augen in die trübe Luft und wird dem Tier nachsetzen und es einholen, ohne sich abschrecken zu lassen, und wenn sich auch der heftigste Schneesturm auf der weiten Steppe gegen ihn erhöbe und ihm silberne Schneesternchen in den Mund, in den Schnurrbart, in die Augen, in die Augenbrauen und in die Bibermütze triebe.

»Die toten Seelen . . .« sagte die in jeder Beziehung angenehme Dame.

»Nun? Nun?« fiel die Besucherin ein, die ganz aufgeregt war.

»Die toten Seelen . . .«

»So reden Sie doch, um Gottes willen!«

»Die sind nur erfunden, um etwas anderes zu verdecken; die Sache ist aber die: er will die Tochter des Gouverneurs entführen.«

Diese Schlußfolgerung war in der Tat überraschend und in jeder Hinsicht ungewöhnlich. Als die angenehme Dame dies hörte, erstarrte sie auf ihrem Platze gleichsam zu Stein und wurde leichenblaß; sie war wirklich nicht wenig bestürzt. »Ach mein Gott!« rief sie und schlug die Hände zusammen; »das hätte ich wirklich nie geglaubt!«

»Aber ich meinerseits muß gestehen, daß ich, sowie Sie nur den Mund öffneten, gleich merkte, um was es sich handelte«, antwortete die in jeder Beziehung angenehme Dame.

»Aber was für ein Urteil soll man sich bei solchen Resultaten über die Erziehung in den Instituten bilden, Anna Grigorjewna! Nun sehe man diese Unschuld an!«

»Eine schöne Unschuld! Ich habe sie Dinge reden hören, die ich, offen gestanden, nicht den Mut hätte in den Mund zu nehmen.«

»Wissen Sie, Anna Grigorjewna, es zerreißt einem geradezu das Herz, wenn man sieht, wie weit heutzutage die Sittenlosigkeit geht. Und die Männer sind ganz toll nach ihr. Was mich betrifft, so muß ich gestehen: ich finde an ihr nichts Besonderes . . .«

»Sie ist furchtbar affektiert.«

»Ach, meine liebste Anna Grigorjewna! Sie ist eine Statue und hat nicht den geringsten Ausdruck im Gesicht.«

»Ach, wie affektiert sie ist! Ach, wie affektiert sie ist! Mein Gott, wie affektiert! Wer sie das gelehrt hat, weiß ich nicht; aber ich habe noch nie ein weibliches Wesen gesehen, das sich in solchem Maße geziert hätte.«

»Mein Herzchen! Sie ist eine Statue und blaß wie der Tod.«

»Ach, sagen Sie das nicht, Sofja Iwanowna; sie schminkt sich ja in schamloser Weise.«

»Ach, was reden Sie, Anna Grigorjewna; sie ist ja kreideweiß, ganz kreideweiß.«

»Liebste, ich saß ja neben ihr: die Schminke lag ihr fingerdick auf den Backen und löste sich in Stücken ab wie Kalkbewurf von einer Mauer. Darin hat ihre Mutter sie unterwiesen; die ist selbst eine Kokette; aber das Töchterchen ist es in noch höherem Grade.«

»Aber erlauben Sie, Sie können mir jeden beliebigen Eid auferlegen; ich will auf der Stelle meine Kinder, meinen Mann und mein ganzes Vermögen verlieren, wenn sie auch nur eine Spur, eine Idee, einen Schatten von Röte im Gesicht hat!«

»Ach, was Sie da reden, Sofja Iwanowna!« erwiderte die in jeder Beziehung angenehme Dame und schlug die Hände zusammen.

»Ach, aber wie Sie sind, Anna Grigorjewna, wahrhaftig! Ich sehe Sie mit Erstaunen an!« sagte die angenehme Dame und schlug ebenfalls die Hände zusammen.

Es möge dem Leser nicht befremdlich erscheinen, daß die beiden Damen über etwas, was sie zu ein und derselben Zeit gesehen hatten, so verschiedener Ansicht waren. Es gibt auf der Welt wirklich viele Dinge, die diese Eigenschaft besitzen: wenn eine Dame sie ansieht, so erscheinen sie ganz weiß, und sieht eine andere Dame sie an, so erscheinen sie rot, ganz rot wie Preiselbeeren.

»Nun, und da haben Sie noch einen Beweis dafür, daß sie blaß ist«, fuhr die angenehme Dame fort: »ich erinnere mich, wie wenn es jetzt wäre, daß ich neben Manilow saß und zu ihm sagte: ›Sehen Sie nur, wie blaß sie ist!‹ In der Tat, man muß so unvernünftig sein wie unsere Herren, um sich für sie zu begeistern. Aber unser reizender Kavalier . . . Ach, was machte er auf mich für einen widerwärtigen Eindruck! Sie können sich gar nicht vorstellen, Anna Grigorjewna, was für einen widerwärtigen Eindruck er auf mich machte.«

»Und doch fanden sich einige Damen, die sich für ihn interessierten.«

»Ich soll das getan haben, Anna Grigorjewna? Das können Sie absolut nicht sagen, absolut nicht, absolut nicht!«

»Aber ich rede ja nicht von Ihnen. Als ob es außer Ihnen sonst niemanden auf der Welt gäbe!«

»Absolut nicht, absolut nicht, Anna Grigorjewna! Gestatten Sie mir, Ihnen zu bemerken, daß ich mich selbst sehr wohl kenne; eher mögen das gewisse andere Damen getan haben, die die Rolle der Unnahbaren spielen.«

»Entschuldigen Sie, Sofja Iwanowna! Gestatten Sie mir, Ihnen zu sagen, daß ich mir ein solches skandalöses Benehmen noch nie habe zuschulden kommen lassen; vielleicht haben es andere getan, ich jedenfalls nicht; gestatten Sie mir, Ihnen das zu bemerken!«

»Warum fühlen Sie sich denn gekränkt? Es waren ja auch andere Damen da, sogar solche, welche anderen den Stuhl an der Tür wegnahmen, um so nahe wie möglich bei ihm zu sitzen.«

Nach diesen, von der angenehmen Dame gesprochenen Worten, mußte eigentlich unbedingt ein Sturm ausbrechen; aber worüber man sich wundern konnte: beide Damen beruhigten sich plötzlich, und es erfolgte gar nichts Schlimmes. Die in jeder Beziehung angenehme Dame erinnerte sich, daß der Schnitt zu dem modernen Kleide sich noch nicht in ihren Händen befand, und die einfach angenehme Dame dachte daran, daß sie noch keine Einzelheiten in betreff der von ihrer Busenfreundin gemachten Entdeckung gehört hatte, und daher schlossen sie schleunigst wieder Frieden. Übrigens kann man von beiden Damen nicht sagen, daß in ihrer Natur das Bedürfnis gelegen hätte, einander Unangenehmes anzutun, und überhaupt war Bosheit ihren Charakteren fremd; wohl aber bildete sich bei ihnen immer ohne besonderen Anlaß und unmerklich im Gespräche von selbst ein leises Verlangen heraus, einander einen Nadelstich zu versetzen; es sagte einfach eine der andern, um sich einen kleinen Genuß zu gönnen, bei Gelegenheit gern ein kräftiges Wörtchen: »Siehst du wohl, da hast du's! Da, nimm's hin und schlucke es!« Das Herz hat eben mancherlei Bedürfnisse, sowohl beim männlichen wie beim weiblichen Geschlechte.

»Unbegreiflich ist mir nur das eine«, sagte die einfach angenehme Dame, »wie Tschitschikow als Durchreisender sich zu einem so gewagten Streich entschließen konnte. Er muß doch jedenfalls seine Helfershelfer dabei haben.«

»Meinen Sie, er hätte keine?«

»Aber wer könnte ihm nach Ihrer Meinung behilflich sein?«

»Nun, zum Beispiel Nosdrew.«

»Wirklich Nosdrew?«

»Warum nicht? Das liegt in seiner Art. Sie wissen: er hat seinen eigenen Vater verkaufen oder, besser gesagt, im Kartenspiel verlieren wollen.«

»O Gott, was für interessante Neuigkeiten erfahre ich da von Ihnen! Ich hätte nie gedacht, daß auch Nosdrew in diese Geschichte verwickelt sei!«

»Ich aber habe es immer vermutet.«

»Wirklich, wenn man bedenkt, was alles in der Welt passiert! Konnte man wohl damals, als Tschitschikow in unsere Stadt kam (Sie erinnern sich), konnte man damals vermuten, daß er so sonderbare Geschichten anrichten werde? Ach, Anna Grigorjewna, wenn Sie wüßten, was ich für einen

Schreck bekommen habe! Ohne Ihr Wohlwollen und Ihre Freundschaft stände ich wirklich am Rande des Verderbens; ich wüßte mich nicht zu retten. Meine Maschka sah, daß ich leichenblaß war, und sagte zu mir: ›Trauteste gnädige Frau, Sie sind leichenblaß.‹ – ›Maschka‹, sagte ich, ›darum kann ich mich jetzt nicht kümmern.‹ Nein, so eine Geschichte! Also auch Nosdrew ist dabei beteiligt! Na, ich danke schön!«

Die angenehme Dame hätte gern weitere Einzelheiten über die Entführung erfahren, nämlich zu welcher Stunde sie stattfinden solle, und mehr dergleichen; aber das war zuviel verlangt. Die in jeder Beziehung angenehme Dame erklärte geradezu, nichts darüber zu wissen. Zu lügen verstand sie nicht: eine Vermutung aufzustellen, das war eine andere Sache; aber auch das tat sie nur dann, wenn die Vermutung bei ihr auf innerer Überzeugung beruhte; fühlte sie aber eine solche innere Überzeugung, dann wußte sie auch ihre Vermutungen zu verteidigen; und da hätte der geriebenste Advokat, und wenn er sich noch so gut darauf verstand, fremde Meinungen zu widerlegen, da hätte der einmal versuchen sollen, mit ihr zu disputieren: er hätte gesehen, was eine innere Überzeugung bedeutet.

Daß die beiden Damen zuletzt völlig von dem überzeugt waren, was sie vorher lediglich vermutet hatten, darin liegt nichts Auffallendes. Wir selbst, wir Gelehrten, wie wir uns nennen, verfahren fast ebenso, und zum Beweise können unsere gelehrten Erwägungen dienen. Zuerst geht so ein Gelehrter an sie wie ein richtiger Gauner heran; er fängt schüchtern und maßvoll an, beginnt mit der ganz bescheidenen Frage: »Kommt das vielleicht daher? Hat dieses Land vielleicht seinen Namen aus dem und dem Winkel erhalten?« oder: »Gehört diese Urkunde nicht einer anderen, späteren Zeit an?« oder: »Muß man unter diesem Volke nicht vielleicht das und das Volk verstehen?« Er zitiert sofort die und die alten Schriftsteller, und kaum sieht er bei ihnen irgendwelche Andeutung oder meint wenigstens eine solche zu sehen, da setzt er sich sofort in Trab, er bekommt Courage, er redet mit den alten Schriftstellern ohne weitere Umstände, legt ihnen Fragen vor, die er dann selbst beantwortet, und vergißt ganz, daß er mit einer schüchternen Vermutung begonnen hat; er glaubt, den Sachverhalt bereits mit Augen zu sehen, hält alles für klar und schließt seine Erwägung mit den Worten: »So ist es also gewesen! Also dieses Volk haben wir darunter zu verstehen! Von diesem Standpunkte aus muß die Sache betrachtet werden!« Dann wird es öffentlich vom Katheder aus verkündet – und nun tritt die neuentdeckte Wahrheit ihren Weg durch die Welt an, um sich Anhänger und Bewunderer zu erwerben.

Als die beiden Damen so scharfsinnig und glücklich die so verwickelte Sache entwirrt hatten, trat in den Salon der Staatsanwalt mit seinem ewig regungslosen Gesichte, den dichten Augenbrauen und dem zwinkernden Auge. Die Damen machten sich um die Wette daran, ihm alle Ereignisse mitzuteilen, und erzählten ihm von dem Kauf der toten Seelen und von der geplanten Entführung der Tochter des Gouverneurs und machten ihn vollständig konfus: er blieb auf demselben Fleck stehen, blinzelte mit dem linken Auge und klopfte sich mit dem Taschentuche auf den Bart, um den Schnupftabak wegzustäuben, konnte aber entschieden nichts von der Geschichte begreifen. In diesem Zustande verließen ihn die Damen und machten sich, jede nach einer besonderen Richtung, auf, um die Stadt in Aufruhr zu versetzen. Dieses Unternehmen gelang ihnen in wenig mehr als einer halben Stunde. Die Stadt war in vollem Aufstande; alles war in Gärung geraten, obgleich niemand etwas von der Sache begreifen konnte. Die Damen verstanden es, vor den Augen aller einen solchen Nebel zu erzeugen, daß alle, und besonders die Beamten, eine Zeitlang ganz wie betäubt waren. Ihre Lage glich im ersten Augenblicke der Lage eines Schülers, dem, während er schläft, seine früher aufgestandenen Kameraden einen Husaren in die Nase gesteckt haben, d. h. ein mit Tabak gefülltes Papiertütchen. Nachdem er mit der ganzen Energie eines Schlafenden den ganzen Tabak in sich hineingezogen hat, wacht er auf, springt in die Höhe, sieht sich wie ein Narr mit weit aufgerissenen Augen nach allen Seiten um und kann nicht begreifen, wo er ist und was man mit ihm gemacht hat; und erst dann erkennt er die von den schrägen Strahlen der Morgensonne beschienenen Mauern, das Gelächter seiner Kameraden, die sich in den Ecken verstecken, und den anbrechenden Tag, der durchs Fenster blickt, und den erwachenden Wald, der von tausend Vogelstimmen ertönt, und das in der Sonne leuchtende Flüßchen, das sich hier und da zwischen dem schlanken Schilfe verliert und ganz von nackten Knaben erfüllt ist, die den andern zurufen, ebenfalls ins Bad zu kommen, – und nun erst merkt er endlich, daß er einen Husaren in der Nase stecken hat. Von ganz derselben Art war im ersten Augenblicke die Lage der Einwohner und der Beamten der Stadt. Ein jeder blieb wie ein Hammel mit weit aufgerissenen Augen stehen. Die toten Seelen, die Tochter des Gouverneurs und Tschitschikow verwirrten und vermischten sich in ihren Köpfen auf die seltsamste Weise, und erst als sie die erste Benommenheit überwunden hatten, begannen sie die einzelnen Stücke voneinander zu unterscheiden und eins vom andern zu sondern und nähere Auskunft zu verlangen und sich darüber zu ärgern, daß die Sache sich gar nicht aufklären wollte. »Was ist das für eine Fabel, wahrhaftig, was ist das für eine Fabel mit den toten Seelen? Da steckt ja keine Logik darin, in den toten Seelen; wie kann man denn tote Seelen kaufen? Wo findet man einen Schafskopf, der das täte? Und für welchen Preis wird er sie denn kaufen? Und wozu in aller Welt kann er diese toten Seelen verwenden? Und in welchem Zusammenhange steht die Tochter des Gouverneurs damit? Wenn er sie entführen wollte, was hatte er dann für Anlaß, zu diesem Zwecke tote Seelen zu kaufen? Wenn er aber tote Seelen kaufen wollte, wozu braucht er dann die Tochter des Gouverneurs zu entführen? Wollte er ihr etwa die toten

Seelen zum Geschenk machen? Wahrhaftig, was für einen Unsinn haben die Leute da in der Stadt in Umlauf gesetzt! Was ist das für eine Wirtschaft, wenn sich jemand kaum rühren kann, ohne daß gleich eine Skandalgeschichte gemacht wird; und wenn noch irgendwelcher Sinn und Verstand darin wäre! . . . Aber aufgekommen ist das Gerede doch; ob es nicht also doch irgendwelchen Grund hat? Was kann bei den toten Seelen für ein Grund sein? Da ist überhaupt kein Grund denkbar. Das Ganze ist einfach Nonsens, dummes Zeug, Blödsinn, Quatsch! Hol's der Teufel! . . .« Kurz, es wurde geredet und geredet, und die ganze Stadt sprach von den toten Seelen und der Tochter des Gouverneurs, von Tschitschikow und den toten Seelen, von der Tochter des Gouverneurs und Tschitschikow, und alles war in unruhige Bewegung gekommen. Es schien gleichsam ein Wirbelwind durch die bisher schlafende Stadt hindurchzubrausen. Alle kamen sie aus ihren Höhlen herausgekrochen: alle die unregsamen Patrone, die ein paar Jahre lang in ihren Schlafröcken zu Hause gehockt und die Schuld bald auf den Schuster geschoben hatten, der ihnen zu enge Stiefel gemacht habe, bald auf den säumigen Schneider, bald auf den betrunkenen Kutscher; alle, die schon längst alle Bekanntschaften abgebrochen hatten; alle, die man nicht einmal durch eine Einladung zu einer Fischsuppe für fünfhundert Rubel mit Sterleten von zwei Ellen Länge und mit allerlei auf der Zunge zergehenden Pasteten hatte aus dem Hause locken können; kurz, es zeigte sich, daß die Stadt eine anständige Größe und Einwohnerzahl hatte. Da sah man auf einmal einen gewissen Sysoi Pafnutjewitsch und einen gewissen Macdonald Karlowitsch, von denen früher nie jemand etwas gehört hatte; in den Salons erschien ein auffällig langer Herr mit einem durchschossenen Arm; er war von so großer Statur, wie man noch nie einen Menschen gesehen hatte. Auf den Straßen erblickte man geschlossene Kutschen, wunderliche Jagdwagen, Rumpelkasten und Quietschkarreten; es herrschte ein bewegtes

Treiben. Zu anderer Zeit und unter anderen Umständen hätten derartige Gerüchte vielleicht gar keine Beachtung gefunden; aber die Stadt N. hatte schon seit geraumer Zeit nichts Interessantes erlebt. Im Laufe dreier Monate war nicht einmal etwas von der Art vorgekommen, was man in den Hauptstädten commérage, eine Klatschgeschichte nennt, und was bekanntlich für eine Stadt ebenso notwendig ist wie die rechtzeitige Zufuhr von Lebensmitteln. Was die Auffassung der Sache anlangt, so zeigten sich in der Stadt plötzlich zwei völlig entgegengesetzte Meinungen, und es bildeten sich auf einmal zwei einander gegenüberstehende Parteien, eine männliche und eine weibliche. Die männliche, ganz unverständige Partei, richtete ihr Augenmerk auf die toten Seelen. Die weibliche beschäftigte sich ausschließlich mit der Entführung der Tochter des Gouverneurs. In dieser Partei (das muß man zur Ehre der Damen hervorheben) herrschte unvergleichlich viel mehr Ordnung und Umsicht. Das ist offenbar nun einmal der Beruf der Frauen, gute Wirtschaft zu führen und alles in Ordnung zu halten. Alles nahm bei ihnen bald ein lebendiges, bestimmtes Aussehen und fest umgrenzte Formen an; alles klärte sich und wurde deutlich; kurz gesagt, es ergab sich ein fertiges Bild. Das Resultat war dieses: Tschitschikow war schon lange in das junge Mädchen verliebt gewesen, und sie waren im Garten bei Mondschein zusammengekommen; der Gouverneur hätte ihm sogar ganz gern seine Tochter zur Frau gegeben, weil Tschitschikow reich war wie ein Jude, wenn nicht dessen Frau, die er im Stich gelassen hatte, ein Hindernis gebildet hätte (woher die Damen erfahren hatten, daß Tschitschikow verheiratet sei, das war niemandem bekannt); die Frau hatte, von hoffnungsloser Liebe gequält, einen sehr rührenden Brief an den Gouverneur geschrieben; da Tschitschikow sah, daß der Vater und die Mutter niemals ihre Einwilligung geben würden, so hatte er sich zur Entführung entschlossen. In manchen Häusern wurde die Sache in etwas anderer Form erzählt: Tschitschikow habe überhaupt keine Frau; als ein geschickter Mann, der gern sichergehe, habe er, um die Hand der Tochter zu erlangen, sich zuerst an die Mutter herangemacht und mit dieser eine geheime, intime Liaison gehabt; erst dann habe er um die Hand der Tochter angehalten; die Mutter aber habe aus Angst, daß da ein den Geboten der Religion zuwiderlaufendes Verbrechen zustande käme, und von Gewissensbissen gequält, es ihm rundweg abgeschlagen, und aus diesem Grunde habe sich Tschitschikow zur Entführung entschlossen. Zu alledem traten noch eine Menge von Erklärungen und Berichtigungen hinzu, und zwar um so mehr, je mehr die Gerüchte in die geringeren Nebengassen eindrangen. Denn in Rußland lieben es die unteren gesellschaftlichen Schichten sehr, über die in den höheren Schichten vorkommenden skandalösen Affären zu reden, und daher sprach man von alledem sogar in Häuschen, wo man von Tschitschikow nie etwas gesehen oder gehört hatte, und es kamen Zusätze und noch weitere Erklärungen hinzu. Der Gegenstand wurde mit jedem Augenblicke interessanter, nahm mit jedem Tage bestimmtere Formen an und gelangte schließlich so, wie er war, in seiner endgültigen Fassung zu den eigenen Ohren der Frau Gouverneur. Die Frau Gouverneur fühlte sich als Familienmutter, als die erste Dame in der Stadt, und endlich als eine Dame, die von all dergleichen auch nicht eine Ahnung gehabt hatte, durch solche Redereien aufs tiefste beleidigt und geriet in eine durchaus gerechtfertigte Empörung. Die arme Blondine mußte das unangenehmste Tete-à-Tete durchmachen, das jemals einem sechzehnjährigen Mädchen beschieden worden ist. Eine ganze Flut von Fragen, Verweisen, Drohungen, Vorwürfen und Ermahnungen ergoß sich über sie, so daß das junge Mädchen in Tränen ausbrach, schluchzte und kein Wort von allem verstand; dem Portier wurde der strengste Befehl gegeben, Tschitschikow zu keiner Zeit und unter keinem Vorwande mehr einzulassen.

Nachdem die Damen ihr Werk getan hatten, soweit es die

Frau Gouverneur betraf, machten sie sich an die männliche Partei heran und versuchten, diese auf ihre Seite herüberzuziehen und sie davon zu überzeugen, daß die toten Seelen nur ein Einfall seien, der dazu dienen solle, jeden Verdacht abzulenken und das Gelingen der Entführung zu sichern. Viele von den Männern ließen sich umstimmen und traten zur Partei der Damen über, obwohl sie sich dadurch heftigen Vorwürfen von seiten ihrer Kameraden aussetzten, von denen sie Pantoffelhelden und Weiberknechte geschimpft wurden, Namen, die bekanntlich für einen Mann sehr beleidigend sind.

Aber wie sehr sich auch die Männer zum Widerstande rüsten mochten, so herrschte doch in ihrer Partei absolut nicht die Ordnung wie bei den Frauen. Alles war bei ihnen plump, grob, ungeschickt, untauglich, unharmonisch, unschön; in ihren Köpfen war Konfusion, Unordnung, Unklarheit der Gedanken; kurz, es trat bei ihnen in allen Stücken der geringwertige Charakter des männlichen Geschlechtes zutage, dieser derbe, schwerfällige Charakter, unfähig zur Führung der Wirtschaft, unfähig, tiefe Überzeugungen zu hegen, kleinmütig, träge, voll steter Zweifel und ewiger Besorgnis. Sie sagten, das sei alles dummes Zeug; die Entführung der Tochter eines Gouverneurs sei etwas, was man eher einem Husaren als einem Zivilisten zutrauen könne; Tschitschikow werde so etwas nicht tun; was die Weiber da sagten, sei Faselei; ein Weib sei wie ein Sack: was man hineintue, das nehme er willig auf; die Hauptsache, auf die man sein Augenmerk wenden müsse, seien die toten Seelen; allerdings, was diese zu bedeuten hätten, das möge der Teufel wissen; aber es stecke doch offenbar etwas Arges, Häßliches dahinter. Warum die Männer der Ansicht waren, daß etwas Arges, Häßliches dahinterstecke, werden wir sofort hören. Es war für das Gouvernement ein neuer Generalgouverneur ernannt worden, ein Ereignis, das bekanntlich die Beamten immer in einen Zustand großer Unruhe versetzt: da gibt es Revisionen, Verweise, Strafpredigten und sonst noch allerlei schmackhafte Gerichte, mit denen ein Vorgesetzter seine Untergebenen regaliert. »Donnerwetter«, dachten die Beamten, »wenn er auch bloß erfährt, daß bei uns in der Stadt solche dummen Gerüchte in Umlauf sind, dann wird er schon allein deswegen fuchsteufelswild werden.« Der Inspektor des Medizinalwesens wurde auf einmal ganz blaß; er hatte einen ganz wunderlichen Einfall bekommen: ob nicht unter dem Worte »tote Seelen« die Kranken zu verstehen seien, die in den Krankenhäusern und anderwärts in bedeutender Anzahl an einem epidemischen Fieber gestorben waren, gegen das man nicht die gehörigen Maßregeln ergriffen hatte, und ob nicht Tschitschikow ein aus der Kanzlei des Generalgouverneurs hergesandter Beamter sei, der im geheimen eine Untersuchung anstellen solle. Er machte von dieser Vermutung dem Präsidenten Mitteilung. Der Präsident antwortete, das sei dummes Zeug, wurde aber dann plötzlich selbst blaß, da er sich die Frage vorlegte: wie? wenn die Seelen, die Tschitschikow gekauft hat, wirklich tot sind? Und er hatte die Ausfertigung eines Kontraktes darüber zugelassen, ja sogar selbst als Pluschkins Bevollmächtigter fungiert. Wenn das nun zur Kenntnis des Generalgouverneurs kam, was dann? Er sprach darüber mit diesem und jenem, und plötzlich erbleichte auch dieser und jener; denn die Furcht ist ansteckender als die Pest und teilt sich im Nu mit. Alle entdeckten auf einmal an sich Sünden, die gar nicht vorhanden waren. Das Wort »tote Seelen« klang so unbestimmt, daß sie sogar vermuteten, es könne darin eine Hindeutung auf einige Leichen liegen, die anläßlich zweier noch nicht weit zurückliegender Ereignisse mit einiger Hast begraben worden waren. Das erste Ereignis hatte sich mit einigen Kaufleuten aus Solwytschegodsk zugetragen, die zum Jahrmarkt in die Stadt gekommen waren und nach Erledigung ihrer Handelsgeschäfte Kaufleuten aus Ustsysolsk, mit denen sie befreundet waren, einen Schmaus auf russische Manier, aber mit deutschen Extragenüssen gegeben hatten, nämlich mit Orgeade, Punsch, Bowle usw. Der Schmaus hatte, wie gewöhnlich, mit einer Schlägerei geendet. Die Solwytschegodsker hatten den Ustsysolskern den Garaus gemacht, obgleich sie auch selbst von jenen starke Blessuren in der Seite, in den Weichen und im Gesicht davongetragen hatten, welche von der gewaltigen Größe der Fäuste zeugten, mit denen die Seligen ausgestattet waren. Einem der Sieger war sogar die Nase dermaßen platt geschlagen worden, daß von ihr in seinem Gesichte nicht mehr übriggeblieben war als ein Stück, so groß wie ein halber Finger. Bei dem gegen sie angestrengten Prozesse gaben die Kaufleute ihr Verschulden zu und erklärten, sie seien etwas mutwillig gewesen. Es ging das Gerücht, jeder der Angeklagten habe vier Staatsschuldscheine ausgespuckt; indes war die Sache ziemlich dunkel; aus den angestellten Befragungen und Untersuchungen ergab sich, daß die Ustsysolsker infolge von Kohlendunst gestorben waren, und daher wurden sie auch unter Angabe dieser Todesursache beerdigt. Der andere Vorgang, der sich unlängst zugetragen hatte, war folgender: Die fiskalischen Bauern des Dorfes Wschiwaja-Speß hatten sich mit den gleichartigen Bauern des Dorfes Sadirailowo zusammengetan und sozusagen die Landpolizei aus der Welt geschafft, nämlich in der Person des Kreisassessors, eines gewissen Drobjaschkin; es hieß, die Landpolizei, d. h. der Kreisassessor Drobjaschkin, habe sich angewöhnt gehabt, übermäßig oft ihre Dörfer zu besuchen, was er in manchen Fällen durch die Fieberepidemie begründet habe; der eigentliche Grund aber sei gewesen, daß die Landpolizei infolge einer gewissen Schwäche des Herzens hinter den Bauerfrauen und Bauermädchen her gewesen sei. Sicheres ist darüber allerdings nicht bekannt, obwohl die Bauern bei ihrem Verhör geradezu sagten, die Landpolizei sei so lüstern gewesen wie ein Kater; sie hätten den Herrn Kreisassessor schon mehrmals abwehren müssen und ihn einmal sogar splitternackt aus einem Bauernhause hinausgejagt, in das er sich habe eingeschlichen gehabt. Allerdings hatte die

Landpolizei für eine solche Schwäche des Herzens Strafe verdient; aber auch die eigenmächtige Selbsthilfe der Bauern von Wschiwaja-Speß und Sadirailowo war nicht zu rechtfertigen, falls sie wirklich zusammen den Totschlag verübt hatten. Aber die Sache war dunkel; man hatte die Landpolizei auf der Landstraße gefunden; die Uniform oder der Rock war völlig zerfetzt gewesen und das Gesicht kaum noch zu erkennen. Die Sache kam vor das Gericht und gelangte endlich an das Gouvernementstribunal, wo die Herren zunächst im stillen unter sich folgende Erwägung anstellten: Wer von den Bauern an der Tat speziell teilgenommen habe, sei unbekannt: alle seien sie eine große Menge; Drobjaschkin sei tot, habe also, selbst wenn er den Prozeß gewänne, wenig Vorteil davon; die Bauern aber seien am Leben, und folglich sei es für sie sehr wichtig, daß die Entscheidung zu ihren Gunsten falle. Infolgedessen wurde dann folgendermaßen entschieden: der Kreisassessor Drobjaschkin sei durch seine ungerechte Unterdrückung der Bauern von Wschiwaja-Speß und Sadirailowo selbst an seinem Tode schuld geworden; gestorben sei er aber bei der Rückfahrt in seinem Schlitten am Schlagfluß. Es hätte nun scheinen können, daß die Sache damit vollständig erledigt war; aber wunderlicherweise kamen die Beamten auf den Gedanken, daß es sich jetzt wahrscheinlich um diese toten Seelen handle. Und gerade zu dieser Zeit, wo die Herren Beamten sich ohnehin schon in schwieriger Lage befanden, mußte es sich noch treffen, daß dem Gouverneur gleichzeitig zwei Schreiben zugingen. In dem einen stand, nach eingegangenen Mitteilungen und Meldungen befinde sich in dem dortigen Gouvernement ein Fälscher von Papiergeld, der sich unter verschiedenen Namen verberge; es möge unverzüglich die strengste Untersuchung angestellt werden. Das andere Schreiben enthielt eine Mitteilung des Gouverneurs eines benachbarten Gouvernements über einen Räuber, der sich der gerichtlichen Verfolgung entzogen habe; wenn sich im dortigen Gouvernement ein Mensch ohne Ausweispapiere und ohne Paß zeigen sollte, so möge man ihn unverzüglich anhalten. Diese beiden Schreiben riefen nun bei allen Beamten einen Zustand der Betäubung hervor. Die früheren Schlußfolgerungen und Mutmaßungen waren ganz über den Haufen gestoßen. Gewiß, man konnte in keiner Weise annehmen, daß sich irgend etwas hiervon auf Tschitschikow bezog; aber alle, ein jeder für sich, überlegten doch und erinnerten sich daran, daß sie noch nicht wußten, wer Tschitschikow eigentlich war, daß er selbst sich über seine eigene Person sehr unklar geäußert hatte; allerdings hatte er gesagt, er habe im Dienste für die Wahrheit gelitten; aber das war ja doch alles recht unklar. Und überdies erinnerten sie sich, daß er sogar geäußert hatte, er habe viele Feinde gehabt, die ihm nach dem Leben getrachtet hätten, und das machte sie noch nachdenklicher: also war sein Leben in Gefahr gewesen; also hatte man ihn verfolgt; also mußte er doch irgend etwas getan haben ... Ja, wer war er denn nun schließlich? Natürlich konnte man nicht annehmen, daß er falsches Papiergeld fabriziere, und noch weniger, daß er ein Räuber sei; dazu hatte er doch ein zu vertrauenerweckendes Äußeres; aber bei alledem, wer war er denn nun eigentlich? Und siehe da, jetzt legten sich die Herren Beamten die Frage vor, die sie sich hätten gleich zu Anfang, d. h. im ersten Kapitel unserer Erzählung, vorlegen sollen. Man beschloß, noch einige Erkundigungen bei denjenigen einzuziehen, bei denen er tote Seelen gekauft hatte, um wenigstens in Erfahrung zu bringen, was es mit diesem Kaufe für eine Bewandtnis habe, und was eigentlich unter diesen toten Seelen zu verstehen sei, und ob er nicht vielleicht einem oder dem andern so zufällig und nebenbei etwas von seinen wirklichen Absichten mitgeteilt und dem einen oder dem andern gesagt habe, wer er sei. Zu allererst wandte man sich an Frau Korobotschka; aber aus ihr war nicht viel herauszuholen: er habe für fünfzehn Rubel gekauft und kaufe auch Hühnerfedern und habe ihr versprochen, ihr sonst noch alles mögliche abzukaufen; er liefere auch Speck an den Fiskus und sei daher wahrscheinlich ein Gauner; denn es sei schon einmal so einer dagewesen, der Hühnerfedern gekauft und Speck an den Fiskus geliefert habe, und der habe alle Leute betrogen und der Oberpopin einen Schaden von mehr als hundert Rubeln zugefügt. Alles, was sie weiter sagte, war fast nur eine Wiederholung dieser selben Angaben, und die Beamten ersahen weiter nichts, als daß Frau Korobotschka ein dummes altes Weib war. Manilow antwortete, er übernehme für Pawel Iwanowitsch jede Bürgschaft wie für sich selbst; er würde gern sein ganzes Gut hingeben, wenn er dafür den hundertsten Teil von Pawel Iwanowitschs guten Eigenschaften eintauschen könnte; überhaupt äußerte er sich über ihn in den schmeichelhaftesten Ausdrücken und fügte, die Augen zusammenkneifend, noch einige Gedanken über das Wesen der Freundschaft hinzu. Diese Gedanken zeigten allerdings hinlänglich, welcher zarten Regungen sein Herz fähig war, gaben aber den Beamten keine Aufklärung über den wahren Sachverhalt. Sobakewitsch antwortete, Tschitschikow sei seiner Ansicht nach ein braver Mensch; die Bauern, die er ihm verkauft habe, seien ganz exquisite Leute und in jeder Hinsicht lebendig; aber für das, was etwa in Zukunft geschehen werde, könne er nicht einstehen; wenn sie an den Strapazen der Übersiedlung unterwegs stürben, so sei das nicht seine Schuld; das stehe in Gottes Hand; was gebe es nicht auf der Welt alles für Fieber und andere tödliche Krankheiten; es sei schon vorgekommen, daß ganze Dörfer ausgestorben seien. Die Herren Beamten nahmen noch zu einem andern Mittel ihre Zuflucht, das zwar nicht sehr anständig ist, aber doch manchmal angewandt wird: sie ließen nämlich Tschitschikows Leute durch verschiedene mit ihnen bekannte Lakaien unterderhand ausforschen, ob sie nicht irgendwelche Einzelheiten über das frühere Leben und die Verhältnisse ihres Herrn wüßten; aber sie bekamen nicht viel zu hören. Petruschka sagte ihnen nichts, sondern umhüllte sie nur mit dem Geruche eines lange bewohnten, ungelüfteten Zimmers, und von Selifan hörten sie nur, Tschitschikow sei Staatsbeamter gewesen und habe eine Anstellung beim Zollwesen gehabt, weiter nichts. Diese Menschenklasse hat eine sehr sonderbare Gewohnheit. Wenn man so einen geradezu nach etwas fragt, kann er sich nie erinnern, sich das Ganze nicht im Kopfe zurechtlegen und antwortet sogar einfach, er wisse es nicht; wenn man ihn aber nach etwas anderem fragt, dann knüpft er eins ans andere und erzählt einem das Gewünschte mit allen möglichen Einzelheiten, an denen einem gar nichts gelegen ist. Durch alle Nachforschungen, die die Beamten anstellten, wurde ihnen nur das eine klar, daß sie nichts Sicheres darüber wußten, was für ein Mensch Tschitschikow eigentlich sei, daß er aber doch unbedingt irgend etwas sein müsse. Sie beschlossen schließlich, sich endgültig miteinander über diesen Gegenstand auszusprechen und wenigstens zu entscheiden, was sie nun tun sollten, und welche Maßregeln zu ergreifen seien, und was er eigentlich für ein Mensch sei: ob so einer, den man als Übeltäter arretieren müsse, oder so einer, der sie selbst alle als Übeltäter arretieren könne. Zu diesem Zwecke wurde eine besondere Versammlung beim Polizeimeister angesetzt, der den Lesern bereits als Vater und Wohltäter der Stadt bekannt ist.

ZEHNTES KAPITEL

Als die Beamten sich bei dem Polizeimeister versammelt hatten, der den Lesern bereits als Vater und Wohltäter der Stadt bekannt ist, hatten sie Gelegenheit, einer dem andern zu sagen, daß sie von diesen Sorgen und Aufregungen ganz mager geworden seien. Und in der Tat, die Ernennung des neuen Generalgouverneurs und diese eingegangenen Schreiben mit ihrem so ernsten Inhalte und diese sonderbaren Gerüchte, all dies hatte bemerkbare Spuren auf ihren Gesichtern zurückgelassen, und vielen waren die Fracks bedeutend zu weit geworden. Alle waren körperlich etwas heruntergekommen: der Präsident war abgemagert, und der Inspektor des Medizinalwesens war abgemagert, und der Staatsanwalt war abgemagert, und ein gewisser Semjon Iwanowitsch, der nie bei seinem Familiennamen genannt wurde und am Zeigefinger einen Ring trug, den er die Damen gern betrachten ließ, auch der war abgemagert. Allerdings fand sich, wie das immer der Fall ist, auch ein oder der andere forsche Kerl, der die Geistesgegenwart nicht verloren hatte; aber es waren ihrer nur sehr wenige; strenggenommen war von dieser Art nur der Postmeister. Er war der einzige, der sich in seinem stets gleichmäßigen Wesen niemals änderte, und pflegte in solchen Fällen immer zu sagen: »Wir kennen die Generalgouverneure! Von denen lösen einander vielleicht drei oder vier ab, während ich, mein Herr, schon dreißig Jahre lang auf einem und demselben Platze sitze.« Darauf erwiderten die anderen Beamten: »Du bist gut daran, Sprechen-Sie-Deutsch Iwan Andreitsch: du hast nur Postgeschäfte zu erledigen, Postsendungen teils in Empfang zu nehmen, teils zu expedieren; da kannst du kaum anders jemanden übers Ohr hauen als dadurch, daß du dein Bureau eine Stunde zu früh schließt und von einem nun zu spät kommenden Kaufmann für die Annahme eines Briefes außerhalb der ordnungsmäßigen Zeit etwas nimmst, oder dadurch, daß du eine Sendung expedierst, die du nicht hättest expedieren dürfen; da ist es natürlich kein Kunststück, ein Heiliger zu sein. Aber wenn an dich der Teufel als Versucher alle Tage heranträte wie an uns (man will manchmal gar nichts nehmen, aber er schiebt es einem selbst in die Hand): dann wollen wir einmal sehen, wie du dich hieltest! Und mit dir steht es ja auch nur halb so schlimm: du hast nur ein Söhnchen; aber meine Praskowja Fjodorowna, die hat der liebe Gott mit solcher Fruchtbarkeit gesegnet, daß sie mir jedes Jahr entweder eine kleine Praskowja oder einen kleinen Peter beschert; wenn du in solcher Lage wärest, Bruder, dann würdest du ein anderes Liedchen anstimmen!« So redeten die Beamten; ob es aber wirklich möglich ist, dem Versucher zu widerstehen, darüber zu urteilen fühlt sich der Verfasser nicht berufen. In der diesmal zusammengekommenen Versammlung war recht spürbar das Fehlen jener recht notwendigen Sache, die man in der Sprache des gewöhnlichen Lebens den gesunden Menschenverstand nennt. Überhaupt scheinen wir Russen für derartige Sitzungen nicht recht geschaffen zu sein. In allen unseren Versammlungen, von den Zusammenkünften der Dorfgemeinden an bis zu allen möglichen gelehrten und anderen Komiteesitzungen, herrscht, wenn in ihnen nicht eine Hauptperson da ist, die alles leitet, ein ganz gehöriger Wirrwarr. Es ist schwer zu sagen, woher das kommt; offenbar liegt es im Charakter unseres Volkes, daß ihm nur diejenigen gemeinsamen Veranstaltungen gelingen, deren Zweck Essen und Trinken ist: also z. B. Klubs und allerlei Amüsements auf deutsche Art. Guter Wille allerdings ist jeden Augenblick auch zu allem andern vorhanden. Plötzlich, wenn es uns einfällt, gründen wir einen Wohltätigkeitsverein, eine Gesellschaft zur Beförderung dieser und jener Bestrebungen und was nicht sonst noch alles. Die Absicht ist eine sehr schöne; aber herauskommen tut trotzdem nichts dabei. Vielleicht rührt das daher, daß wir gleich am Anfang zu schnell befriedigt sind und meinen, es sei schon alles getan. Wenn wir z. B. einen Wohltätigkeitsverein für die Armen gegründet und erhebliche Summen dafür gespendet haben, so geben wir sofort, um diesen löblichen Schritt allgemein bekanntzumachen, den höchsten Würdenträgern der Stadt ein Diner, für das natürlich die Hälfte aller gespendeten Gelder draufgeht; von dem übrigen Gelde wird sogleich für das Komitee eine prächtige Wohnung mit Heizung und Dienern gemietet, und dann bleiben von der ganzen Summe für die Armen noch fünf und ein halber Rubel übrig, und auch über die Verwendung dieser Summe sind nicht alle Mitglieder unter sich einig, sondern jeder möchte eine seiner Gevatterinnen bedacht wissen. Übrigens war die jetzt zusammengetretene Versammlung von ganz anderer Art: sie war infolge der Notwendigkeit zustande gekommen. Es handelte sich nicht um irgendwelche Armen oder um fremde Personen; die Sache betraf einen jeden Beamten persönlich, die Sache betraf ein allen gleichmäßig drohendes Unglück, und so machte es sich ganz von selbst, daß mehr Einmütigkeit herrschte und sie sich enger zusammenschlossen. Aber trotzdem war der Ausgang ein ganz verwunderlicher. Gar nicht zu reden von den Meinungsverschiedenheiten, wie sie allen Versammlungen eigen sind, trat in der ganzen Anschauungsweise der Versammelten ein unbegreiflicher Mangel an Entschiedenheit zutage: so sagte einer, Tschitschikow sei ein Banknotenfälscher, und fügte dann selbst hinzu: »Vielleicht ist er aber auch keiner«; ein anderer behauptete, er sei ein Beamter aus der Kanzlei des Generalgouverneurs, und fuhr sogleich fort: »Übrigens weiß der Teufel, was er ist; an der Stirn kann man es ihm nicht ablesen.« Die Vermutung, er könne ein verkleideter Räuber sein, wurde von allen bekämpft; sie fanden, selbst abgesehen von seinem Äußern, das an und für sich den Eindruck einer guten Gesinnung mache, liege in seinen Reden nichts, was auf einen Menschen von gewalttätigem Benehmen hinweise. Aber der Postmeister, der einige Minuten lang in Nachdenken vertieft gewesen war, rief (sei es infolge einer plötzlichen Eingebung, die seinen Geist erleuchtete, oder aus einem andern Grunde) auf einmal unerwartet aus: »Wissen Sie, meine Herren, wer er ist?« Die Stimme, mit der er diese Frage herausstieß, hatte etwas so Aufregendes, daß alle gleichzeitig ausriefen: »Nun, wer?« – »Er ist kein anderer, meine Herren, als der Hauptmann Kopjeikin!« Und als alle sofort wie aus einem Munde fragten: »Was für ein Mensch ist denn dieser Hauptmann Kopjeikin?« da erwiderte der Postmeister: »Also Sie wissen nicht, wer der Hauptmann Kopjeikin war?«

Alle versetzten, sie wüßten nichts von ihm.

»Hauptmann Kopjeikin«, sagte der Postmeister, indem er seine Tabaksdose öffnete, jedoch nur zur Hälfte, aus Besorgnis, es könnte einer seiner Nachbarn mit Fingern hineinfassen, an deren Sauberkeit er nicht recht glaubte; er pflegte sogar zu sagen: »Ich kenne das, mein Verehrtester; wer weiß, was Sie mit Ihren Fingern angefaßt haben; der Tabak aber ist eine Sache, die die größte Reinlichkeit verlangt.« – »Hauptmann Kopjeikin«, wiederholte er, nachdem er seine Prise genommen hatte; »ja, wenn ich Ihnen von dem erzählen wollte, das wäre sogar für einen Schriftsteller ein höchst interessanter Stoff, der gewissermaßen eine ganze Novelle abgäbe.«

Alle Anwesenden drückten den Wunsch aus, diese Geschichte oder, wie der Postmeister sich ausgedrückt hatte, »diesen für einen Schriftsteller höchst interessanten Stoff, der gewissermaßen eine ganze Novelle abgab«, kennenzulernen, und er begann folgendermaßen:

Die Geschichte vom Hauptmann Kopjeikin.

»Nach dem Feldzuge von 1812, mein Herr«, so begann der Postmeister, obwohl nicht ein einzelner Herr im Zimmer saß, sondern ihrer ganze sechs, »nach dem Feldzuge von 1812 wurde mit anderen Verwundeten auch Hauptmann Kopjeikin vom Heere weggeschickt. Ein leichtfertiger, sehr temperamentvoller Mensch, hatte er recht oft in Arrest gesessen und alles mögliche durchgekostet. Ob es nun bei Krasnoje oder bei Leipzig war, jedenfalls hatte er, Sie können sich das vorstellen, einen Arm und ein Bein verloren. Nun, damals waren, wie Sie wissen, für die Verwundeten noch nicht solche Einrichtungen getroffen wie jetzt: dieser Invalidenfonds wurde, Sie können sich das vorstellen, gewissermaßen erst weit später gegründet. Hauptmann Kopjeikin sah, daß er werde arbeiten müssen; aber, Sie verstehen, er hatte nur den linken Arm. Er fragte zu Hause bei seinem Vater an, der Vater antwortete: ›Ich habe keine Möglichkeit, dich zu ernähren‹, Sie können sich das vorstellen, ›ich kann mir selbst kaum mein Brot verdienen.‹ Da, mein Herr, entschloß sich Hauptmann Kopjeikin, sich nach Petersburg zu begeben, um sich bei der Behörde zu bemühen, ob er nicht irgendwelche Unterstützung bekommen könne, da er doch, so und so, gewissermaßen, sozusagen, sein Leben geopfert und sein Blut vergossen habe . . . Na also, er fuhr irgendwie mit einem Frachtwagen oder einem fiskalischen Trainwagen hin, wissen Sie; kurz, mein Herr, er gelangte endlich mit Not und Mühe nach Petersburg. Na, Sie können sich das vorstellen: so ein Mann wie er, dieser Hauptmann Kopjeikin, befand sich da nun auf einmal in der Residenz, die in der Welt sozusagen nicht ihresgleichen hat! Auf einmal wurde es vor ihm hell, bildlich gesagt; ein weites Feld des Lebens öffnete sich vor ihm, Sie verstehen, so ein Märchenland aus Tausendundeiner Nacht. Auf einmal, Sie können sich das vorstellen, steht da so ein Newskiprospekt vor ihm da, oder, wissen Sie, so eine Gorochowajastraße, hol's der Teufel, oder da so eine Liteinajastraße; da ragt eine Kuppel in die Luft; da hängen Brücken auf eine wunderbare Weise, Sie können sich das vorstellen, das heißt ohne alle Stützen; kurz, die reine Semiramis, mein Herr, darüber ist kein Wort weiter zu verlieren! Er lief umher, um sich eine Wohnung zu mieten; aber alles war furchtbar teuer: da waren Gardinen, Vorhänge und aller Tod und Deibel, Sie verstehen, Teppiche, persische, mein Herr, kurz, um mich so auszudrücken, man trat die Kapitalien nur so mit Füßen. Wenn man da so auf der Straße geht, dann spürt die Nase, daß es nach Dingen riecht, die Tausende von Rubeln wert sind; und bei meinem Hauptmann Kopjeikin bestand das ganze Vermögen aus zehn Fünfrubelscheinen und etwas Silbergeld. Na, ein Dorf kann man sich dafür nicht kaufen, das heißt man kann es vielleicht dafür kaufen, wenn man noch vierzigtausend Rubel dazulegt; aber die vierzigtausend muß man sich beim König von Frankreich borgen. Na, er fand ein notdürftiges Unterkommen bei einem Gastwirt aus Reval, pro Tag einen Rubel; Mittagessen: Kohlsuppe und Bratklops von Rindfleisch. Er sah ein, daß er so nicht lange leben konnte. Er erkundigte sich, wohin er sich wenden solle. ›Ja, das ist solche Frage‹, antwortete man ihm; ›die obersten Behörden sind jetzt nicht in der Hauptstadt; Sie verstehen, die sind jetzt alle in Paris; die Armee ist noch nicht zurückgekehrt; aber es ist‹, sagte man ihm, ›eine provisorische Kommission hier. Versuchen Sie es, vielleicht können die etwas für Sie tun.‹ – ›Ich werde zu der Kommission hingehen‹, sagte Kopjeikin, ›und werde ihnen sagen: soundso, ich habe gewissermaßen mein Blut vergossen und, um mich so auszudrücken, mein Leben geopfert.‹ Also, mein Herr, er stand recht früh auf, rasierte sich mit der linken Hand, denn einen Barbier zu bezahlen, das macht gewissermaßen Kosten, zog sich seine Uniform an und machte sich mit seinem Stelzfuß, Sie können sich das vorstellen, zu dem Präsidenten der Kommission selbst auf. Er erkundigte sich, wo der Präsident wohnte. ›Dort‹, wurde ihm gesagt, ›in dem Hause auf dem Kai.‹ Ein kleines Bauernhäuschen, Sie verstehen: gewaltige Fensterscheiben, Sie können sich das vorstellen, Spiegel von zehn Fuß Höhe, Marmor, Lack, mein lieber Herr, kurz, man war ganz geblendet. Metallne Türklinken, ein Komfort erster Klasse, so daß man, Sie verstehen, vorher in einen Laden laufen, sich für einen Groschen Seife kaufen und sich damit ein paar Stunden lang gewissermaßen die Hände reiben mußte und erst dann allenfalls die Klinke anfassen konnte. Vor der Haustür ein Portier, Sie verstehen, mit einem großen Stabe, einer Miene wie ein Graf, einem bastistnen Kragen, wie ein gemästeter, fetter Mops. Mein Kopjeikin schleppte sich mühsam mit seinem Stelzfuß in den Empfangssaal und drückte sich dort in ein Winkelchen, um nicht mit dem Ellbogen, Sie können sich das vorstellen, an so ein amerikanisches oder indisches Gerät, um mich so auszudrücken, an eine vergoldete Porzellanvase zu stoßen. Na, selbstverständlich mußte er da lange genug warten, weil er schon zu einer Zeit gekommen war, wo der Präsident gewissermaßen eben erst vom Bette aufstand und der Kammerdiener ihm eine silberne Schüssel brachte, Sie verstehen, zum Waschen. Mein Kopjeikin wartet etwa vier Stunden lang; da kommt der diensthabende Beamte herein und sagt: ›Der Präsident wird gleich hereinkommen.‹ Im Saale aber waren schon eine Menge Epauletten und Achselschnüre, eine Menge Leute, wie Bohnen auf dem Teller. Endlich, mein Herr, kommt der Präsident herein. Na, Sie können sich das vorstellen – ein Präsident! im Gesichte, sozusagen . . . na, seiner Stellung entsprechend, Sie verstehen . . . seinem Range entspechend . . . von der Art war der Ausdruck, Sie verstehen. In allen Stücken zeigte er das Benehmen eines Bewohners der Residenz; er tritt zu einem hin, zu einem andern: ›Warum sind Sie hier? Warum sind Sie hier? Was steht zu Ihren Diensten? Welche Angelegenheit führt Sie her?‹ Endlich, mein Herr, kommt er auch zu Kopjeikin. Kopjeikin sagt: ›Soundso; ich habe mein Blut vergossen; ich habe gewissermaßen einen Arm und ein Bein verloren; arbeiten kann ich nicht; ich erkühne mich zu bitten, ob ich nicht irgendeine Unterstützung erhalten kann, ob nicht eine Anordnung getroffen werden kann betreffs einer, um mich so auszudrücken, Gratifikation oder Pension oder dergleichen‹, Sie verstehen. Der Präsident sieht: der Mann hat einen Stelzfuß, und der rechte Ärmel ist leer an die Uniform geknöpft: ›Gut‹, sagt er, ›fragen Sie nach ein paar Tagen wieder an!‹ Mein Kopjeikin ist ganz entzückt. ›Na‹, denkt er, ›die Sache ist glücklich erledigt.‹ Er war in einer Stimmung, Sie können sich das vorstellen, er hüpfte ordentlich auf dem Trottoir, ging in das Restaurant von Palkin, um ein Glas Schnaps zu trinken, aß in der ›Stadt London‹ zu Mittag, mein Herr, ließ sich ein Kotelett mit Kapern geben, eine Poularde mit allerlei Kinkerlitzchen, trank eine Flasche Wein dazu, ging am Abend ins Theater, kurz, er tat sich einmal eine Güte an, sozusagen. Auf dem Trottoir sieht er: es geht da so eine schlanke Engländerin, wie ein Schwan, Sie können sich das vorstellen. Mein Kopjeikin (sein Blut, wissen Sie, war in fröhliche Wallung gekommen) wollte schon auf seinem Stelzfuß hinter ihr herlaufen, klapp, klapp; ›aber nein‹, dachte er, ›vorläufig mag der Teufel die Courmacherei holen; das können wir später tun, wenn wir erst unsere Pension haben; jetzt bin ich etwas zu üppig geworden.‹ Er hatte aber, bitte zu bemerken, an diesem einen Tage beinah die Hälfte seines Geldes durchgebracht. Nach drei, vier Tagen, mein Herr, erscheint er wieder in der Kommission, beim Präsidenten, ja! ›Ich bin gekommen‹, sagt er, ›um mich zu erkundigen: soundso, in Anbetracht der durchgemachten Krankheiten und der erlittenen Verwundungen ... ich habe gewissermaßen mein Blut vergossen ...‹ und mehr dergleichen, Sie verstehen, alles im Kanzleistil. ›Aber vor allen Dingen‹, sagt der Präsident, ›muß ich Ihnen sagen, daß wir in Ihrer Sache ohne die Entscheidung der obersten Instanz nichts tun können. Sie sehen selbst, was es jetzt für eine Zeit ist. Die kriegerischen Operationen, um mich so auszudrücken, sind noch nicht ganz abgeschlossen. Warten Sie die Ankunft des Herrn Ministers ab; gedulden Sie sich noch ein bißchen! Sie können überzeugt sein, daß man Sie dann nicht vergessen wird. Wenn Sie aber nichts zum Leben haben, dann nehmen Sie hier‹, sagt er, ›soviel ich imstande bin ...‹ Na, Sie verstehen, er gab ihm natürlich nicht viel; aber bei mäßigen Ansprüchen hätte sich wohl damit auch bis zu einer fernliegenden Entscheidung auskommen lassen. Aber das sagte meinem Kopjeikin nicht zu. Er hatte schon gedacht, es würde ihm gleich am nächsten Tage ein hübsches Sümmchen so von tausend Rubeln ausgezahlt werden: ›Da, nimm, lieber Mann, trink und amüsiere dich!‹ Aber statt dessen hieß es nun: ›Warte!‹ und es war nicht einmal bestimmt gesagt wie lange. Und dabei hatte er schon, Sie verstehen, die Engländerin und die Couplets und die Koteletts im Kopfe. Da ging er nun mit einer Miene wie eine Eule aus dem Hause, wie ein Pudel, den der Koch mit Wasser begossen hat; er klemmte den Schwanz zwischen die Beine und ließ die Ohren hängen. Das Petersburger Leben war ihm schon ein bißchen in den Kopf gestiegen; er hatte schon etwas davon gekostet. Und nun sollte er, weiß der Teufel, wie elend leben; Genüsse gab's für ihn nicht mehr,

Sie verstehen. Na, und er war ein frischer, gesunder Mensch, mit einem Appetit geradezu wie ein Wolf. Manchmal kommt er an so einem Restaurant vorüber, und der Koch, Sie können sich das vorstellen, ein Ausländer, ein Franzose mit offenem, ehrlichem Gesichte, in feinster holländischer Leinwand, mit einer gewissermaßen schneeweißen Schürze, arbeitet da an irgendwelchem Frikassee, an Koteletts mit Trüffeln, kurz, an irgendeiner Delikatesse, so daß man geradezu sich selbst vor Appetit aufessen möchte. Oder er kommt an dem Laden von Miljutin vorbei, und da sieht aus dem Schaufenster gewissermaßen so ein Lachs heraus, ein Schächtelchen Kirschen zu fünf Rubeln, eine Melone, so groß wie eine Postkutsche, und sucht sozusagen einen Dummkopf, der dafür hundert Rubel bezahlt; kurz, auf Schritt und Tritt Verführung; das Wasser läuft einem, um mich so auszudrücken, im Munde zusammen, und er soll warten! Stellen Sie sich nur seine Lage vor: auf der einen Seite sozusagen der Lachs und die Melone, und auf der andern Seite präsentiert man ihm sozusagen ein bitteres Gericht mit der Benennung ›morgen‹. – ›Ach was‹, denkt er, ›mögen sie mir tun, was sie wollen; ich gehe hin‹, sagt er; ›ich will die ganze Kommission und alle Präsidenten auf die Beine bringen und ihnen sagen: Da soll doch ein Donnerwetter dreinschlagen!‹ Und wirklich, dreist und frech, wie er war, hatte er zwar keinen Verstand im Kopfe, Sie verstehen, aber viel Courage. Er kommt zur Kommission. ›Nun, was gibt's?‹ fragt man ihn. ›Warum kommen Sie noch einmal? Sie haben ja schon Bescheid erhalten.‹ – ›Aber ich bitte Sie‹, erwidert er, ›ein so elendes Dasein führen, das kann ich nicht. Es ist mir ein Bedürfnis‹, sagt er, ›ein Kotelett zu essen und eine Flasche französischen Wein zu trinken und mich ein bißchen zu amüsieren, ins Theater zu gehen, Sie verstehen.‹ – ›Na, entschuldigen Sie‹, sagt der Präsident, ›was solche Dinge anlangt, da müssen Sie sich sozusagen gewissermaßen gedulden. Es sind Ihnen die Mittel zu Ihrem Unterhalte gegeben, bis die Entscheidung herauskommt, und ohne Zweifel werden Sie belohnt werden, wie es sich gehört: denn es gibt noch kein Beispiel dafür, daß bei uns in Rußland jemand, der, um mich so auszudrücken, dem Vaterlande Dienste erwiesen hat, ohne Versorgung geblieben wäre. Aber wenn Sie schon jetzt sich an Koteletts delektieren wollen und ins Theater gehen wollen, Sie verstehen, dann müssen Sie uns schon entschuldigen. In diesem Falle müssen Sie sich selbst die dazu nötigen Mittel beschaffen und versuchen, sich selbst zu helfen.‹ Aber auf meinen Kopjeikin, Sie können sich das vorstellen, machte das nicht den geringsten Eindruck. Diese Worte prallten an ihm ab, wie wenn man Erbsen gegen eine Mauer wirft. Er machte einen furchtbaren Spektakel und sagte allen die ärgsten Grobheiten! Alle diese Direktoren und Sekretäre, alle begann er auszuschelten und herunterzumachen ... ›Aber ihr seid ja ...‹ (ein Schimpfwort), sagte er; ›aber ihr seid ja ...‹ (ein anderes Schimpfwort), sagte er; ›aber ihr kennt ja eure Pflicht und Schuldigkeit nicht; ihr handelt ja gegen die Gesetze!‹ sagte er. Alle bekamen gehörig etwas ab. Da kam ihm ein General in den Wurf, der, Sie verstehen, einem ganz anderen Ressort angehörte; aber auch den kanzelte er ab, mein Herr! Er rief einen furchtbaren Aufruhr hervor! Was soll man mit einem solchen rabiaten Menschen anfangen? Der Präsident sieht ein, daß man, um mich so auszudrücken, zu strengeren Maßregeln greifen müsse. ›Gut‹, sagt er, ›wenn Sie mit dem, was man Ihnen gibt, nicht zufrieden sein und gewissermaßen hier in der Hauptstadt die Entscheidung Ihres Schicksals ruhig abwarten wollen, dann werde ich Sie nach Ihrem Heimatsorte transportieren lassen. Man rufe‹, sagt er, ›den Feldjäger, um ihn nach seinem Heimatsorte zu transportieren!‹ Der Feldjäger aber steht, Sie verstehen, schon hinter der Tür: ein drei Ellen langer Kerl, und eine Hand hat er, Sie können sich das vorstellen, die von der Natur selbst für einen Hausknecht geschaffen ist, kurz, so ein rechter Zahnbrecher. Also wird denn unser Knecht Gottes Kopjeikin mit dem Feldjäger auf einen Bauernwagen gesetzt. ›Na‹, denkt er, ›wenigstens brauche ich kein Fahrgeld zu bezahlen; auch dafür bin ich dankbar.‹ Er fährt also mit dem Feldjäger, mein Herr, und wie er so mit dem Feldjäger fährt, da überlegt er gewissermaßen sozusagen bei sich: ›Gut‹, sagt er, ›du hast gesagt, ich möchte mir selbst die Mittel beschaffen und mir helfen; gut‹, sagt er, ›ich werde mir die Mittel beschaffen!‹ Na, wie er nun nach seiner Heimat transportiert wurde, und wohin er eigentlich gebracht wurde, das ist weiter nicht bekannt. Die Gerüchte über den Hauptmann Kopjeikin sind in den Strom der Vergessenheit versunken, in den Lethestrom, wie sich die Dichter ausdrücken. Aber erlauben Sie, meine Herren, gerade hier beginnt sozusagen der Knoten des Romans sich zu schürzen. Also, wo Kopjeikin blieb, das ist unbekannt; aber es waren, Sie können sich das vorstellen, nicht zwei Monate vergangen, als in den Wäldern von Rjasan eine Räuberbande erschien, und der Anführer dieser Räuberbande, mein Herr, war kein anderer . . .«

»Aber erlaube mal, Iwan Andrejewitsch«, unterbrach ihn auf einmal der Polizeimeister, »dem Hauptmann Kopjeikin fehlte ja, wie du selbst gesagt hast, ein Arm und ein Bein; Tschitschikow aber . . .«

Hier schrie der Postmeister auf, schlug sich, weit ausholend, mit der Hand vor die Stirn und nannte sich öffentlich vor aller Ohren ein Rindvieh. Er konnte gar nicht begreifen, daß ihm dieser Umstand nicht gleich am Anfang der Erzählung aufgefallen war, und gestand die völlige Richtigkeit des Sprichwortes zu: »Der Russe ist immer erst hinterher klug.« Indessen, einen Augenblick darauf versuchte er schon, sich auf schlaue Weise herauszuwickeln, indem er sagte, in England sei die Mechanik sehr vervollkommnet; aus den Zeitungen sei zu ersehen, daß jemand hölzerne Beine erfunden habe, derart, daß bei der bloßen Berührung einer kaum wahrnehmbaren Feder diese Beine den Menschen Gott weiß wohin trügen, so daß er nachher gar nicht mehr zu finden sei.

Aber alle bezweifelten stark, daß Tschitschikow der Hauptmann Kopjeikin sei, und fanden, daß der Postmeister denn doch gar zu sehr danebengehauen hatte. Übrigens wollten sie es ihrerseits auch nicht an sich fehlen lassen und gingen, durch die scharfsinnige Vermutung des Postmeisters verführt, beinahe noch weiter. Unter den vielen, in ihrer Art geistreichen Vermutungen befand sich auch eine, die man nur mit Kopfschütteln wiedergeben kann: ob nicht Tschitschikow der verkleidete Napoleon sei; England sei schon lange auf Rußland wegen seiner Macht und Ausdehnung neidisch; es seien sogar schon mehrmals Karikaturen erschienen, bei denen ein Russe im Gespräch mit einem Engländer dargestellt sei: der Engländer steht da und hält hinter sich einen Hund am Stricke; mit dem Hunde ist Napoleon gemeint, und er Engländer sagt: »Nimm dich in acht; wenn du nicht so tust, wie ich will, dann lasse ich sofort diesen Hund gegen dich los.« Und jetzt habe England ihn vielleicht von St. Helena losgelassen, und er ziehe jetzt, als Tschitschikow verkleidet, durch Rußland, während er doch in Wirklichkeit gar nicht Tschitschikow sei.

Diese Vermutung für wahr zu halten, dazu konnten sich die Beamten allerdings nicht entschließen; aber sie dachten doch darüber nach, und während jeder die Sache für sich überlegte, fanden sie, daß Tschitschikows Gesicht, von der Seite betrachtet, mit Napoleons Porträt große Ähnlichkeit habe. Der Polizeimeister, der im Feldzuge von 1812 gedient und Napoleon persönlich gesehen hatte, mußte ebenfalls zugeben, daß er an Wuchs nicht größer als Tschitschikow und an Gestalt ebenso wie dieser weder allzu dick noch auch gerade dünn sei. Vielleicht werden manche Leser dies alles als unwahrscheinlich bezeichnen, und der Verfasser ist ebenfalls ihnen zu Gefallen bereit, dies zu tun; aber seltsamerweise spielte sich alles gerade so ab, wie es hier erzählt wird, und es ist das um so erstaunlicher, da die Stadt keineswegs von der Kultur abgeschieden lag, sondern vielmehr nicht weit von beiden Hauptstädten entfernt. Übrigens muß daran erinnert werden, daß alles dies sich bald nach der ruhmwürdigen Vertreibung der Franzosen zutrug. In dieser Zeit waren alle unsere Gutsbesitzer, Beamten, Kaufleute, Kommis und jeder, der lesen konnte, ja auch mancher, der es nicht konnte, mindestens acht Jahre lang enragierte Politiker geworden. Die »Moskauer Nachrichten« und der »Sohn des Vaterlandes« wurden unbarmherzig zerlesen und gelangten an den letzten Leser in Gestalt von Fetzen, die zu keinem Gebrauche mehr verwendbar waren. Statt der Fragen: »Wie teuer haben Sie den Scheffel Hafer verkauft, Väterchen? Wie haben Sie den gestrigen Spurschnee ausgenutzt?« sagten sie: »Was schreiben die Zeitungen? Hat man auch nicht wieder Napoleon aus seinem Gefängnisse herausgelassen?« Die Kaufleute fürchteten dies ganz besonders; denn sie glaubten fest an die Weissagung eines Propheten, der schon seit drei Jahren im Gefängnis saß. Der Prophet war gekommen, man wußte nicht woher, in Bastschuhen und in einem unüberzogenen Pelze, der schrecklich nach verfaulten Fischen roch, und hatte verkündet, Napoleon sei der Antichrist und liege an einer steinernen Kette hinter sechs Mauern und sieben Meeren; aber später werde er die Kette zerreißen und sich der Herrschaft über die ganze Welt bemächtigen. Der Prophet war, wie es sich gehörte, für seine Prophezeiung ins Gefängnis gesetzt worden; aber nichtsdestoweniger hatte er seine Wirkung getan und den Kaufleuten völlig den Kopf verdreht. Noch lange, sogar zur Zeit der gewinnbringendsten Geschäfte, redeten die Kaufleute, wenn sie nach dem Restaurant gekommen waren, um da ihren Tee zu trinken, vom Antichrist. Viele Beamte und vornehme Adlige dachten ebenfalls darüber nach, und von dem Mystizismus angesteckt, der bekanntlich damals sehr Mode war, sahen sie in jedem der Buchstaben, aus denen das Wort Napoleon besteht, einen besonderen Sinn; viele entdeckten in diesem Namen sogar die Zahlen aus der Offenbarung St. Johannis. Daher ist es nicht weiter wunderbar, daß die Beamten sich über diesen Punkt unwillkürlich ihre Gedanken machten;

bald jedoch kamen sie zur Besinnung und merkten, daß ihre Phantasie schon allzu arge Sprünge machte, und daß das alles Torheit sei. Sie dachten und dachten, redeten und redeten und kamen endlich zu dem Resultate, daß es das beste sein würde, Nosdrew recht genau zu befragen. Da er der erste gewesen war, der die Geschichte von den toten Seelen vorgebracht hatte, und da er, wie es hieß, in nahen Beziehungen zu Tschitschikow stand, folglich ohne Zweifel etwas über seine Lebensverhältnisse wußte, so wollte man probieren, was er sagen werde.

Wunderliche Leute, diese Herren Beamten und mit ihnen auch alle anderen Stände: sie wußten ganz genau, daß Nosdrew ein Lügner war und man ihm kein Wort glauben konnte, auch nicht bei der unbedeutendsten Bagatelle; und doch nahmen sie zu ihm ihre Zuflucht. Da soll man aus dem Menschen klug werden! Er glaubt nicht an Gott; aber er glaubt, daß, wenn ihm der Nasenrücken juckt, er unfehlbar sterben wird; er schätzt die Schöpfung eines Dichters gering, die klar und hell wie der Tag und ganz von schöner Harmonie und hoher, schlichter Weisheit durchtränkt ist, und stürzt sich auf ein Machwerk, wo ein dreister Geselle die Natur entstellt und verrenkt; das gefällt ihm, und er ruft: »Da! Das ist wahre Kenntnis der Geheimnisse des Menschenherzens!« Sein ganzes Leben lang hat er auf die Ärzte geschimpft, und das Ende vom Liede ist, daß er sich an ein altes Weib wendet, das mit Besprechen und mit Spucke kuriert, oder wohl gar sich selbst ein Dekokt aus wer weiß was für Zeug ausdenkt, von dem er sich, Gott weiß warum, einbildet, daß es gegen seine Krankheit helfen werde. Allerdings kann man die Herren Beamten teilweise mit ihrer wirklich schwierigen Lage entschuldigen. Der Ertrinkende, sagt man, greift auch nach einem Strohhalm, und es ist ihm in dem Augenblicke nicht möglich zu überlegen, daß auf einem Strohhalm allenfalls eine Fliege eine Spazierfahrt machen kann, er selbst aber ein Gewicht von vier, wenn nicht von ganzen fünf Pud hat; aber dieser Erwägung ist er in dem Augenblicke nicht fähig, und er greift nach dem Strohhalm. So griffen auch unsere Herren schließlich nach Nosdrew. Der Polizeimeister schrieb sofort an ihn ein Billett, in welchem er ihn zum Abend einlud, und ein Polizeikommissar in hohen Stiefeln, mit hübschen, roten Backen lief sofort, den Degen in der Hand haltend, spornstreichs nach Nosdrews Wohnung. Nosdrew war von einer wichtigen Beschäftigung in Anspruch genommen; schon ganze vier Tage lang war er nicht aus dem Zimmer gekommen, hatte niemanden hereingelassen und sich sogar das Mittagessen durch ein Fenster hereinreichen lassen; er war sogar mager geworden und hatte eine grünliche Farbe bekommen. Die Arbeit erforderte die größte Aufmerksamkeit: sie bestand darin, aus sehr vielen Spielen die Karten eines einzigen Spieles zusammenzusuchen, dergestalt, daß eine jede ein Merkzeichen hatte, auf das man sich wie auf einen treuen Freund verlassen konnte. Es blieb ihm noch für mindestens zwei Wochen Arbeit; während dieser ganzen Zeit mußte Porfiri dem kleinen Bullenbeißer den Nabel mit einem besonderen Bürstchen reinigen und dreimal täglich mit Seife waschen. Nosdrew war sehr ärgerlich darüber, daß man ihn in seiner Zurückgezogenheit störte; zuerst hieß er den Polizeikommissar sich zum Teufel scheren; aber als er in dem Billette des Polizeimeisters gelesen hatte, daß sich vielleicht ein profitables Geschäft werde machen lassen, da zum Abend ein Neuling erwartet werde, wurde er sogleich milder gestimmt, schloß das Zimmer schnell ab, zog sich eilig an und begab sich zu ihm. Die Angaben, Zeugnisse und Vermutungen Nosdrews standen in so schroffem Widerspruche zu denen der Herren Beamten, daß auch deren letzte Hypothesen umgestoßen wurden. Dies war entschieden ein Mensch, für den es überhaupt keine Zweifel gab, und seine Bestimmtheit und Zuversichtlichkeit in seinen Annahmen war ebenso groß wie ihre Unsicherheit und Schüchternheit in den ihrigen. Er antwortete auf alle Punkte ohne im geringsten zu stocken, erklärte, Tschitschikow habe für mehrere tausend

Rubel tote Seelen gekauft; auch er selbst habe ihm welche verkauft, da er keinen Grund eingesehen habe, weshalb er das nicht hätte tun sollen. Auf die Frage, ob Tschitschikow ein Spion sei und irgend etwas auszukundschaften suche, antwortete Nosdrew, ja, er sei ein Spion; schon in der Schule, wo er sein Mitschüler gewesen sei, habe man ihn Petzmichel genannt, und die Kameraden, darunter auch er selbst, hätten ihn einmal dafür so verprügelt, daß ihm nachher an eine Schläfe hätten zweihundertvierzig Blutegel gesetzt werden müssen; er hatte allerdings ursprünglich nur vierzig sagen wollen; aber die zweihundert hatten sich dann ganz von selbst noch hinzugefunden. Auf die Frage, ob er ein Banknotenfälscher sei, antwortet er, das sei er, und erzählte bei dieser Gelegenheit eine Anekdote von Tschitschikows außerordentlicher Geschicklichkeit: die Behörde sei benachrichtigt worden, daß sich in seinem Hause für zwei Millionen Rubel falsche Banknoten befänden; sie habe deshalb das Haus unter Siegel gelegt und Posten davorgestellt, vor jede Tür zwei Soldaten; Tschitschikow aber habe die falschen Banknoten alle in einer einzigen Nacht vertauscht, so daß die Behörde am anderen Tage nach Abnahme der Siegel nur echte Banknoten vorgefunden habe. Auf die Frage, ob Tschitschikow wirklich die Absicht gehabt habe, die Tochter des Gouverneurs zu entführen, und ob es wahr sei, daß er, Nosdrew, selbst es übernommen habe, ihm dabei zu helfen und sich dabei zu beteiligen, antwortete Nosdrew, er habe ihm tatsächlich seine Hilfe zugesagt, und ohne ihn wäre die Sache überhaupt nicht in Gang gekommen. Hier stockte er einen Augenblick, da er merkte, daß er ganz zwecklos log und sich auf diese Art selbst zu Schaden bringen konnte; aber er vermochte nun seine Zunge nicht mehr zu hemmen. Übrigens war das auch eine schwere Aufgabe, weil sich ihm ganz von selbst so interessante Einzelheiten darboten, auf die zu verzichten ihm geradezu unmöglich war: er nannte sogar den Namen des Dorfes, in dessen Kirche die Trauung stattfinden sollte; das Dorf hieß

Truchmatschewka, der Pope Vater Sidor; für die Trauung sollte dieser fünfundsiebzig Rubel bekommen; er würde aber nicht eingewilligt haben, wenn er, Nosdrew, ihn nicht durch die Drohung ins Bockshorn gejagt hätte, ihn dafür zu denunzieren, daß er den Mehlhändler Michail mit einer Gevatterin getraut habe; er habe sogar seinen Wagen hergegeben und auf allen Stationen für Relaispferde gesorgt. Die Einzelheiten gingen so weit, daß er schon anfing, die Namen der Postillione anzugeben. Die Beamten versuchten, ein Wort über Napoleon fallen zu lassen, hatten aber selbst keine Freude von diesem Versuche; denn Nosdrew schwatzte nun einen blühenden Unsinn zusammen, der nicht nur keine Ähnlichkeit mit der Wahrheit hatte, sondern überhaupt einfach unerhört war, so daß die Beamten alle seufzend fortgingen; nur der Polizeimeister hörte noch lange zu, um zu sehen, ob nicht doch noch wenigstens etwas Brauchbares herauskäme; aber schließlich machte auch er eine verzweifelte Handbewegung und sagte: »Weiß der Teufel, was das für Zeug ist!« Und alle waren mit ihm derselben Ansicht, hier treffe das Sprichwort zu, daß man von einem Ochsen keine Milch bekomme, und wenn man sich auch noch so lange mit ihm herumquäle. So befanden sich denn die Beamten in noch üblerer Lage als vorher, und das Schlußresultat war, daß sie absolut nicht herausbekommen konnten, wer Tschitschikow eigentlich sei. Und es stellte sich dabei deutlich heraus, was für eine Art von Wesen der Mensch ist: er ist weise, klug und verständig in allem, was andere Leute betrifft und nicht ihn selbst. Mit was für umsichtigen, energischen Ratschlägen versieht er andere in schweren Lebenslagen! »So ein gescheiter Kopf!« ruft die Menge; »was für ein unerschütterlicher Charakter!« Aber wenn über diesen gescheiten Kopf irgendein Unglück hereinbricht und er selbst in eine schwere Lebenslage gerät, wo bleibt da sein fester Charakter? Der unerschütterliche Mann ist ganz fassungslos und ist zu einem kläglichen Feigling, zu einem hilflosen, schwachen Kinde geworden oder einfach zu einem Waschlappen, wie sich Nosdrew ausdrückte.

Alle diese Redereien, Meinungen und Gerüchte wirkten aus unbekanntem Grunde am allermeisten auf den armen Staatsanwalt. Sie wirkten auf ihn in dem Grade, daß er, als er nach Hause gekommen war, nachdachte und nachdachte und auf einmal, wie man zu sagen pflegt, aus heiler Haut starb. Ob ihn nun der Schlag getroffen hatte oder ihm etwas anderes zugestoßen war, genug, so wie er dasaß, fiel er rücklings vom Stuhle herunter. Die Anwesenden schrien, wie das so zu geschehen pflegt, auf, schlugen die Hände zusammen, riefen: »O du mein Gott!« und ließen einen Arzt holen, um ihm zur Ader zu lassen, mußten aber dann einsehen, daß der Staatsanwalt bereits ein entseelter Körper war. Erst da erfuhren sie mit Bedauern, daß der Verstorbene wirklich eine Seele gehabt habe, obgleich er sie aus Bescheidenheit nie hatte sichtbar werden lassen. Trotzdem aber war die Erscheinung des Todes bei einem kleinen Menschen ebenso furchtbar, wie sie es bei einem großen Menschen ist: er, der noch vor kurzem umhergegangen war, sich bewegt hatte, Whist gespielt, allerlei Papiere unterschrieben hatte und so oft unter den Beamten mit seinen dichten Augenbrauen und dem blinzelnden Auge zu sehen gewesen war, der lag jetzt auf dem Tische; das linke Auge blinzelte nicht mehr; aber die eine Braue war immer noch mit einer Art von fragendem Ausdruck ein wenig in die Höhe gezogen. Wonach der Verstorbene hatte fragen wollen, ob nach dem Grunde seines Todes oder nach dem Grunde seines Lebens, das weiß nur Gott allein.

»Aber das ist doch ungeheuerlich, das ist ganz unglaublich, das ist unmöglich, daß die Beamten sich so geängstigt, solchen Unsinn geschwatzt und sich so weit von der Wahrheit entfernt haben sollten, wo doch selbst ein Kind sehen mußte, um was es sich handelte!« So werden viele Leser sagen und den Verfasser der Absurdität beschuldigen oder die armen Beamten Narren nennen, da ja der Mensch mit dem Worte Narr freigebig ist und zwanzigmal am Tage bereit ist, seinen Nächsten damit zu traktieren. Man braucht nur unter zehn Seiten eine törichte zu besitzen, um trotz der neun guten ein Narr genannt zu werden. Die Leser haben gut richten: sie schauen aus ihrem ruhigen Eckchen heraus und von ihrem hohen Standpunkte herab, von wo sich ihnen ein Ausblick auf alles erschließt, was da unten vorgeht, wo der Mensch nur den nächsten Gegenstand sieht. Und in der Universalgeschichte der Menschheit gibt es ganze Jahrhunderte, die man, wie es scheint, als unnötig ausstreichen und tilgen möchte. Viele Irrtümer sind in der Welt begangen worden, die, wie es scheint, jetzt nicht einmal ein Kind begehen würde. Was für krumme, verwachsene, enge, ungangbare, weit abführende Wege hat sich die Menschheit in dem Streben, zu der ewigen Wahrheit zu gelangen, ausgesucht, während ihr der gerade Weg ganz offen vor Augen lag, vergleichbar dem Wege, welcher zu dem prächtigen Palaste führt, der dem Könige als Wohnung dient. Breiter und herrlicher als alle anderen ist dieser Weg, von der Sonne bestrahlt und die ganze Nacht über von Fackeln beleuchtet; aber doch wanderten die Menschen an ihm vorbei in dunkler Finsternis. Und wie oft brachten sie, nachdem die vom Himmel herabgestiegene Vernunft sie auf die rechte Bahn geleitet hatte, es trotzdem fertig, wieder von ihr abzukommen und zur Seite abzuirren, am hellen Tage von neuem in unwegsame Wüsten zu geraten, sich gegenseitig einen undurchdringlichen Nebel vor die Augen zu breiten und, Irrlichtern nachlaufend, zu Abgründen zu gelangen, um dann einander erschrocken zu fragen: »Wo ist ein Ausgang, wo ist der Weg?« Die jetzige Generation sieht das alles deutlich, ist erstaunt über die Irrtümer und lacht über den Unverstand ihrer Vorfahren, ohne zu sehen, daß diese Weltgeschichte mit himmlischer Flammenschrift geschrieben ist, daß in ihr jeder Buchstabe schreit, daß von überall her ein ausgestreckter Finger auf sie selbst, die jetzige Generation, hinweist; aber sie lacht und beginnt selbstvertrauend und stolz eine

Reihe neuer Irrtümer, über die später unsere Nachkommen ebenso lachen werden.

Tschitschikow wußte von alledem schlechthin gar nichts. Es traf sich gerade, daß er sich in dieser Zeit eine leichte Erkältung mit Gesichtsreißen und mit etwas Halsentzündung zugezogen hatte, eine Krankheit, mit welcher das Klima unserer Gouvernementsstädte sehr verschwenderisch umgeht. Damit also nur ja nicht etwa sein Leben ohne Nachkommen ein Ende nähme, entschloß er sich, lieber ungefähr drei Tage lang das Zimmer zu hüten. Während dieser Tage gurgelte er unaufhörlich mit Milch, in der eine Feige lag, die er nachher verzehrte, und hatte ein kleines Kissen mit Kamillen und Kampfer auf die Backe gebunden. Um irgendwie die Zeit auszufüllen, legte er sich neue, detaillierte Verzeichnisse von allen gekauften Bauern an, las sogar einen Band der Herzogin Lavallière, den er in seinem Koffer fand, sah in seiner Schatulle die mannigfachen darin befindlichen Gegenstände und Aufzeichnungen durch und überlas einzelnes sogar zum zweiten Male; aber all dies wurde ihm endlich sehr langweilig. Er konnte gar nicht begreifen, was es zu bedeuten hatte, daß kein einziger von den Beamten der Stadt zu ihm kam, um sich auch nur einmal nach seinem Befinden zu erkundigen, während doch noch vor kurzem ihre Wagen beständig vor seinem Gasthause gehalten hatten, bald der des Postmeisters, bald der des Staatsanwaltes, bald der des Präsidenten. Er zuckte nur, während er im Zimmer auf und ab ging, verständnislos mit den Achseln. Endlich fühlte er sich besser und freute sich wer weiß wie sehr, als er die Möglichkeit sah, wieder an die frische Luft zu gehen. Unverzüglich machte er sich an seine Toilette, goß heißes Wasser in ein Glas, nahm Bürste und Seife und traf die nötigen Vorbereitungen, um sich zu rasieren, was schon längst an der Zeit gewesen wäre, wie er denn auch, als er seinen Bart mit der Hand befühlte und in den Spiegel blickte, selbst ausrief: »Oh, das ist ja ein ordentlicher Wald geworden!« Und in der Tat, wenn auch der Ausdruck »Wald« übertrieben war, so war doch auf den Backen und am Kinn eine ziemlich dichte Saat zum Vorschein gekommen. Nachdem er sich rasiert hatte, machte er sich munter und flink daran, sich anzukleiden, und sprang nur so aus seinen Hosen heraus. Endlich war er angekleidet, besprengte sich mit Eau de Cologne, hüllte sich recht warm ein, band sich vorsichtshalber noch ein Tuch um die Backe und ging auf die Straße hinaus. Sein erster Ausgang hatte, wie bei jedem Genesenen, einen wahrhaft festlichen Charakter. Alles, was ihm vor die Augen kam, nahm eine lachende Miene an, die Häuser und die vorübergehenden Bauern, die übrigens ganz ernst aussahen und von denen schon mancher an diesem Tage einem seinesgleichen eine Maulschelle versetzt haben mochte. Die erste Visite wollte er beim Gouverneur machen. Unterwegs kamen ihm viele und mannigfache Gedanken in den Sinn: in seinem Kopfe spukte die Blondine umher; seine Phantasie begann sogar etwas tolle Sprünge zu machen, und er fing schon selbst an, sich über sich zu amüsieren und zu lachen. In solcher Stimmung kam er vor dem Portale des Gouverneurs an. Er wollte auf dem Flur schon eilig seinen Mantel abwerfen, als ihn der Portier durch die ganz unerwarteten Worte überraschte: »Ich habe Befehl, Sie nicht einzulassen.«

»Wie! Was redest du! Du hast mich offenbar nicht erkannt? Sieh mir doch ordentlich ins Gesicht!« sagte Tschitschikow zu ihm.

»Wie sollte ich Sie nicht erkennen! Ich sehe Sie ja nicht zum ersten Male«, erwiderte der Portier. »Aber gerade Sie allein einzulassen ist mir verboten; alle andern darf ich einlassen.«

»Na so etwas! Warum denn? Wieso denn?«

»So ist mir befohlen; es wird gewiß einen Grund haben«, antwortete der Portier und fügte dann noch das Wort »ja« hinzu, worauf er sich vor ihm in ganz ungenierter Haltung hinstellte, ohne jene freundliche Miene, mit der er sich früher beeilt hatte, ihm den Mantel abzunehmen. Während er ihn so ansah, schien er zu denken: »Aha! Wenn dich die Herrschaft von der Tür wegjagt, dann ist offenbar nichts an dir dran, und du gehörst zur Plebs!«

»Unbegreiflich!« dachte Tschitschikow bei sich und begab sich sofort zum Gerichtspräsidenten; aber der Gerichtspräsident wurde bei seinem Anblick so verlegen, daß er nicht zwei Worte hintereinander herausbringen konnte und einen Unsinn redete, über den sie sich sogar alle beide schämten. Tschitschikow verließ ihn endlich und gab sich unterwegs alle Mühe, über das Gehörte zur Klarheit zu gelangen und herauszubekommen, was der Präsident eigentlich gemeint habe, und worauf sich seine Worte wohl beziehen möchten; aber er konnte nichts begreifen. Dann ging er zu andern: zum Polizeimeister, zum Vizegouverneur, zum Postmeister; aber alle empfingen ihn entweder nicht, oder sie empfingen ihn in so seltsamer Manier, führten so gezwungene, unverständliche Reden und zeigten sich so verwirrt, daß eine ganz absurde Szene herauskam und er an ihrem gesunden Verstande zweifelte. Er versuchte es noch bei diesem und jenem mit einem Besuche, um wenigstens die Ursache zu erfahren; aber er bekam keine Ursache zu hören. Wie im Halbschlaf wanderte er ziellos in der Stadt umher, außerstande die Fragen zu entscheiden, ob er den Verstand verloren habe oder die Beamten verrückt geworden seien, ob ihm das alles nur träume oder er sich in Wirklichkeit in einer so dummen Lage befinde, die verschmitzter war, als man sie sich träumen lassen konnte. Es war schon spät und dunkelte schon beinahe, als er in sein Gasthaus zurückkehrte, aus dem er in so guter Gemütsstimmung weggegangen war; mißmutig ließ er sich Tee geben. Trübsinnig und in einer Art von gedankenlosem Brüten über seine seltsame Situation begann er sich Tee einzugießen, als sich die Tür seines Zimmers öffnete und, ihm ganz unerwartet, Nosdrew hereintrat.

»Das Sprichwort hat recht: ›Für einen Freund sind sieben Werst kein Umweg!‹« sagte dieser, indem er die Mütze abnahm. »Ich kam gerade vorbei und sah Licht im Fenster.

›Nun gut‹, dachte ich, ›dann will ich mal zu ihm herangehen! Gewiß schläft er nicht.‹ Ah! Das ist schön, daß du Tee auf dem Tische hast; ich werde mit Vergnügen ein Täßchen trinken; ich habe heute zu Mittag allerlei Zeug gegessen und fühle, daß mein Magen schon anfängt unruhig zu werden. Laß mir doch eine Pfeife stopfen! Wo hast du denn deine Pfeife?«

»Aber ich rauche ja gar nicht Pfeife«, antwortete Tschitschikow trocken.

»Dummes Zeug! Als ob ich nicht wüßte, daß du ein leidenschaftlicher Raucher bist! He! wie heißt doch nur gleich dein Diener? He, Wachramjei, hör mal!«

»Er heißt nicht Wachramjei, sondern Petruschka!«

»Wie? Aber du hattest doch früher einen Wachramjei?«

»Einen Wachramjei habe ich nie gehabt.«

»Ach ja, richtig; das ist Derebin, der einen Wachramjei hat. Denk dir mal, was für ein Glück Derebin hat: seine Tante hat sich mit ihrem Sohne überworfen, weil er eine Leibeigene geheiratet hat, und jetzt hat sie ihm, dem Neffen, ihr ganzes Gut vermacht. Ich denke so bei mir: ja, so eine Tante müßte ich auch haben! Aber warum hast du dich denn von allen so zurückgezogen, Bruder, und läßt dich nirgends blicken? Ich weiß ja freilich, daß du dich manchmal mit wissenschaftlichen Gegenständen beschäftigst und gern liest« (woraus Nosdrew das schloß, daß unser Held sich mit wissenschaftlichen Gegenständen beschäftige und gern lese, das können wir, offen gestanden, nicht sagen und Tschitschikow noch weniger). »Ach, Bruder Tschitschikow, wenn du das nur mit angesehen hättest . . . das wäre Nahrung für deinen satirischen Geist gewesen« (warum Tschitschikow einen satirischen Geist haben sollte, ist ebenfalls unbekannt). »Denk dir nur, Bruder, wir spielten bei dem Kaufmann Lichatschew Karten, – da haben wir aber gelacht! Perependew, der mit mir da war, sagte: ›Wenn doch Tschitschikow hier wäre; das wäre so recht etwas für ihn! . . .‹« (Dabei hatte Tschitschikow zeit seines Lebens keinen Perependew gekannt.) »Aber gestehe es nur ein, Bruder, du hast dich damals wirklich ganz gemein gegen mich benommen, erinnerst du dich wohl, als wir Dame spielten? Ich gewann ja ... Ja, Bruder, du hast mich einfach beschummelt. Aber hol mich der Teufel, ich kann nicht böse werden. Neulich beim Präsidenten ... Ach ja! ich muß dir doch sagen, daß die ganze Stadt auf dich schlecht zu sprechen ist. Sie glauben, daß du Banknoten fälschst, und setzten mir mit Fragen zu; ich habe dich kräftig verteidigt und ihnen gesagt, ich wäre ein Schulkamerad von dir und hätte deinen Vater gekannt; na, ich muß sagen, ich habe ihnen die Hucke gehörig vollgelogen.«

»Ich fälsche Banknoten?« rief Tschitschikow und sprang beinahe von seinem Stuhl in die Höhe.

»Warum hast du ihnen denn aber einen solchen Schreck eingejagt?« fuhr Nosdrew fort. »Weiß der Teufel, sie sind vor Furcht rein närrisch geworden: sie halten dich für einen Räuber und Spion ... Und der Staatsanwalt ist vor Schreck gestorben; morgen ist die Beerdigung. Du wirst wohl nicht dabei sein? Die Wahrheit zu sagen, sie haben Angst vor dem neuen Generalgouverneur, es könne um deinetwillen irgendwelchen Skandal geben; aber was den Generalgouverneur betrifft, so bin ich der Ansicht, wenn er die Nase hoch trägt und wichtig tut, dann wird er mit den Adligen entschieden nicht zurechtkommen. Die Adligen verlangen eine freundliche Behandlung, nicht wahr? Gewiß, man kann sich in sein Arbeitszimmer einschließen und keinen einzigen Ball geben; aber was wird dadurch erreicht? Dadurch gewinnt man nichts. Aber hör mal, Tschitschikow, du hast da doch eine sehr gewagte Geschichte entriert.«

»Was für eine gewagte Geschichte?« fragte Tschitschikow beunruhigt.

»Daß du die Tochter des Gouverneurs entführen willst. Ich für meine Person hatte das, offen gestanden, erwartet; weiß Gott, ich hatte es erwartet! Gleich beim erstenmal, als ich euch zusammen auf dem Balle sah, da dachte ich bei mir: ›Na,

Tschitschikow ist gewiß nicht ohne besonderen Grund hier . . .‹ Übrigens hast du da keine glückliche Wahl getroffen; ich finde an dieser jungen Dame nichts Gutes. Aber da ist eine andere, eine Verwandte von Bikusow, eine Tochter seiner Schwester, das ist ein Mädchen, sag ich dir! Da kann man sagen, geradezu ein Juwel!«

»Aber was redest du denn, was redest du für Unsinn? Was heißt das, daß ich die Tochter des Gouverneurs entführen will? Was redest du da?« sagte Tschitschikow, die Augen aufreißend.

»Na, laß nur gut sein, Bruder; was bist du für ein versteckter Mensch! Offen gestanden, ich bin hergekommen, um dir zu sagen, daß ich bereit bin, dir zu helfen. Wenn's dir recht ist, werde ich dir die Krone halten* und auch für die Kutsche und für die Relaispferde sorgen, aber nur unter einer Bedingung: du mußt mir dreitausend Rubel borgen. Ich brauche sie, Bruder, weiß Gott!«

Während Nosdrew so plapperte, rieb sich Tschitschikow mehrmals die Augen, um sich zu überzeugen, ob ihm nicht etwa das alles nur träume. Er ein Banknotenfälscher, die Entführung der Tochter des Gouverneurs, der Tod des Staatsanwalts, dessen Ursache er sein sollte, die Ankunft des Generalgouverneurs, dies alles jagte ihm einen gehörigen Schreck ein. »Nun«, dachte er bei sich im stillen, »wenn es schon so weit gekommen ist, dann darf ich nicht länger zaudern, sondern muß mich schnellstens davonmachen.«

Er suchte Nosdrew so bald wie möglich loszuwerden, rief sofort Selifan zu sich und befahl ihm, sich morgen bei Tagesanbruch bereitzuhalten, da sie unbedingt um sechs Uhr früh aus der Stadt wegfahren wollten; er solle alles revidieren, die Britschke schmieren usw. usw. Selifan antwortete: »Zu Befehl, Pawel Iwanowitsch«, blieb jedoch noch einige Zeit an der Tür stehen, ohne sich vom Fleck zu rühren. Der Herr befahl sofort

* Bei der Trauung hält über den Häuptern des Bräutigams und der Braut je ein Freund eine Krone.

auch Petruschka, den Koffer unter dem Bette hervorzuziehen, der schon tüchtig mit Staub bedeckt war, und machte sich mit ihm zusammen daran, ohne große Sorgfalt Strümpfe, Hemden, reine und gebrauchte Wäsche, Stiefelhölzer, einen Kalender usw. in ihn hineinzulegen. Alles wurde eingepackt, wie es ihnen gerade unter die Hände kam; Tschitschikow wollte unter allen Umständen an diesem Abend noch fertig werden, damit am andern Morgen kein Aufenthalt entstände. Nachdem Selifan etwa zwei Minuten lang an der Tür gestanden hatte, ging er endlich sehr langsam aus dem Zimmer. So langsam, wie man es sich nur irgend denken kann, stieg er die Treppe hinunter, wobei er auf den ausgetretenen Stufen Abdrücke seiner nassen Stiefel zurückließ, und kratzte sich lange mit der Hand das Genick. Was bedeutete dieses Kratzen? Und was bedeutet es überhaupt im allgemeinen? Ärgerte er sich darüber, daß nun eine für den folgenden Tag in Aussicht genommene Zusammenkunft nicht zustande kam, die er in einer Branntweinschenke mit einem Kollegen haben wollte, der ebenfalls einen geringen, mit einer Leibbinde umgürteten Schafpelz trug? Oder hatte er an dem neuen Orte bereits eine Liebschaft angeknüpft und sollte nun nicht mehr abends am Tore stehen und schlau die weißen Händchen in den seinen halten zu der Tageszeit, wo sich die Dämmerung auf die Stadt herabsenkt und die jungen Burschen in roten Hemden den Mägden etwas auf der Balalaika vorklimpern und das geringe Volk, nachdem es seine Arbeit hinter sich hat, ruhige, friedliche Reden miteinander wechselt? Oder tat es ihm nur leid, den schon angewärmten Platz in der Gesindeküche unter dem Schafpelz am Ofen und die Kohlsuppe mit der weichen Pastete nach städtischer Art zu verlassen, um wieder aufs neue umherzuziehen und Regen und Schlackerwetter und alles Ungemach der Landstraße über sich ergehen zu lassen? Gott mag es wissen; erraten kann man es nicht. Es hat gar viele verschiedene Bedeutungen, wenn sich ein Russe niederen Standes das Genick kratzt.

Indessen ging nichts so, wie Tschitschikow es in Aussicht genommen hatte. Erstens wachte er später auf, als er gedacht hatte; das war die erste Unannehmlichkeit. Als er aufgestanden war, schickte er sogleich hin und ließ zusehen, ob auch die Britschke angespannt und alles bereit sei; aber er erhielt die Meldung, die Britschke sei nicht angespannt, und es sei nichts bereit; das war die zweite Unannehmlichkeit. Er wurde ärgerlich und nahm sich sogar vor, unsern Freund Selifan ein bißchen durchzuwalken, und wartete nur mit Ungeduld, was für einen Grund dieser zu seiner Rechtfertigung angeben werde. Bald darauf erschien Selifan in der Tür, und der Herr hatte nun das Vergnügen, dieselben Reden zu hören, die man von den Kutschern gewöhnlich zu hören bekommt, wenn man schnell wegfahren will.

»Aber es wird doch nötig sein, daß wir die Pferde erst beschlagen lassen, Pawel Iwanowitsch.«

»Ach, du Rindvieh, du Tölpel! Warum hast du das nicht früher gesagt? Hattest du nicht Zeit dazu?«

»Ja, Zeit dazu hatte ich ... Ja, und dann das eine Rad, Pawel Iwanowitsch; da muß eine neue Schiene herumgelegt werden; denn die Landstraße hat jetzt so viele Gruben und Höcker ... Ja, und wenn Sie mir gestatten, Ihnen das zu melden: das Vorderteil der Britschke ist ganz wackelig geworden, so daß es vielleicht nicht zwei Stationen weit aushält.«

»Du Schurke!« rief Tschitschikow, die Hände zusammenschlagend, und trat so nahe an Selifan heran, daß dieser aus Furcht, der Herr könne ihm etwas verabreichen, ein paar Schritte zurück und zur Seite trat.

»Willst du mich töten? Wie? Willst du mich ermorden? Willst du mich auf der Landstraße ermorden, du Räuber, du verfluchter Tölpel, du Meerungeheuer? Wie? Wie? Drei Wochen lang sitzen wir hier an einem Orte, wie? Keinen Ton hat er gesagt, der Taugenichts, und jetzt in der letzten Stunde kommt er damit an! Jetzt, wo ich schon auf dem Sprunge stehe, wo ich einsteigen und losfahren möchte! Nun muß er einem einen solchen Streich spielen! Du hast es ja doch wohl schon früher gewußt? Hast du es gewußt, ja? ja? Antworte, hast du es gewußt, ja?«

»Ja, ich habe es gewußt«, antwortete Selifan und ließ den Kopf hängen.

»Na, warum hast du es dann nicht schon früher gesagt? Wie?«

Auf diese Frage gab Selifan keine Antwort, sondern schien mit gesenktem Kopfe zu sich selbst zu sagen: »Nun sehe mal einer, wie wunderbar sich das zugetragen hat: ich habe es gewußt und nicht gesagt!«

»Dann geh jetzt und hole den Schmied; aber in zwei Stunden muß alles gemacht sein. Hörst du wohl? Unbedingt in zwei Stunden; wenn es dann nicht fertig ist, dann werde ich dich . . . dann werde ich dich ganz zusammenbiegen und in einen Knoten binden!« Unser Held war sehr zornig.

Selifan drehte sich schon nach der Tür zu, um hinzugehen und den Befehl auszuführen; aber er blieb wieder stehen und sagte: »Ja, und dann noch, gnädiger Herr: den Schecken sollten Sie wirklich verkaufen; denn das ist ein richtiger Schurke, Pawel Iwanowitsch: so ein Pferd, Gott erbarm sich, das ist einfach nur ein Hindernis.«

»Jawohl, ich werde gleich auf den Markt gehen, auf den Markt laufen und ihn verkaufen!«

»Bei Gott, Pawel Iwanowitsch, er sieht nur stattlich aus; aber in Wirklichkeit ist er ein ganz listiges Pferd; so ein Pferd gibt es sonst nirgends . . .«

»Dummkopf! Wenn ich ihn verkaufen will, werde ich es schon von alleine tun. Läßt sich der Mensch hier noch auf Auseinandersetzungen ein! Nun paß mal auf: wenn du mir nicht sofort ein paar Schmiede herbringst und nicht in zwei Stunden alles fix und fertig ist, dann werde ich dir eine Tracht

Prügel verabfolgen, wie du sie noch nie besehen hast! Marsch! Geh!« Selifan ging hinaus.

Tschitschikow befand sich in sehr übler Laune und schleuderte seinen Säbel auf den Fußboden; er führte nämlich auf Reisen immer einen Säbel mit sich, um Leuten, bei denen dies nötig war, gebührende Furcht einzuflößen. Länger als eine Viertelstunde stritt er mit den Schmieden herum, bis er sich mit ihnen einigte; denn die Schmiede waren, wie gewöhnlich, geriebene Gauner und forderten, da sie merkten, daß die Arbeit eilig sei, das Sechsfache des richtigen Preises. Mochte er auch noch so hitzig werden und sie Schurken, Räuber und Wegelagerer nennen und sogar auf das Jüngste Gericht hindeuten, das machte alles auf die Schmiede keinen Eindruck; sie blieben ihrer Rolle treu und ließen nicht nur nichts vom Preise ab, sondern brachten auch mit der Arbeit statt zweier Stunden ganze fünf und eine halbe Stunde hin. Während dieser Zeit hatte er das Vergnügen, jene angenehmen Augenblicke zu durchleben, die jedem Reisenden bekannt sind, wenn alles in den Koffer gepackt ist und im Zimmer nur noch Bindfäden, Papierfetzen und allerlei Plunder umherliegt, wenn der Mensch weder auf der Landstraße dahinfahren noch das Sitzen auf einem Fleck vertragen kann, aus dem Fenster nach den Vorübergehenden sieht, die von ihren kleinen Geldangelegenheiten reden und mit einer Art von dummer Neugier die Augen zu ihm erheben, um nach einem kurzen Blicke ihren Weg wieder fortzusetzen, was den Mißmut des armen festgebannten Reisenden noch steigert. Alles, was da ist, alles, was er sieht: der Laden seinen Fenstern gegenüber und der Kopf der alten Frau, die in dem gegenüberliegenden Hause wohnt und an das Fenster mit den kurzen Vorhängen herantritt, alles ist ihm widerwärtig, und doch geht er nicht vom Fenster weg. Während er so dasteht, versinkt er bald in Selbstvergessenheit, bald wendet er von neuem eine Art von stumpfer Aufmerksamkeit auf alles, was sich vor ihm bewegt und nicht bewegt, und zerdrückt vor

Ärger mit dem Finger eine Fliege, welche umhersummt und gegen die Fensterscheibe stößt. Aber alles hat schließlich ein Ende, und der ersehnte Augenblick kam: alles war bereit, das Vorderrad der Britschke ordnungsgemäß repariert, das Rad neu beschient, die Pferde getränkt, und die räuberischen Schmiede hatten sich entfernt, nachdem sie die empfangenen Rubelstücke durchgezählt und glückliche Reise gewünscht hatten. Endlich war auch die Britschke angespannt und zwei heiße, soeben gekaufte große Weißbrote hineingetan; auch Selifan hatte sich bereits für sich etwas in die Tasche gesteckt, die am Kutschersitz angebracht war, und unser Held stieg endlich selbst in den Wagen, unter Mützeschwenken seitens des Kellners, der in seinem unveränderlichen halbbaumwollenen Rocke dastand, und in Gegenwart teils zum Gasthof gehöriger, teils fremder Diener und Kutscher, die zusammengekommen waren, um zu sehen, wie der fremde Herr abfahre, und unter allen anderen Begleitumständen einer Abreise, – und die Britschke, jene Kutsche von der Art, wie sie Junggesellen zu benutzen pflegen, fuhr, nachdem sie so lange in der Stadt gestanden hatte (vielleicht ist sie dem Leser schon langweilig geworden), endlich aus dem Tore des Gasthauses hinaus. »Gott sei Dank!« dachte Tschitschikow und bekreuzte sich. Selifan knallte mit der Peitsche; Petruschka, der sich zuerst eine Weile auf dem Trittbrette geschaukelt hatte, setzte sich zu ihm; unser Held setzte sich auf einer grusischen Decke bequem zurecht, schob sich ein Lederkissen hinter den Rücken, zerdrückte dabei die beiden heißen Weißbrote, und der Wagen begann, dank dem Pflaster, das bekanntlich eine große Stoßkraft besaß, wieder zu hüpfen und zu springen. Mit einer unbestimmten Empfindung blickte er nach den Häusern, den Mauern, den Zäunen und Straßen, die ihrerseits gleichfalls zu hüpfen schienen und langsam zurückwichen; Gott mochte wissen, ob es ihm noch einmal in seinem Leben vom Schicksal beschieden sein würde, sie wiederzusehen. An einer Straßenkreuzung mußte die Britschke halten, weil ein endloser, die Straße in ihrer ganzen Länge ausfüllender Leichenzug vorüberkam. Tschitschikow steckte den Kopf heraus, befahl Petruschka zu fragen, wer da begraben werde, und erhielt die Mitteilung, der Staatsanwalt werde begraben. Von einem unangenehmen Gefühle erfüllt, drückte er sich sogleich in die Ecke, zog die ledernen Vorhänge vor und verbarg sich dahinter. Während der Wagen in dieser Weise halten mußte, nahmen Selifan und Petruschka fromm die Mützen ab und betrachteten, wer da fuhr, und was für einen Wagen und was für Pferde davor ein jeder hatte; auch zählten sie, wieviel Personen im ganzen zu Fuß und im Wagen folgten; ihr Herr aber, der ihnen befohlen hatte, sich nicht zu erkennen zu geben und keinen der ihnen bekannten Diener zu grüßen, blickte ebenfalls vorsichtig durch die kleinen Glasscheiben in den Ledervorhängen. Hinter dem Sarge gingen, mit den Hüten in der Hand, alle Beamten. Er fürchtete schon, sie könnten seinen Wagen erkennen; aber sie hatten andere Gedanken. Sie waren nicht einmal in allerlei weltlichen Gesprächen begriffen, wie sie ein Leichengefolge gewöhnlich unter sich führt. All ihre Gedanken konzentrierten sich in diesem Augenblicke auf ihre eigenen Personen: sie dachten darüber nach, was für ein Mann wohl der neue Generalgouverneur sein werde, wie er den Dienst handhaben und wie er sich zu ihnen stellen werde. Hinter den zu Fuß gehenden Beamten folgten die Kutschen, in denen man Damen mit Trauerhauben erblickte. Aus den Bewegungen ihrer Lippen und Hände war zu ersehen, daß sie sich lebhaft miteinander unterhielten; vielleicht sprachen sie ebenfalls von der Ankunft des neuen Generalgouverneurs, ergingen sich in Vermutungen über die Bälle, die er geben werde, und machten sich Sorgen um ihre ewigen Festons und Besätze. Hinter den Kutschen folgten endlich einige leere Wagen, einer hinter dem anderen; endlich waren auch diese zu Ende, und unser Held konnte weiterfahren. Er öffnete die Ledervorhänge, seufzte und sagte aus tiefster Seele: »Das war nun der Staatsanwalt! Er hat eine Weile gelebt, und nun ist er gestorben! Und da werden sie nun in den Zeitungen schreiben, er sei dahingeschieden zum großen Schmerze seiner Untergebenen und der ganzen Menschheit, ein allgemein geachteter Bürger, ein seltener Vater, ein musterhafter Gatte,und was sie nicht sonst noch für allerlei Zeug drucken werden; womöglich werden sie noch hinzufügen, die Tränen der Witwen und Waisen hätten ihn zu Grabe geleitet; aber wenn man die Sache genau besieht und prüft, so war an ihm nichts Besonderes weiter als die dichten Augenbrauen.« Nun befahl er Selifan, schneller zu fahren und dachte dabei im stillen: »Es ist doch ganz gut, daß wir einem Leichenzuge begegnet sind; man sagt, es bedeutet Glück, wenn man einem Leichenzuge begegnet.«

Unterdessen war die Britschke in leerere Straßen eingebogen; bald zogen sich auf beiden Seiten nur lange Holzzäune hin, die das Ende der Stadt ankündigten. Nun hörte schon das Pflaster auf; da war der Schlagbaum; die Stadt lag hinter ihnen; es folgte weiter nichts mehr – und sie waren wieder auf der Landstraße. Und nun kamen wieder auf beiden Seiten des Weges die Werstpfähle, die Stationsaufseher, die Ziehbrunnen, die Frachtwagen, die grauen Dörfer mit den Samowars, den Bauerfrauen und dem forschen, bärtigen Wirte, der mit einem Haferbeutel in der Hand aus der Herberge herausgelaufen kam; ein Wanderer in zerrissenen Bastschuhen, der sich vielleicht schon achthundert Werst weit fortgeschleppt hatte; Städtchen, von allerlei lebenden Wesen erfüllt, mit hölzernen Kaufläden, Mehlfässern, Bastschuhen, Weißbroten und anderem Kram; bunte Schlagbäume; reparierte Brücken; unübersehbare Felder auf der einen und auf der anderen Seite; Reisewagen von Gutsbesitzern; ein Soldat zu Pferde, der einen grünen Munitionswagen mit der Aufschrift: »Soundsovielte Batterie« geleitete; grüne, gelbe und frisch gepflügte schwarze Ackerstreifen in der Steppe; ein langgezogenes Lied in der Ferne; in Nebel gehüllte Fichtenwipfel; in der Ferne verklingendes Glockenläuten; Krähen, so zahlreich wie Fliegenschwärme; und ein weiter, endloser Rundblick ... Rußland! Rußland! von dem wunderschönen, fernen Lande aus, in dem ich weile, sehe ich dich.* Ärmlich, zerstreut und unwirtlich ist alles in dir; keine kühnen Wunder der Natur, gekrönt von kühnen Wundern der Kunst, erfreuen oder erschrecken den Blick; da sind keine Städte mit fensterreichen, hohen, auf Felsen erbauten Palästen, keine malerischen Bäume und Efeustämme, die unter dem Lärm und ewigen Staube der Wasserfälle in die Häuser hineinwachsen; der Kopf biegt sich nicht zurück, um die sich endlos über ihm auftürmenden Steinmassen zu betrachten; da glänzen nicht zwischen übereinander gestellten,dunklen, von Weinreben, Efeu und unzähligen wilden Rosen umsponnenen Bogengängen in der Ferne die ewigen Linien leuchtender Gebirge hindurch, die in den silberhellen Himmel hineinragen. Offen und öde und eben ist alles in dir; wie Punkte, wie Interpunktionszeichen heben sich kaum merklich aus den Ebenen deine niedrigen Städte heraus: nichts entzückt und bezaubert den Blick. Aber welche unbegreifliche, geheime Kraft zieht mich doch zu dir hin? Warum klingt und ertönt, nie verstummend, in meinen Ohren dein wehmütiges Lied, das dich in deiner ganzen Länge und Breite von Meer zu Meer durchzieht? Und was liegt in diesem Liede? Was ruft und schluchzt darin und greift mir ans Herz? Welche Töne umschmeicheln süßschmerzlich meine Seele und dringen in sie ein und schlingen sich um mein Herz? Rußland! was willst du nur von mir? Welches unbegreifliche geheime Band verknüpft mich mit dir? Warum schaust du mich so an, und warum hält alles, was in dir ist, erwartungsvoll seine Augen auf mich gerichtet? Und noch stehe ich voll Staunen unbeweglich da; aber schon hat eine drohende, regenschwangere Wolke mein Haupt beschattet, und das Denken ist verstummt vor deiner Größe. Welche Verheißung liegt in dieser unermeßlichen Ausdehnung? Wird hier in dir die unendliche Idee geboren werden, da du selbst kein Ende hast?

* Gogol schrieb dies in Italien.

Wird hier der Held erstehen, da er hier Raum findet, um sich zu entwickeln und sich frei zu bewegen? Und drohend umfängt mich der mächtige Raum und wirkt mit furchtbarer Kraft auf mein tiefstes Inneres; eine übernatürliche Macht hat meine Augen erleuchtet . . . Oh, welch eine glänzende, wundervolle, der Welt unbekannte Ferne! Rußland! . . .

»Halt an, halt an, du Dummkopf!« schrie Tschitschikow seinem Kutscher zu.

»Ich werde dir gleich einen Hieb mit dem Pallasch versetzen!« schrie ein ihnen entgegensprengender Feldjäger mit einem ellenlangen Schnurrbart. »Hol dich der Teufel, siehst du nicht, daß da ein fiskalischer Wagen kommt?« Und wie eine Vision verschwand rasselnd und gewaltigen Staub aufwirbelnd das Dreigespann.

Wieviel Seltsames, Lockendes, Wundersames liegt nicht in dem Worte »Landstraße«! Und wie wundersam ist sie selbst, diese Landstraße! Ein klarer Tag, herbstliche Blätter, kalte Luft . . . wickeln wir uns fester in unseren Reisemantel; ziehen wir die Mütze über die Ohren, und drücken wir uns fester und bequemer in die Ecke! Zum letztenmal ist uns ein Schauer durch die Glieder gelaufen, und schon hat ihn ein angenehmes Gefühl der Wärme abgelöst . . . Die Pferde jagen dahin . . . Wie verführerisch kommt der Schlummer herbeigeschlichen; die Augen fallen dir zu, und schon hörst du nur noch im Halbschlaf den Kutscher singen: »Nicht weißer Schnee« und das Schnauben der Pferde und das Rasseln der Räder, und schon schnarchst du und drängst deinen Nachbar ganz in die Ecke. Wenn du aufwachst, liegen schon fünf Stationen hinter dir; Mondschein; eine dir unbekannte Stadt; Kirchen mit altertümlichen Holzkuppeln und schwarz gewordenen spitzen Türmchen; dunkle Holzhäuser und weiße steinerne; hier und da eine vom Mond hell beschienene Fläche: als ob weiße Leintücher über die Mauern und das Pflaster und die Straßen gebreitet wären; diese Flächen werden von kohlschwarzen Schatten schräg durchschnitten; wie glänzendes Metall schimmern die schräg beschienenen Holzdächer; und nirgends eine Menschenseele: alles schläft. Höchstens flimmert irgendwo ein ganz vereinzeltes Lichtchen: ob ein Kleinbürger sich seine Stiefel repariert oder ein Bäcker am Backofen hantiert – was gehen sie dich an? Aber die Nacht! . . . Ihr himmlischen Mächte! Welch eine Nacht webt und waltet dort oben in der Höhe! Und die Luft, und der ferne, hohe Himmel, der sich da in seiner unnahbaren Tiefe so unfaßbar, klar, von Harmonie durchtönt ausbreitet! . . . Aber der kalte Atem der Nacht weht dir frisch gerade in die Augen und lullt dich ein, und nun schlummerst du und weißt nichts von dir und schnarchst – und ärgerlich dreht sich dein armer Nachbar, den du in die Ecke drückst, hin und her, um die Last loszuwerden. Du erwachst – und wieder hast du Felder und Steppen vor dir; nichts ringsum: überall Einöde, alles frei und offen. Ein Werstpfahl mit einer Zahl kommt dir entgegengeflogen; der Tag bricht an; an dem weiß gewordenen, kalten Horizonte zeigt sich ein blasser, goldiger Streif; frischer und schärfer wird der Wind: hülle dich fester in den warmen Mantel! . . . Welch eine prächtige Kälte! Welch ein wundervoller Schlaf, der dich von neuem umfängt! Ein Stoß – und du erwachst von neuem. Die Sonne steht hoch am Himmel. »Sachte, sachte!« ruft eine Stimme; der Wagen fährt einen steilen Abhang hinunter; unten liegt ein breiter Damm und ein breiter, heller Teich, der in der Sonne wie der Boden eines kupfernen Kessels glänzt; ein Dorf; die Bauernhäuser liegen auf der Berglehne zerstreut; wie ein Stern glänzt seitwärts das Kreuz der Dorfkirche; du hörst das Reden der Bauern untereinander, und ein unwiderstehlicher Appetit regt sich in deinem Magen . . . O Gott, wie schön ist manchmal eine solche weite, weite Fahrt! Wie oft habe ich mich wie ein Versinkender und Ertrinkender an sie geklammert, und sie hat mir jedesmal aus der Not geholfen und mich gerettet. Und wie viele wundervolle Gedanken und poetische Träumereien werden auf einer solchen Fahrt geboren, wie viele wundervolle

Gefühle macht man durch! . . . Aber auch die Gedanken unseres Freundes Tschitschikow waren in diesem Augenblicke nicht ganz von prosaischer Art. Sehen wir einmal zu, was für Gefühle ihn erfüllten! Zuerst empfand er einfach gar nichts und blickte nur zurück, um sich zu vergewissern, ob er auch wirklich aus der Stadt heraus sei; aber als er sah, daß die Stadt schon längst verschwunden und weder Schmieden noch Mühlen noch sonst etwas von alledem, was sich um eine Stadt herum zu finden pflegt, mehr sichtbar war und sogar die weißen Kuppeln der steinernen Kirchen schon längst in die Erde gesunken waren, da beschäftigte er sich einzig und allein mit der Landstraße, blickte nur rechts und links, und die Stadt N. schien gar nicht mehr in seinem Gedächtnisse vorhanden zu sein, wie wenn er vor langer Zeit, in seiner Kindheit, einmal durchgefahren wäre. Endlich hörte auch die Landstraße auf, sein Interesse zu erwecken, und er begann sanft die Augen zu schließen und sich mit dem Kopfe gegen das Kissen zu lehnen. Der Verfasser muß gestehen, daß er darüber sogar recht froh ist, da er auf diese Weise die Möglichkeit hat, ein paar Worte über seinen Helden zu sagen; denn bisher hat ihn, wie der Leser gesehen hat, beständig etwas daran gehindert: bald Nosdrew, bald ein Ball, bald die Damen, bald der Stadtklatsch und schließlich jene tausend Kleinigkeiten, die nur dann für Kleinigkeiten angesehen werden, wenn in einem Buche von ihnen die Rede ist, die aber, wenn sie im wirklichen Leben auftreten, als sehr wichtige Dinge gelten. Aber jetzt wollen wir alles beiseite lassen und uns geradezu mit unserem Gegenstande beschäftigen.

Es ist sehr zweifelhaft, ob der Held, den wir uns ausgewählt haben, den Lesern gefallen wird. Den Damen wird er jedenfalls nicht gefallen; das kann man mit Sicherheit sagen; denn die Damen verlangen, daß ein Held ein reines Ideal sei, und wenn ihm der geringste seelische oder leibliche Makel anhaftet, so hat er bei ihnen verspielt! Mag ihm der Verfasser auch noch so tief in die Seele hineinblicken und sein Bild klarer und reiner reproduzieren als ein Spiegel, die Damen werden ihn dennoch nicht ästimieren. Schon Tschitschikows Korpulenz und sein mittleres Lebensalter schaden ihm bei ihnen viel; Korpulenz verzeihen sie einem Helden unter keinen Umständen, und gewiß wenden sich sehr viele Damen ab und sagen: »Pfui, was für ein garstiger Mensch!« All dies weiß der Verfasser vorher; aber trotzdem kann er sich leider keinen tugendhaften Menschen zum Helden wählen. Aber ... vielleicht wird man noch in dieser selben Novelle andere, bisher nicht angeschlagene Saiten erklingen hören; vielleicht wird uns noch der unermeßliche Reichtum des russischen Geistes vor Augen geführt werden; vielleicht wird noch ein mit göttlichem Heldenmute begabter Mann auftreten oder ein herrliches russisches Mädchen, wie es sonst auf der ganzen Welt nirgends zu finden ist, mit aller jungfräulichen Schönheit der weiblichen Seele, ganz von hochherzigem Streben erfüllt und zur Selbstaufopferung bereit. Und ihnen gegenüber werden alle tugendhaften Menschen anderer Nationen tot erscheinen, so wie ein Buch tot erscheint im Vergleich mit dem lebendigen Worte! Alle Regungen der russischen Seele werden zutage kommen, und man wird sehen, wie tief dasjenige in den Charakter des Slawen eindringt, was bei anderen Völkern auf der Oberfläche bleibt ... Aber was hat es für Sinn und Zweck, von dem zu reden, was noch vor uns liegt? Es schickt sich nicht für den Verfasser, der schon längst ein Mann und durch ein strenges inneres Leben und die erfrischende Nüchternheit der Einsamkeit erzogen ist, sich wie ein Jüngling zu vergessen. Alles hat seinen Platz und seine Zeit! Aber einen tugendhaften Menschen hat der Verfasser doch nicht zu seinem Helden erwählt. Und er kann sogar sagen, warum er es nicht getan hat. Weil es endlich an der Zeit ist, dem armen tugendhaften Menschen eine Erholung zu vergönnen; weil der Ausdruck »ein tugendhafter Mensch« im Munde der Menschen hohl und wertlos geworden ist; weil sie den tugendhaften Menschen sozusagen in ein Pferd verwandelt haben und es keinen Schriftsteller gibt, der nicht mit ihm herumkutschierte und es mit der Peitsche und allem, was ihm sonst noch in die Hand kommt, antriebe; weil sie den tugendhaften Menschen dermaßen zermartert haben, daß jetzt auch nicht ein Schatten von Tugend mehr an ihm zu finden ist, sondern von dem Körper nur die Rippen und die Haut übriggeblieben sind; weil es eine Heuchelei ist, wenn sie den tugendhaften Menschen an den Wagen rufen; weil sie den tugendhaften Menschen gar nicht achten. Nein, es ist an der Zeit, endlich auch den Schurken anzuspannen. Spannen wir also den Schurken an!

Dunkel und bescheiden ist die Herkunft unseres Helden. Seine Eltern waren Adlige; aber ob ihr Adel alt oder erst neueren Datums war, das mag Gott wissen. Von Gesicht sah er ihnen nicht ähnlich; das scheint wenigstens daraus hervorzugehen, daß eine Verwandte, die bei der Geburt zugegen war, eine kleine, kurzgebaute Person von der Art, die man gewöhnlich Kiebitz nennt, als sie das Kind auf die Arme nahm, ausrief: »Es ist gar nicht so geworden, wie ich gedacht hatte! Er hätte seiner Großmutter von mütterlicher Seite ähnlich sein sollen; das wäre das beste gewesen; aber er gleicht, wie die Redensart lautet, weder seiner Mutter noch seinem Vater, sondern einem forschen jungen Manne, der durchgereist ist.« Das Leben blickte ihn anfangs mürrisch und unfreundlich, wie durch ein trübes, verschneites Fensterchen an: er hatte in seiner Kindheit keinen Freund und keinen Kameraden! Ein kleines Stübchen mit kleinen Fensterchen, die weder im Winter noch im Sommer geöffnet wurden, das war seine Behausung; sein Vater war ein kranker Mann in einem langen, mit Lammfell gefütterten Rock und in gestrickten Pantoffeln, die er auf den bloßen Füßen trug; beständig seufzend ging er im Zimmer auf und ab und spuckte in einen Sandnapf, der in einer Ecke stand; der Knabe mußte fortwährend auf einer Bank sitzen, mit der Feder in der Hand, mit Tinte an den Fingern und sogar an den Lippen, und hatte fortwährend die Vorschrift vor Augen: »Lüge nicht, gehorche älteren Leuten und trage die Tugend im Herzen!« fortwährend hörte er, wie die Pantoffeln durchs Zimmer scharrten und schlurften, und wie eine bekannte, aber stets mürrische Stimme rief: »Du hast wieder Dummheiten gemacht!« Dies geschah nämlich immer dann, wenn das Kind, durch die eintönige Arbeit gelangweilt, an einen Buchstaben ein Häkchen oder ein Schwänzchen herangemalt hatte; und auf jenen Zuruf folgte immer ein bekanntes, jedesmal unangenehmes Gefühl, wenn sich lange Finger hinter seinem Rücken nach ihm ausstreckten und ihm mit den Nägeln den Rand des Ohres sehr schmerzhaft zusammendrehten. Das ist das traurige Bild seiner ersten Kindheit, an die er sich kaum eine schwache Erinnerung bewahrt hatte. Aber im Leben ändert sich alles schnell und geschwind: und eines Tages, als die Sonne den Frühling brachte und die Flüsse austraten, nahm der Vater seinen Sohn und fuhr mit ihm auf einem Bauernwägelchen fort, das von einem braungelben Schecken (jener Art von Pferd, die bei den Pferdehändlern Elster genannt wird) gezogen wurde; als Kutscher diente ein kleiner, buckliger Mann, das Oberhaupt der einzigen leibeigenen Familie, welche dem Vater unseres Tschitschikow gehörte; derselbe Mann versah auch fast alle anderen Obliegenheiten im Hause. Sie fuhren mit der Elster mehr als anderthalb Tage, übernachteten unterwegs, setzten über einen Fluß, aßen kalte Pastete und kalten Hammelbraten und gelangten erst am Morgen des dritten Tages nach der Stadt. Die Straßen der Stadt imponierten dem Knaben gewaltig durch ihre ihm unerwartete Pracht, so daß er mehrere Minuten lang den Mund aufsperrte. Dann plumpte die Elster mitsamt dem Wägelchen in eine Grube, mit der eine enge, sehr abschüssige und sehr kotige Seitengasse begann; in dieser Gasse mußte das Pferd, von dem Buckligen und dem Herrn selbst angetrieben, lange aus allen Kräften sich abarbeiten und im Kote waten, bis es sie endlich auf einen kleinen Hof schleppte, der auf einem Bergabhange lag, mit zwei blühenden Apfelbäumen vor einem alten Häuschen und mit einem Gärtchen hinter demselben; dieses winzige Gärtchen bestand nur aus ein paar Ebereschen- und Holunderbüschen und einer im Hintergrunde versteckten hölzernen, mit Schindeln gedeckten kleinen Bude, die nur ein schmales, trübes Fensterchen hatte. In diesem Häuschen wohnte eine Verwandte von ihnen, eine gebrechliche alte Frau, die aber noch jeden Morgen auf den Markt ging und nachher ihre Strümpfe am Samowar trocknete. Diese klopfte dem Knaben auf die Backe und freute sich über seinen guten Ernährungszustand. Hier sollte er bleiben und täglich die Stadtschule besuchen. Der Vater blieb noch über Nacht da und machte sich am anderen Tage auf die Heimreise. Beim Abschied entströmten den väterlichen Augen keine Tränen; er gab dem Sohne einen halben Rubel in Kupfergeld zu verschiedenen kleinen Ausgaben und zu Näschereien und erteilte ihm, was weit wichtiger war, einige gute Lehren: »Merk dir das, lieber Pawel: lerne tüchtig, treib keine Dummheiten und begehe keine mutwilligen Streiche; vor allen Dingen aber suche dir das Wohlwollen deiner Lehrer und deiner anderen Vorgesetzten zu erwerben. Wenn du deren Wohlwollen besitzt, dann wirst du, auch wenn du im Lernen nicht viel leistest und Gott dir kein Talent gegeben hat, dennoch deinen Weg machen und allen anderen zuvorkommen. Mit deinen Mitschülern verkehre nicht: sie werden dich nichts Gutes lehren; wenn es aber doch zum Verkehr mit ihnen kommt, dann verkehre mit den Wohlhabendsten unter ihnen, damit sie dir bei Gelegenheit nützlich sein können. Traktiere und beschenke du niemanden, sondern richte es lieber so ein, daß sie dich traktieren und beschenken; vor allen Dingen aber spare die Kopeke und hebe sie dir auf: sie ist das Zuverlässigste, was es auf der Welt gibt. Ein Kamerad oder Freund wird dich übers Ohr hauen und in der Not der erste sein, der dich im Stich läßt; aber die Kopeke wird dich in keiner Not, in der du dich befinden magst, im Stich lassen. Mit der Kopeke kann man in der Welt alles ausrichten und alles durchsetzen.« Nachdem der Vater ihm diese Ermahnungen gegeben hatte, trennte er sich von dem Sohne und fuhr wieder mit seiner Elster nach Hause; seitdem sah ihn der Sohn nie mehr wieder, aber seine Lehren hatten sich ihm tief in die Seele eingeprägt.

Gleich am nächsten Tage begann der kleine Pawel in die Schule zu gehen. Besondere Befähigung für irgendeine Wissenschaft war bei ihm nicht wahrzunehmen; er zeichnete sich mehr durch Fleiß und Ordnungsliebe aus; aber dafür bewies er auf einem anderen Gebiete großen Verstand, auf dem Gebiete der Praxis. Er merkte und begriff sofort, wie die Dinge lagen, und gestaltete seinen Verkehr mit den Kameraden so, daß sie ihn traktierten und beschenkten, während er selbst dies niemals tat, sondern sogar manchmal das empfangene Geschenk aufbewahrte und später an den Spender selbst zurückverkaufte. Schon als Kind hatte er gelernt, sich alle Genüsse zu versagen. Von dem halben Rubel, den ihm sein Vater gegeben hatte, verausgabte er auch nicht eine Kopeke; im Gegenteil vermehrte er dieses Kapital noch in demselben Jahre vermöge einer besonderen Geschicklichkeit, die er bewies: er knetete aus Wachs einen Dompfaffen, tuschte ihn an und verkaufte ihn sehr vorteilhaft. Dann legte er sich eine Zeitlang auf andere Spekulationen, nämlich auf folgende: er kaufte auf dem Markte Eßwaren, setzte sich in der Klasse neben wohlhabende Mitschüler, und wenn er merkte, daß seinem Nachbar übel wurde, was ein Zeichen von beginnendem Hunger war, so ließ er ihn unter der Bank wie zufällig die Ecke eines Pfefferkuchens oder einer Semmel sehen, und wenn er auf diese Art dessen Begierde gereizt hatte, so verkaufte er ihm das Betreffende, wobei er den Preis nach dem Appetit des Käufers bemaß. Zwei Monate lang mühte er sich zu Hause ununterbrochen mit einer Maus ab, die er in einen kleinen hölzernen Käfig gesetzt hatte, und brachte es endlich dahin, daß die Maus auf Kommando sich auf die Hinterpfoten aufrichtete und sich hinlegte und wieder aufstand; dann verkaufte er das Tierchen sehr vorteilhaft. Als sein Geld auf fünf Rubel angewachsen war, nähte er es in ein Säckchen und begann für ein zweites zu sparen. Seinen Vorgesetzten gegenüber benahm er sich noch klüger. Niemand verstand es, so still auf der Bank zu sitzen. Es muß hier angemerkt werden, daß der Lehrer ein großer Freund eines stillen, artigen Betragens war und die klugen, gescheiten Schüler nicht leiden konnte: es schien ihm, daß sie sich fortwährend über ihn lustig machten. War ein Knabe in den Verdacht geraten, gescheit zu sein, so brauchte er sich nur zu bewegen oder unabsichtlich mit den Augenbrauen zu zucken, um den Lehrer furchtbar zornig zu machen. Dieser quälte und strafte ihn unbarmherzig. »Ich werde dir den Hochmut und die Widersetzlichkeit austreiben, lieber Freund!« sagte er; »ich kenne dich durch und durch, besser als du selbst dich kennst. Warte, ich werde dich knien lassen, und hungern sollst du auch!« Und ohne zu wissen wofür, mußte sich der arme Knabe die Knie durchscheuern und oft einen ganzen Tag lang hungern. »Fähigkeiten und Begabung, das ist alles dummes Zeug!« pflegte er zu sagen; »ich sehe nur auf das Betragen. Ich werde demjenigen in allen Wissenschaften eine gute Zensur geben, der zwar nicht die geringsten Kenntnisse besitzt, aber sich lobenswert beträgt; bei wem ich aber eine schlechte Gesinnung und Spottlust wahrnehme, dem gebe ich Ungenügend, und wenn er den weisen Solon in die Tasche steckte!« So sprach der Lehrer und konnte den Fabeldichter Krylow in den Tod nicht leiden, weil dieser gesagt hat: »Wenn dein Geschäft nur gründlich du verstehst, so duld' ich's gern, daß du zur Schenke gehst.« Auch erzählte er mit großem Genusse, den man ihm am Gesicht und an den Augen ansehen konnte, in der Schule, an der er früher tätig gewesen sei, habe eine solche Stille geherrscht, daß man eine Mücke habe fliegen hören; kein Schüler habe während des ganzen Jahres in der Klasse gehustet oder sich die Nase geschnaubt, und bis zum Läuten habe man nicht von draußen erkennen können, ob jemand in der Klasse sei oder nicht. Tschitschikow verstand sogleich den Charakter des Lehrers und merkte, worin nach dessen Ansicht das gute Betragen bestand. Während der ganzen Dauer des Unterrichts bewegte er weder ein Auge noch eine Augenbraue, und wenn ihn seine Hintermänner auch noch so sehr kniffen; sobald das Läuten ertönte, stürzte er Hals über Kopf hin und reichte dem Lehrer, allen zuvorkommend, seine Klappmütze (dieser Bauerntracht bediente sich der Lehrer); nachdem er dies getan hatte, ging er als erster aus der Klasse hinaus, bemühte sich, ihm etwa dreimal auf dem Wege zu begegnen, und nahm dabei unaufhörlich die Mütze ab. Dieses Betragen hatte einen vollen Erfolg. Während seiner ganzen Schulzeit war er vorzüglich angeschrieben, und bei seiner Entlassung erhielt er ein schönes Abgangszeugnis mit einem glatten Befriedigend in allen Unterrichtsgegenständen und ein Buch mit der Aufschrift in goldenen Buchstaben: »Für musterhaften Fleiß und lobenswertes Betragen.« Bei seinem Ausscheiden aus der Schule war er bereits ein Jüngling von recht angenehmem Äußern, mit einem Kinn, das nach dem Rasiermesser verlangte. Zu dieser Zeit starb sein Vater. Die Hinterlassenschaft bestand aus vier unheilbar abgenutzten Unterjacken, zwei alten mit Lammfell gefütterten Röcken und einer unbedeutenden Summe Geldes. Der Vater hatte sich offenbar nur darauf verstanden, zum Sparen von Kopeken zu raten, selbst aber ihrer nicht viele gespart. Tschitschikow verkaufte sogleich das baufällige Häuschen mit dem wenigen dazugehörigen Lande für tausend Rubel; die leibeigene Familie aber überführte er nach der Stadt, da er dort seinen Wohnsitz zu nehmen und in den Staatsdienst zu treten beabsichtigte. Gerade um diese Zeit wurde der arme Lehrer, der ein so großer Freund eines stillen, artigen Betragens war, wegen seiner Dummheit oder eines anderen Verschuldens von der Schule zwangsweise entlassen. Vor Kummer legte er sich auf das Trinken; schließlich hatte er aber auch dazu kein Geld mehr;

krank, ohne einen Bissen Brot und ohne einen Menschen, der ihm geholfen hätte, ging er in einem ungeheizten, einsamen Kämmerchen zugrunde. Seine früheren Schüler, die klugen, gescheiten Schüler, bei denen er immer Widersetzlichkeit und hochmütiges Benehmen gewittert hatte, veranstalteten, als sie von seiner kläglichen Lage hörten, sofort für ihn eine Geldsammlung, und mancher von ihnen verkaufte zu diesem Zwecke sogar Sachen, die er selbst nötig hatte; nur Pawel Tschitschikow entschuldigte sich mit Unvermögen und gab nur ein Fünfkopekenstück, das seine Kameraden ihm sogleich mit den Worten: »Ach, du Geizhals!« wieder hinwarfen. Der alte Lehrer schlug die Hände vor das Gesicht, als er von dieser Handlung seiner früheren Schüler hörte; die Tränen liefen ihm wie einem hilflosen Kinde stromweise aus den erlöschenden Augen. »Gott hat es gefügt, daß ich auf meinem Sterbebette noch solche Tränen vergießen soll«, sagte er mit schwacher Stimme, und als er von Tschitschikows Verhalten erfuhr, seufzte er schwer und fügte hinzu: »Ach, der liebe Pawel! Wie sich doch ein Mensch verändern kann! Und er war doch ein so wohlgesitteter Knabe; so gar nichts Wildes hatte er; er war wie um den Finger zu wickeln! Er hat mich betrogen, schrecklich betrogen!«

Man kann indessen nicht sagen, daß der Charakter unseres Helden so hart und rauh und sein Gefühl so abgestumpft gewesen wäre, daß er Mitleid und Teilnahme nicht gekannt hätte. Diese Empfindungen waren ihm nicht fremd; er hätte sogar ganz gern jemandem geholfen; nur durfte das nicht eine bedeutendere Summe kosten und ihn zwingen, das Geld anzugreifen, das er zu einem unangreifbaren Fonds bestimmt hatte; kurz, er beherzigte die väterliche Ermahnung: »Spare die Kopeke und hebe sie dir auf!« Aber diese seine Anhänglichkeit an das Geld beruhte nicht auf Liebe zum Gelde selbst; Geiz und Knickerei waren nicht die Bestrebungen, die ihn beherrschten. Nein, das waren nicht die Beweggründe seines Benehmens: was ihm vorschwebte, war ein Leben in aller

Behaglichkeit, mit allen Annehmlichkeiten: Equipagen, ein schön eingerichtetes Haus, opulente Mahlzeiten, das war es, was ihm immer im Kopfe herumging. Um zuletzt, später einmal, mit der Zeit all dies sicher zu genießen, dazu sparte er die Kopeke, die er vorläufig sich selbst und anderen streng vorenthielt. Wenn ein reicher Mann in einem schnellen, hübschen Wagen, bespannt mit Trabern in prächtigem Geschirr, an ihm vorbeifuhr, dann blieb er wie angenagelt an demselben Flecke stehen, und wenn er dann wie aus einem langen Schlafe zur Besinnung kam, so sagte er: »Und doch war er nur ein Kontorist und trug das Haar rund geschnitten!« Alles, was auf Reichtum und Komfort hindeutete, machte auf ihn einen starken, ihm selbst unbegreiflichen Eindruck. Als er von der Schule abgegangen war, gönnte er sich nicht einmal eine Erholung; so lebhaft war sein Verlangen, sich ans Werk zu machen und in den Dienst zu treten. Indes fand er trotz seines vorzüglichen Zeugnisses doch nur mit großer Mühe eine Anstellung bei einer Finanzbehörde, denn selbst in den abgelegensten Krähwinkeln ist Protektion erforderlich! Er bekam eine ganz geringe Stelle mit einem Gehalte von dreißig oder vierzig Rubeln jährlich. Aber er nahm sich vor, sich mit einem Feuereifer dem Dienste zu widmen und alle Hindernisse zu überwinden und zu bewältigen. Und wirklich, seine Selbstaufopferung, seine Geduld und die Art, wie er seine Bedürfnisse einschränkte, waren geradezu unerhört. Vom frühen Morgen bis zum späten Abend schrieb er, ohne irgendwelche Ermattung seiner körperlichen und geistigen Kräfte, ganz in seine Kanzleiakten vergraben; er ging nicht nach Hause, schlief in den Bureauräumen auf einem Tische, aß manchmal mit den Hausdienern zu Mittag und verstand es trotz alledem, sich sauber zu halten, sich ordentlich zu kleiden, seinem Gesichte einen angenehmen Ausdruck und sogar seinen Bewegungen eine Art von Vornehmheit zu verleihen. Es muß gesagt werden, daß die Beamten dieser Behörde sich durch ein unansehnliches, häßliches Äußeres besonders auszeichneten.

Manche hatten Gesichter wie schlecht gebackenes Brot; auf der einen Seite war die Backe geschwollen, und das Kinn stand nach der anderen Seite hin schief; die Oberlippe war blasenartig aufgedunsen und überdies noch gesprungen; kurz, sie sahen ganz und gar nicht schön aus. Sprechen taten sie in einem unfreundlichen Tone, gerade als ob sie jemanden durchprügeln wollten; sie brachten dem Bacchus häufige Opfer dar und bewiesen dadurch, daß in dem Wesen der Slawen noch viele Reste des Heidentums stecken; sie kamen sogar manchmal stark angefeuchtet, wie man sich ausdrückt, in die Bureaus, infolge wovon es dort recht unbehaglich war und nicht gerade aromatisch duftete. Unter solchen Beamten mußte Tschitschikow vorteilhaft auffallen, da er in allen Stücken den vollständigen Gegensatz darstellte, sowohl durch sein hübsches, angenehmes Gesicht als auch durch seine höfliche Redeweise und durch seine völlige Enthaltung von allen alkoholischen Getränken. Aber trotzdem wurde es ihm herzlich schwer, vorwärtszukommen. Er war unter die Botmäßigkeit eines schon bejahrten Tischvorstehers geraten, der ein Musterbild steinerner Gefühllosigkeit und Unerschütterlichkeit war: er blieb immer derselbe, immer unnahbar; nie in seinem Leben hatte er auf seinem Gesichte ein Lächeln gezeigt, nie jemanden auch nur mit einer Frage nach der Gesundheit begrüßt. Niemand hatte jemals gesehen, daß er ein anderer gewesen wäre als sonst immer, nicht einmal auf der Straße, nicht einmal bei sich zu Hause; und wenn er auch nur einmal ein freundliches Interesse für irgend etwas bekundet hätte; wenn er sich auch nur einmal betrunken und in der Betrunkenheit gelacht hätte; wenn er sich auch nur einmal einer wilden Fröhlichkeit überlassen hätte, wie es selbst ein Räuber tut, wenn er betrunken ist; aber von alledem war bei ihm auch nicht ein blasser Schatten zu finden. Es war geradezu nichts bei ihm vorhanden, weder Bosheit noch Gutherzigkeit, und gerade in diesem Mangel an Eigenschaften lag etwas Furchtbares. Sein hartes Marmorgesicht, das keinerlei hervortretende Unregelmäßigkeiten aufwies, sah keinem anderen Gesichte ähnlich; seine Züge befanden sich untereinander in einer düsteren Symmetrie. Nur gesellten die zahlreichen Pockennarben, mit denen sein Gesicht übersät war, dasselbe jenen Gesichtern bei, auf denen nach dem volkstümlichen Ausdruck der Teufel bei Nacht Erbsen gedroschen hat. Anscheinend war es nicht menschenmöglich, an einen solchen Menschen heranzukommen und sein Wohlwollen zu erwerben; aber doch machte Tschitschikow den Versuch. Zunächst versuchte er es in der Weise, daß er ihm allerlei kleine Gefälligkeiten erwies: er sah es sich genau an, wie die Federn geschnitten waren, mit denen der Tischvorsteher schrieb; dann machte er einige in derselben Art zurecht und legte sie ihm jedesmal bequem zur Hand hin; er blies und fegte an seinem Tische Sand und Schnupftabak weg; er beschaffte einen neuen Lappen für sein Tintenfaß; er suchte seine Mütze (eine der häßlichsten Mützen, die es jemals auf der Welt gegeben hat) und legte sie jedesmal eine Minute vor Schluß der Bureauzeit neben ihn hin; er bürstete ihm den Rücken ab, wenn er sich an der Wand mit Kalk beschmutzt hatte. Aber all dies blieb entschieden erfolglos, gerade wie wenn überhaupt nichts geschehen wäre. Endlich spürte er das häusliche Leben seines Vorgesetzten aus: er erfuhr, daß dieser eine erwachsene Tochter besaß, mit einem Gesichte, das ebenfalls so aussah, als ob auf ihm nachts Erbsen gedroschen wären. Von dieser Seite gedachte er den Sturm zu unternehmen. Er brachte in Erfahrung, in welche Kirche sie sonntags zu gehen pflegte, und stellte sich jedesmal, sauber angezogen, mit einem wohlgestärkten Vorhemdchen, ihr gegenüber, und die Sache hatte Erfolg; der finstere Tischvorsteher wurde wankend und lud ihn zum Tee ein! Und ehe man sich in der Kanzlei dessen versah, hatte sich die Sache so gemacht, daß Tschitschikow zu ihm ins Haus zog und dort ein unentbehrliches Faktotum wurde: er kaufte Mehl und Zucker ein, verkehrte mit der Tochter wie mit einer Braut, nannte den Tischvorsteher Papachen und küßte ihm die Hand. Im Bureau glaubten alle, zu Ende des Februars, vor den Großen Fasten, werde die Hochzeit sein. Der düstere Tischvorsteher bemühte sich sogar für ihn bei einem höheren Vorgesetzten, und nach einiger Zeit saß Tschitschikow selbst als Tischvorsteher an einem vakant gewordenen Platze. Dies war, wie es schien, der Hauptzweck seiner Annäherung an den alten Tischvorsteher gewesen; denn nun ließ er sofort seinen Koffer heimlich zu sich nach Hause bringen und befand sich schon am nächsten Tage wieder in seiner alten Wohnung. Den Tischvorsteher nannte er nicht mehr Papachen und küßte ihm auch nicht mehr die Hand, und von der Hochzeit war alles still, als ob überhaupt nichts vorgegangen wäre. Indessen drückte er ihm jedesmal, wenn er mit ihm zusammenkam, freundlich die Hand und lud ihn zum Tee ein, so daß der alte Tischvorsteher trotz seiner steten Starrheit und harten Gleichgültigkeit jedesmal den Kopf schüttelte und vor sich hin murmelte: »Er hat mich betölpelt, er hat mich betölpelt, der Teufelssohn!«

Nachdem er dieses Hindernis genommen hatte, war das Schwerste überwunden. Seitdem ging es leichter und schneller. Er erregte Aufmerksamkeit. Er vereinigte in sich alle diejenigen Eigenschaften, die in dieser Welt zum Fortkommen erforderlich sind: ein angenehmes Benehmen im Verkehr und eine hübsche Gewandtheit in geschäftlichen Dingen. Mit diesen Mitteln erreichte er in kurzer Zeit das, was man einen »guten Posten« nennt, und nutzte denselben in ausgezeichneter Weise aus. Man muß wissen, daß man gerade um diese Zeit höheren Ortes anfing, gegen das Bestechungswesen aufs schärfste vorzugehen. Dieses Vorgehen schreckte ihn nicht, und er benutzte dasselbe sofort zu seinem Vorteil, indem er dabei die echt russische Erfindungsgabe bewies, die nur zu Zeiten äußeren Druckes zum Vorschein kommt. Er arrangierte die Sache nämlich folgendermaßen: sobald jemand mit einem Gesuche kam und die Hand in die Tasche steckte, um die bekannten »Empfehlungsbriefe mit der Unterschrift des

Fürsten Chowanski«, wie man sich bei uns in Rußland ausdrückt, herauszuziehen, sagte er lächelnd, indem er ihm die Hand festhielt: »Nein, nein, Sie denken wohl, daß ich ... nein, nein! Das ist unsere Pflicht und Schuldigkeit! Seien Sie in dieser Hinsicht ganz beruhigt: gleich morgen wird alles erledigt sein. Gestatten Sie mir die Frage, wo Sie wohnen; Sie brauchen sich gar nicht selbst zu bemühen: es wird Ihnen alles ins Haus gebracht werden.« Der entzückte Petent kehrte höchst vergnügt nach Hause zurück und dachte: »Na, endlich einmal ein Mann, wie wir ihrer recht viele haben müßten! Das ist ja ein wahrer Edelstein!« Aber der Petent wartet einen Tag, einen zweiten Tag – es wird ihm kein Schriftstück ins Haus gebracht; ebensowenig am dritten Tage. Er geht in die Kanzlei: seine Sache ist noch gar nicht in Angriff genommen; er geht zu dem wahren Edelsteine. »Ach, entschuldigen Sie nur!« sagte Tschitschikow sehr höflich, indem er ihn an beiden Händen ergriff; »es war bei uns so sehr viel zu tun; aber morgen wird alles erledigt sein, morgen ganz bestimmt! Wirklich, es ist mir selbst peinlich!« Und das alles brachte er mit den bezauberndsten Manieren vor. Wenn währenddessen der Petent seinen Rockschoß ein wenig zurückschlug, so bemühte sich die Hand des Beamten sofort, dies zu korrigieren und den Rockschoß festzuhalten. Aber weder am nächsten, noch am zweiten, noch am dritten Tage bringt man ihm seine Papiere ins Haus. Der Petent wird stutzig: »Nun? Ist da vielleicht etwas nicht in Ordnung?« Er erkundigt sich bei anderen, und es wird ihm gesagt: »Sie müssen den Schreibern etwas geben.« – »Warum soll ich das nicht tun? Ich will ihnen gern einen Viertelrubel oder auch einen halben Rubel geben.« – »Nein, nicht einen Viertelrubel, sondern fünfundzwanzig Rubel müssen Sie geben.« – »Was? Den Schreibern fünfundzwanzig Rubel?« ruft der Petent erstaunt. – »Aber warum regen Sie sich so auf?« wird ihm geantwortet. »Das Rechenexempel ist dieses: die Schreiber erhalten wirklich jeder nur einen Viertelrubel; das übrige Geld geht an ihre Vorgesetzten weiter.« Der ahnungslose Petent schlägt sich mit der Hand vor die Stirn und schimpft mörderlich auf die neue Ordnung der Dinge, auf das Vorgehen gegen das Bestechungswesen und auf die höflichen, verfeinerten Umgangsformen der Beamten. »Früher wußte man wenigstens, was man zu tun hatte: man brachte dem Kanzleidirektor einen Zehnrubelschein, dann hatte man seine Sache sicher; aber jetzt muß man fünfundzwanzig Rubel geben und verliert noch eine ganze Woche, bis man dahinterkommt . . . Hol der Teufel die Uneigennützigkeit und vornehme Gesinnung der Beamten!« Allerdings hat der Petent recht; aber dafür gibt es jetzt keine bestechlichen Beamten: alle höheren Beamten sind durchaus ehrenhafte, vornehm denkende Menschen; nur die Sekretäre und Schreiber sind Gauner.

Nach kurzer Zeit eröffnete sich unserem Tschitschikow ein weit ausgedehnteres Feld für seine Tätigkeit: es wurde eine Kommission zur Errichtung eines sehr kostspieligen fiskalischen Gebäudes gebildet. Auch er wurde in diese Kommission ernannt und erwies sich als eines der tätigsten Mitglieder derselben. Die Kommission machte sich sofort an die Arbeit. Sechs Jahre lang war sie mit diesem Gebäude eifrig beschäftigt; aber ob nun das Klima hinterlich war oder das Baumaterial nichts taugte, genug, das fiskalische Gebäude wollte absolut nicht über das Fundament hinauskommen. Aber unterdessen baute sich jedes Mitglied der Kommission an einem anderen Ende der Stadt ein hübsches Haus in bürgerlichem Baustil; offenbar war dort der Baugrund besser. Die Mitglieder fingen schon an wohlhabend zu werden und Familien zu gründen. Erst jetzt begann Tschitschikow allmählich sich von den strengen Gesetzen der Enthaltsamkeit und der unerbittlichen Askese freizumachen. Erst jetzt ließ er endlich in den Entbehrungen, die er sich so viele Jahre hindurch selbst auferlegt hatte, eine Milderung eintreten, und es ergab sich, daß er im Grunde seines Herzens nie ein Feind verschiedener Genüsse gewesen war, deren er sich in den Jahren der feurigen

Jugend zu enthalten verstanden hatte, wo doch sonst nicht leicht jemand sich völlig in der Gewalt hat. Nun gönnte er sich sogar einen gewissen Luxus: er nahm sich einen recht guten Koch an und beschaffte sich feine Hemden von holländischer Leinwand. Jetzt kaufte er sich auch Tuch von einer Qualität, wie es nicht jeder in der Provinz trug, und bekundete seitdem eine Vorliebe für die braune und die rote Farbe mit hellen Tüpfelchen. Jetzt schaffte er sich auch zwei vortreffliche Pferde an und hielt selbst den einen Zügel, wobei er das Beipferd zwang, den Kopf seitwärts zu drehen; jetzt machte er es sich auch zur Gewohnheit, sich mit einem Schwamm abzureiben, der mit verdünnter Eau de Cologne angefeuchtet war; jetzt kaufte er sich auch eine sehr teure Seife, die der Haut Glätte verleihen sollte; jetzt . . .

Aber auf einmal wurde an die Stelle der bisherigen Schlafmütze ein neuer Chef ernannt, ein gewesener Militär, ein strenger Mann, ein Feind aller Bestechungen und alles dessen, was Unredlichkeit heißt. Gleich am folgenden Tage jagte er allen Beamten einen gewaltigen Schreck ein: er forderte Rechenschaftsablegung, entdeckte auf Schritt und Tritt in den Kassen Defizits, bemerkte sofort die Häuser in hübschem, bürgerlichem Baustil – und nun begann eine Untersuchung. Die betreffenden Beamten wurden von ihrer Tätigkeit suspendiert, die Häuser im bürgerlichen Baustil für den Staat eingezogen und in verschiedene Wohltätigkeitsanstalten und in Schulen für Soldatenkinder umgewandelt; alle Beamten wurden gründlich heruntergemacht und am allermeisten Tschitschikow. Sein so freundliches Gesicht mißfiel dennoch dem Chef auf einmal außerordentlich, Gott weiß warum eigentlich (so etwas hat mitunter überhaupt keine Ursache), und er warf einen grimmigen Haß auf ihn. Der unerbittliche Chef war gegen allen furchtbar streng; aber da er doch Militär war und somit all die feinen Kniffe und Pfiffe der Zivilbeamten nicht kannte, so schlichen sich nach einiger Zeit mittels einer redlich erscheinenden Außenseite und der Fähigkeit, sich in alles zu schicken, andere Beamte in seine Gunst ein, und der General befand sich bald in den Händen noch ärgerer Halunken, die er gar nicht für solche hielt; er war sogar mit sich selbst sehr zufrieden, weil es ihm endlich gelungen sei, sich Leute auszusuchen, wie sie sein müßten, und rühmte sich nicht wenig seiner Fähigkeit, die Eigenschaften der Menschen richtig zu erkennen. Die Beamten hatten seine Denkweise und seinen Charakter sofort durchschaut. Alle, die ihm unterstellt waren, wurden heftige Feinde der Unredlichkeit; sie verfolgten sie überall, auf allen Gebieten, wie ein Fischer mit der Harpune einen großen Stör verfolgt, und sie verfolgten sie mit solchem Erfolge, daß ein jeder von ihnen in kurzer Zeit ein Kapital von einigen tausend Rubeln besaß. In dieser Zeit kehrten viele der früheren Beamten auf den rechten Weg zurück und wurden von neuem in Dienst gestellt. Aber unserem Tschitschikow wollte es schlechterdings nicht gelingen, sich wieder heranzudrängen; wie warm auch, durch Empfehlungsbriefe des Fürsten Chowanski bewogen, der erste Sekretär des Generals sich für ihn verwendete, der es doch sonst vortrefflich verstand, den General an der Nase herumzuführen, diesmal vermochte er absolut nichts auszurichten. Der General war eben ein Mensch, der sich zwar an der Nase herumführen ließ (übrigens ohne sein Wissen), bei dem aber dafür, wenn sich ihm einmal ein Gedanke im Kopfe festgesetzt hatte, dieser auch so fest saß wie ein eiserner Nagel: er ließ sich dann mit keiner Gewalt herausziehen. Alles, was der kluge Sekretär erreichen konnte, war die Vernichtung der unsauberen Konduitenliste Tschitschikows, und auch dazu konnte er den Chef nur dadurch bewegen, daß er sein Mitleid erregte, indem er ihm in lebhaften Farben das rührende Schicksal der unglücklichen Familie desselben vor Augen stellte, die zum Glücke gar nicht existierte.

»Nun gut!« sagte Tschitschikow: »Es ist mir mit meiner Karriere gegangen wie beim Fischfang: ich habe meinen Haken in einen Fisch geschlagen und ihn ein Ende fortgezogen;

aber dann hat er sich doch losgerissen – da ist nun weiter nichts darüber zu sagen. Tränen helfen nicht gegen das Leid; man muß handeln!« Und er faßte den Entschluß, seine Karriere von neuem zu beginnen, sich von neuem mit Geduld zu wappnen und sich von neuem alle möglichen Einschränkungen aufzuerlegen, wie frei und schön sich sein Leben auch schon zu gestalten begonnen hatte. Es war erforderlich, daß er nach einer anderen Stadt übersiedelte und sich dort erst wieder bekannt machte. Aber es wollte ihm alles nicht glücken. Zwei-, dreimal in ganz kurzer Zeit mußte er sein Amt wechseln. Diese Ämter hatten etwas Unsauberes, Entwürdigendes. Man muß wissen, daß Tschitschikow der wohlanständigste Mensch war, den es jemals auf der Welt gegeben hat. Obgleich er sich anfänglich in schmutziger Gesellschaft hatte bewegen müssen, hatte er sich im Herzen doch immer ein Gefühl für Reinlichkeit bewahrt; er liebte es, wenn in den Bureaus die Tische lackiert waren und alles anständig aussah. Niemals erlaubte er sich in seinen Reden ein unanständiges Wort, und er fühlte sich immer gekränkt, wenn er sah, daß es in den Worten anderer an der schuldigen Achtung gegen seinen Rang und Stand mangelte. Ich glaube, es wird dem Leser angenehm sein zu erfahren, daß er alle zwei Tage seine Leibwäsche wechselte und im Sommer, in der heißen Zeit, sogar täglich: jeder nur im geringsten unangenehme Geruch beleidigte ihn. Aus diesem Grunde steckte er sich jedesmal, wenn Petruschka hereinkam, um ihn auszukleiden und ihm die Stiefel auszuziehen, eine Gewürznelke in die Nase; und in vielen Fällen waren seine Nerven empfindlicher als die eines jungen Mädchens. Darum fiel es ihm auch so schwer, sich von neuem in Kreisen zu bewegen, wo alles nach gemeinem Branntwein roch und unziemliche Umgangsformen herrschten. Wie sehr er auch seine Willenskraft zusammennahm, so magerte er während dieser unbehaglichen Zeit doch ein wenig ab und bekam sogar eine etwas grünliche Färbung. Eben hatte er angefangen voll zu werden und jene rundlichen, wohlanständigen Körperformen zu erlangen, in deren Besitz ihn der Leser zu der Zeit gefunden hat, wo er seine Bekanntschaft machte, und schon manchmal hatte er, wenn er in den Spiegel sah, an allerlei angenehme Dinge gedacht: an ein Frauchen, an eine Kinderstube, und ein Lächeln war auf solche Gedanken gefolgt; aber wenn er sich jetzt zufällig im Spiegel erblickte, rief er unwillkürlich aus: »Allerheiligste Mutter Gottes! wie häßlich bin ich geworden!« Und nachher mochte er sich lange Zeit gar nicht ansehen. Aber unser Held ertrug alles, ertrug es mit Kraft und Geduld und – wurde endlich zum Zoll versetzt. Es muß bemerkt werden, daß ein solcher Posten schon längst den geheimen Gegenstand seiner Wünsche gebildet hatte. Er sah, was für feine ausländische Dinge sich die Zollbeamten anschafften, was für Porzellangegenstände und Batiststoffe sie ihren Gevatterinnen, Tanten und Schwestern zusandten. Schon längst hatte er oft mit einem Seufzer gesagt: »Da müßte ich hinkommen! Die Grenze und gebildete Menschen sind nahe, und mit was für feinen holländischen Hemden kann man sich da ausrüsten!« Es muß noch hinzugefügt werden, daß er dabei auch noch an eine besondere Sorte französischer Seife dachte, die die Haut außerordentlich weiß und die Backen frisch machte; er wußte nicht genau, wie sie hieß; aber nach seiner Voraussetzung mußte sie an der Grenze jedenfalls zu finden sein. Deswegen hatte er schon längst gern zum Zoll gewollt; aber die mancherlei Vorteile, die seine Zugehörigkeit zur Baukommission mit sich brachte, hatten ihn immer zurückgehalten, und er hatte sich ganz richtig gesagt, daß eine Stelle beim Zoll jedenfalls nur ein Kranich am Himmel, die Baukommission dagegen eine Meise in der Hand sei. Jetzt aber nahm er sich vor, um jeden Preis zum Zoll überzugehen – und es gelang ihm. Im Dienste entwickelte er einen außerordentlichen Eifer. Das Schicksal selbst schien ihn zum Zollbeamten prädestiniert zu haben. Von einer solchen Gewandtheit, einem solchen Scharfblick, einer solchen Spürkraft hatte man bisher noch nie etwas gesehen oder gehört gehabt. In drei, vier Wochen hatte er bereits eine solche Fertigkeit im Zollwesen erlangt, daß er geradezu alles wußte: er wog und maß gar nicht; er erkannte schon an der Faktur, wieviel Ellen Tuch oder anderer Stoff in einem Stück enthalten waren; wenn er ein Kollo in die Hand nahm, konnte er sofort sagen, wieviel Pfund es schwer war. Was aber die Leibesvisitationen anlangte, so besaß er hierbei, wie sich sogar seine Kollegen selbst ausdrückten, geradezu eine Hundenase: man mußte geradezu erstaunen, wenn man sah, wie er Geduld genug hatte, jeden Knopf zu betasten; und all dies vollzog sich mit einer empörenden, unglaublich höflichen Kaltblütigkeit. Und während die Visitierten innerlich wüteten, ganz außer sich waren und ein schändliches Verlangen verspürten, sein hübsches, freundliches Gesicht zu maulschellieren, sagte er nur, ohne eine Miene zu verziehen und ohne sein höfliches Benehmen zu verändern: »Ist es Ihnen vielleicht gefällig, sich ein wenig zu bemühen und aufzustehen?« oder: »Ist es Ihnen vielleicht gefällig, gnädige Frau, in das andere Zimmer einzutreten? Die Gattin eines unserer Beamten wird dort mit Ihnen sprechen«; oder: »Gestatten Sie, daß ich das Unterfutter Ihres Mantels ein wenig mit dem Federmesser auftrenne!« Und bei diesen Worten zog er von dort Schals und Tücher heraus, so kaltblütig, als ob er sie aus seinem eigenen Koffer herausnähme. Sogar seine Vorgesetzten erklärten, er sei ein Teufelskerl: er fand Konterbande in den Wagenrädern, in den Deichseln, in den Ohren der Pferde und noch an wer weiß welchen anderen Stellen, wo zu suchen dem Verfasser nie in den Sinn kommen würde, und wohin einzudringen nur den Zollbeamten gestattet ist, so daß der arme Reisende nach dem Passieren der Grenze noch mehrere Minuten lang nicht zur Besinnung kommen konnte, sich dann den Schweiß abwischte, der ihm am ganzen Leibe in kleinen Tröpfchen aus der Haut getreten war, sich bekreuzte und sagte: »Na, so was!« Seine Situation hatte große Ähnlichkeit mit der eines Schülers, der aus dem Privatkabinett des Direktors herauskommt, wohin ihn dieser gerufen hat, anscheinend um ihn zu ermahnen, wo er ihn aber ganz unerwarteter Weise durchgehauen hat. In kurzer Zeit hatte er den Schmugglern das Leben ganz verbittert. Er war der Schrecken und die Verzweiflung der gesamten polnischen Judenschaft. Seine Redlichkeit und Unbestechlichkeit waren unerschütterlich, beinah unnatürlich. Er bildete sich nicht einmal eine kleine Sammlung von solchen diversen konfiszierten Waren und sonstigen beschlagnahmten Gegenständen, die, um unnötige Schreiberei zu vermeiden, dem Fiskus nicht zugeführt zu werden pflegten. Ein derartiger uneigennütziger Diensteifer mußte mit Notwendigkeit der Gegenstand allgemeiner Bewunderung werden und zuletzt auch zur Kenntnis der Regierung gelangen: er erhielt einen höheren Rang und eine Beförderung. Unmittelbar darauf reichte er einen Plan zur Abfassung aller Schmuggler ein und erbat sich nur die nötigen Mittel, um die Sache selbst auszuführen. Es wurde ihm sofort die Leitung übertragen und die unbegrenzte Befugnis verliehen, alle erforderlichen Untersuchungen vorzunehmen. Das hatte er nur gewollt. Es hatte sich zu jener Zeit eine große, trefflich organisierte Schmugglergesellschaft gebildet; das kühne Unternehmen versprach, einen sich auf Millionen belaufenden Gewinn abzuwerfen. Er hatte schon lange davon Kenntnis und hatte sogar den Abgesandten der Gesellschaft, die ihn bestechen sollten, eine abschlägige Antwort erteilt, indem er ihnen trocken sagte: »Es ist noch nicht Zeit.« Sobald ihm aber von der Regierung alles zur Verfügung gestellt war, ließ er der Gesellschaft unverzüglich die Mitteilung zugehen: »Jetzt ist es Zeit.« Seine Rechnung war ganz richtig. Hier konnte er in einem Jahre so viel gewinnen, wie er in zwanzig Jahren eifrigster Diensttätigkeit nicht hätte erwerben können. Vorher aber hatte er mit der Schmugglergesellschaft deswegen nicht in Beziehung treten mögen, weil er damals nur eine untergeordnete Stellung einnahm, folglich auch nicht viel erhalten hätte; aber jetzt . . . jetzt lag die Sache ganz anders:

jetzt konnte er die Bedingungen stellen, die ihm beliebten. Um die unbehinderte Abwicklung der Sache noch mehr zu sichern, gewann er noch einen anderen Beamten, einen seiner Kollegen, für sich, der der Versuchung nicht widerstehen konnte, obwohl er schon graue Haare hatte. Die Vertragsbedingungen wurden festgesetzt, und die Gesellschaft schritt zur Ausführung ihrer Pläne. Die ersten Unternehmungen hatten einen glänzenden Erfolg. Der Leser hat ohne Zweifel die so oft wiederholte Geschichte von der klugen Reise spanischer Schafe gehört, die die Grenze in doppelten Fellen überschritten und unter den äußeren Fellen Brabanter Spitzen im Werte von einer Million Rubel einführten. Dieser Vorgang trug sich gerade damals zu, als Tschitschikow bei dem Zollamte tätig war. Wäre er nicht selbst bei dem Unternehmen beteiligt gewesen, so würde es keinem Juden in der Welt gelungen sein, einen solchen Streich auszuführen. Nachdem die Schafe die Grenze drei- oder viermal überschritten hatten, waren die beiden Beamten ein jeder im Besitze eines Kapitals von vierhunderttausend Rubeln. Tschitschikow soll es sogar zu mehr als fünfhunderttausend gebracht haben, weil er kühner war. Gott mag wissen, bis zu welcher gewaltigen Höhe diese gesegneten Summen noch angewachsen wären, wenn der Teufel die beiden Beamten nicht des Verstandes beraubt hätte; die Sache war einfach die: sie wurden um nichts und wieder nichts aufeinander wütend und überwarfen sich. In einem lebhaften Gespräche und vielleicht auch in etwas angetrunkenem Zustande nannte Tschitschikow den anderen Beamten einen Popensohn; der aber fühlte sich, obgleich er wirklich der Sohn eines Popen war, aus nicht recht verständlichem Grunde dadurch furchtbar beleidigt und gab sofort eine sehr kräftige, scharfe Antwort, nämlich: »Nein, du lügst; ich bin Staatsrat und kein Popensohn; aber du, du bist ein Popensohn!« Und dann fügte er, um ihn noch mehr zu ärgern hinzu: »Ja, siehst du wohl, da hast du's, so ist das!« Obgleich er ihn auf diese Weise durch Rückgabe der auf ihn selbst angewandten Bezeichnung gründlich abgetrumpft hatte und die Wendung: »Ja, siehst du wohl, da hast du's, so ist das!« auch als eine recht kräftige betrachtet werden mußte, so war er damit doch noch nicht zufrieden, sondern reichte noch außerdem eine geheime Denunziation gegen ihn ein. Übrigens heißt es, die beiden hätten auch ohnedies einen Streit miteinander gehabt, und zwar wegen eines Frauchens, das nach dem Ausdrucke der Zollbeamten frisch und drall gewesen sei wie eine gesunde Rübe; der Staatsrat habe sogar schon ein paar Leute gedungen gehabt, um am Abend unseren Helden in einer dunklen Seitengasse durchzuprügeln; aber die Beamten seien alle beide von dem Frauchen genasführt worden, dessen sich dann ein Stabskapitän Schamscharew bemächtigt habe. Wie die Sache sich in Wirklichkeit abgespielt hat, mag Gott wissen; möge der Leser sich den Schluß lieber nach eigenem Gefallen hinzudenken. Die Hauptsache war, daß die geheimen Beziehungen zu den Schmugglern an den Tag gekommen waren. Der Staatsrat ruinierte sich zwar selbst, hatte aber doch die Freude, seinen Kollegen ins Verderben gestürzt zu haben. Beide Beamten wurden vor Gericht gestellt; alles, was sie besaßen, wurde aufgeschrieben und konfisziert, und das Ganze entlud sich wie ein Gewitter über ihren Köpfen. Wie nach einer Betäubung durch Kohlendunst kamen sie wieder zu sich und sahen mit Schrecken, was sie angerichtet hatten. Der Staatsrat hielt dem Schicksal nicht stand und ging an irgendeinem abgelegenen Orte zugrunde; aber der Kollegienrat hielt stand. Er verstand es, einen Teil des Geldes zu verheimlichen, wie fein auch die Spürnase des höheren Beamten war, der zur Leitung der Untersuchung hingesandt war; er brachte all die feinen Kniffe und Pfiffe zur Anwendung, über die er als sehr erfahrener, sehr menschenkundiger Mann verfügte: an der einen Stelle wirkte er durch seine angenehmen Umgangsformen, an einer anderen durch rührende Redewendungen, wieder an einer anderen umräucherte er jemand mit Schmeichelei, durch die ja eine Sache in keinem Falle verdorben wird, wieder an einer anderen Stelle schob er jemandem Geld in die Hand; kurz, er erreichte wenigstens so viel, daß er nicht mit solchen Unehren entlassen wurde wie sein Kollege und einem Kriminalprozeß entging. Aber weder sein Kapital noch die diversen ausländischen Gegenstände, nichts war ihm verblieben; für all dies hatten sich andere Liebhaber gefunden. Behalten hatte er nur etwa zehntausend Rubel, die er für die Stunde der Not versteckt hatte, und zwei Dutzend holländische Hemden und eine kleine Britschke von der Art, in welcher Junggesellen zu fahren pflegen, und zwei Leibeigene: den Kutscher Selifan und den Bedienten Petruschka; und dann hatten ihm die Zollbeamten noch aus gutem Herzen fünf oder sechs Stück Seife zur Erhaltung des frischen Aussehens der Backen belassen – das war alles. Also in solcher Lage befand sich unser Held auf einmal wieder, nachdem sich dieses furchtbare Ungewitter über seinem Haupte entladen hatte. Er nannte das: im Staatsdienst für Wahrheit und Recht leiden. Man hätte nun meinen können, er würde sich nach solchen Stürmen, Versuchungen, Wandlungen des Glückes und Schicksalsschlägen mit den ihm verbliebenen zehntausend Rubeln in irgendein friedliches, kleines Kreisstädtchen zurückgezogen, dort lebenslänglich in seinem baumwollenen Schlafrock am Fenster eines niedrigen Häuschens gesessen, sonntags der Prügelei der Bauern vor seinen Fenstern zugesehen haben oder zur Unterhaltung in den Hühnerstall gegangen sein, um persönlich das zur Suppe in Aussicht genommene Huhn zu befühlen, und in dieser Weise ein zwar stilles, aber in seiner Art ebenfalls nicht nutzloses Leben geführt haben. Aber es kam anders. Man muß seiner nicht niederzuzwingenden Charakterstärke Gerechtigkeit widerfahren lassen. Nach all diesen Erlebnissen, die ausgereicht hätten, einen anderen Menschen wenn nicht umzubringen, so doch für immer still und zahm zu machen, war bei ihm sein lebhaftes Temperament immer noch nicht zur Ruhe gekommen. Er war bekümmert und ärgerlich, schimpfte auf die ganze Welt, murrte über die Ungerechtigkeit des Schicksals, war empört über die Ungerechtigkeit der Menschen, vermochte aber dennoch nicht auf neue Versuche zu verzichten. Kurz, er bewies eine Geduld, gegen welche die hölzerne Geduld des Deutschen nichts ist, die schon in seinem langsamen, trägen Blutumlauf ihren Grund hat. Tschitschikows Blut dagegen wallte lebhaft, und es bedurfte einer großen, verständigen Willenskraft, um all das im Zaum zu halten, was da herausspringen und sich frei ergehen wollte. Er überlegte, und in seinen Überlegungen steckte ein gut Stück Wahrheit: »Warum muß das gerade mir widerfahren? Warum ist gerade über mich das Unglück hereingebrochen? Wer legt denn heutzutage im Dienst die Hände in den Schoß? Alle erwerben sie sich doch etwas. Und ich habe niemanden unglücklich gemacht: ich habe keine Witwe beraubt, habe niemanden an den Bettelstab gebracht; ich habe mir nur fremden Überfluß zunutze gemacht; ich habe da genommen, wo jeder genommen hätte; hätte ich es mir nicht zunutze gemacht, so hätten es andere getan. Warum sollen denn andere ein gemächliches Leben führen und ich wie ein Wurm zugrunde gehen? Und was bin ich jetzt? Wozu tauge ich noch? Mit welchen Augen kann ich jetzt einem achtbaren Familienvater in die Augen sehen? Muß ich nicht Gewissensbisse fühlen, wenn ich mir bewußt bin, daß ich zwecklos die Erde belaste? Und was werden später einmal meine Kinder sagen? ›Da sieht man's‹, werden sie sagen, ›unser Vater war ein Rindvieh; er hat uns kein Vermögen hinterlassen.‹«

Es ist bereits bekannt, daß sich Tschitschikow große Sorge um seine Nachkommenschaft machte. Das ist ein sehr zarter Punkt! Mancher hätte vielleicht nicht so tief in fremdes Eigentum hineingegriffen, wenn es nicht die Frage gäbe, die sich eigentümlicherweise immer von selbst aufdrängt: »Was werden meine Kinder sagen?« Und da macht es der künftige Stammvater wie eine vorsichtige Katze, die zunächst mit einem Auge seitwärts schielt, ob auch der Hausherr nichts sieht, und dann eilig alles ergreift, was in ihrer Nähe ist, mag nun da ein Stück Seife liegen oder ein paar Lichte oder ein Stück Speck, oder mag ihr der Kanarienvogel in die Pfoten fallen; kurz, nichts läßt sie unangerührt. So beklagte sich unser Held; aber dabei war die Tätigkeit in seinem Kopfe keineswegs zur Ruhe gekommen; dort war eine große Unternehmungslust vorhanden und wartete nur auf einen Plan. Von neuem machte er sich klein; von neuem schickte er sich an, ein mühevolles Leben zu führen; von neuem legte er sich alle möglichen Beschränkungen auf; von neuem stieg er aus reinlichen, anständigen Verhältnissen in den Schmutz und zu einem unwürdigen Leben hinab. Und in Erwartung von etwas Besserem sah er sich sogar genötigt, den Beruf eines Sachwalters auszuüben, einen Beruf, der sich bei uns noch nicht das Bürgerrecht erworben hat, und dessen Vertreter von allen Seiten rauh angelassen, von dem niedrigeren Beamtenpersonal und sogar von ihren eigenen Mandanten geringgeschätzt werden und dazu verurteilt sind, in den Vorzimmern herumzusitzen und alle möglichen Grobheiten zu ertragen; aber die Not zwang ihn, sich zu allem zu entschließen. Unter anderen Aufträgen erhielt er auch den, die Verpfändung einiger hundert Bauern beim Vormundschaftsgerichte zu besorgen. Das betreffende Gut war völlig heruntergekommen; die Ursachen waren Viehseuchen, betrügerische Verwalter, Mißernten, Epidemien, die die besten Arbeiter dahinrafften, und endlich die eigene Unvernunft des Gutsbesitzers, der sich in Moskau ein Haus nach dem neuesten Geschmack eingerichtet und dafür sein ganzes Vermögen bis auf die letzte Kopeke ausgegeben hatte, so daß er jetzt nicht einmal so viel hatte, um sich davon satt zu essen. Aus diesem Grunde war es schließlich erforderlich geworden, das letzte übriggebliebene Gut zu verpfänden. Eine Verpfändung an den Fiskus war damals noch etwas Neues, wozu man sich nicht ohne Furcht entschloß. Tschitschikow suchte in seiner Eigenschaft als Sachwalter zunächst alle Beamten, die dabei mitzuwirken hatten, in die richtige Stimmung zu versetzen (ohne das gelingt einem bekanntlich nicht einmal eine einfache Erkundigung oder Nachfrage; man muß mindestens eine Flasche Madera in jede Kehle hineingießen); nachdem er also alle, auf die es ankam, in die richtige Stimmung versetzt hatte, wies er darauf hin, daß da noch ein beachtenswerter Umstand sei: die Hälfte der Bauern sei gestorben; er erwähne das ausdrücklich, damit nicht nachher deswegen Rekriminationen erfolgten ... »Aber sie stehen doch in der Revisionsliste?« fragte der Sekretär. »Das allerdings«, antwortete Tschitschikow. »Nun, was haben Sie denn dann für Besorgnisse?« erwiderte der Sekretär; »der ist gestorben, der zur Welt gekommen; so hat die Zahl nicht zu-, nicht abgenommen.« Der Sekretär verstand offenbar auch, in Versen zu sprechen. In diesem Augenblick blitzte wie durch eine Art von Eingebung in dem Kopfe unseres Helden ein so feiner Gedanke auf, wie er noch nie einem Menschen in den Sinn gekommen war. »Ach, ich Dummkopf!« sagte er zu sich selbst; »da suche ich nun meine Handschuhe, und sie stecken in meinem Gürtel! Hätte ich mir alle diese gestorbenen Bauern noch vor der Aufstellung neuer Revisionslisten gekauft, hätte ich mir ihrer, sagen wir einmal, tausend Stück erworben, dann würde mir das Vormundschaftsgericht, sagen wir einmal, zweihundert Rubel für jede Seele geben: das ergäbe ein Kapital von zweihunderttausend Rubeln! Und gerade jetzt ist dazu die geeignete Zeit: es ist eben erst eine Epidemie gewesen, bei der, Gott sei Dank, nicht wenige Menschen gestorben sind. Die Gutsbesitzer haben ihr Geld im Kartenspiel verloren und durch flottes Leben und anderweitige Verschwendung durchgebracht, wie es sich gehört; alle sind sie nach Petersburg geströmt, um dort in den Staatsdienst zu treten; um die Güter kümmern sie sich nicht; in denen schalten Verwalter, wie es sich gerade trifft; die Bezahlung der Abgaben wird mit jedem Jahre schwieriger; unter diesen Umständen wird mir jeder mit Freuden seine toten Seelen abtreten, schon um nicht noch weiter Geld für sie bezahlen zu müssen; vielleicht macht es sich sogar gelegentlich so, daß ich von ein und dem anderen noch eine Kleinigkeit dafür bezahlt bekomme. Freilich ist es eine sehr mühsame, sorgenvolle Sache, und man hat dabei zu befürchten, daß ein Skandal daraus entsteht und man bestraft wird. Aber wozu ist denn dem Menschen der Verstand gegeben worden? Gut ist dabei namentlich, daß die Sache allen unwahrscheinlich vorkommen wird und niemand es recht wird glauben wollen. Allerdings, ohne Land kann man sie weder kaufen noch verpfänden. Aber ich werde sie ja auch zur Übersiedelung kaufen, zur Übersiedelung; jetzt wird Land in den Gouvernements Taurien und Cherson umsonst weggegeben, wenn man es nur besiedelt. Dahin werde ich sie alle übersiedeln! Nach dem Gouvernement Cherson! Da mögen sie leben! Und die Übersiedelung kann man auf gesetzlichem Wege bewerkstelligen, wie es sich gehört, durch das Gericht. Und wenn sie eine Bescheinigung über das Vorhandensein der Bauern verlangen – meinetwegen; ich habe auch da nichts dagegen; warum denn nicht? Auch eine solche Bescheinigung mit der eigenhändigen Unterschrift des Bezirkshauptmanns werde ich präsentieren. Das Dorf kann ich Tschitschikowsdorf oder nach meinem Taufnamen Pawlowskoje nennen.« Auf diese Weise kam in dem Kopfe unseres Helden dieser seltsame Plan zustande; ob ihm die Leser dafür dankbar sein werden, weiß ich nicht; wie dankbar ihm aber der Verfasser dafür ist, das läßt sich nur schwer mit Worten ausdrücken; denn wäre unserem Tschitschikow nicht dieser Gedanke gekommen, so hätte diese Erzählung nicht das Licht der Welt erblickt.

Nachdem er sich nach russischer Sitte bekreuzt hatte, schritt er zur Ausführung. Angeblich um sich einen Wohnort auszusuchen, sowie auch unter anderen Vorwänden, machte er sich daran, diese und jene Gegenden unseres weiten Staates in Augenschein zu nehmen, und zwar namentlich solche, die mehr als andere von Unglücksfällen zu leiden gehabt hatten: von Mißernten, großer Sterblichkeit usw. usw., kurz, wo er hoffen konnte, die erforderlichen Leute am bequemsten und billigsten zu kaufen. Er wandte sich nicht aufs Geratewohl an jeden Gutsbesitzer, sondern wählte sich Menschen nach seinem Geschmacke aus, solche, bei denen der Abschluß derartiger Geschäfte voraussichtlich auf die geringsten Schwierigkeiten stoßen würde; er bemühte sich, sie vorher kennen zu lernen und ihre Zuneigung zu gewinnen, um die Bauern womöglich als freundschaftliches Geschenk zu erhalten und nicht für Geld kaufen zu müssen. Daher dürfen die Leser dem Verfasser nicht zürnen, wenn die bisher aufgetretenen Personen nicht nach ihrem Geschmack gewesen sind: das ist Tschitschikows Schuld; hier hat er allein zu bestimmen, und wohin es ihm gutdünkt zu gehen, dahin müssen wir ihm folgen. Wir unsererseits können, wenn man uns die Blässe und Unscheinbarkeit der Personen und Charaktere zum Vorwurf macht, nur sagen, daß man niemals im voraus vollständig beurteilen kann, welchen Verlauf eine Sache nehmen und welchen Umfang sie gewinnen wird. Die Einfahrt in eine jede Stadt, und sei es selbst in eine Residenzstadt, hat immer etwas Alltägliches, Gewöhnliches; zuerst ist alles grau und eintönig; endlos ziehen sich vom Rauch geschwärzte Fabrikgebäude dahin, und dann erst kommen sechsstöckige Häuser zum Vorschein und prächtige Läden, prunkende Schilder, riesige Straßenzüge voller Kirchen, Säulen, Denkmäler und Türme, mit allem Glanz und Lärm und Getöse der Großstadt und mit allem, was Menschenhand und Menschengeist Wunderbares geschaffen haben. Wie die ersten Einkäufe vor sich gingen, hat der Leser bereits gesehen; was für einen Gang die Sache weiter nehmen wird, welche Erfolge und Mißerfolge unserem Helden beschieden sein werden, wie er sich mit der Beseitigung und Überwindung noch schwierigerer Hindernisse wird abzumühen haben, wie dann großartige Gestalten vor unsere Augen hintreten werden, wie sich das geheime Hebelwerk unserer breit angelegten Erzählung in Bewegung setzen und der Horizont dieser Erzählung sich weiter ausdehnen und sie selbst einen majestätischen, lyrischen Ton annehmen wird, das wird der Leser später sehen. Einen gar weiten Weg hat die ganze Reisegesellschaft noch zurückzulegen, bestehend aus einem Herrn im mittleren Lebensalter, einer Britschke von der Art, wie Junggesellen sie zu benutzen pflegen, dem Bedienten Petruschka, dem Kutscher Selifan und den drei uns bereits mit Namen bekannten Pferden, von dem Assessor bis zu dem nichtswürdigen Schecken. Da haben wir also unseren Helden in ganzer Gestalt, wie er leibt und lebt! Aber vielleicht verlangt man von mir, daß ich seine Charakteristik noch durch eine bestimmte Äußerung über einen einzelnen Punkt zum Abschluß bringe: was für ein Mensch war er hinsichtlich seiner moralischen Eigenschaften? Daß er nicht ein Held ist, der alle möglichen Vollkommenheiten und Tugenden in sich vereinigt, liegt auf der Hand. Was ist er also für ein Mensch? Etwa ein Schurke? Warum soll er ein Schurke sein? Weshalb sollten wir mit anderen so streng ins Gericht gehen? Schurken gibt es jetzt bei uns in Rußland gar nicht mehr: es gibt nur wohlgesinnte, angenehme Leute; Übeltäter, die gleichsam selbst ihr Gesicht offen hinhalten, damit ihnen jeder eine Ohrfeige versetze, solche findet man höchstens zwei oder drei, und auch die reden jetzt schon von Tugend. Gerechter werden wir ihm werden, wenn wir ihn einen guten Wirt, einen erwerbstüchtigen Kopf nennen. Der Erwerb, der trägt die Schuld an allem. Um des Erwerbs willen werden all die Geschäfte ausgeführt, die die Welt als »nicht ganz sauber« bezeichnet. Allerdings liegt in einem solchen Charakter etwas Abstoßendes, und derselbe Leser, der auf seinem Lebenswege mit einem solchen Menschen freundschaftlich umgeht, ihn gastlich bewirtet und die Zeit angenehm mit ihm verbringt, sieht ihn scheel an, wenn derselbe ihm als Held eines Dramas oder einer Erzählung entgegentritt. Aber weise ist derjenige, der keinen Charakter verachtet, sondern einen prüfenden Blick auf ihn richtet und ihn in den tiefsten Gründen seines Wesens zu verstehen sucht. Gar schnelle Wandlungen gehen in einem Menschenherzen vor; ehe man sich dessen versieht, ist da im Innern ein furchtbarer Wurm herangewachsen, der gewalttätig alle Lebenssäfte in sich aufsaugt. Und oft genug ist es vorgekommen, daß nicht etwa nur eine große Leidenschaft, nein, sogar eine unwürdige Begier nach irgend etwas Kleinem, Geringem in einem zu den schönsten Tagen geborenen Menschen heranwuchs und ihn all seine hohen, heiligen Pflichten vergessen und ihm das Geringe und Nichtige als etwas Großes und Heiliges erscheinen ließ. Zahllos wie Sand am Meere sind die Leidenschaften des Menschen, und keine ist der anderen ähnlich, und alle sind sie, die unwürdigen sowohl wie die schönen, anfangs dem Menschen untertänig und werden dann erst seine furchtbaren Tyrannen. Glückselig derjenige, der sich die schönste dieser Leidenschaften erwählt hat; seine maßlose Glückseligkeit wächst und vervielfältigt sich in jeder Stunde, in jeder Minute, und er schreitet immer tiefer in das unendliche Paradies seiner Seele hinein. Aber es gibt Leidenschaften, die der Mensch sich nicht selbst auswählt. Sie werden schon in seiner Geburtsstunde mit ihm zusammen geboren, und es ist ihm nicht die Kraft verliehen, sich von ihnen freizumachen. Sie werden von einer höheren Einsicht gelenkt, und es liegt in ihnen etwas, was uns lebenslänglich ruft und nie verstummt. Es ist ihnen beschieden, eine große irdische Laufbahn zu vollenden, ganz gleich, ob sie in finsterer Gestalt vorüberwandeln oder als leuchtende Erscheinungen, über die sich die Welt freut – sie sind in gleicher Weise dazu berufen, einen dem Menschen unbekannten Segen zu bringen. Und vielleicht rührt auch bei diesem Tschitschikow die Leidenschaft, die ihn beherrscht, nicht von ihm selbst her, und es liegt in seinem kalt-egoistischen Wesen etwas, was später einmal den Menschen zwingen wird, vor der Weisheit des Himmels auf die Knie in den Staub zu sinken. Und es ist noch ein Geheimnis, warum uns diese Gestalt in der vorliegenden, jetzt in die Welt hinausgehenden Erzählung vor Augen tritt.

Peinlich aber ist dem Verfasser nicht sowohl dies, daß die Leser mit dem Helden unzufrieden sein werden, sondern etwas anderes: daß sie nach seiner innersten, festesten Überzeugung mit diesem selben Helden, mit diesem gelben Tschitschikow zufrieden sein *könnten*. Hätte der Verfasser ihm nicht so tief in die Seele hineingeleuchtet, hätte er nicht am Boden seiner Seele all das aufgerührt, was vor dem Lichte zurückschrickt und sich verbirgt, hätte er nicht seine geheimsten Gedanken enthüllt, die der Mensch keinem anderen anvertraut, sondern hätte er ihn in der Gestalt gezeigt, in der er der ganzen Stadt und Herrn Manilow und anderen Leuten erschien, so würden alle Leute ganz vergnügt sein und ihn für einen interessanten Menschen halten. Es hätte ja nichts geschadet, wenn seine Persönlichkeit und sein ganzes Wesen uns nicht mit solcher Lebendigkeit vor Augen getreten wären; dafür hätte auch die Seele nach Beendigung der Lektüre sich über nichts beunruhigt und hätte sich wieder dem Kartentische, diesem gemeinsamen Tröster von ganz Rußland, zuwenden können. Ja, meine lieben Leser, Sie möchten eben nicht die nackte menschliche Armseligkeit sehen. »Wozu?« sagen Sie, »warum sollen wir das sehen? Als ob wir nicht von selbst wüßten, daß es viel Verächtliches und Dummes im Leben gibt. Auch ohne dies kommen wir oft genug in die Lage, etwas sehen zu müssen, was keineswegs tröstlich ist. Der Schriftsteller zeige uns lieber das Schöne und Anziehende! Das andere wollen wir lieber vergessen!« – »Warum sagst du mir das, mein Lieber, daß die Wirtschaft schlecht geht?« sagt ein Gutsbesitzer zu seinem Verwalter; »ich weiß das auch ohne dich, mein Lieber; kannst du denn nicht von etwas anderem reden, wie? Laß mich doch gar nicht daran denken, es gar nicht wissen; dann bin ich glücklich.« Und nun verausgabt er das Geld, das dazu hätte dienen können, die Sache wenigstens einigermaßen zu bessern, für allerlei Mittel, durch die er es erreichen möchte, daß er das Unheil vergißt. Der Verstand schläft, der vielleicht plötzlich eine Quelle großer Reichtümer entdeckt hätte, und das Gut kommt unter den Hammer, und der Gutsbesitzer geht, um alles zu vergessen, betteln, und seine Seele wird aus Not willig und bereit zu Gemeinheiten, vor denen sie früher zurückgeschreckt wäre.

Noch eine andere Anklage wird gegen den Verfasser von seiten der sogenannten Patrioten erhoben, die ruhig in ihren Winkeln sitzen, sich mit ganz anderen Dingen beschäftigen, sich Kapitalien aufsammeln und sich ein behagliches Leben auf Kosten anderer zurechtzimmern; aber sowie nur etwas geschieht, was nach ihrer Meinung für das Vaterland kränkend ist, sowie z. B. ein Buch erscheint, in dem stellenweise die nackte Wahrheit gesagt wird, kommen sie aus allen Winkeln herausgelaufen wie Spinnen, welche sehen, daß sich eine Fliege in ihr Netz verstrickt hat, und erheben sofort ein großes Geschrei: »Ist es gut, dergleichen ans Licht zu bringen und davon öffentlich zu reden? All das, was da geschildert wird, ist doch ein Teil unseres eigenen Selbst; ist da ein solches Verfahren zu loben? Und was werden die Ausländer dazu sagen? Ist es denn angenehm, bei anderen in schlechten Ruf zu kommen? Sie werden denken, das gehe uns nicht nahe, und wir seien keine Patrioten.« Auf solche weisen Bemerkungen, besonders auf das über die Ausländer Gesagte, habe ich, offen gestanden, nichts zu antworten. Oder höchstens folgendes. In einer abgelegenen Ecke Rußlands wohnten zwei Personen. Die eine war ein Familienvater, namens Kifa Mokijewitsch, ein Mann von sanftem Charakter, der ein lässiges, bequemes Leben führte. Um seine Familie kümmerte er sich nicht; sein Wesen neigte mehr nach der kontemplativen Seite; so beschäftigte er sich mit folgender Frage, die er eine philosophische nannte: »Da ist zum Beispiel das vierfüßige Tier«, sagte er, im Zimmer auf und ab gehend; »das vierfüßige Tier wird nackt geboren. Warum denn gerade nackt? Warum nicht so wie der Vogel: warum kriecht es nicht aus dem Ei? Wirklich, hm ... je mehr man sich in die Natur vertieft, um so weniger versteht man sie!« So philosophierte Kifa Mokijewitsch. Aber das ist noch nicht der Kern der Sache. Die andere Person war Moki Kifowitsch, sein Sohn. Er war das, was man einen Kraftmenschen nennt, und während sich sein Vater mit der Geburt des vierfüßigen Tieres beschäftigte, drängte sein zwanzigjähriger, breitschulteriger Körper geradezu danach, sich zu betätigen. Er verstand absolut nicht, etwas sachte anzufassen: mit wem er sich abgab, dem wurde entweder der Arm verrenkt, oder es schwoll ihm eine Beule auf der Nase auf. Im Hause und in der Nachbarschaft liefen alle, von der Gutsmagd bis zum Hofhunde, davon, sobald sie ihn erblickten; sogar sein eigenes Bett in der Schlafstube zerbrach er in Stücke. Aber der Kern der Sache ist folgendes. »Erbarme dich, gnädiger Herr, Väterchen Kifa Mokijewitsch«, sagte zum Vater dessen eigenes sowie auch fremdes Gesinde: »wie treibt es dein Sohn Moki Kifowitsch? Kein Mensch hat vor ihm Ruhe; so setzt er allen zu!« – »Ja, mutwillig ist er, mutwillig ist er«, erwiderte der Vater gewöhnlich darauf; »aber was soll ich machen? Ihn zu prügeln, dazu ist es zu spät, und es würden mich auch alle übermäßiger Härter beschuldigen; er aber ist ein Mensch mit empfindlichem Ehrgefühl; mache ich ihm im engsten Kreise einen Vorwurf, so wird er sich ruhig verhalten; aber das Kundbarwerden, das ist der Schade! Die Stadt wird es erfahren und ihn einen Rüpel nennen. Was werden sie sich denken: daß es mir nicht nahe geht? daß ich nicht sein Vater bin? Weil ich mich mit der Philosophie beschäftige und manchmal keine Zeit habe, bin ich darum nicht sein Vater? Nein doch, nein, ich bin sein Vater, ich bin sein Vater, hol sie der Teufel, ich bin sein Vater! Moki Kifowitsch sitzt mir tief hier im Herzen!« Hier schlug sich Kifa Mokijewitsch sehr kräftig mit der Faust gegen die Brust und wurde ordentlich hitzig. »Wenn er nun einmal ein Rüpel bleiben soll, dann soll man es wenigstens nicht durch mich erfahren; ich wenigstens will ihn nicht verraten!« Nachdem er eine so väterliche Gesinnung bekundet hatte, ließ er Moki Kifowitsch weiter seine reckenhaften Taten ausüben; er selbst aber wandte sich von neuem seinem

Lieblingsgegenstande zu, indem er sich auf einmal eine Frage folgender Art vorlegte: »Na, wenn nun der Elefant aus einem Ei auskröche, dann würde wohl die Schale so dick sein, daß man sie mit einer Kanone nicht entzweischießen könnte; man muß eine neue Schußwaffe erfinden.« So verbrachten ihr Leben die beiden Bewohner jenes friedlichen Winkelchens, welche unerwartet am Ende unserer bisherigen Erzählung wie aus einem Fensterchen herausgeschaut haben, um bescheiden auf die Anklage von seiten einiger glühenden Patrioten zu antworten, die einstweilen sich ruhig damit beschäftigen, zu philosophieren und sich auf Kosten des von ihnen zärtlich geliebten Vaterlandes zu bereichern, und nicht sowohl darauf bedacht sind, nichts Schlechtes zu tun, sondern darauf, daß nur ja niemand sage, sie täten etwas Schlechtes. Aber nein, nicht Patriotismus und nicht jenes erste Gefühl sind die Ursachen dieser Anschuldigungen; es steckt hinter ihnen etwas anderes dahinter. Warum soll ich daraus ein Geheimnis machen? Wer hätte die Pflicht, die heilige Wahrheit zu sagen, wenn sie nicht der Schriftsteller hat? Ihr fürchtet den tief in euer Inneres eindringenden Blick; ihr scheut euch, selbst auf etwas einen prüfenden Blick zu richten; ihr gleitet gern über alles mit gedankenlosen Augen hinweg. Ihr lacht sogar vielleicht von Herzen über Tschitschikow, lobt vielleicht sogar den Verfasser und sagt: »Einzelnes hat er aber doch ganz geschickt beobachtet! Er muß ein Mann von heiterer Gemütsart sein!« Und nach diesen Worten wendet ihr euch mit verdoppeltem Stolze an euch selbst; ein selbstzufriedenes Lächeln zeigt sich auf eurem Gesichte, und ihr fügt hinzu: »Aber das muß man zugeben, in einigen Provinzen gibt es recht seltsame, komische Menschen, die dabei auch recht arge Schurken sind!« Aber wer von euch wird sich voll christlicher Demut, nicht laut, sondern in der Stille, allein, in Augenblicken einsamen Selbstgespräches, in seiner eigenen Seele die peinliche Frage vorlegen: »Aber steckt nicht vielleicht auch in mir so ein Stückchen Tschitschikow?« Fällt niemandem ein! Aber wenn an ihm ein Bekannter von nicht besonders hohem und nicht besonders niedrigem Range vorbeigeht, dann wird der Betreffende sofort seinen Begleiter anstoßen und beinah prustend vor Lachen zu ihm sagen: »Sieh mal, sieh mal: da ist Tschitschikow; da geht Tschitschikow!« Und dann wird er, allen Respekt, den er dem Stande und den Jahren desselben schuldig ist, vergessend, wie ein Kind hinter ihm herlaufen, ihn vom Rücken her verhöhnen und ihm nachrufen: »Tschitschikow, Tschitschikow, Tschitschikow!«

Aber wir haben angefangen, ziemlich laut zu reden, und haben vergessen, daß unser Held, der während der ganzen Erzählung seiner Lebensgeschichte geschlafen hat, bereits aufgewacht ist und leicht seinen so oft wiederholten Familiennamen gehört haben kann. Er ist aber empfindlich und nimmt es übel, wenn man von ihm respektlos spricht. Dem Leser kann es ja allerdings gleichgültig sein, ob Tschitschikow auf ihn ärgerlich ist oder nicht; aber was den Verfasser anlangt, so darf er sich mit seinem Helden unter keinen Umständen überwerfen; denn er muß mit demselben noch eine weite Strecke Weges Arm in Arm gehen; zwei große Teile liegen noch vor uns: das ist keine Kleinigkeit.

»He, he! Was machst du denn?« rief Tschitschikow seinem Kutscher zu. »Du! . . .«

»Was?« fragte Selifan langsam.

»Wie kannst du noch fragen? Du Dämlack! Wie fährst du denn? Vorwärts! Fahr zu!«

Und in der Tat fuhr Selifan schon längere Zeit mit zugekniffenen Augen, indem er nur selten im Halbschlaf die Zügel über dem Rücken der ebenfalls schlummernden Pferde schüttelte; dem schlafenden Petruschka aber war schon längst irgendwo die Mütze vom Kopfe geflogen, und er selbst war zurückgesunken und stieß mit dem Kopfe auf Tschitschikows Knie, so daß dieser ihm ein paar Nasenstüber geben mußte. Selifan wurde munter und versetzte dem Schecken ein paar

Peitschenhiebe über den Rücken, worauf dieser sich in leichten Trab setzte, und die Peitsche über alle schwingend, rief er mit hoher, singender Stimme: »Nur immer guten Mutes!« Die Pferde lebten auf und trugen die leichte Britschke wie eine Feder dahin. Selifan schwenkte nur die Peitsche und schrie: »He! he! he!« indem er, sich wiegend, immer auf dem Bocke ein wenig aufhüpfte, je nachdem der Wagen auf einen der Höcker, mit denen die kaum merklich abwärtsführende Landstraße ganz übersät war, hinauf- oder schnell wieder hinunterjagte. Tschitschikow lächelte nur, während er, auf seinem Lederkissen sitzend, auf und ab flog; denn er liebte das schnelle Fahren. Und welcher Russe liebt das schnelle Fahren nicht? Wie sollte seine Seele, die immer nach dem Gefühle des Schwindels und Taumels verlangt und gern manchmal sagt: »Hol alles der Teufel!« wie könnte seine Seele das schnelle Fahren nicht lieben? Es nicht lieben, obwohl doch etwas Entzückendes, Wunderbares darin liegt? Es ist, als ob eine unsichtbare Kraft dich zu sich auf ihre Flügel genommen hätte, und du selbst fliegst dahin, und alles fliegt: es fliegen die Werstpfähle; es fliegen dir die Kaufleute entgegen, die auf den Rändern ihrer Kibitken sitzen; es fliegt auf beiden Seiten der Wald vorbei mit den dunklen Reihen von Tannen und Fichten, mit dem Klange der Beile und dem Geschrei der Krähen; es fliegt die ganze Landstraße Gott weiß wohin in die verschwimmende Ferne; und es liegt etwas Furchtbares in diesem schnellen Aufschimmern, wo kein Gegenstand Zeit hat, deutlich zu werden, ehe er wieder verschwindet; nur der Himmel über deinem Haupte und die leichten Wolken und der hindurchbrechende Mond scheinen unbeweglich zu sein. O du Dreigespann, du beflügeltes Dreigespann! Wer hat dich erfunden? Nur bei einem frischen, kecken Volke konntest du entstehen, und in einem Lande, das die Sache ernst nimmt und sich eben und glatt über die halbe Erde ausbreitet; da versuch's einmal, die Werstpfähle zu zählen, ohne daß es dir vor den Augen zu flimmern anfängt! Und du, russischer Reisewagen, bist kein schlaues, verschmitztes Ding und wirst nicht von eisernen Schrauben zusammengehalten; nein, rasch und hurtig, nur mit Beil und Stemmeisen hat dich ein geschickter Jaroslawer Bauer angefertigt und zusammengesetzt. Und der Kutscher trägt keine deutschen Stulpstiefel; bärtig und mit Handschuhen sitzt er da, weiß der Teufel worauf, und wenn er sich halb erhebt und die Peitsche schwingt und ein langes Lied anstimmt, dann jagen die Pferde dahin wie ein Wirbelwind, die Speichen der Räder fließen zu einer glatten Scheibe zusammen, der Weg erzittert, erschrocken schreit stehen bleibend der Fußgänger auf, und dahin, dahin jagt der Wagen! ... Und jetzt sieht man schon in weiter Ferne, wie da etwas eine Staubwolke erregt und die Luft durchbohrt.

Und jagst nicht auch du, Rußland, dahin wie ein mutiges, nicht einzuholendes Dreigespann? Es stäubt unter dir der Weg, es donnern die Brücken, alles bleibt weit hinter dir zurück. Bestürzt über die göttliche Wundererscheinung steht der Zuschauer still, im Zweifel, ob es ein vom Himmel herniederfahrender Blitz ist. Was bedeutet dieses schreckenerregende Vorwärtsstürmen? Und was für eine unerhörte Kraft liegt in diesen Rossen, wie sie die Welt noch nie gesehen hat? O ihr Rosse, ihr Rosse, was seid ihr für Rosse! Stecken Wirbelwinde in euren Mähnen? Sitzt euch ein feinhöriges Ohr in jeder Ader? Habt ihr aus der Höhe ein bekanntes Lied gehört und nun gemeinsam und gleichzeitig eure eherne Brust angestrengt und, kaum die Erde mit den Hufen berührend, euch in langgestreckte Linien verwandelt, die durch die Luft dahinfliegen, und stürmst du nun gottbegeistert einher, mein Rußland? Wohin geht deine Fahrt? Gib Antwort! Keine Antwort erfolgt. Mit wunderbarem Klange ertönt das Glöckchen; die in Stücke zerrissene Luft erbraust und wird zum Winde; alles, was sonst noch auf der Erde ist, fliegt an dir vorbei, und scheelblickend treten alle anderen Völker und Reiche zur Seite und geben dir Raum.

ZWEITER TEIL

ERSTES KAPITEL

Warum bringen wir denn immer nur die Armut und die Armut, immer nur die Unvollkommenheit unseres Lebens zur Darstellung und graben Menschen aus der Wildnis, aus den abgelegensten Winkeln unseres großen Reiches aus? Was ist zu machen, wenn das nun einmal eine Eigenheit des Verfassers ist und er, an seiner eigenen Unvollkommenheit krankend, eben nichts anderes kann als immer nur die Armut und die Armut, immer nur die Unvollkommenheit unseres Lebens zur Darstellung bringen und Menschen aus der Wildnis, aus den entlegensten Teilen unseres großen Reiches ausgraben? Und siehe da, wir sind schon wieder in die Wildnis hineingeraten, schon wieder auf einen solchen abgelegenen Winkel gestoßen. Aber was ist es dafür auch für eine Wildnis und für ein abgelegener Winkel!

Wie der gewaltige Wall einer großen Festung mit Ecktürmen und Schießscharten, so zogen sich Berghöhen auf eine Strecke von mehr als tausend Werst in Windungen hin. Majestätisch erhoben sie sich über die grenzenlos sich ausdehnende Ebene, bald in Gestalt steiler, von Spalten und Rissen durchfurchter Kalk- und Tonwände, bald als lieblich gerundete, grüne Kuppen, bedeckt von jungem, aus umgehauenen Bäumen aufsprießendem Buschwerk, das aus der Entfernung den Eindruck von Lämmerfellen machte, bald endlich als dunkles Waldesdickicht, das wie durch ein Wunder noch von der Axt verschont geblieben war. Ein Fluß, der sich treulich in seinen Ufern hielt, machte die Knicke und Biegungen mit dem Bergzuge mit; nur manchmal entfernte er sich von ihm in die Wiesen hinein, um, nachdem er dort einige Windungen ausgeführt und wie Feuer in der Sonne geglänzt hatte, in Hainen von Birken, Espen und Erlen zu verschwinden und triumphierend wieder von dort zu entrinnen, begleitet von Brücken, Mühlen und Dämmen, die gleichsam bei jeder Biegung hinter ihm her waren.

An einer Stelle war der steile Abhang der Bergkette besonders dicht mit grünem Laubwerk bekleidet. Durch künstliche Anpflanzung hatte sich hier dank der Ungleichmäßigkeit einer Schlucht die Vegetation des Nordens mit der des Südens zusammengefunden. Eiche, Tanne, Holzbirnbaum, Ahorn, Kirsche und Schlehdorn, Erbsenstrauch und Eberesche, von Hopfen umsponnen, kletterten, bald einander im Wachstum fördernd, bald sich gegenseitig erstickend, den ganzen Berg von unten nach oben hinauf. Oben, auf dem Scheitel des Berges, mischten sich mit den grünen Wipfeln der Gewächse die roten Dächer der Gutsgebäude, die Giebelbalken und Dachkämme der dahinter versteckten Bauernhäuser und der Oberbau des Herrschaftshauses mit einem geschnitzten Balkon und einem großen, halbrunden Fenster. Und über dieses ganze Gewimmel von Bäumen und Dächern ragte noch weit hinaus die altertümliche Dorfkirche mit ihren fünf vergoldeten, funkelnden Kuppeln. Auf all diesen Kuppeln standen goldene, durchbrochene Kreuze, von goldenen, durchbrochenen Ketten gehalten, so daß es von weitem so aussah, als hinge da etwas Goldenes ohne Stütze in der Luft und funkle wie Dukaten. Und all dies spiegelte sich in umgekehrter Gestalt, mit den Wipfeln, Dächern und Kreuzen nach unten, gar hübsch in dem Flusse, wo unförmig hohle Weidenbäume teils am Ufer teils ganz im Wasser standen, ihre Blätter und Zweige in das von schlüpfrigem Flußschwamm und gelben schwimmenden Teichrosen erfüllte Wasser hineinhängen ließen und dieses wunderbare Bild zu betrachten schienen.

Dieses Bild war sehr schön; aber der Blick von oben herunter, von dem Obergeschoß des Hauses auf die weite Ferne, war noch schöner. Kein Gast und Besucher, der auf dem Balkon stand, konnte dabei gleichgültig bleiben. Das Erstaunen benahm ihm den Atem, und er konnte nur ausrufen: »O

Gott, was für ein weiter Blick!« Endlos und grenzenlos erschloß sich der Raum vor dem Beschauer: hinter den mit kleinen Hainen und Wassermühlen besäten Wiesen zogen sich in Form mehrerer grüner Gürtel Wälder hin; hinter den vordersten Wäldern erblickte man durch die dort schon dunstig werdende Luft eine gelbe Sandfläche und dann wieder Wälder, die bereits eine bläuliche Färbung hatten wie ein Meer oder wie ein in der Ferne sich ausbreitender Nebel, und dann wieder Sand, der blasser, aber immer noch gelblich aussah. Am fernen Horizonte zog sich der Kamm eines Kreidegebirges hin, das selbst bei feuchtem Wetter weiß glänzte, wie wenn es von ewigem Sonnenlichte bestrahlt würde. Von der blendenden Weiße dieses Gebirges hoben sich an seinem unteren Teile, der stellenweise aus Gips bestand, dunstige, neblige Flecke ab. Dies waren ferne Dörfer; aber die konnte kein menschliches Auge mehr unterscheiden. Nur ein bei Sonnenschein aufleuchtender Funke, die vergoldete Spitze einer Kirchenkuppel, ließ erkennen, daß dort eine große, bevölkerte Ansiedlung lag. Über alledem aber breitete sich eine tiefe Stille aus, die nicht einmal durch die kaum an das Ohr dringenden Vogelstimmen gestört wurde, da diese sich in dem weiten Raume verloren. Kurz, der Gast, der auf dem Balkon stand, konnte auch nach mehrstündiger Betrachtung nichts anderes sagen als: »O Gott, was für ein weiter Blick!«

Wer aber war der Bewohner und Besitzer dieses Dorfes, zu dem, wie zu einer unnahbaren Festung, man von dieser Seite nicht einmal heranfahren konnte, sondern dem man sich von der anderen Seite her nähern mußte, wo verstreut stehende Eichen den herbeifahrenden Gast freundlich begrüßten, indem sie ihm ihre breit ausladenden Äste wie Freundesarme entgegenstreckten und ihn zu der Front eben jenes Hauses hingeleiteten, dessen oberen Teil wir von der Rückseite aus gesehen haben, und das nun frei dastand, flankiert auf der einen Seite von einer Reihe von Bauernhäusern, die uns schon ihre Dachkämme und geschnitzten Giebelbalken gezeigt haben, und auf der anderen Seite von der Kirche mit den funkelnden goldenen Kreuzen und dem funkelnden goldenen durchbrochenen Zierat der in der Luft hängenden Ketten. Welchem Glücklichen gehörte dieses stille Winkelchen?

Es gehörte einem Gutsbesitzer im Kreise Tremalachansk, namens Andrei Iwanowitsch Tentetnikow; dieser Glückliche war ein junger Mann von dreiunddreißig Jahren und überdies unverheiratet.

Wer war er, und was war er, und was besaß er für einen Charakter und was für Fähigkeiten? Darüber werden wir uns bei seinen Nachbarn erkundigen müssen, verehrte Leserinnen, bei seinen Nachbarn. Ein solcher Nachbar, der zu der jetzt schon ganz im Aussterben begriffenen Gattung gewandter, bildungseifriger Stabsoffiziere a. D. gehörte, äußerte sich über ihn kurz folgendermaßen: »Ein richtiges Rindvieh!« Ein General, der zehn Werst von ihm entfernt wohnte, sagte: »Der junge Mensch ist nicht dumm; aber er hat zu viel Torheiten im Kopf. Ich könnte ihm nützlich sein; denn ich habe allerlei Konnexionen in Petersburg und sogar bei . . .« Der General sprach den Satz nicht zu Ende. Der Bezirkshauptmann gab seiner Antwort diese Form: »Ich will ihm doch gleich morgen mal wegen der rückständigen Steuern einen Besuch machen!« Und ein Bauer aus seinem Dorfe gab auf die Frage, was ihr Herr für ein Mensch sei, überhaupt keine Antwort; er mußte also wohl eine ungünstige Meinung von ihm haben.

Wenn wir unparteiisch urteilen wollen, so müssen wir sagen: er war kein schlechter Mensch; er stahl einfach dem lieben Gott den Tag ab. Aber da es auf der weiten Welt so viele solcher Tagediebe gibt, warum sollte nicht auch Tentetnikow einer sein? Wir wollen übrigens hier einen beliebig herausgegriffenen Tag aus seinem Leben schildern, der allen anderen vollständig ähnlich war; mag der Leser sich daraus selbst ein Urteil darüber bilden, was er für einen Charakter hatte, und inwieweit sein Leben mit den ihn umgebenden Schönheiten der Natur im Einklang stand.

Morgens erwachte er immer erst sehr spät, richtete sich halb auf und saß lange auf dem Bette und rieb sich die Augen. Und da seine Augen unglücklicherweise sehr klein waren, so dauerte dieses Reiben recht lange; die ganze Zeit über stand sein Diener Michailo mit dem Waschbecken und dem Handtuch an der Tür. Dieser arme Michailo stand so eine Stunde und noch eine Stunde da, begab sich dann nach der Küche, kam dann wieder zurück – aber sein Herr saß immer noch auf dem Bette und rieb sich die Augen. Endlich stand er doch auf, wusch sich, zog den Schlafrock an und ging in den Salon, um Tee, Kaffee, Kakao und sogar frisch gemolkene Milch zu trinken; aber er löffelte von allem nur langsam ein bißchen, zerbröckelte ohne Respekt das Brot und streute die Tabaksasche achtlos überall umher. So saß er zwei Stunden lang beim Frühstück. Und damit noch nicht genug: er nahm dann noch eine Tasse mit kalt gewordenem Getränk und begab sich damit zu dem Fenster, das auf den Hof hinausging; vor dem Fenster spielte sich täglich die nachstehende Szene ab.

Zunächst schimpfte der Gutsdiener Grigori, der das Amt eines Büfettdieners versah, die Haushälterin Perfiljewna laut schreiend etwa mit folgenden Ausdrücken aus: »Du widerhaariges Frauenzimmer, du nichtswürdiges Weib! Du tätest besser, das Maul zu halten, du schändliche Kanaille!«

»Du möchtest wohl etwas besehen?« schrie das nichtswürdige Weib oder Perfiljewna, indem sie ihm mit der Faust drohte; sie war eine Person, die sich auch auf derbe Tätlichkeiten verstand, obwohl sie eine große Freundin von Rosinen, Obstpasten und allerlei Süßigkeiten war, die sie unter ihrem Verschluß hatte.

»Du fährst ja sogar dem Verwalter in die Haare, du Speisekammerhexe!« brüllte Grigori.

»Jawohl, der Verwalter ist ebenso ein Dieb wie du. Meinst du, der Herr kennt euch nicht? Da ist er ja und hört alles.«

»Wo ist der Herr?«

»Da sitzt er am Fenster; er sieht alles.«

Und in der Tat, der Herr saß am Fenster und sah alles.

Um den wüsten Lärm vollständig zu machen, fing ein Kind, das von seiner Mutter, einer Gutsmagd, einen derben Schlag bekommen hatte, mörderlich an zu schreien, und ein Windhund, den der Koch vom Küchenfenster aus mit heißem Wasser begossen hatte, heulte, mit dem Hinterteil auf der Erde sitzend, in kläglichen Tönen. Kurz, der Spektakel war geradezu greulich. Der Herr sah und hörte alles mit an; aber erst als die Sache dermaßen unerträglich wurde, daß es ihn sogar im Nichtstun störte, schickte er hin und ließ sagen, sie möchten etwas leiser lärmen.

Zwei Stunden vor dem Mittagessen begab er sich in sein Arbeitszimmer, um sich ernstlich mit der Abfassung eines großen Werkes zu beschäftigen, das ganz Rußland von allen möglichen Gesichtspunkten aus, vom nationalökonomischen, politischen, religiösen, philosophischen, umfassen, den Weg zur Lösung der schwierigen Aufgaben, die die Zeit diesem Lande stellte, zeigen und klar darlegen sollte, welch eine große Zukunft seiner warte; kurz, es war ein Thema, wie es sich der moderne Mensch gern stellt. Übrigens beschränkte er sich bei diesem riesenhaften Unternehmen meistens auf bloßes Nachdenken: er zerkaute eine Feder, malte auf dem Papier, schob dann all dies beiseite und nahm statt dessen ein Buch zur Hand, das er dann bis zum Mittagessen nicht mehr weglegte. Dieses Buch las er während der Suppe, während des Bratens und sogar während der süßen Speise, so daß manche Gerichte kalt wurden und andere ganz unangerührt blieben. Darauf trank er Kaffee, rauchte eine Pfeife und spielte Schach mit sich selbst. Was er aber dann bis zum Abendessen tat, das ist wirklich schwer zu sagen. Wie es scheint, tat er einfach nichts.

So verbrachte dieser junge dreiunddreißigjährige Mensch seine Zeit, indem er ganz allein, im Schlafrock und ohne Krawatte, zu Hause hockte. Zum Spazierengehen oder überhaupt zum Gehen hatte er keine Lust; er mochte nicht einmal nach oben hinaufsteigen, nicht einmal das Fenster öffnen, um frische Luft ins Zimmer zu lassen, und der schöne Blick auf das Dorf, der jeden Besucher entzückte, war für den Gutsherrn selbst geradezu nicht vorhanden. Hieraus kann der Leser ersehen, daß Andrei Iwanowitsch Tentetnikow zu der Gattung derjenigen Leute gehörte, die in Rußland nicht aussterben, und die man früher Faulpelze, Tagediebe, Schlafmützen nannte; mit welchem Ausdruck ich sie jetzt bezeichnen soll, weiß ich wirklich nicht. Ob solche Charaktere geboren werden oder sich erst nachher als Produkt trauriger umgebender Umstände herausbilden? Statt diese Frage zu beantworten, wird es besser sein, die Geschichte seiner Kindheit und seiner Erziehung zu erzählen.

Alles schien zusammenzuwirken, um etwas Tüchtiges aus ihm zu machen. Als ein wohlbegabter, etwas träumerischer, etwas kränklicher Knabe kam er im Alter von zwölf Jahren in ein Erziehungsinstitut, dessen Direktor für jene Zeit ein ganz außerordentlicher Mensch war. Der von den anderen Erziehern bewunderte, von seinen Zöglingen abgöttisch verehrte, unvergleichliche Alexander Petrowitsch war mit einem überaus feinen psychologischen Verständnisse begabt. Wie gut kannte er die Eigenschaften des Russen! Wie gut kannte er die Kinder! Es gab keinen Schlingel, der, wenn er einen dummen Streich gemacht hatte, nicht von selbst zu ihm gegangen wäre und ihm alles gestanden hätte. Und nicht genug damit: der Schlingel erhielt eine strenge Strafe, aber er kam von seinem Direktor nicht mit gesenktem, sondern mit erhobenem Kopfe heraus. Eine innere Stimme schien ermutigend zu ihm zu sagen: »Vorwärts! Stelle dich schnell wieder auf die Füße, trotzdem du gefallen bist!« Er hielt ihnen niemals Reden über gutes Betragen. Er pflegte zu sagen: »Ich verlange Klugheit, weiter nichts. Wer danach strebt, klug zu werden, der hat zu unnützen Streichen keine Zeit; da verschwindet das unartige Wesen von selbst.« Und er hatte recht: das unartige Wesen verschwand wirklich von selbst. Wer nicht bestrebt war, klug zu werden, der verfiel der Verachtung seiner Kameraden. Die herangewachsenen Esel und Dummköpfe mußten sich von den Jüngsten die beleidigendsten Spitznamen gefallen lassen und wagten nicht, sie auch nur mit einem Finger anzurühren. »Das geht aber doch zu weit!« sagten viele; »die klugen Knaben werden hochmütig werden.« – »Nein, das geht nicht zu weit«, erwiderte er; »die unfähigen behalte ich nicht lange; für die genügt ein einziger Kursus; aber für die gescheiten gibt es bei mir noch einen zweiten Kursus.« Und wirklich machten alle Begabten bei ihm noch einen zweiten Kursus durch. Viele Äußerungen des Mutwillens hemmte er nicht, da er in ihnen den Anfang einer Entwicklung seelischer Fähigkeiten sah, und sagte, diese Äußerungen des Mutwillens brauche er ebenso notwendig wie der Arzt den Ausschlag, um mit Sicherheit zu erkennen, was im Inneren des Menschen stecke.

Wie liebten ihn aber die Knaben auch! Nein, selbst den eigenen Eltern gegenüber ist eine solche Anhänglichkeit der Kinder nicht leicht zu finden. Nein, selbst in den sinnlosen Jahren, wo man sich sinnlos hingerissen fühlt, kommt kaum je eine so starke, unauslöschliche Leidenschaft vor, wie es die Liebe zu ihm war. Bis zu ihrem Grabe, bis zu ihren letzten Lebenstagen erhoben die dankbaren Zöglinge am Geburtstage ihres herrlichen Erziehers die Gläser, schlossen die Augen und vergossen in der Erinnerung an ihn Tränen. Das geringste Lob von seiner Seite ließ den Schüler vor Freude erzittern und erweckte bei ihm das ehrgeizige Verlangen, es allen zuvorzutun. Die wenig Befähigten hielt er nicht lange zurück; für diese war bei ihm nur ein kurzer Kursus bestimmt; die Befähigten aber mußten bei ihm einen doppelten Kursus durchmachen. Und gar die letzte Klasse, in die er nur ganz Auserwählte übergehen ließ, hatte überhaupt keine Ähnlichkeit mit den Klassen, wie sie an anderen Lehrinstituten bestehen. Erst hier verlangte er von dem Zögling alles das, was manche Lehrer unvernünftigerweise schon von den Kindern verlangen: jenen höheren Verstand, der es versteht, nicht zu spotten, wohl aber jeden Spott zu ertragen, den Narren laufen zu lassen, über fremde Dummheit sich nicht aufzuregen und außer sich zu geraten, sich nie zu rächen und in stolzer, unerschütterlicher Seelenruhe zu verharren; und alle Mittel, die dazu geeignet sind, jemand zu einem festen Manne heranzubilden, wurden hier zur Anwendung gebracht, und er selbst stellte mit seinen Zöglingen fortwährend Proben an. O, wie gut kannte er die Wissenschaft des Lebens!

Lehrer hatte dieser Direktor nicht viele zu seiner Hilfe. In den meisten Lehrgegenständen unterrichtete er selbst. Ohne pedantische Terminologie und hochmütige Theorien verstand er es, den eigentlichen Gehalt einer jeden Wissenschaft den Schülern zu übermitteln, so daß selbst den jüngeren unter ihnen klar wurde, wozu sie diese Wissenschaft nötig hatten. Er wählte von den Wissenschaften diejenigen aus, welche dazu dienen konnten, jemanden zu einem brauchbaren Bürger seines Landes zu machen. Der Unterricht bestand zum größten Teil aus Mitteilungen über das, was den Jüngling in der Zukunft erwartete, und er verstand es, diesem den ganzen Horizont seiner künftigen Laufbahn so zu zeigen, daß der Jüngling, während er noch auf der Schulbank saß, in Gedanken und im Geiste sich bereits dort, im Staatsdienste, befand. Er verheimlichte ihnen nichts: alle Kränkungen und Hemmnisse, die dem Menschen auf seinem Lebenswege begegnen können, alle Versuchungen und Verführungen, die ihm bevorstehen, stellte er ihnen in voller Nacktheit vor Augen. Auf allen Gebieten wußte er Bescheid, wie wenn er selbst in allen Berufen und Ämtern tätig gewesen wäre. Ob es nun daher kam, daß der Ehrgeiz schon stark entwickelt war, oder daher, daß schon in dem bloßen Blicke dieses außerordentlichen Direktors etwas lag, was zu dem Jüngling »Vorwärts!« sagte, dieses dem Russen so bekannte Wort, das eine so wunderbare Wirkung auf sein feinfühliges Wesen ausübt: genug, der Jüngling suchte gleich von vornherein die Schwierigkeiten geradezu auf, eifrig bemüht, gerade dort tätig zu sein, wo es schwer war, wo es die meisten Hindernisse gab, wo man am meisten seelische Kraft beweisen mußte. Nur wenige waren es, die diesen Kursus ganz absolvierten; aber diese waren dafür auch stark und fest geworden und hatten sozusagen schon im Kampfe gestanden. Im Dienste harrten sie dann an den gefährlichsten Stellen aus, während viele andere, selbst solche, die klüger sein mochten als sie, es nicht aushielten, sondern entweder um kleiner Unannehmlichkeiten willen alles hinwarfen oder matt und lässig wurden und in die Hände ihrer bestechlichen, betrügerischen Untergebenen gerieten. Aber jene Gefeiten wankten nicht, und da sie das Leben und den Menschen kannten und weise geworden waren, so übten sie sogar auf schlechte Menschen einen starken Einfluß aus.

Das feurige Herz des ehrgeizigen Knaben pochte schon lange vorher heftig bei dem bloßen Gedanken daran, daß auch er endlich in diese Abteilung aufrücken werde. Für unseren Tentetnikow schien es gar nichts Besseres geben zu können als diesen Erzieher! Aber gerade als er in diese Selekta versetzt war, wonach er sich so sehr gesehnt hatte, mußte der unvergleichliche Direktor eines frühen Todes sterben! Das war für Tentetnikow ein schwerer Schlag, ein erster, furchtbarer Verlust! Es schien ihm, als sei sein ganzes Leben zerstört. In der Schule änderte sich alles. An Alexander Petrowitschs Stelle trat ein gewisser Fjodor Iwanowitsch. Dieser legte gleich von vornherein den größten Nachdruck auf die äußere Ordnung; er verlangte von den Kindern, was man nur von Erwachsenen verlangen kann. In ihrer harmlosen Ungebundenheit sah er nur Ungezogenheit. Und als ob er es seinem Vorgänger zum Trotz täte, erklärte er gleich vom ersten Tage an, Verstand und Fortschritte seien für ihn bedeutungslos; er werde nur auf gutes Betragen sehen. Aber merkwürdigerweise konnte Fjodor Iwanowitsch gerade ein gutes Betragen nicht erzielen. Es riß die Gewohnheit ein, heimlich allerlei Schlechtigkeiten zu verüben. Bei Tage sah alles höchst ordnungsmäßig aus, und die

Schüler gingen sittsam zu zweien und zweien; aber nachts wurden wüste Gelage veranstaltet.

Auch mit dem Unterricht in den Wissenschaften begab sich etwas Seltsames. Es waren neue Lehrer berufen worden, mit neuen Anschauungen und neuen Grundsätzen. Sie überschütteten ihre Zuhörer mit einer Menge neuer Kunstausdrücke; sie zeigten bei ihrem Vortrage, daß sie logisch zu denken verstanden, daß sie den Fortschritten der Wissenschaft gefolgt waren, und daß sie selbst von einem gewissen Enthusiasmus erfüllt waren; aber trotzdem mangelte es ihrem Unterricht leider an dem rechten Leben. Die tote Wissenschaft bekam in ihrem Munde etwas Leichenhaftes. Kurz, alles ging verkehrt. Der Respekt vor der Schulobrigkeit schwand dahin; die Schüler machten sich über ihre Lehrer und Vorgesetzten lustig und nannten den Direktor mit häßlichen Spitznamen. Die Demoralisation trug einen Charakter, der ganz und gar nichts Kindliches mehr hatte, und es kamen Geschichten vor, die es nötig machten, eine ganze Anzahl von Schülern von der Anstalt auszuschließen und wegzujagen. In zwei Jahren war die Anstalt nicht mehr wiederzuerkennen.

Andrei Iwanowitsch hatte ein stilles, gesetztes Wesen. Die nächtlichen Orgien seiner Kameraden, die den Fenstern der Direktorwohnung gerade gegenüber eine Wohnung für ein leichtfertiges Frauenzimmer gemietet hatten, konnten ihn nicht locken, und ebensowenig beteiligte er sich an ihren Religionsspöttereien, die nur dadurch veranlaßt waren, daß der Pope, der den Religionsunterricht erteilte, allerdings nicht gerade sehr klug war. Nein, seine Seele ahnte selbst in dem Schlummer, in dem sie lag, ihren himmlischen Ursprung. Er widerstand der Verführung; aber er ließ die Flügel hängen. Sein Ehrgeiz war bereits früher erweckt, fand nun aber keine Bahn zur Betätigung. Es wäre unter diesen Umständen besser gewesen, wenn er gar nicht erweckt worden wäre. Andrei Iwanowitsch hörte die Professoren sich auf den Kathedern ereifern und erinnerte sich dabei an seinen früheren Lehrer, der, ohne sich zu ereifern, verständlich zu reden gewußt hatte. Was hörte er nicht alles für Unterrichtsgegenstände! Medizin, Philosophie, Jura, Universalgeschichte, letztere in so gewaltigem Umfange, daß der Professor in drei Jahren glücklich gerade mit der Einleitung und mit der Darstellung der Entwickelung gewisser deutscher Städte fertig wurde – und Gott weiß, was er sonst noch alles hörte! Aber alles bildete in seinem Kopfe nur unförmliche Klumpen. Dank seinem natürlichen Verstande merkte er wohl, daß der Unterricht anders eingerichtet sein müsse; aber wie, das wußte er nicht. Und oft gedachte er seines früheren Lehrers Alexander Petrowitsch, und es wurde ihm so traurig zumute, daß er nicht wußte, wo er vor Kummer bleiben sollte.

Aber das Glück der Jugend besteht darin, daß sie eine Zukunft hat. Je näher der Zeitpunkt des Abganges von der Anstalt heranrückte, um so stärker schlug sein Herz. Er sagte sich: »Dies ist ja noch nicht das Leben; dies ist erst die Vorbereitung zum Leben; das wahre Leben besteht im Staatsdienst: da kommen die großen Taten.« Und ohne sein schönes Heimatplätzchen wiedergesehen zu haben, das jeden fremden Besucher so überraschte und entzückte, und ohne am Grabe seiner Eltern gebetet zu haben, eilte er nach Art aller ehrgeizigen Leute nach Petersburg, wohin ja bekanntlich unsere feurige Jugend von allen Seiten Rußlands strebt, um da in den Staatsdienst zu treten, sich hervorzutun, Karriere zu machen oder auch ganz einfach, um sich den Firnis der farblosen, eiskalten, trügerischen gesellschaftlichen Bildung anzueignen. Andrei Iwanowitschs ehrgeiziges Streben erlitt gleich zu Anfang durch seinen Oheim, den Wirklichen Staatsrat Onufri Iwanowitsch, eine Abkühlung. Dieser erklärte, die Hauptsache sei eine gute Handschrift und nichts anderes; ohne eine solche könne man weder Minister werden noch sonst ein hohes Staatsamt bekleiden. Mit großer Mühe und nur durch die Protektion seines Oheims gelang es dem jungen Manne endlich, in irgendeinem Ressort angestellt zu werden. Als er in einen prächtigen, hellen Saal hineingeführt wurde, der mit einem Parkettfußboden und lackierten Schreibtischen ausgestattet war und den Eindruck machte, als säßen hier die ersten Würdenträger des Reiches und entschieden über das Schicksal des ganzen Staates, und als er die Unzahl schöner Herren erblickte, die, den Kopf schräg haltend, geräuschvoll mit der Feder über das Papier dahinfuhren, und als man ihm selbst einen Platz an einem Tische anwies und ihn beauftragte, sogleich ein Schriftstück zu kopieren, das auch leider gerade einen recht unbedeutenden Inhalt hatte (der betreffende Schriftwechsel drehte sich um die Summe von drei Rubeln und zog sich schon ein halbes Jahr lang hin): da überkam den unerfahrenen Jüngling ein ganz sonderbares Gefühl: die Herren um ihn herum kamen ihm wie Schulknaben vor! Um die Ähnlichkeit vollständig zu machen, lasen manche von ihnen einen ins Russische übersetzten dummen Roman, den sie in die großen Blätter eines aufgeschlagenen Aktenstückes hineingeschoben hatten, wobei sie taten, als seien sie eifrig mit dem Aktenstück selbst beschäftigt, und jedesmal zusammenfuhren, wenn der Vorgesetzte in den Saal trat. Das alles kam ihm gar sonderbar vor, und seine frühere Tätigkeit erschien ihm bedeutsamer als die jetzige, die Vorbereitung auf den Staatsdienst besser als der Staatsdienst selbst. Er sehnte sich nach der Schule zurück. Und auf einmal glaubte er Alexander Petrowitsch, wie er leibte und lebte, vor sich zu sehen und wäre beinahe in Tränen ausgebrochen. Der Saal drehte sich um ihn im Kreise; die Beamten und die Tische verwirrten sich vor seinen Augen, und nur mit Mühe erwehrte er sich dieser plötzlichen Umnachtung seiner Sinne. »Nein«, dachte er bei sich, als er wieder zur Besinnung kam, »ich will mich ans Werk machen, wie kleinlich es mir auch am Anfang vorkommen mag!« Und nachdem er so selbst seinen Mut gekräftigt hatte, beschloß er, seinen Dienst nach dem Beispiele der anderen zu versehen.

Wo ist das Leben ganz ohne Freuden? Freuden bietet selbst

Petersburg trotz seines finsteren, mürrischen Äußeren. Auf den Straßen kracht ein grimmiger Frost von dreißig Grad. Heulend fegt die unholde Ausgeburt des Nordens, die Schneesturmhexe, über das Trottoir, verklebt die Augen der Passanten und pudert die Pelzkragen und die Schnurrbärte der Männer und die haarigen Schnauzen der Tiere; aber freundlich blinkt da oben irgendwo im vierten Stockwerk ein Fensterchen durch die wirbelnden Schneeflocken hindurch: da werden in einem gemütlichen Zimmerchen beim Scheine bescheidener Stearinkerzen und beim Summen des Samowars Gespräche geführt, die Herz und Seele erwärmen; da werden prächtige Partien aus den Werken eines jener begeisterten russischen Dichter vorgelesen, mit denen Gott sein Rußland begnadet hat, und Jünglingsherzen erbeben in einer Glut der Begeisterung, wie man sie nicht einmal unter dem Himmel des Südens antrifft.

Tentetnikow gewöhnte sich bald an den Staatsdienst; indes wurde ihm dieser nicht zur Hauptsache und zum eigentlichen Zweck, wie er das ursprünglich angenommen hatte, sondern zu einem Gegenstande zweiten Ranges. Der Dienst zwang ihn zu genauerer Zeiteinteilung und ließ ihn die Minuten, die ihm verblieben, um so höher schätzen. Sein Oheim, der Wirkliche Staatsrat, begann schon zu glauben, daß sein Neffe es zu etwas bringen werde, als der Neffe plötzlich alles verdarb. Unter Andrei Iwanowitschs Freunden, deren er ziemlich viele hatte, befanden sich zwei, die das waren, was man »verbitterte Menschen« nennt. Sie gehörten zu jenen sonderbaren, unruhigen Charakteren, die keine Ungerechtigkeit, oder was ihnen als solche erscheint, mit Gleichmut ertragen können. Diese beiden Freunde, die im Grunde gutmütige Menschen waren, aber der rechten Selbstzucht ermangelten und für sich alle mögliche Nachsicht beanspruchten, während sie gleichzeitig anderen nichts verziehen, übten sowohl durch ihre flammenden Worte als auch durch ihr Benehmen, durch das sie eine edle Entrüstung über die herrschende Gesellschaft zum Ausdruck brachten, einen starken Einfluß auf Andrei Iwanowitsch aus. Sie machten ihn nervös und reizbar und brachten ihn dahin, daß er auf allerlei Kleinigkeiten achtete, denen irgendwelche Aufmerksamkeit zuzuwenden ihm früher gar nicht in den Sinn gekommen war. Fjodor Fjodorowitsch Ljenizyn, der Chef einer der Abteilungen, die in den prächtigen Sälen untergebracht waren, mißfiel ihm auf einmal sehr. Er fand an ihm eine Unzahl von Mängeln. Es schien ihm, daß Ljenizyn, wenn er mit Höherstehenden sprach, sich ganz und gar in eine Art von widerlich süßem Zucker verwandelte, dagegen in Essig, wenn er mit einem Untergebenen zu tun hatte, und daß er nach Art aller kleinlichen Menschen sich diejenigen, um es ihnen später heimzuzahlen, merkte, die an Festtagen nicht zur Gratulation zu ihm gekommen waren und sich nicht in die beim Portier ausliegende Liste eingetragen hatten; und infolgedessen empfand er gegen ihn einen nervösen Widerwillen. Eine Art von bösem Dämon trieb ihn an, etwas zu tun, worüber sich Fjodor Fjodorowitsch ärgern müßte. Er suchte mit besonderem Genusse nach solchen Möglichkeiten, und nicht ohne Erfolg. Einmal redete er zu ihm dermaßen derb, daß ihm die Behörde zu verstehen gab, er solle entweder um Verzeihung bitten oder seinen Abschied einreichen. Er tat das letztere. Sein Oheim, der Wirkliche Staatsrat, kam ganz erschrocken zu ihm und sagte in flehendem Tone: »Um Christi willen, ich bitte dich, Andrei Iwanowitsch! Was machst du nur? Wie kannst du nur eine so glücklich begonnene Karriere aufgeben, lediglich weil du an einen dir nicht zusagenden Vorgesetzten geraten bist! Ich bitte dich! Was tust du, was tust du? Wenn man auf dergleichen sehen wollte, dann würde ja kein Mensch im Dienst bleiben. Komm zur Vernunft, überwinde deinen Stolz und dein Selbstgefühl; geh zu ihm hin und sprich dich mit ihm aus!«

»Darum handelt es sich nicht, lieber Onkel«, erwiderte der Neffe. »Es würde mir nicht schwerfallen, ihn um Verzeihung zu bitten. Ich habe mich vergangen: er ist mein Vorgesetzter, und ich hätte nicht so zu ihm reden dürfen. Um was es sich handelt, ist vielmehr dies. Auf mir ruht eine andere Dienstpflicht: ich habe dreihundert bäuerliche Seelen; mein Gut ist stark heruntergekommen, und mein Verwalter ist ein Dummkopf. Dem Staate erwächst wenig Schaden davon, wenn an meiner Statt irgendein anderer im Bureau sitzt und Akten abschreibt, aber ein großer Schaden, wenn dreihundert Menschen keine Abgaben bezahlen. Wie denken Sie darüber: ich bin Gutsbesitzer und habe als solcher meine Pflichten. Wenn ich meine Sorge darauf richte, die mir anvertrauten Leute zu behüten und zu bewahren und ihre Lage zu verbessern, und dem Staate dreihundert tüchtige, nüchterne, arbeitsame Untertanen stelle, leiste ich damit nicht ebensoviel wie so ein Abteilungschef Ljenizyn?«

Der Wirkliche Staatsrat öffnete den Mund vor Verwunderung und blieb eine Weile in dieser Haltung. Einen solchen Redestrom hatte er nicht erwartet gehabt. Nachdem er ein wenig nachgedacht hatte, begann er folgendermaßen: »Aber trotz alledem . . . aber wie kann man nur so . . . wie kann man auf dem Lande versauern wollen? Was ist für ein Verkehr denkbar zwischen . . .? Hier triffst du doch manchmal auf der Straße einen General oder einen Fürsten . . . aber dort . . . Na, und dann die Gasbeleuchtung, und was uns das industrielle Westeuropa sonst gebracht hat; dort aber siehst du keinen Menschen als Bauern und Bauerfrauen. Warum in aller Welt, warum willst du dich dazu verurteilen, dein ganzes Leben unter rohen, ungebildeten Menschen zuzubringen?«

Aber die beredten Vorstellungen des Oheims machten auf den Neffen keinen Eindruck. Das platte Land erschien ihm seit einiger Zeit als ein behaglicher Zufluchtsort, als ein Nährboden für Gedanken und Ideen, als das einzige Feld einer nützlichen Tätigkeit. Er hatte sich auch bereits die neuesten Bücher über Landwirtschaft beschafft. Kurz, vierzehn Tage nach diesem Gespräche befand er sich schon auf der Fahrt und in der Nähe jener Orte, wo er seine Kindheit verlebt hatte, nicht weit von jenem schönen Stückchen Erde, an dem kein Gast und Besucher sich satt sehen konnte. Ein neues Gefühl wurde in seinem Innern rege. In seiner Seele erwachten alte Empfindungen, die sich seit langer Zeit nicht mehr nach außen bemerklich gemacht hatten. Viele Örtlichkeiten hatte er schon ganz vergessen gehabt und betrachtete nun neugierig wie ein Fremder die sich darbietenden schönen Bilder. Und siehe da, auf einmal begann ihm, er wußte selbst nicht warum, das Herz stark zu schlagen. Als sich aber der Weg durch eine enge Schlucht in das Dickicht eines gewaltigen, verwilderten Waldes hineinzog und er aufblickend und niederblickend, über sich und unter sich dreihundertjährige Eichen sah, welche drei Männer kaum umspannen konnten, untermischt mit Tannen, Ulmen und Schwarzpappeln, die noch höher waren als Pyramidenpappeln, und auf die Frage: »Wem gehört der Wald?« ihm geantwortet wurde: »Herrn Tentetnikow«; als dann der Weg sich aus dem Walde herausgearbeitet hatte und nun angesichts der in der Ferne sich hinziehenden Berghöhen durch Wiesen führte, an Espenhainen, jungen und alten Weidenbäumen und Weidensträuchern vorbei, und auf zwei Brücken an verschiedenen Stellen einen und denselben Fluß überschritt, indem er ihn bald rechts, bald links von sich ließ, und ihm auf die Frage: »Wem gehören die Wiesen und das Überschwemmungsgebiet?« geantwortet wurde: »Herrn Tentetnikow«; als darauf der Weg den Berg hinanstieg und über die flache Hochebene dahinlief, auf der einen Seite an noch nicht abgeernteten Feldern mit Weizen, Roggen und Gerste vorbei, auf der anderen Seite neben all den vorher durchfahrenen Örtlichkeiten hin, die sämtlich in verkürzter Entfernung wieder sichtbar wurden, und als der Weg, allmählich dunkler werdend, dann in den Schatten breitästiger Bäume tauchte, die bis dicht an das Dorf heran auf dem grünen Rasenteppich zerstreut standen, und die mit Schnitzwerk verzierten Bauernhäuser und die roten Dächer der steinernen Gutsgebäude hindurchschimmerten und die goldenen Kuppeln der Kirche herüberblitzten; als sein heiß pochendes Herz auch ohne zu fragen wußte, wohin er gelangt war: da machten sich die immer stärker gewordenen Empfindungen endlich in den laut gesprochenen Worten Luft: »Na, bin ich nicht bisher ein rechter Dummkopf gewesen? Das Schicksal hat mich zum Besitzer eines irdischen Paradieses gemacht, und ich habe mich dazu verdingt, totes Papier vollzukritzeln! Da habe ich mir nun Bildung und Wissen angeeignet und mir eine Menge von Kenntnissen erworben, die dazu nötig sind, um für meine Bauern ein Segenspender zu werden, einen ganzen Herrschaftsbezirk zu verbessern und die mannigfaltigen Obliegenheiten eines Gutsbesitzers zu erfüllen, der gleichzeitig Richter und Verwalter und Hüter der Ordnung ist; und was tue ich? Ich vertraue diesen Posten einem tölpelhaften Inspektor an und gebe mich für meine eigene Person lieber in der Ferne damit ab, die Prozesse von Leuten zu führen, die ich nie gesehen habe, und deren Charakter und Eigenschaften ich nicht kenne; ich ziehe der wirklichen Verwaltung meines Eigentums die papierne, phantastische Verwaltung von Provinzen vor, die Tausende von Wersten von mir entfernt liegen, wo ich in meinem Leben nie gewesen bin, und wo ich nur eine Menge von Fehlern machen und einen Haufen von Dummheiten anrichten kann!«

Unterdessen wartete seiner noch ein anderes Schauspiel. Die Bauern hatten von der Ankunft ihres Herrn gehört und sich vor der Tür des Gutshauses versammelt. Die bunten Hauben, Mützen und Kopftücher der hübschen Weiber, die Kittel und malerischen, breiten Bärte der stattlichen männlichen Einwohnerschaft umgaben ihn von allen Seiten. Und als sie ihn mit den Worten begrüßten: »Du unser Wohltäter! Hast du unser gedacht!« und die alten Männer und Frauen in Erinnerung an seinen Großvater und Urgroßvater unwillkürlich zu weinen anfingen, da konnte auch er selbst die Tränen nicht zurückhalten. Und er dachte bei sich: »Soviel Liebe! Womit habe ich die verdient? Etwa damit, daß ich sie nie angesehen, mich nie um sie gekümmert habe?« Und er gelobte sich, künftig Mühen und Arbeiten mit ihnen zu teilen.

So begann er denn, die Wirtschaft zu leiten und seine Anordnungen zu treffen. Er verringerte den Frondienst, indem er die Zahl der Tage, an denen der Bauer für die Gutsherrschaft zu arbeiten hatte, verminderte und ihm auf diese Art mehr Zeit für sich selbst ließ. Den dummen Inspektor jagte er fort. Er kümmerte sich selbst um alles, zeigte sich auf den Feldern, auf der Tenne, in den Scheunen, den Mühlen, am Anlegeplatze bei der Beladung und Abfahrt der Kähne und Schuten, so daß die Trägen schon anfingen, sich im Genick zu kratzen. Aber das dauerte nicht lange. Der Bauer hat einen scharfen Blick: er merkte bald, daß der Herr trotz seines lebhaften Eifers und trotz seiner Lust, vieles in Angriff zu nehmen, doch noch nicht verstand, wie und auf welche Weise er es in Angriff nehmen mußte, und daß er sich zwar sehr gebildet ausdrückte, aber nicht immer den Nagel auf den Kopf traf. Die Folge davon war, daß der Herr und der Bauer, wenn sie einander auch nicht geradezu mißverstanden, doch nicht ganz zusammenstimmten, es nicht fertigbrachten, gleichsam ein und denselben Ton zu singen.

Tentetnikow machte bald die Beobachtung, daß auf dem herrschaftlichen Lande alles bedeutend schlechter gedieh als auf dem bäuerlichen. Es wurde dort früher gesät, aber die Saat ging später auf, und doch wurde, wie es schien, gut gearbeitet. Er war persönlich dabei anwesend und ließ sogar den Bauern für eifrige Bemühung ein Glas Schnaps verabfolgen. Bei den Bauern stand der Roggen schon längst in Ähren, der Hafer schüttete, die Hirse staudete, und bei ihm setzte das Getreide noch kaum erst dünne Ähren an. Kurz, der Herr bemerkte, daß der Bauer trotz aller gewährten Erleichterungen ihn einfach betrog. Er versuchte, ihm das vorzuhalten, bekam aber folgende Antwort: »Aber wie ist es denn denkbar, gnädiger Herr, daß wir nicht auf den Vorteil der Herrschaft bedacht sein sollten! Sie haben ja selbst gesehen, was wir uns beim Pflügen und Säen für Mühe gegeben haben; Sie ließen noch jedem von uns ein Glas Schnaps geben.« Was ließ sich darauf erwidern?

»Aber woher kommt es denn, daß das Getreide so schlecht steht?« fragte der Herr.

»Wer kann das wissen? Gewiß hat es der Wurm unten angenagt. Und was ist das auch für ein Sommer? Es hat ja gar nicht geregnet.«

Aber der Herr sah, daß auf den Feldern der Bauern der Wurm das Getreide unten nicht angenagt hatte und auch der Regen in einer ganz seltsamen Art, nämlich strichweise, gefallen war: dem bäuerlichen Lande hatte er seine Wohltat zugewandt, während er den herrschaftlichen Fluren keinen Tropfen hatte zuteil werden lassen.

Noch schwerer wurde es ihm, mit den Weibern zurechtzukommen. Fortwährend baten sie um Befreiung von den Arbeiten, indem sie über die schwere Last des Frondienstes klagten. Seltsam: er hatte alle Abgaben an Leinwand, Beeren, Pilzen und Nüssen aufgehoben und ihre übrigen Arbeiten auf die Hälfte verringert, in der Meinung, die Frauen würden nun die so ersparte Zeit auf die Hauswirtschaft verwenden, die Wäsche und Kleidung ihrer Männer instand halten und ihre Gemüsegärten vergrößern. Aber weit gefehlt! Müßiggang, Schlägerei, Klatschsucht und allerhand Zank nahmen nun beim schönen Geschlechte einen solchen Umfang an, daß die Männer alle Augenblicke mit Bitten folgender Art zu ihm kamen: »Gnädiger Herr, bringen Sie das schändliche Weibsstück zur Räson! Sie ist ja geradezu ein Teufel; es ist mit ihr nicht mehr zum Aushalten!«

Er wollte sein Herz hart machen und zur Strenge greifen; aber wie konnte er streng sein? Da kam denn so eine Frau zu ihm und machte es, wie es eben die Weiber machen: sie heulte so und war so krank und elend und hatte sich in so häßliche, greuliche Lumpen eingewickelt, Gott mochte wissen, woher sie die nur genommen hatte! »Mach, daß du wegkommst! Geh mir nur aus den Augen! Es soll dir verziehen sein!« sagte der arme Tentetnikow und sah unmittelbar darauf, wie die Kranke, nachdem sie aus dem Tore heraus war, mit einer Nachbarin wegen einer Rübe handgemein wurde und sie so durchprügelte, wie es ein gesunder Bauer nicht besser gekonnt hätte.

Er machte den Versuch, im Dorfe eine Schule einzurichten; aber das Resultat war eine solche Fülle von Widerwärtigkeiten, daß er allen Mut verlor und wünschte, er wäre gar nicht auf diesen Gedanken gekommen! Wenn er richterliche Untersuchungen anzustellen und Urteile zu fällen hatte, so zeigte es sich, daß all jene juristischen Feinheiten, die ihm seine philosophischen Professoren beigebracht hatten, völlig wertlos waren. Die eine Partei log, und die andere Partei log, und der Teufel mochte daraus klug werden! Und er sah ein, daß einfache Menschenkenntnis notwendiger war als all diese Feinheiten der juristischen und philosophischen Bücher; er sah ein, daß ihm etwas mangelte; aber was, das mochte Gott wissen. Und es begab sich, was sich so oft begibt: der Bauer verstand den Herrn nicht, und der Herr nicht den Bauer, und der Bauer wurde verdrießlich, und der Herr desgleichen. Alles dies hatte den Erfolg, daß der Eifer des Gutsbesitzers sich erheblich abkühlte. Wenn er bei den Arbeiten zugegen war, so wandte er ihnen keine Aufmerksamkeit mehr zu. Wenn die Sensen mit leisem Geräusch durch das Gras fuhren, das Heu in Haufen gepackt, Getreideschober errichtet wurden und die Landarbeiten in seiner nächsten Nähe in vollem Gange waren, so blickten seine Augen in die Ferne; und wenn die Arbeit in weiterer Entfernung von ihm vorging, so suchten seine Augen nähere Gegenstände oder blickten seitwärts nach einer Windung des Flusses, wo am Ufer ein rotschnäbliger, rotbeiniger Vogel umherging. Sie beobachteten mit Interesse, wie der Vogel am Ufer einen Fisch fing, ihn quer im Schnabel hielt, wie wenn er überlegte, ob er ihn hinterschlucken sollte oder nicht, und gleichzeitig aufmerksam den Fluß entlang blickte, wo in der Entfernung ein anderer weißer Vogel sichtbar war, der noch keinen Fisch gefangen hatte, aber aufmerksam nach dem Artgenossen hinschaute, dem das gelungen war. Oder aber er kniff die Augen ganz zusammen, richtete den Kopf nach oben zum Himmelsgewölbe und ließ sein Geruchsorgan den Duft der Felder einfangen, sein Ohr sich erfreuen an den Stimmen der sangreichen Bewohner der Lüfte. Welch ein Konzert, wenn diese Stimmen von überallher, vom Himmel und von der Erde, sich zu einem einzigen harmonischen Chore vereinigen, in dem keine der andern hinderlich ist! Im Roggen schlägt die Wachtel; im Grase schnarrt der Wachtelkönig; über ihnen zwitschern die hin und her fliegenden Hänflinge; eine auffliegende Sumpfschnepfe stößt ihren blökenden Laut aus; die Lerchen trillern, sich im hellen Himmel verlierend, und wie Trompetentöne erklingt das Geschrei der Kraniche, die hoch oben am Himmel ihre Reihen in Gestalt von Dreiecken formieren. Die ganze Gegend verwandelt sich in Töne und widerhallt . . . O Schöpfer, wie schön ist doch deine Welt immer noch in der Einsamkeit, auf dem Lande, fern von den häßlichen großen Landstraßen und den Städten! Aber dann wurde ihm auch dies langweilig. Bald hörte er ganz auf, auf die Felder zu gehen, hockte in den Zimmern und mochte nicht einmal den Verwalter empfangen, der zur Berichterstattung kam.

In der ersten Zeit sprach noch manchmal dieser oder jener Nachbar bei ihm vor, etwa ein Husarenleutnant a. D., so ein ganz mit Tabaksgeruch durchtränkter leidenschaftlicher Pfeifenraucher, oder auch ein früherer Student, der seine Studien vorzeitig abgebrochen hatte, einer extremen Richtung angehörte und seine Weisheit aus modernen Broschüren und aus Zeitungen schöpfte. Aber auch das wurde ihm langweilig. Die Gespräche dieser Herren kamen ihm allzu oberflächlich vor; ihr westeuropäisches Benehmen, und zwar sowohl ihre Kriecherei als auch ihre Ungeniertheit, z. B. die Art, ihm aufs Knie zu klopfen, all dies erschien ihm gar zu derb und unverhüllt.

Er beschloß, all diese Bekanntschaften aufzugeben, und brachte dies in einer ziemlich schroffen Manier zur Ausführung. Als nämlich einer der angenehmsten jener oberflächlichen Plauderer über alles mögliche, ein Repräsentant der jetzt bereits im Aussterben begriffenen Gattung der bildungseifrigen Obersten a. D. und zugleich ein Vorkämpfer der neuen Denkweise, namens Warwar Nikolajewitsch Wischnepokromow, zu ihm kam, um sich einmal nach Herzenslust über Politik, Philosophie, Literatur, Moral und sogar über den Stand der englischen Finanzen auszusprechen, da ließ er ihm hinaussagen, er sei nicht zu Hause, war aber dabei unvorsichtig genug, sich am Fenster zu zeigen. Die Blicke des Gastes und des Wirtes begegneten einander. Der Gast murmelte natürlich vor sich hin: »Du Rindvieh!« und der Wirt sandte ihm ärgerlich ein Schimpfwort von ähnlichem Kaliber nach. Damit hatte ihr Verkehr ein Ende. Seitdem besuchte ihn niemand mehr.

Er freute sich darüber und widmete sich ganz dem Nachdenken über das große Werk, das er über Rußland schreiben wollte. In welcher Weise er über dieses Werk nachdachte, hat der Leser bereits gesehen. Es bürgerte sich bei ihm eine sonderbare, sozusagen unordentliche Ordnung ein. Man kann indessen nicht in Abrede stellen, daß es auch Augenblicke gab, wo er gleichsam aus dem Schlafe erwachte. Wenn die Post die Zeitungen und Journale brachte und ihm darin der Name eines früheren Schulkameraden in die Augen fiel, der es bereits im Staatsdienste zu einer Stellung gebracht oder den Wissenschaften und der Sache der ganzen Menschheit einen erheblichen Dienst geleistet hatte, dann schlich sich ihm eine stille, geheime Traurigkeit ins Herz, und eine schmerzliche, stumme Klage über seine Tatenlosigkeit rang sich unwillkürlich hervor. Dann erschien ihm sein Leben widerwärtig und häßlich. Mit außerordentlicher Klarheit erstand vor seinem geistigen Blicke die längst vergangene Schulzeit, und plötzlich trat ihm, wie lebendig, Alexander Petrowitsch vor die Seele. Die Tränen stürzten ihm stromweise aus den Augen.

Was bedeuteten diese Tränen? Offenbarte in ihnen seine kranke Seele das schmerzliche Geheimnis ihrer Krankheit: daß es dem großen innerlichen Menschen, der angefangen hatte, in ihm heranzuwachsen, nicht gelungen war, sich auszubilden und zu erstarken; daß er, nicht von klein auf im Kampfe mit Mißgeschick geübt, nicht zu der herrlichen Fähigkeit gelangt war, gerade durch das Ringen mit Hindernissen und Hemmungen größer und stärker zu werden; daß ein reicher Schatz herrlicher Gefühle wie glühendes Metall zerschmolzen war und nicht die letzte Härtung erfahren hatte; daß der seltene Lehrer allzufrüh für ihn gestorben war und es jetzt niemanden in der ganzen Welt gab, der imstande gewesen wäre, die durch das stete Hin- und Herschwanken erschütterten Kräfte und den der Energie beraubten schwachen Willen zu kräftigen und der Seele das belebende, ermunternde Wort »Vorwärts!« zuzurufen, dieses Wort, nach dem der Russe überall dürstet, auf welcher gesellschaftlichen Stufe er auch stehen und welchem Stande, Berufe und Erwerbszweige er auch angehören mag?

Wo ist der Mann, der es versteht, in der eigenen Sprache unserer russischen Seele uns dieses allmächtige Wort »Vorwärts« zuzurufen? Der Mann, der alle Kräfte und Eigenschaften und die ganze Tiefe unseres Wesens kennt und mit einem einzigen zauberkräftigen Winke uns die Richtung zu einem höheren Leben geben kann? Mit welchen Tränen, mit welcher Liebe würde es ihm der dankbare Russe lohnen! Aber Jahrhunderte auf Jahrhunderte vergehen; in ganz Rußland sieht man nichts als schmähliche Trägheit und sinnlose Geschäftigkeit unreifer Jünglinge ... und Gott gibt uns nicht den Mann, der es verstände, jenes Wort auszusprechen!

Ein Umstand hätte ihn beinahe aufgeweckt, beinahe einen Umschwung in seinem Charakter herbeigeführt: es begegnete ihm etwas, was mit Liebe Ähnlichkeit hatte. Aber auch hier verlief die Sache resultatlos. In der Nachbarschaft, zehn Werst von seinem Dorfe entfernt, wohnte ein General, der sich, wie wir gesehen haben, nicht mit besonderem Wohlwollen über Tentetnikow aussprach. Dieser General lebte wirklich wie ein General: er übte eine weitgehende Gastfreiheit und hatte es gern, wenn die Nachbarn zu ihm kamen, um ihm ihren Respekt zu bezeigen; er selbst erwiderte die Besuche nicht, sprach mit heiserer Stimme, las Bücher und hatte eine Tochter, ein seltsames Wesen, das nicht seinesgleichen hatte. Sie hatte etwas überaus Lebendiges; sie war das verkörperte Leben selbst.

Sie hieß Ulinka. Ihre Erziehung war eine sehr sonderbare gewesen. Sie war von einer englischen Gouvernante unterrichtet worden, die kein Wort Russisch verstand. Ihre Mutter hatte sie verloren, als sie noch ein Kind war. Der Vater hatte für sie wenig Zeit. Da er übrigens seine Tochter sinnlos liebte, war es nicht anders möglich, als daß er sie verwöhnte. Wie ein in völliger Freiheit aufgewachsenes Kind folgte sie in allen Dingen ihrem eigenen Willen. Wenn jemand gesehen hätte, wie ein plötzlich aufflammender Zorn strenge Runzeln auf ihrer schönen Stirn hervorrief, und wie sie hitzig mit ihrem Vater stritt, so hätte er denken können, daß sie das launischste Geschöpf von der Welt sei. Aber ihr Zorn loderte nur dann auf, wenn sie von einer Ungerechtigkeit oder schlechten Handlungsweise hörte, wer auch immer sie begangen hatte. Und niemals stritt sie für sich selbst; niemals suchte sie sich zu rechtfertigen. Dieser Zorn verschwand in dem Augenblicke, wo sie eben den, dem sie gezürnt hatte, im Unglück sah. Bei der ersten Bitte um eine Gabe, mochte der Bittende sein, wer er wollte, war sie imstande, ihm ihre Börse mit dem gesamten Inhalt hinzuwerfen, ohne sich auf Überlegungen und Berechnungen einzulassen. Es war in ihr eine Art von ungestümem Streben. Wenn sie sprach, so schien alles an ihr dem Gedanken nachzustreben: der Ausdruck ihres Gesichtes, der Klang ihrer Rede, die Bewegung ihrer Hände; sogar die Falten ihres Kleides strebten gleichsam nach derselben Seite hin, und es schien, als werde sie im nächsten Augenblicke selbst hinter ihren eigenen Worten herfliegen. An ihr war nichts Verstecktes. Sie hätte sich vor keinem Menschen gescheut, ihre Gedanken auszusprechen, und keine Macht der Welt hätte sie zum Schweigen bringen können, wenn sie reden wollte. Ihr bezaubernder, besonderer, nur ihr allein eigener Gang war so frei und furchtlos, daß alle ihr unwillkürlich aus dem Wege traten. In ihrer Gegenwart wurde ein schlechter Mensch verlegen und verstummte; der Dreisteste und Zungenfertigste fand ihr gegenüber keine Worte und geriet in Verwirrung; dagegen konnte der Blöde mit ihr reden, wie er noch nie in seinem Leben mit jemand geredet hatte, und von den ersten Augenblicken des Gespräches an schien es ihm, als habe er sie irgendwo und irgendwann schon einmal kennengelernt und ebendiese ihre Gesichtszüge schon irgendwo gesehen, als habe sich das in den Tagen der Kindheit begeben, in die seine Erinnerung nicht zurückreiche, in dem Hause von Verwandten, an einem vergnügten Abend, bei den fröhlichen Spielen einer Kinderschar; und noch lange nachher erschien ihm sein jetziges verständiges Alter trüb und öde.

Ganz ebenso ging es Tentetnikow, als er mit ihr zusammenkam. Ein unerklärliches neues Gefühl hielt seinen Einzug in seine Seele. Sein langweiliges Leben wurde für einen Augenblick wie von einer Morgenröte erhellt.

Der General nahm Tentetnikow anfangs sehr gut und freundlich auf; aber sie wollten nicht so recht miteinander harmonieren. Ihre Gespräche endeten gewöhnlich mit einem Streite und mit einer unangenehmen Empfindung auf beiden Seiten; denn der General konnte Entgegnungen und Widerspruch nicht leiden, und Tentetnikow seinerseits war ebenfalls ein empfindlicher Mensch. Natürlich verzieh er um der Tochter willen dem Vater gar vieles, und der Friede zwischen ihnen hatte Bestand, bis beim General zwei mit ihm verwandte Damen als Logierbesuch eintrafen: die Gräfin Bordyrewa und die Fürstin Jusjakina, ehemalige Hofdamen, die aber immer noch gewisse Verbindungen unterhielten, weshalb denn auch der General vor ihnen ein bißchen fuchsschwänzelte. Gleich von ihrer Ankunft an hatte Tentetnikow die Empfindung, als ob der General gegen ihn kühler würde, ihn nicht beachtete oder ihn wie einen Statisten behandelte; er sagte zu ihm in lässigem Tone: »Mein Lieber« und »Hör mal, Brüderchen«, und duzte ihn sogar. Das brachte unseren Tentetnikow schließlich in Harnisch. Aber die Zähne zusammenbeißend und seine Erregung gewaltsam unterdrückend, hatte er die Geistesgegenwart, in außerordentlich höflichem, sanftem Tone zu reden, während rote Flecke auf seinem Gesichte hervortraten und alles in ihm kochte. »Ich danke Ihnen, General, für Ihre wohlwollende Gesinnung«, sagte er. »Mit der Anrede ›du‹ fordern Sie mich zu intimer Freundschaft auf und verpflichten auch mich dazu, Sie ›du‹ zu nennen. Aber der Unterschied der Jahre steht einem solchen familiären Verkehr zwischen uns im Wege.« Der General wurde verlegen. Überlegend und die Worte abwägend, erwiderte er etwas stockend, er habe das Wort ›du‹ in anderem Sinne gebraucht; einem alten Manne sei es manchmal gestattet, zu einem jungen Manne ›du‹ zu sagen (seinen Rang erwähnte er dabei mit keiner Silbe).

Selbstverständlich hörte damit der Verkehr zwischen ihnen auf, und Tentetnikows Liebe endete unmittelbar nach ihrem Entstehen. Das Licht, das für einen Augenblick vor ihm aufgeleuchtet war, erlosch wieder, und die darauf folgende Dämmerung war noch dunkler als die vorhergehende. Sein Leben kehrte wieder völlig zu der Form zurück, die der Leser zu Anfang dieses Kapitels kennengelernt hat: zum Stilliegen und Nichtstun. Im Hause nahmen Unsauberkeit und Unordnung überhand. Die Fußbodenbürste blieb den ganzen Tag über mit dem Kehricht zusammen mitten im Zimmer liegen. Ein Paar Hosen trieben sich sogar im Salon herum. Auf dem eleganten Tische vor dem Sofa lag ein Paar schmutzige Hosenträger, als wenn es einen Gast begrüßen wollte, und das Leben des Gutsherrn wurde so inhaltslos und schläfrig, daß nicht nur seine Gutsleute aufhörten, ihn zu respektieren, sondern beinahe die Hühner nach ihm pickten. Wenn er die Feder zur Hand nahm, so zeichnete er auf dem Papier stundenlang Brezeln, Häuschen, Hütten, Bauernwagen und Dreigespanne. Manchmal aber zeichnete die Feder wie selbstvergessen ganz von selbst, ohne daß der Herr sich dessen bewußt wurde, ein kleines Köpfchen mit feinen Zügen, mit schnellem, durchdringenden Blicke und einer ein wenig hochstehenden Haarsträhne, und der Herr sah mit Erstaunen, daß ein annäherndes Porträt jenes Mädchens entstanden war, von dem auch der größte Künstler kein vollkommen ähnliches Bild hätte malen können. Und es wurde ihm noch trüber zumute; er glaubte nicht mehr, daß es ein Glück auf der Erde gebe, und wurde nachher noch trauriger und schweigsamer.

In einem solchen Gemützustande befand sich Andrei Iwanowitsch Tentetnikow. Als er sich eines Tages nach seiner Gewohnheit ans Fenster setzte, um hinauszusehen, hörte er zu seiner Verwunderung weder Grigori noch Perfiljewna, wohl aber war auf dem Hofe eine gewisse geschäftige Bewegung wahrzunehmen. Der Küchenjunge und die Scheuerfrau liefen hin, um das Tor zu öffnen. Im Tore wurden Pferde sichtbar, genauso wie man sie auf Triumphbögen malt oder plastisch darstellt: eine Schnauze nach rechts, eine Schnauze nach links und eine Schnauze in der Mitte. Über ihnen auf dem Bocke saßen der Kutscher und ein Diener; letzterer in einem bequemen, weiten Rocke, mit einem Taschentuche umgürtet. Hinter ihnen erblickte er den Herrn, in Mütze und Mantel, um den Hals ein buntfarbiges Tuch. Als die Equipage vor der Haustür hielt, zeigte es sich, daß sie nichts anderes war als eine leichte Britschke auf Federn. Der Herr, der sehr anständig aussah, sprang beinahe mit der Geschwindigkeit und Gewandtheit eines Militärs hinaus auf die Türstufen.

Andrei Iwanowitsch bekam es mit der Angst: er hielt ihn für einen Regierungsbeamten. Es muß hier gesagt werden, daß er in seiner Jugend in eine dumme Geschichte verwickelt gewesen war. Zwei philosophisch angehauchte Husarenoffiziere, die allerlei Broschüren gelesen hatten, ein Ästhet, der den Universitätskursus nicht bis zu Ende absolviert hatte, und ein ruinierter Spieler gründeten eine philanthropische Gesellschaft unter der Oberleitung eines alten Gauners und Freimaurers, der ebenfalls Kartenspieler war, aber in hohem Grade die Gabe der Beredsamkeit besaß. Die Gesellschaft hatte sich ein großartiges Ziel gesteckt: die dauernde Glückseligkeit der ganzen Menschheit, von den Ufern der Themse bis nach Kamtschatka, herbeizuführen. Die Kasse erforderte bedeutende Summen, und es wurden von den hochherzigen Mitgliedern unglaubliche Beiträge erhoben. Wo all dieses Geld blieb, das wußte nur der oberste Leiter. In diese Gesellschaft war Tentetnikow durch zwei Freunde eingeführt worden, die zu der Menschenklasse der sogenannten Verbitterten gehörten; sie waren brave Menschen, die aber infolge der vielen Toaste auf die Wissenschaft, auf die Aufklärung und auf die Dienste, die sie künftig der Menschheit leisten wollten, reguläre Trunkenbolde geworden waren. Tentetnikow durchschaute die Sache bald und trat aus dem Verein wieder aus. Aber die Gesellschaft hatte sich bereits auf gewisse andere Unternehmungen eingelassen, die für einen Edelmann nicht ganz schicklich waren, so daß sie es nachher sogar mit der Polizei zu tun bekam. Daher war es nicht wunderbar, daß Tentetnikow, obgleich er ausgetreten war und alle Beziehungen zu seinen früheren Vereinsbrüdern gelöst hatte, doch immer noch von einer gewissen Unruhe gequält wurde: er fühlte sich in seinem Gewissen nicht ganz behaglich. Auch jetzt blickte er nicht ohne Furcht nach der sich öffnenden Tür.

Seine Furcht verging jedoch sofort, als der Besucher sich mit einer ganz unglaublichen Gewandtheit verbeugte (den Kopf hielt er dabei respektvoll etwas zur Seite) und dann in kurzen, aber bestimmten Worten erklärte, daß er teils in notwendigen Geschäften, teils aus Wißbegierde Rußland schon längere Zeit bereise; unser Reich habe Überfluß an interessanten Gegenständen, gar nicht zu reden von der Fülle der Erwerbszweige und der mannigfaltigen Beschaffenheit des Bodens; die malerische Lage seines Gutes habe ihn in Entzücken versetzt; indes würde er trotz dieser Lage nicht gewagt haben, ihn durch seinen ungelegenen Besuch zu stören, wenn nicht infolge der Frühlingsüberschwemmungen und der schlechten Wege an seinem Wagen etwas zerbrochen wäre, was die hilfreichen Hände der Schmiede und anderer Handwerker erfordere; jedoch würde er, auch wenn seiner Britschke dieser Unfall nicht zugestoßen wäre, sich nicht das Vergnügen haben versagen können, ihm persönlich seinen Respekt zu bezeigen.

Nachdem der Gast diese Rede beendet hatte, führte er mit entzückender Anmut eine scharrende Bewegung mit dem einen seiner Füße aus, die in eleganten glanzledernen Halbstiefeln mit Perlmutterknöpfen steckten, und sprang dann sofort trotz seiner Beleibtheit mit der Behendigkeit eines Gummiballes ein wenig zurück.

Andrei Iwanowitsch, der sich bereits beruhigt hatte, vermutete im stillen, das sei wohl ein wißbegieriger, gelehrter Professor, der in Rußland umherreise, um vielleicht irgendwelche Pflanzen oder Mineralien zu sammeln. Sofort sprach er ihm seine größte Bereitwilligkeit aus, ihm in allem behilflich zu sein, bot ihm seine Radmacher und Schmiede an, bat ihn, es sich so bequem zu machen, wie wenn er im eigenen Hause wäre, veranlaßte ihn, auf einem großen Lehnstuhl Platz zu nehmen, und schickte sich an, seine Erzählung, vermutlich aus dem Gebiete der Naturwissenschaften, anzuhören.

Aber der Gast erging sich mehr in Mitteilungen über sein Privatleben. Er verglich sein Leben mit einem Schiffe, das mitten auf dem Meere schwimme und von allen Seiten von tückischen Winden umhergetrieben werde; er erwähnte, daß er häufig habe seine amtliche Tätigkeit wechseln müssen, daß er viel für Wahrheit und Recht gelitten habe und sogar sein

Leben mehrmals in Gefahr von seiten seiner Feinde gewesen sei, und so erzählte er noch gar manches, woraus hervorging, daß er vielmehr mitten im praktischen Leben stehe. Zum Schluß seiner Rede aber schneuzte er sich in sein weißes Batisttaschentuch so laut, wie es Andrei Iwanowitsch in seinem Leben noch nie gehört hatte. Manchmal findet sich in einem Orchester so eine nichtsnutzige Trompete, bei der man, wenn sie loslegt, die Vorstellung hat, das Geschmetter sei nicht im Orchester, sondern im eigenen Ohr. Ein ähnlicher Klang erscholl jetzt in den erwachenden Gemächern des schlafenden Hauses, und unmittelbar auf diesen Klang folgte ein angenehmer Duft nach Eau de Cologne, der sich infolge eines geschickten Schüttelns des batistnen Taschentuches unvermerkt verbreitet hatte.

Der Leser hat vielleicht schon erraten, daß der Besucher kein anderer war als unser verehrter, lange von uns vernachlässigter Freund Pawel Iwanowitsch Tschitschikow. Er war ein wenig gealtert: man merkte, daß diese Zeit für ihn nicht ohne Stürme und Unruhen gewesen war. Es schien, als ob sogar der Frack, den er anhatte, ein wenig abgetragen sei und die Britschke, der Kutscher, der Diener, die Pferde und das Geschirr etwas von ihrem früheren Glanze verloren hätten. Es machte den Eindruck, als befänden sich seine Finanzen nicht in beneidenswertem Zustande. Aber der Ausdruck seines Gesichtes, sein Anstand, sein Betragen waren unverändert geblieben. Ja, sein Benehmen und seine Bewegungen schienen sogar noch anmutiger geworden zu sein, und mit noch größerer Gewandtheit schlug er ein Bein über das andere, als er sich auf den Lehnstuhl setzte. Es lag noch mehr Weichheit in dem Klange seiner Sprache, noch mehr vorsichtige Abgemessenheit in seinen Worten und Ausdrücken und noch mehr kluge Haltung und Takt in seinem ganzen Wesen. Sein Kragen und sein Vorhemd waren reiner und weißer als Schnee, und obgleich er auf der Reise war, haftete an seinem Frack kein Federchen; man hätte ihn, so wie er da war, ohne weiteres zu einem Namenstagsdiner einladen können. Backen und Kinn waren so sauber rasiert, daß nur ein Blinder sich nicht über ihre hübsche rundliche Fülle freuen konnte.

Im Hause ging sofort eine Verwandlung vor. Derjenige Teil desselben, der bisher mit geschlossenen Fensterläden im Dunkeln gelegen hatte, wurde auf einmal hell und licht. In den nunmehr der Sonne zugänglichen Zimmern wurde alles umgestellt, und alles nahm bald folgendes Aussehen an: das zur Schlafstube bestimmte Zimmer nahm die Gegenstände auf, die zur Nachttoilette notwendig waren; das zur Wohnstube bestimmte . . . aber ehe ich fortfahre, muß der Leser wissen, daß sich in diesem Zimmer drei Tische befanden: ein Schreibtisch vor dem Sofa, zweitens ein Spieltisch zwischen den Fenstern vor dem Spiegel und drittens ein Ecktisch in der Ecke zwischen der Tür nach der Schlafstube und der Tür nach dem unbewohnten, mit invaliden Möbeln ausgestatteten Saale, der eigentlich jetzt als Vorzimmer dienen sollte, aber schon seit einem Jahre von niemand betreten worden war. Auf diesem Ecktisch hatten die aus dem Koffer herausgenommenen Kleider ihren Platz gefunden, nämlich: ein Paar neue, graue Frackbeinkleider, zwei Samtwesten, zwei Atlaswesten und ein Oberrock. All dies war sorgsam ein Stück über dem anderen aufgeschichtet und oben mit einem seidenen Taschentuche bedeckt. In einer anderen Ecke, zwischen der Tür und einem Fenster, war das Schuhzeug in Reih und Glied aufgestellt: ein Paar nicht mehr ganz neue Stiefel, ein anderes, ganz neues Paar, ein Paar Halbstiefel von Lackleder und ein Paar Morgenschuhe. Das Schuhzeug war ebenfalls schamhaft mit einem seidenen Taschentuche verhängt, so daß man sein Vorhandensein gar nicht ahnen konnte. Auf dem Schreibtische wurden sofort folgende Dinge in größter Ordnung arrangiert: die Schatulle, eine Flasche mit Eau de Cologne, ein Kalender und zwei Romane, von jedem aber nur der zweite Band. Die reine Wäsche war in einer Kommode untergebracht, die sich schon von früher her im Schlafzimmer befunden hatte; diejenige Wäsche aber, die zur Wäscherin kommen mußte, war in ein Bündel zusammengebunden und unter das Bett geschoben. Ebendorthin war der Koffer nach seiner Entleerung geschoben worden. Der Säbel, der auf Reisen immer mitgenommen wurde, um Dieben Furcht einzuflößen, hatte ebenfalls im Schlafzimmer seinen Platz gefunden; er hing nicht weit vom Bett an einem Nagel. Alles hatte das Aussehen größter Sauberkeit und Ordnung angenommmen. Nirgends ein Stückchen Papier, ein Federchen, ein Stäubchen. Sogar die Luft war gewissermaßen veredelt: sie war von dem angenehmen Geruche eines gesunden, frischen Mannes erfüllt, der seine Wäsche nicht übermäßig lange trägt, regelmäßig ins Schwitzbad geht und sich sonntags mit einem nassen Schwamm abreibt. In dem vorderen Saale versuchte sich eine Weile der Geruch des Dieners Petruschka festzusetzen; aber Petruschka wurde bald, wie das in der Ordnung war, in die Küche umquartiert.

In den ersten Tagen fürchtete Andrei Iwanowitsch, seine Unabhängigkeit könne durch den Besuch leiden, der Gast könne ihn in seiner Bewegungsfreiheit beschränken, ihn zu unbequemen Änderungen seiner Lebensweise zwingen und die Tageseinteilung stören, die er für sich mit so schönem Erfolge eingeführt hatte; aber seine Besorgnisse waren unbegründet. Unser Pawel Iwanowitsch bewies eine außerordentliche Fähigkeit, sich allem schmiegsam anzupassen. Er äußerte sich beifällig über die philosophische Langsamkeit seines Wirtes und sagte, sie verheiße ein Leben von hundert Jahren. Über dessen Einsiedlertum fand er einen sehr glücklichen Ausdruck, nämlich: es nähre im Menschen große Gedanken. Nachdem er einen Blick auf die Bibliothek geworfen hatte, sprach er sich lobend über die Bücher im allgemeinen aus und bemerkte, sie bewahrten den Menschen vor dem Müßiggange. Es kamen nur wenige Worte aus seinem Munde; aber alle waren sie gewichtig und bedeutsam. Und ebensoviel Takt wie in seinen Reden bewies er in seinen Handlungen. Er erschien zur rechten Zeit und entfernte sich wieder zur rechten Zeit; er belästigte seinen Wirt nicht mit Fragen zu Zeiten, wo dieser zur Unterhaltung nicht aufgelegt war, spielte mit ihm mit Vergnügen Schach und schwieg auch mit Vergnügen. Während der eine gekräuselte Wolken von Tabaksdampf in die Luft blies, ersann sich der andere, der nicht rauchte, eine Beschäftigung, die jener entsprach: er zog zum Beispiel seine silberne, schwarz emaillierte Schnupftabaksdose aus der Tasche, hielt sie zwischen zwei Fingern der linken Hand fest und versetzte sie durch einen Finger der rechten Hand in schnelle Drehung, ähnlich wie sich die Erdkugel um ihre Achse dreht, oder er trommelte auch mit dem Finger auf ihr herum und pfiff leise dazu. Kurz, er inkommodierte seinen Wirt nicht. »Ich sehe da zum erstenmal einen Menschen, mit dem man leben kann«, sagte Tentetnikow zu sich selbst; »diese Kunst ist überhaupt in unserem Lande nur selten zu finden. Es gibt bei uns eine ziemliche Menge kluger, gebildeter, guter Menschen; aber Leute von beständig gleichmäßigem Charakter, Leute, mit denen man sein Leben lang zusammen leben könnte, ohne sich mit ihnen zu zanken – ich weiß nicht, ob bei uns viele solche Leute zu finden sind. Das ist der erste derartige Mensch, den ich zu sehen bekomme.« So urteilte Tentetnikow über seinen Gast.

Tschitschikow seinerseits war sehr froh, daß es ihm vergönnt war, einige Zeit bei einem so stillen, friedfertigen Wirte zu wohnen. Des Zigeunerlebens war er überdrüssig geworden. Sich ein bißchen zu erholen, wenn auch nur einen Monat lang, auf einem schönen Gute, angesichts der Felder und des anbrechenden Frühlings, war sogar hinsichtlich der Hämorrhoiden nützlich.

Es wäre schwer gewesen, ein schöneres Winkelchen zur Erholung ausfindig zu machen. Der Frühling, der lange durch die Kälte zurückgehalten war, begann auf einmal in seiner ganzen Schönheit, und überall regte sich das Leben. Schon zeigte sich die blaue Schwertlilie, und in dem ersten, frischen, smaragdgrünen Grase blühte der gelbe Löwenzahn, und die lila- und rosafarbene Anemone neigte ihr zartes Köpfchen. Schwärme von Mücken und Scharen von anderen Insekten erschienen auf den Sümpfen; auf sie machte schon die Wasserspinne Jagd, und zu gleichem Zwecke sammelten sich von überallher allerlei Vögel in dem trockenen Röhricht. Und alles kam zusammen, um einander in größerer Nähe zu sehen. Die Erde bevölkerte sich auf einmal, die Wälder erwachten, auf den Wiesen erscholl mannigfaches Getön. Im Dorfe wurden Reigentänze veranstaltet. Zum Spazierengehen war nun viel Raum vorhanden. Wie hell glänzte das Grün! Wie frisch war die Luft! Wie sangen die Vögel in den Gärten! Das war ein Paradies, und alles freute sich und jubelte! Das Dorf ertönte von fröhlichem Reden und Singen wie bei einer Hochzeit.

Tschitschikow wanderte viel umher. Spaziergänge boten sich nach allen Seiten in Hülle und Fülle dar. Bald nahm er seinen Weg über das Hochplateau mit dem Blick auf die sich unten ausbreitenden Täler, in denen überall noch große Seen von der Überschwemmung zurückgeblieben waren, aus welchen sich inselartig noch unbelaubte, dunkle Wälder heraushoben; oder aber er drang in das Dickicht, in die Waldschluchten ein, wo die dichtstehenden Bäume mit Krähennestern belastet waren und diese Vögel, unter Gekrächz wirr durcheinanderfliegend, den Himmel verdunkelten. Als das Erdreich einigermaßen ausgetrocknet war, konnte er sich nach dem Anlegeplatze begeben, von wo die ersten Schiffe, mit Erbsen, Gerste und Weizen beladen, abgingen, während gleichzeitig das Wasser mit betäubendem Getöse auf die Räder der zu arbeiten beginnenden Mühle herabstürzte. Auch ging er hin, um sich die ersten Frühjahrsarbeiten anzusehen und zu beobachten, wie sich ein schwarzer Streifen frisch gepflügten Landes durch die grüne Fläche dahinzog, und wie der Sämann mit der einen Hand gegen das ihm auf der Brust hängende Sieb schlug und mit der anderen den Samen gleichmäßig ausstreute, ohne daß ein Körnchen zu weit nach rechts oder links fiel.

Tschitschikow knüpfte überall Gespräche an. Er redete und plauderte mit dem Verwalter und mit dem Bauer und mit dem Müller. Er erkundigte sich nach allem: was gemacht werde, und wie es gemacht werde, und wie die Wirtschaft gehe, und wieviel Getreide verkauft werde, und was im Frühjahr und im Herbst an Mahlgeld einkomme, und wie jeder Bauer heiße, und wer mit wem verwandt sei, und wo er seine Kuh gekauft habe, und womit er sein Schwein füttere, kurz nach allem. Er fragte auch, wie viele Bauern gestorben seien, und es ergab sich, daß ihre Zahl nur gering war. Als kluger Mensch merkte er alsbald, daß Andrei Iwanowitschs Wirtschaft nicht gerade brillant ging: überall Nachlässigkeit, Lotterei, Diebstahl, auch nicht wenig Trunksucht. Und er dachte bei sich: »Was ist doch Tentetnikow für ein Rindvieh! Hat ein solches Gut und läßt es so herunterkommen! Er könnte fünfzigtausend Rubel jährliche Einnahme davon haben.«

Mehrmals ging ihm auch bei solchen Spaziergängen der Wunsch durch den Kopf, selbst der friedliche Besitzer eines solchen Gutes zu werden, das heißt selbstverständlich nicht jetzt, sondern später, wenn die Hauptsache erledigt sein und er sich im Besitz der erforderlichen Mittel befinden werde. Dabei trat ihm natürlich auch sofort das Bild eines jungen, frischen Frauchens vor die Seele, eines Frauchens mit weißem Gesicht, aus dem Kaufmannsstande oder irgendeiner anderen reichen Familie, auch etwas musikalisch. Auch die junge Generation stellte er sich vor, die dem Namen Tschitschikow ewige Dauer verleihen sollte: einen mutwilligen Jungen und ein schönes Töchterchen, oder sogar zwei Jungen, zwei oder sogar drei Mädchen, damit alle Menschen erführen, daß er wirklich gelebt und existiert habe und nicht nur so wie ein Schatten oder wie ein Phantom über die Erde dahingegangen sei, und damit er sich auch vor dem Vaterlande nicht zu schämen brauche. Dann kam ihm auch die Vorstellung, daß es ganz gut wäre, wenn ihm auch eine gewisse Rangerhöhung zuteil würde: Staatsrat zum Beispiel, das sei ein achtbarer, respektabler Titel. Und was kommen einem auf dem Spaziergange nicht alles für Gedanken, Gedanken, die einen oft der langweiligen Gegenwart entrücken, einen plagen und necken und die Phantasie in Bewegung setzen und einem sogar dann Freude machen, wenn man selbst davon überzeugt ist, daß sie sich niemals verwirklichen werden.

Der Dienerschaft Pawel Iwanowitschs gefiel das Leben auf dem Gute ebenfalls. Auch sie hatten sich, ebenso wie ihr Herr, dort eingelebt. Petruschka wurde sehr bald mit dem Büfettdiener Grigori intim, wiewohl sie anfänglich einer dem anderen gegenüber stark renommiert und voreinander in sinnloser Weise dickgetan hatten. Petruschka suchte dem anderen zu imponieren durch den Hinweis auf all die vielen Orte, an denen er sich schon aufgehalten habe; Grigori aber trumpfte ihn sofort mit Petersburg ab, wo Petruschka noch nicht gewesen war. Letzterer wollte sich wieder aufrappeln und prahlte mit den weiten Entfernungen der von ihm besuchten Orte; aber Grigori nannte ihm einen Ort, den man auf keiner Karte finden konnte, und rechnete mehr als dreißigtausend Werst heraus, so daß Pawel Iwanowitschs Diener ganz verblüfft war, vor Erstaunen den Mund aufriß und von dem ganzen Gutsgesinde ausgelacht wurde. Indes endete die Sache damit, daß sie die besten Freunde wurden. Am Rande des Dorfes hielt ein gewisser Pimen, der den Beinamen »der Kahle« führte und von allen Bauern als Onkel angeredet wurde, eine Schenke, die er »Akulka« genannt hatte. In diesem Etablissement waren die beiden zu jeder Stunde des Tages zu finden. Dort wurden die beiden Schnapsbrüder ein Herz und eine Seele.

Selifan hatte andere Freuden, die ihn lockten. Im Dorfe wurden, wie das im Frühling Brauch ist, allabendlich Lieder gesungen und Reigentänze aufgeführt. Er konnte stundenlang dastehen und mit offenem Munde die kräftigen, wohlgebauten Mädchen anstarren, Mädchen, wie sie heutzutage in großen Dörfern kaum mehr zu finden sind. Es war schwer zu sagen, welche von ihnen die schönste war: alle hatten sie weiße Brüste und weiße Hälse, große, ein wenig umschleierte Augen, einen pfauenartigen Gang und Zöpfe, die bis zum Gürtel reichten. Wenn er, mit beiden Händen ihre weißen Hände haltend, sich langsam mit ihnen im Reigen bewegte oder mit den anderen Burschen in geschlossener Reihe gegen sie anrückte und die Mädchen, ebenfalls in geschlossener Reihe, auf sie zukamen und lachend mit ihren kräftigen Stimmen laut sangen: »Zeigt uns den Bräutigam, ihr Hochzeitsgäste!« und ringsum die Gegend still in Dunkel versank und aus der Ferne von jenseits des Flusses her das Echo des Gesanges wehmütig zurückklang: dann wußte er selbst nicht, was mit ihm vorging. Im Schlafen und im Wachen, am Morgen und in der Abenddämmerung, immer hatte er nachher die Vorstellung, als halte er weiße Hände in seinen beiden Händen und bewege sich im Reigen.

Auch Tschitschikows Pferden gefiel das neue Heim. Das Deichselpferd und der Assessor, ja selbst der Schecke fanden den Aufenthalt bei Tentetnikow durchaus nicht langweilig, den Hafer ausgezeichnet und die Einrichtung der Ställe außerordentlich bequem: jedes von ihnen hatte seinen besonderen Stand, und obgleich dieser von den Nachbarständen durch eine Zwischenwand getrennt war, so konnte man doch über diese hinweg auch die anderen Pferde sehen, so daß, wenn es einem von diesen, selbst einem sehr weit entfernten, plötzlich einfiel loszuwiehern, man ihm sofort in gleicher Weise antworten konnte.

Kurz, alle Ankömmlinge fühlten sich hier wie zu Hause. Was die geschäftliche Angelegenheit anlangt, um derentwillen Pawel Iwanowitsch das weite Rußland bereiste, nämlich die toten Seelen, so war er in dieser Hinsicht sehr vorsichtig und taktvoll geworden, selbst wenn es sich traf, daß er mit kompletten Narren zu tun hatte. Zu diesen aber konnte er Tentetnikow nicht einmal rechnen; mochte derselbe im übrigen sein, wie er wollte, so las er doch Bücher und philosophierte und suchte bei allen Dingen über die Gründe, das Warum und Weshalb, ins klare zu kommen. »Nein, ich will lieber versuchen, ob es von einem anderen Ende her geht«, dachte Tschitschikow. Bei seinen häufigen Plaudereien mit den Gutsleuten erfuhr er unter anderem, daß der Herr früher ziemlich oft zu einem benachbarten General gefahren sei; der General habe eine Tochter, und der Herr sei dem gnädigen Fräulein sehr zugetan gewesen und das gnädige Fräulein dem Herrn; aber dann hätten sie sich aus irgendwelchem Grunde entzweit und getrennt. Er hatte auch selbst schon bemerkt, daß Andrei Iwanowitsch immer mit Bleistift und Feder Köpfchen zeichnete, die miteinander große Ähnlichkeit hatten.

Als er einmal nach dem Mittagessen nach seiner Gewohnheit mit dem Finger seine silberne Schnupftabaksdose um ihre Achse drehte, begann er folgendermaßen: »Sie haben alles, was Sie sich nur wünschen können, Andrei Iwanowitsch; nur eines fehlt Ihnen.«

»Was denn?« fragte dieser, indem er eine sich kräuselnde Rauchwolke ausstieß.

»Eine Lebensgefährtin«, antwortete Tschitschikow.

Andrei Iwanowitsch erwiderte darauf keine Silbe, und das Gespräch war damit zu Ende.

Tschitschikow ließ sich nicht abschrecken, wählte eine andere Zeit, vor dem Abendessen, und nachdem er über dieses und jenes geplaudert hatte, sagte er auf einmal: »Wirklich, Andrei Iwanowitsch, Sie sollten heiraten.«

Wieder antwortete Tentetnikow nicht darauf, gerade als ob ihm schon die bloße Erwähnung dieses Gegenstandes unangenehm wäre.

Aber Tschitschikow verlor auch jetzt nicht den Mut. Beim drittenmal wählte er die Zeit nach dem Abendessen und begann: »Aber trotz alledem und alledem, wie ich auch Ihre Lage durchdenken mag, ich sehe ein, daß Sie heiraten müssen; Sie werden sonst hypochondrisch.«

Ob nun Tschitschikows Worte diesmal eine besondere Überzeugungskraft besaßen oder Tentetnikows Gemütsstimmung an diesem Tage besonders zur Offenherzigkeit neigte, genug, er seufzte und sagte, indem er den Pfeifenrauch nach oben ausstieß: »Zu allen Dingen muß man Glück mit auf die Welt gebracht haben, Pawel Iwanowitsch«, und nun erzählte er alles wahrheitsgemäß, die ganze Geschichte seiner Bekanntschaft mit dem General, und wie es zum Bruche gekommen war.

Als Tschitschikow den ganzen Hergang mit allen Einzelheiten gehört hatte und sah, daß das bloße Wörtchen »du« so schwerwiegende Folgen gehabt hatte, war er ganz verblüfft. Eine Minute lang blickte er seinem Wirte unverwandt in die Augen und wußte nicht, wie er über ihn urteilen sollte: ob er ein kompletter Narr sei oder nur ein bißchen dümmlich.

»Aber ich bitte Sie, Andrei Iwanowitsch«, sagte er endlich, indem er ihn an beiden Händen ergriff, »was ist denn das für eine Beleidigung? Was liegt denn in dem Worte ›du‹ Beleidigendes?«

»In dem Worte selbst liegt nichts Beleidigendes«, entgegnete Tentetnikow; »aber in dem Sinne des Wortes, in dem Tone, mit dem es ausgesprochen wird, liegt eine Beleidigung. ›Du!‹ das bedeutet: ›Vergiß nicht, daß du ein elender Geselle bist; ich empfange dich nur, weil ich keinen Besseren habe; wenn aber so eine Fürstin Jusjakina kommt, dann mußt du wissen, wo dein Platz ist, und dich an die Türschwelle stellen.‹ Das bedeutet dieses Wort!« Als der friedliche, sanfte Andrei Iwanowitsch das sagte, funkelten ihm die Augen, und seinem gereizten Tone war anzuhören, wie sehr er sich gekränkt fühlte.

»Nun, und wenn es auch in diesem Sinne gesagt war, was ist dabei?« erwiderte Tschitschikow.

»Wie? Soll ich etwa nach einem solchen Benehmen weiter mit ihm verkehren?«

»Wie können Sie das ein Benehmen nennen! Ein Benehmen, ein bewußtes Benehmen ist das überhaupt nicht«, antwortete Tschitschikow kaltblütig.

»Wieso ist das kein bewußtes Benehmen?« fragte Tentetnikow erstaunt.

»Das ist so eine Gewohnheit, die diese Generäle an sich haben, aber kein bewußtes Benehmen; diese Leute sagen zu jedem Menschen ›du‹. Und dann, warum sollte man das einem wohlverdienten, allgemein geachteten Manne auch nicht gestatten?«

»Das steht auf einem anderen Blatte«, versetzte Tentetnikow. »Wäre er ein armer, alter Mann, nicht stolz, nicht hochmütig, kein General, dann würde ich ihm gestatten, mich ›du‹ zu nennen, und es sogar respektvoll aufnehmen.«

»Er ist ganz verdreht«, dachte Tschitschikow bei sich; »einem Lumpenkerl will er es gestatten, aber einem General nicht!« – »Gut!« sagte er laut; »angenommen auch, daß er Sie beleidigt hat, so haben Sie es doch sofort wettgemacht: die Beleidigung ist eine wechselseitige. Aber sich deswegen zu entzweien und dabei eine persönliche, besondere Angelegenheit aufzugeben, das ist, entschuldigen Sie, doch eine arge Torheit. Wenn man sich einmal ein Ziel gesetzt hat, dann muß man auch mit aller Energie darauf losgehen. Was braucht man darauf zu achten, daß ein Mensch um sich spuckt! Der Mensch spuckt immer um sich: so ist er nun einmal geschaffen. Auf der ganzen Welt werden Sie jetzt keinen Menschen finden, der nicht um sich spuckte.«

»Ein sonderbarer Mensch, dieser Tschitschikow!« dachte Tentetnikow erstaunt bei sich; er war über diese Worte ganz verdutzt.

»Was ist dieser Tentetnikow aber für ein wunderlicher Kauz!« dachte gleichzeitig Tschitschikow.

»Andrei Iwanowitsch«, sagte er, »ich werde mit Ihnen reden, wie ein Bruder mit seinem Bruder redet. Sie sind ein unerfahrener Mensch; gestatten Sie mir, diese Angelegenheit in Ordnung zu bringen! Ich werde zu Seiner Exzellenz hinfahren und ihm sagen, daß das Ganze Ihrerseits die Folge eines Mißverständnisses ist, die Folge Ihrer Jugend und Ihrer Unkenntnis der Menschen und der Welt.«

»Vor ihm zu kriechen, liegt nicht in meiner Absicht!« erwiderte Tentetnikow gekränkt, »und ich kann auch Sie dazu nicht bevollmächtigen.«

»Der Kriecherei bin ich unfähig«, versetzte, ebenfalls gekränkt, Tschitschikow. »Ich kann als schwacher Mensch in mancher anderen Hinsicht Fehler begehen; aber der Kriecherei werde ich mich niemals schuldig machen. Entschuldigen Sie, Andrei Iwanowitsch, aber ich hatte nicht erwartet, daß Sie zum Lohn für meine gute Absicht meine Worte in einem so kränkenden Sinne auffassen würden.« All dies sprach er mit einem schönen Gefühl eigener Würde.

»Ich habe unrecht, verzeihen Sie!« erwiderte der gerührte Tentetnikow eilig und ergriff seine beiden Hände. »Ich wollte Sie nicht kränken. Ich versichere Sie: Ihre gütige Teilnahme ist mir sehr wertvoll! Aber lassen wir diesen Gegenstand! Wir wollen nie wieder davon sprechen!«

»Dann fahre ich eben bloß so, ohne bestimmten Auftrag, zum General.«

»Warum?« fragte Tentetnikow, ihm erstaunt in die Augen blickend.

»Um ihm meinen Respekt zu bezeigen.«

»Ein sonderbarer Mensch, dieser Tschitschikow!« dachte Tentetnikow.

»Ein sonderbarer Mensch, dieser Tentetnikow!« dachte Tschitschikow.

»Ich will gleich morgen zu ihm fahren, Andrei Iwanowitsch, so gegen zehn Uhr vormittags. Ich meine, je eher man jemandem seinen Respekt bezeigt, um so besser. Da meine Britschke noch nicht ordentlich instand gesetzt ist, so erlauben Sie mir, bitte, Ihren Wagen zu nehmen! Ich möchte also gleich morgen, so um zehn Uhr vormittags zu ihm fahren.«

»Was ist da zu bitten! Sie sind hier vollständig Herr: der Wagen und alles andere steht zu Ihrer Verfügung.«

Nach diesem Gespräche sagten sie einander gute Nacht und trennten sich, um sich schlafen zu legen, nicht ohne daß ein jeder sich über die Sonderbarkeit des anderen seine Gedanken gemacht hätte.

Aber merkwürdig: als am anderen Tage der Wagen vorfuhr und Tschitschikow im Frack, in weißer Weste und weißer Halsbinde fast mit der Behendigkeit eines Militärs hineinsprang und davonrollte, um dem General seinen Respekt zu bezeigen: da geriet Tentetnikow in eine solche Aufregung, wie er sie lange nicht empfunden hatte. Sein ganz eingerosteter, schlummernder Denkapparat kam auf einmal in heftige Bewegung. Eine nervöse Unruhe bemächtigte sich auf einmal des bis dahin in sorglose Trägheit versunkenen Siebenschläfers. Bald setzte er sich auf das Sofa, bald ging er an das Fenster, bald nahm er ein Buch in die Hand, bald wollte er nachdenken, – ein vergeblicher Versuch! Er vermochte keinen Gedanken zu bilden. Dann wieder versuchte er, an nichts zu denken, – aber auch das mißlang ihm. Bruchstücke von etwas, was mit Gedanken Ähnlichkeit hatte, Fetzen und Stücke von Gedanken drängten sich ihm in den Kopf und arbeiteten darin umher. »Ein seltsamer Zustand!« sagte er und begab sich ans Fenster, um den Weg entlang zu sehen, der den Eichenhain durchschnitt, und an dessen Ende der von dem Wagen aufgewirbelte Staub sich noch nicht wieder gelegt hatte. Aber verlassen wir Tentetnikow und begleiten wir Tschitschikow.

ZWEITES KAPITEL

Die guten Pferde brachten in etwas mehr als einer halben Stunde Tschitschikow nach dem zehn Werst entfernten Ziele. Zuerst führte der Weg durch den Eichenhain, dann zwischen ergrünenden Kornfeldern hin, die von frisch gepflügten

Ackerstreifen unterbrochen waren, dann am oberen Rande der Berghöhe entlang, von wo sich alle Augenblicke Ausblicke in die Ferne auftaten, dann durch eine breite Lindenallee, die sich eben zu belauben begann, mitten in das Dorf hinein. Hier wendete sich die Lindenallee nach rechts und verwandelte sich in eine mit Pappeln eingefaßte Straße; die Stämme der Bäume waren unten mit geflochtenen Körben umgeben. So ging es gerade auf ein gußeisernes durchbrochenes Tor zu, durch welches man das mit reichem Schnörkelwerk verzierte auf acht korinthischen Säulen ruhende Fronton des Hauses des Generals sah. Überall roch es nach Ölfarbe, die allem ein neues Aussehen gab und nichts alt erscheinen ließ. Der Hof glich an Sauberkeit einem Parkettfußboden. Respektvoll sprang Tschitschikow aus dem Wagen, ließ sich bei dem General anmelden und wurde direkt zu ihm in sein Arbeitszimmer geführt. Der General überraschte ihn durch sein imponierendes Äußeres. Er trug einen seidenen, gesteppten Schlafrock von prächtiger, purpurroter Farbe, hatte einen offenen Blick und ein männliches Gesicht; der Schnurrbart und der große Backenbart waren schon etwas graumeliert; im Nacken war das Haar nach Soldatenart ganz kurz geschnitten, so daß hinten der dicke Hals sichtbar wurde, ein sogenannter dreistöckiger Hals, mit drei Falten, zu denen noch eine quer hindurchgehende Furche kam: kurz, es war einer jener malerischen Generäle, an denen das berühmte Jahr 1812 so reich gewesen war. General Betrischtschew vereinigte, wie viele von uns, in sich eine Menge von Vorzügen mit einer Menge von Fehlern. Beide waren bei ihm, wie meist bei den Russen, in interessanter Unordnung durcheinander gemischt. In entscheidenden Augenblicken bewies er Hochherzigkeit, Tapferkeit, eine unbegrenzte Freigebigkeit und einen guten Verstand auf vielen Gebieten; damit aber gingen Hand in Hand Launenhaftigkeit, Eitelkeit, Selbstsucht und jene kleinliche Neigung zu persönlichen Ausfällen, von der kein Russe frei ist, wenn er ohne ernste Beschäftigung dasitzt. Er konnte alle diejenigen nicht leiden, die ihm im Dienste den Rang abgelaufen hatten, und äußerte sich über sie bitter, in beißenden Sarkasmen. Am meisten bekam dabei ein früherer Kamerad von ihm ab, den er an Verstand und Fähigkeiten zu übertreffen glaubte, und der ihn doch überholt hatte und bereits Generalgouverneur zweier Gouvernements war und gerade derjenigen, in denen seine Besitzungen lagen, so daß er gewissermaßen in Abhängigkeit von ihm stand. Um sich zu rächen, zog er bei jeder Gelegenheit über ihn her, schimpfte über jede Verfügung desselben und sah in all seinen Maßregeln und Handlungen den Gipfel der Unvernunft. Alles hatte an ihm einen sonderbaren Anstrich, wie sich das gleich auf dem Gebiete der Bildung beobachten ließ, deren eifriger Kämpe er war; er liebte es, etwas zu wissen, was andere nicht wußten, und konnte Leute nicht leiden, die etwas wußten, was ihm unbekannt war. Kurz, er prahlte gern mit seinem Verstande. Obwohl er eine zur Hälfte ausländische Erziehung erhalten hatte, wollte er dabei doch die Rolle eines russischen Gutsherrn spielen. Es kann nicht wundernehmen, daß er bei solcher Ungleichmäßigkeit und solchen stark hervortretenden Widersprüchen seines Charakters im Dienste fortwährend eine Menge Unannehmlichkeiten hatte, infolge deren er denn auch den Abschied nahm; die Schuld an allem maß er einer feindlichen Partei bei und besaß nicht die Seelengröße, sein eigenes Verhalten in irgendeinem Punkte als fehlerhaft zu erkennen. Im Ruhestande behielt er dieselbe malerische, imposante Haltung bei. Mochte er nun den Oberrock, den Frack oder den Schlafrock tragen, er war immer derselbe. Von seiner Stimme an bis zu seinen geringsten Bewegungen war alles an ihm gebieterisch und befehlend und flößte den niedriger Stehenden wenn nicht Respekt, so doch mindestens eine gewisse Scheu ein.

Tschitschikow empfand das eine wie das andere: sowohl Respekt als auch Scheu. Ehrerbietig den Kopf zur Seite neigend und die Hände frei vorstreckend, wie wenn er sich anschickte, mit ihnen ein Tablett mit Tassen aufzuheben, verbeugte er sich erstaunlich gewandt mit dem ganzen Oberkörper und sagte: »Ich habe es für meine Pflicht gehalten, mich Euer Exzellenz vorzustellen. Da ich die größte Hochachtung vor dem Heldenmute der Männer hege, die das Vaterland auf den Schlachtfeldern gerettet haben, so hielt ich es für meine Pflicht, mich Euer Exzellenz persönlich vorzustellen.«

Dem General gefiel dieses Auftreten augenscheinlich. Mit einer sehr wohlwollenden Kopfbewegung erwiderte er: »Es ist mir eine große Freude, Ihre Bekanntschaft zu machen. Bitte, nehmen Sie Platz! Wo sind Sie amtlich tätig gewesen?«

»Meine dienstliche Laufbahn«, antwortete Tschitschikow, indem er sich auf einen Lehnstuhl setzte, aber nicht mitten hinein, sondern schräg seitwärts, wobei er sich mit der Hand an der Armlehne des Stuhles festhielt, »begann beim Kameralhofe, Exzellenz. Ihr weiterer Verlauf vollzog sich an verschiedenen Stellen: ich war beim Hofgerichte, bei einer Baukommission und bei einer Zollbehörde. Man kann mein Leben gewissermaßen mit einem Schiffe vergleichen, das mitten auf den Wogen treibt, Exzellenz. Schon von meiner allerfrühesten Kindheit an hatte ich viel zu dulden und bin sozusagen selbst das personifizierte Dulden. Und was mir von meinen Feinden alles widerfahren ist, die mir sogar nach dem Leben getrachtet haben, das können weder Worte noch sozusagen Pinsel und Farben wiedergeben. Daher suche ich am Abende meines Lebens nur ein Winkelchen, wo ich den Rest meiner Tage verbringen kann. Vorläufig habe ich bei einem nahen Nachbar Euer Exzellenz Wohnung genommen . . .«

»Bei wem denn?«

»Bei Tentetnikow, Exzellenz.«

Der General runzelte die Stirn.

»Er bereut es sehr, Exzellenz, daß er es an der schuldigen Achtung hat fehlen lassen.«

»Wovor?«

»Vor den großen Verdiensten Euer Exzellenz. Er findet nur nicht die richtigen Worte. Er sagt: ›Wenn ich nur irgendwie ... denn wirklich‹, sagt er, ›ich weiß die Männer zu würdigen, die das Vaterland gerettet haben ‹, sagt er.«

»Aber ich bitte Sie, was hat er denn? Ich bin ihm ja gar nicht böse«, sagte der General, der bereits besänftigt war. »Ich habe ihn von Herzen gern und bin überzeugt, daß er mit der Zeit ein nützliches Mitglied der menschlichen Gesellschaft werden wird.«

»Was Euer Exzellenz zu sagen beliebten, ist vollkommen richtig; wirklich ein sehr nützliches Mitglied; er besitzt die Gabe der überzeugenden Rede und ist auch sehr gewandt mit der Feder.«

»Aber er schreibt Dummheiten, wenn mir recht ist, so etwas wie Verse?«

»Nein, Exzellenz, keine Dummheiten. Er hat eine ernste Arbeit vor. Er schreibt ... Geschichte, Exzellenz.«

»Geschichte? Was für Geschichte?«

»Eine Geschichte ...« hier hielt Tschitschikow einen Augenblick inne, ob nun infolge davon, daß ein General vor ihm saß, oder einfach, um dem, was nun kommen sollte, größeren Nachdruck zu verleihen, und fuhr dann fort: »eine Geschichte der Generäle, Exzellenz.«

»Was heißt das: der Generäle? Welcher Generäle?«

»Überhaupt der Generäle, Exzellenz; der Generäle im allgemeinen. Das heißt, genau gesagt: der vaterländischen Generäle.«

Tschitschikow war ganz in Verwirrung geraten und verlegen geworden; er hätte sich selbst ohrfeigen mögen und sagte in Gedanken zu sich selbst: »Herr Gott, was rede ich da für Unsinn!«

»Entschuldigen Sie, ich verstehe nicht recht: wird es die Geschichte eines bestimmten Zeitabschnittes werden oder einzelne Biographien? Und im letzteren Falle: werden es die

Biographien aller Generäle oder nur derjenigen, die an dem Feldzuge des Jahres 1812 teilgenommen haben?«

»Ganz richtig, Exzellenz, derjenigen, die an dem Feldzuge des Jahres 1812 teilgenommen haben!« Nachdem er das gesagt hatte, dachte er bei sich: »Ich will mich totschlagen lassen, wenn ich selbst weiß, was ich rede!«

»Warum kommt er denn dann nicht zu mir? Ich könnte ihm sehr viel interessantes Material liefern.«

»Das wagt er nicht, Exzellenz.«

»Unsinn! Wegen eines ganz bedeutungslosen Wortes, das zwischen uns geredet worden ist. Ich bin ja doch ganz und gar nicht so. Meinetwegen will ich auch selbst zu ihm hinfahren.«

»Das wird er nicht zugeben; er wird selbst herkommen«, sagte Tschitschikow; er hatte sich wieder gesammelt, neuen Mut gefaßt und dachte: »So ein Glück! Die zufällige Erwähnung der Generäle hat gut gewirkt! Und doch hatte ich nur so unbesonnen drauflos geredet.«

In dem Arbeitszimmer ließ sich ein Geräusch vernehmen. Eine Seitentür, die als ein geschnitzter Schrank von Nußbaumholz maskiert war, öffnete sich, und in der Öffnung erschien, die messingne Klinke in der Hand haltend, eine lebendige Gestalt. Wäre in einem dunklen Zimmer auf einmal ein von hinten stark durch Lampen erhelltes Transparent aufgeleuchtet, so hätte es durch die Plötzlichkeit seines Erscheinens nicht eine so überraschende Wirkung ausüben können wie diese Gestalt. Offenbar hatte sie hereinkommen wollen, um etwas zu sagen, zauderte nun aber beim Anblick eines unbekannten Mannes. Es schien, als sei mit ihr zusammen ein Sonnenstrahl hereingeflogen, und als finge das dunkle Arbeitszimmer des Generals auf einmal an zu lächeln. Tschitschikow konnte sich im ersten Augenblicke keine Rechenschaft darüber geben, was für ein Wesen da eigentlich vor ihm stand. Es ließ sich schwer sagen, welchem Lande sie entsprossen sein mochte. Es war unmöglich, so reine, edle Gesichtszüge irgendwo zu finden, außer vielleicht auf antiken Kameen. Schlank und gerade wie eine Kerze schien sie alle Frauen an Wuchs zu überragen. Aber dies war ein Irrtum. Sie war keineswegs von hohem Wuchse. Dieser Anschein wurde durch die außerordentlich harmonischen Proportionen aller ihrer Körperteile hervorgerufen. Das Kleid stand ihr so gut, daß man glauben konnte, die besten Schneiderinnen hätten untereinander Rat gepflogen, wie sie sie am schönsten schmükken könnten. Aber auch das war ein Irrtum. Sie schuf sich ihr Kostüm ganz allein und mühelos: an zwei, drei Stellen faßte eine Nadel ein nicht zugeschnittenes Stück eines einfarbigen Stoffes zusammen, und dieses legte sich in so edlem Faltenwurf um ihren Leib, daß, wenn man das Gewand und dessen Trägerin auf die Leinwand übertragen hätte, alle modern gekleideten jungen Damen ihr gegenüber wie Flickenpuppen vom Trödelmarkte ausgesehen hätten. Und hätte man sie mit all diesen Falten des sie umhüllenden Kleides in Marmor dargestellt, so hätte man geglaubt, die geniale Kopie eines antiken Kunstwerks vor sich zu sehen. Nur eines war ein Mangel: sie war gar zu dünn und schmächtig.

»Ich stelle Ihnen mein verzogenes Töchterchen vor«, sagte der General, sich zu Tschitschikow wendend. »Aber ich kenne noch nicht Ihren Vor- und Vatersnamen.«

»Braucht denn der Vor- und Vatersname eines Menschen bekannt zu sein, der sich durch keine glänzenden Taten ausgezeichnet hat?« erwiderte Tschitschikow bescheiden, indem er dabei den Kopf zur Seite neigte.

»Aber ich muß es doch wissen . . .«

»Pawel Iwanowitsch, Exzellenz«, antwortete Tschitschikow; er verbeugte sich beinah mit der Gewandtheit eines Militärs und sprang dann mit der Elastizität eines Gummiballes zurück.

»Ulinka«, sagte der General, sich zu seiner Tochter wendend. »Pawel Iwanowitsch hat mir soeben eine interessante Neuigkeit mitgeteilt. Unser Nachbar Tentetnikow ist gar nicht ein so dummer Mensch, wie wir angenommen haben. Er beschäftigt sich mit einer recht bedeutsamen Arbeit: einer Geschichte der Generäle des Jahres 1812.«

»Aber wer hat denn auch gedacht, daß er ein dummer Mensch ist?« erwiderte sie schnell. »Höchstens dieser Wischnepokromow, dem du Glauben schenkst, obwohl er ein ganz hohler, unwürdiger Geselle ist.«

»Warum denn unwürdig? Er ist ein bißchen einfältig, das ist richtig«, entgegnete der General.

»Er ist ein bißchen gemein und ein bißchen abscheulich, nicht nur ein bißchen einfältig. Wer seine Brüder so benachteiligt und seine Schwester aus dem Hause jagt, der ist ein abscheulicher Mensch.«

»Aber das reden die Leute doch nur.«

»So etwas werden die Leute nicht ohne Grund reden. Ich begreife nicht, Vater, wie du bei deinem braven, guten Herzen einen Menschen empfangen kannst, der von dir himmelweit verschieden ist, und von dem du selbst weißt, daß er schlecht ist.«

»Na, da sehen Sie es«, sagte der General lachend zu Tschitschikow. »So streite ich mich immer mit ihr herum.« Und sich zu seiner erregten Tochter wendend, fuhr er fort: »Liebes Kind, ich kann ihn doch nicht fortjagen, wie?«

»Warum denn auch gleich fortjagen? Aber warum bezeigst du ihm soviel Achtung, ja Liebe?«*

Hier hielt es Tschitschikow für seine Pflicht, auch seinerseits eine Bemerkung zu dem Gespräche beizusteuern.

»Alle lebenden Wesen möchten geliebt werden, gnädiges Fräulein«, sagte er. »Was soll man tun? Auch das Vieh hat es gern, daß man es streichelt; es streckt zu diesem Zwecke seine Schnauze aus dem Stalle heraus und sagt gleichsam: ›Da, streichle mich!‹«

Der General lachte. »Ja, ja, das stimmt: der Kerl hält einem seine Schnauze hin und sagt gewissermaßen: ›Streichle mich!‹ Ha-ha-ha! Und bei ihm hat nicht nur die Schnauze, sondern

* Siehe Anhang S. 519 ff.

der ganze Mensch lebenslänglich im Dreck herumgewühlt; aber trotzdem verlangt er, was man ›eine Aufmunterung‹ nennt. Ha-ha-ha!« Der ganze Rumpf des Generals schwankte vor Lachen hin und her. Die Schultern, die ehemals die dicken Epauletten getragen hatten, schütterten, als ob sie sie noch trügen.

Tschitschikow hielt für angemessen, ebenfalls in ein Gelächter auszubrechen; aber aus Respekt vor dem General verlieh er seinem Lachen den Klang des Vokals e: »He-he-he-he!« Sein Rumpf schwankte ebenfalls vor Lachen hin und her, obwohl seine Schultern nicht schütterten, weil sie keine dicken Epauletten getragen hatten.

»So eine Kanaille bestiehlt den Fiskus und verlangt dann noch eine Belohnung! ›Ich muß eine Aufmunterung haben‹, sagt er, ›ich habe mich abgequält!‹ Ha-ha-ha-ha!«

Ein schmerzliches Gefühl prägte sich auf dem edlen, lieblichen Gesichte des jungen Mädchens aus. »Ach, Papa!« sagte sie, »ich verstehe nicht, wie du über so etwas lachen kannst! Mich machen diese ehrlosen Handlungen nur traurig, weiter nichts. Wenn ich sehe, wie vor aller Augen ein Betrug verübt wird und diese Leute nicht mit der allgemeinen Verachtung bestraft werden, dann weiß ich nicht, was mit mir vorgeht; ich werde dann ingrimmig, ja geradezu schlecht: ich denke, ich denke . . .« Sie brach beinah in Tränen aus.

»Tu mir nur den Gefallen und sei nicht auf uns böse!« sagte der General. »Wir sind ja dabei ohne jede Schuld, nicht wahr?« fügte er, sich an Tschitschikow wendend, hinzu. »Gib mir einen Kuß und geh auf dein Zimmer! Ich muß mich gleich zum Mittagessen umziehen. Ich hoffe«, sagte er, indem er Tschitschikow offen ins Gesicht blickte, »du ißt mit mir?«

»Exzellenz, wenn nur . . .«

»Ohne Umstände; was ist da noch zu sagen? Ich kann ja noch, Gott sei Dank, einen Gast satt machen. Es gibt Kohlsuppe.«

Tschitschikow streckte gewandt beide Arme nach vorn und

bog dankbar und respektvoll den Kopf nach unten, so daß für eine Weile alle Gegenstände im Zimmer aus seinen Blicken verschwanden und ihm nur die Spitzen seiner eigenen Halbstiefel sichtbar blieben. Als er einige Zeit in dieser respektvollen Haltung verharrt hatte und dann den Kopf wieder in die Höhe hob, erblickte er Ulinka nicht mehr. Sie war verschwunden. An ihrer Stelle stand ein hünenhafter Kammerdiener da, der einen dichten Schnurr- und Backenbart trug und eine silberne Waschschüssel und eine ebensolche Kanne in den Händen hielt.

»Erlaubst du mir, mich in deiner Gegenwart umzuziehen?«

»Euer Exzellenz können sich in meiner Gegenwart nicht nur umziehen, sondern überhaupt alles tun, was Ihnen beliebt.«

Der General warf den Schlafrock ab, streifte sich die Hemdärmel an seinen starken Heldenarmen in die Höhe und begann sich zu waschen, wobei er wie eine Ente spritzte und prustete. Das Seifenwasser flog nach allen Seiten umher.

»Jawohl, eine Aufmunterung, die verlangen sie, die verlangen sie in der Tat«, sagte er, während er sich den Hals auf allen Seiten abtrocknete. »Streicheln soll man so einen Kerl, streicheln! Ohne Aufmunterung hat er nicht einmal mehr Lust zum Stehlen! Ha-ha-ha!«

Tschitschikow war in einer sehr gehobenen Stimmung. Auf einmal kam ihm eine Art von Eingebung. »Der General ist ein fideler, gutmütiger Herr, – probieren wir es!« dachte er, und da er sah, daß der Kammerdiener mit dem Waschgerät hinausgegangen war, so rief er: »Exzellenz, da Sie gegen alle Menschen so gut und freundlich sind, so habe ich eine große Bitte an Sie.«

»Was denn für eine Bitte?«

Tschitschikow sah sich nach allen Seiten um. »Ich habe einen schon sehr hinfälligen, alten Onkel, Exzellenz«, sagte er; »der besitzt dreihundert Seelen und zweitausend Dessätinen Land und hat keinen Erben außer mir. Er selbst kann das Gut wegen seiner Gebrechlichkeit nicht mehr verwalten; aber es mir übergeben, das will er auch nicht. Und was für einen sonderbaren Grund gibt er dafür an! Er sagt: ›Ich kenne meinen Neffen nicht; vielleicht ist er ein Verschwender. Mag er zuerst beweisen, daß er ein zuverlässiger Mensch ist; mag er sich zuerst selbst einmal dreihundert Seelen erwerben; dann werde ich ihm auch meine dreihundert übergeben.‹«

»Danach ist er ein kompletter Narr, was?« fragte der General.

»Ein Narr möchte er immerhin sein; das wäre seine eigene Sache. Aber in welcher Lage befinde ich mich, Exzellenz! Bei dem Alten hat sich eine Haushälterin eingenistet, und die hat Kinder; da ist zu befürchten, daß das ganze Vermögen auf diese Personen übergeht.«

»Der alte Mann ist kindisch geworden; darüber ist kein Wort weiter zu verlieren«, sagte der General. »Ich sehe nur nicht, wodurch ich dir dabei helfen kann«, fügte er hinzu, indem er Tschitschikow erstaunt anblickte.

»Da ist mir nun ein Gedanke gekommen. Wenn Euer Exzellenz mir alle toten Seelen Ihres Dorfes abträten, als ob sie noch lebendig wären, unter Abschluß eines Kaufkontraktes, dann könnte ich dem Alten diesen Kontrakt vorlegen, und er würde mir die Erbschaft überlassen.«

Hier brach der General in ein lautes Gelächter aus, wie es kaum je ein Mensch ausgestoßen hat. So lang er war, ließ er sich auf einen Lehnstuhl fallen, warf den Kopf zurück und erstickte beinahe. Das ganze Haus geriet in Unruhe. Der Kammerdiener erschien. Die Tochter kam erschrocken herbeigelaufen.

»Vater, was ist dir zugestoßen?« rief sie ängstlich und sah ihm verständnislos ins Gesicht.

Aber der General konnte lange Zeit keinen Laut von sich geben.

»Es ist nichts, liebes Kind; beunruhige dich nicht! Geh nur, geh; wir werden gleich zum Mittagessen kommen. Sei unbesorgt! Ha-ha-ha!«

Und nachdem er ein paarmal nach Luft geschnappt hatte, brach das Lachen mit neuer Gewalt heraus, so daß es vom Vorzimmer bis zum letzten Zimmer erschallte.

Tschitschikow fühlte sich beunruhigt.

»Nein, dieser Onkel, dieser Onkel! Der wird schön angeführt werden! Ha-ha-ha! Tote Seelen bekommt er statt lebendiger! Ha-ha-ha!«

»Es geht nochmal los!« dachte Tschitschikow bei sich. »Nein, ist der aber mal lachlustig! Er wird noch platzen!«

»Ha-ha-ha!« fuhr der General fort. »So ein Esel! Wie kann einem nur so eine Forderung in den Sinn kommen: ›Mag er sich zuerst mal ohne Anlagekapital dreihundert Seelen erwerben; dann werde ich ihm meine dreihundert Seelen geben!‹ Ist das ein Esel!«

»Gewiß, Exzellenz.«

»Na und dann deine famose Idee, den alten Mann mit toten Seelen zu regalieren! Ha-ha-ha! Ich würde wer weiß was darum geben, wenn ich mit ansehen könnte, wie du ihm den Kaufkontrakt über sie vorlegst. Na, was ist er denn eigentlich für ein Mensch? Wie ist er beschaffen? Ist er schon sehr alt?«

»Gegen achtzig Jahre.«

»Und doch noch beweglich und frisch! Er muß doch noch kräftig sein, wenn so eine Haushälterin bei ihm wohnt? . . .«

»Gott bewahre! Er ist ganz gebrechlich, Exzellenz.«

»So ein Narr! Denn ein Narr ist er doch?«

»Jawohl, Exzellenz.«

»Aber er fährt noch aus, besucht noch Gesellschaften und hält sich noch auf den Beinen?«

»Ja, auf den Beinen hält er sich noch, aber nur mit Mühe.«

»So ein Narr! Hat er denn noch Zähne?«

»Nur noch zwei, Exzellenz.«

»So ein Esel! Nimm es mir nicht übel, lieber Freund; wenn er auch dein Onkel ist, ein Esel ist er trotzdem.«

»Allerdings, Exzellenz. Er ist zwar mein Verwandter, und es wird mir schwer, das zuzugeben; aber was soll ich machen?«

Tschitschikow log: es wurde ihm gar nicht schwer, dies zuzugeben, um so weniger, da er schwerlich jemals einen Onkel gehabt hatte.

»Wollen also Euer Exzellenz die Güte haben, sie mir abzulassen?«

»Dir die toten Seelen abzulassen? Ja, für einen so prächtigen Einfall schenke ich sie dir mitsamt ihrem Grund und Boden und ihrer Behausung! Nimm dir den ganzen Kirchhof! Ha-ha-ha-ha! Wie der Onkel angeführt werden wird! Ha-ha-ha-ha!«

Und von neuem ertönte das Gelächter des Generals durch alle Zimmer.

[Hier wird die Erzählung durch eine größere Lücke unterbrochen. Das Manuskript des zweiten Teiles der »Toten Seelen« wies bei Gogols Tode an manchen Stellen Lücken auf, während für andere Partien mehrere verschiedene Redaktionen vorlagen. Übrigens steht fest, daß Gogol die jetzt hier fehlende Partie schon ausgearbeitet hatte; denn er hat sie Freunden vorgelesen, und einer derselben hat Mitteilungen über den Inhalt gemacht. Dieser war in aller Kürze folgender: Tentetnikow macht dem General einen Besuch, versöhnt sich mit ihm, und der General gibt seine Einwilligung zu dessen Verlobung mit Ulinka. Tschitschikow erbietet sich, bei allen Verwandten des Generals umherzufahren und ihnen diese Nachricht mitzuteilen. Das Anerbieten wird dankbar angenommen, und wir finden ihn am Anfang des dritten Kapitels auf dieser Fahrt, zu der ihm der General eine Kalesche und Tentetnikow ein Viergespann gegeben hat.]

DRITTES KAPITEL

Wenn der Oberst Koschkarew wirklich verrückt sein sollte, so wäre das ganz gut«, sagte Tschitschikow, als alle Häuser hinter ihm verschwunden waren und er um sich her nur weit ausgedehntes freies Feld, über sich das Himmelsgewölbe mit zwei Wolken an der Seite hatte.

»Hast du dich auch ordentlich nach dem Wege zu dem Obersten Koschkarew erkundigt, Selifan?«

»Ich hatte, wie Sie wissen, Pawel Iwanowitsch, so viel mit der Kalesche zu tun, daß ich keine Zeit dazu hatte; aber Petruschka hat den Kutscher danach befragt.«

»Was bist du für ein Dummkopf! Ich habe dir doch ein für allemal gesagt, du sollst dich nicht auf Petruschka verlassen: Petruschka ist ein Klotz; Petruschka ist dumm; Petruschka ist wahrscheinlich auch jetzt wieder betrunken.«

»Den Weg zu finden, dazu gehört doch keine große Klugheit!« sagte Petruschka, indem er sich halb umdrehte und seinem Herrn einen schrägen Blick zuwarf. »Wir brauchen bloß den Berg hinunterzufahren und dann durch die Wiesen hin; das ist das ganze Kunststück!«

»Und du hast wohl die ganze Zeit über nichts weiter getan als Branntwein getrunken? Ein netter Bursche, ein sehr netter Bursche! Da kann man wirklich sagen: ein wahres Weltwunder!« Nach diesen Worten streichelte sich Tschitschikow das Kinn und dachte: »Was ist doch für ein Unterschied zwischen dem Gesichte eines gebildeten Edelmannes und der groben Fratze eines Lakaien!«

Unterdessen begann die Kalesche den Berg hinunterzufahren. Wieder taten sich vor dem Blicke Wiesen und weite, mit Espenhainen bewachsene Flächen auf.

Leise auf den guten Federn zitternd fuhr die bequeme Equipage sachte den kaum merklichen Abstieg hinunter; dann rollte sie durch Wiesen dahin, an Mühlen vorbei, mit leichtem Gepolter über Brücken weg, mit geringem Schwanken über die weichen Unebenheiten der Niederung. Kein einziger Erdhöcker machte sich dem Körper des Insassen unangenehm fühlbar; es war ein wahrer Genuß, in dieser Kalesche zu fahren!

Schnell flogen an ihnen Weidenbüsche, dünne Erlen und Silberpappeln vorbei und streiften mit ihren Zweigen Selifan und Petruschka, die auf dem Bock saßen. Dem letzteren rissen sie alle Augenblicke die Mütze vom Kopfe. Der mürrische Diener sprang dann vom Bocke, schimpfte auf den dummen

Baum und auf den Eigentümer, der ihn gepflanzt hatte, verstand sich aber schlechterdings nicht dazu, seine Mütze festzubinden oder auch nur mit der Hand festzuhalten, in der Hoffnung, dies sei das letztemal gewesen, und es werde sich nicht mehr wiederholen. Zu diesen Bäumen gesellten sich bald Birken und dann Tannen. Um die Wurzeln wuchs Dickicht; das Gras war ganz von blauen Schwertlilien und gelben Waldtulpen durchwachsen. Der Wald begann dunkel zu werden, und es wurde in ihm ordentlich Nacht. Aber auf einmal blitzten überall zwischen den Zweigen und Stämmen Lichter wie glänzende Spiegel auf. Die Bäume fingen an weniger dicht zu stehen; die glänzenden Stellen wurden größer, und plötzlich lag ein See vor ihnen, eine Wasserfläche von etwa vier Werst im Durchmesser. In einiger Entfernung waren am Ufer des Sees die grauen Blockhäuser eines Dorfes sichtbar. Im Wasser erscholl lautes Geschrei. Etwa zwanzig Menschen, die bis zum Gürtel, bis zu den Schultern, ja bis an den Hals im Wasser standen, zogen ein Schleppnetz ans Ufer. Dabei war ein Malheur passiert. Mit den Fischen zusammen hatte sich in das Netz eine rundliche Männergestalt verwickelt, ebenso dick wie hoch, so daß sie mit einer Melone oder einem Fäßchen Ähnlichkeit hatte. Dieser Mann war in heller Verzweiflung und schrie aus voller Kehle: »Denis, du Tölpel, gib den Strick doch Kosma! Kosma, nimm doch das Ende des Stricks von Denis! Zieh nicht so heftig, großer Foma! Geh dahin, wo der kleine Foma ist! Ihr nichtswürdigen Kerle, ich sage, ihr werdet noch das Netz zerreißen!« Der Melonenähnliche war augenscheinlich nicht um seine eigene Person in Besorgnis: ertrinken konnte er infolge seiner Dicke nicht; und wenn er, in der Absicht unterzutauchen, noch soviel Purzelbäume geschossen hätte, so würde ihn das Wasser doch immer wieder nach oben gebracht haben; und wenn sich ihm noch zwei Männer auf den Rücken gesetzt hätten, so wäre er doch wie eine hartnäckige Schweinsblase mit ihnen auf der Oberfläche des Wassers geblieben und hätte unter ihrer Last sich nur ein bißchen geräuspert und etwas Wasser aus der Nase geblasen. Aber er fürchtete sehr, das Netz könnte zerreißen und die Fische entkommen, und daher mußten ihn mit allem übrigen mehrere am Ufer stehende Männer auch noch mittels zugeworfener Stricke ans Land ziehen.

»Das ist gewiß der Gutsherr, der Oberst Koschkarew«, sagte Selifan.

»Warum?«

»Weil er einen weißeren Leib hat als die anderen und auch eine respektable Dicke, ganz wie ein Herr: sehen Sie nur selbst!«

Unterdes hatten die Leute den im Netz verwickelten Herrn bereits erheblich näher an das Ufer herangezogen. Als er fühlte, daß er Grund hatte, stellte er sich auf die Beine und erblickte in diesem Augenblicke die von dem Damme herabfahrende Kalesche und den darin sitzenden Tschitschikow.

»Haben Sie schon zu Mittag gegessen?« rief der Herr, indem er unter den gefangenen Fischen ans Ufer trat. Er war ganz in das Netz gewickelt, vergleichbar mit einer Damenhand, die zur Sommerzeit in einem durchbrochenen Handschuh steckt; die eine Hand hielt er wie einen Schirm über die Augen zum Schutz gegen die Sonne, die andere tiefer unten, nach Art der mediceischen Venus, die aus dem Bade steigt.

»Nein«, erwiderte Tschitschikow, nahm die Mütze ab und verbeugte sich mehrmals vom Wagen aus.

»Na, dann können Sie Gott danken!«

»Wieso denn?« fragte Tschitschikow neugierig, indem er die Mütze über dem Kopfe in der Luft hielt.

»Sehen Sie nur mal her! Kleiner Foma, laß mal das Netz und hole den Stör aus dem Behälter! Kosma, du Tölpel, geh hin und hilf ihm!«

Die beiden Fischer hoben aus dem Behälter den Kopf eines Ungeheuers in die Höhe. »Das ist ein Riesentier! Der ist aus dem Flusse in unsern See gekommen!« rief der rundliche Herr. »Fahren Sie nur auf den Hof! Kutscher, schlag den unteren

Weg ein, durch das Gemüsefeld! Lauf, großer Foma, du Tölpel, und nimm die Gatterstangen weg! Er wird Sie führen; ich selbst werde gleich . . .«

Der langbeinige, barfüßige Foma, der ›der große‹ zubenannt wurde, lief, so wie er war, im bloßen Hemde vor dem Wagen her durch das ganze Dorf, wo an jedem Hause Kescher, Netze und Reusen hingen: die Männer waren sämtlich Fischer; dann nahm er aus einer Verzäunung die Gatterstangen heraus, und der Wagen fuhr zwischen Gemüsefeldern hindurch auf einen freien Platz bei der Dorfkirche. Hinter der Kirche zeigten sich in einiger Entfernung die Dächer der Gutsgebäude.

»Ein wunderlicher Kauz, dieser Koschkarew!« dachte Tschitschikow bei sich.

»Da bin ich auch schon!« erscholl eine Stimme von der Seite her. Er blickte hin: der Gutsherr fuhr, bereits angekleidet, neben ihm; er trug einen grasgrünen Nankinrock und gelbe Beinkleider, aber kein Halstuch; er sah aus wie ein Kupido! Er saß seitwärts in seinem Wägelchen, das er mit seinem Körper vollständig ausfüllte. Tschitschikow wollte etwas zu ihm sagen; aber der Dicke war schon wieder verschwunden. Das Wägelchen tauchte von neuem an jener Stelle auf, wo die Fische herausgezogen waren, und von neuem ertönten die Rufe: »Großer Foma und kleiner Foma! Kosma und Denis!« Als aber Tschitschikow bei dem Portale des Gutshauses vorfuhr, stand zu seiner größten Verwunderung der dicke Gutsbesitzer schon auf den Stufen vor dem Portale und empfing ihn mit einer Umarmung. Wie er so schnell hatte dahingelangen können, war unbegreiflich. Sie küßten einander nach alter russischer Sitte dreimal über Kreuz: der Gutsherr war ein Mann vom alten Schlage.

»Ich bringe Ihnen Grüße von Seiner Exzellenz«, sagte Tschitschikow.

»Von welcher Exzellenz?«

»Von Ihrem Verwandten, dem General Alexander Dmitrijewitsch.«

»Wer ist das, Alexander Dmitrijewitsch?«

»General Betrischtschew«, antwortete Tschitschikow einigermaßen verwundert.

»Kenne ich nicht«, versetzte jener erstaunt.

Tschitschikow geriet in noch größere Verwunderung.

»Wie hängt das zusammen? Ich hoffe doch, daß ich das Vergnügen habe, mit dem Oberst Koschkarew zu sprechen?«

»Nein, hoffen Sie das nicht! Sie sind nicht zu dem gekommen, sondern zu mir. Peter Petrowitsch Pjetuch! Pjetuch, Peter Petrowitsch!« erwiderte der Hausherr.

Tschitschikow war ganz starr. »Wie geht das zu?« wandte er sich an Selifan und Petruschka, die ebenfalls beide den Mund aufsperrten und die Augen aufrissen, der eine auf dem Bocke sitzend, der andere am Wagenschlage stehend. »Was habt ihr da angerichtet, ihr Dummköpfe? Ich habe euch doch gesagt: zum Oberst Koschkarew, und nun ist das hier Peter Petrowitsch Pjetuch . . .«

»Das haben die beiden Burschen gut gemacht! Geht in die Küche; da wird man jedem von euch ein Glas Schnaps geben«, sagte Peter Petrowitsch Pjetuch. Spannt die Pferde ab und geht gleich in die Leutestube!«

»Ich schäme mich; ein so ungeahnter Irrtum . . .« begann Tschitschikow.

»Kein Irrtum. Probieren Sie zuerst, wie Ihnen das Mittagessen gefällt, und dann sagen Sie, ob es ein Irrtum war! Ich bitte ganz ergebenst«, sagte Pjetuch, faßte Tschitschikow unter und führte ihn in die inneren Räume. Von dort kamen ihnen zwei junge Menschen in Sommerröcken entgegen, beide schlank wie Weidenruten, jeder wohl eine Elle größer als der Vater.

»Meine Söhne, Gymnasiasten, jetzt hier auf Ferien. Nikolai, bleib du bei unserem Gaste, und du, Alexei, komm mit mir mit!« Mit diesen Worten verschwand der Hausherr.

Tschitschikow unterhielt sich mit Nikolai. Dieser schien auf dem besten Wege zu sein, ein Liedrian zu werden. Er erzählte dem Gaste von vornherein, daß man von dem Besuche des Gymnasiums der Gouvernementsstadt keinen Segen habe; er und sein Bruder hätten die Absicht, nach Petersburg zu gehen, da das Leben in der Provinz ja doch nichts wert sei.

»Ich verstehe«, dachte Tschitschikow; »ihr habt es auf die Konditoreien und Boulevards abgesehen ...« – »Wie steht es?« fragte er laut. »In welchem Zustande befindet sich das Gut Ihres Vaters?«

»Es ist mit einer Hypothek belastet«, erwiderte der Vater selbst, der plötzlich wieder im Salon erschien, »ja, ja.«

»Schlimm«, dachte Tschitschikow. »Auf die Art wird bald kein einziges Gut mehr schuldenfrei sein. Man muß sich beeilen.« – »Aber Sie haben doch gewiß keine Nötigung gehabt, so schnell eine Hypothek darauf aufzunehmen?«

»Ach, das macht nichts«, antwortete Pjetuch. »Man sagt ja, das sei vorteilhaft. Alle nehmen Hypotheken auf; warum soll man hinter den anderen zurückbleiben? Außerdem habe ich die ganze Zeit über hier gelebt: da möchte ich auch einmal das Leben in Moskau versuchen. Meine Söhne da reden mir ebenfalls zu; sie möchten eine großstädtische Bildung genießen.«

»Der Dummkopf, der Dummkopf!« dachte Tschitschikow. »Er wird alles verschwenden und auch seine Kinder zu Verschwendern machen. Und das Gut ist nicht übel. Man sieht auf den ersten Blick, daß es den Bauern gut geht, und der Herrschaft ebenfalls. Aber wenn sie erst in den Restaurants und Theatern ihre Bildung vervollständigen, dann wird alles zum Teufel gehen. Er sollte ruhig hier wohnen bleiben, der Schmerbauch.«

»Ich weiß, was Sie denken«, sagte Pjetuch.

»Nun, was denn?« fragte Tschitschikow verlegen.

»Sie denken: ›Dieser Pjetuch ist doch ein rechter Schafskopf: hat mich zum Mittagessen eingeladen, aber es gibt immer noch nichts.‹ Es wird gleich fertig sein, Verehrtester. Schneller, als sich ein kurzgeschorenes* Mädchen den Zopf flechten kann, wird das Essen da sein.«

* Die Strafe für eine sittliche Verfehlung.

»Vater! Da kommt Platon Michailowitsch!« rief Alexei bei einem Blick durch das Fenster.

»Er reitet auf einem Fuchs«, fügte Nikolai, zum Fenster hineilend, hinzu.

»Wo, wo?« rief Pjetuch, der ebenfalls ans Fenster trat.

»Wer ist das, Platon Michailowitsch?« erkundigte sich Tschitschikow bei Alexei.

»Unser Nachbar, Platon Michailowitsch Platonow, ein prächtiger Mensch, ein ganz vortrefflicher Mensch«, antwortete Pjetuch selbst.

In diesem Augenblicke trat Platonow selbst ins Zimmer, ein schöner, schlank gewachsener Mann mit blondem, glänzendem, lockigem Haar. Ihm folgte, mit dem messingnen Halsbande rasselnd, ein schreckliches Ungeheuer von Hund, mit gewaltigem Maule, namens Jarb.

»Haben Sie schon zu Mittag gegessen?«

»Das habe ich.«

»Was soll das heißen? Sie sind wohl hergekommen, um sich über mich lustig zu machen? Was soll ich denn mit Ihnen anfangen, wenn Sie schon gegessen haben?«

Der Gast erwiderte lächelnd: »Zu Ihrem Troste kann ich Ihnen sagen, daß ich gar keinen Bissen genossen habe; ich hatte gar keinen Appetit.«

»Hätten Sie doch gesehen, was wir vorhin für Fische gefangen haben! Ein Riesentier von Stör ist uns ins Netz gegangen! Und was für Karauschen und Karpfen!«

»Es macht einen ordentlich verdrießlich, Sie so reden zu hören. Warum sind Sie denn immer so vergnügt?«

»Warum sollte ich denn melancholisch sein? Ich bitte Sie!« erwiderte der Hausherr.

»Ist das eine Frage! Weil es langweilig ist.«

»Sie essen zu wenig; das ist das Ganze. Versuchen Sie doch einmal, ordentlich zu Mittag zu essen! Das ist auch so eine Erfindung der Neuzeit, die Langeweile; früher langweilte sich niemand.«

»Prahlen Sie nur nicht! Als ob Sie sich nie gelangweilt hätten!«

»Nein, niemals! Und ich weiß nicht, ich habe gar nicht einmal Zeit dazu, mich zu langweilen. Wenn man am Morgen aufwacht, dann erscheint sogleich der Koch, und man muß das Nötige für das Mittagessen anordnen; dann trinkt man Tee; dann kommt der Verwalter; dann geht man zum Fischfang, und dann folgt das Mittagessen. Nach Tische hat man kaum Zeit gehabt, ein bißchen zu schlummern, dann stellt sich auch schon wieder der Koch ein, und man muß das Abendessen bestellen, und nachher kommt der Koch noch einmal, und man muß mit ihm Rücksprache nehmen über das Mittagessen für den folgenden Tag ... Wann soll man sich da langweilen?«

Während dieses ganzen Gespräches betrachtete Tschitschikow den Gast, der ihn durch seine außerordentliche Schönheit, durch seinen schlanken, malerischen Wuchs, durch seine frische, unverbrauchte Jugendkraft und durch die mädchenhafte Reinheit seines durch keine Hautunreinigkeit verunzierten Teints in Erstaunen versetzte. Weder Leidenschaften noch Kummer, noch überhaupt etwas einer Aufregung oder Unruhe Ähnliches hatten es gewagt, sein mädchenhaftes Gesicht zu berühren und eine Falte auf ihm hervorzurufen; zugleich aber fehlte seinem Gesichte auch die Lebendigkeit, die die Folge solcher Affekte ist. Sein Gesicht blieb immer schläfrig, trotz des ironischen Lächelns, das mitunter darüber hinglitt.

»Auch ich«, sagte Tschitschikow, »kann, wenn Sie mir diese Bemerkung gestatten, nicht begreifen, wie jemand mit einem solchen Äußeren, wie es das Ihrige ist, melancholisch sein kann. Allerdings, wenn es einem an Geld mangelt oder man Feinde hat, wie es denn deren manchmal gibt, die einem sogar nach dem Leben trachten ...«

»Glauben Sie mir«, unterbrach ihn der schöne Gast, »ich wünsche mir manchmal um der Abwechselung willen eine

Beunruhigung, zum Beispiel, daß mich jemand ärgern möchte; aber auch das geschieht nicht. Mein Leben ist einfach langweilig, weiter nichts.«

»Da haben Sie wohl zu wenig Land bei Ihrem Gute oder zu wenig Seelen?«

»Keineswegs. Ich und mein Bruder haben etwa zehntausend Dessätinen Land und dabei mehr als tausend Bauern.«

»Sonderbar; das verstehe ich nicht. Aber vielleicht haben Sie Mißernten und Epidemien gehabt? Sind Ihnen viele Bauern gestorben?

»Im Gegenteil, es ist alles in schönster Ordnung, und mein Bruder ist ein vortrefflicher Landwirt.«

»Und trotzdem diese Melancholie! Das verstehe ich nicht!« sagte Tschitschikow achselzuckend.

»Na, die Melancholie wollen wir sofort verscheuchen«, sagte der Hausherr. »Lauf flink in die Küche, Alexei, und sage dem Koch, er soll uns so schnell wie möglich die Fischpastetchen schicken! Und wo bleiben denn der Faulpelz Jemeljan und der Dieb Anton? Warum bringen sie nicht die Vorspeisen?«

Aber in diesem Augenblicke öffnete sich die Tür. Der Faulpelz Jemeljan und der Dieb Anton erschienen mit Servietten unter dem Arme, deckten den Tisch und stellten ein Präsentierbrett mit sechs Karaffen darauf, in denen sich verschiedenfarbige Liköre befanden. Schnell gruppierte sich um das Präsentierbrett mit den Karaffen ein ganzer Kranz von Schüsseln mit allerlei appetitreizenden Speisen. Die Diener tummelten sich eifrig und brachten eine zugedeckte Schüssel nach der anderen herein, in denen man die Butter noch spratzeln hörte. Der Faulpelz Jemeljan und der Dieb Anton erfüllten ihre Obliegenheiten in ausgezeichneter Weise. Diese Benennungen waren ihnen nur so zur Aufmunterung gegeben. Der Herr war durchaus kein Freund vom Schimpfen; er war vielmehr ein sehr gutmütiger Mensch; aber der Russe kann nun einmal ohne ein kräftig gewürztes Wort nicht auskommen. Er bedarf solcher Ausdrücke ebenso wie eines Gläschens Schnaps zur Verdauung. Was ist da zu machen? Das ist eben seine Natur; fade Süßigkeit kann er nicht leiden.

Auf die Vorspeisen folgte das Mittagessen. Hier wurde der gutmütige Hausherr vollständig zum Tyrannen. Kaum bemerkte er, daß einer seiner Gäste ein Stück gegessen hatte, so legte er ihm auch schon ein zweites hin, wobei er sagte: »Ohne einen Genossen kann kein Mensch und kein Vogel auf der Welt leben.« Und hatte jemand die zwei Stücke verzehrt, so packte er ihm ein drittes auf, mit der Bemerkung: »Zwei ist gar keine Zahl! Gott liebt die Dreieinigkeit.« Hatte der Gast die drei vertilgt, so sagte er zu ihm: »Wo gibt es einen Wagen auf drei Rädern? Und wer baut ein Haus mit drei Ecken?« Nach vier Stücken hatte er wieder eine andere Redensart zur Hand, und nach fünf ebenfalls. Tschitschikow hatte von einem Gerichte ziemlich zwölf Stücke gegessen und dachte: »Na, jetzt wird der Wirt wohl nichts mehr vorzubringen haben.« Aber es kam anders: ohne ein Wort zu sagen, legte ihm der Wirt ein Rücken- und Nierenstück von einem am Spieße gebratenen Kalbe auf den Teller; und was war das für ein Kalb gewesen!

»Zwei Jahre lang habe ich es nur mit Milch nähren lassen«, sagte der Wirt; »ich habe es gepflegt wie einen eigenen Sohn!«

»Ich kann nicht mehr«, sagte Tschitschikow.

»Versuchen Sie nur erst, und dann sagen Sie: ›Ich kann nicht mehr!‹«

»Es geht nicht mehr herein; es ist kein Platz da.«

»In der Kirche war auch kein Platz mehr; da kam der Polizeimeister, und es fand sich für ihn ein Platz. Und doch war ein solches Gedränge gewesen, daß kein Apfel hatte zur Erde fallen können. Versuchen Sie nur: dieses Stück ist auch so ein Polizeimeister.«

Tschitschikow versuchte es, und in der Tat: das Stück hatte Ähnlichkeit mit dem Polizeimeister: es fand sich ein Platz dafür, obgleich es geschienen hatte, daß absolut kein Platz mehr da sei.

»Na, wie kann ein solcher Mensch nach Petersburg oder Moskau ziehen? Bei einer derartigen Gastfreiheit hat er da in drei Jahren sein Geld bis auf den letzten Groschen verbraucht!« Von der heutigen Vervollkommnung dieses Verfahrens hatte Tschitschikow eben noch keine Kenntnis: auch ohne gastfrei zu sein, kann man da sein ganzes Vermögen in drei, nicht Jahren, sondern Monaten durchbringen.

Die Gläser der Gäste füllte der Hausherr unaufhörlich nach; was die Gäste nicht austranken, gab er seinen Söhnen Alexei und Nikolai, die ein Glas nach dem anderen hinuntergossen: es war im voraus klar, welchem Gebiete menschlicher Kenntnisse sie nach ihrer Übersiedelung in die Hauptstadt ihre Aufmerksamkeit zuwenden würden. Die Gäste waren ihrer selbst kaum noch mächtig: mit größter Anstrengung schleppten sie sich auf die Veranda nd nahmen dort mühsam auf Lehnstühlen Platz. Sobald der Hausherr sich auf den seinigen gesetzt hatte, der eigentlich für vier Personen Raum bot, schlief er sofort ein. Sein feister Leib verwandelte sich in einen Blasebalg und begann durch den offenstehenden Mund und die Nasenlöcher solche Töne von sich zu geben, wie sie selbst einem modernen Komponisten nur selten einfallen: da hörte man Trommel und Flöte und ein abgebrochenes Getön, das ganz wie Hundegebell klang.

»Der versteht das Schnarchen!« sagte Platonow.

Tschitschikow lachte.

»Natürlich«, fuhr Platonow fort, »wenn man so zu Mittag ißt, wie soll man da melancholisch werden? Da schläft man einfach, nicht wahr?«

»Ja; aber nehmen Sie es mir nicht übel, ich kann auch nicht begreifen, wie man melancholisch sein kann. Gegen die Melancholie gibt es doch so viele Mittel.«

»Welche denn?«

»Für einen jungen Mann gibt es ihrer eine Unmenge: tanzen, ein Instrument spielen . . . oder auch heiraten.«

»Wen?«

»Sind denn in der Umgegend keine hübschen, reichen Mädchen vorhanden?«

»Nein.«

»Nun, dann sucht man eben an anderen Orten und macht eine kleine Reise.« Und hier blitzte in Tschitschikows Kopfe plötzlich ein herrlicher Gedanke auf. »Da haben Sie ein prächtiges Mittel!« sagte er, indem er Platonow in die Augen blickte.

»Welches?«

»Eine Reise.«

»Wohin soll ich denn reisen?«

»Wenn Sie Ihr freier Herr sind, dann fahren Sie doch mit mir mit!« antwortete Tschitschikow und dachte bei sich, während er Platonow anblickte: »Das wäre schön. Dann könnten wir die Ausgaben zu gleichen Teilen tragen, und die Wagenreparatur könnte ganz auf seine Rechnung kommen.«

»Wohin fahren Sie denn?«

»Augenblicklich reise ich nicht sowohl in meinen eigenen Angelegenheiten als im Interesse eines anderen. Der General Betrischtschew, ein guter Freund von mir und, ich kann sagen, mein Wohltäter, hat mich gebeten, seine Verwandten zu besuchen ... Diese Besuche bei seinen Verwandten sind ja allerdings mein Hauptzweck; aber zum Teil reise ich sozusagen auch um meiner selbst willen; denn die Welt zu sehen und das Treiben der Menschen kennenzulernen, das ist, man mag sagen, was man will, gleichsam ein lebendiges Buch, eine richtige Wissenschaft.« Und als er das gesagt hatte, stellte Tschitschikow folgende Überlegung an: »Das wäre wirklich schön. Es könnten sogar alle Ausgaben auf seine Rechnung kommen, und wir könnten sogar mit seinen Pferden fahren, und die meinigen könnten sich unterdessen bei ihm auf dem Gute ordentlich ausfüttern.«

»Warum sollte ich nicht eine kleine Reise machen?« dachte unterdessen Platonow. »Zu Hause habe ich nichts zu tun; die Wirtschaft liegt sowieso in den Händen meines Bruders; meine

Abwesenheit bringt also keinen Schaden. Wirklich, warum sollte ich nicht eine kleine Reise machen?« – »Würden Sie einwilligen«, sagte er laut, »etwa zwei Tage lang der Gast meines Bruders zu sein? Sonst wird er mich nicht fortlassen.«

»Mit dem größten Vergnügen; meinetwegen auch drei Tage.«

»Nun, dann Hand darauf! Fahren wir!« sagte Platonow, lebhafter werdend.

Sie gaben sich beide den Handschlag. »Fahren wir!«

»Wohin, wohin?« rief der Hausherr, der aus dem Schlafe erwachte und sie mit aufgerissenen Augen anblickte. »Nein, meine Herren! Von der Kalesche habe ich die Räder abnehmen lassen, und Ihren Hengst, Platon Michailowitsch, haben meine Leute fünfzehn Werst weit von hier weggejagt. Nein, heute müssen Sie hier über Nacht bleiben; morgen mögen Sie dann nach einem frühen Mittagessen fahren, wohin Sie wollen.«

Wie konnte man gegen Pjetuch ankämpfen? Sie mußten schon dableiben. Dafür wurden sie durch einen wundervollen Frühlingsabend belohnt. Der Hausherr veranstaltete eine Kahnfahrt auf dem Flusse. Zwölf Ruderer mit vierundzwanzig Rudern fuhren die Gesellschaft unter Gesängen über den spiegelglatten See. Von dem See ging es in den Fluß, der sich, mit sanft abgedachten Ufern nach beiden Seiten, unabsehbar hinzog; fortwährend kamen sie dabei unter Seilen hindurch, die zum Zwecke des Fischfangs quer über den Fluß gespannt waren. Die Oberfläche des Wassers wurde durch die Strömung nicht im geringsten bewegt; lautlos erschienen vor ihrem Blicke eines nach dem anderen die Landschaftsbilder, und ein Hain nach dem anderen erfreute ihr Auge durch die mannigfaltige Gruppierung der Bäume. Nachdem die Ruderer eine Weile in gleichem Takte mit ihren vierundzwanzig Rudern gearbeitet hatten, hoben sie auf einmal alle Ruder in die Höhe, und der Kahn schoß von selbst wie ein leichter Vogel über die regungslose, spiegelnde Oberfläche dahin. Ein breitschultriger Bursche, der dritte Mann vom Steuer, der den Vorsänger machte, begann mit reiner, heller Stimme, welche klang, als ob sie aus einer Nachtigallenkehle käme, die ersten Strophen eines Liedes; fünf andere fielen ein; die sechs übrigen hielten einen Grundton lange aus, und nun strömte das Lied endlos dahin, endlos wie Rußland selbst. Auch Pjetuch raffte sich auf und stieß eine Art von Gekreisch aus, um den Chor zu verstärken, wo es diesem an Kraft mangelte, und selbst Tschitschikow fühlte, daß er ein Russe war. Nur Platonow dachte: »Was ist denn Schönes an diesem wehmütigen Gesange? Dann wird ja die Seele nur noch melancholischer.«

Als sie zurückfuhren, senkte sich schon die Dämmerung herab. Die Ruder schlugen im Dunkeln in das Wasser, das den Himmel nicht mehr widerspiegelte. Im Finstern legten sie am Ufer an, auf welchem eine Anzahl von freien Feuern brannten; auf Dreifüßen kochten sich die Fischer eine Fischsuppe aus lebhaft zappelnden Kaulbarsen. Alles war bereits zu Hause. Das Vieh und Geflügel des Gutes war schon längst eingetrieben, und der Staub, den es aufgeregt hatte, hatte sich gelegt; die Hirten, die es eingetrieben hatten, standen am Tore und warteten auf Töpfe mit Milch und auf eine Einladung zur Fischsuppe. In der Dunkelheit hörte man das leise Geplauder der Gutsleute und fernes Hundegebell, das aus fremden Dörfern herüberklang. Der Mond stieg herauf; die dunkle Umgebung begann sich zu erhellen, und alles wurde klar sichtbar. Ein wundervolles Bild! Aber niemand hatte Lust, sich seiner zu freuen. Statt auf schnellen Hengsten im Mondschein über das Feld miteinander um die Wette zu reiten, dachten Nikolai und Alexei an Moskau, an die Konditoreien und Theater, von denen ihnen ein aus der Hauptstadt zu Besuch gekommener Kadett erzählt hatte; ihr Vater dachte daran, womit er seine Gäste traktieren könne; Platonow gähnte. Verhältnismäßig am lebhaftesten zeigte sich noch Tschitschikow. »Nein, wirklich! Ich werde mir auch einmal ein Gütchen anschaffen!« dachte er bei sich. Und dabei schwebte ihm ein nettes Frauchen und eine Anzahl kleiner Tschitschikows vor.

Beim Abendessen wurden wieder gewaltige Quantitäten verzehrt. Als Pawel Iwanowitsch in das ihm angewiesene Schlafzimmer kam und sich ins Bett legte, befühlte er seinen Bauch und sagte: »Prall wie eine Trommel! Da geht kein Polizeimeister mehr hinein.« Es hatte sich so gefügt, daß auf der anderen Seite der Wand das Zimmer des Hausherrn lag; die Wand war nur dünn, und es war alles zu hören, was dort gesprochen wurde. Der Hausherr bestellte bei dem Koche für den nächsten Tag unter dem Namen eines frühen Dejeuners ein reguläres Mittagessen, – und wie bestellte er es! Ein Toter hätte dabei Appetit bekommen.

»Und die Fischpastete mache viereckig«, sagte er, indem er mit den Lippen eine saugende Bewegung machte und die Luft einzog. »In die eine Ecke tu die Backen und Knorpel von dem Stör hinein und in eine andere einen Brei von Buchweizengrütze und Pilze und Zwiebeln und süße Fischmilch und Hirn und sonst noch -dies und das, du weißt schon, was da hineingehört. Auf der einen Seite muß sie schön braun gebacken sein, verstehst du, auf der anderen aber etwas heller. Und die Unterseite, die mußt du so backen, daß sie ganz durchzogen und durchtränkt ist, du verstehst schon; nicht so, daß sie auseinanderfällt, aber sie muß einem im Munde zergehen wie Schnee, ohne daß man es merkt.« Während Pjetuch das sagte, schnalzte er mit der Zunge und schmatzte mit den Lippen.

»Hol's der Teufel, er läßt einen nicht schlafen«, dachte Tschitschikow und wickelte den Kopf in die Bettdecke, um nichts mehr zu hören. Aber auch durch die Bettdecke hindurch hörte er weitere Anweisungen:

»Und den Stör garniere mit sternförmig geschnittenen roten Beten und Stinten und Pfifferlingen, weißt du, auch mit Rüben, Möhren, Bohnen und allerlei anderen guten Dingen, du weißt schon; nur ja recht viel buntscheckige Garnierung.

Und in den gefüllten Schweinemagen tu etwas Eis hinein, damit er hübsch prall ist.«

Noch viele andere Gerichte bestellte Pjetuch. Man hörte immerzu: »Brat es mir nur ordentlich, back es mir nur gut, laß es mir nur hübsch schmoren!« Als Tschitschikow einschlief, war das Gespräch gerade bei einem Truthahn angelangt.

Am anderen Tage aßen die Gäste so stark, daß Platonow nicht mehr reiten konnte. Der Hengst wurde mit einem Reitknecht Pjetuchs fortgeschickt. Die beiden Gäste setzten sich in die Kalesche. Der Hund mit der großen Schnauze trottete träge hinter der Kalesche her; auch er hatte sich überfressen.

»Das ist aber doch ein Übermaß«, sagte Tschitschikow, als sie aus dem Hofe herausgefahren waren.

»Aber er ist nicht melancholisch; das ist dabei das Ärgerliche.«

»Wenn ich, wie du, siebzigtausend Rubel jährliche Einnahme hätte«, dachte Tschitschikow, »dann sollte mir auch alle Melancholie fernbleiben. Da ist der Branntweinpächter Murasow, der hat ein Vermögen von zehn Millionen; das spricht sich so leicht aus, aber es ist ein nettes Sümmchen!«

»Es verschlägt Ihnen wohl nichts, wenn wir unterwegs mit einem kleinen Umwege einen Besuch machen? Ich möchte gern meiner Schwester und meinem Schwager Adieu sagen.«

»Mit dem größten Vergnügen«, erwiderte Tschitschikow.

»Er ist in unserer Gegend der beste Landwirt. Er erzielt zweihunderttausend Rubel Jahreseinnahme von einem Gute, das vor acht Jahren nicht einmal zwanzigtausend gab.«

»Ah, das ist ohne Zweifel ein hochachtbarer Mann! Es wird mir höchst interessant sein, die Bekanntschaft eines solchen Mannes zu machen. Das ist ja etwas ganz Außerordentliches . . . Wie heißt er denn?«

»Kostanschoglo.«

»Und mit Vor- und Vatersnamen?«

»Konstantin Fjodorowitsch.«

»Konstantin Fjodorowitsch Kostanschoglo. Es wird mir

überaus interessant sein, seine Bekanntschaft zu machen. Einen solchen Mann kennenzulernen, muß lehrreich sein.«

Platonow übernahm es, Selifan Anweisung über den Weg zu geben, was höchst notwendig war, da dieser sich kaum auf dem Bocke halten konnte. Petruschka fiel zweimal kopfüber vom Wagen herunter, so daß es erforderlich wurde, ihn mit einem Stricke am Bocke festzubinden. »So ein Vieh!« sagte Tschitschikow jedesmal, weiteres unterdrückend.

»Sehen Sie nur, hier beginnt sein Land«, sagte Platonow; »das ist gleich ein ganz anderer Anblick.«

Und in der Tat, das ganze Feld war mit jungem Walde bepflanzt, und die Bäumchen standen gerade und gleichmäßig wie Kerzen da; danach folgte eine andere, etwas höhere Schonung, und danach älterer Wald, so daß immer ein Revier höher war als das andere. Darauf kam ein mit dichtem Getreide bedeckter Streifen Feld und dann von neuem in gleicher Weise junger und älterer Wald. Dreimal fuhren sie durch Wald wie durch ein Tor in einer Mauer. »Das ist alles bei ihm in acht, zehn Jahren herangewachsen, was bei einem anderen nicht in zwanzig Jahren heranwächst.«

»Wie fängt er denn das an?«

»Fragen Sie ihn selbst danach! Er versteht sich vorzüglich auf den Grund und Boden; nichts, was er tut, ist weggeworfene Mühe. Und er kennt nicht nur das Erdreich, sondern weiß auch, welche Nachbarschaft ein jedes Gewächs braucht, welche Baumarten neben welchem Getreide angebracht sind. Alles muß bei ihm drei, vier Funktionen zugleich ausüben. Der Wald ist bei ihm, abgesehen von der Holzproduktion, dazu da, den Feldern an der und der Stelle ein bestimmtes Quantum Feuchtigkeit zu liefern und mit seinen abgefallenen Blättern in gewissem Maße den Boden zu düngen und den erforderlichen Schatten zu geben. Wenn ringsumher Dürre ist, so ist bei ihm keine Dürre; wenn ringsumher Mißernte ist, so ist bei ihm keine Mißernte. Schade, daß ich selbst von diesen Dingen so wenig verstehe und nicht imstande bin, es

Ihnen auseinanderzusetzen; aber die Kunststücke, die er ausführt, sind ganz erstaunlich. Die Leute nennen ihn einen Hexenmeister. Vieles, vieles von mancherlei Art ist bei ihm zu sehen . . . Aber langweilig ist das alles trotzdem.«

»Das muß wirklich ein wunderbarer Mann sein«, dachte Tschitschikow. »Es ist sehr bedauerlich, daß der junge Mensch so oberflächlich ist und es nicht versteht, einem die Sache auseinanderzusetzen.«

Endlich wurde das Dorf sichtbar. Einer Stadt ähnlich breitete es sich mit seinen vielen Bauernhäusern über drei Anhöhen aus, die von drei Kirchen gekrönt waren; ringsum war das Dorf von gewaltigen Getreide- und Heuschobern umgeben. »Ja«, dachte Tschitschikow, »das sieht man, daß hier ein Landwirt ersten Ranges wohnt.« Die Bauernhäuser waren sämtlich fest, die Straßen eben; stand irgendwo ein Bauernwagen, so war er stark und neu; die ihnen begegnenden Bauern hatten einen verständigen Gesichtsausdruck; das Hornvieh war von auserlesener Art; sogar die Schweine der Bauern machten einen vornehmen Eindruck. Man konnte meinen, daß hier jene Bauern wohnten, von denen es im Liede heißt, sie schüppten das Silbergeld mit Schaufeln zusammen. Hier waren keine englischen Parks und Rasenflächen mit allerlei Einrichtungen zum Vergnügen; wohl aber zog sich nach altmodischer Art eine lange Reihe von Vorrats- und Arbeiterhäusern bis dicht an das Gutsgebäude heran, damit der Herr immer sehen könne, was um ihn herum geschah; auf dem hohen Dache des Gutsgebäudes erhob sich eine turmähnliche, hohe Laterne, nicht zum Schmuck und zum Betrachten der Aussicht, sondern um die Arbeiter auf den fernen Feldern beobachten zu können.

An der Haustür wurden sie von hurtigen Dienern empfangen, die von dem Trunkenbold Petruschka sehr vorteilhaft abstachen, obwohl sie keine Fracks trugen, sondern Kosakenröcke von blauem, im Hause gewebtem Tuche.

Die Hausfrau kam selbst vor die Tür gelaufen. Sie sah frisch wie Milch und Blut aus und war schön wie der Tag; sie glich ihrem Bruder Platonow wie ein Ei dem andern, nur mit dem Unterschiede, daß sie nicht welk und matt war wie er, sondern gesprächig und heiter.

»Guten Tag, Bruder! Wie freue ich mich, daß du gekommen bist! Konstantin ist nicht zu Hause, wird aber bald kommen.«

»Wo ist er denn?«

»Er hat im Dorfe mit Aufkäufern zu tun«, versetzte sie, während sie die Gäste ins Zimmer führte.

Tschitschikow betrachtete neugierig die Wohnung dieses ungewöhnlichen Menschen, der zweihunderttausend Rubel jährliche Einnahme hatte; er hatte die Vorstellung, er werde an der Wohnung die Eigenschaften des Hausherrn selbst wiederfinden, so wie man aus der zurückgebliebenen Schale auf die Muschel oder Schnecke schließt, die einmal daringesteckt und einen Abdruck ihrer Körperformen hinterlassen hat. Aber es war nicht möglich, aus der Wohnung irgendwelche Schlüsse zu ziehen. Die Zimmer waren sämtlich einfach eingerichtet und erschienen sogar leer. Da waren weder Wandmalereien noch Gemälde, noch Bronzen, noch Blumen, noch Etagèren mit Porzellan, nicht einmal Bücher. Kurz, alles zeigte, daß das Leben des Bewohners sich zu seinem größten Teile überhaupt nicht in den vier Wänden des Zimmers, sondern auf dem Felde abspielte, und daß sogar die Gedanken desselben nicht etwa vorher nach Sybaritenart am Kaminfeuer im bequemen Lehnstuhl ersonnen wurden, sondern dort selbst, an der Stätte seiner Tätigkeit, ihm in den Kopf kamen und gleich dort, wo sie ihm in den Kopf gekommen waren, in Taten umgesetzt wurden. In den Zimmern konnte Tschitschikow nur die Spuren weiblicher Haushaltung erkennen: auf den Tischen und Stühlen lagen reinliche Bretter von Lindenholz und auf ihnen allerlei Blumenblätter, welche trocknen sollten.

»Was hast du denn da für Jux ausgebreitet, Schwester?« sagte Platonow.

»Wie kannst du das Jux nennen!« erwiderte die Hausfrau. »Das ist das beste Mittel gegen das Fieber. Damit haben wir im vorigen Winter alle Bauern kuriert. Und dies da ist zu Likören, und jenes dort kommt in das Eingemachte. Ihr macht euch immer über meine Art, Eingemachtes und Eingesalzenes herzustellen, lustig; aber nachher, wenn ihr es eßt, lobt ihr es selbst.«

Platonow trat an das Klavier und blätterte in den dort liegenden Noten.

»Herr Gott, was für altes Zeug!« sagte er. »Schämst du dich denn gar nicht, Schwester?«

»Na, nimm es mir nicht übel, Bruder, aber mich mit Musik zu beschäftigen, dazu habe ich schon seit langem keine Zeit gehabt. Ich habe eine achtjährige Tochter, die ich unterrichten muß. Sie den Händen einer ausländischen Gouvernante überantworten, bloß um selbst freie Zeit für Musik zu haben, – nein, nimm es mir nicht übel, Bruder, das tue ich nicht.«

»Wirklich, was bist du langweilig geworden, Schwester!« sagte der Bruder und trat ans Fenster. »Ah, da ist er! Er kommt, er kommt!« rief Platonow.

Tschitschikow eilte ebenfalls ans Fenster. Der Haustür näherte sich ein Mann von etwa vierzig Jahren, von lebhaftem Wesen, mit gebräunter Haut, in einem Kamelottrocke. Auf seinen Anzug pflegte er nicht viel Sorgfalt zu verwenden. Auf dem Kopfe trug er eine Samtmütze. Rechts und links von ihm gingen mit den Mützen in der Hand zwei Männer niederen Standes und redeten angelegentlich mit ihm: der eine ein schlichter Bauer, der andere ein fremder durchtriebener Aufkäufer in kurzem, blauem Rocke. Da sie alle drei bei der Haustür stehen blieben, konnte man in der Wohnung ihr Gespräch hören.

»Das Beste, was ihr tun könnt, ist, euch von eurem Herrn loszukaufen. Das erforderliche Geld will ich euch meinetwegen borgen; ihr könnt die Schuld nachher abarbeiten.«

»Nein, Konstantin Fjodorowitsch, wozu sollen wir uns loskaufen? Nehmen Sie uns! Bei Ihnen kann jeder etwas lernen. Einen so klugen Menschen wie Sie findet man auf der ganzen Welt keinen zweiten. Das Unglück ist heutigen Tages, daß man sich gar nicht in acht nehmen kann. Die fiskalischen Branntweinverkäufer haben jetzt ganz arge Sorten Schnaps eingeführt: wenn man auch nur ein Glas trinkt, bekommt man ein solches Brennen im Magen, daß man einen Eimer voll Wasser nachtrinken möchte; ehe man es sich versieht, ist man sein ganzes Geld los. Die Versuchung ist gar zu groß. Ich glaube, der Böse regiert die Welt, weiß Gott! Alles mögliche führen sie ein, um den Bauer verdreht zu machen: Tabak und allerlei solche Geschichten . . . Was soll man machen, Konstantin Fjodorowitsch? Man ist ein Mensch und unterliegt der Versuchung.«

»Hör mal zu; die Sache ist doch die: werdet ihr meine Bauern, so seid ihr doch auch unfrei. Allerdings bekommt jeder beim Eintritt eine Kuh und ein Pferd; aber dafür stelle ich an den Bauer auch größere Anforderungen als irgendein anderer. Bei mir heißt es vor allen Dingen: arbeiten! Mag nun einer für mich oder für sich zu arbeiten haben, jedenfalls dulde ich nicht, daß er sich auf die faule Haut legt. Ich selbst arbeite wie ein Pferd und lasse auch meine Bauern so arbeiten; denn das weiß ich aus praktischer Erfahrung, Bruder: all die dummen Gedanken kommen einem bloß davon in den Kopf, wenn man nicht arbeitet. Also überlegt das alle zusammen in eurer Gemeindeversammlung und besprecht es miteinander!«

»Wir haben es schon besprochen, Konstantin Fjodorowitsch. Auch die alten Leute bei uns sagen: ›Das ist nicht zu bestreiten, daß bei Herrn Kostanschoglo jeder Bauer reich ist; das muß doch seinen Grund haben. Auch die Geistlichen sind bei ihm barmherzig; uns dagegen hat man die Geistlichen überhaupt weggenommen, und wir wissen nicht einmal, wie wir unsere Toten beerdigen lassen sollen.‹«

»Trotzdem rate ich dir: geh noch einmal hin und besprich es mit den anderen!«

»Ich werde es tun.«

»Also, hm, Konstantin Fjodorowitsch, haben Sie die Gnade und lassen Sie ein wenig ab!« sagte der auf der anderen Seite stehende fremde Aufkäufer im blauen Rocke.

»Ich habe dir schon gesagt: ich bin kein Freund vom Handeln. Bei mir ist es nicht so, wie bei manchen anderen Gutsbesitzern, bei denen du dich gerade zu dem Termin einstellst, wo sie die Hypothekenzinsen bezahlen müssen. Ich kenne euch ja alle: ihr habt Verzeichnisse von allen Gutsbesitzern, wann ein jeder Zahlungen zu leisten hat. Da ist es nun kein Wunder: so einer ist in Not, na, und da läßt er dir seine Produkte zum halben Preise ab. Aber ich habe dein Geld nicht nötig: meinetwegen können meine Produkte bei mir noch drei Jahre lang lagern; Hypothekenzinsen habe ich keine zu bezahlen.«

»Sehr richtig, Konstantin Fjodorowitsch. Ich möchte ja das Geschäft auch nur machen, um künftig mit Ihnen in Beziehung zu stehen, nicht um irgendwelchen Gewinnes willen. Bitte, nehmen Sie hier dreitausend Rubel Handgeld!« Der Aufkäufer zog ein Päckchen schmieriger Banknoten aus der Brusttasche. Kostanschoglo nahm sie sehr gleichmütig hin und schob sie, ohne sie nachzuzählen, in die hintere Tasche seines Rockes.

»Hm«, dachte Tschitschikow, »ganz wie ein Taschentuch!« Nun erschien Kostanschoglo in der Tür des Salons. Jetzt aus der Nähe imponierte er Tschitschikow noch mehr durch seine bräunliche Hautfarbe, die sturren, schwarzen, stellenweis schon vorzeitig ergrauten Haare, den lebhaften Ausdruck der Augen und einen gewissen cholerischen, hitzigen Habitus, der auf seine südländische Abkunft hinwies. Er war nicht von rein russischer Nationalität. Er selbst wußte nicht, woher seine Vorfahren stammten, und beschäftigte sich nicht mit seiner Genealogie, da er fand, daß das gleichgültig sei und für die Wirtschaft keinen Nutzen bringe. Er hielt sich für einen Russen und konnte auch keine andere Sprache als die russische.

Platonow stellte Tschitschikow vor. Sie küßten sich.

»Um mich von meiner Hypochondrie zu kurieren, Konstantin, beabsichtige ich, eine Reise durch mehrere Gouvernements zu machen«, sagte Platonow, »und Pawel Iwanowitsch hier hat mich aufgefordert, mit ihm zusammen zu fahren.«

»Ein vortrefflicher Gedanke!« versetzte Kostanschoglo. »Nach welchen Gegenden«, fuhr er, sich höflich an Tschitschikow wendend, fort, »gedenken Sie denn jetzt Ihren Weg zu nehmen?«

»Ich muß gestehen«, erwiderte Tschitschikow, höflich den Kopf zur Seite neigend und gleichzeitig die Armlehnen des Sessels streichelnd, »ich reise augenblicklich nicht sowohl in meinen eigenen Angelegenheiten als im Interesse eines anderen: der General Betrischtschew, ein guter Freund von mir und, ich kann sagen, mein Wohltäter, hat mich gebeten, seine Verwandten zu besuchen. Diese Besuche bei seinen Verwandten sind ja allerdings mein Hauptzweck; aber zum Teil reise ich sozusagen auch um meiner selbst willen. Ich will gar nicht einmal von dem Nutzen reden, den das Reisen in bezug auf die Hämorrhoiden haben kann; aber die Welt zu sehen und das Treiben der Menschen kennenzulernen, das ist sozusagen ein lebendiges Buch, eine Art Wissenschaft.«

»Ja, andere Orte und Menschen zu sehen, das kann nichts schaden.«

»Eine vortreffliche Bemerkung! Außerordentlich richtig: es kann in der Tat nicht schaden. Man sieht dabei Dinge, die man sonst nie gesehen hätte; man kommt mit Leuten zusammen, mit denen man sonst nie zusammengekommen wäre. Manches Gespräch ist einen Dukaten wert, wie sich mir denn zum Beispiel gerade jetzt eine glückliche Gelegenheit darbietet ... Ich nehme zu Ihnen meine Zuflucht, hochverehrter Konstantin Fjodorowitsch; belehren Sie mich, belehren Sie mich; stillen Sie meinen Durst, indem Sie mir die Wahrheit verkündigen! Ich warte auf Ihre süßen Worte wie auf ein himmlisches Manna.«

»Was soll ich Sie denn aber lehren? Ja, was denn nur?« fragte Kostanschoglo verlegen. »Mein eigener Unterricht hat seinerzeit nur ein paar Groschen gekostet.«

»Eine schwere Kunst, Verehrtester, eine schwere Kunst, die schwere Kunst, das Steuer einer ländlichen Wirtschaft zu handhaben, die Kunst, sichere Einkünfte zu erzielen, ein nicht etwa eingebildetes, sondern wirkliches Vermögen zu erwerben, indem man damit die Pflicht eines Staatsbürgers erfüllt und sich die Achtung seiner Mitmenschen verdient.«

»Wissen Sie was?« versetzte Kostanschoglo, ihn nachdenklich anblickend; »bleiben Sie einen Tag bei mir! Ich werde Ihnen die ganze Wirtschaft zeigen und Ihnen alles erklären. Eine besondere Kunst ist, wie Sie sehen werden, nicht dabei.«

»Gewiß, bleiben Sie bei uns!« sagte die Hausfrau, und sich zu ihrem Bruder wendend fügte sie hinzu: »Bleib doch auch bei uns Bruder; du hast ja keine Eile!«

»Mir ist es einerlei. Wie denkt Pawel Iwanowitsch darüber?«

»Ich nehme die Einladung gleichfalls mit dem größten Vergnügen an. Nur eins steht im Wege, ein Verwandter des Generals Betrischtschew, ein gewisser Oberst Koschkarew . . .«

»Aber der ist ja verrückt.«

»Ganz richtig, er ist verrückt. Ich würde auch nicht zu ihm hinfahren; aber der General Betrischtschew, ein guter Freund von mir und sozusagen mein Wohltäter . . .«

»Wissen Sie, wie Sie es dann machen können?« sagte Kostanschoglo. »Fahren Sie zu ihm hin; es sind keine zehn Werst. Mein Wägelchen steht bereit; fahren Sie gleich jetzt zu ihm; Sie können schon zum Tee wieder zurück sein.«

»Ein vorzüglicher Gedanke!« rief Tschitschikow und griff nach seinem Hute.

Das Wägelchen fuhr vor und brachte ihn in schneller Fahrt

in einer halben Stunde zum Oberst. Dort war das ganze Dorf in Unordnung: überall Neubauten und Umbauten; Haufen von Kalk, Ziegelsteinen und Balken lagen auf allen Straßen. Neu errichtet waren einige Gebäude, die wie amtliche aussahen. Auf einem derselben stand mit goldnen Buchstaben: »Depot landwirtschaftlicher Geräte«, auf einem andern: »Hauptrechnungsamt«, ferner: »Ausschuß für Gemeindeangelegenheiten«, »Normalschule für Volksbildung«, und Gott weiß was sonst noch alles.

Den Oberst traf er am Stehpult mit der Feder im Munde. Der Oberst empfing Tschitschikow außerordentlich freundlich. Dem Ansehen nach war er ein sehr gutmütiger, umgänglicher Mann; er begann ihm sogleich zu erzählen, wieviel Mühe es ihn gekostet habe, das Gut in seinen jetzigen Zustand zu bringen; mit dem Ausdruck schmerzlichen Bedauerns klagte er darüber, wie schwer es sei, dem Bauer begreiflich zu machen, daß es höhere Triebe gibt, die im Menschen durch einen gebildeten Luxus und durch Kunst und Wissenschaft erweckt werden; er habe die Bauerfrauen noch immer nicht dahinbringen können, Korsetts zu tragen, während in Deutschland, wo er im Jahre 1814 mit seinem Regimente gestanden habe, sogar eine Müllerstochter habe Klavier spielen können; aber trotz alles hartnäckigen Widerstandes von seiten der Unkultur werde er es mit Sicherheit noch erreichen, daß die Bauern seines Dorfes, während sie hinter dem Pfluge hergingen, gleichzeitig ein Buch über den Franklinschen Blitzableiter oder Virgils Georgika oder eine chemische Abhandlung über die Bodenbeschaffenheit läsen.

»Warum nicht gar!« dachte Tschitschikow bei sich. »Ich für meine Person habe immer noch nicht die ›Gräfin Lavallière‹ ausgelesen; ich habe immer keine Zeit dazu gehabt.«

Der Oberst sprach noch viel davon, wie man die Menschen glücklich machen könne. Der Tracht legte er dabei eine große Bedeutung bei: er setzte seinen Kopf dafür zum Pfande, daß, wenn man auch nur der Hälfte der russischen Bauern deutsche

Hosen anzöge, die Wissenschaften aufblühen, der Handel sich heben und das goldene Zeitalter für Rußland anbrechen werde.

Tschitschikow hörte, ihm unverwandt in die Augen sehend, lange zu und sagte sich schließlich: »Mit dem brauche ich, wie es scheint, keine Umstände zu machen.« Daher setzte er ihm sofort auseinander: so und so, und was für Seelen er brauche, und daß darüber ein formeller Kaufkontrakt abgeschlossen werden müsse.

»Soviel ich aus Ihren Worten entnehmen kann«, erwiderte der Oberst ohne das geringste Zeichen von Überraschung, »ist das ein Gesuch, nicht wahr?«

»Ganz richtig.«

»Dann fassen Sie es, bitte, schriftlich ab. Das Gesuch geht an das Kontor für die Annahme von Berichten und Anzeigen. Das Kontor versieht dasselbe mit dem Präsentationsvermerk und leitet es an mich weiter; von mir gelangt es an den Ausschuß für Gemeindeangelegenheiten, darauf zwecks Anstellung von Erhebungen an den Verwalter. Der Verwalter, im Verein mit dem Sekretär . . .«

»Aber ich bitte Sie!« rief Tschitschikow; »auf die Art zieht sich ja die Sache wer weiß wie lange hin! Und wie läßt sich denn so etwas schriftlich behandeln? Das ist ja eine so subtile Angelegenheit . . . Die Seelen sind ja gewissermaßen tot.«

»Sehr schön! Dann schreiben Sie uns, bitte, hinein, daß die Seelen gewissermaßen tot sind.«

«Daß sie tot sind? Aber das kann ich doch gar nicht schreiben! Sie sind zwar tot; aber es ist doch notwendig, daß der Anschein erweckt werde, als ob sie noch lebten.«

»Gut; dann schreiben Sie: ›Aber es ist notwendig‹, oder ›es wird verlangt, gewünscht, beantragt, daß der Anschein erweckt werde, als ob sie noch lebten.‹ Ohne schriftliche Behandlung läßt sich das nicht erledigen. Da kann uns England oder Napoleon selbst als Muster dienen. Ich werde Ihnen meinen Kommissionär mitgeben, der Sie zu allen Behörden führen wird.«

Er schlug an einer Glocke. Es erschien ein Mann.

»Sekretär! Rufe mir den Kommissionär!«

Der Kommissionär meldete sich zur Stelle, ein Mensch, halb Bauer, halb Beamter. »Da, der wird Sie zu den notwendigsten Behörden führen.«

Es war mit dem Oberst offenbar nichts anzufangen. Aus Neugier entschloß sich Tschitschikow, mit dem Kommissionär mitzugehen, um sich diese höchst notwendigen Behörden anzusehen. Das Bureau zur Annahme von Berichten existierte nur auf dem Schilde: die Tür war verschlossen. Der Vorsteher dieses Bureaus, namens Chrylew, war in den neugebildeten Ausschuß für Gemeindebauten versetzt worden. Seine Stelle vertrat der Kammerdiener Beresowski; aber dieser war ebenfalls durch die Baukommission irgendwohin abkommandiert worden. Sie sprachen bei dem Departement der Gemeindeangelegenheiten vor; aber dort war eine Umgestaltung im Gange: sie weckten einen Betrunkenen, konnten aber aus ihm nichts Vernünftiges herausbekommen. »Bei uns geht alles drunter und drüber,« sagte schließlich der Kommissionär zu Tschitschikow. »Der Herr wird an der Nase herumgeführt. Alles ordnet bei uns die Baukommission an; sie holt jeden von seiner Arbeit weg und schickt ihn, wohin es ihr beliebt. Ordentlichen Profit machen kann man bei uns nur bei der Baukommission.« Er war der Baukommission offenbar nicht sehr zugetan. Noch mehr zu sehen hatte Tschitschikow keine Lust. Er kehrte zu dem Oberst zurück, berichtete ihm, wie es ihm gegangen war, und sagte ihm geradezu, es herrsche hier eine arge Unordnung; es sei nicht möglich, zurechtzukommen, und die Kommission für Annahme von Berichten sei überhaupt nicht vorhanden.

Der Oberst flammte in edler Entrüstung auf und drückte Tschitschikow zum Zeichen der Dankbarkeit kräftig die Hand. Sogleich nahm er Papier und Feder und schrieb acht sehr scharfe Anfragen nieder: mit welchem Rechte die Baukommission eigenmächtig über Beamte verfügt habe, die ihr gar nicht unterstellt seien; wie der Hauptverwalter es habe zugeben können, daß der Stellvertreter sich zum Zwecke einer Untersuchung entferne, ohne seinen Posten einem anderen übertragen zu haben; und wie der Ausschuß für Gemeindeangelegenheiten es gleichgültig habe mit ansehen können, daß das Bureau für Annahme von Berichten und Anzeigen gar nicht existiere.

»Na, nun wird es einen gehörigen Aufruhr geben!« dachte Tschitschikow und wollte schon wegfahren.

»Nein«, sagte der Oberst, »ich lasse Sie nicht fort. Jetzt ist meine eigene Ehre engagiert. Ich werde Ihnen zeigen, was eine wohlorganisierte, ordnungsgemäße Wirtschaft bedeutet. Ich werde Ihre Angelegenheit einem Manne übergeben, der allein so viel wert ist wie alle anderen zusammen: er hat den Universitätskursus durchgemacht. Da können Sie sehen, was ich für Leibeigene habe! Damit Sie nicht Ihre kostbare Zeit verlieren, bitte ich Sie ergebenst, sich inzwischen in meine Bibliothek zu setzen.« Bei diesen Worten öffnete er eine Seitentür. »Hier sind Bücher, Papier, Federn, Bleistifte, alles. Bedienen Sie sich all dieser Sachen nach Gefallen; es steht alles zu Ihrer Verfügung. Die Bildung muß allen und jedem zugänglich sein.«

So sprach Koschkarew, während er ihn in die Bibliothek hineinführte. Es war dies ein gewaltiger Saal, der von unten bis oben mit Büchern vollgestellt war. Auch einige ausgestopfte Tiere befanden sich dort. Die Bücher gehörten allen möglichen Gebieten an: der Forstwirtschaft, der Rinderzucht, der Schweinezucht, dem Gartenbau; auch Fachzeitschriften aus allen Gebieten waren vorhanden, die den Subskribenten zugeschickt werden, die aber niemand liest. Da er sah, daß das alles Bücher waren, die nicht zu vergnüglichem Zeitvertreib dienten, wandte er sich zu einem anderen Schranke – aber da kam er vom Regen in die Traufe: es waren lauter philosophische Bücher. Gleich zuerst fielen ihm sechs gewaltige Bände in die Augen mit dem Titel: »Vorbereitende Einleitung in das

Gebiet des Denkens; Theorie der Allgemeinheit, der Gemeinschaftlichkeit und des Daseins, auch in Anwendung auf die Erkenntnis der organischen Prinzipien der wechselseitigen Zweiteilung der gesellschaftlichen Produktivität.« Tschitschikow mochte aufschlagen was für ein Buch er wollte, auf jeder Seite fand er Ausdrücke wie »Erscheinung, Entwickelung, Abstraktion, Geschlossenheit, Zusammenschluß« und Gott weiß was sonst noch für welche! »Das ist nichts für mich«, sagte er sich und wandte sich zu einem dritten Schranke, wo Bücher aus dem Gebiete der Künste standen. Hier zog er ein gewaltig großes Buch mit indiskreten mythologischen Bildern heraus und begann sie anzusehen. Derartige Bilder gefallen Junggesellen im mittleren Lebensalter und manchmal auch jenen alten Herren, die sich durch Ballette und andere Reizmittel anzuregen pflegen. Als Tschitschikow mit der Betrachtung eines Buches fertig war, war er schon im Begriff, ein anderes von derselben Art herauszuziehen, als Oberst Koschkarew erschien; sein Gesicht strahlte, in der Hand hielt er ein Blatt Papier.

»Es ist alles erledigt, und vorzüglich erledigt! Der Mann, von dem ich Ihnen sagte, ist entschieden ein Genie. Zum Lohn will ich ihn aber auch über alle stellen und für ihn allein ein ganzes Departement einrichten. Sehen Sie selbst, was das für ein heller Kopf ist, und wie er in wenigen Minuten die ganze Frage gelöst hat!«

»Na, Gott sei Dank!« dachte Tschitschikow und schickte sich an, zuzuhören. Der Oberst las:

»Indem ich dazu schreite, den mir von Euer Hochgeboren erteilten Auftrag zu durchdenken, habe ich die Ehre, hiermit folgendes zu berichten:

1. Schon in dem Gesuche des Herrn Kollegienrates und Ritters Pawel Iwanowitsch Tschitschikow findet sich eine Unklarheit, da unbedachtsamerweise Seelen, die in den Revisionslisten stehen, Tote genannte werden. Wahrscheinlich hat der Herr damit solche gemeint, die dem Tode nahe, aber

nicht solche, die wirklich gestorben sind. Auch läßt eine solche Bezeichnung schon an sich auf eine nur empirische Kenntnis der Wissenschaften schließen, die sich wahrscheinlich auf die Volksschule beschränkt; denn die Seele ist unsterblich.«

»So ein Schelm!« sagte Koschkarew selbstzufrieden, indem er einen Augenblick innehielt. »Da hat er Ihnen einen kleinen Hieb versetzt. Aber gestehen Sie selbst: er führt eine gewandte Feder!«

»2. Auf dem Gute sind gar keine in die Revisionsliste eingetragenen Seelen vorhanden, die nicht mit Hypotheken belastet wären, weder solche, die dem Tode nahe sind, noch irgendwelche anderen; denn es ruht auf allen zusammen ohne Ausnahme nicht nur eine erste Hypothek, sondern auch eine zweite, die pro Seele einhundertfünfzig Rubel beträgt. Ausgenommen ist nur das kleine Dorf Gurmailowka, dessen Besitz wegen eines Prozesses mit dem Gutsbesitzer Betrischtschew strittig ist, und auf das infolgedessen laut Gerichtsbeschluß keine Hypothek aufgenommen werden darf, wie dies in Nummer 42 der Moskauer Nachrichten publiziert worden ist.«

»Aber warum haben Sie mir das denn nicht gleich gesagt? Warum haben Sie mich um solcher Possen willen aufgehalten?« sagte Tschitschikow ärgerlich.

»Ja, es war doch erforderlich, daß Sie zu dieser Einsicht in Form eines aktenmäßigen Verfahrens gelangten. So ist das kein Kunststück. Unbewußt kann auch ein Dummkopf zur Einsicht gelangen; aber es muß mit Bewußtsein geschehen.«

Ärgerlich griff Tschitschikow nach seiner Mütze und rannte gegen alle Vorschriften des Anstandes aus dem Hause: er war gar zu zornig. Der Kutscher stand mit dem Wagen in Bereitschaft, da er wußte, daß es zwecklos war, die Pferde abzuschirren; denn um Futter hätte er erst ein schriftliches Gesuch einreichen müssen, und der Bescheid, daß Hafer für die Pferde verabfolgt werden solle, wäre erst am nächsten Tage erfolgt. Der Oberst indessen lief mit hinaus. Er drückte ihm kräftig die Hand, preßte sie an sein Herz und bedankte sich bei ihm dafür, daß er ihm Gelegenheit gegeben habe, den Verwaltungsapparat in praktischer Tätigkeit zu sehen; Verweise und Rügen seien unentbehrlich, da sonst alles in Schlaf versinken und die Sprungfedern der Verwaltung einrosten und erschlaffen könnten. Infolge dieses Ereignisses sei ihm eine glückliche Idee gekommen: eine neue Kommission einzurichten, welche »Kommission zur Beaufsichtigung der Baukommission« heißen solle, so daß von nun an niemand mehr zu stehlen wagen werde.

Ärgerlich und unzufrieden kam Tschitschikow erst spät wieder zurück, als schon längst Licht angezündet war.

»Woher haben Sie sich denn so verspätet?« fragte Kostanschoglo, als er in der Tür erschien.

»Worüber haben Sie sich denn so lange mit ihm unterhalten?« fragte Platonow.

»Einen solchen Narren habe ich, solange ich lebe, noch nicht gesehen«, erwiderte Tschitschikow.

»Nun, es ist noch kein großes Unglück!« versetzte Kostanschoglo. »Koschkarew ist eine lehrreiche Erscheinung. Er ist insofern nützlich, als sich in ihm die Dummheiten all unserer klugen Reformer in karikierter, aber um so deutlicherer Art widerspiegeln, all dieser klugen Reformer, die, ohne vorher die bei ihnen bestehenden Zustände und Einrichtungen zu kennen, Dummheiten ins Werk setzen. Man sehe nur, was jetzt für eine Sorte von Gutsbesitzern aufgekommen ist: da haben sie Kontore eingeführt und Fabriken und Schulen und Kommissionen und der Teufel weiß was sonst noch alles! Das sind diese klugen Reformer! Eben fingen wir an, uns nach der französischen Invasion von 1812 zu erholen, da bringen sie jetzt wieder von neuem alles in Unordung. Sie richten mehr zugrunde als der Franzose, so daß jetzt so ein Peter Petrowitsch Pjetuch noch ein verhältnismäßig guter Gutsbesitzer ist.«

»Aber auch er hat jetzt doch eine Hypothek aufgenommen«, sagte Tschitschikow.

»Nun ja, alle nehmen sie Hypotheken auf, alle.« Kostanschoglo geriet, während er sprach, immer mehr in eine zornige Erregung hinein. »Da richtet denn so einer eine Hutfabrik ein oder eine Kerzenfabrik und läßt sich Lichtgießer aus London kommen und wird zum Krämer! Ein Gutsbesitzer, so ein geachteter Stand, wird Manufakturist, Fabrikant! Spinnmaschinen, um Musselin für die liederlichen Frauenzimmer in der Stadt herzustellen . . .«

»Aber du hast doch auch selbst Fabriken«, bemerkte Platonow.

»Aber wie sind sie entstanden? Die sind von selbst entstanden: es hatte sich Wolle angesammelt; ich wußte sie nicht zu lassen, und da fing ich an, Tuch zu weben, dickes, einfaches Tuch; das wird für billigen Preis gleich hier bei mir auf den Märkten verkauft; das braucht der Bauer, mein Bauer. Da hatten die Fischer sechs Jahre lang die Fischschuppen auf meinem Ufer hingeworfen; wo sollte ich damit hin? Ich fing an, Leim daraus zu kochen, und habe vierzigtausend Rubel davon eingenommen. Und so geht das bei mir mit den Fabriken immerzu.«

»Donnerwetter«, dachte Tschitschikow, ihn mit weit geöffneten Augen anblickend; »der versteht es, Geld zu machen!«

»Und ich habe mich damit auch namentlich deswegen abgegeben, weil eine Menge an Arbeitern zusammenströmten, die sonst Hungers gestorben wären; es war ein Hungerjahr; das hatten wir diesen Fabrikanten zu verdanken, die die Aussaat unterlassen hatten. Solche Fabriken, lieber Schwager, gibt es bei mir viele. Jedes Jahr eine andere Fabrik, je nachdem sich Überreste und Abfälle angesammelt haben. Man braucht bloß in seiner Wirtschaft ordentlich Umschau zu halten; jeder Schund gibt eine Einnahme, so daß man zuletzt manches von sich stößt und sagt: ›Wollen's genug sein lassen!‹ Ich baue mir ja auch zum Fabrikbetrieb keine Paläste mit Säulen und Frontons.«

»Das ist erstaunlich . . . Das Erstaunlichste aber ist, daß jeder Schund eine Einnahme gibt«, sagte Tschitschikow.

»Aber ich bitte Sie! Wenn die Menschen nur die Sache einfach nehmen wollten, wie sie ist! Aber da spielt jeder gleich den Mechaniker und will das Kästchen mit einem Instrumente öffnen, statt es einfach aufzuklappen.* So einer reist zu diesem Zwecke expreß nach England; so machen sie's! Narrenvolk!« Kostanschoglo spuckte aus. »Und wenn so einer aus dem Auslande zurückkommt, ist er noch hundertmal dümmer als vorher!«

»Ach, Konstantin, du regst dich wieder so auf«, sagte seine Frau beunruhigt. »Du weißt doch, daß dir das schädlich ist.«

»Wie soll man sich da nicht aufregen? Ja, wenn es fremde Angelegenheiten wären; aber es sind doch Dinge, die dem eigenen Herzen nahestehen; man muß sich doch darüber ärgern, daß der russische Volkscharakter verdorben wird. Es ist jetzt bei uns eine Don-Quichotterie aufgekommen, die es früher nie gegeben hat! Da schwärmt einer für Bildung und wird ein Don Quichotte: er richtet Schulen ein, von denen der Narr gar nichts versteht! Aus diesen Schulen gehen dann Menschen hervor, die nirgends hinpassen, weder aufs Land noch in die Stadt; das werden nur Trunkenbolde, die sich Wunder was auf sich selbst einbilden. Oder es begeistert sich einer für Humanität: Dann wird er ein Don Quichotte der Humanität, baut für eine Million Rubel die sinnlosesten Krankenhäuser und ähnliche Institute mit Säulen, ruiniert sich selbst und bringt alle an den Bettelstab; das sind dann die Folgen dieser Humanität!«

Für die Bildung interessierte sich Tschitschikow weiter nicht. Er wollte sich nur recht genau darüber orientieren, wie jeder Schund eine Einnahme gibt; aber Kostanschoglo ließ ihn nicht zu Worte kommen: die ärgerlichen Reden strömten ihm jetzt nur so von den Lippen, so daß er sie nicht mehr zurückhalten konnte.

»Diese Menschen denken darüber nach, wie sie dem Bauer

* Anspielung auf eine Krylowsche Fabel, in der man durch kunstvolle Mittel ein Kästchen zu öffnen versucht, das in Wirklichkeit gar nicht verschlossen ist.

Bildung verschaffen können; sie sollten ihn nur zuerst reich und zu einem guten Wirte machen; für seine Bildung wird er dann schon selbst sorgen. Was jetzt, heutzutage, die ganze Welt dumm geworden ist, davon können Sie sich gar keine Vorstellung machen! Was schreiben jetzt diese Federfuchser nicht alles! Wenn sie so ein Büchelchen veröffentlichen, dann stürzt sich alles nur so darauf. Da sagen sie jetzt: ›Der Bauer führt ein gar zu einfaches Leben; man muß ihn mit dem Luxus bekannt machen, ihm die Bedürfnisse eines höheren Zustandes beibringen . . .‹ Weil sie selbst dank diesem Luxus zu Waschlappen geworden sind und weiß der Teufel was für Krankheiten erworben haben und es schon keinen achtzehnjährigen Bengel mehr gibt, der nicht schon von allem gekostet hätte und zahnlos geworden wäre und einen Kopf hätte so kahl wie eine Schweinsblase: darum wollen sie jetzt auch die Bauern infizieren. Wir sollten Gott danken, daß wir wenigstens noch einen gesunden Stand haben, der diese Gelüste noch nicht kennen gelernt hat! Dafür müßten wir einfach Gott dankbar sein. Der Landmann ist bei uns von allen der Achtungswerteste; warum rührt ihr den an? Gebe Gott, daß alle so wären wie der Landmann!«

»Also sind Sie der Ansicht, daß es am einträglichsten ist, Landwirtschaft zu treiben?« fragte Tschitschikow.

»Das Einträgliche ist es nicht; aber es stimmt am meisten zu den Geboten der Religion. ›Bestelle die Erde im Schweiße deines Angesichts!‹ heißt es in der Bibel. Daran ist nicht zu klügeln und zu deuteln. Das ist durch die Erfahrung der Jahrhunderte bewiesen, daß im Stande des Ackerbauers die Menschen sittlicher, reiner, edler, besser sind. Ich sage nicht, daß man sich mit gar nichts anderem abgeben dürfe; aber der Ackerbau muß die Grundlage bilden; das ist es! Die Fabriken entstehen dann von selbst, und zwar sittlich gute Fabriken, welche Dinge produzieren, die hier benötigt werden, die der Mensch an Ort und Stelle braucht, aber nicht allerlei Gegenstände eines künstlichen Bedürfnisses, durch die die Erschlaffung der jetzigen Generation herbeigeführt worden ist. Nicht solche Fabriken, die dann, um sich zu erhalten und Gewinne abzuwerfen, alle möglichen unsauberen Mittel anwenden und das unglückliche Volk verführen und verderben. Ich für meine Person werde, und wenn man mir noch so viel von dem in Aussicht stehenden Gewinn vorredet, keine Fabriken anlegen, durch welche sogenannte höhere Bedürfnisse erweckt werden, weder Tabak- noch Zuckerfabriken, und wenn ich dadurch eine Million einbüße. Wenn schon die Verderbnis ihren Einzug in die Welt halten soll, so will ich wenigstens dabei nicht mitwirken! Ich will vor Gott gerecht dastehen ... Zwanzig Jahre lang habe ich mit dem gemeinen Manne zusammengelebt; ich weiß, welche Folgen das moderne Treiben hat.«

»Für mich ist das Erstaunlichste dies, daß man bei verständigem Verfahren aus Überresten und Abfällen einen Gewinn erzielen kann und jeder Schund eine Einnahme gibt.«

»Hm! Die Nationalökonomen!« fuhr Kostanschoglo, ohne auf ihn hinzuhören, mit einer Miene bitterer Ironie fort. »Die klugen Nationalökonomen! Einer ist immer dümmer als der andere; keiner von ihnen sieht weiter, als seine eigene dumme Nase reicht! Ein Esel steigt aufs Katheder und setzt sich eine Brille auf! ... So ein Narrenvolk!« Er spuckte ingrimmig aus.

»Das ist ja alles ganz richtig«, sagte seine Frau; nur solltest du dich nicht so ärgern. Als ob man darüber nicht reden könnte, ohne gleich außer sich zu geraten.«

»Wenn man Ihnen zuhört, hochverehrter Konstantin Fjodorowitsch, so dringt man sozusagen in den wahren Sinn des Lebens ein, man erfaßt den eigentlichen Kern der Sache. Aber gestatten Sie mir, von dem Allgemeinmenschlichen einmal abzusehen und Ihre Aufmerksamkeit auf eine Privatangelegenheit zu lenken. Setzen wir den Fall, ich würde Gutsbesitzer und hätte die Absicht, in nicht allzu langer Zeit reich zu werden, um dadurch eine der wesentlichen Bürgerpflichten zu erfüllen: wie und auf welche Weise müßte ich da wohl vorgehen?«

»Wie Sie vorgehen müßten, um reich zu werden?« versetzte Kostanschoglo. »Das will ich Ihnen sagen ...«

»Wir wollen zum Abendessen gehen!« unterbrach ihn die Hausfrau, indem sie sich vom Sofa erhob. Sie trat in die Mitte des Zimmers und hüllte ihre jugendlichen, von einem Frostschauer geschüttelten Glieder in ein Schaltuch.

Tschitschikow sprang beinahe mit der Gewandtheit eines Militärs vom Stuhle in die Höhe, bot ihr den elegant abgespreizten Arm und führte sie feierlich durch zwei Zimmer hindurch in das Eßzimmer, wo bereits die Suppenterrine auf dem Tische stand und, da der Deckel abgenommen war, die mit den ersten frischen Kräutern und Wurzeln des Frühlings gekochte Suppe einen angenehmen Geruch verbreitete. Alle setzten sich an den Tisch. Hurtig stellten die Diener alle Gerichte in verdeckten Schüsseln, und was sonst noch nötig war, gleichzeitig auf den Tisch und entfernten sich dann sofort: Kostanschoglo liebte es nicht, daß die Diener die Gespräche der Herrschaft mit anhörten, und noch weniger, daß sie ihm, während er aß, in den Mund sahen.

Als Tschitschikow seine Suppe gegessen und ein Gläschen eines vorzüglichen, dem Ungarnwein ähnlichen Getränkes getrunken hatte, sagte er zu seinem Wirte: »Gestatten Sie, Verehrtester, daß ich von neuem auf den Gegenstand des unterbrochenen Gespräches zurückkomme. Ich fragte Sie danach, was ich tun solle, wie ich vorgehen müsse, wie ich es am besten anstellen könne, um schnell reich zu werden.«

[Hier fehlen im Manuskript zwei Seiten. Darin wird Kostanschoglo seinem Gaste empfohlen haben, das Gut seines Nachbarn Chlobujew zu kaufen.]

»... und wenn er selbst für das Gut vierzigtausend Rubel fordern sollte, würde ich ihm diese Summe ohne weiteres hinzahlen.«

»Hm!« Tschitschikow dachte nach und sagte darauf einigermaßen schüchtern: »Warum kaufen Sie es denn dann nicht selbst?«

»Weil man nicht über eine bestimmte Grenze hinausgehen darf. Ich habe ohnehin schon von meinen Gütern genug Mühe und Sorge. Und ferner erheben die Adeligen in unserer Gegend sowieso schon ein großes Geschrei über mich, als ob ich mir ihre Notlage und ihre zerrütteten Vermögensverhältnisse zunutzte machte und Land für einen Spottpreis aufkaufte. Dieses Gerede ist mir schließlich zum Ekel geworden.«

»Die Menschen sind überhaupt nur zu geneigt zu übler Nachrede,« bemerkte Tschitschikow.

»Und nun gar in unserem Gouvernement. Sie können sich gar keine Vorstellung davon machen: mich nennt man hier nicht anders als einen Gauner und Geizhals erster Klasse. Für ihr eigenes Verhalten aber haben sie immer Rechtfertigungen bereit. ›Ich‹, sagt so einer, ›habe allerdings mein Vermögen aufgebraucht, aber nur weil ich höhere Lebensinteressen hatte und die Industrie förderte‹ (richtiger würde er sagen: ›weil ich mich von den Schurken ausbeuten ließ‹); ›wer kann denn auch wie ein Stück Vieh leben à la Kostanschoglo?‹ «

»Ich würde gern ein solches Stück Vieh sein!« schaltete Tschitschikow ein.

»Aber dieses Gerede ist nur dummes Zeug. Was sind denn das für höhere Lebensinteressen? Wem wollen sie denn damit etwas weismachen? Bücher – wenn sie sich auch welche kommen lassen, lesen tun sie sie ja doch nicht. Es läuft dann schließlich auf Kartenspielen und Champagnertrinken hinaus. Und alles kommt daher, daß ich keine Diners gebe und ihnen kein Geld leihe. Diners gebe ich deshalb nicht, weil mir das unbequem sein würde; ich bin daran nicht gewöhnt. Aber wenn jemand zu mir kommt, um bei mir zu essen, was ich gerade habe, so soll er mir willkommen sein. Daß ich kein Geld leihe, das ist Unsinn. Wenn jemand zu mir kommt, der wirklich in Not ist und mir eingehend darlegt, was er mit meinem Gelde anfangen will, und wenn ich aus seinen Reden ersehe, daß er es verständig verwenden und das Geld ihm einen sicheren Nutzen abwerfen wird: dann werde ich ihm seine Bitte nicht abschlagen und nicht einmal Zinsen von ihm nehmen.«

»Das muß ich mir merken,« dachte Tschitschikow.

»Eine solche Bitte werde ich niemals abschlagen«, fuhr Kostanschoglo fort. »Aber mein Geld aus dem Fenster zu werfen, dazu habe ich keine Lust. Da wolle man mich freundlichst entschuldigen! Hol's der Teufel; da will so ein Mensch seiner Maitresse ein opulentes Diner geben oder sein Haus mit sinnlosem Luxus möblieren oder mit einem liederlichen Frauenzimmer auf einen Maskenball gehen oder ein Jubiläum feiern zur Erinnerung daran, daß er nutzlos auf der Erde gelebt hat; und dazu soll ich ihm Geld borgen! . . .«

Hier spuckte Kostanschoglo aus und hätte beinahe in Gegenwart seiner Frau ein paar unanständige Schimpfworte gebraucht. Der finstere Schatten einer starken Hypochondrie verdunkelte sein Gesicht. Seine Stirn überzog sich kreuz und quer mit Runzeln, welche von der zornigen Erregung seiner gereizten Galle Zeugnis ablegten.

»Erlaubten Sie mir, mein Hochverehrter, Ihre Aufmerksamkeit von neuem auf den Gegenstand des unterbrochenen Gespräches zurückzulenken«, sagte Tschitschikow, indem er noch ein Gläschen des wirklich ausgezeichneten Himbeerlikörs trank. »Gesetzt, ich erwürbe ebenjenes Gut, das Sie vorhin erwähnten, in welcher Zeit und wie bald könnte ich es dann wohl zu solchem Reichtum bringen, daß . . .«

»Wenn Sie schnell reich werden wollen«, unterbrach ihn der immer noch sehr verstimmte Kostanschoglo verdrießlich und schroff, »dann werden Sie es niemals erreichen; wenn Sie aber reich werden wollen, ohne nach der Zeit zu fragen, dann wird es Ihnen bald gelingen.«

»Also so ist das!« erwiderte Tschitschikow.

»Ja«, fuhr Kostanschoglo in barschem Tone fort, wie wenn er über Tschitschikow selbst ärgerlich wäre; »man muß Liebe zur Arbeit haben; ohne das kann man nichts ausrichten. Man muß die Landwirtschaft lieben, ja! Und glauben Sie nur: die Landwirtschaft ist ganz und gar nicht langweilig. Da hat man sich nun die Ansicht zurechtgemacht, daß es auf dem Lande langweilig sei; aber ich für meine Person würde vor Langeweile sterben, wenn ich auch nur einen einzigen Tag in der Stadt so verleben sollte, wie es diese Leute in ihren dummen Klubs, Restaurants und Theatern tun. Narren sind sie, Dummköpfe, eine ganze Generation von Eseln! Der Landwirt hat schlechterdings keine Zeit, sich zu langweilen. In seinem Leben ist auch nicht ein halber Zoll leerer Raum; alles ist ausgefüllt. Schon allein diese Mannigfaltigkeit seiner Arbeiten, und was sind das noch dazu für Arbeiten! Arbeiten, die wahrhaft herzerhebend wirken. Jedenfalls geht hier der Mensch in gleichem Schritt und Tritt mit der Natur, mit den Jahreszeiten; er ist Teilnehmer und Mitarbeiter an allem, was in der Schöpfung vorgeht. Betrachten Sie nur den geschlossenen Ring der Arbeiten im Jahre: wie, noch ehe der Frühling anbricht, alles schon auf dem Posten ist und ihn erwartet; man muß die Aussaat vorbereiten, das Korn auf den Speichern revidieren, nachmessen, trocknen; neue Arbeiter müssen eingestellt werden. Alles wird im voraus überlegt, alles gleich zu Beginn berechnet. Und sobald das Eis aufgeht, die Flüsse frei werden, alles trocknet und die Erde locker wird, dann arbeitet auf den Gemüsefeldern und in den Gärten der Spaten, auf den Feldern der Pflug und die Egge; es wird gepflanzt, gesetzt und gesät. Verstehen Sie wohl, was das zu bedeuten hat? Das ist kein Kinderspiel! Was da gesät wird, ist die künftige Ernte! Was da gesät wird, ist ein Segen für die ganze Erde, die Nahrung von Millionen Menschen! Und nun kommt der Sommer; da wird Heu geerntet und wieder Heu geerntet. Und dann schwillt die Erntearbeit auf einmal mächtig an: Roggen und wieder Roggen, und dann der Weizen, und die Gerste, und der Hafer. Alles ist in angestrengter Tätigkeit; keine Minute darf unbenutzt bleiben; und wenn man zwanzig

Augen hätte, so wäre Arbeit da für sie alle. Und wenn die ganze Ernte erledigt und die Garben auf die Tennen gebracht und in Schobern aufgestellt sind, dann kommt das Pflügen für die Wintersaat und die Reparaturen der Speicher, Getreidedarren und Viehställe für den Winter und zugleich alle Weiberarbeiten, und man zieht aus allem das Resultat und sieht, was man vor sich gebracht hat. Aber der Winter! Auf allen Tennen wird gedroschen; das ausgedroschene Getreide wird aus den Darren in die Speicher gebracht. Man geht auch in die Mühle und in die Fabrik und wirft einen Blick in die Werkstätten und besucht auch die Bauern, um zu sehen, was sie da bei sich zu Hause treiben. Was mich betrifft: wenn ein Zimmermann seine Axt geschickt handhabt, so kann ich geradezu zwei Stunden lang vor ihm stehen und zuschauen; solche Freude macht mir der Anblick dieser Arbeit. Und wenn man dann noch sieht, daß alles dies zu einem bestimmten Zwecke zusammenwirkt, und wie um einen herum sich alles mehrt und mehrt und Frucht und Ertrag bringt, ich kann Ihnen gar nicht sagen, was dann in der Seele vorgeht! Und nicht weil das Geld wächst (das ist eine Sache für sich), sondern weil das alles das Werk der eigenen Hände ist; weil man sieht, daß man die Ursache und der Schöpfer von alledem ist, und wie man nach Art eines Zauberers Fülle und Segen über alles ausschüttet. Wo finden Sie einen ähnlichen Genuß?« sagte Kostanschoglo und hob sein Gesicht in die Höhe, von dem alle Runzeln verschwunden waren. Wie ein König am Tage seiner feierlichen Krönung, so glänzte er über das ganze Gesicht, und es schien, als ob Strahlen von demselben ausgingen. »Ja«, fuhr er fort, »in der ganzen Welt finden Sie keinen ähnlichen Genuß! Hier zeigt sich der Mensch geradezu als ein Nachahmer Gottes: Gott hat sich das Schaffen als den höchsten aller Genüsse vorbehalten und verlangt auch vom Menschen, daß er in ähnlicher Weise Segen um sich herum schaffe. Und das nennt man eine langweilige Tätigkeit! ...«

Tschitschikow hörte die enthusiastischen Reden seines Wirtes an wie den Gesang eines Paradiesvogels. Das Wasser lief ihm im Munde zusammen. Sogar seine Augen bekamen einen butterigen Glanz und einen süßen Ausdruck, und er hätte gern noch immer länger zugehört.

»Konstantin, es ist Zeit zum Aufstehen«, sagte die Hausfrau, sich von ihrem Stuhle erhebend. Alle standen auf. Mit abgespreiztem Arme führte Tschitschikow die Hausfrau wieder zurück; aber es mangelte seinen Bewegungen jetzt an der früheren Gewandtheit, weil seine Gedanken mit ernsteren Gegenständen beschäftigt waren.

»Da magst du reden, was du willst, die Landwirtschaft ist doch langweilig«, sagte Platonow, der hinter ihnen herging.

»Der Gast ist kein dummer Mensch«, dachte der Hausherr. »Er hört aufmerksam zu, spricht gesetzt und ist kein Federfuchser.« Und bei diesem Gedanken wurde ihm noch fröhlicher zumute, wie wenn er von seinen eigenen Reden warm geworden wäre und sich freute, einen Menschen gefunden zu haben, der es verstand, kluge Ratschläge anzuhören.

Als dann alle in dem gemütlichen, von Kerzen beleuchteten Zimmerchen, gegenüber der Veranda und der in den Garten führenden Glastür, Platz genommen hatten und von dort die über den Wipfeln des schlafenden Gartens blitzenden Sterne zu ihnen hereinblickten, da wurde unserem Tschitschikow so wohl zumute wie seit langer Zeit nicht: gerade wie wenn er nach langen Irrfahrten endlich wieder unter sein heimisches Dach zurückgekehrt wäre, alle Mühen überstanden, alles Gewünschte erreicht und seinen Wanderstab mit dem Ausrufe »Genug!« hingeworfen hätte. Diese wohlige Stimmung hatten in seiner Seele die verständigen Reden des gastfreien Hausherrn hervorgerufen. Es gibt für einen jeden Menschen solche Reden, die ihm mehr zu Herzen gehen und sympathischer sind als andere. Und oft stößt man unerwartet in einem abgelegenen, weltvergessenen Neste, in der Einöde und Einsamkeit, auf einen Menschen, über dessen erwärmendem Gespräche man das Ungemach der Reise und die Unbequemlichkeit des Nachtlagers und die lärmende Ausschweifung der Jetztzeit und die uns von allen Seiten umgebende Lügenhaftigkeit vergißt. Und ein in dieser Art verbrachter Abend prägt sich einem für alle Folgezeit lebhaft ein, und das treue Gedächtnis hält alles fest: wer zugegen gewesen ist, und auf welchem Platze ein jeder gesessen hat, und was er in der Hand gehabt hat, und die Wände und Ecken des Zimmers und jede Kleinigkeit.

So bemerkte auch Tschitschikow an diesem Abend alles: dieses nette, einfach möblierte Zimmerchen und den gutmütigen Ausdruck auf dem Gesichte des verständigen Hausherrn, ja sogar das Muster der Tapete, und wie der Hausherr seinem Schwager Plantonow eine Pfeife mit einem Mundstück aus Bernstein reichte, und wie dieser dem Hunde Jarb den Rauch in die dicke Schnauze blies, und wie der Hund schnob, und wie die liebenswürdige Hausfrau darüber lachte, zugleich aber sagte: »Laß das doch, quäle ihn nicht!« und wie die Kerzen lustig brannten und das Heimchen in der Ecke zirpte und die über den Baumwipfeln ruhende, mit Sternen übersäte Frühlingsnacht durch die Glastür zu ihnen hereinblickte, und wie die Nachtigallen aus der Tiefe des grünen Dickichts laut ihre Melodien schmetterten.

»Ihre Worte gehen mir süß ein wie Honig, verehrungswürdiger Konstantin Fjodorowitsch!« sagte Tschitschikow. »Ich kann sagen, daß ich in ganz Rußland keinen Menschen gefunden habe, der Ihnen an Verstand gleichkäme.«

Der Hausherr lächelte. Er hatte selbst die Empfindung, daß diese Worte nicht unzutreffend waren. Aber er erwiderte: »Nein, wenn Sie einen wirklich klugen Menschen kennen lernen wollen, so haben wir hier in der Gegend tatsächlich einen, von dem ich wahrheitsgemäß sagen kann: ein kluger Mensch, mit dem ich mich nicht im entferntesten messen kann.«

»Wer könnte denn das sein?« fragte Tschitschikow erstaunt.

»Unser Branntweinpächter Murasow.«

»Ich höre von ihm schon zum zweiten Male!« rief Tschitschikow.

»Das ist ein Mann, der nicht nur ein Gut, sondern einen ganzen Staat verwalten könnte. Wenn ich ein Königreich besäße, so würde ich ihn sogleich zum Finanzminister machen.«

»Und es heißt, er habe sich ein ganz unglaubliches Vermögen erworben; man spricht von zehn Millionen.«

»Zehn Millionen? Er ist schon über vierzig hinaus. Er wird bald halb Rußland in seinen Händen haben.«

»Was Sie sagen!« rief Tschitschikow, Mund und Augen aufsperrend.

»Zuverlässig. Die Sache ist ganz klar. Wer nur ein paar hunderttausend Rubel hat, der wird nur langsam reich; wer aber Millionen besitzt, der hat einen großen Wirkungskreis: alles, was er in die Hand nimmt, verdoppelt und verdreifacht sich ohne sein Zutun; das Feld seiner Tätigkeit ist ein außerordentlich weites. Und auf diesem Felde hat er keinen Konkurrenten mehr. Mit ihm kann sich niemand messen. Wie er den Preis für irgend etwas ansetzt, so bleibt er fest; niemand hat die Möglichkeit, ihn zu überbieten.«

»Herr, du mein Gott!« rief Tschitschikow aus, indem er sich bekreuzte. Er blickte seinem Wirte ins Gesicht, und der Atem stockte ihm in der Brust. »Das kann ja kein Verstand begreifen! Die Denkkraft erstarrt vor Schreck! Da staunt man über die Weisheit der Vorsehung bei Betrachtung eines Käferchens: mir scheint es noch erstaunlicher, daß sich in den Händen eines Sterblichen so gewaltige Summen zusammenfinden können. Gestatten Sie noch eine Frage: sagen Sie, beim Erwerb dieses Vermögens ist es doch gewiß zu Anfang nicht ganz rechtmäßig zugegangen?«

»Es ist auf absolut tadellosem Wege und mit den rechtlichsten Mitteln erworben.«

»Das kann ich nicht glauben! Das ist unglaublich! Ja, wenn es Tausende wären, aber Millionen . . .«

»Im Gegenteil, Tausende erwirbt man schwer ohne Vergehen, aber Millionen leicht. Ein Millionär braucht nicht zu krummen Wegen seine Zuflucht zu nehmen: er kann geradezu gehen und nimmt einfach alles, was vor ihm liegt. Ein anderer kann's nicht aufheben; es hat nicht jeder die Kraft dazu; er aber hat keine Konkurrenten. Sein Wirkungskreis ist ein großer; wie schon gesagt: alles, was er in die Hand nimmt, verdoppelt und verdreifacht sich ohne sein Zutun. Aber, was hat man von tausend Rubeln? Zehn, zwanzig Prozent.«

»Und was das Unbegreiflichste ist: er soll mit einer Kopeke angefangen haben!«

»Ja, anders pflegt das auch nicht zu geschehen; das ist der regelrechte Gang der Dinge«, erwiderte Kostanschoglo. »Wer im Besitze von Tausenden geboren und aufgewachsen ist, der erwirbt nichts mehr hinzu; der hat schon allerlei Gelüste und was nicht sonst noch alles! Man muß vom Anfang anfangen und nicht von der Mitte, von der Kopeke und nicht vom Rubel, von unten und nicht von oben: nur so lernt man die Menschen und die Welt kennen, inmitten deren man sich später zu bewegen haben wird. Wenn man dies und das an der eigenen Haut erfahren und mit jeder Kopeke haushälterisch umgehen gelernt und alle möglichen Nöte durchgemacht hat: dann schult einen das und macht einen klug, so daß man nachher bei seinen Unternehmungen keine Böcke schießt und nicht damit hereinfällt. Glauben Sie mir, das ist die Wahrheit. Man muß von Anfang anfangen und nicht von der Mitte. Wer zu mir sagt: ›Geben Sie mir hunderttausend Rubel; dann will ich schnell reich werden‹, dem glaube ich nicht: er verläßt sich auf den Zufall, statt sicher zu gehen. Mit der Kopeke muß man anfangen.«

»Wenn es so ist, dann werde ich reich werden«, bemerkte Tschitschikow, der unwillkürlich an die toten Seelen denken mußte; »denn ich fange wirklich mit nichts an.«

»Konstantin, es ist Zeit, daß wir Pawel Iwanowitsch sich erholen und zur Ruhe gehen lassen«, sagte die Hausfrau. »Du bist ganz ins Plaudern hineingekommen.«

»Unfehlbar werden Sie reich werden«, versetzte Kostanschoglo, ohne auf seine Frau zu hören. »Ganze Ströme Goldes werden Ihnen zufließen. Sie werden gar nicht wissen, wo Sie mit Ihren Einnahmen bleiben sollen.«

Wie verzaubert saß Tschitschikow in dem goldenen Reiche aufschießender Zukunftsphantasien da. Seine Gedanken wirbelten durcheinander. In den goldenen Teppich seines demnächstigen Reichtums stickte seine ausschweifende Einbildungskraft goldene Figuren hinein, und in seinen Ohren klangen die Worte wider: »Ströme Goldes werden Ihnen zufließen . . .«

»Wirklich, Konstantin, es wird Zeit, daß Pawel Iwanowitsch schlafen geht.«

»Was hast du denn nur? So geh doch schlafen, wenn du müde bist!« erwiderte der Hausherr und hielt inne: Platonow schnarchte auf einmal so laut, daß es durch das ganze Zimmer schallte, und ihm schloß sich Jarb mit noch lauteren Tönen an. Da er einsah, daß es wirklich Zeit zum Zubettgehen war, so stieß er Platonow an mit den Worten: »Na, nun hör auf zu schnarchen!« und wünschte Tschitschikow eine gute Nacht. Alle trennten sich voneinander und schliefen bald in ihren Betten.

Nur Tschitschikow konnte nicht einschlafen. Seine Gedanken waren in zu großer Aufregung. Er dachte darüber nach, wie er wohl in den Besitz eines nicht eingebildeten, sondern wirklichen Gutes gelangen könne. Nach dem Gespräche mit seinem Wirte war alles so klar geworden! Die Möglichkeit, reich zu werden, schien ihm zweifellos zu sein. Die schwierige Arbeit des Landwirtes erschien ihm jetzt so leicht und verständlich und so sehr zu seiner eigenen Natur passend! Wenn er nur erst auf diese toten Seelen eine Hypothek aufgenommen und sich ein wirklich existierendes Gut angeschafft hätte! Er sah sich bereits wirken und alles verwalten, gerade so wie Kostanschoglo es ihn gelehrt hatte, gewandt und umsichtig; er führte nichts Neues ein, ehe er nicht alles Alte gründlich kennen gelernt hatte; alles beaufsichtigte er mit eigenen Augen; alle Bauern kannte er; er verzichtete auf allen Luxus und ergab sich ganz der Arbeit für die Wirtschaft. Schon im voraus genoß er das Vergnügen, das er empfinden werde, wenn eine genaue Ordnung eingeführt sein werde und alle Räder der Wirtschaftsmaschine sich in munterem Gange bewegen und einander gegenseitig antreiben würden. Es werde fleißig und eifrig gearbeitet werden, und wie in einer glatt gehenden Mühle schnell das Korn zu Mehl gemahlen wird, so werde dort aller Schund und Abfall zu barem Gelde gemahlen werden und zu immer mehr barem Gelde. Sein wunderbarer Wirt stand ihm bei diesen Gedanken unablässig vor Augen. Dies war der erste Mensch in ganz Rußland, vor dem er wegen seiner Persönlichkeit Hochachtung empfand. Bisher hatte er einen Menschen entweder wegen seines hohen Ranges oder wegen seiner großen Einnahmen hochgeachtet, aber nie eigentlich wegen seines Verstandes; in dieser Hinsicht war Kostanschoglo der erste. Er sah ein, daß er diesem Manne gegenüber nicht irgendwelche Kniffe und Pfiffe, tote Seelen betreffend, zur Anwendung bringen dürfe; was ihn jetzt beschäftigte, war ein anderes Projekt: Chlobujews Gut zu kaufen. Zehntausend Rubel besaß er; fünfzehntausend wollte er versuchen von Kostanschoglo zu leihen, da dieser ja selbst erklärt hatte, er sei bereit, einem jeden zu helfen, der reich zu werden beabsichtige; den Rest des Kaufgeldes wollte er sich auf irgendwelche andere Weise beschaffen, etwa durch Aufnahme einer Hypothek; aber er konnte auch ganz einfach den Verkäufer warten lassen. Denn auch das war möglich; mochte dieser sich immerhin mit den Gerichten abquälen, wenn er dazu Lust hatte! Lange dachte er über all dies nach. Endlich umfing der Schlummer, der schon volle vier Stunden lang das ganze Haus, wie man sich auszudrücken pflegt, in seinen Armen hielt, auch unsern Tschitschikow. Er versank in festen Schlaf.

VIERTES KAPITEL

Am folgenden Tage machte sich alles auf die denkbar beste Weise. Kostanschoglo gab mit Vergnügen zehntausend Rubel ohne Zinsen und ohne Bürgschaft her, nur gegen eine einfache Quittung; so gern war er bereit, einem jeden auf dem Wege zum Erwerb eines Vermögens zu helfen. Und damit nicht genug: er erbot sich selbst, Tschitschikow zu Chlobujew zu begleiten, um mit ihm zusammen das Gut in Augenschein zu nehmen. Tschitschikow war in der heitersten Stimmung. Nach einem kräftigen Frühstück machten sie sich alle auf, und zwar stiegen sie alle drei in Pawel Iwanowitschs Kalesche; der Wagen des Hausherrn fuhr leer hinterher. Jarb lief voran und jagte die Vögel vom Wege auf. Ganze fünfzehn Werst lang zog sich zu beiden Seiten des Weges Wald- und Ackerland hin, das Kostanschoglo gehörte. Aber sowie dessen Besitzungen aufhörten, änderte sich das ganze Bild: das Getreide stand dünn, und anstelle der Wälder sah man nur Baumstümpfe. Die Gutsgebäude ließen trotz ihrer schönen Lage schon von weitem die Vernachlässigung erkennen. Zuerst kam ein neues, steinernes Haus, das aber nicht bewohnt wurde, weil der Bau unfertig liegen gelassen war, dahinter ein dürftiges anderes, bewohntes. Den Hausherrn fanden sie ungekämmt und verschlafen, da er erst vor kurzem aufgewacht war. Er mochte etwa vierzig Jahre alt sein; das Halstuch saß ihm schief; der Rock wies einen Flicken auf, der eine Stiefel ein Loch.

Über die Ankunft der Gäste freute er sich ganz außerordentlich, gerade als ob er Brüder wiedersähe, von denen er lange getrennt gewesen wäre.

»Konstantin Fjodorowitsch! Platon Michailowitsch! Nein, daß Sie mich mit Ihrem Besuche beehren! Ich muß mir die Augen trocknen! Ich hatte wirklich schon gedacht, daß kein Mensch mehr zu mir käme. Jeder meidet mich wie die Pest, weil er denkt, ich wolle Geld von ihm borgen. Ach ja, es ist ein schweres Dasein, ein schweres Dasein, Konstantin Fjodorowitsch! Ich weiß ja, daß ich selbst an allem schuld bin. Aber was ist zu machen? Ich bin ein Vieh und habe als Vieh gelebt. Entschuldigen Sie, meine Herren, daß ich Sie in diesem Aufzuge empfange: meine Stiefel sind, wie Sie sehen, zerrissen. Was darf ich Ihnen vorsetzen?«

»Machen Sie keine Umstände!« sagte Kostanschoglo. »Wir kommen in einer geschäftlichen Angelegenheit zu Ihnen. Da ist ein Käufer für Ihr Gut, Pawel Iwanowitsch Tschitschikow.«

»Ich freue mich von ganzem Herzen, Ihre Bekanntschaft zu machen. Gestatten Sie, daß ich Ihnen die Hand drücke!«

Tschitschikow reichte ihm die Hand hin.

»Ich werde Ihnen, hochverehrter Pawel Iwanowitsch, sehr gern mein Gut zeigen, das allerdings Beachtung verdient. Aber, meine Herren, gestatten Sie zunächst die Frage: haben Sie schon zu Mittag gespeist?«

»Gewiß, das haben wir getan,« erwiderte Kostanschoglo, in dem Wunsche, möglichst bald loszukommen. »Wir wollen uns nicht aufhalten und uns gleich an die Besichtigung machen.«

»Nun, dann wollen wir gehen!« Chlobujew griff nach seiner Mütze. »Besichtigen wir meine Unordnung und Liederlichkeit!«

Die Gäste setzten die Mützen auf, und alle gingen die Dorfstraße entlang.

Auf beiden Seiten standen klägliche Hütten mit winzigen Fenstern, die mit Lappen verstopft waren.

»Besichtigen wir meine Unordnung und Liederlichkeit!« sagte Chlobujew noch einmal. »Sie haben allerdings gut daran getan, daß Sie schon zu Mittag gegessen haben. Können Sie es glauben, Konstantin Fjodorowitsch: ich habe kein Huhn im Hause; soweit ist es mit mir gekommen!«

Er seufzte, und als fühlte er, daß er bei Konstantin Fjodorowitsch wenig Teilnahme finden werde, faßte er Platonow unter und ging mit ihm voran, wobei er ihn fest an seine Brust zog. Kostanschoglo und Tschitschikow blieben etwas zurück, faßten sich unter und folgten ihnen in einiger Entfernung.

»Es ist ein schweres Dasein, Platon Michailowitsch, ein schweres Dasein!« sagte Chlobujew zu Platonow. »Sie können sich gar nicht vorstellen, was ich für ein schweres Dasein habe! Kein Geld, kein Brot, keine Stiefel, – das sind für Sie Worte aus einer fremden Sprache. Und das alles würde ich noch leicht nehmen, wenn ich jung wäre und allein dastände. Aber wenn einen alle diese Nöte im Alter bedrängen und man eine Frau und fünf Kinder hat, dann wird man doch traurig, unwillkürlich wird man traurig.«

»Nun, aber wenn Sie Ihr Gut verkaufen, wird Ihnen das nicht aufhelfen?« fragte Platonow.

»Wie kann mir das aufhelfen?« erwiderte Chlobujew mit einer resignierten Handbewegung. »Es wird alles für die Bezahlung der Schulden draufgehen, und mir selbst werden nicht tausend Rubel verbleiben.«

»Was werden Sie dann also tun?«

»Das mag Gott wissen!«

»Aber Sie müssen doch etwas unternehmen, um aus dieser unangenehmen Lage herauszukommen.«

»Was soll ich unternehmen?«

»Nehmen Sie doch irgendeine Stelle an!«

»Ich bin ja früher nur Gouvernementssekretär gewesen. Was kann man mir denn für eine Stelle geben? Doch nur eine ganz kleine. Was hilft mir ein Gehalt von fünfzehn Rubeln? Ich habe ja doch eine Frau und fünf Kinder.«

»Werden Sie doch Gutsverwalter!«

»Aber wer wird mir sein Gut anvertrauen, da ich mein eigenes durchgebracht habe?«

»Nun, aber wenn einem der Hungertod droht, muß man doch etwas unternehmen. Ich werde meinen Bruder fragen, ob der Ihnen nicht durch irgend jemandes Vermittelung in der Stadt ein Amt verschaffen kann.«

»Nein, Platon Michailowitsch«, erwiderte Chlobujew seufzend, indem er ihm kräftig die Hand drückte; »ich tauge jetzt zu nichts mehr; ich bin vor der Zeit hinfällig geworden: das Kreuz tut mir weh von früheren Sünden, und in der Schulter habe ich Rheumatismus. Ich bin zu nichts zu gebrauchen! Wozu soll ich die Staatskasse berauben? Es gibt jetzt sowieso schon eine Menge Leute, die nur, um eine feste Einnahme zu haben, ein Amt übernehmen. Nein, um mein Gehalt aufzubringen, darum sollen dem armen Volke die Steuern nicht erhöht werden!«

»Das sind die Folgen des ausschweifenden Lebenswandels«, dachte Platonow. »Das ist schlimmer als meine Lethargie.«

Während diese beiden so miteinander sprachen, war Kostanschoglo, der mit Tschitschikow hinter ihnen herging, ganz außer sich vor Grimm.

»Da, sehen Sie nur«, sagte er, mit dem Finger auf die bäuerlichen Gehöfte zeigend, »in welche Armut er die Bauern gebracht hat! Sie haben ja keine Wagen und keine Pferde mehr. Wenn eine Viehseuche ausbricht, dann darf man seine eigene Habe nicht schonen: dann muß man alles, was man hat, verkaufen, um den Bauer mit Vieh zu versehen, damit er auch nicht einen Tag ohne die Mittel zur Fortsetzung seiner Arbeit bleibt. Aber was der hier angerichtet hat, das ist in Jahren nicht wieder gutzumachen. Der Bauer hat schon seinen Charakter verändert und ist faul und trunksüchtig geworden. Schon allein dadurch, daß man ihn ein Jahr ohne Arbeit verbringen läßt, verdirbt man ihn für alle Zeit; denn er hat sich dann daran gewöhnt, in Lumpen zu gehen und sich herumzutreiben . . . Und in welchem Zustande befindet sich das Land? Sehen Sie nur das Land an!« fuhr er fort, indem er auf die Wiesen zeigte, die nicht weit hinter den Bauernhäusern sichtbar wurden. »Das ist lauter Land, das durch die Überschwemmungen von selbst bewässert wird! Ich würde da Flachs bauen und aus dem Flachs allein etwa fünftausend Rubel herausschlagen; ich würde Rüben pflanzen und daran gegen viertausend verdienen. Und nun sehen Sie einmal dort:

an dem Abhang ist Roggen gewachsen; der ist nur von ausgefallenen Körnern aufgegangen; er hat überhaupt kein Getreide gesät, das weiß ich. Und dort die Schluchten; da würde ich Waldungen anlegen, das müßten Riesenstämme werden. Und ein solches Juwel von Land läßt er verkommen! Na, wenn er nicht mehr die Mittel zum Pflügen hatte, dann hätte er es sollen mit dem Spaten als Gemüseland umgraben; es wäre ein vortreffliches Gemüsefeld geworden. Aber da muß man selbst den Spaten in die Hand nehmen, und seine Frau, seine Kinder und sein Gesinde dazu anstellen. Und wenn man auch bei der Arbeit stirbt, man stirbt dann wenigstens in Erfüllung einer Pflicht und nicht, weil man sich wie ein Schwein überfressen hat.« Nach diesen Worten spuckte Kostanschoglo aus, und seine erbitterte Stimmung breitete einen finsteren Schatten über seine Stirn.

Als sie an den mit Gestrüpp bewachsenen steilen Abhang gelangt waren und auf seinem oberen Rande standen, erblickten sie in der Ferne eine blitzende Krümmung des Flusses und einen dunklen Höhenzug und ein Stück des in Bäumen versteckten Hauses des Generals Betrischtschew, das in der Perspektive näher erschien; dahinter aber wurde ein kraus aussehender, mit Wald bedeckter Berg sichtbar, und Tschitschikow erriet sogleich, da müsse Tentetnikows Gut liegen. »Wenn man hier einen Wald anpflanzte«, bemerkte er, »so würde das landschaftliche Bild an Schönheit von wenigen übertroffen werden.«

»Ah, Sie sind ein Freund von schönen Landschaften«, erwiderte Kostanschoglo und warf ihm auf einmal einen strengen Blick zu. »Nehmen Sie sich in acht; wenn Sie auf schöne Landschaftsbilder zu viel Wert legen, werden Sie eines schönen Tages kein Brot und keine schönen Landschaftsbilder haben. Sehen Sie auf den Nutzen und nicht auf die Schönheit! Die Schönheit wird von selbst kommen. Zum Beweise können die Städte dienen: die besten und schönsten sind noch immer diejenigen, die sich sozusagen von selbst gebaut haben, wo ein jeder nach seinen Bedürfnissen und nach seinem Geschmack gebaut hat; diejenigen aber, die nach der Schnur gebaut sind, das sind die reinen Kasernen. Die Schönheit muß aus dem Spiel bleiben! Richten Sie Ihr Augenmerk auf das Notwendige!«

»Schade nur, daß man so lange warten muß; man möchte so gern alles recht bald in dem gewünschten Zustande sehen.«

»Aber sind Sie denn ein fünfundzwanzigjähriger Jüngling, daß Sie so wenig Geduld haben? Da sieht man den Petersburger Beamten. Nur immer Geduld! Arbeiten Sie nur erst einmal sechs Jahre hintereinander: pflanzen Sie, säen Sie, graben Sie die Erde, ohne sich auch nur einen Augenblick Erholung zu gönnen! Das ist schwer, sehr schwer. Aber dafür wird dann auch der Boden, wenn Sie ihn erst einmal ordentlich in Bewegung gebracht haben, Ihnen von selbst helfen; er ist gleichsam ein lebendes Wesen. Außer Ihren, sagen wir, siebzig Händen werden noch siebenhundert unsichtbare Hände mitarbeiten. Alles verzehnfacht sich. Und wenn ich bei mir jetzt keinen Finger rühre, es würde alles von selbst seinen richtigen Gang nehmen. Ja, die Natur verlangt, daß man Geduld habe; das ist ein Gesetz, das Gott selbst gegeben hat, wenn er die Langmütigen selig pries.«

»Wenn man Ihnen zuhört, fühlt man seine Kraft wachsen, seinen Mut steigen.«

»Nun sehen Sie bloß, wie das Land da gepflügt ist!« rief Kostanschoglo mit schmerzlicher Bitterkeit und zeigte auf einen Abhang. »Ich kann nicht mehr hier bleiben; es ist mein Tod, diese Unordnung und Verlotterung anzusehen. Sie können jetzt mit ihm auch ohne mich abschließen. Nehmen Sie dem Dummkopf diesen kostbaren Schatz so bald wie möglich ab! Er verschimpfiert nur diese schöne Gabe Gottes.« Kostanschoglo, dessen Gesicht vor Erregung und Verbitterung ganz finster geworden war, sagte Tschitschikow Lebewohl, holte den Gutsherrn ein und verabschiedete sich auch von diesem.

»Aber ich bitte Sie, Konstantin Fjodorowitsch«, sagte dieser erstaunt, »eben erst sind Sie gekommen, und nun wollen Sie schon wieder fort!«

»Ich kann nicht bleiben. Meine Anwesenheit zu Hause ist dringend notwendig.« Er nahm Abschied, stieg in seinen Wagen und fuhr davon.

Chlobujew schien die Ursache seines schnellen Wegfahrens zu begreifen.

»Konstantin Fjodorowitsch hat es nicht aushalten können«, sagte er. »Für einen vortrefflichen Landwirt, wie er, ist der Anblick dieser Mißwirtschaft sehr unerfreulich. Glauben Sie mir, Pawel Iwanowitsch: ich habe in diesem Jahre nicht einmal Getreide gesät, auf Ehrenwort! Ich hatte kein Saatkorn, ganz abgesehen davon, daß ich nicht wußte, womit ich pflügen sollte. Ihr Bruder, Platon Michailowitsch, soll ja ein ausgezeichneter Landwirt sein, und von Konstantin Fjodorowitsch ist erst gar nicht zu reden; der ist ein Napoleon auf seinem Gebiete. Da denke ich denn wirklich oft: warum ist soviel Verstand in einen einzigen Kopf gelegt worden? Wäre doch wenigstens ein Tröpfchen davon in meinen dummem Kopf hineingekommen! Geben Sie acht, meine Herren, und gehen Sie recht vorsichtig über die Brücke, damit Sie nicht in die Lache hineinplumpen. Ich habe befohlen, die Bohlen im Frühjahr zu reparieren. Am meisten tun mir die armen Bauern leid: sie haben ein Vorbild nötig; aber was haben sie an mir für ein Vorbild? Was soll ich mit ihnen tun? Nehmen Sie sie unter Ihre Herrschaft, Pawel Iwanowitsch! Wie kann ich sie an Ordnung gewöhnen, wenn ich selbst unordentlich bin? Ich hätte sie schon freigelassen; aber dabei wäre auch nichts Gutes herausgekommen. Ich sehe ein, daß man sie zuerst befähigen muß, verständig zu leben. Sie brauchen einen strengen, gerechten Herrn, der dauernd mit ihnen zusammenlebt und durch das eigene Beispiel unermüdlicher Tätigkeit auf sie einwirkt. Der Russe (das sehe ich an mir selbst) bedarf mit Notwendigkeit eines Antreibers; sonst schläft er ein und versauert.«

»Ja, es ist merkwürdig«, sagte Platonow. »Woher mag das kommen, daß der Russe so einschläft und versauert, und daß der gemeine Mann, wenn man nicht fortwährend auf ihn aufpaßt, ein Trunkenbold und Taugenichts wird?«

»Das kommt von dem Mangel an Bildung«, bemerkte Tschitschikow.

»Weiß Gott, woher es kommt«, sagte Chlobujew. »Nehmen Sie uns: wir haben doch eine Bildung genossen und die Universität besucht; aber wozu sind wir zu gebrauchen? Was habe ich denn gelernt? Ein ordentliches Leben zu führen habe ich nicht gelernt; dagegen habe ich die Kunst gelernt, recht viel Geld für allerlei verfeinerte Genüsse auszugeben, und bin mit Dingen, die viel Geld kosten, bekannt geworden. Liegt dieser Mißerfolg meines Studiums an meiner persönlichen geistigen Unfähigkeit? Nein; denn meinen Kameraden ist es ebenso gegangen. Zwei oder drei von ihnen haben von dem Studium einen wirklichen Nutzen gehabt, und auch das vielleicht nur deswegen, weil sie ohnehin klug waren; aber die anderen haben, gerade wie ich, nur das kennen zu lernen gesucht, was die Gesundheit verdirbt und die Tasche leer macht. Weiß Gott, so ist es! Und ich habe mir darüber schon eine bestimmte Ansicht zurechtgemacht: manchmal will es mich wirklich bedünken, als ob der Russe ein verlorener Mensch sei. Er will alles tun, kann aber nichts. Er nimmt sich immer vor: ›Von morgen an will ich ein neues Leben beginnen; von morgen an will ich eine strenge Diät innehalten‹, aber das geschieht nicht: gleich am Abend desselben Tages übernimmt er sich im Essen dermaßen, daß er nur noch mit den Augen blinken kann und die Zunge ihm nicht mehr gehorcht; er sitzt da wie eine Eule und starrt die anderen an; wahrhaftig, so ist es! Und so machen's alle.«

»Ja«, sagte Tschitschikow lächelnd, »dergleichen kommt schon vor.«

»Wir sind überhaupt nicht zum Verständigsein geboren. Ich glaube nicht, daß es einen wirklich verständigen Menschen unter uns gibt. Selbst wenn ich sehe, daß einer einen ordentlichen Lebenswandel führt, sich Geld erwirbt und es ansammelt, selbst dann traue ich ihm nicht. Auch den wird auf seine alten Tage der Böse betören, und er bringt dann alles mit einem Male durch. Und so sind sie alle, wahrhaftig: die Gebildeten und die Ungebildeten. Nein, es fehlt uns etwas anderes als die Bildung; aber was es ist, das weiß ich selbst nicht.«

Auf dem Rückwege boten sich dieselben Bilder dar. Eine greuliche Unordnung trat ihnen überall in häßlicher Offenheit entgegen. Hinzugekommen war nur eine neue Pfütze mitten auf der Straße. Alles war verwahrlost und verkommen, sowohl bei den Bauern als bei dem Herrn. Ein wütendes Weib in einem schmierigen Rocke von grober Leinwand prügelte ein armes kleine Mädchen halb tot und schimpfte aus Leibeskräften unter Anrufung aller Teufel auf irgendeine dritte Person. Aus einiger Entfernung sahen zwei Bauern mit stoischem Gleichmute den Zornesausbruch des betrunkenen Weibes mit an. Der eine von ihnen kratzte sich unterhalb des Rückens, der andere gähnte. Es war, als ob auch die Häuser und die Dächer gähnten. Platonow fing bei ihrem Anblick ebenfalls an zu gähnen. Ein Flicken saß auf dem anderen. Auf einem Hause lag das ganze Hoftor oben darauf an Stelle des Daches; die zusammensinkenden Fenster waren mit Stangen gestützt, die aus dem herrschaftlichen Speicher entwendet waren. Augenscheinlich wurde bei der Wirtschaft dieselbe Methode zur Anwendung gebracht wie bei Trischkas Rock*, bei dem die Aufschläge und Schöße abgeschnitten wurden, um die Ellbogen zu flicken.

»Ihre Wirtschaft befindet sich in traurigem Zustande«, sagte Tschitschikow, als sie nach der Besichtigung zurückkehrten. Beim Eintritt in die Wohnung waren die beiden Gäste überrascht durch die Mischung von größter Armut und luxuriösem, modernem Tändelkram. Auf dem Schreibzeug

* In einer Krylowschen Fabel.

saß ein kleiner Shakespeare; auf dem Tische lag ein elegantes Elfenbeinstäbchen, das den Zweck hatte, daß man sich mit ihm selbst den Rücken kratzte. Die Hausfrau war geschmackvoll und modern gekleidet und redete von der Stadt und von dem Theater, das dort kürzlich errichtet war. Die Kinder waren munter und fröhlich. Die Knaben und Mädchen waren schön angezogen, sehr hübsch und geschmackvoll. Besser wäre es allerdings gewesen, wenn sie Röckchen von bunter Hanfleinwand und einfache Hemden angehabt hätten und ohne sich von den Bauernkindern zu unterscheiden auf dem Hofe herumgelaufen wären. Die Hausfrau erhielt bald darauf Besuch von einer Dame, die enorm viel schwatzte und plapperte. Die Damen begaben sich fort nach den Zimmern der Hausfrau, und die Kinder liefen ihnen nach. So blieben die Männer allein.

»Welchen Preis verlangen Sie nun also?« fragte Tschitschikow. »Offen gestanden, meine Frage hat den Sinn, daß ich den alleräußersten Preis hören möchte, denn das Gut befindet sich in schlechterem Zustande, als ich erwartet hatte.«

»Ja, es ist in sehr üblem Zustande, Pawel Iwanowitsch«, antwortete Chlobujew. »Und das ist noch nicht alles. Ich will Ihnen kein Geheimnis daraus machen: von den hundert Seelen, die in der Revisionsliste stehen, sind nur fünfzig am Leben; so hat bei uns die Cholera gewütet, und andere haben sich ohne Paß entfernt, so daß man sie auch als tot rechnen muß. Denn wenn man sie auf gerichtlichem Wege zurückfordern wollte, so würde das ganze Gut von den Gerichtskosten verschlungen werden. Daher verlange ich nur fünfunddreißigtausend Rubel.«

Tschitschikow begann selbstverständlich zu handeln.

»Aber ich bitte Sie! Wie können Sie fünfunddreißigtausend fordern? Für ein solches Gut fünfunddreißigtausend! Na, seien Sie mit fünfundzwanzigtausend zufrieden!«

Platonow schämte sich, das mit anzuhören. »Kaufen Sie es, Pawel Iwanowitsch!« sagte er. »Diesen Preis kann man für das

Gut immer geben. Wenn Sie nicht fünfunddreißigtausend dafür geben wollen, dann legen mein Bruder und ich zusammen und kaufen es.«

»Nun gut, dann will ich einwilligen«, sagte Tschitschikow, der einen Schreck bekommen hatte. »Gut also; aber nur unter der Bedingung, daß ich die Hälfte des Geldes erst in einem Jahre zu bezahlen brauche.«

»Nein, Pawel Iwanowitsch! Darauf kann ich mich unter keinen Umständen einlassen. Die eine Hälfte müssen Sie mir jetzt gleich geben und das übrige in vierzehn Tagen. Ich könnte mir ja diese selbe Summe von der Bank als Hypothek geben lassen, wenn ich nur eine Möglichkeit der Rückzahlung sähe.«

»Aber wie soll ich das machen? Das weiß ich wahrhaftig nicht«, erwiderte Tschitschikow; »ich habe jetzt im ganzen nur zehntausend Rubel.« Dies war eine Unwahrheit; er hatte mit Einschluß des Geldes, das ihm Kostanschoglo geliehen hatte, zwanzigtausend; aber es widerstrebte ihm, soviel Geld auf einmal hinzugeben.

»Nein, ich bitte Sie inständig, Pawel Iwanowitsch! Ich brauche wirklich ganz notwendig fünfzehntausend Rubel.«

»Ich werde Ihnen fünftausend leihen«, warf Platonow dazwischen.

»Auf diese Weise geht es vielleicht!« sagte Tschitschikow und dachte bei sich: »Das trifft sich ja gut, daß er mir etwas borgen will.« Er ließ sich seine Schatulle aus der Kalesche bringen und entnahm ihr sofort zehntausend Rubel, die er Chlobujew gab; die übrigen fünftausend versprach er ihm am nächsten Tage zu bringen; d. h. er versprach es; in Wirklichkeit beabsichtigte er, ihm nur dreitausend zu bringen und die übrigen erst später, in zwei oder drei Tagen, wenn es ginge, wollte er diese Zahlung auch noch weiter hinausschieben. Pawel Iwanowitsch hatte eine besondere Abneiung dagegen, Geld aus den Händen zu geben. Wurde aber eine Zahlung unbedingt notwendig, so hielt er es doch immer noch für besser, das Geld erst morgen zu geben und nicht heute. Das heißt, er machte es gerade so wie wir alle. Es macht uns doch allen Vergnügen, jemanden, der uns um Geld bittet, hinzuhalten: mag er sich doch den Rücken in unserem Vorzimmer wund reiben! Als ob er nicht warten könnte! Was kümmert es uns, daß ihm vielleicht jede Stunde des Verzugs teuer wird und seine Geschäfte darunter leiden! »Komm morgen wieder, lieber Freund; heute habe ich keine Zeit.«

»Wo wollen Sie denn nachher wohnen?« fragte Platonow Chlobujew. »Haben Sie noch ein anderes Gütchen?«

»Ich muß nach der Stadt ziehen; da besitze ich ein kleines Häuschen. Das hätte ich sowieso tun müssen, nicht um meinetwillen, sondern um meiner Kinder willen: sie brauchen einen Religionslehrer, einen Musiklehrer und einen Tanzlehrer. Solche Lehrer sind ja auf dem Lande für kein Geld zu beschaffen.«

»Er hat keinen Bissen Brot und will seinen Kindern Tanzunterricht geben lassen!« dachte Tschitschikow.

»Merkwürdig!« dachte Platonow.

»Aber wir müssen doch unseren Handel begießen,« sagte Chlobujew. »Heda, Kirjuschka, bring uns doch eine Flasche Champagner!«

»Er hat keinen Bissen Brot, aber Champagner hat er,« dachte Tschitschikow.

Platonow wußte nicht, was er davon denken sollte.

Den Champagner hatte sich Chlobujew notgedrungen angeschafft. Er hatte nach der Stadt geschickt, um sich etwas zum Trinken holen zu lassen; aber in den Kaufläden erhielt er nicht einmal Kwas auf Borg, und etwas trinken wollte er doch gern. Ein Franzose jedoch, der kurz vorher mit Weinen aus Petersburg gekommen war, gewährte jedermann Kredit. Es war nichts zu machen; Chlobujew mußte ihm ein paar Flaschen Champagner abnehmen.

Der Champagner wurde gebracht. Sie tranken jeder drei Gläser und wurden recht heiter. Chlobujew ging ganz aus sich heraus: er wurde liebenswürdig und verständig und warf mit witzigen Bemerkungen und Anekdoten um sich. In seinen Reden bekundete sich eine große Welt- und Menschenkenntnis. Wie klar und richtig waren seine Anschauungen über viele Dinge; wie geschickt und treffend charakterisierte er mit wenigen Worten die benachbarten Gutsbesitzer; wie deutlich erkannte er die Mängel und Fehler eines jeden; wie genau wußte er mit der Geschichte der Herren Bescheid, die sich ruiniert hatten, woher es gekommen und wie es zugegangen war; in wie origineller, komischer Art verstand er ihre kleinsten Gewohnheiten darzustellen; – die beiden Gäste waren von seiner Unterhaltung ganz bezaubert und waren bereit, ihn für einen der gescheitesten Menschen auf der Welt zu erklären.

»Mich wundert«, meinte Tschitschikow, »daß Sie bei so viel Geist nicht Mittel und Wege finden, um sich aus der Klemme zu ziehen.«

»Mittel und Wege weiß ich schon«, erwiderte Chlobujew und schüttete sofort einen ganzen Sack voll großartiger Projekte aus. Sie waren aber alle so absurd und seltsam und so wenig ein Ausfluß von Welt- und Menschenkenntnis, daß man nur die Achseln zucken und sagen konnte: »Herr Gott, was für ein unermeßlicher Abstand ist doch zwischen dem Besitze von Weltkenntnis und der Fähigkeit, von diesem Besitze Gebrauch zu machen!« Die Voraussetzung, auf der alles beruhte, war: er müsse sich auf einmal irgendwoher hunderttausend oder zweihunderttausend Rubel verschaffen. Dann, meinte er, würde alles sich in die gehörige Ordnung bringen lassen, die Wirtschaft würde in Gang kommen, alle Löcher würden geflickt werden, die Einkünfte würden sich vervierfachen, und er würde imstande sein, alle seine Schulden zu bezahlen. Er schloß seine Auseinandersetzung mit den Worten: »Aber was soll ich machen? Es gibt keinen Wohltäter, der sich bereitfinden ließe, mir zweihunderttausend oder auch nur hunderttausend Rubel zu leihen. Offenbar ist es nicht Gottes Wille.«

»Das fehlte auch noch«, dachte Tschitschikow, »daß Gott einem solchen Narren zweihunderttausend Rubel in den Schoß würfe!«

»Ich habe allerdings noch eine alte Tante«, fuhr Chlobujew fort, »die drei Millionen Rubel besitzt; sie ist sehr fromm und gibt reichlich für Kirchen und Klöster; aber wenn sie einem Mitmenschen helfen soll, dann ist sie zäh. Das ist so eine Tante vom alten Schlage; es würde Sie interessieren, sie kennen zu lernen. Sie hat allein gegen vierhundert Kanarienvögel, eine Menge Möpse und Gesellschafterinnen und endlich Diener von einer Art, wie man sie sonst jetzt gar nicht mehr findet. Der jüngste ihrer Diener ist etwa sechzig Jahre alt; aber trotzdem ruft sie ihn: ›Heda, Bursche!‹ Wenn ein Gast sich irgendwie unangemessen benimmt, so gibt sie Befehl, ihm bei Tische die Schüsseln nicht zu präsentieren, und dann werden sie ihm eben nicht präsentiert. So eine ist das!«

Platonow lächelte.

»Wie heißt sie denn und wo wohnt sie?« fragte Tschitschikow.

»Sie wohnt bei uns in der Stadt und heißt Alexandra Iwanowna Chanasarowa.«

»Warum wenden Sie sich denn nicht an sie?« fragte Platonow teilnehmend. »Ich möchte meinen, wenn sie erführe, in welcher Lage sich Ihre Familie befindet, so könne sie Ihnen ihre Hilfe nicht verweigern.

»Doch, doch, dessen ist sie sehr wohl fähig. Diese liebe Tante hat einen starren Charakter und ein Herz von Stein, Platon Michailowitsch! Zudem sind auch ohne mich genug Schmeichler da, die um sie herumscharwenzeln. Da ist sogar einer, der es darauf anlegt, Gouverneur zu werden; der drängt sich an sie heran unter dem Vorgeben, mit ihr verwandt zu sein . . Erweisen Sie mir die Ehre«, sagte er plötzlich, sich zu Platonow wendend, »in der nächsten Woche gebe ich in der Stadt allen Adligen ein Diner.«

Platonow machte große Augen. Er wußte noch nicht, daß

es in Rußland, sowohl in den Hauptstädten wie in der Provinz, eine Menge von Pfiffikussen gibt, deren Leben ein ganz unlösbares Rätsel bildet. So einer hat, wie es scheint, alles durchgebracht, steckt bis über die Ohren in Schulden, verfügt über keine Mittel mehr, gibt aber trotzdem ein Diner, und alle Tafelnden sagen, daß dies das letzte Diner des Gastgebers sei und er gleich am nächsten Tage ins Schuldgefängnis werde abgeführt werden. Darauf vergehen zehn Jahre, und der Pfiffikus hält sich immer noch in der Gesellschaft, steckt noch tiefer in Schulden als vorher und gibt noch immer Diners, bei deren jedem alle Teilnehmer glauben, dieses sei das letzte, und davon überzeugt sind, daß der Gastgeber gleich am nächsten Tage ins Schuldgefängnis werde abgeführt werden.

In Chlobujews Hause in der Stadt ging es ganz eigentümlich zu. An dem einen Tage zelebrierte dort ein Pope im Ornat eine Messe, und an einem anderen Tage hielten französische Schauspieler dort eine Probe ab. Manchmal war auch nicht eine Brotrinde da zu finden, und ein andermal wurden alle möglichen Schauspieler und Künstler da gastfrei aufgenommen und generös beschenkt. Es kamen in Chlobujews Leben mitunter so schwere Zeiten vor, daß ein anderer an seiner Stelle sich längst aufgehängt oder erschossen hätte; aber davor bewahrte ihn seine Religiosität, die bei ihm mit seiner Liederlichkeit eine wunderliche Mischung bildete. In solchen trüben Augenblicken las er die Lebensbeschreibungen von Märtyrern und Asketen, die ihren Geist geübt hatten, über das Unglück erhaben zu sein. Seine Seele wurde in solchen Zeiten ganz weich, sein Herz zerknirscht, und seine Augen füllten sich mit Tränen. Er betete, und (seltsam!) fast immer kam ihm von irgendwoher eine unerwartete Hilfe: entweder erinnerte sich irgendein alter Freund seiner und schickte ihm Geld; oder eine durchreisende Dame, die zufällig von seinem Unglück gehört hatte, sandte ihm in der impulsiven Großmut des weiblichen Herzens eine reiche Gabe; oder es wurde irgendwo ein Prozeß zu seinen Gunsten entschieden, von dem er noch nie etwas gehört hatte. Andächtig pries er dann die unermeßliche Barmherzigkeit der Vorsehung, ließ Dankgebete abhalten und begann sein liederliches Leben von neuem.

»Er tut mir leid, wirklich leid«, sagte Platonow zu Tschitschikow, als sie von ihm Abschied genommen hatten und wegfuhren.

»Ein verlorener Sohn!« versetzte Tschitschikow. »Solche Leute muß man gar nicht bedauern.«

Und bald dachten sie beide nicht mehr an ihn: Platonow deshalb nicht, weil er für die Lage der Menschen nur denselben matten, schläfrigen Blick hatte wie für alles in der Welt. Sein Herz fühlte beim Anblick fremder Leiden allerdings aufrichtige Teilnahme und zog sich schmerzlich zusammen; aber diese Empfindungen prägten sich seiner Seele nicht tief ein. Ein paar Minuten darauf hatte er Chlobujew bereits wieder vergessen; er dachte an ihn deshalb nicht mehr, weil er auch an sich selbst nicht dachte. Tschitschikow aber dachte an Chlobujew deshalb nicht lange, weil tatsächlich alle seine Gedanken ernstlich mit dem soeben käuflich erworbenen Gute beschäftigt waren. Er war jetzt aus einem nur eingebildeten plötzlich der wirkliche, tatsächliche Besitzer eines nicht bloß eingebildeten Gutes geworden, und das machte ihn nachdenklich, und seine Gedanken und Pläne nahmen einen ruhigeren, solideren Charakter an und verliehen seinem Gesichte unwillkürlich einen bedeutsamen Ausdruck. »Geduld, Arbeit! Das ist nichts Schwieriges; damit bin ich schon in meiner allerfrühesten Kindheit bekannt geworden; das ist mir nichts Neues. Aber werde ich jetzt, in diesem Lebensalter, in der Geduld so viel leisten können wie in der Jugend?« Indes, wie er die Sache auch ansehen und welche Verwendung des gekauften Gutes er auch in Aussicht nehmen mochte, jedenfalls sah er ein, daß der Kauf für ihn vorteilhaft war. Er konnte so verfahren, daß er auf das Gut eine Hypothek aufnahm, nachdem er vorher das beste Land in Parzellen verkauft hatte. Er konnte es auch so machen, daß er das Gut selbst bewirtschaftete und ein Landwirt nach dem Muster Kostanschoglos wurde, der ihm als sein Nachbar und Wohltäter seine wertvollen Ratschläge nicht vorenthalten werde. Er konnte auch in der Weise vorgehen, daß er das Gut verkaufte und sich nur die entlaufenen und toten Seelen vorbehielt; das bot noch einen anderen Vorteil: er konnte dann überhaupt aus diesen Gegenden verschwinden und die Rückzahlung des von Kostanschoglo entliehenen Geldes unterlassen. Ein sonderbarer Gedanke! Tschitschikow hatte ihn nicht eigentlich selbst gebildet und gestaltet; sondern dieser Gedanke war plötzlich ganz von selbst vor ihn hingetreten und neckte ihn nun, lächelte ihn an und blinzelte ihm zu. So ein mutwilliger, schändlicher Gedanke! Wer mag nur der Schöpfer dieser Gedanken sein, die einen so plötzlich überkommen? . . . Tschitschikow war vergnügt, sehr vergnügt darüber, daß er jetzt Gutsbesitzer war, und zwar nicht Gutsbesitzer bloß so in der Einbildung, sondern ein wirklicher, richtiger Gutsbesitzer mit Land und allem Zubehör und mit Leuten, nicht etwa nur erträumten, nur in der Phantasie existierenden, sondern wirklich vorhandenen. Und allmählich begann er auf seinem Sitze ein bißchen zu hüpfen und sich die Hände zu reiben und sich selbst zuzublinzeln; auch hielt er seine Faust wie eine Trompete an den Mund und blies darauf eine Art Marsch und sprach sogar laut ein paar aufmunternde Koseworte zu sich selbst, wie »du kleiner Bullenbeißer«, »du liebes Kapaunchen«. Aber dann fiel ihm ein, daß er nicht allein war; er verstummte auf einmal und suchte, so gut es ging, den maßlosen Ausbruch seines Entzückens zu unterdrücken, und als Platonow, in der Meinung, diese Laute seien an ihn gerichtete Worte, ihn fragte: »Was?« antwortete er: »Oh, nichts.«

Erst jetzt blickte er um sich und sah, daß sie schon lange durch ein schönes Wäldchen fuhren; rechts von ihnen zog sich eine allerliebste Reihe von Birken hin. Die hellen Stämme der Birken und Espen glänzten wie ein schneeweißer Staketenzaun und hoben sich schlank und leicht von dem zarten Grün der eben erst entfalteten Blätter ab. Die Nachtigallen schlugen laut in dem Haine um die Wette. Gelbe Waldtulpen sprenkelten den Rasen. Er konnte sich keine Rechenschaft darüber geben, wie er plötzlich an diesen schönen Fleck gelangt war, da sie doch noch soeben durch offenes Feld gefahren waren. Zwischen den Bäumen schimmerte eine weiße, steinerne Kirche hindurch, und auf der anderen Seite wurde hinter den Bäumen ein Gitter sichtbar. Am Ende der Allee erschien ein Herr, der ihnen entgegenkam, auf dem Kopfe eine Mütze, in der Hand einen Knotenstock. Ein englischer Hund lief auf hohen, dünnen Beinen vor ihm her.

»Da ist ja mein Bruder!« rief Platonow. »Kutscher, halt!« Er stieg aus dem Wagen, Tschitschikow ebenfalls. Die Hunde hatten einander schon begrüßt. Der dünnbeinige, behende Asor leckte mit seiner flinken Zunge Jarb über die Schnauze; dann leckte er Platonow die Hände; dann sprang er an Tschitschikow in die Höhe und leckte ihn am Ohr.

Die Brüder umarmten sich.

»Aber ich bitte dich, Platon, was machst du mir denn für Geschichten?« fragte stehenbleibend der Bruder, welcher Wasili hieß.

»Wieso?« erwiderte Platon gleichmütig.

»Ja, was soll denn das heißen?« Drei Tage lang läßt du nicht das geringste von dir hören! Der Reitknecht hat von Pjetuch deinen Hengst gebracht; er sagte, du wärest mit einem Herrn weggefahren. Hättest du mir doch wenigstens ein Wort sagen lassen, wohin, wozu, auf wie lange! Ich bitte dich, Bruder, was ist das für ein Benehmen! Ich habe mir in diesen Tagen Gott weiß was für Gedanken gemacht!«

»Ich kann nichts dafür; ich habe es vergessen«, antwortete Platonow. »Wir haben einen Besuch bei Konstantin Fjodorowitsch gemacht; er läßt dich grüßen, und die Schwester ebenfalls. Pawel Iwanowitsch, ich stelle Ihnen meinen Bruder Wasili vor. Bruder Wasili, das ist Pawel Iwanowitsch Tschitschikow.«

So aufgefordert, sich gegenseitig kennen zu lernen, drückten beide einander die Hände, nahmen die Mützen ab und küßten sich.

»Was mag dieser Tschitschikow für ein Mensch sein?« dachte Bruder Wasili. »Bruder Platonow ist in seinen Bekanntschaften nicht sehr wählerisch.« Er musterte Tschitschikow, soweit es der Anstand erlaubte, und sah, daß dieser äußerlich einen recht guten Eindruck machte.

Tschitschikow musterte seinerseits Bruder Wasili ebenfalls, soweit es der Anstand erlaubte, und fand, daß der Bruder etwas kleiner war als Platon, dunkleres Haar und ein lange nicht so schönes Gesicht hatte, daß aber seine Züge viel mehr Lebhaftigkeit und größere Herzensgüte bekundeten. Es war offenbar, daß er nicht ein so schläfriges Wesen hatte. Aber auf diesen letzteren Punkt achtete Pawel Iwanowitsch wenig.

»Ich habe mich entschlossen, Wasili, mit Pawel Iwanowitsch zusammen eine kleine Reise durch das heilige Rußland zu machen. Vielleicht vertreibt mir das die Hypochondrie.«

»Wie geht es denn zu, daß du dich dazu so plötzlich entschlossen hast?« fragte Bruder Wasili höchst erstaunt und hätte beinah hinzugefügt: »Und da willst du noch dazu mit einem Menschen fahren, den du zum erstenmal siehst, und der vielleicht ein ganz geringwerter Geselle und Gott weiß was ist!« Mißtrauisch warf er Tschitschikow einen schrägen Blick zu; aber alles, was er an ihm sah, war so wohlanständig, daß es ihn in Erstaunen versetzte.

Sie wendeten sich nach rechts und gingen durch das Tor. Der Hof war altertümlich und das Haus ebenfalls, von einer Art, wie man jetzt keine Häuser mehr baut: mit einem hohen, überall weit vorragenden Dache. Zwei riesige Linden wuchsen mitten auf dem Hofe und bedeckten fast die Hälfte desselben mit ihrem Schatten. Unter ihnen stand eine Menge hölzerner Bänke. Blühender Flieder und Faulbaum umgab den Hof wie eine Perlenkette an der Einfassungsmauer entlang, die von den Blüten und Blättern dieser Sträucher und Bäume ganz verdeckt wurde. Das Herrenhaus war vollständig von den Linden versteckt; nur die Tür und die Fenster des Erdgeschosses schauten freundlich zwischen den Zweigen hindurch. Zwischen den Stämmen kerzengerader Waldbäume hindurch sah man die weiß angestrichenen Küchen, Vorratshäuser und Keller. Alles lag in einem Haine. Die Nachtigallen schmetterten laut und erfüllten den ganzen Hain mit ihrem Gesange. Unwillkürlich zog ein angenehmes Gefühl der Ruhe in die Seele ein. Alles erinnerte an jene sorglosen Zeiten, als alle Menschen still und friedlich lebten und alles schlicht und einfach zuging. Bruder Wasili lud Tschitschikow ein, Platz zu nehmen. Sie setzten sich auf die Bänke unter den Linden.

Ein etwa siebzehnjähriger Bursche in einem hübschen, rosafarbenen, baumwollenen Hemde brachte eine Anzahl Karaffen mit verschiedenfarbigen Sorten von Fruchtsäften und stellte sie vor ihnen hin. Einige dieser Fruchtsäfte waren dick wie Öl, andere moussierten wie Brauselimonaden. Nachdem er die Karaffen hingestellt hatte, ergriff er einen Spaten, der an einem Baume stand, und ging in den Garten. Die Gebrüder Platonow hielten ebenso wie ihr Schwager Kostanschoglo keine eigentlichen Diener: dies waren sämtlich Gärtner, und alle Gutsleute versahen diese Obliegenheiten umschichtig. Bruder Wasili behauptete immer, Diener sei kein besonderer Beruf: jemandem etwas hinreichen, das könne jeder, und es lohne nicht, dafür besondere Leute zu halten; der Russe sei nur so lange brav und flink und fleißig, als er in Hemd und Kittel gehe; so er einen deutschen Rock anziehe, werde er sofort ungeschickt, langsam und faul, wechsele sein Hemd nicht mehr, höre ganz auf, ins Schwitzbad zu gehen, und schlafe im Rocke; und in dem deutschen Rocke niste sich bei ihm eine Unmenge von Wanzen und Flöhen ein. Darin hatte er vielleicht recht. In dem Platonowschen Dorfe gingen die Leute besonders fein gekleidet: der Kopfputz der Frauen strotzte von Gold, und die gestickten Hemdärmel sahen aus wie die Kanten türkischer Schaltücher.

»Das sind Limonaden, durch die unser Haus seit langer Zeit berühmt ist«, sagte Bruder Wasili.

Tschitschikow goß sich aus der ersten Karaffe ein Glas ein: es war ein vorzüglicher Lindenmet, wie er ihn manchmal in Polen getrunken hatte; er moussierte wie Champagner, und die Kohlensäure stieg ihm mit angenehmem Prickeln vom Munde in die Nase. »Der reine Nektar!« sagte er. Er trank ein Glas aus einer anderen Karaffe: es schmeckte noch besser.

»Ein ideales Getränk!« sagte Tschitschikow. »Ich kann sagen, daß ich bei Ihrem hochverehrten Schwager Konstantin Fjodorowitsch den besten Likör getrunken habe und bei Ihnen die beste Limonade.«

»Aber der Likör stammt ja ebenfalls aus unserer Familie; den hat unsere Schwester da eingeführt. Nach welcher Seite und nach welchen Orten beabsichtigen Sie denn zu reisen?« fragte Bruder Wasili.

»Ich reise«, erwiderte Tschitschikow, indem er sich vorbeugte, sich auf der Bank ein wenig hin und her schaukelte und sich mit der Hand über die Knie strich, »nicht sowohl in meinen eigenen Angelegenheiten als im Interesse eines anderen. Der General Betrischtschew, ein guter Freund von mir und, ich kann sagen, mein Wohltäter, hat mich gebeten, seine Verwandten zu besuchen. Diese Besuche bei seinen Verwandten sind ja allerdings mein Hauptzweck; aber zum Teil reise ich sozusagen auch um meiner selbst willen. Ich will gar nicht einmal von dem Nutzen reden, den das Reisen in bezug auf die Hämorrhoiden haben kann; aber die Welt zu sehen und das Treiben der Menschen kennen zu lernen, das ist an und für sich sozusagen ein lebendiges Buch, eine Art Wissenschaft.«

Bruder Wasili wurde nachdenklich. »Dieser Mensch spricht ja etwas hochtrabend; aber es liegt in seinen Worten doch etwas Wahres«, dachte er. Nach einem kurzen Stillschweigen sagte er, sich zu Platon wendend: »Ich fange an zu glauben, Platon, daß die Reise dich vielleicht wirklich aufrütteln wird. Die Krankheit, an der du leidest, ist nichts anderes als eine seelische Schlafsucht. Du bist einfach eingeschlafen, und zwar nicht aus Übersättigung oder Ermüdung, sondern aus Mangel an lebhaften Gefühlen und Empfindungen. Bei mir dagegen ist das reine Gegenteil der Fall. Ich würde wünschen, daß ich nicht so lebhaft empfände und mir nicht alles, was vorfällt, so zu Herzen nähme.«

»Wer heißt dich, es dir so zu Herzen nehmen?« versetzte Platon. »Du suchst dir förmlich Gründe zur Beunruhigung und schaffst dir selbst Aufregungen.«

»Von Schaffen ist nicht die Rede, wenn einem auch ohnedies auf Schritt und Tritt Unannehmlichkeiten begegnen«, sagte Wasili. »Hast du gehört, was für einen Streich uns in deiner Abwesenheit Ljenizyn gespielt hat? Er hat sich das Stück Heideland angeeignet, wo wir immer das Frühlingsfest feiern. Erstens gebe ich dieses Stück Heideland um kein Geld in der Welt her. Da begehen meine Bauern alljährlich das Frühlingsfest, mit diesem Platze sind die Erinnerungen des Dorfes verknüpft; und für mich ist eine solche hergebrachte Sitte etwas Heiliges, und ich bin bereit, für sie jedes Opfer zu bringen.«

»Er weiß das alles nicht; darum wird er das Land in Besitz genommen haben«, versetzte Platon. »Er ist hier noch fremd, ist soeben erst aus Petersburg angekommen. Man muß ihm die Sache auseinandersetzen und klarmachen.«

»Er weiß das alles, weiß es sehr gut. Ich habe hingeschickt und es ihm sagen lassen; aber er hat mir mit Grobheiten geantwortet.«

»Du hättest selbst hinfahren und es ihm auseinandersetzen sollen. Sprich doch selbst mit ihm!«

»Nein, das mag ich nicht. Er ist doch gar zu hochnäsig. Ich fahre nicht zu ihm. Fahr du doch selbst hin, wenn du Lust hast!«

»Ich würde hinfahren; aber ich mische mich grundsätzlich nicht in Dinge, die ich nicht ordentlich verstehe. Er kann mich da zu leicht betrügen und übervorteilen.«

»Nun, wenn es Ihnen recht ist, so bin ich bereit, hinzufahren«, sagte Tschitschikow. »Setzen Sie mir nur die Sache auseinander.«

Wasili sah ihn an und dachte: »Dem muß wohl das Herumkutschieren besondere Freude machen.«

»Geben Sie mir nur eine Vorstellung davon, was für eine Art von Mensch er ist«, fuhr Tschitschikow fort, »und um was es sich handelt.«

»Ich geniere mich, Ihnen einen so unangenehmen Auftrag aufzubürden. An dem Menschen ist meines Erachtens nichts dran: er gehört zum kleinen Adel unseres Gouvernements, hat in Petersburg dadurch Karriere gemacht, daß er Gott weiß wessen uneheliche Tochter geheiratet hat, und bildet sich nun Wunder was ein. Er möchte hier den Ton angeben. Aber wir sind hier auch kein so dummes Völkchen: die Mode gilt uns nicht als Gesetz, und einen heiligen Respekt vor Petersburg haben wir auch nicht.«

»Das ist ja auch nur natürlich«, erwiderte Tschitschikow. »Nun, und wie hängt die Sache zusammen?«

»Sehen Sie, er braucht ja wirklich Land. Und wenn er sich nicht so benommen hätte, so hätte ich ihm gern an einer anderen Stelle ein Stück umsonst überlassen, besseres als dieses Hochland. Aber jetzt könnte dieser zänkische Mensch denken, ich hätte mich einschüchtern lassen.«

»Meiner Ansicht nach wird es das beste sein, mündlich mit ihm zu verhandeln; vielleicht läßt sich die Sache gütlich erledigen. Es haben mich auch schon andere mit derartigen Angelegenheiten betraut und es nicht zu bereuen gehabt. So zum Beispiel gleich General Betrischtschew.«

»Aber ich geniere mich, daß Sie mit einem solchen Menschen unterhandeln sollen.«

[Lücke im Manuskript. Hinter ihr finden wir Tschitschikow bereits im Gespräch mit Ljenizyn.].

». . . und besonders, wenn man darauf bedacht ist, die Sache geheimzuhalten,« sagte Tschitschikow; »denn Schaden bringt nicht sowohl die Gesetzesübertretung als das dadurch erregte Ärgernis.«

»Ja, ganz richtig, ganz richtig,« erwiderte Ljenizyn und neigte dabei den Kopf ganz auf die Seite.

»Wie angenehm ist es doch, wenn man jemand trifft, der die gleiche Anschauungsweise hat!« bemerkte Tschitschikow. »Ich persönlich habe da noch eine Angelegenheit, die gesetzlich und zugleich ungesetzlich ist; anscheinend ist sie ungesetzlich, in Wirklichkeit aber gesetzlich. Ich möchte eine Hypothek auf jemandes Bauern aufnehmen und könnte dem Besitzer für die Erlaubnis, seine lebenden Seelen zu verpfänden, pro Stück zwei Rubel zahlen; aber ich möchte niemandem das damit verbundene große Risiko zumuten. Denn wenn es mir passieren sollte, Konkurs zu machen (was Gott verhüte!), so käme der Besitzer in eine unangenehme Lage. Daher habe ich mich dafür entschieden, die entlaufenen und gestorbenen Bauern, die in den Revisionslisten noch nicht gestrichen sind, dazu zu benutzen, um damit zugleich ein christliches Werk zu tun und dem armen Besitzer die drückende Zahlung der Abgaben für sie abzunehmen. Wir schließen dann nämlich miteinander einen regulären Kaufkontrakt ab, wie über lebende Seelen.«

»Das ist aber doch höchst sonderbar«, dachte Ljenizyn und rückte mit seinem Stuhle ein wenig zurück. Und laut begann er: »Aber die Sache ist doch eine derartige . . .«

»Es wird kein Ärgernis daraus entstehen, weil ja alles geheim bleibt«, erwiderte Tschitschikow, »und weil beide Parteien anständige Männer sind.«

»Ja, aber trotzdem ist die Sache einigermaßen bedenklich.«

»Ärgernis kann nicht daraus entstehen«, versetzte Tschitschikow mit durchaus offener, ehrlicher Miene. »Denn, wie schon eben gesagt, die Vertragschließenden sind anständige Männer, in gesetzten Jahren, von achtbarer Stellung und imstande, ein Geheimnis zu bewahren.« Bei diesen Worten blickte er ihm mit Offenheit und vornehmem Anstande ins Gesicht.

Obwohl Ljenizyn eine große Gewandtheit und viel Erfahrung in geschäftlichen Manipulationen besaß, war er doch augenblicklich ganz verblüfft, um so mehr, da er sich eigentümlicherweise sozusagen in sein eigenes Netz verwickelt hatte. Er war überhaupt keiner unrechtmäßigen Handlung fähig und mochte auch im geheimen nichts Unrechtmäßiges tun. »Was für eine erstaunliche Idee!« dachte er bei sich. »Selbst mit ordentlichen Menschen darf man nicht intim werden! Eine tolle Geschichte!«

Aber das Schicksal und die Umstände schienen Tschitschikows Vorgehen zu begünstigen. Wie um bei dieser schwierigen Angelegenheit hilfreich zu sein, trat die junge Hausfrau, Ljenizyns Gattin, ins Zimmer, eine blasse, magere, kleine Dame, die sich aber nach Petersburger Mode kleidete und gern mit Leuten comme il faut verkehrte. Hinter ihr kam die Amme, die auf dem Arme den kleinen Stammhalter trug, die Frucht der zärtlichen Liebe der noch nicht lange ehelich Verbundenen. Durch seinen geschickten, leicht hüpfenden Gang und seine schräge Kopfhaltung bezauberte Tschitschikow die Petersburger Dame vollständig, und bald darauf gelang es ihm, auch den Kleinen in Entzücken zu versetzen. Zuerst wollte dieser allerdings losbrüllen; aber durch die Worte: »Lache doch, lache doch, mein Herzchen!« und durch Schnipsen mit den Fingern und durch die Schönheit eines an seiner Uhrkette hängenden Karneolpetschafts brachte Tschitschikow es fertig, ihn zu sich auf seinen Arm herüberzulocken. Dann begann er, ihn bis an die Zimmerdecke hinaufzuheben, und rief dadurch bei dem Kinde ein freundliches Lächeln hervor, über das die beiden Eltern sich außerordentlich freuten. Aber mochte es nun von dem plötzlichen Vergnügtsein herkommen oder einen anderen Grund haben, genug, der Kleine führte sich auf einmal recht übel auf.

»O Gott, o Gott!« rief Frau Ljenizyna; »er hat Ihnen den ganzen Frack verdorben!«

Tschitschikow blickte hin: der Ärmel des funkelnagelneuen Fracks war total verdorben! »Hol dich der Teufel, du kleiner Racker!« dachte er im stillen.

Der Hausherr, die Hausfrau, die Amme, alle holten sie eilig Eau de Cologne; von allen Seiten machten sie sich eifrig daran, den Ärmel abzuwischen.

»Das tut nichts, das tut nichts, das tut ja gar nichts!« sagte Tschitschikow und bemühte sich, so viel wie irgend möglich seinem Gesichte einen heiteren Ausdruck zu verleihen. »Kann denn überhaupt ein Kindchen in diesem goldenen Lebensalter etwas verderben?« Solcher Wendungen wiederholte er viele; aber gleichzeitig dachte er: »Du kleines Biest, die Wölfe sollten dich fressen; du hast mich schön zugerichtet, du verdammte Kanaille!«

Aber dieser anscheinend bedeutungslose Vorfall stimmte den Hausherrn ganz zugunsten der geschäftlichen Angelegenheit, die ihm Tschitschikow vorgetragen hatte. Wie konnte er einem Gaste eine abschlägige Antwort geben, der mit seinem Jüngelchen so allerliebst geschäkert und dies mit der so großmütig ertragenen Beschädigung seines eigenen Fracks gebüßt hatte? Um kein schlechtes Beispiel zu geben, beschlossen sie, die Geschäftsangelegenheit geheim zu behandeln; denn nicht sowohl die Sache selbst als das dadurch erregte Ärgernis konnte Schaden bringen.

»Erlauben Sie nun auch mir, zum Danke für Ihre Gefälligkeit Ihnen ebenfalls einen kleinen Dienst zu leisten. Ich möchte gern als Vermittler in Ihrem Zwiste mit den Gebrüdern Platonow fungieren. Sie brauchen doch Land, nicht wahr? ...«

[Hier fehlt sehr viel. Unter anderem fälscht Tschitschikow nach dem Tode der Tante Chlobujews ein Testament derselben zugunsten ihres angeblichen Verwandten Ljenizyn, der inzwischen Gouverneur geworden ist, und läßt es von einer Frau, die die Rolle der Sterbenden spielt, unterschreiben. Zu Beginn der folgen-

den Erzählung befindet er sich in einer Gouvernementsstadt auf der Messe und bereichert sich in ungesetzlicher Weise.]

FÜNFTES KAPITEL

Jeder Mensch in der Welt ist auf seinen Vorteil bedacht. »Wer mich begaunert, den begaunere ich wieder«, sagt ein Sprichwort. Tschitschikows Manipulationen waren erfolgreich gewesen, so daß gar manches aus fremden Geldkisten in seine eigene Schatulle herübergewandert war. Kurz, es war alles mit Klugheit und Umsicht durchgeführt worden. Tschitschikow stahl nicht eigentlich, aber er suchte überall Profit zu machen. Und das tut ja eigentlich jeder von uns: der eine macht seinen Schnitt bei fiskalischem Holz, ein anderer bei der Verwaltung von Staatsgeldern; ein anderer bestiehlt seine eigenen Kinder, um sich mit einer zugereisten Schauspielerin zu amüsieren; ein anderer schindet seine Bauern, um sich teure Möbel und Equipagen anzuschaffen. Was soll man machen, wenn es auf der Welt so viele Verlockungen gibt: teure Restaurants mit wahnsinnigen Preisen und Maskenbälle und Lustpartien und Tanzfeste und Zigeunerinnen? Es ist schwer, sich zurückzuhalten, wenn alle um einen herum dasselbe tun und auch die Mode es befiehlt; da halte sich einmal einer zurück! Tschitschikow hätte schon wegfahren sollen; aber die Wege waren in gar zu schlechtem Zustande. Unterdessen begann in der Stadt eine zweite Messe, die eigentliche adelige Messe.* Die erste Messe war mehr ein Jahrmarkt gewesen, auf welchem Pferde, Vieh, Rohprodukte und allerlei Bauernware von den Viehhändlern und Aufkäufern gekauft wurden. Jetzt aber brachten die Kaufleute alles her, was sie auf der Messe in Nischni-Nowgorod von feineren Artikeln eingekauft hatten. So war denn eine Menge jener Leute herbeigekommen, die

* Siehe Anhang S. 521 ff.

sich darauf verstehen, die russischen Geldbörsen leerzumachen, Franzosen mit Pomaden und Französinnen mit Hüten, Leute, die das mit saurem Schweiß erworbene russische Geld wegschleppen, diese ägyptischen Heuschrecken, wie sich Kostanschoglo ausdrückte, die nicht nur alles abfressen, sondern auch ihre in die Erde vergrabenen Eier zurücklassen.

Nur die Mißernte und die unheilvolle Viehseuche hielten viele Gutsbesitzer auf dem Lande zurück. Dafür griffen die Beamten, die von Mißernten nichts wissen, um so tiefer in die Tasche, und ihre Frauen taten leider dasselbe. Da sie allerlei Bücher gelesen hatten, die in der letzten Zeit erschienen waren, um der Menschheit alle möglichen neuen Bedürfnisse einzupflanzen, so hatten sie eine wahre Gier danach, alle diese neuen Genüsse kennen zu lernen. Da hatte z. B. ein Franzose ein neues Etablissement eröffnet, ein Gartenlokal, wie es bisher in der Provinz noch nicht bekannt gewesen war; man konnte dort angeblich zu außerordentlich billigem Preise soupieren, und es wurde einem sogar noch die Hälfte des Preises kreditiert. Dies war ausreichend, um zu bewirken, daß nicht nur die Tischvorsteher bei den Behörden, sondern auch alle ihnen unterstellten Beamten in Hoffnung auf die Geldgeschenke, die ihnen die Bittsteller künftig geben würden, sich einfanden. Reichere Leute wünschten auf der Messe voreinander mit ihren Wagen, Pferden und Kutschern zu prunken. Hier fanden sich verschiedene Gesellschaftsschichten zum Zwecke des Vergnügens zusammen. Trotz des greulichen Schlackerwetters und Schmutzes flogen elegante Equipagen hin und her. Woher sie eigentlich kamen, das mochte Gott wissen; aber sie hätten sich auch in Petersburg sehen lassen können. Die Kaufleute und Kommis lüfteten gewandt die Hüte luden die vorbeigehenden Damen ein, näherzutreten. Nur selten sah man großbärtige Kaufleute mit Pelzmützen; die meisten hatten ein westeuropäisches Aussehen mit rasiertem Kinn und – stockigen Zähnen.

»Ist's gefällig? Ist's gefällig? Bitte, treten Sie in den Laden! Mein Herr, mein Herr!« riefen hier und dort die jungen Kommis. »Hier sind Stoffe in allen Farben, hell und dunkel!«

Aber die Angerufenen, welche die westeuropäische Manier kannten, blickten geringschätzig nach ihnen hin.

»Haben Sie preiselbeerfarbenes Tuch mit hellen Tüpfelchen?« fragte Tschitschikow einen in der Tür seines Ladens stehenden Kaufmann.

»Ganz vorzügliche Tuche«, erwiderte der Kaufmann, indem er mit der einen Hand den Hut lüftete und mit der anderen einladend auf den Laden wies. Tschitschikow trat ein. Geschickt hob der Kaufmann ein Brett im Ladentisch in die Höhe, schlüpfte durch die entstandene Öffnung und befand sich nun auf der anderen Seite des Ladentisches, mit dem Rücken nach den Waren zu, die ein Stück auf dem andern von unten bis zur Decke aufgeschichtet waren, und mit dem Gesichte nach dem Käufer hin. Sich gewandt auf beide Arme stützend und sich auf ihnen leicht mit dem ganzen Oberkörper hin und her wiegend, sagte er: »Was für Tuche befehlen Sie?«

»Oliven- oder flaschengrün mit glänzenden Tüpfelchen, sozusagen mit Annäherung an Preiselbeerfarbe«, erwiderte Tschitschikow.

»Ich kann Ihnen versichern, daß Sie allerbeste Qualität erhalten; etwas noch Besseres dürfte nur in den hochzivilisierten Hauptstädten zu finden sein! Bursche! Gib einmal das Stück Tuch herunter, das da als Nummer 34 liegt! Nicht das, mein Lieber, das andere! Wirf es her! Das ist einmal ein Stoff!« Und ihn vom einen Ende her aufrollend, hielt ihn der Kaufmann seinem Kunden dicht unter die Nase, so daß dieser den seidigen Glanz nicht nur mit der Hand fühlte, sondern auch mit der Nase riechen konnte.

»Sehr schön, aber doch nicht das Richtige,« sagte Tschitschikow. »Ich bin nämlich Zollbeamter gewesen, und daher kenne ich die allerbesten Sorten, und dann möchte ich es auch etwas rötlicher haben, so daß es mehr preiselbeerfarben als flaschengrün ist.«

»Ich verstehe, Sie wünschen genau die Farbe, die jetzt in die Mode kommt. Ich habe da eine ganz ausgezeichnete Qualität. Ich mache schon vorher darauf aufmerksam, daß der Preis ein hoher ist; aber dafür ist es auch eine ganz exquisite Ware.«

Der Kaufmann stieg selbst hinauf. Das Stück fiel hinunter. Er schlug es mit der Kunstfertigkeit früherer Zeiten auseinander, wobei er sogar für einen Augenblick vergaß, daß er schon einer späteren Generation angehörte, trug es ans Licht, trat sogar aus dem Laden heraus und zeigte es dort, indem er die Augen gegen das Licht zusammenkniff und sagte: »Eine vorzügliche Farbe; man nennt sie ›Rauch und Feuer von Navarino‹*.«

Das Tuch gefiel; man einigte sich über den Preis, obwohl der Kaufmann »feste Preise« zu haben behauptete. Dann wurde geschickt mit beiden Händen ein Stück in der erforderlichen Größe abgerissen. Dieses wurde mit unglaublicher Geschwindigkeit auf russische Art in Papier geschlagen. Das Päckchen wurde mit einem dünnen Bindfaden verschnürt, der mit einem kräftigen Knoten zusammengebunden wurde. Die Schere schnitt den Bindfaden durch, und im Handumdrehen befand sich das Päckchen im Wagen. Der Kaufmann lüftet den Hut; Tschitschikow verstand, daß er nun zahlen solle, und griff in die Tasche nach dem Gelde.

»Zeigen Sie mir schwarzes Tuch!« sagte eine Stimme.

»Hol's der Teufel, das ist Chlobujew!« dachte Tschitschikow und drehte ihm den Rücken zu, um ihn nicht zu sehen; denn er war der Ansicht, es würde seinerseits eine Unklugheit sein, wenn er sich mit ihm in irgendwelche Auseinandersetzungen über die Erbschaft einlassen wollte. Aber der hatte ihn bereits erblickt.

* Mit Bezug auf den Seesieg der englisch-französisch-russischen Flotte im Jahre 1827.

»Aber wirklich, was soll das heißen, Pawel Iwanowitsch? Sie vermeiden mich doch nicht etwa absichtlich? Ich kann Sie nirgends treffen, und doch liegen derartige Angelegenheiten vor, daß wir notwendigerweise ernst miteinander reden müssen.«

»Verehrtester, Verehrtester«, antwortete Tschitschikow, ihm die Hände drückend; »glauben Sie mir, ich hege den dringenden Wunsch, mit Ihnen zu sprechen, habe aber gar keine Zeit.« Aber im stillen dachte er: »Hol dich der Teufel!« Auf einmal erblickte er den eintretenden Murasow. »Herrgott, Afanasi Wasiljewitsch!« rief er. »Wie ist Ihr Befinden?«

»Danke, und wie ist das Ihrige?« erwiderte Murasow und nahm den Hut ab. Der Kaufmann und Chlobujew taten das gleiche.

»Ach, ich leide an Kopfschmerzen, und auch mit dem Schlafe ist es nicht so, wie es sein sollte. Ob das daher kommt, daß ich zu wenig Bewegung habe . . .«

Aber statt näher auf die Ursachen von Tschitschikows Beschwerden einzugehen, wandte Murasow sich an Chlobujew: »Ich sah, daß Sie in den Laden hineingingen, Semjon Semjonowitsch und da folgte ich Ihnen. Ich muß mit Ihnen über eine gewisse Sache reden; mögen Sie nicht einmal zu mir herankommen?«

»Gewiß, gewiß!« erwiderte Chlobujew eilig. Murasow verließ den Laden wieder, und bald nach ihm ging auch Chlobujew.

»Worüber mögen die beiden wohl miteinander zu reden haben?« dachte Tschitschikow.

»Afanasi Wasiljewitsch ist ein hochachtbarer, kluger Mann«, bemerkte der Kaufmann, »und versteht sein Geschäft; aber es mangelt ihm an Bildung. Ein Kaufmann ist ja doch nicht sowohl Kaufmann als Negoziant. Damit stehen aber auch ein Budget und Reaktionen im Zusammenhang; sonst ist das Resultat Pauperismus.« Tschitschikow machte eine abwehrende Handbewegung.

»Pawel Iwanowitsch, ich suche Sie überall«, erscholl neben ihm die Stimme Ljenizyns. Der Kaufmann nahm respektvoll den Hut ab.

»Ah, Fjodor Fjodorowitsch!«

»Um Gottes willen, kommen Sie zu mir; ich muß mit Ihnen reden,« sagte Ljenizyn. Tschitschikow blickte ihn an und bemerkte, daß er ganz entstellt aussah. Nachdem er bei dem Kaufmann seine Schuld berichtigt hatte, verließ er den Laden.

»Ich warte schon auf Sie, Semjon Semjonowitsch«, sagte Murasow, als er Chlobujew eintreten sah; »bitte, kommen Sie mit in mein Zimmer!« Mit diesen Worten führte er ihn in das dem Leser bereits bekannte Zimmerchen, ein Zimmerchen, wie man es bescheidener nicht einmal bei einem Beamten finden kann, der jährlich siebenhundert Rubel Gehalt hat.

»Sagen Sie, ich darf wohl annehmen, daß sich Ihre Verhältnisse jetzt gebessert haben? Nach dem Tode Ihrer Tante werden Sie doch wenigstens etwas bekommen haben.«

»Was soll ich Ihnen da sagen, Afanasi Wasiljewitsch? Ich weiß selbst nicht, ob sich meine Verhältnisse gebessert haben. Ich habe nur fünfzig Seelen und dreißigtausend Rubel bekommen; damit habe ich einen Teil meiner Schulden bezahlen müssen und besitze nun wieder geradezu nichts. Die Hauptsache ist aber: mit diesem Testamente ist es eine höchst unsaubere Geschichte. Dabei sind ganz arge Gaunereien verübt worden, Afanasi Wasiljewitsch! Ich will es Ihnen gleich erzählen, und Sie werden erstaunt sein, was alles passiert. Dieser Tschitschikow . . .«

»Erlauben Sie, Semjon Semjonowitsch; ehe wir von diesem Tschitschikow sprechen, wollen wir von Ihnen selbst reden. Sagen Sie mir: wieviel Geld würden Sie nach Ihrer Berechnung brauchen, um aus den Schwierigkeiten vollständig herauszukommen?«

»Meine Lage ist in der Tat eine sehr üble«, antwortete Chlobujew. »Um aus den Schwierigkeiten herauszukommen, alle meine Schulden zu bezahlen und dann ein bescheidenes Leben führen zu können, dazu brauche ich mindestens hunderttausend Rubel, wenn nicht mehr. Kurz, das ist ein Ding der Unmöglichkeit.«

»Nun, und wenn Sie diese Summe hätten, wie würden Sie dann Ihr Leben einrichten?«

»Nun, dann würde ich mir eine kleine Wohnung mieten und mich mit der Erziehung meiner Kinder beschäftigen. An mich selbst darf ich nicht mehr denken: meine Laufbahn ist abgeschlossen; denn ein Amt kann ich nicht übernehmen; ich bin zu nichts mehr zu gebrauchen.«

»Das wäre dann doch nur ein Leben des Müßigganges, und im Müßiggange treten allerlei Versuchungen an einen heran, an die jemand, der seine Arbeit hat, gar nicht einmal denken würde.«

»Ich kann es nicht; ich bin zu nichts zu gebrauchen; ich bin geistig stumpf geworden und habe auch immer Kopfschmerzen.«

»Aber wie kann man nur ohne Arbeit leben? Wie kann man auf der Welt sein, ohne daß man eine Pflicht, einen Beruf erfüllt? Ich bitte Sie! Sehen Sie doch irgendein Geschöpf Gottes an: ein jedes hat seine ihm vorgeschriebene Tätigkeit, seine bestimmte Verrichtung. Selbst der Stein, auch der ist dazu da, zu irgendwelchem Zwecke gebraucht zu werden; und der Mensch, das verständigste Geschöpf, sollte sein Leben nutzlos verbringen? Ist das überhaupt möglich?«

»Nun, ohne Tätigkeit würde ich ja nicht sein. Ich könnte mich mit der Erziehung meiner Kinder beschäftigen.«

»Nein, Semjon Semjonowitsch, nein! Das ist das Allerschwerste. Wie kann derjenige Kinder erziehen, der sich selbst nicht erzogen hat? Kinder kann man ja doch nur in der Weise erziehen, daß man ihnen mit seinem eigenen Leben ein Vorbild gibt. Und ist Ihr eigenes Leben dazu geeignet, Ihren Kindern zum Vorbilde zu dienen? Sollen sie etwa daraus lernen, wie man die Zeit müßig hinbringt und Karten spielt?

Nein, Semjon Semjonowitsch; übergeben Sie Ihre Kinder zur Erziehung mir: Sie können sie nur verderben. Überlegen Sie das einmal ernstlich: der Müßiggang hat Sie zugrunde gerichtet; vor dem müssen Sie sich hüten. Wie kann man auf der Welt leben ohne einen festen Halt? Man muß doch irgendwelche Pflicht erfüllen. Sehen Sie den Tagelöhner an; auch der leistet seinen pflichtmäßigen Dienst. Er ißt sein kümmerliches Brot; aber er verdient es sich und hat daher ein Interesse für seine Tätigkeit.«

»Bei Gott, ich habe es versucht, Afanasi Wasiljewitsch; ich habe mir alle Mühe gegeben, mich zu überwinden! Aber was ist zu machen? Ich bin alt geworden und zu nichts mehr tauglich. Was soll ich denn unternehmen? Soll ich in den Staatsdienst treten? Wie kann ich, ein Mann von fünfundvierzig Jahren, mich denn mit jungen Anfängern im Kanzleidienst an einen Tisch setzen? Außerdem bekomme ich es nicht fertig, für meine Amtstätigkeit Geschenke anzunehmen; ich würde mir selbst hinderlich sein und den anderen schaden. Die Beamten haben sich schon zu einer fest geschlossenen Kaste zusammengetan. Nein, Afanasi Wasiljewitsch, ich habe darüber nachgedacht, ich habe es versucht, ich habe alle Stellen durchmustert: ich passe nirgends hin. Höchstens noch ins Armenhaus . . .«

»Das Armenhaus ist für diejenigen, die gearbeitet haben; diejenigen aber, die sich während ihrer ganzen Jugendzeit amüsiert haben, bekommen dieselbe Antwort, welche die Ameise der Grille gab: ›Geh hin und tanze!‹ Und auch die Insassen des Armenhauses arbeiten und mühen sich ab und spielen nicht etwa Whist. Semjon Semjonowitsch«, sagte Murasow, ihm unverwandt ins Gesicht blickend, »Sie betrügen sich und mich.«

Murasow sah ihm prüfend in die Augen; aber der arme Chlobujew konnte nichts antworten. Murasow empfand inniges Mitleid mit ihm.

»Hören Sie, Semjon Semjonowitsch: Sie beten doch, Sie

gehen in die Kirche, Sie versäumen, wie ich weiß, keine Morgenmesse und keine Abendmesse. Obgleich Sie nicht gern früh aufstehen, so stehen Sie doch auf und gehen hin, um vier Uhr morgens, wo sich sonst noch niemand erhoben hat.«

»Das ist etwas ganz anderes, Afanasi Wasiljewitsch. Ich bin mir bewußt, daß ich das nicht um eines Menschen willen tue, sondern um seinetwillen, der uns allen befohlen hat, auf der Erde zu leben. Was soll ich machen? Ich glaube, daß er mir gnädig sein wird, daß er trotz all meiner Schändlichkeit und Garstigkeit mir verzeihen und mich zu Gnaden annehmen kann, während die Menschen mich mit den Füßen von sich stoßen und gerade meine besten Freunde mich verraten und nachher sagen, sie hätten es in guter Absicht getan.«

Ein Gefühl bitteren Schmerzes prägte sich auf Chlobujews Gesicht aus. Dem alten Manne traten die Tränen in die Augen.

»So dienen Sie doch ihm, der so gnädig ist! Er hat das gleiche Wohlgefallen an der Arbeit wie am Gebete. Üben Sie irgendeine Tätigkeit aus; aber üben Sie sie aus, als ob Sie es um seinetwillen täten und nicht um der Menschen willen. Stoßen Sie meinetwegen einfach Wasser in einem Mörser; aber denken Sie dabei nur, daß Sie es um seinetwillen tun! Schon das wird ein Nutzen sein, daß Ihnen dann keine Zeit für Schlechtigkeiten bleibt: für Kartenspiel und Schlemmerei und andere weltliche Vergnügungen. Ach, Semjon Semjonowitsch! Kennen Sie Iwan Potapytsch?«

»Ja, ich kenne ihn und schätze ihn sehr hoch.«

»Der war ein sehr tüchtiger Kaufmann und besaß eine halbe Million Rubel; aber als er sah, daß ihm alles gelang, da wurde er übermütig. Er ließ seinem Sohn französischen Unterricht geben und verheiratete seine Tochter an einen General. Und nun ließ er sich weder in seinem Laden noch in der Börsenstraße mehr sehen; sondern sobald er einem Freunde begegnete, schleppte er ihn mit sich in ein Restaurant, um dort mit ihm Tee zu trinken; da trank er dann ganze Tage lang

Tee und machte schließlich Bankrott. Und da sandte ihm Gott ein Unglück: sein Sohn wurde wegen eines schweren Verbrechens nach Sibirien verbannt. Sehen Sie, jetzt ist nun Iwan Potapytsch bei mir Kommis. Er hat wieder ganz von vorn angefangen. Seine Verhältnisse haben sich gebessert. Er könnte sich wieder auf eine halbe Million hinaufarbeiten; aber er sagt: ›Ich bin Kommis geworden und will auch als Kommis sterben. Jetzt‹, sagt er, ›bin ich gesund und frisch; damals bekam ich einen dicken Bauch, und es entwickelte sich die Wassersucht. Nein‹, sagt er, ›ich bleibe in meiner jetzigen Stellung.‹ Und Tee nimmt er jetzt gar nicht in den Mund. Kohlsuppe und Grütze, das ist seine Nahrung, weiter nichts. Und beten und den Armen helfen tut er mehr als irgendeiner von uns. Auch ein anderer würde wohl gern den Armen helfen, wenn er nicht sein Geld durchgebracht hätte.«

Der arme Chlobujew war in Gedanken versunken.

Der Alte ergriff ihn an beiden Händen. »Semjon Semjonowitsch«, sagte er, »wenn Sie wüßten, wie leid Sie mir tun! Ich habe diese ganze Zeit her an Sie gedacht. Und nun hören Sie! Sie wissen, daß hier im Kloster ein Einsiedler lebt, der so gut wie keine Menschen sieht. Das ist ein Mann von hohem Verstande, von einem Verstande, der über meine Begriffe geht. Er redet fast gar nicht; aber wenn er einem einen Rat gibt, so ist der Rat nicht mit Gold zu bezahlen. Ich ging zu ihm und sagte ihm, ich hätte einen Freund (den Namen nannte ich ihm nicht), der an der und der seelischen Krankheit litte. Er hörte ein Weilchen zu, unterbrach mich aber dann mit den Worten: ›Zuerst muß man Gottes Werk treiben, dann erst das eigene. Es werden Kirchen gebaut, aber es ist kein Geld dazu da; es muß für den Kirchenbau gesammelt werden!‹ Und damit schlug er die Tür zu. Ich dachte: ›Was hat das zu bedeuten? Er will mir offenbar keinen Rat geben.‹ So ging ich denn zu unserem Archimandriten. Kaum war ich bei ihm drinnen, als er zu mir gleich nach den ersten Worten sagte, ob ich nicht einen Menschen kenne, den man mit einer

Geldsammlung für den Kirchenbau beauftragen könne; der Betreffende müsse entweder ein Adliger oder ein Kaufmann sein, eine etwas höhere Bildung besitzen und die Sache um seines Seelenheiles willen übernehmen. Ich war ganz starr vor Überraschung. ›Ach, mein Gott!‹ dachte ich, ›das ist ja das Amt, das der Einsiedler für Semjon Semjonowitsch bestimmt hat. Das Umherreisen wird gegen seine Krankheit nützlich sein. Wenn er mit seinem Sammelbuche vom Gutsbesitzer zum Bauer und vom Bauer zum Kleinbürger geht, dann wird er erfahren, wie jeder von ihnen lebt, und was jeder von ihnen für Bedürfnisse hat; und wenn er dann wieder zurückkommt, nachdem er ein paar Gouvernements durchzogen hat, dann wird er Land und Leute besser kennen als alle die, die immer nur in Städten leben. Und solche Menschen können wir jetzt gut gebrauchen.‹ Der Fürst hat mir wiederholt gesagt, er würde wer weiß was dafür geben, wenn er einen Beamten bekommen könnte, der die Dinge nicht bloß aus den Akten kenne, sondern so wie sie in Wirklichkeit sind; denn aus den Akten könne man nichts ersehen; so verwirrt sei da alles.«

»Sie haben mich vollständig in Bestürzung versetzt, mich ganz fassungslos gemacht, Afanasi Wasiljewitsch«, versetzte Chlobujew, ihn erstaunt anblickend. »Ich kann gar nicht glauben, daß Sie das alles zu mir sagen: dazu ist ein unermüdlicher, tatkräftiger Mensch nötig. Und dann: wie kann ich denn meine Frau und meine Kinder im Stich lassen, die nichts zu essen haben?«

»Um Ihre Frau und Ihre Kinder brauchen Sie sich keine Sorge zu machen. Die nehme ich in meine Obhut, und einen Lehrer sollen Ihre Kinder auch haben. Es ist doch besser und anständiger, wenn Sie für Gott bitten, als wenn Sie mit dem Bettelsacke umherziehen und für sich selbst Almosen sammeln. Ich werde Ihnen einen einfachen Reisewagen geben; fürchten Sie sich nicht vor dem Rütteln: das wird für Ihre Gesundheit gerade ganz gut sein. Auch werde ich Ihnen Geld auf die Reise mitgeben, damit Sie unterwegs denen etwas geben können, die in besonders großer Not sind. Sie können da viele gute Werke tun; fehlgreifen werden Sie schon nicht; wem Sie etwas geben, der wird dessen schon würdig sein. Wenn Sie auf diese Art reisen, werden Sie die Bevölkerung gründlich kennenlernen; das wird eine andere Sache sein, wie wenn ein Beamter reist, vor dem sie alle eine Angst haben, und dem sie alles verheimlichen. Mit Ihnen dagegen werden die Leute sich gern in Gespräche einlassen, da sie wissen, daß Sie für die Kirche bitten.«

»Ich sehe ein, daß das ein vorzüglicher Gedanke ist, und ich würde ihn gern, wenigstens zum Teil, zur Ausführung bringen; aber es scheint mir wirklich, daß das über meine Kräfte geht.«

»Aber wozu reichen denn unsere Kräfte aus?« erwiderte Murasow. »Es gibt ja nichts, wozu sie ausreichend wären; es geht eben alles über unsere Kräfte. Ohne Hilfe von oben her können wir nichts ausrichten. Aber das Gebet verleiht Kraft. Der Mensch bekreuzt sich, sagt: ›Herr, erbarme dich!« rudert los und arbeitet sich ans Ufer durch. Darüber soll man sich vorher gar nicht lange den Kopf zerbrechen; man muß es einfach als einen göttlichen Befehl hinnehmen. Der Reisewagen wird für Sie sofort bereit sein; laufen Sie nur schnell zum Vater Archimandriten, um das Sammelbuch in Empfang zu nehmen und sich von ihm segnen zu lassen, und machen Sie sich dann auf die Reise!«

»Ich gehorche Ihnen und fasse es als einen Befehl Gottes auf.« – »O Gott, gib mir deinen Segen!« sagte er innerlich und fühlte, daß sein Herz sich mit Mut und Kraft zu erfüllen begann. Ja, auch sein Verstand schien zu erwachen, nun sich die Hoffnung auf einen Ausgang aus dieser traurigen Lage darbot. Es zeigte sich in der Ferne ein Lichtschimmer.

Aber verlassen wir Chlobujew, und kehren wir wieder zu Tschitschikow zurück.

Unterdessen gingen den Gerichten tatsächlich Eingaben über Eingaben zu. Es tauchten Verwandte auf, von denen bisher noch niemand gehört hatte. Wie die Raben sich um ein Aas sammeln, so strömten die Menschen von allen Seiten zu der gewaltigen Hinterlassenschaft der Alten zusammen. Es erfolgten Denunziationen gegen Tschitschikow, daß das letzte Testament gefälscht sei, Denunziationen, die dasselbe von dem ersten Testament behaupteten, Anzeigen über Entwendung und Verheimlichung größerer Geldsummen. Es liefen sogar Anzeigen gegen Tschitschikow ein wegen Ankaufs toter Seelen und wegen Beförderung von Schmugglerware während seiner Amtstätigkeit beim Zollamt. Alles mögliche wurde ausgegraben, seine ganze frühere Lebensgeschichte ausgekundschaftet. Gott weiß, wie es gelang, das alles herauszuschnüffeln und in Erfahrung zu bringen; aber es wurden Anzeigen erstattet sogar über solche Dinge, von denen nach Tschitschikows Meinung außer ihm und den vier Wänden niemand etwas wußte. Vorläufig war das alles noch Gerichtsgeheimnis und noch nicht zu seinen Ohren gelangt, obwohl ein Schreiben seines treuen Rechtsanwalts, das ihm bald darauf zuging, ihn benachrichtigte, daß sich ein Gewitter gegen ihn zusammenbraue. Das Briefchen war nur sehr kurz und lautete: »Ich beeile mich, Ihnen mitzuteilen, daß wir in Ihrer Angelegenheit mit allerlei Widerwärtigkeiten zu kämpfen haben werden; aber halten Sie daran fest, daß kein Grund zur Beunruhigung vorliegt! Die Hauptsache ist jetzt: kaltes Blut. Wir werden schon alles glücklich erledigen.« Dieses Schreiben beruhigte ihn vollständig. »Ein wirkliches Genie!« sagte Tschitschikow bei sich. Um ihn vollends vergnügt zu machen, brachte ihm in diesem Augenblicke der Schneider den neuen Anzug. Es entbrannte in ihm der lebhafte Wunsch, sich in dem neuen Fracke mit der Farbe »Rauch und Feuer von Navarino« zu sehen. Er zog die Beinkleider an, die seine Beine überall wunderschön umschlossen, so daß man ihn nur gleich hätte so malen können. Die prallen Lenden traten prachtvoll hervor, desgleichen die Waden; der eng anliegende Stoff ließ alle Einzelheiten erkennen und verlieh den Gliedern eine noch größere Elastizität. Als Tschitschikow hinten die Schnalle zuzog, bekam sein Bauch Ähnlichkeit mit einer Trommel. Er klopfte mit der Bürste darauf und sagte: »Der dumme Bauch! Aber im ganzen bietet er doch ein malerisches Bild.« Der Frack war, wie es schien, noch besser gearbeitet als die Hosen: er warf auch nicht ein Fältchen; an den Seiten lag er glatt an; er schmiegte sich eng um die Taille und ließ sie in ihrer ganzen Biegsamkeit erkennen. Auf Tschitschikows Bemerkung, daß er ihn unter der rechten Achsel ein wenig kneife, lächelte der Schneider nur und erwiderte, infolgedessen sitze er um so besser in der Taille. »Was die Arbeit anlangt, so können Sie in dieser Hinsicht ganz beruhigt sein«, sagte er mit unverhohlenem Triumphe, »ganz beruhigt; außer in Petersburg wird nirgends so gut gearbeitet.« Der Schneider war selbst aus Petersburg und hatte auf seinem Schilde angegeben: »Ausländer aus London und Paris.« Er nahm diese Dinge sehr wichtig und wollte durch die Nennung dieser beiden Städte allen anderen Schneidern ein- für allemal den Mund stopfen, damit in Zukunft keiner derselben mit solchen Städten zu renommieren wagte; mochten sie doch auf ihre Schilder schreiben, daß sie aus Karlsruhe oder Kopenhagen seien.

Tschitschikow bezahlte dem Schneider großmütig die Rechnung und betrachtete, sobald er allein geblieben war, sich mit Muße im Spiegel, con amore und mit dem ästhetischen Wohlgefallen eines Künstlers. Es ergab sich, daß alles fast noch schöner war als früher: die Bäckchen interessanter, das Kinn verführerischer; der weiße Kragen hob den Ton der Backen, die blaue Atlaskrawatte den Ton des Kragens, die neumodischen Falten des Vorhemdchens den Ton der Krawatte, die reiche Samtweste den Ton des Vorhemdchens, und der Frack von der Farbe »Rauch und Feuer von Navarino«, der wie Seide glänzte, hob den Ton des Ganzen. Er drehte sich rechts: sehr gut! Er drehte sich links: noch besser! Er hatte die Figur eines Kammerherrn oder sonst eines vornehmen Mannes, der gewandt französisch parliert und sogar im Zorn es sich nicht erlaubt, auf russisch zu schimpfen, sondern sich dazu des Französischen bedient: ein ganz besonderes Zartgefühl! Er versuchte, indem er den Kopf etwas zur Seite neigte, eine Positur anzunehmen, als ob er zu einer Dame in mittlerem Lebensalter und von modernster Bildung spräche: es kam ein geradezu entzückendes Bild heraus, man hätte am liebsten gesagt: »Künstler, nimm den Pinsel und male!« Vor Vergnügen führte er sogar einen kleinen Luftsprung nach Art eines Entrechats aus. Dabei zitterte die Kommode und ein Fläschchen mit Eau de Cologne fiel von ihr auf die Erde herunter; aber das beeinträchtigte seine fröhliche Stimmung nicht. Er nannte das törichte Fläschchen nur, wie sich das so gehörte, »dummes Ding« und dachte: »Bei wem werde ich mich jetzt zuerst zeigen? Das beste ist wohl, wenn ich . . .« Da ließ sich plötzlich im Vorzimmer ein Gepolter wie von Stiefeln mit Sporen vernehmen, und ein Gendarm in voller Ausrüstung trat herein: »Sie haben sofort zum Generalgouverneur mitzukommen!« Tschitschikow war starr vor Schreck! Vor ihm stand eine furchtbare Gestalt mit einem Schnurrbart, einem Roßhaarbusch auf dem Kopfe, einem Bandelier um die eine Schulter, einem Bandelier um die andere Schulter und einem gewaltigen Pallasch an der Seite. Es schien ihm, als ob an der anderen Seite auch ein Gewehr und Gott weiß was sonst noch alles hing: die eine Person machte den Eindruck eines ganzen Heeres! Er wollte etwas erwidern; aber die furchtbare Gestalt wiederholte in grobem Tone: »Sie sollen sofort mitkommen!« Er blickte durch die offene Tür in das Vorzimmer und sah, daß dort noch eine zweite derartige furchtbare Gestalt stand; er blickte durchs Fenster: dort hielt ein Wagen. Was war zu machen? So wie er war, in dem Frack von der Farbe »Rauch und Feuer von Navarino«, mußte er einsteigen und fuhr, am ganzen Leibe zitternd, zum Generalgouverneur; der Gendarm saß neben ihm.

Im Vorzimmer ließ man ihm keine Zeit, zur Besinnung zu kommen. »Gehen Sie hinein; der Fürst erwartet Sie schon«, sagte der diensthabende Beamte. Wie durch einen Nebel sah er das Vorzimmer mit den Kurieren, welche Briefe in Empfang nahmen, und dann den Saal, durch den er hindurchging, indem er dachte: »So wird man festgenommen, und dann heißt es ohne Gerichtsverfahren und ohne alles geradeswegs nach Sibirien!« Sein Herz klopfte so heftig, wie es kaum bei dem eifersüchtigsten Liebhaber der Fall ist. Endlich öffnete sich die verhängnisvolle Tür: vor ihm lag das Arbeitszimmer des Generalgouverneurs mit Aktenmappen, Schränken und Büchern, und darin stand der Fürst, so zornig, als wenn er eine Personifikation dieses Affektes wäre.

»Ich bin verloren, ich bin verloren!« sagte sich Tschitschikow. »Er wird mich zerreißen wie der Wolf das Lamm.«

»Ich habe Sie geschont und Ihnen erlaubt, in der Stadt zu bleiben, während Sie im Gefängnis sitzen müßten; aber Sie haben sich von neuem mit der ehrlosesten Schurkerei befleckt, die je ein Mensch begangen hat.« Die Lippen des Fürsten bebten vor Zorn.

»Mit was für einer Ehrlosigkeit, Durchlaucht? Mit was für einer Schurkerei?« fragte Tschitschikow, am ganzen Leibe zitternd.

»Die Frau«, erwiderte der Fürst, indem er etwas näher an ihn herantrat und ihm gerade ins Gesicht blickte, »die Frau, die auf Ihr Geheiß das Testament mit dem falschen Namen unterschrieben hat, ist festgenommen worden und wird mit Ihnen konfrontiert werden.«

Vor Tschitschikows Augen wurde alles trüb und wirr.

»Durchlaucht! Ich will Ihnen die ganze Wahrheit sagen. Ich bin schuldig, ja, ich bin schuldig, aber nicht so schuldig, wie Euer Durchlaucht glauben; meine Feinde haben mich verleumdet.«

»Sie kann niemand verleumden; denn in Ihnen steckt sehr viel mehr Niederträchtigkeit, als der ärgste Lügner ersinnen kann. Ich glaube, Sie haben in Ihrem ganzen Leben nie eine ehrenhafte Handlung ausgeführt. Jede Kopeke, die Sie erworben haben, ist auf die ehrloseste Weise erworben, ist ein Diebstahl und eine Ehrlosigkeit, auf die die Knute und Sibirien stehen! Nein, Ihr Maß ist voll! Augenblicklich werden Sie ins Gefängnis abgeführt werden, und da mögen Sie mit den gemeinsten Schurken und Räubern zusammen die Entscheidung Ihres Schicksals erwarten! Und das ist noch eine gnädige Behandlung für Sie; denn Sie sind weit, weit schlechter als jene: das sind arme Kerle im Bauernkittel und Schafpelz; Sie aber . . .« Er warf einen Blick auf den Frack von der Farbe »Rauch und Feuer von Navarino«; dann griff er nach dem Klingelzuge und schellte.

»Durchlaucht!« schrie Tschitschikow, »haben Sie Erbarmen! Sie sind Familienvater. Üben Sie Gnade, nicht um meinetwillen, sondern um meiner alten Mutter willen!«

»Sie lügen!« rief der Fürst zornig. »Genau so haben Sie mich damals um Ihrer Kinder und Ihrer Familie willen angefleht, die Sie doch nie gehabt haben; jetzt nun verwenden Sie dazu die Mutter.«

»Durchlaucht, ich bin ein Schurke und ein gemeiner Taugenichts«, sagte Tschitschikow im Tone der Zerknirschung. »Ich habe in der Tat gelogen; ich hatte weder Kinder noch Frau; aber Gott ist mein Zeuge, daß ich immer vorgehabt habe, mich zu verheiraten und meine Pflicht als Mensch und Bürger zu erfüllen, um dann wirklich die Achtung meiner Mitbürger und der Obrigkeit zu verdienen. Aber es war ein gar zu unglückliches Zusammentreffen der Umstände! Durchlaucht! Mit blutigem Schweiß mußte ich mir mein tägliches Brot erwerben. Auf Schritt und Tritt Verführungen und Verlockungen; überall Feinde und Verderber und Räuber! Mein ganzes Leben war wie ein wilder Wirbelsturm oder wie ein Schiff, das mitten auf den Wogen von den Winden hin und her getrieben wurde. Ich bin nur ein schwacher Mensch, Durchlaucht!«

Die Tränen stürzten ihm plötzlich stromweise aus den Augen. So wie er da war, warf er sich dem Fürsten zu Füßen:

in dem Fracke von der Farbe »Rauch und Feuer von Navarino«, in der Samtweste mit der Atlaskrawatte, in den wundervoll sitzenden Beinkleidern und mit der schönen Haarfrisur, die den lieblichen Duft allerfeinster Eau de Cologne ausströmte; er warf sich hin und schlug mit der Stirn auf den Fußboden.

»Weg von mir! Rufe Soldaten her, damit sie ihn wegschaffen!« sagte der Fürst zu dem eintretenden Diener.

»Durchlaucht!« schrie Tschitschikow und umfaßte mit beiden Händen einen Stiefel des Fürsten.

Ein Schauer lief dem Fürsten durch alle Adern.

»Weg von mir, sage ich!« rief er noch einmal und bemühte sich, seinen Fuß aus Tschitschikows Umklammerung herauszureißen.

»Durchlaucht, ich gehe nicht von hier fort, ehe Sie mich nicht begnadigt haben«, sagte Tschitschikow, der den Stiefel des Fürsten nicht fahren ließ und, als der Fürst zurücktrat, ihm in seinem Fracke von der Farbe »Rauch und Feuer von Navarino« auf dem Fußboden nachrutschte.

»Weg, sage ich!« rief der Fürst mit jenem unerklärlichen Gefühle des Ekels, das der Mensch beim Anblicke eines häßlichen Insektes empfindet, ohne daß er den Mut hat, es mit dem Fuße zu zertreten. Er riß so heftig, daß Tschitschikow von dem Stiefel einen Stoß gegen die Nase, die Lippen und das rundliche Kinn bekam; aber dennoch ließ dieser den Stiefel nicht fahren und hielt ihn mit um so größerer Anstrengung umklammert. Zwei kräftige Gendarmen rissen ihn nur mit Mühe los, faßten ihn unter die Arme und führten ihn durch alle Zimmer. Er war blaß und mutlos und befand sich in jenem gefühllosen, furchtbaren Zustande, in dem sich der Mensch befindet, wenn er den dunklen, unabwendbaren Tod vor sich sieht, dieses Entsetzliche, gegen das sich unser ganzes Wesen sträubt.

Gerade in der Tür, die auf die Treppe führte, begegnete ihnen Murasow. Ein Hoffnungsstrahl schimmerte plötzlich vor Tschitschikow auf. Im Nu hatte er sich mit unnatürlicher Kraft aus den Armen der beiden Gendarmen losgerissen und sich dem erstaunten alten Manne zu Füßen geworfen.

»Aber lieber Pawel Iwanowitsch, was ist mit Ihnen?«

»Retten Sie mich! Ich werde ins Gefängnis geführt, zum Tode . . .« Die Gendarmen ergriffen ihn wieder und führten ihn weiter, ohne ihn ausreden zu lassen.

Ein dumpfiger, feuchter Verschlag, erfüllt von dem Geruche der Stiefel und Fußlappen der Wachmannschaft, mit einem unangestrichenen Tische, zwei plumpen Stühlen, einem durch ein eisernes Gitter verwahrten Fenster, einem defekten Ofen, der nur aus vielen Ritzen rauchte, aber keine Wärme gab: da war die Behausung, in der unser Held untergebracht wurde, der schon die Süßigkeiten des Lebens zu kosten begonnen hatte und nun in seinem feinen neuen Fracke von der Farbe »Rauch und Feuer von Navarino« die Aufmerksamkeit seiner Landsleute hatte auf sich ziehen wollen. Es wurde ihm nicht einmal gestattet, die notwendigsten Sachen und die Schatulle mit seinem Gelde zu holen. Seine Papiere, die Kaufkontrakte über die toten Seelen, alles befand sich jetzt in den Händen der Beamten. Er warf sich auf die Erde, und hoffnungsloser Kummer schlang sich wie ein fleischfressender Wurm um sein Herz. Mit zunehmender Geschwindigkeit begann dieser Wurm an seinem wehrlosen Herzen zu nagen. Noch ein solcher Tag, ein Tag voll solchen Kummers, und Tschitschikow wäre nicht mehr unter den Lebenden gewesen. Aber auch über Tschitschikow wachte eine allrettende Hand. Eine Stunde darauf öffnete sich die Tür des Gefängnisses, und der alte Murasow trat herein.

Wenn einem von brennendem Durste gequälten, vom Staube der Landstraße bedeckten, matten, erschöpften Wanderer jemand einen Strahl frischen Quellwassers in die ausgetrocknete Kehle gösse, so könnte dieser dadurch nicht so erfrischt und belebt werden wie der arme Tschitschikow durch den Anblick des alten Mannes.

»Mein Retter!« rief Tschitschikow, und immer noch auf dem Boden liegend, auf den er sich in seiner gramvollen Verzweiflung geworfen hatte, ergriff er seine Hand, küßte sie schnell und drückte sie an seine Brust. »Gott lohne es Ihnen, daß Sie zu einem Unglücklichen kommen!«

Er brach in Tränen aus.

Der alte Mann sah ihn mit einem tief schmerzlichen Blicke an und sagte nur: »Ach, Pawel Iwanowitsch, Pawel Iwanowitsch, was haben Sie getan!«

»Was sollte ich tun? Der Böse hat mich ins Verderben gestürzt. Ich konnte nicht Maß halten; ich verstand nicht, rechtzeitig haltzumachen. Der Teufel hat mich verführt, daß ich die Grenzen des Verstandes und der Vernunft überschritt. Ich habe mich vergangen, ich habe mich vergangen! Und doch, wie konnte man mich so behandeln? Einen Adligen, einen Adligen ohne Gericht und ohne Untersuchung ins Gefängnis zu werfen! Einen Adligen, Afanasi Wasiljewitsch! Mir nicht einmal Zeit zu geben, um nach Hause zu gehen und über meine Sachen die nötigen Anordnungen zu treffen! Es ist ja dort in meiner Wohnung jetzt alles ohne Aufsicht. Meine Schatulle, Afanasi Wasiljewitsch, meine Schatulle! In der liegt ja mein ganzes Vermögen, das ich mir mit meinem Schweiße und Blute in langen Jahren der Mühen und Entbehrungen erworben habe. Meine Schatulle, Afanasi Wasiljewitsch! Man wird mir ja alles stehlen und wegschleppen. O mein Gott!«

Er war nicht imstande, den Ausbruch der Verzweiflung, die ihn von neuem ergriff, zu unterdrücken, schluchzte so laut, daß es durch die Gefängnismauern drang und in der Ferne dumpf widerhallte, riß sich die Atlaskrawatte ab, ergriff mit der Hand seinen Rockkragen und riß den Frack von der Farbe »Rauch und Feuer von Navarino« auf seinem Leibe entzwei.

»Ach, Pawel Iwanowitsch, wie hat Sie doch das Geld verblendet! In dieser Verblendung haben Sie nicht gesehen, in welcher furchtbaren Lage Sie sich befanden.«

»Retten Sie mich, mein Wohltäter, retten Sie mich!« schrie der arme Pawel Iwanowitsch verzweifelt und warf sich ihm zu Füßen. »Der Fürst liebt Sie; um Ihretwillen wird er alles tun!«

»Nein, Pawel Iwanowitsch, ich vermag Ihnen nicht zu helfen, wie gern ich es auch möchte, wie sehr es auch mein Wunsch ist. Sie sind in die Hände des unerbittlichen Gesetzes gefallen, nicht in die Gewalt irgendwelches Menschen.«

»Der Teufel selbst, der Feind des Menschengeschlechtes, hat mich verführt!«

Er stieß mit dem Kopfe gegen die Wand und schlug mit der Faust so heftig auf den Tisch, daß ihm die Hand blutete; aber er fühlte weder den Schmerz im Kopf noch die Verletzung der Hand.

»Beruhigen Sie sich, Pawel Iwanowitsch; denken Sie daran, wie Sie sich mit Gott versöhnen können, und nicht mit den Menschen; sorgen Sie für Ihre arme Seele!«

»Aber was habe ich für ein trauriges Schicksal, Afanasi Wasiljewitsch! Ist jemals einem Menschen ein so trauriges Schicksal beschieden gewesen? Mit einer sozusagen selbstmörderischen Geduld und mit schwerer Mühe und Arbeit habe ich jede Kopeke erworben, ohne jemanden zu berauben oder die Staatskasse zu bestehlen, wie das so viele tun. Und wozu suchte ich mir Geld zu erwerben? Um den Rest meiner Tage behaglich zu verleben und meiner Frau und den Kindern etwas zu hinterlassen; denn ich hatte vor, zum Heile und Nutzen des Vaterlandes eine Familie zu gründen. Das war der Zweck, zu dem ich mir etwas erwerben wollte! Ich bin krumme Wege gegangen, das bestreite ich nicht, krumme Wege; aber konnte ich anders? Die krummen Wege habe ich erst da eingeschlagen, als ich sah, daß auf geradem Wege nicht vorwärtszukommen war, und daß der krumme Weg eher zum Ziele führte. Aber ich habe mich redlich abgemüht und abgequält. Wenn ich nahm, so nahm ich von den Reichen. Wie anders machen es die Schurken, die bei den Gerichten Tausende aus der Staatskasse stehlen und die armen Leute ausplündern und denen, die nichts haben, die letzte Kopeke abzwacken! . . . Und sagen Sie selbst: kann man sich ein ärgeres Unglück denken? Jedesmal, wenn ich mich anschickte, die Früchte meiner Tätigkeit zu ernten, und sie sozusagen schon mit der Hand berührte, dann kam jedesmal ein Sturm und trieb mein Lebensschifflein auf ein verdecktes Riff und zerschellte es in Splitter. Einmal besaß ich schon ein Kapital von dreihunderttausend Rubeln und ein dreistöckiges Haus; zweimal habe ich mir schon ein Gut gekauft. Ach, Afanasi Wasiljewitsch, womit habe ich so viel Unglück, so schwere Schicksalsschläge verdient? Glich mein Leben nicht auch ohnedies schon einem Kahne mitten in den Wogen? Wo bleibt da die Gerechtigkeit des Himmels? Wo bleibt da der Lohn für meine Geduld, für meine beispiellose Ausdauer? Dreimal habe ich ganz von vorn angefangen; nachdem ich alles verloren hatte, fing ich von neuem mit einer Kopeke an, während mancher andere sich schon längst aus Verzweiflung dem Trunke ergeben hätte und in der Schenke zugrunde gegangen wäre. Wieviele Hindernisse habe ich überwinden, wieviel Mühsal ertragen müssen! Jede Kopeke habe ich mir sozusagen mit höchster geistiger Anstrengung erarbeitet! Während es anderen leicht zufiel, war für mich jede Kopeke, wie man zu sagen pflegt, mit einem starken Nagel festgenagelt, und ich hatte eine eiserne, unermüdliche Geduld nötig, um diese festgenagelte Kopeke loszubekommen, das weiß Gott!«

Vor unerträglichem Seelenschmerze schluchzte er laut auf, sank auf einen Stuhl, riß den einen zerrissen herunterhängenden Frackschoß vollends ab und schleuderte ihn von sich; mit beiden Händen fuhr er sich in das Haar, mit dessen festsitzender Frisur er sich früher so viel Mühe gegeben hatte, und raufte es sich erbarmungslos aus; er fand einen Genuß im physischen Schmerze, durch den er den unstillbaren Seelenschmerz zu übertäuben suchte.

Lange saß Murasow ihm schweigend gegenüber und betrachtete dieses ungewöhnliche Schauspiel, ein Schauspiel, wie er es bisher noch nie gesehen hatte. Der unglückliche, erbitterte Mensch, der noch vor kurzem mit der ungezwungenen Gewandtheit eines Weltmannes oder Militärs herumgeflattert war, wand sich jetzt in unwürdiger äußerer Erscheinung, mit zerzausten Haaren, zerrissenem Frack, aufgeknöpften Beinkleidern und blutig geschlagener Hand umher und stieß Verwünschungen gegen die feindlichen Mächte aus, die dem Menschen zu schaden suchen.

»Ach, Pawel Iwanowitsch, Pawel Iwanowitsch, was wäre aus Ihnen für ein Mensch geworden, wenn Sie sich ein edleres Ziel gesteckt und mit dieser selben Kraft und Ausdauer ihm nachgetrachtet hätten! O Gott, wieviel Gutes hätten Sie wirken können! Wenn doch nur einige wenige von den Menschen, die das Gute lieben, zu seiner Erreichung so große Anstrengungen machen wollten, wie Sie zum Erwerb Ihres Geldes, und es verständen, ihre Eigenliebe und Ehrsucht ohne Rücksicht auf ihre Person so dem Guten zum Opfer zu bringen, wie Sie sich selbst nicht geschont haben, um zu Gelde zu gelangen, – o Gott, wie herrlich würde dann unser Land aufblühen! . . . Pawel Iwanowitsch, Pawel Iwanowitsch, das Betrübende ist nicht, daß Sie andern gegenüber, sondern daß Sie sich selbst gegenüber eine Schuld auf sich geladen haben, den reichen Kräften und Gaben gegenüber, die Ihnen zuteil geworden waren. Sie waren dazu bestimmt, ein bedeutender Mensch zu werden; aber Sie haben sich selbst verdorben und zugrunde gerichtet.«

Es ist das eine geheime Eigenheit der menschlichen Seele: mag auch der verlorene Sohn vom rechten Wege noch so weit abgeirrt sein, mag auch der unverbesserliche Verbrecher noch so verstockt und gefühllos geworden sein und sich in sein lasterhaftes Leben noch so sehr verrannt haben, aber wenn man ihm vorhält, was er ursprünglich für ein guter Mensch gewesen ist, was für schöne Eigenschaften er besessen, aber entehrt und geschändet hat, dann fühlt er sich unwillkürlich gepackt und in den Grundfesten seines Wesens erschüttert.

»Afanasi Wasiljewitsch«, sagte der arme Tschitschikow und ergriff mit beiden Händen dessen Hände, »o wenn es mir gelänge, die Freiheit wiederzuerlangen und mein Vermögen zurückzubekommen! Ich schwöre Ihnen, ich würde von nun an ein ganz anderes Leben führen! Retten Sie mich, mein Wohltäter, retten Sie mich!«

»Was kann ich tun? Ich müßte gegen das gesetzliche Verfahren ankämpfen. Und selbst wenn ich mich dazu entschlösse, so ist doch der Fürst gerecht und wird unter keinen Umständen nachgeben.«

»O mein Wohltäter, Sie vermögen alles durchzusetzen. Was mich ängstigt, ist nicht das gesetzliche Verfahren (demgegenüber würde ich schon Mittel finden), sondern der Umstand, daß ich unschuldig ins Gefängnis geworfen bin, daß ich hier umkomme wie ein Hund, und daß mein Vermögen, meine Papiere, meine Schatulle ... Retten Sie mich!«

Er umschlag die Füße des alten Mannes und benetzte sie mit Tränen.

»Ach, Pawel Iwanowitsch, Pawel Iwanowitsch«, sagte der alte Murasow, indem er den Kopf hin und her wiegte, »wie hat Sie dieses Geld verblendet. Um seinetwillen kümmern Sie sich nicht um Ihre arme Seele.«

»Ich denke auch an meine Seele; aber retten Sie mich!«

»Pawel Iwanowitsch«, sagte der alte Murasow und hielt dann ein Weilchen inne, – »Sie zu retten steht nicht in meiner Macht; das sehen Sie selbst. Aber ich werde mich nach Kräften bemühen, Ihr Los zu erleichtern und Ihre Entlassung aus der Haft zu erwirken. Ich weiß nicht, ob mir das gelingen wird; aber ich will mir alle Mühe geben. Sollte es mir aber wider mein Erwarten gelingen, Pawel Iwanowitsch, dann erbitte ich mir von Ihnen eine Belohnung für meine Bemühung: werfen Sie dieses ganze Trachten nach Erwerb von sich! Ich versichere Ihnen mit meinem Ehrenworte: wenn ich mein ganzes Vermögen verlöre (und es ist größer als das Ihrige), so würde ich ihm keine Träne nachweinen. Wert hat ja doch nicht dieses Vermögen, welches der Staat, sobald er will, konfiszieren kann, sondern das, was mir niemand zu stehlen und fortzunehmen vermag. Sie haben ja schon ziemlich lange auf dieser Welt gelebt und nennen Ihr Leben selbst einen Kahn mitten auf den Wogen. Sie besitzen bereits genug, um für den Rest Ihrer Tage davon leben zu können. Lassen Sie sich an einem stillen Orte nieder, in der Nähe einer Kirche und schlichter, braver Leute; oder wenn Sie wirklich von dem lebhaften Wunsche erfüllt sind, Nachkommenschaft zu hinterlassen, so heiraten Sie ein armes, braves Mädchen, das an ein mäßiges Leben und einen einfachen Haushalt gewöhnt ist. Vergessen Sie diese lärmende Welt und all ihre verlockenden Gelüste; ja, möge auch die Welt Sie vergessen: Ruhe und Frieden ist in ihr ja nicht zu finden. Sie sehen ja selbst: es wimmelt in ihr von Feinden, Verführern oder Verrätern.«

»Das will ich tun, das will ich bestimmt tun! Ich hatte schon selbst die Absicht, ein ordentliches Leben zu führen, und gedachte mich mit der Landwirtschaft zu beschäftigen und mich mit beschränkten Verhältnissen zu begnügen; aber da hat mich ein böser Dämon vom rechten Wege verlockt und abgebracht, der Teufel selbst, der Satan, dieser Höllensohn!«

Gefühle, die ihm bisher unbekannt gewesen waren, und die er sich nicht zu erklären vermochte, überkamen ihn plötzlich, als ob in seiner Seele etwas erwachen wollte, etwas ganz Fernes, etwas, was durch mancherlei Umstände von jeher beinah erstickt worden war: durch einen strengen, toten Unterricht in jungen Jahren, durch eine unfreundliche, traurige Kindheit, durch die Öde des Elternhauses, durch die Ärmlichkeit und Dürftigkeit der ersten Eindrücke, durch die Einsamkeit des ehelosen Lebens; es war, als ob gewisse Empfindungen bisher durch den finsteren Blick des Schicksals zurückgehalten seien, das zu ihnen mürrisch wie durch ein trübes, verschneites Fenster hineinschaute, und sich nun auf einmal freimachen wollten. Ein Stöhnen löste sich von seinen Lippen los, und beide Hände vor das Gesicht legend, sagte er in schmerzlichem Tone: »Ja, Sie haben recht, Sie haben recht!«

»Auch Ihre Menschenkenntnis und Ihre Erfahrung haben Ihnen nicht geholfen, weil Sie sich ihrer zu ungesetzlichem Zwecke bedienten. Aber wenn Sie diese schönen Fähigkeiten zu gesetzlichem Zwecke verwendet hätten! . . . Ach, Pawel Iwanowitsch, warum haben Sie sich zugrunde gerichtet? Erwachen Sie; noch ist es nicht zu spät, noch ist es Zeit . . .«

»Nein, es ist zu spät, es ist zu spät!« stöhnte Tschitschikow in einem Tone, bei dem dem alten Murasow beinahe das Herz brach. »Ich fange an zu fühlen und einzusehen, daß ich falsch gehe, ganz falsch, und daß ich weit vom richtigen Wege abgekommen bin; aber ich kann nicht mehr auf ihn zurückkehren! Nein, schon meine Erziehung war eine falsche. Mein Vater prägte mir moralische Regeln ein, schlug mich und ließ mich Sittensprüche abschreiben; aber er selbst stahl vor meinen Augen den Nachbarn Holz und hielt mich dazu an, ihm dabei zu helfen. Ohne sich vor mir zu schämen, begann er einen Prozeß, bei dem er sich im Unrecht wußte, und verführte ein Waisenmädchen, dessen Vormund er war. Das tatsächliche Beispiel wirkt stärker als mündliche Lehre. Ich sehe ein und fühle, Afanasi Wasiljewitsch, daß ich nicht lebe, wie ich sollte; aber ich empfinde keinen energischen Widerwillen gegen das Laster; meine sittliche Natur ist stumpf geworden; es fehlt mir an Liebe zum Guten, an dieser schönen Neigung zu gottwohlgefälligem Handeln, die dem Menschen zur andern Natur, zur Gewohnheit wird. Wenn es sich darum handelt, Gutes zu tun, habe ich nicht einen solchen Eifer wie beim Gelderwerb. Ich sage die Wahrheit; was soll ich dagegen tun?«

Der Alte stieß einen schweren Seufzer aus.

»Pawel Iwanowitsch, Sie besitzen ja doch soviel Willenskraft und soviel Geduld. Die Arznei ist bitter; aber der Kranke nimmt sie doch, weil er weiß, daß er auf andere Weise nicht gesund werden kann. Sie sagen, Sie haben keine Liebe zum Guten; nun, tun Sie das Gute mit Selbstüberwindung, ohne Liebe zu ihm! Das wird Ihnen sogar noch höher angerechnet werden als demjenigen, der das Gute aus Liebe zu ihm tut. Zwingen Sie sich nur ein paarmal dazu; dann wird sich auch die Liebe schon einstellen. Glauben Sie nur: das läßt sich alles durchsetzen. ›Das Himmelreich leidet Gewalt‹ ist uns gesagt worden. Nur mit Anstrengung dringt man in dasselbe ein; mit Gewalt muß man es einnehmen. Ach, Pawel Iwanowitsch, Sie besitzen ja eine solche Kraft, eine solche eiserne Geduld, wie man sie nicht leicht bei einem anderen Menschen findet, und Sie sollten nicht obsiegen? Meiner Meinung nach können Sie geradezu ein Held sein, heutzutage, wo alle Leute so willenlos und schwach sind.«

Man konnte es merken, daß diese Worte Tschitschikow tief ins Herz drangen und das am Grunde desselben schlummernde Ehrgefühl anregten. Wenn es nicht wirkliche Entschlossenheit war, so war es doch ein starkes, der Entschlossenheit ähnliches Gefühl, das in seinen Augen aufblitzte.

»Afanasi Wasiljewitsch«, sagte er in festem Tone, »wenn Sie durch Ihre Fürsprache erreichen, daß ich freigelassen werde und wenigstens mit einem Teile meines Vermögens von hier wegfahren kann, so gebe ich Ihnen mein Wort darauf, daß ich ein anderes Leben beginnen werde: ich werde mir ein kleines Gut kaufen und Landwirt werden, und ich werde Geld nicht für mich sparen, sondern um anderen zu helfen; ich werde Gutes tun, soviel in meinen Kräften steht; ich werde mein bisheriges Selbst und alle städtischen Schmausereien und Gelage vergessen und ein einfaches, mäßiges Leben führen.«

»Gott verleihe Ihnen Kraft zur Ausführung dieses Vorsatzes!« sagte der alte Mann erfreut. »Ich werde mir die größte Mühe geben, den Fürsten zu bewegen, daß er Sie in Freiheit setze. Ob es mir gelingen wird, das steht in Gottes Hand. Aber jedenfalls wird Ihre Lage gelindert werden. O Gott, umarmen

Sie mich; erlauben Sie mir, Sie zu umarmen! Was haben Sie mir für eine Freude bereitet, wahrhaftig! Nun leben Sie wohl; ich werde sogleich zum Fürsten gehen.«

Tschitschikow blieb allein.

Er war in tiefster Seele erschüttert und ganz weich geworden. Auch das Platin, das härteste aller Metalle, daß am längsten dem Feuer widersteht, auch dieses schmilzt, wenn man in dem Schmelzofen die Glut steigert, wenn die Blasebälge arbeiten und die Hitze unerträglich wird; das hartnäckige Metall wird weiß und verwandelt sich schließlich wie andere in eine Flüssigkeit. So gibt auch der festeste Mann in dem Schmelzofen des Unglücks nach, wenn dieses mit immer stärkerer, unwiderstehlicher Glut auf sein verhärtetes Herz einwirkt.

»Ich selbst verstehe und fühle das Rechte nicht; aber ich werde all meine Kraft anwenden, um andere dahin zu bringen, daß sie es fühlen; ich selbst habe keinen guten Charakter; aber ich will all meine Kraft zusammennehmen, um andere gut zu machen; ich selbst bin ein schlechter Christ; aber ich will mich mit aller Kraft bemühen, kein Ärgernis zu geben. Ich werde auf dem Lande im Schweiße meines Angesichts arbeiten und mich abquälen und mich einer ehrlichen Tätigkeit widmen, um auf andere einen guten Einfluß auszuüben. Ich bin ja doch nicht zu allem untauglich! Es fehlt mir nicht an Befähigung zur Landwirtschaft. Ich besitze Sparsamkeit, Gewandtheit und Besonnenheit, sogar Ausdauer. Ich brauche nur den Entschluß zu fassen . . .«

So dachte Tschitschikow und schien mit seinen halberwachten Seelenkräften etwas wenigstens tastend zu fühlen. Es schien, als begreife er durch eine Art von dunklem Instinkt, daß es eine Pflicht gebe, die der Mensch auf der Erde zu erfüllen habe, eine Pflicht, die er überall erfüllen könne, in jedem Erdenwinkel, trotz aller äußeren Umstände und trotz aller inneren Erregungen, welche dem Menschen nirgends erspart bleiben, mag er sich befinden, wo er will. Und das arbeitsame Leben, fern von dem Lärm der Städte und von den Genüssen, die der arbeitsunlustige Mensch aus Langeweile ersonnen hat, stand nun so klar und reizvoll vor seinem geistigen Blicke, daß er schon beinahe ganz die Unannehmlichkeit seiner Lage vergaß und vielleicht sogar bereit war, der Vorsehung für diesen schweren Schlag zu danken, wenn er nur freikam und wenigstens einen Teil seines Vermögens zurückerhielt. Aber da öffnete sich die kleine Tür seines unsauberen Gefängnisses, und ein Beamter, namens Samoswitow, trat herein, ein Epikureer, ein gewandter Mensch, breitschulterig, mit schlanken Beinen, ein vortrefflicher Kamerad, ein Zechbruder und, wie ihn seine eigenen Kameraden nannten, eine schlaue Kanaille. Zu Kriegszeiten hätte dieser Mensch Wundertaten ausgeführt; wenn man ihn abgeschickt hätte, um sich durch unwegsames, gefährliches Terrain hindurchzuarbeiten und dem Feinde eine Kanone vor der Nase wegzustibitzen, das wäre etwas für ihn gewesen. Aber in Ermangelung einer militärischen Laufbahn, bei der er vielleicht ein ehrenhafter Mensch geworden wäre, verwandte er seine ganze Kraft darauf, Schändlichkeiten zu begehen. Es war gar nicht zu begreifen, was er für sonderbare Anschauungen und Grundsätze hatte: seinen Kameraden gegenüber benahm er sich anständig, verriet niemals einen von ihnen und hielt sein gegebenes Wort; aber seine Vorgesetzten betrachtete er sozusagen als eine feindliche Batterie, in die man, unter Benutzung jedes schwachen Punktes, jeder Bresche und jeder Nachlässigkeit, eindringen müsse.

»Wir sind über Ihre Lage völlig orientiert; wir wissen alles!« sagte er, nachdem er sich überzeugt hatte, daß die Tür hinter ihm fest geschlossen war. »Aber die Sache ist nicht gefährlich, gar nicht gefährlich! Haben Sie nur keine Angst; es wird alles arrangiert werden. Wir werden uns alle für Sie bemühen und Ihnen zu Diensten sein. Dreißigtausend Rubel für uns, und die Sache ist erledigt.«

»Ist's möglich?« rief Tschitschikow. »Und ich werde vollständig freigesprochen werden?«

»Ganz und gar! Sie werden sogar noch eine Vergütigung für den erlittenen Schaden erhalten.«

»Und was habe ich für die Bemühung zu zahlen?«

»Dreißigtausend Rubel. Das ist für alle zusammen: für die Unsrigen und für die Leute des Generalgouverneurs und für den Sekretär.«

»Aber, erlauben Sie, wie kann ich denn das nur? Meine sämtlichen Sachen, meine Schatulle, alles ist ja jetzt versiegelt und unter Bewachung . . .«

»In einer Stunde werden Sie alles erhalten. Also Hand darauf?«

Tschitschikow schlug in die dargebotene Hand ein. Sein Herz klopfte heftig, und er glaubte immer noch nicht, daß die Sache möglich sei.

»Inzwischen leben Sie wohl! Unser gemeinsamer Freund läßt Ihnen sagen, die Hauptsache sei jetzt Kaltblütigkeit und Geistesgegenwart.«

»Hm!« dachte Tschitschikow; »ich verstehe: der Rechtsanwalt!«

Samoswitow verschwand. Alleingeblieben, vermochte Tschitschikow immer noch nicht den Verheißungen Glauben zu schenken; aber es war noch keine Stunde nach diesem Gespräche vergangen, als ihm seine Schatulle gebracht wurde; die Papiere, das Geld, alles in bester Ordnung. Samoswitow war in Tschitschikows Wohnung in der Rolle eines Revisors aufgetreten, hatte die dort stehenden Posten wegen mangelhafter Wachsamkeit ausgeschimpft und ihrem Anführer befohlen, sich noch ein paar Soldaten zur Verstärkung der Bewachung geben zu lassen; er hatte nicht nur die Schatulle, sondern auch alle sonstigen Papiere, welche Tschitschikow irgendwie hätten kompromittieren können, an sich genommen, das notwendigste Nachtzeug hinzugetan, alles zusammengebunden und versiegelt und, als ob der Inhalt ein harmloser wäre, einem der Soldaten befohlen, es sofort zu Tschitschikow zu bringen, so daß dieser mit den Papieren zugleich das erforderliche warme Zeug zur Einhüllung seines sterblichen Leibes erhielt. Diese schnelle Erfüllung des Versprechens freute ihn unsäglich. Er faßte nun sichere Hoffnung und begann bereits von neuem von allerlei verlockenden Dingen zu träumen: von Theaterabenden und von einer Tänzerin, um deren Gunst er sich bemühte. Das Gütchen und die Stille des Landlebens erschienen ihm in blasseren Farben; die Stadt und ihr Gelärm strahlten wieder in hellerem Glanze . . . Ja, so ist das Leben!

Unterdessen entwickelte sich bei den niederen und höheren Gerichten ein Prozeß von ganz gewaltigen Dimensionen. Die Federn der Schreiber flogen über das Papier; scharfsinnige Beamte studierten tabakschnupfend die Akten und freuten sich wie Künstler an dem verzwickten Geschreibsel. Der Rechtsanwalt lenkte, wie ein verborgener Zauberer, unsichtbar den ganzen Mechanismus; alle Beteiligten hatte er völlig umgarnt, ehe noch jemand Zeit gehabt hatte, sich ordentlich umzusehen. Der Wirrwarr wurde immer größer. Samoswitow übertraf sich selbst durch seine unerhörte Dreistigkeit und Kühnheit. Nachdem er in Erfahrung gebracht hatte, in welchem Raume des Gefängnisses sich die verhaftete Frau befand, ging er geradeswegs hin und trat so forsch mit der Miene eines höheren Beamten auf, daß der Posten das Honneur machte und stramm stand. »Stehst du hier schon lange?« – »Seit heute morgen, Euer Wohlgeboren.« – »Dauert es noch lange, bis du abgelöst wirst?« – »Drei Stunden, Euer Wohlgeboren.« – »Ich werde dich nötig haben. Ich werde dem Offizier sagen, er möge statt deiner einen anderen herschicken.« – »Zu Befehl, Euer Wohlgeboren.« Darauf fuhr er, ohne eine Minute zu verlieren, nach Hause, damit er nur ja keinen anderen hinzuzuziehen brauchte und nichts ruchbar wurde, verkleidete sich selbst als Gendarm und hatte nun auf einmal einen solchen Schnurr- und Backenbart, daß der Teufel selbst ihn nicht erkannt hätte. Er begab sich nach dem Gefängnisse, griff unterwegs das erste beste Weib, das ihm vorkam, auf, übergab dasselbe zwei jungen Beamten, ebenfalls geriebenen Patronen, und erschien dreist mit Schnurrbart und Gewehr, ganz ordnungsmäßig, vor dem Posten, mit dem er kurz vorher gesprochen hatte. »Scher dich zum Teufel! Der Hauptmann hat mich hergeschickt; ich soll dich ablösen.« Er löste ihn ab und stand selbst mit dem Gewehr Posten. Nun bedurfte es weiter keiner Künste. Während er Posten stand, wurde an Stelle der früheren Frau die andere gesetzt, die von nichts wußte und nichts verstand. Die erste Frau wurde irgendwo so gut versteckt, daß auch nachher niemand wußte, wo sie geblieben war. Während Samoswitow so seine militärische Rolle spielte, vollführte der Rechtsanwalt Wundertaten auf zivilistischem Gebiete: dem Gouverneur gab er auf Umwegen zu wissen, daß der Staatsanwalt eine Denunziation gegen ihn schreibe; dem Chef der Gendarmerie teilte er mit, ein Beamter, von dem man wußte, daß er sich im geheimen in der Stadt aufhielt, schreibe gegen ihn eine Denunziation; dem Beamten, der sich im geheimen in der Stadt aufhielt, brachte er die Überzeugung bei, daß es einen noch geheimeren Beamten gebe, der ihn denunzieren wolle, – so versetzte er alle in eine solche Lage, daß sie sich sämtlich bei ihm Rat holen mußten. Es war ein reines Chaos: es erfolgte eine Denunziation über die andere, und es wurden Dinge ans Licht gebracht, die bisher tief verborgen gewesen waren, ja auch solche, die überhaupt nicht existierten. Alles wurde herangezogen und verwertet: wer ein unehelicher Sohn war, und von welcher Herkunft und welchem Stande er eigentlich war, und wer sich eine Geliebte hielt, und wessen Frau mit jemandem ein Verhältnis hatte. Skandalgeschichten, anstößige Vorgänge und all dergleichen wurden dermaßen mit Tschitschikows Angelegenheit und den toten Seelen vermischt und vermengt, daß man schlechterdings nicht sagen konnte, welche von diesen beiden Gattungen der tollste Unsinn sei: sie waren beide eine der anderen würdig. Als dann die Akten endlich an den Generalgouverneur gelangten, konnte der arme Fürst absolut nicht daraus klug werden. Ein sehr verständiger, gewandter Beamter, der beauftragt war, einen Auszug daraus zu machen, wurde bei dieser Arbeit beinah verrückt: es war völlig unmöglich, den hindurchgehenden Faden zu finden. Der Fürst hatte in dieser Zeit gerade seine Sorgen mit einer Menge anderer Angelegenheiten, von denen eine immer unangenehmer war als die andere. In einem Teile des Gouvernements war eine Hungersnot ausgebrochen. Die Beamten, welche hingeschickt waren, um Brot zu verteilen, waren dabei nicht so verfahren, wie sie gesollt hatten. In einem anderen Teile des Gouvernements rührten sich die Sektierer. Es hatte jemand unter ihnen das Gerücht ausgesprengt, der Antichrist sei in der Welt erschienen und lasse nicht einmal den Toten ihre Ruhe, sondern kaufe tote Seelen. Daraufhin hatten die Sektierer Buße getan, aber weiter gesündigt und unter dem Vorwande, sie wollten den Antichrist fangen, mehrere Leute getötet, die mit dem Antichrist gar nichts zu tun hatten. An einem anderen Orte hatten sich die Bauern gegen die Gutsbesitzer und den Bezirkshauptmann empört. Irgendwelche Landstreicher hatten bei ihnen das Gerücht verbreitet, jetzt sie die Zeit gekommen, wo die Bauern Gutsbesitzer werden und Fracks tragen müßten; die Gutsbesitzer aber müßten Bauernkittel anziehen und Bauern werden; – und infolgedessen hatte eine ganze Bauerngemeinde, ohne zu überlegen, daß es ja dann gar zu viele Gutsbesitzer und Bezirkshauptleute geben werde, sich geweigert, Abgaben zu bezahlen. Man mußte zu Zwangsmaßregeln greifen. Der arme Fürst befand sich in höchst gereizter Stimmung. Da wurde ihm gerade gemeldet, daß der Branntweinpächter Murasow gekommen sei. »Laß ihn eintreten!« sagte der Fürst. Der Alte trat ein.

»Sehen Sie wohl, da haben Sie Ihren Tschitschikow! Sie nahmen sich seiner an und verteidigten ihn. Jetzt ist er bei einer Sache ertappt worden, die der ärgste Dieb nicht gewagt haben würde.«

»Gestatten Euer Durchlaucht mir die Bemerkung, daß ich in dieser Sache noch nicht klar sehe.«

»Eine Testamentsfälschung liegt vor, und noch dazu was für eine! Auf dieses Verbrechen steht öffentliche Auspeitschung!«

»Durchlaucht, ich sage das nicht, um Tschitschikow zu verteidigen; aber die Sache ist ja noch nicht bewiesen; die Untersuchung ist noch nicht abgeschlossen.«

»Es liegen Beweise vor: die Frau, welche ausstaffiert war, um die Rolle der Toten zu spielen, ist arretiert. Ich will sie sofort in Ihrer Gegenwart verhören.« Der Fürst klingelte und gab Befehl, die Frau herbeizuführen.

Murasow schwieg.

»Eine ganz ehrlose Geschichte! Und schmachvollerweise sind die ersten Beamten der Stadt darin verwickelt, ja sogar der Gouverneur selbst. Er sollte sich nicht mit Dieben und Taugenichtsen abgeben!« rief der Fürst erregt.

»Der Gouverneur ist ja doch ein Erbe; er war berechtigt, seine Ansprüche geltend zu machen; und daß sich auch andere von allen Seiten herangemacht haben, das liegt eben in der menschlichen Natur, Durchlaucht. Da ist eine reiche Frau gestorben, ohne vernünftige, gerechte Bestimmungen über ihren Nachlaß getroffen zu haben; nun strömen von allen Seiten Leute zusammen, die etwas profitieren möchten; das ist doch nur menschlich ...«

»Aber brauchen sie denn darum solche Gemeinheiten zu begehen? Die Schufte!« sagte der Fürst empört. »Ich habe keinen einzigen guten Beamten; alle sind sie Schurken!«

»Durchlaucht, wer von uns ist so gut, wie er sein sollte? Alle Beamten unserer Stadt sind eben Menschen; sie haben ihre guten Eigenschaften, und viele von ihnen sind in ihrem Berufe sehr tüchtig; aber der Sünde ist freilich ein jeder unterworfen.«

»Hören Sie mal Afanasi Wasiljewitsch, sagen Sie mir doch (denn Sie sind der einzige ehrliche Mensch, den ich kenne):

was haben Sie für eine Passion, jeden Schurken zu verteidigen?«

»Durchlaucht«, erwiderte Murasow, »wie der Mensch auch beschaffen sein mag, den Sie einen Schurken nennen, er ist doch immer ein Mensch. Wie soll man denn einen Menschen nicht verteidigen, wenn man weiß, daß er die Hälfte seiner Übeltaten nur aus Unbildung und Unwissenheit begeht? Wir alle begehen ja auf Schritt und Tritt Ungerechtigkeiten und werden jeden Augenblick schuld an dem Unglücke eines anderen, auch ohne jede böse Absicht. Euer Durchlaucht haben ja selbst eine große Ungerechtigkeit begangen.«

»Wie?« rief der Fürst erstaunt. Er war durch die unerwartete Wendung, die das Gespräch nahm, aufs höchste überrascht.

Murasow hielt inne und schwieg ein Weilchen, wie wenn er etwas überlegte; endlich sagte er:

»Zum Beispiel gleich in der Angelegenheit Djerpjennikows.«

»Afanasi Wasiljewitsch! Das war ein Verbrechen gegen die Grundgesetze des Staates, das auf gleicher Stufe mit Landesverrat stand!«

»Ich verteidige es nicht. Aber war es wohl gerecht, wenn ein Jüngling, der sich in seiner Unerfahrenheit von anderen hatte verleiten und verführen lassen, ebenso bestraft wurde wie derjenige, der einer der Rädelsführer gewesen war? Denn Djerpjennikow hat dasselbe Schicksal gehabt wie ein Woronoi-Drjannoi; und doch sind ihre Vergehungen nicht gleichartig.«

»Um Gottes willen«, sagte der Fürst in merklicher Aufregung, »wissen Sie etwas darüber? Sagen Sie es mir! Ich habe noch vor kurzem expreß nach Petersburg geschrieben und gebeten, daß man sein Los mildern möchte.«

»Nein, Durchlaucht, ich sage das nicht in dem Sinne, als ob ich etwas wüßte, was Sie nicht wissen. Allerdings gibt es wirklich einen Umstand, der zu seinen Gunsten in die Wagschale fallen könnte: aber er selbst gestattet die Verwertung desselben nicht, weil ein anderer Mensch darunter leiden würde. Was ich meine, ist nur dies: Sind Sie damals nicht zu schnell verfahren? Verzeihen Sie, Durchlaucht, ich urteile nach meinem schwachen Verstande. Sie haben mir zu wiederholten Malen befohlen, offenherzig zu reden. Als ich noch Fabrikdirektor war, hatte ich viele Arbeiter von verschiedener Art, teils schlechte, teils gute. Ich hätte da bei Vergehungen auch immer das frühere Leben des Betreffenden berücksichtigen sollen; denn wenn man nicht alles mit ruhigem Blute überlegt, sondern so einen gleich von vornherein anschreit, dann verängstigt man ihn nur und erlangt kein ordentliches Geständnis; aber wenn man ihn teilnahmsvoll fragt wie ein Bruder den andern, dann kommt er von selbst mit allem heraus und bittet nicht um Milderung der Strafe, fühlt auch keine Erbitterung gegen den Strafenden, weil er klar erkennt, daß nicht ich ihn bestrafe, sondern das Gesetz.

Der Fürst versank in Nachdenken. In diesem Augenblick trat ein junger Beamter ein und blieb respektvoll mit seiner Aktenmappe an der Tür stehen. Auf seinem jungen, noch frischen Gesichte hatten stete Sorge und Arbeit ihre Spuren eingegraben. Man sah ihm an, daß er zu besonderen Aufträgen benutzt wurde und hierbei eifrig und erfolgreich tätig war. Es war dies einer der wenigen Beamten, die sich mit dem Prozeßwesen con amore beschäftigten. Er war nicht von brennendem Ehrgeiz und dem Wunsche, mit anderen zu wetteifern, erfüllt, trachtete auch nicht nach materiellem Gewinn, sondern er arbeitete auf diesem Gebiete nur deswegen, weil er davon überzeugt war, daß dieser Platz und kein anderer für ihn der richtige sei, und daß ihm die Vorsehung zu diesem Zwecke das Leben gegeben habe. Eine verwickelte Prozeßsache zu studieren, den leitenden Faden darin zu suchen, sie in ihre Teile zu zerlegen und völlig aufzuhellen, das war ihm die liebste Arbeit. Und für seine Mühen, Anstrengungen und schlaflosen Nächte fühlte er sich reichlich belohnt, wenn die

Sache endlich seinem geistigen Auge durchsichtig zu werden begann, die verborgenen Triebfedern zutage traten und er sich bewußt wurde, daß er das Ganze in wenigen Worten klar und deutlich und für jedermann verständlich darzustellen vermochte. Man kann sagen, daß kein Schüler sich so freut, wenn sich ihm die Bedeutung eines sehr schwierigen Satzes erschließt oder ihm der wahre Sinn des Gedankens eines großen Schriftstellers aufgeht, wie er sich freute, wenn eine verwickelte Prozeßsache sich vor seinem Blicke entwirrte. Dafür . . .

[Hier ist im Manuskript eine große Lücke.]

». . . mit Brot nach den Gegenden, wo Hungersnot herrscht; ich verstehe mich darauf besser als die Beamten: ich will persönlich feststellen, was ein jeder nötig hat. Und wenn Euer Durchlaucht gestatten, will ich auch mit den Sektierern reden. Mit einem einfachen Manne, wie ich, lassen sie sich lieber in Gespräche ein, und vielleicht vermag ich mit Gottes Hilfe die Sache auf friedliche Weise in Ordnung zu bringen. Die Beamten aber verstehen das nicht: die müssen immer eine große Schreiberei machen, und dann ist auch ihr Blick durch die Akten so getrübt, daß sie das, was wirklich zugrunde liegt, nicht mehr ordentlich zu erkennen imstande sind. Geld verlange ich von Ihnen nicht; denn, weiß Gott, man müßte sich ja schämen, an seinen Vorteil zu denken in einer Zeit, wo die Menschen Hungers sterben. Ich habe noch einen Vorrat Getreide liegen, und zum nächsten Sommer wird neues herankommen.«

»Diesen Dienst, den Sie mir leisten, kann Ihnen nur Gott vergelten, Afanasi Wasiljewitsch. Ich aber sage zu Ihnen kein Wort darüber; denn das werden Sie selbst fühlen: jedes Wort ist da matt und kraftlos. Aber gestatten Sie mir noch eine Bemerkung in betreff jener Bitte! Sagen Sie selbst: bin ich berechtigt, diese Sache so hingehen zu lassen, und ist es von meiner Seite gerecht und ehrenhaft, wenn ich den Schurken verzeihe?«

»Durchlaucht, weiß Gott, so darf man sie nicht nennen, um so weniger, da sich darunter viele sehr achtungswerte Männer befinden. Mancher Mensch befindet sich in schwieriger Lage, Durchlaucht, in sehr, sehr schwieriger Lage. Manchmal scheint es, daß einer im höchsten Grade schuldig ist; und wenn man es dann näher ansieht, ist es gar nicht der Fall.«

»Aber was werden diese Menschen selbst dazu sagen, wenn ich sie unbestraft lasse? Es sind ja unter ihnen manche, die nachher den Kopf noch höher tragen werden und sogar sagen werden, sie hätten mich eingeschüchtert. Sie werden die ersten sein, die keinen Respekt mehr vor mir haben werden . . .«

»Durchlaucht, gestatten Sie mir, Ihnen meine Ansicht auszusprechen: rufen Sie sie alle zusammen, teilen Sie ihnen mit, daß Sie alles wüßten, stellen Sie ihnen Ihre eigene Lage in ganz derselben Weise vor Augen, wie Sie es soeben mir getan haben, und fragen Sie sie dann um Rat, was ein jeder von ihnen an Ihrer Stelle tun würde!«

»Glauben Sie denn, daß diese Menschen edleren Regungen zugänglich sein werden, statt immer nur Ränke zu schmieden und sich zu bereichern? Seien Sie überzeugt, sie werden sich über mich lustig machen.«

»Das meine ich nicht, Durchlaucht. Jeder Mensch, auch der schlechte Mensch, hat doch immer ein gewisses Gerechtigkeitsgefühl; es müßte denn etwa ein Jude oder Nichtrusse sein. Nein, Durchlaucht, Sie haben keinen Anlaß, sich zu verstecken. Reden Sie zu ihnen gerade so, wie Sie zur mir geredet haben! Eure Durchlaucht stehen bei ihnen in dem Rufe eines ehrgeizigen, stolzen Mannes, der nichts hören wolle und von sich selbst sehr hoch denke: nun, da mögen sie einmal sehen, wie die Sache wirklich liegt! Was haben Sie denn zu befürchten? Ihre Sache ist ja gerecht und gut. Reden Sie zu ihnen so, als ob Sie nicht vor ihnen, sondern vor Gott selbst beichteten!«

»Afanasi Wasiljewitsch«, erwiderte der Fürst nachdenklich, »ich werde es mir überlegen; einstweilen aber danke ich Ihnen herzlich für Ihren Rat.«

»Und was soll mit Tschitschikow werden, Durchlaucht? Bitte, geben Sie Befehl, ihn freizulassen!«

»Sagen Sie diesem Tschitschikow, er solle machen, daß er von hier wegkommt, so schnell wie möglich, und je weiter um so besser! Ihm allerdings würde ich niemals verzeihen!«

Murasow verbeugte sich und begab sich vom Fürsten geradeswegs zu Tschitschikow. Er fand diesen bereits in ganz guter Stimmung; er war in aller Seelenruhe damit beschäftigt, ein recht anständiges Mittagessen einzunehmen, das ihm aus einem sehr ordentlichen Restaurant in Fayencegeschirr gebracht war. Gleich bei den ersten Worten des Gespräches merkte der alte Mann, daß Tschitschikow bereits mit einem oder dem anderen von den pfiffigen Beamten gesprochen hatte. Er merkte sogar, daß der kluge Rechtsanwalt unsichtbarerweise seine Hand dabei im Spiele hatte.

»Hören Sie, Pawel Iwanowitsch«, sagte er, »ich bringe Ihnen die Freiheit unter der Bedingung, daß Sie sofort die Stadt verlassen. Packen Sie all Ihre Sachen zusammen, und entfernen Sie sich dann, ohne eine Minute zu verlieren; sonst machen Sie Ihre Sache noch schlimmer, als sie ohnehin schon ist. Ich weiß, daß ein gewisser Mensch Sie instruiert, wie Sie sich verhalten sollen; so will ich Ihnen denn unter dem Siegel der Verschwiegenheit mitteilen, daß gerade jetzt noch eine andere Sache aufgedeckt wird, eine so gravierende Sache, daß keine Macht der Erde diesen Menschen mehr wird retten können. Es macht ihm natürlich Freude, andere Leute zugrunde zu richten, um sich die Langeweile fernzuhalten; aber jetzt wird ihn sein Geschick ereilen. Ich habe Sie vorhin in einer guten Gemütsverfassung verlassen, in einer besseren, als diejenige ist, in der ich Sie jetzt wiederfinde. Der Rat, den ich Ihnen gebe, ist sehr ernst gemeint. Worauf es für uns ankommt, das sind nicht die materiellen Güter, um derentwillen die Menschen sich untereinander streiten und sich gegenseitig ermorden, als ob man hier auf Erden ein glückliches Leben führen könnte, ohne für das andere Leben Vorsorge getroffen zu haben. Glauben Sie mir, Pawel Iwanowitsch: ehe die Menschen nicht all das geringschätzen, um deswillen sie einander jetzt auf Erden beißen und auffressen, und ehe sie nicht in erster Linie darauf bedacht sind, ihre seelischen Güter in Ordnung zu halten, eher wird es auch um den irdischen Besitz nicht wohl stehen. Da mag man sagen, was man will, der Körper hängt von der Seele ab. Wie kann man da verlangen, daß alles gut gehe, wenn man seine Seele vernachlässigt? Denken Sie nicht an die toten Seelen, sondern an Ihre eigene lebendige Seele, und schlagen Sie mit Gottes Hilfe einen anderen Weg ein als Ihren bisherigen! Ich verreise morgen ebenfalls. Beeilen Sie sich! Sonst könnten Sie in meiner Abwesenheit zu Schaden kommen.«

Nach diesen Worten entfernte sich der alte Mann. Tschitschikow wurde nachdenklich. Der hohe Sinn des Lebens leuchtete ihm wieder ein. »Murasow hat recht«, sagte er zu sich selbst; »es wird Zeit, daß ich einen anderen Weg einschlage!« Nachdem er sich das gesagt hatte, verließ er das Gefängnis. Der Wachtposten trug ihm die Schatulle nach. Selifan und Petruschka waren hocherfreut darüber, daß ihr Herr freigekommen war.

»Nun, liebe Leute«, sagte Tschitschikow, sich freundlich zu ihnen wendend, »nun müssen wir einpacken und wegfahren.«

»Fahren wir, Pawel Iwanowitsch!« erwiderte Selifan. »Der Weg wird gewiß in gutem Zustande sein: es ist genug Schnee gefallen. Es ist auch wirklich Zeit, daß wir diese Stadt verlassen. Sie ist mir so zuwider geworden, daß ich sie gar nicht mehr sehen mag.«

»Geh zum Wagenbauer und laß unsere Kutsche auf Schlittenkufen setzen!« befahl Tschitschikow und ging selbst in die Stadt, mochte aber zu niemand herangehen, um Abschiedsbesuche zu machen. Nach diesem ganzen Vorfall war ihm das peinlich, um so mehr da in der Stadt eine Menge der häßlichen Gerüchte über ihn im Umlauf waren. Er vermied alle Begegnungen mit Bekannten und ging nur ganz im stillen zu seinem Kaufmann, bei dem er den Stoff von der Farbe »Rauch und Feuer von Navarino« gekauft hatte, kaufte von neuem vier Ellen zu Frack und Beinkleidern und begab sich dann selbst zu demselben Schneider wie früher. Für den doppelten Lohn versprach der Meister, die Herstellung des neuen Anzuges außerordentlich zu beschleunigen, ließ seine Gesellen die ganze Nacht über bei Kerzenlicht mit Schere, Nadel und Bügeleisen arbeiten, und am anderen Tag, wiewohl erst etwas spät, waren der Frack und die Beinkleider fertig. Die Pferde waren bereits angespannt. Tschitschikow aber probierte doch erst noch den Frack an. Dieser saß vorzüglich, genau wie der erste. Aber ach! Tschitschikow bemerkte auf seinem Kopfe kahle, weiße Stellen und sagte traurig zu sich selbst: »Was hatte es für Zweck, mich einer so heftigen Verzweiflung zu überlassen? Und die Haare hätte ich mir nun schon gar nicht ausraufen sollen!« Nachdem er den Schneider bezahlt hatte, verließ er endlich die Stadt in einer seltsamen Gemütsverfassung. Das war nicht mehr der frühere Tschitschikow; es war nur sozusagen eine Ruine desselben. Man konnte seinen Seelenzustand mit einem abgebrochenen Gebäude vergleichen, das abgebrochen ist, damit an seiner Statt ein neues errichtet werde, welches aber noch nicht hat begonnen werden können, weil von dem Baumeister noch nicht der endgültige Plan eingetroffen ist und die Arbeiter noch im unklaren sind, wie sie bauen sollen. Eine Stunde vor ihm war der alte Murasow in einem einfachen, mit einer Matte überdeckten Reisewagen mit Potapytsch zusammen abgereist, und eine Stunde nach Tschitschikows Abfahrt wurde den Beamten mitgeteilt, daß der Fürst anläßlich seiner Abreise nach Petersburg sie alle ohne Ausnahme zu sehen wünsche.

In einem großen Saale des Gebäudes, in welchem der Generalgouverneur seine Dienstwohnung hatte, war die gesamte Beamtenschaft der Stadt versammelt, vom Gouverneur bis zum Titularrat: die Kanzleidirektoren und Abteilungsvorsteher, die Räte und Assessoren, Kislojedow, Krasnonosow, Samoswitow, solche, die keine Geschenke annahmen, und solche, die es taten, solche, die gegen ihr Gewissen handelten, solche, die es so halb und halb taten, und solche, die es gar nicht taten. Alle erwarteten sie mit einer gewissen Aufregung und Unruhe das Erscheinen des Generalgouverneurs. Der Fürst trat mit einer Miene ein, die weder finster noch heiter war: sein Blick war fest und ebenso sein Gang. Die sämtlichen Beamten verbeugten sich, viele von ihnen außerordentlich tief. Der Fürst erwiderte dies mit einer leichten Verbeugung und begann:

»Im Begriff nach Petersburg abzureisen, hielt ich es für angemessen, Sie alle noch einmal zu sehen und Ihnen sogar den Grund meiner Reise zum Teil mitzuteilen. Es hat sich hier bei uns eine sehr ärgerliche Sache zugetragen. Ich nehme an, daß viele der Anwesenden wissen, von welcher Sache ich rede. Diese Sache hat zur Aufdeckung anderer nicht minder ehrloser Vorgänge geführt, an denen, wie sich schließlich herausgestellt hat, sogar Männer beteiligt gewesen sind, die ich bisher für ehrenhaft gehalten hatte. Es ist mir auch bekannt, daß die geheime Absicht besteht, alles dermaßen durcheinander zu wirren, daß es völlig unmöglich wird, mittels des gewöhnlichen, ordnungsmäßigen Verfahrens zu einer klaren Einsicht und zu einem Urteile zu gelangen. Ich weiß sogar, wer der Hauptleiter bei diesem Komplott ist, obwohl er seine Beteiligung sehr kunstvoll zu verbergen gesucht hat. Ich beabsichtige nun, die Untersuchung nicht mittels eines formellen, aktenmäßigen Verfahrens vorzunehmen, sondern wie in Kriegszeiten kurzerhand durch ein Kriegsgericht, und ich hoffe, daß der Kaiser, wenn ich ihm die ganze Sache vortrage, mir die Vollmacht dazu erteilen wird. In einem Falle, wo es unmöglich ist, die Sache auf dem Wege des bürgerlichen Gerichtsverfahrens zu erledigen, wo Schränke mit Akten verbrennen, und wo man durch eine Fülle von unwahren, fremdartigen Anzeigen und lügnerischen Denunziationen die an sich schon hinreichend dunkle Angelegenheit noch mehr zu verdunkeln sucht, in einem solchen Falle halte ich das Kriegsgericht für das einzige Mittel, und ich wünsche darüber Ihre Meinung zu hören.«

Der Fürst hielt inne, als warte er auf eine Antwort. Alle standen mit gesenkten Blicken da. Viele waren blaß geworden.

»Auch noch eine andere Sache ist zu meiner Kenntnis gelangt, obgleich die daran Beteiligten fest überzeugt sind, daß sie niemandem bekannt sein könne. Auch hier ist eine Untersuchung auf dem aktenmäßigen Wege ausgeschlossen, und zwar weil ich selbst dabei als Petent und Kläger auftreten werde. Die Beweise, die ich vorbringen werde, sind völlig evident.«

Unter der Schar der Beamten zuckte einer zusammen; auch einige andere, die von ängstlicher Natur waren, verloren die Fassung.

»Es versteht sich von selbst, daß der Haupträdelsführer mit dem Verluste seines Ranges und Vermögens, die übrigen mit Entlassung aus ihren Ämtern bestraft werden müssen. Natürlich werden mit diesen zusammen auch eine Menge Unschuldiger leiden. Aber was ist zu machen? Die Sache ist gar zu ehrlos und schreit nach Ahndung. Ich weiß zwar, daß dies anderen nicht einmal zur Lehre dienen wird; denn an die Stelle der Weggejagten werden andere treten, die nicht besser sind, und diejenigen, die bisher ehrenhaft waren, werden ehrlos werden, und diejenigen, die man des Vertrauens würdigt, werden Betrug und Verrat begehen; aber trotz alledem muß ich streng verfahren, weil die Sache geradezu himmelschreiend ist. Ich weiß, daß man mich einer übermäßigen Härte beschuldigen wird; aber die Schuld tragen diejenigen, die sich so schwer vergangen haben.«

Ein Zittern lief unwillkürlich über alle Gesichter.

Der Fürst war ruhig. Weder Zorn noch seelische Erregung prägte sich auf seinem Gesichte aus.

»Derselbe Mann, in dessen Händen das Schicksal so vieler Menschen liegt und den bisher keine Bitten haben erweichen können, derselbe Mann richtet jetzt an Sie alle eine Bitte. Alles soll vergeben und vergessen sein, und ich will Ihr Fürsprecher werden, wenn Sie meine Bitte erfüllen. Meine Bitte aber ist diese. Ich weiß, daß es durch kein Mittel, durch keine Drohungen und durch keine Bestrafungen möglich ist, das Übel auszurotten; es hat schon zu tief Wurzel geschlagen. Das ehrlose Verfahren, Geschenke anzunehmen, ist sogar für diejenigen zur Notwendigkeit und zum Bedürfnisse geworden, die nicht zur Unehrlichkeit geboren sind. Ich weiß, daß es für viele schon beinahe ein Ding der Unmöglichkeit ist, gegen den Strom zu schwimmen. Aber jetzt, in einem entscheidenden, heiligen Augenblicke, wo es gilt, das Vaterland zu retten, und wo jeder Bürger alles erträgt und alles zum Opfer bringt, jetzt muß ich wenistens an diejenigen unter Ihnen einen Ruf ergehen lassen, die noch ein russisches Herz in der Brust und für das Wort ›Ehrenhaftigkeit‹ Verständnis haben. Wozu sollen wir hier davon reden, wer von uns die größere Schuld trägt? Vielleicht bin ich mehr schuld als Sie alle; vielleicht ist mein Verhalten gegen Sie von vornherein zu mürrisch und finster gewesen; vielleicht habe ich durch übermäßiges Mißtrauen diejenigen von Ihnen zurückgestoßen, die den aufrichtigen Wunsch hegten, mir nützlich zu sein. Aber wenn diese Männer wirklich Recht und Gerechtigkeit liebten und ein Herz für das Wohl ihres Landes hatten, so durften sie sich nicht durch das Hochfahrende meines Benehmens verletzt fühlen; sie mußten ihr Selbstgefühl unterdrücken und ihr eigenes Ich zum Opfer bringen. Ich hätte mit Sicherheit ihre Selbstverleugnung und ihre hohe Liebe zum Guten bemerkt und dann nützliche, kluge Ratschläge von ihnen entgegengenommen. Schließlich muß sich doch eher der Untergebene nach dem Charakter des Vorgesetzten richten als der Vorgesetzte nach dem Charakter des Untergebenen. Wenigstens entspricht das mehr der gesetzlichen Ordnung und ist auch leichter durchführbar, weil die Untergebenen nur einen Vorgesetzten haben, der Vorgesetzte aber Hunderte von Untergebenen. Aber lassen wir jetzt die Frage beiseite, wer die größere Schuld trägt! Jetzt handelt es sich darum, unser Vaterland zu retten; dieses geht nicht zugrunde durch den Angriff zwanzig fremder Nationen, sondern durch uns selbst; neben der gesetzlichen Regierung hat sich noch eine andere herausgebildet, die weit stärker ist als jede gesetzliche. Die Beamten haben ihre Forderungen aufgestellt, alle ihre Dienstleistungen abtaxiert und die Preise sogar zur allgemeinen Kenntnis gebracht. Und kein Regierender, wäre er auch weiser als alle Gesetzgeber und Herrscher der Welt, vermag das Übel zu bessern, mag er die schlechten Beamten in ihrem Tun auch noch so sehr dadurch beschränken, daß er ihnen andere Beamte zur Aufsehern gibt. Alles wird erfolglos bleiben, solange nicht ein jeder von uns fühlt, daß er, ebenso wie er sich zur Zeit der Volksaufstände gegen die Empörer wappnete, so sich jetzt gegen das Unrecht wappnen muß. Als Russe, der mit Ihnen durch dieselbe Herkunft, durch die Gleichheit des Blutes verbunden ist, wende ich mich jetzt an Sie. Ich wende mich an diejenigen unter Ihnen, die Verständnis dafür haben, was eine ehrenhafte Gesinnung bedeutet. Ich fordere Sie auf, der Pflicht eingedenk zu sein, die an jedem Platze, auf welchen der Mensch gestellt ist, als Gebieterin vor ihm steht. Ich fordere sie auf, schärfer ins Auge zu fassen, was hier auf Erden ihre Pflicht und Schuldigkeit ist; denn es ist so weit gekommen, daß dies uns allen nur dunkel vorschwebt, und daß wir kaum . . .«

[Hier bricht das Manuskript ab.]

ANHANG

Von den im zweiten Teile sehr zahlreichen Varianten anderer Redaktionen mögen wenigstens zwei hier eine Stelle finden.

1. Zu Seite 396: »Aber gnädiges Fräulein«, sagte Tschitschikow zu Ulinka mit einer leichten Verbeugung und einem angenehmen Lächeln, »gerade solche Menschen müssen wir nach den Geboten des Christentums lieben.« Und zu dem General gewendet fuhr er, nunmehr ein bißchen schelmisch lächelnd, fort: »Haben Euer Exzellenz einmal die Geschichte gehört: ›Liebe uns, wenn wir dreckig sind; wenn wir sauber sind, kann uns jeder lieben‹?«

»Nein, kenne ich nicht.«

»Nun, das ist eine merkwürdige Geschichte«, sagte Tschitschikow mit schlauem Lächeln. »Auf einem Gute des Fürsten Guksowski, den Euer Exzellenz ohne Zweifel kennen . . .«

»Kenne ich nicht.«

». . . da wohnte ein Verwalter, ein Deutscher, ein junger Mensch. Wegen der Rekrutenstellung und aus anderen Gründen mußte er nach der Stadt fahren und schmierte da natürlich die Gerichtspersonen. Übrigens gewannen sie Gefallen an ihm und luden ihn zu Gaste. Da sagte er einmal bei einem solchen Diner zu ihnen: ›Kommen Sie doch auch einmal zu mir, meine Herren, auf das Gut des Fürsten!‹ – ›Schön‹, antworteten sie, ›das werden wir tun.‹ Bald darauf traf es sich, daß das Gericht zum Zwecke einer amtlichen Untersuchung nach den Besitzungen des Grafen Trechmetjew fahren mußte, den Euer Exzellenz ohne Zweifel kennen . . .«

»Kenne ich nicht.«

»Die Untersuchung selbst nahmen sie nun allerdings nicht vor, sondern das ganze Gericht kehrte auf dem Ökonomiehofe bei dem alten gräflichen Ökonomen ein und spielte da drei Tage und drei Nächte ununterbrochen Karten. Der Samowar und der Punsch kamen natürlich gar nicht vom Tische herunter. Dem Alten wurde es endlich zuviel. Um sie loszuwerden, sagte er: ›Sie sollten einmal zu dem fürstlichen Verwalter, dem Deutschen, hinfahren, meine Herren; er wohnt nicht weit von hier!‹ – ›Wahrhaftig‹, antworteten sie; ›auf und hin zu ihm!‹ Und halb betrunken, unrasiert und schläfrig, wie sie waren, setzten sie sich auf die Wagen und fuhren zu dem Deutschen hin. Nun muß man wissen, Exzellenz, daß der Deutsche sich damals eben erst verheiratet hatte, mit einer jungen Dame, frisch vom Pensionat, einem ätherischen Wesen.« (Tschitschikow brachte durch seine Miene das Ätherische zum Ausdruck.) »Das junge Paar sitzt beim Tee, ohne etwas Übles zu ahnen; auf einmal öffnet sich die Tür, und die ganze Bande dringt herein.«

»Das kann ich mir denken; die mögen nett ausgesehen haben«, sagte der General lachend.

»Der Verwalter war ganz fassungslos und sagte: ›Was wünschen Sie?‹ – ›Ah!‹ erwiderte ihm jene; so behandelst du uns?‹ Und bei diesen Worten stecken sie auf einmal ein anderes Gesicht auf. ›Wir kommen in amtlicher Eigenschaft. Wieviel Branntwein wird auf dem Gute gebrannt? Legen Sie die Rechnungsbücher vor!‹ Der dreht und wendet sich. ›Sie sind verhaftet!‹ Sie nahmen ihn, banden ihn, brachten ihn nach der Stadt, und da saß der Deutsche nun anderthalb Jahre im Gefängnis.

»Na, so was!« sagte er General.

Ulinka schlug erschrocken und bedauernd die Hände zusammen.

»Die junge Frau gab sich alle Mühe, die Freilassung ihres Mannes zu erwirken«, fuhr Tschitschikow fort. »Na, aber was kann so ein unerfahrenes Frauchen ausrichten? Zum Glück fanden sich anständige Leute, die ihr rieten, einen gütlichen Vergleich herbeizuführen. Der Deutsche kam mit zweitausend Rubeln und einem opulenten Diner davon. Und als bei diesem Diner alle, auch er selbst, noch recht angeheitert waren, da sagten die Beamten zu ihm: ›Schämst du dich nicht, daß du dich so gegen uns benommen hast? Du wolltest uns wohl immer nur elegant geputzt, rasiert und im Frack sehen? Nein, liebe uns, wenn wir dreckig sind; wenn wir sauber sind, kann uns jeder lieben.‹«

Der General lachte laut auf; Ulinka stöhnte schmerzlich.

»Ich verstehe nicht, wie du lachen kannst, Papa«, sagte sie hastig. Der Zorn verfinsterte ihr schönes Gesicht. »Das war eine ganz ehrlose Handlungsweise, für die die Schuldigen alle hätten nach Sibirien geschickt werden müssen.«

»Liebes Kind, ich verteidige sie ja gar nicht«, versetzte der General. »Aber was kann ich dafür, daß die Sache komisch ist? Wie war das doch: ›Liebe uns, wenn wir sauber sind‹? . . .«

»›Wenn wir dreckig sind,‹ Exzellenz«, korrigierte Tschitschikow.

»›Liebe uns, wenn wir dreckig sind; wenn wir sauber sind, kann uns jeder lieben.‹ Ha-ha-ha-ha!« Der ganze Rumpf des Generals schwankte vor Lachen hin und her. Die Schultern, die ehemals die dicken Epauletten getragen hatten, schütterten, als ob sie sie noch trügen.

2. Zu Seite 474: Tschitschikow lag in einem neuen persischen Schlafrocke von goldfarbener Seide bequem auf dem Sofa und handelte mit einem zugereisten Schmuggler, der von jüdischer Herkunft war und das Russische mit deutscher Färbung sprach. Vor ihnen lag ein schon gekauftes Stück bester holländischer Leinwand zu Hemden und zwei Pappschachteln mit vorzüglicher Seife erster Qualität (es war dieselbe Seife, die er sich ehemals auf dem Zollamt in Radsiwilow verschafft hatte; sie besaß tatsächlich die Eigenschaft, den Backen eine unbegreifliche Zartheit und Weiße zu verleihen). Während er so mit Kennerschaft diese für einen gebildeten Menschen unentbehrlichen Kunstprodukte käuflich erwarb, ertönte das Ge-

rassel einer heranfahrenden Kutsche, das in einem leichten Zittern der Fenster und Wände des Zimmers seine Erwiderung fand, und herein trat Seine Exzellenz Alexei Iwanowitsch Ljenizyn.

»Geben Sie Ihr Urteil ab, Exzellenz: wie gefällt Ihnen diese Leinwand und diese Seife und dieses Ding, das ich mir gestern gekauft habe?« Bei diesen Worten setzte sich Tschitschikow ein mit Gold und Glasperlen gesticktes Käppchen auf den Kopf und stand nun voll majestätischer Würde da wie der Schah von Persien.

Aber Seine Exzellenz antwortete nicht auf die Frage, sondern sagte:

»Ich habe mit Ihnen über eine ernste Angelegenheit zu reden.« Seinem Gesichte war eine gewisse Verstörtheit anzumerken. Der achtungswerte Kaufmann mit der deutschen Sprachfärbung wurde sogleich hinausgeschickt, und sie blieben allein.

»Wissen Sie, was für ein unangenehmer Vorfall stattgefunden hat? Es ist ein anderes Testament der alten Frau gefunden worden, das sie vor fünf Jahren gemacht hat. Die eine Hälfte des Vermögens ist darin dem Kloster vermacht und die andere zu gleichen Teilen den beiden Pflegetöchtern, sonst niemandem etwas.«

Tschitschikow war bestürzt.

»Aber dieses Testament ist wertlos. Es hat keine Bedeutung; es ist durch das zweite annulliert.«

»Aber das ist in dem letzten Testament nicht gesagt, daß dadurch das erste annulliert würde.«

»Das versteht sich ganz von selbst: durch das letzte wird das erste annulliert. Das ist nun wertlos. Dieses erste Testament ist jetzt ungültig. Ich kenne den Willen der Verstorbenen genau. Ich war bei ihr. Wer hat es denn als Zeuge unterschrieben?«

»Es ist in gehöriger, gerichtlicher Form attestiert. Die Zeugen waren der ehemalige Richter für Sachen der freiwilligen Gerichtsbarkeit Burmilow und ein Herr Chawanow.«

»Schlimm!« dachte Tschitschikow. »Chawanow ist, wie man sagt, ein Ehrenmann, und Burmilow ist ein alter Betbruder, der sonntags in der Kirche die Abschnitte aus dem Neuen Testamente vorliest.« – »Aber es hat nichts auf sich«, sagte er laut und fühlte sogleich in sich eine Entschlossenheit zu allen Ränken. »Ich weiß das besser: ich war bei den letzten Augenblicken der Verstorbenen zugegen. Mir ist das besser bekannt als jedem anderen. Ich bin bereit, einen Eid darauf zu leisten.«

Diese Worte und diese Entschlossenheit beruhigten Ljenizyn für einen Augenblick.

Er war sehr erregt gewesen und hatte schon angefangen zu argwöhnen, Tschitschikow könnte das Testament selbst fabriziert haben (allerdings konnte er sich von dem wirklichen Hergang keine Vorstellung machen). Jetzt machte er sich wegen dieses Verdachtes Vorwürfe. Tschitschikows Bereitwilligkeit, einen Eid zu leisten, war ein deutlicher Beweis, daß derselbe ein gutes Gewissen hatte. Wir wissen nicht, ob Pawel Iwanowitsch so viel Mut besessen hätte, den Eid wirklich zu leisten; aber jedenfalls reichte sein Mut dazu aus, es zu sagen.

»Seien Sie ganz beruhigt, und machen Sie sich darüber keine Sorgen; ich werde darüber mit einigen Rechtskundigen sprechen. Von Ihrer Seite braucht nichts zu geschehen; Sie müssen völlig beiseite bleiben. Ich für meine Person kann jetzt noch in der Stadt bleiben, solange es mir beliebt.«

Tschitschikow ließ sogleich seinen Wagen vorfahren und begab sich zu einem Rechtsanwalt. Dieser Rechtsanwalt war ein außerordentlich erfahrener Mann. Schon fünfzehn Jahre lang schwebte ein gerichtliches Verfahren gegen ihn; aber er verstand es, die Sache so zu drehen und zu wenden, daß ihm die Ausübung seines Berufes nicht untersagt werden konnte. Alle wußten, daß er für das, was er begangen hatte, sechsmal verdiente nach Sibirien geschickt zu werden. Verdachtsgründe lagen in Hülle und Fülle gegen ihn vor; aber deutliche Beweise konnten nicht beigebracht werden. Es war eine ganz mysteriöse Geschichte, und man hätte ihn dreist als einen Hexenmeister bezeichnen können, wenn unsere Geschichte nicht im Zeitalter der Aufklärung spielte.

Der Rechtsanwalt überraschte den Besucher durch die Kälte seines Benehmens und durch die Schmierigkeit seines Schlafrocks. Letztere bildete einen vollständigen Gegensatz zu den schönen Mahagonimöbeln, zu der goldenen Stutzuhr unter einem Glassturze, zu dem Kronleuchter, der durch den schützenden Musselinüberzug hindurchschimmerte, und überhaupt zu der ganzen Einrichtung, die das entschiedene Gepräge einer glänzenden westeuropäischen Bildung trug.

Ohne sich indessen durch die kühle Außenseite des Rechtsanwaltes beirren zu lassen, setzte ihm Tschitschikow die schwierigen Punkte der Angelegenheit auseinander und eröffnete ihm eine verlockende Perspektive auf seine sichere nachherige Erkenntlichkeit für guten Rat und Beihilfe.

Der Rechtsanwalt antwortete darauf durch einen Hinweis auf die Unsicherheit alles Irdischen und gab kunstvoll zu verstehen, daß ein Kranich am Himmel nichts wert sei; es sei eine Meise in der Hand erforderlich.

Es war nichts zu machen: Tschitschikow mußte ihm eine Meise in die Hand geben. Das kühle Benehmen des Philosophen verschwand augenblicklich. Es stellte sich heraus, daß er der gutherzigste, liebenswürdigste Mensch von der Welt war und an Gewandtheit im Ausdruck unserem Helden nicht nachstand.

»Ich möchte die Sache nicht in die Länge ziehen«, sagte er; »gestatten Sie mir daher nur die Bemerkung: Sie haben gewiß das Testament nicht genau angesehen; gewiß befindet sich noch eine Nachschrift darunter. Nehmen Sie es doch für einige Zeit an sich. Es ist ja allerdings verboten, solche Sachen nach Hause zu nehmen; aber wenn Sie einige Beamte hübsch bitten, so wird es schon gehen. Ich werde es meinerseits nicht an meiner Mitwirkung fehlen lassen.«

»Ich verstehe«, dachte Tschitschikow und erwiderte: »Ich

erinnere mich in der Tat nicht genau, ob da noch eine Nachschrift war.« Als hätte er das Testament nicht selbst geschrieben gehabt!

»Am besten sehen Sie es daraufhin einmal an. Seien Sie übrigens«, fuhr er in sehr gutmütigem Tone fort, »jedenfalls ganz ruhig, und regen Sie sich über nichts auf, selbst wenn noch irgend etwas Schlimmeres vorfallen sollte! Man darf nie und an nichts verzweifeln; es gibt keine Sache, die sich nicht zurechtschieben ließe. Da sehen Sie mich an: ich bin immer ruhig. Was für Kunstgriffe auch gegen mich ins Werk gesetzt werden, meine Seelenruhe ist unerschütterlich.« Das Gesicht des philosophischen Rechtsanwaltes bekundete in der Tat eine vollständige Seelenruhe, so daß Tschitschikow viel von ihm lernen konnte.

»Gewiß, das ist die Hauptsache«, versetzte Tschitschikow. »Aber das werden Sie selbst zugeben: es kann solche Fälle, solche Verleumdungen von seiten der Feinde und solche schwierigen Lagen geben, daß einem die Seelenruhe doch abhanden kommt.«

»Glauben Sie mir: das ist Kleinmut«, erwiderte der philosophische Jurist mit größter Ruhe und Gütmütigkeit. »Wirken Sie nur darauf hin, daß die ganze Prozeßverhandlung auf dem Aktenwege vorgeht, nichts mündlich. Und sobald Sie dann sehen, daß die Sache sich zu entwirren anfängt und die Entscheidung heranrückt, dann dürfen Sie sich nicht zu rechtfertigen und zu verteidigen suchen; nein, Sie müssen einfach durch neu vorgebrachtes Material Verwirrung anrichten.«

»Also ich soll . . .«

»Verwirrung anrichten, Verwirrung anrichten, weiter nichts«, antwortete der Philosoph, »fremdartige Dinge in den Prozeß einmischen, durch die auch andere Leute hineinverwickelt werden; Sie müssen die Sache kompliziert machen, weiter nichts. Da mag denn so ein aus Petersburg hergeschickter Beamter versuchen, daraus klug zu werden; mag er es versuchen!« wiederholte er und blickte seinem Gegenüber mit besonderem Vergnügen in die Augen, wie ein Lehrer einem Schüler, dem er einen interessanten Punkt aus der russischen Grammatik erklärt.

»Ja, sehr schön, wenn es einem gelingt, Dinge aufzutreiben, die geeignet sind, einen Nebel vor den Augen der Richter auszubreiten«, erwiderte Tschitschikow und sah den Philosophen ebenfalls vergnügt an wie ein Schüler, der den ihm vom Lehrer erklärten interessanten Punkt begriffen hat.

»Solche Dinge lassen sich schon auftreiben, mit Sicherheit! Glauben Sie mir: durch häufige Übung wird der Kopf findig. Vor allem vergessen Sie nicht, daß Sie Helfer haben werden. Von der Kompliziertheit eines Prozesses haben viele ihren Vorteil: es sind mehr Beamte nötig, und sie bekommen mehr Gehalt. Kurz, man muß möglichst viele Personen in die Sache hineinziehen. Es schadet nichts, wenn auch einige ganz grundlos hineinverwickelt werden; die können sich ja rechtfertigen, auf die aktenmäßigen Anschuldigungen antworten, sich loskaufen. Das ist dann eine Einnahme für die Beamten. Glauben Sie mir: mag auch die Lage noch so kritisch sein, die Hauptsache bleibt immer, Verwirrung anzurichten. Man kann solche Verwirrung anrichten und alles so durcheinandermischen, daß kein Mensch sich mehr daraus zu vernehmen imstande ist. Warum bin ich so ruhig? Weil ich weiß: sobald meine Sache schlecht steht, ziehe ich alle möglichen Leute mit hinein, den Gouverneur und den Vizegouverneur und den Polizeimeister und den Rendanten; alle ziehe ich sie mit hinein. Ich kenne ihre sämtlichen Beziehungen: wer auf den andern wütend ist, und wer auf den andern eine Pike hat, und wer dem andern einen Streich spielen möchte. Da mögen sie sich meinetwegen wieder herausarbeiten. Und während diese sich herausarbeiten, werden andere Leute daran Geld verdienen. Denn bekanntlich kann man nur in trübem Wasser Krebse fangen. Alle warten sie nur auf eine Gelegenheit, Verwirrung anzurichten.« Hier blickte der philosophische

Jurist seinem Zuhörer Tschitschikow wieder mit jenem Gefühle des Genusses in die Augen, mit welchem ein Lehrer einem Schüler einen noch interessanteren Punkt aus der russischen Grammatik klarmacht.

»Nein, das ist wirklich ein kluger Mann«, dachte Tschitschikow bei sich und trennte sich von ihm in der besten und angenehmsten Stimmung.

Völlig beruhigt und ermutigt warf er sich mit nachlässiger Gewandtheit auf die elastischen Kissen seines Wagens, befahl seinem Kutscher Selifan, das Verdeck zurückzuschlagen (zu dem Rechtsanwalt hin war er mit hochgeschlagenem Verdeck und sogar mit zugeknöpften Ledervorhängen gefahren), und nahm eine Haltung an genau wie ein Husarenoberst a. D., das heißt, er schlug forsch ein Bein über das andere und wandte allen Begegnenden sein Gesicht zu, das unter dem neuen, etwas aufs Ohr gerückten Seidenhute höchst anmutig hervorglänzte.